Kevin Kwan • Crazy Rich Problems

DER CLAN DER YOUNGS, T'SIENS & SHANGS
(EIN VEREINFACHTER STAMMBAUM)

FAMILIE YOUNG

Sir James Young + Shang Su Yi
Singapur

Felicity Young + Harry Leong
Singapur

Henry Leong jr. + Cathleen Kah
(ein Sohn, Henry III.)
Singapur

Dr. Peter Leong + Dr. Gladys Tan
(eine Tochter, Penelope)
Kuala Lumpur, Malaysia

Alexander Leong + Dr. Salimah Ibrahim
(drei Kinder, James, Anwar & Jasmine)
Los Angeles

Astrid Leong + Michael Teo
(ein Sohn, Cassian)
Singapur

Catherine Young + M.C.[1] Prinz Taksin Aakara
Bangkok & Lausanne

M.R.[2] James Aakara
Bangkok & Lausanne

M.R. Matthew Aakara
Bangkok & Lausanne

M.R. Adam Aakara + M.R. Piyarasmi Apitchatpongse
Bangkok & Lausanne

Philip Young + Eleanor Sung
Sydney & Singapur

Nicholas Young + Rachel Chu
New York

1 M.C. steht für Mom Chao, der Titel für die männlichen Enkel von König Rama V. von Thailand (1853-1910) und der niedrigste Rang der königlichen Familie. Auf Deutsch lautet er »Seine Durchlaucht«.

2 M.R. steht für Mom Rajawongse, der Titel für Kinder männlicher Mom Chaos. Auf Deutsch lautet er »Hochwohlgeboren«.

Shang Loong Ma + Wang Lan Yin
China & Singapur

FAMILIE SHANG

Alfred Shang + Mabel T'sien
Singapur & Surrey

Victoria Young
Singapur & London

Alexandra Young + Dr. Malcolm Cheng
Hongkong

Edison Cheng + Fiona Tung
(drei Kinder, Constantine, Augustine & Kalliste)
Hongkong

Cecilia Cheng + Tony Moncur
(ein Sohn, Jake)
Hongkong

Alistair Cheng
Hongkong

Sir Leonard Shang + Lady India Heskeith
(drei Kinder, Scheherazade, Casimir & Lucia)
Singapur & Surrey

Prof. Charles Shang + Anne Lygon
Singapur & Buckinghamshire

Frederick Shang + Hon. Penelope Curzon
Singapur & Gloucestershire

Cassandra Shang
Singapur, London & Surrey

FAMILIE T'SIEN

T'sien Tsai Tay + Rosemary Young (Schwester von Sir James Young)
Singapur

Mabel T'sien + Alfred Shang (Bruder von Shang Su Yi)
Singapur & Surrey

Richard T'sien + Nancy Tan
Singapur, Hongkong & Marbella

Mark T'sien + Bernadette Ling
(ein Sohn, Oliver T'sien)
Singapur & Peking

Anna May T'sien + George Yeoh
Vancouver

Clarence T'sien + Bettina Kah
Honolulu

Kevin Kwan

Crazy Rich Problems

Roman

Aus dem Amerikanischen
von Lisa Kögeböhn und
Jenny Merling

KEIN & ABER
POCKET

Ebenfalls von Kevin Kwan:
Crazy Rich Asians
Crazy Rich Girlfriend
Sex & Vanity

Das Zitat von Lew Tolstoi auf S. 503 stammt
aus der Übersetzung von Barbara Conrad

Die Originalausgabe erschien 2017 unter dem
Titel *Rich People Problems* bei Doubleday, New York

Coverillustration: Joan Wong
Satz: Dörlemann Satz, Lemförde
Druck und Bindung: CPI books GmbH, Leck
ISBN: 978-3-0369-6114-9
Auch als eBook erhältlich

www.keinundaber.ch

Für meine Großeltern und für Mary Kwan

PROBLEM NR. 1

Wenn im besten Restaurant der Trauminsel, auf der man ein Strandhaus besitzt, der Lieblingsplatz besetzt ist.

HARBOUR ISLAND, BAHAMAS, 21. JANUAR 2015

Bettina Ortiz y Meña war es nicht gewohnt, warten zu müssen. Die stark gebräunte Blondine war ehemalige Miss Venezuela (und Zweitplatzierte bei der Wahl zur Miss Universum bitte schön) und inzwischen Ehefrau des Autoteile-Tycoons Herman Ortiz y Meña aus Miami, und wenn sie ein Restaurant mit ihrer Anwesenheit beglückte, wurde sie normalerweise überschwänglich begrüßt und sofort zu dem Tisch geführt, an dem sie sitzen wollte.

Heute hatte sie sich im Sip Sip, ihrem Lieblingsrestaurant auf Harbour Island, einen Ecktisch auf der Terrasse ausgeguckt. Genau dort wollte sie es sich auf dem orangen Regiestuhl bequem machen und ihren Grünkohl-Caesar-Salad mit Blick auf die sanften türkisfarbenen Wellen genießen. Leider hatte jedoch eine laute Touristengruppe die gesamte Terrasse besetzt und schien auch nicht so bald gehen zu wollen.

Bettina bedachte die Leute, die sich da fröhlich ihr Mittagessen im Sonnenschein schmecken ließen, mit wütenden Blicken. Wie billig die alle wirkten … die Frauen viel zu braun gebrannt und faltig, keine einzige war vernünftig geliftet oder gebotoxt. Sie hatte nicht übel Lust, einen Stapel Visitenkarten ihres Hautarztes dazulassen. Und die Männer erst! Alle trugen sie zerknitterte Hemden und Shorts, und dann auch noch diese Strohhüte aus dem Souvenirladen auf der Dunmore Street. Was hatten solche Leute hier verloren?

Das knapp fünfeinhalb Kilometer lange Paradies mit dem hellrosa Sandstrand, den hübschen Holzhäuschen in Sorbetfarben, herrlichen Boutiquen, schicken Villen mit Meerblick, die zu Pensionen umgebaut worden waren, und Fünf-Sterne-Restaurants, die denen auf St. Barths in nichts nachstanden, war eins der bestgehüteten Geheimnisse der Karibik, ein friedlicher Rückzugsort für die absolut Superreichen. Touristen müssten erst mal eine Stilprüfung bestehen, bevor sie auf die Insel gelassen wurden!

Bettina fand, sie habe nun lange genug gewartet, und stürmte in die Küche, um ihrem Unmut gegenüber Restaurantbesitzerin Julie Luft zu machen. Die Fransen ihres Pucci-Häkelkaftans wippten empört.

»Was ist denn heute hier los, Süße?«, fragte sie die Frau mit dem blonden Pixie, die am Herd stand. »Ich warte jetzt schon seit einer *Viertelstunde* auf meinen Tisch!«

»Sorry, Bettina, ist eben manchmal so. Die zwölfköpfige Gruppe da draußen ist kurz vor dir aufgetaucht.« Julie reichte einem Kellner eine Schale scharfes Meeresschneckenchili.

»Aber auf der Terrasse gibts die besten Plätze! Wieso hast du diese Touristen da überhaupt hingelassen?«

»Weil der *Tourist* mit dem roten Anglerhut der Herzog von Glencora ist. Er ist gerade mit seinen Freunden vom Windermere rübergekommen. Die Royal-Huisman-Jacht, die vor der Küste vor Anker liegt, ist seine. Die ist übrigens richtig schick.«

»Mit Schiffen kann man mich nicht beeindrucken«, gab Bettina zurück. Von dem Titel jedoch war sie durchaus beeindruckt und sah die Gruppe jetzt in völlig anderem Licht. Schon komisch, diese britischen Adligen. Die waren einfach eine Klasse für sich. Einerseits rannten sie in Savile-Row-Anzügen herum und trugen im Alltag teuren Erbschmuck, im Urlaub war andererseits leger schon gar kein Ausdruck mehr. Erst jetzt fielen ihr drei durchtrainierte, sonnengebräunte Männer in weißen, eng anliegenden T-Shirts und schwarzen Kevlar-Hosen am Nebentisch auf. Sie aßen nichts, hatten lediglich ein Glas Wasser vor sich und sahen sich die ganze Zeit aufmerksam um.

»Das sind bestimmt die Sicherheitsleute vom Herzog, hm? Offensichtlicher gehts ja wohl kaum. Wissen die etwa nicht, dass hier auf Briland eh nur Milliardäre wohnen?[1] So was von unnötig.«

»Nee, das sind die Bodyguards vom Ehrengast des Herzogs«, erklärte Julie. »Die haben mir vor seiner Ankunft das komplette Restaurant durchsucht, sogar den Kühlraum. Guck mal, der Chinese da am Tischende …«

Bettina spähte über den Rand ihrer Dior-Sonnenbrille zu dem rundlichen Mann hinüber – Mitte siebzig, beginnende Glatze, Golfer-Outfit. »Sehe ich. Und, muss man den kennen?«

»Das ist *Alfred Shang*«, flüsterte Julie.

1 Leicht übertrieben, die von den Einheimischen liebevoll »Briland« genannte Insel ist Heimat von zwölf Milliardären (zumindest nach neuester Zählung und je nachdem, wen man fragt).

Bettina kicherte. »Sieht aus wie ein Chauffeur. Wie dieser Typ aus *Falcon Crest*, der Jane Wyman rumgefahren hat.«

Julie, die gleichzeitig versuchte, ein Thunfischsteak à point zu braten, schüttelte nur den Kopf. »Dieser Chauffeur ist angeblich der mächtigste Mann in ganz Asien.«

»Wie heißt der noch mal?«

»Alfred Shang. Kommt aus Singapur, wohnt aber die meiste Zeit in England auf einem Anwesen, das so groß wie halb Schottland sein soll.«

»Ich hab den Namen jedenfalls noch nie auf einer Liste der reichsten Asiaten gesehen«, erwiderte Bettina verächtlich.

»Ist dir nicht klar, dass es Leute gibt, die viel zu reich und zu mächtig sind, um auf so einer Liste aufzutauchen?«

PROBLEM NR. 2

Wenn man seinen Privatarzt braucht, dem man eine Million Dollar pro Jahr zahlt, damit er einem rund um die Uhr zur Verfügung steht, er aber gerade mit einem anderen Patienten beschäftigt ist.

Alfred Shang genoss die fantastische Aussicht von der Restaurantterrasse und ließ den Blick über den berühmten Strand von Harbour Island schweifen. *Der Sand ist tatsächlich rosa!*

»Alfred, deine Hummer-Quesadillas werden kalt«, riss der Herzog von Glencora ihn aus seinen Gedanken.

Alfred betrachtete skeptisch die kunstvoll angerichteten dreieckigen Dinger auf dem Teller vor sich. Er war eigentlich kein großer Fan der mexikanischen Küche, außer wenn sein Freund Slim in Mexico City für ihn kochte. »Und die sind also der Grund dafür, dass du mich hergeschleppt hast?«

»Jetzt probier sie doch erst mal.«

Alfred biss vorsichtig in eine Quesadilla und sagte nichts mehr. Die Mischung aus Tortilla, Hummer und Guacamole war perfekt.

»Köstlich, nicht? Ich versuche den Koch im Wilton's schon seit Jahren zu überreden, die mal nachzukochen.«

»Im Wilton's hat sich seit einem halben Jahrhundert nichts geändert. Ich glaube nicht, dass die auf einmal ihre

Speisekarte erweitern.« Alfred lachte und steckte sich schnell ein Stück Hummer in den Mund, das auf den Tisch gefallen war. Das Handy in seiner Hosentasche vibrierte. Er sah genervt aufs Display. Dass er während seines alljährlichen Angelausflugs mit dem Herzog nicht gestört werden wollte, war eigentlich allseits bekannt.

TYERSALL, OBEN, SICHERE LEITG., zeigte das Handy an. Das war seine ältere Schwester Su Yi, die Einzige, deren Anruf er immer entgegennahm. Er ging sofort dran. Doch die Stimme, die sich auf Kantonesisch meldete, gehörte nicht Su Yi: »Mr Shang, hier ist Ah Ling.«

Es dauerte einen Moment, bis der Groschen fiel. Es war die Haushälterin von Tyersall Park. »Ach, hallo, Lingze[1].«

»Die gnädige Frau hat mich gebeten, Sie anzurufen. Es ging ihr vorhin sehr schlecht, sie musste ins Krankenhaus. Wir glauben, sie hatte einen Herzinfarkt.«

»Was soll das heißen, ›Sie glauben‹? Hatte sie einen oder nicht?« Alfreds gepflegtes BBC-Englisch war erschrockenem Kantonesisch gewichen.

»Sie hatte keine Schmerzen in der Brust, aber sie hat sehr stark geschwitzt und musste sich übergeben. Und sie meinte, sie hätte Herzrasen«, antwortete Ah Ling nervös.

»War Professor Oon schon da?«

»Ich habe den Doktor auf dem Handy angerufen, aber da geht gleich die Mailbox dran. Dann habe ich es auf dem Festnetz versucht, und da wurde mir gesagt, dass er gerade in Australien ist.«

1 Kantonesisch für »große Schwester«, eine Art Kosename für Bedienstete (so wie man im Englischen Namen manchmal ein liebevolles »Boy« hinzufügt wie in Sonny Boy oder Johnny Boy).

»Wieso telefonieren *Sie* eigentlich herum, wo ist denn Victoria?«

»Ist Victoria nicht in England, Mr Shang?«

Alamak. Er hatte völlig vergessen, dass seine Nichte, Su Yis Tochter, die ebenfalls in Tyersall Park wohnte, zu Besuch bei seiner Frau und seiner Tochter in Surrey war (und die drei sich garantiert gerade gemeinsam in genüsslichem Lästern ergingen).

»Und Felicity? Kann die nicht vorbeikommen?« Su Yis älteste Tochter wohnte nicht weit entfernt in der Nassim Road.

»Wir haben Mrs Leong nicht erreicht. Ihre Bedienstete meinte, sie wäre in der Kirche, und im Haus Gottes schaltet sie ihr Handy immer aus.«

Eine nichtsnutziger als die andere! »Haben Sie wenigstens einen Krankenwagen gerufen?«

»Das wollte die gnädige Frau nicht. Vikram hat sie, ihre Zofen und zwei Gurkhas mit dem Daimler ins Krankenhaus gefahren. Sie hat zu mir gesagt, Sie wüssten, wie Professor Oon zu erreichen sei.«

»Alles klar, ich kümmere mich darum.« Alfred legte auf.

Der gesamte Tisch sah ihn erwartungsvoll an.

»Herrje, das klang ernst.« Der Herzog verzog besorgt das Gesicht.

»Entschuldigt mich bitte kurz, ich bin gleich wieder da.« Alfred erhob sich. Sofort setzten sich auch die Bodyguards in Bewegung und begleiteten ihn durch das Restaurant hinaus in den Garten.

Alfred tippte eine Kurzwahltaste: PROF OON FESTNETZ.

Eine Frau nahm ab.

»Olivia? Hier ist Alfred Shang.«

»Ach, du willst sicher Francis sprechen?«

»Genau. Ich habe gehört, er ist in Australien?« *Wieso zahlen wir dem eigentlich eine Million Dollar im Jahr, wenn er im Notfall nicht da ist?*

»Ja, er ist vor einer Stunde los Richtung Sydney. Er soll da morgen diesen einen Schauspieler operieren, dreifacher Bypass. Wie heißt der noch mal, der hat damals einen Oscar für –«

»Also sitzt er gerade im Flugzeug?«

»Ja, aber er kommt in ein paar Stunden an, dann kann er dich zurückrufen.«

»Gib mir einfach die Flugnummer«, fauchte Alfred. Er drehte sich zu seinen Bodyguards um. »Wer hat das Singapur-Handy? Ich muss sofort mit Istana[1] sprechen. Und ich will noch so einen Teller Hummer-Quesadillas, aber pronto.«

1 »Palast« auf Malaiisch. Alfred meint hier den Istana in Singapur, die offizielle Residenz des Präsidenten.

PROBLEM NR. 3

Wenn das Flugzeug zur Landung gezwungen wird, noch bevor man seinen Dom Pérignon ausgetrunken hat.

OSTJAVA, INDONESIEN

Die Betten in den First-Class-Suiten waren frisch mit Seidenbettwäsche bezogen worden, der gewaltige zweistöckige Airbus A380–800 hatte eine angenehme Flughöhe von achtunddreißigtausend Fuß erreicht, und die meisten Passagiere lehnten sich entspannt zurück und scrollten durch das Filmangebot. Singapore-Airlines-Flug 231 nach Sydney befand sich gerade im indonesischen Luftraum, als eine äußerst ungewöhnliche Nachricht von der Luftverkehrsüberwachung in Jakarta eintraf.

Luftverkehrsüberwachung: Singapur zwei einunddreißig Super, Jakarta.
Pilot: Singapur zwei einunddreißig Super, *go ahead.*
LVÜ: Bitte sofortige Umkehr zum Flughafen Changi.
Pilot: Jakarta, wir sollen nach Singapur zurück?
LVÜ: Positiv. Bitte sofortige Umkehr. Die geänderten Streckeninformationen sind abrufbereit.
Pilot: Können Sie uns den Grund für die Kursänderung nennen?

LVÜ: Negativ. Es handelt sich um einen Befehl von der Generaldirektion der Zivilluftfahrtbehörde.

Die Piloten sahen einander ungläubig an. »Ist das deren Ernst?«, fragte der Kapitän. »Wir müssten eine Viertelmillion Liter Treibstoff ablassen, um landen zu können!«

In dem Moment kam eine Nachricht über das Selektivrufsystem des Flugzeugs herein. Der Co-Pilot wurde blass. »*Wah lan!* Das ist vom Verteidigungsminister persönlich. Wir sollen wirklich sofort zurück nach Singapur, ›und zwar dalli‹!«

Drei Stunden nachdem das Flugzeug abgehoben hatte, landete es auch schon wieder am Flughafen Changi. Die verwirrten Passagiere wurden über Bordfunk informiert: »Sehr geehrte Damen und Herren, infolge eines unvorhergesehenen Zwischenfalls mussten wir umkehren und sind nun wieder in Singapur. Nach dem Betanken geht es sofort weiter nach Sydney, bitte bleiben Sie so lange angeschnallt sitzen. Vielen Dank.«

Zwei Männer in dunklen Anzügen betraten das Flugzeug und gingen schnurstracks zu Suite 3A, wo Singapurs bester Kardiologe saß.

»Professor Oon? Ich bin Lieutenant Ryan Chen von der SID[1]. Folgen Sie mir bitte.«

1 Die Security and Intelligence Division, Singapurs Äquivalent zum CIA in den USA oder MI5 in Großbritannien, ist so geheim, dass viele nicht einmal von ihrer Existenz wissen. Aber ja, der Typ da drüben vor dem Supermarkt, der sich gerade eine Portion frittierten Fisch einverleibt, könnte durchaus der asiatische James Bond sein – und niemand kriegt es mit.

»Ich soll aussteigen?« Der Professor war völlig verblüfft. Eben war er noch in *Gone Girl* vertieft gewesen, und jetzt waren sie plötzlich zurück in Singapur. Er hatte ja noch nicht mal den Plot-Twist des Films verdauen können.

Der Lieutenant nickte nur kurz. »Jawohl. Und bitte nehmen Sie Ihre Sachen mit, der Flug geht ohne Sie weiter nach Sydney.«

»Aber … aber … was habe ich denn getan?« Professor Oon fing allmählich an, sich Sorgen zu machen.

»Es ist alles in Ordnung, Sie haben nichts falsch gemacht. Sie müssen leider trotzdem das Flugzeug verlassen.«

»Als Einziger?«

»Jawohl. Wir bringen Sie direkt zum Mount Elizabeth Hospital, Sie sollen dort eine VVIP ärztlich betreuen.«

In dem Moment wurde Professor Oon klar, dass es sich um Shang Su Yi handeln musste. Nur die Shangs hatten so viel Einfluss, dass sie einen Flug der Singapore Airlines mit vierhundert Passagieren an Bord umkehren lassen konnten.

TEIL EINS

Das Einzige, was ich an
reichen Leuten mag, ist ihr Geld.
Nancy Astor, Viscountess Astor

1

DAVOS, SCHWEIZ

Edison Chengs Blick ging zur wabengemusterten Decke des riesigen, komplett weißen Zuhörersaals. Er war überglücklich. *Ich habs geschafft! Ich habs endlich geschafft!* Nach Jahren unermüdlichen Networkings war es ihm gelungen: Er war Teilnehmer des Weltwirtschaftsforums in Davos. Das ging nur auf Einladung[1], denn die renommierte Veranstaltung war der Crème de la Crème vorbehalten.

Jedes Jahr im Januar kamen in dem abgelegenen Ski-Ort hoch oben in den Schweizer Alpen die weltweit führenden Köpfe aus Wirtschaft, Politik und Philanthropie sowie Vorstandsvorsitzende, Vordenkerinnen, Aktivistinnen, gesellschaftlichen Akteure und natürlich Filmstars[2] zusammen. Die Anreise erfolgte meist mit dem Privatjet, man checkte in einem Luxushotel ein, warf sich in sein Fünftausend-

1 Wenn man das Glück hat, eingeladen zu werden, muss man trotzdem zwanzigtausend Dollar Teilnahmegebühr zahlen, klar. Außer man gehört zu den Leuten in der nächsten Fußnote. (Schöne Menschen kommen überall gratis rein.)

2 Leo, Brad, Angelina und Bono – sie waren alle da.

Dollar-Ski-Outfit und diskutierte dann gemeinsam die voranschreitende Erderwärmung und die Schere zwischen Arm und Reich.

Und nun gehörte Eddie, der vor Kurzem zum Senior Executive Vice Chairman des globalen Private Bankings der Liechtenburg Group ernannt worden war, zu diesem ultraexklusiven Club. Er stand in dem futuristischen Zuhörersaal des Kongresszentrums, atmete die dünne Bergluft und betrachtete unauffällig sein Spiegelbild in einem verchromten Stuhlbein. Er trug seinen neuen Sartoria-Ripense-Maßanzug, dessen Jackett er mit zehn Lagen Kaschmir hatte füttern lassen, damit er keine Ski-Jacke darüberziehen musste, sowie seine neuen Corthay Chukkas aus Eichhörnchenwildleder mit speziellen Gummisohlen, damit er auf den glatten Straßen nicht ausrutschte, und am Handgelenk blitzte der neueste Zuwachs zu seiner Uhrensammlung, eine »Pour le Mérite« von A. Lange & Söhne in Rotgold, die gerade so weit unter dem Ärmel hervorschaute, dass Uhrenliebhaber sie erkennen konnten. Am wichtigsten war jedoch das schwarze Schlüsselband mit dem weißen Namensschild, das er über der ganzen herrlichen Eleganz trug und auf dem *Edison Cheng* stand.

Eddie konnte gar nicht die Finger von dem Plastikkärtchen lassen, als wäre es ein juwelenbesetztes Amulett vom Davos-Gott höchstpersönlich. Durch das Namensschild hob er sich vom Fußvolk der Konferenz ab. Er war nicht bloß irgendein PR-Fritze oder Journalist, nein, die weiße Plastikkarte mit dem blauen Streifen am unteren Rand wies ihn als offiziellen Delegierten aus.

Er musterte die Leute, die überall in Grüppchen zusammenstanden, ob nicht irgendwo ein Diktator, Despot oder Direktor einer Bank dabei war, den er ansprechen könnte.

Sein Blick fiel auf einen groß gewachsenen Chinesen in einem grellorangen Parka, der gerade den Kopf zu einer der Seitentüren hereinsteckte. Er wirkte etwas unsicher. *Moment mal, den kenne ich doch. Ist das nicht Charlie Wu?*

»Hey, Charlie!«, rief Eddie etwas zu laut und lief auf den Mann zu. *Der wird Augen machen bei meinem Namensschild!*

Charlie lächelte freundlich. »Eddie Cheng! Kommst du gerade aus Hongkong?«

»Nee, aus Mailand. Ich war bei der Herbst-Schau der Men's Fashion von Etro, erste Reihe.«

Charlie grinste. »Wow, der *Hong Kong Tattle* hat dich anscheinend nicht grundlos zum bestangezogenen Mann gewählt, hm?«

»Um genau zu sein, hab ich es letztes Jahr sogar in die International Best Dressed Hall of Fame geschafft«, erwiderte Eddie würdevoll und musterte Charlies Outfit dabei unauffällig. Khakifarbene Cargohose und dazu einen marineblauen Pullover? Jammerschade, früher hatte er immer makellos ausgesehen, heutzutage wirkte er nur noch wie ein x-beliebiger Nerd. »Wo ist denn dein Namensschild?«, fragte Eddie und tippte stolz auf seins.

»Stimmt, die sollen wir ja immer tragen. Danke, dass du mich erinnerst! Das muss hier irgendwo sein …« Charlie kramte in seiner Umhängetasche. Als er sein Kärtchen gefunden hatte, wurde aus Eddies Neugier schlagartig Fassungslosigkeit. Charlies Plastikkarte war komplett weiß und hatte einen holografischen Aufkleber. *Fucky fuck, das ist das allerbegehrteste Namensschild! Das bekommen nur die absoluten Spitzengäste!* Der einzige andere Gast, den Eddie mit so einem gesehen hatte, war Bill Clinton. *Wie ist Charlie da bloß drangekommen? Gut, er leitet Asiens führende Tech-Firma, aber sonst?*

Eddie versuchte, sich nichts anmerken zu lassen, und wechselte schnell das Thema. »Kommst du nachher zu meinem Panel ›*Apocalypse Asia* – Möglichkeiten zur privaten Vermögensabsicherung nach Ende des China-Booms‹?«

»Ich soll gleich einen Vortrag vor dem IGWEL[1] halten. Wann fängt denn dein Panel an?«

»Um zwei. Worum gehts bei deinem Vortrag?« *Vielleicht könnte Charlie ihn ja mit reinschmuggeln?*

»Ich hab ehrlich gesagt gar nichts Konkretes vorbereitet, ich glaube, Angela Merkel und ein paar von den Skandinaviern wollen sich bloß mal in Ruhe mit mir unterhalten.«

In dem Moment trat Charlies Assistentin und rechte Hand Alice an sie heran.

»Schau mal, wen ich getroffen habe!«, sagte Charlie zu ihr. »Ich hab dir doch gesagt, dass wir auf jeden Fall jemandem von zu Hause über den Weg laufen.«

»Schön, Sie zu sehen, Mr Cheng«, sagte Alice höflich und wandte sich dann an Charlie. »Hast du mal einen Moment?«

»Klar.«

Alice schielte hinüber zu Eddie, der offensichtlich hoffte, sie würde sich von seiner Anwesenheit nicht stören lassen. »Ähm … dafür muss ich dich leider kurz entführen«, sagte sie und zog Charlie nach nebenan in einen kleinen Empfangsraum mit Sesseln und würfelförmigen Glastischen.

»Was ist denn los? Bist du immer noch nicht darüber hinweg, dass Pharrell beim Frühstück neben dir gesessen

1 Akronym für das Informal Gathering of World Economic Leaders, also ein informelles Treffen der weltweit führenden Industrienationen. Dieser exklusivste Teil der Konferenz findet an einem geheimen Ort im Kongresszentrum statt, der dem Rest der Teilnehmerschaft nicht bekannt ist.

hat?«, neckte Charlie sie, sobald sich die Tür hinter ihnen geschlossen hatte.

Alice' Lächeln war angespannt. »Es gibt da leider ein Problem. Wir wollten nur ganz sicher sein, bevor wir dir davon erzählen.«

»Spucks schon aus.«

Alice holte tief Luft. »Ich habe gerade die neueste Info von unserem Sicherheitschef in Hongkong bekommen. Ich weiß nicht, wie ich es sagen soll, aber … Chloe und Delphine sind verschwunden.«

»Wie, verschwunden?« Charlie verstand nicht ganz. Seine Töchter wurden rund um die Uhr überwacht, und wenn sie irgendwo hingebracht oder abgeholt wurden, geschah dies mit militärischer Präzision durch ein Team aus Sicherheitspersonal, das von einer Spezialeinheit der britischen Armee ausgebildet worden war. Dass sie einfach verschwanden, war schlichtweg ausgeschlossen.

»Team Chungking hat wie immer um 15:50 Uhr vor der Diocesan gewartet, aber die Mädchen sind nie rausgekommen und waren auch nicht im Schulgebäude auffindbar.«

»Nicht auffindbar …«, wiederholte Charlie schockiert.

»Chloe reagiert nicht auf unsere Nachrichten«, fuhr Alice fort, »und Delphine ist auch nicht bei ihrer Chorprobe aufgetaucht. Erst haben wir vermutet, dass sie wie letztes Mal mit Kathryn Chan zu diesem Frozen-Yogurt-Laden ist, aber Kathryn war bei der Chorprobe und Delphine eben nicht.«

»Wurde der Panikcode aktiviert?« Charlie gab sich größte Mühe, ruhig zu bleiben.

»Nein, von keiner der beiden. Und ihre Handys sind anscheinend aus, deshalb können wir sie nicht per GPS tracken. Team 2046 hat bereits mit Commander Kwok gesprochen, die Hongkonger Polizei ist in höchster Alarmbereitschaft. Außerdem suchen vier von unseren Teams bereits überall nach ihnen, und die Schule geht gerade die Bänder der Sicherheitskameras durch.«

»Habt ihr schon mit Isabel gesprochen?« Die Mutter der Kinder, Charlies Frau, von der er getrennt lebte, wohnte im ehemals gemeinsamen Haus auf dem Peak, und die Kinder verbrachten immer abwechselnd eine Woche bei ihm und bei ihr.

»Wir haben sie bis jetzt noch nicht erreichen können. Sie hat der Haushälterin gesagt, sie wäre mit ihrer Mutter im Kowloon Cricket Club zum Mittagessen verabredet, aber ihre Mutter meint, sie hätte die ganze Woche noch nichts von ihr gehört.«

In dem Moment klingelte das Handy von Alice. Sie lauschte eine Weile schweigend, nickte nur ab und zu. Charlie sah sie nervös an. *Das kann doch alles nicht wahr sein.* Vor zehn Jahren hatte die Elf-Finger-Triade seinen Bruder Rob entführt, und er hatte das Gefühl, gerade ein Déjà-vu zu erleben.

»In Ordnung. *Doze, doze*[1]«, sagte Alice und legte auf. »Das war die Leitung vom Team Angels. Sie gehen mittlerweile davon aus, dass Isabel das Land verlassen hat. Sie haben mit einer Hausangestellten geredet, Isabels Pass ist nicht mehr da. Seltsamerweise hat sie keinerlei Gepäck mitgenommen.«

»Hatte sie nicht gerade eine neue Therapie angefangen?«

»Ja, aber sie ist diese Woche nicht zum Termin bei ihrem Psychiater erschienen.«

Charlie seufzte tief. Das war ein schlechtes Zeichen.

1 Kantonesisch für »Danke, danke«.

2

FULLERTON HOTEL, SINGAPUR

Jeden Monat veranstaltete die Immobilienerbin Rosalind Fung für ihre dreihundert besten Freundinnen ein Bankett zu Ehren der Christian Fellowship Church. Die Einladungen zu diesem Abend im opulenten Festsaal des Fullerton Hotels waren bei den Damen der Singapurer High Society gleich welchen Glaubens heiß begehrt, denn sie kamen einem Gütesiegel der alten Garde gleich (Chindos und Festländerinnen suchte man dort vergebens). Außerdem war das Essen einfach *himmlisch* – Rosalinds Leibköche übernahmen einen Tag lang die Hotelküche und zauberten ein gigantisches Büfett mit den köstlichsten Speisen der Singapurer Küche. Das Wichtigste war jedoch, dass das Göttermahl dank Rosalinds Großzügigkeit bis auf eine kleine Spende in den Klingelbeutel nach dem Schlussgebet[1] *nicht einen Cent* kostete.

1 Die meisten Gäste spendeten fünf bis zehn Dollar, nur Mrs Lee Yong Chien gab nie etwas. »Alle meine Spenden fließen in die Stiftung der Lee-Familie«, lautete ihre Ausrede.

Daisy Foo saß an ihrem strategisch günstig gewählten Tisch unmittelbar neben dem Büfett und musterte seufzend Araminta Lee, die in der Schlange vor der Nudelstation stand und auf eine Portion *mee siam* wartete. »*Aiya! Pian kaa a ni lau*[1], diese Araminta!«

»Quatsch, die sieht doch nicht alt aus«, widersprach Nadine Shaw mit dem Mund voller *mee-rebus*-Nudeln. »Sie hat bloß kein Make-up drauf. Diese ganzen Supermodels sehen ungeschminkt doch immer völlig nichtssagend aus.«

Eleanor Young goss sich einen guten Schuss Chili-Öl auf ihre *mee goreng*. »Also daran kanns nicht liegen. Ich hab sie früher oft beim Schwimmen im Churchill Club getroffen. Da sah sie auch noch makellos aus, als sie tropfnass und ohne einen Hauch von Schminke aus dem Pool gestiegen ist. Die hat ihre beste Zeit einfach hinter sich. Ich hab schon immer gewusst, dass sie mal schlecht altert. Wie alt mag sie inzwischen sein … siebenundzwanzig, achtundzwanzig? Von jetzt an gehts bergab, *lah*.«

In dem Moment traten Lorena Lim und Carol Tai mit gefährlich überladenen Tellern an den Tisch. »Was, was, wer altert schlecht?«, geiferte Lorena.

»Araminta Lee. Da drüben, an der Nudelstation. Total abgezehrt sieht die aus«, antwortete Nadine.

»*Alamak*, jetzt reiß dich mal zusammen, Nadine! Sie hatte gerade eine Fehlgeburt«, zischte Carol.

Mit offenen Mündern starrten die Frauen Carol an. »Schon wieder? Ist das dein Ernst? Von wem hast du das, *lah*?« Daisy hätte sich fast an ihren *mee pok* verschluckt.

1 »Ganz schön alt geworden« auf Hokkien.

»Na von Kitty, von wem denn sonst, *lah*. Die beiden sind doch inzwischen die besten Freundinnen, und seit der letzten Fehlgeburt ist Araminta oft bei Kitty und spielt mit Gisele. Sie ist total am Boden.«

»Wie oft siehst du denn eigentlich Kitty und Gisele?« Lorena fragte sich, wie Carol ihrer Exschwiegertochter so mir nichts, dir nichts hatte verzeihen können. Immerhin hatte diese Frau ihren Sohn Bernard mit einem Mann betrogen, den sie auf der Beerdigung von Carols verstorbenem Ehemann kennengelernt hatte, und Bernard daraufhin in eine erbitterte Schlammschlacht um Scheidung und Sorgerecht gezerrt. (Konnte natürlich daran liegen, dass Carol der neue Lebensstil ihres Sohnes zuwider war, denn Yoga und »diese alberne Steinzeit-Diät« waren ihrer Ansicht nach Ausgeburten des Teufels.)

»Ich bin mindestens einmal die Woche bei ihr, und Gisele geht jeden Sonntag mit mir in die Kirche«, berichtete Carol stolz.

»Ob das so gesund ist, wenn Araminta mit deiner Enkelin spielt, nachdem sie gerade ihr Kind verloren hat?«, spekulierte Nadine.

»*Aiya*, ich wette, die alte Mrs Khoo setzt Araminta fürchterlich unter Druck mit ihrem Wunsch nach einem Enkelsohn! Immerhin sind Colin und sie schon fünf Jahre verheiratet!« Eleanor nutzte die Gelegenheit, ihr eigenes Klagelied anzustimmen. »Die Hochzeit von meinem Nicky und seiner Rachel ist jetzt auch schon zwei Jahre her, und sie haben mir immer noch keinen Enkel geschenkt!«

»Aber Araminta ist doch noch jung. Sie hat alle Zeit der Welt, *lah*«, sagte Nadine.

»Tja, nachdem Dorothy Khoo enterbt wurde, Puan nur

Nichtsnutze hervorgebracht hat und Nigel Khoo mit dieser russischen Kabarettsängerin durchgebrannt ist, die definitiv zu alt ist, um *seh kiah*[1], sind Colin und Araminta wohl die letzte Hoffnung der Familie, den Namen Khoo weiterzugeben«, analysierte Daisy. Als geborene Wong (von den Zinn-Wongs) kannte sie sich in der Gesellschaftsgeschichte Singapurs bestens aus.

Die überkritischen Damen schüttelten einhellig den Kopf und warfen mitleidige Blicke in Aramintas Richtung, die auf alle übrigen Gäste in ihrem gelb gestreiften Minikleid von Jacquemus hinreißend und hübsch wie immer wirkte.

»Ach, Eleanor, da kommt deine Nichte Astrid. Na, das ist doch mal ein Mädchen, das überhaupt nicht altert«, stellte Carol fest.

Die Freundinnen reckten den Hals, um einen Blick auf Astrid zu erhaschen, die gerade mit ihrer Mutter Felicity Leong, der Society-Queen Mrs Lee Yong Chien und einer älteren Dame in einem kobaltblauen bestickten Hidschab die geschwungene Treppe herunterkam.

»Wer ist denn die malaysische Frau mit dem *monströsen* Rubinkropfband? Der Mittelstein ist ja fast so groß wie eine Litschi!« Lorena, die vor über dreißig Jahren in die L'Orient-Jewelry-Familie eingeheiratet hatte, kannte sich mit Klunkern aus.

»Ach, das ist die Witwe des Sultans von Perawak. Sie übernachtet natürlich bei den Leongs«, sagte Eleanor.

»*Alamak*, adlige Gäste sind immer so was von anstrengend!«, stöhnte Daisy.

1 »Kinder bekommen« auf Hokkien.

Genau wie nahezu alle anderen Frauen im Saal nahm Lorena das Outfit von Astrid genau unter die Lupe. War das etwa ein Männerhemd, das sie in den Bund ihrer raffiniert geschnittenen Röhrenhose in blau-weißem Vichykaro gesteckt hatte? »Stimmt, Astrid sieht wirklich jedes Mal jünger aus. Müsste sie nicht inzwischen Ende dreißig sein? Sie wirkt, als wäre sie gerade aus dem Schulbus der MGS[1] gestiegen! Ich wette, die hat so einiges machen lassen.«

»Unsinn, da ist sie doch gar nicht der Typ für«, sagte Eleanor.

»Auf die Kombination kommts an!«, sagte Daisy anerkennend. Die anderen Mädchen sind alle aufgetakelt bis zum Gehtnichtmehr, Astrid hingegen … Pferdeschwanz, Ballerinas, ein einziges schlichtes Kreuz als Schmuck – ist das aus Türkis? Und das Outfit! Sie sieht aus wie Audrey Hepburn auf dem Weg zur Probeaufnahme.« Daisy wühlte in ihrer neuen Céline-Handtasche nach einem Zahnstocher. »Verdammte Axt! Guckt mal, was meine schnöselige Schwiegertochter mir aufgenötigt hat. Dieses piekfeine Ding hat sie mir zum Geburtstag geschenkt, weil es ihr peinlich ist, mit mir und meiner No-Name-Tasche gesehen zu werden. Aber man findet überhaupt nichts hier drin! Himmel, Arsch und Zwirn, dieses Scheißteil ist riesig und hat mindestens tausend Taschen!«

»Hör sofort auf zu fluchen! Der Herr hört alles!«, tadelte Carol.

Wie aufs Stichwort erhob sich Gastgeberin Rosalind Fung und trat auf die Bühne. Sie war eine kleine, pumme-

1 Methodist Girls' School, die wir Jungs von der Anglo-Chinese School (ACS) immer Monkey Girls' School genannt haben.

lige Frau Mitte sechzig mit Hausfrauendauerwelle und dem Standardoutfit einer jeden Erbin des Singapurer Geldadels mittleren Alters: ärmellose Blümchenbluse aus dem Schlussverkauf bei John Little, taupefarbene Hose mit Gummizug und orthopädische Sandalen. Freudig strahlend begrüßte sie ihre Freundinnen.

»Vielen Dank, meine Damen, dass ihr heute Abend so zahlreich dem Ruf des Herrn gefolgt seid. Eine kurze Warnung vorweg: Die *laksa*[1] soll heute außerordentlich scharf sein. Ich weiß nicht, wie das passieren konnte, aber sogar Mary Lau, die bekanntlich jedes Gericht extrascharf bestellt, meinte, die *laksa* könne sie *beh tahan*[2]. Aber bevor wir jetzt weiter unsere Bäuche und Seelen laben, wird Bischof See Bei Sien unser Programm mit einem Segensspruch eröffnen.«

Während der Bischof sich in einer seiner wie üblich sterbenslangweiligen Predigten erging, waren auf einmal seltsame Geräusche hinter einer der Seitentüren zum Festsaal zu hören. Es klang, als würde dort ein hitziger Streit ausgetragen, dann folgten gedämpftes Rumpeln und Kratzen. Die Tür flog auf. »Stopp! Sie dürfen hier nicht rein!«, rief eine Angestellte in das Schweigen im Saal.

Jetzt lief irgendetwas draußen an der Wand des Festsaals auf und ab und gab dabei tierische Laute von sich. Daisy stieß die Frau neben sich an, die aufgestanden war, um besser sehen zu können. »Was ist das?«, fragte sie besorgt.

»Keine Ahnung, *lah*. Sieht aus wie … wie ein verwirrter Obdachloser.«

1 Scharfe Nudelsuppe mit Herzmuscheln, frittiertem Fisch und dicken Reisnudeln.

2 Singlisch für »nicht ertragen«.

»Was soll das heißen? Es gibt doch gar keine Obdachlosen in Singapur!«, rief Eleanor.

Astrid, die ganz am anderen Ende des Saals neben der Bühne saß, bekam erst mit, was los war, als plötzlich eine Frau mit völlig zerzaustem Haar und schmuddeligem Jogginganzug vor ihr stand, zwei kleine Mädchen in Schuluniform im Schlepptau. Mrs Lee Yong Chien schrie erschrocken auf und umklammerte ihre Handtasche. Jetzt erkannte Astrid die beiden Mädchen. Das waren Chloe und Delphine, Charlie Wus Töchter! Und die geistig umnachtet wirkende Frau war niemand anderes als Charlies Noch-Frau Isabel! Zum letzten Mal hatte Astrid sie bei der Biennale in Venedig in einem Kleid von Dior gesehen. Jetzt war sie kaum wiederzuerkennen. Was machten die drei hier in Singapur?

Ehe Astrid wusste, wie sie reagieren sollte, zerrte Isabel ihre ältere Tochter an der Schulter auf sie zu. »Das ist sie!«, kreischte sie. Spuckebläschen sammelten sich in ihren Mundwinkeln. »Guck sie dir genau an! Ich will, dass du weißt, welche Hure die Beine für deinen Daddy breit macht!«

Astrids Tischnachbarinnen schrien entsetzt auf, Rosalind bekreuzigte sich hastig, als könne sie so ihre Ohren vor der obszönen Aussage schützen. Das Sicherheitspersonal des Hotels eilte herbei, doch ehe sie Isabel zu packen bekamen, grabschte diese nach der nächstbesten *laksa*-Schale und schmiss sie in Astrids Richtung. Astrid zog instinktiv den Kopf ein, die Schale prallte von der Tischkante ab, und ihr kochend heißer, extrascharfer Inhalt ergoss sich über Felicity Leong, Mrs Lee Yong Chien und die Witwe des Sultans von Perawak.

3

RADIO CITY MUSIC HALL, NEW YORK

Patti Smith gab gerade »Because the Night« zum Besten, als Nicholas Youngs Handy plötzlich aufleuchtete und vibrierte. Nick ignorierte es und schaute erst nach der letzten Zugabe des Konzerts drauf. Zu seiner Überraschung entdeckte er nicht nur eine Nachricht von seiner Cousine Astrid auf der Mailbox, sondern auch noch eine von seinem besten Freund Colin Khoo und fünf Textnachrichten von seiner Mutter. Seine Mutter schrieb ihm nie Nachrichten. Er war erstaunt, dass sie überhaupt wusste, wie das geht.

ELEANOR YOUNG: 4?z Nicky#
EY: Ruf micj bitte soforr sn! Wo jisz du
EY: wieso gejsz dz nicht ans handy
EY: Ah Ma hatte einen Heezinfakr
EY: ruf micj an!

Nick reichte das Handy wortlos seiner Frau Rachel und sank in sich zusammen. Nach der guten Stimmung während des Konzerts waren die Nachrichten jetzt wie ein Schlag in die Magengrube. Rachel sah ihn erschrocken an.

»Dann ruf sie mal schnell zurück!«

»Ich glaub, ich brauch erst einmal frische Luft.«

Sie verließen die Radio City Music Hall und eilten auf die andere Seite der Sixth Avenue, um nicht inmitten der Menschenmenge zu bleiben, die sich unter der berühmten Leuchtschrifttafel angesammelt hatte.

Nick wählte die Nummer seiner Mutter und tigerte vor dem Time & Life Building auf und ab. Wie immer herrschte kurz Stille, bevor das typische Singapurer Rufzeichen ertönte, aber diesmal nahm seine Mutter ab, bevor er damit gerechnet hatte.

»Nicky? Nicky, bist du das?«

»Ja, Mum. Hörst du mich?«

»*Aiya*, wieso rufst du denn jetzt erst zurück? Wo steckst du?«

»Ich war bei einem Konzert.«

»Ein Konzert? Warst du im Lincoln Center?«

»Nein, bei einem Rockkonzert in der Radio City Music Hall.«

»Was, du warst bei den Rockettes? Die Can-Can tanzen und so?«

»Nein, ich war bei einem *Rockkonzert*, Mum.«

»Ein Rockkonzert? Na, ich hoffe, du hattest Ohrstöpsel drin. Ich hab gelesen, dass immer mehr junge Leute schwerhörig werden, weil sie Rock 'n' Roll hören. Diese Hippies mit den langen Haaren sind wohl mittlerweile schon komplett taub. Geschieht ihnen recht!«

»Es war nicht zu laut da, keine Sorge. Die haben eine fantastische Akustik in der Radio City. Wo bist du eigentlich?«

»Ich war bis eben im Mount Elizabeth, Ahmad fährt mich aber gerade zu Carol Tai, die veranstaltet eine Chili-Crab-Party. Ich musste einfach aus dem Krankenhaus raus, da gehts drunter und drüber. Felicity kommandiert wieder mal alle rum, sie meinte, ich darf nicht zu Ah Ma, weil schon zu viele bei ihr waren. Also hab ich erst eine Weile rumgesessen und war dann mit Astrid am Büfett. Ich wollte auf jeden Fall gesehen werden, damit hinterher niemand sagen kann, ich wäre meinen Pflichten als Frau des ältesten Sohns nicht nachgekommen.«

»Und wie gehts Ah Ma nun?« Nick wollte es sich selbst nicht recht eingestehen, aber es löste doch eine gewisse Panik in ihm aus, nicht zu wissen, ob seine Großmutter noch lebte oder nicht.

»Sie konnten sie stabilisieren, es besteht also erst mal keine akute Gefahr mehr.«

»Es geht ihr ganz okay«, flüsterte Nick seiner Frau zu.

»Sie bekommt Morphium über einen Tropf«, fuhr Eleanor fort. »Sie hat also im Moment keine Schmerzen und ist auch ziemlich benebelt. Aber die Frau von Professor Oon hat mir gesagt, dass es nicht allzu gut aussieht.«

»Professor Oons Frau ist auch Ärztin?«, fragte Nick überrascht.

»Nein, *lah*! Aber sie ist eben seine Frau, sie weiß aus erster Hand, dass Ah Ma nicht mehr lang zu leben hat. *Alamak*, wie auch, sie leidet an Herzinsuffizienz und ist sechsundneunzig, da operieren sie natürlich nicht.«

Nick schüttelte missbilligend den Kopf. Schweigepflicht wurde bei Francis Oon anscheinend nicht gerade großgeschrieben. »Wieso ist Mrs Oon denn überhaupt da?«

»Wusstest du nicht, dass Mrs Oon die Nichte von Singapurs First Lady ist? Die hat sie mitgebracht, und Großtante Rosemary T'sien und Lillian May Tan sind übrigens auch hier. Sie haben das gesamte Stockwerk für die Öffentlichkeit gesperrt und für Ah Ma, Mrs Lee Yong Chien und die Witwe des Sultans von Perawak zur VVIP-Etage erklärt. Erst gabs ein bisschen Hin und Her wegen der Royal Suite[1], der malaysische Botschafter meinte nämlich, dass die Sultana unbedingt reinmüsste. Aber dann hat sich die First Lady eingeklinkt: ›Shang Su Yi bekommt natürlich die Royal Suite, Ende der Diskussion.‹«

»Moment mal, Mrs Lee und die Witwe des Sultans von Perawak sind auch da?«

»*Aiya*, hast du das nicht mitbekommen? Isabel Wu hatte einen Nervenzusammenbruch und hat ihre Kinder nach Singapur entführt. Da ist sie bei Rosalind Fungs Christian-Fellowship-Bankett reingeplatzt und hat eine Schüssel *laksa* nach Astrid geworfen. Sie hat sie aber verfehlt und stattdessen Mrs Lee, die Sultana und Felicity erwischt. Letztere hatte zum Glück eins von ihren *pasar malam*[2]-mäßigen Polyesterkleidern von diesem Maßschneider in Tiong Bahru an, ihr ist gar nichts passiert, die Suppe ist an dem Stoff einfach abgeperlt. Dafür haben die arme Mrs Lee und die Sultana umso mehr abgekriegt und liegen jetzt mit Verbrennungen ersten Grades im Krankenhaus.«

1 Die Royal Suite des Mount Elizabeth Hospital wurde ursprünglich eigens für die Königsfamilie von Brunei eingerichtet, steht inzwischen aber auch anderen VVIP-Patienten zur Verfügung.

2 Malaiisch für »Nachtmarkt«. Der *pasar malam* ist ein Straßenmarkt, auf dem man gute Schnäppchen machen kann. Eleanor möchte ausdrücken, dass Felicity Youngs maßgeschneidertes Kostüm aussieht wie ein billiger Fetzen vom fliegenden Händler.

»Also jetzt bin ich völlig verwirrt.« Nick sah Hilfe suchend zu Rachel.

»Na, ich dachte, wenn einer Bescheid weiß, dann du! Isabel Wu meinte, Astrid würde regelmäßig für ihren Mann Charlie die Beine … also dass die beiden eine Affäre hätten. Vor allen Leuten hat sie das gesagt, sogar Bischof See Bei Sien hat es gehört! *Aiya*, was für eine Schande, jetzt wissen es alle, ganz Singapur spricht bestimmt schon drüber. Stimmt das denn eigentlich? Ist Astrid wirklich so ein Flittchen, dass die sich Charlie an den Hals wirft?«

»Also, ein Flittchen ist sie ganz sicher nicht, das steht mal fest«, sagte Nick vorsichtig.

»Du und deine Cousine, immer habt ihr irgendwelche Geheimnisse vor mir! Die arme Astrid war vorhin im Krankenhaus immer noch wie in Schockstarre und hat sich trotzdem solche Mühe gegeben, höflich zu allen Gästen zu sein. Na ja. Wann kommst du nun eigentlich?«

Nick zögerte einen Moment, erwiderte dann jedoch mit fester Stimme: »Ich komme nicht zurück.«

»Jetzt red keinen Unsinn, Nicky, du *musst* nach Hause kommen! Alle kommen. Dein Vater ist schon auf dem Weg von Sydney hierher, Onkel Alfred kommt in ein paar Tagen, Auntie Alix und Onkel Malcolm fliegen aus Hongkong ein, sogar Auntie Cat reist extra aus Bangkok her. Und weißt du was? Angeblich kommen sogar deine Cousins aus Thailand! Dieser Etepetete-Haufen würde sich sonst unter keinen Umständen herablassen, nach Singapur zu kommen, aber ich sag dir …« Eleanor verstummte kurz, warf einen Blick zum Chauffeur und sprach dann mit der Hand halb über dem Handy weiter: »… ich sag dir, die gehen alle davon aus, dass Ah Ma bald stirbt. Und da wollen sie sich natürlich sehen lassen, damit sie auch ja im Testament mitbedacht werden.«

Nick verdrehte die Augen. »Auf so was kommst auch nur du, Mum. An das Testament denkt bestimmt gerade niemand.«

Eleanor lachte spöttisch. »Du meine Güte, jetzt sei doch nicht so naiv. Das ist garantiert das *Einzige*, woran die alle denken! Die Geier kreisen schon, also setz dich ins nächste Flugzeug! Das ist die letzte Gelegenheit, dich mit deiner Großmutter zu vertragen. Und wenn du es richtig anstellst …« Sie senkte die Stimme zu einem Flüstern. *»… dann kriegst du Tyersall Park vielleicht doch noch!«*

»Der Zug ist wohl schon lange abgefahren. Glaub mir, von den Leuten da will mich ganz sicher niemand sehen.«

Eleanor stöhnte entnervt auf. »Genau da liegst du eben falsch, Nicky. Ah Ma wird die Augen erst zumachen, wenn sie dich ein letztes Mal gesehen hat, das weiß ich.«

Nachdem Nick Rachel auf den neuesten Stand gebracht hatte, setzte er sich erschöpft auf den Rand des Reflexionsbeckens neben dem Plaza. Er hatte das Gefühl, gerade alle Kraft verloren zu haben. Rachel hockte sich neben ihn und streichelte ihm beruhigend den Rücken. Sie sagte nichts. Sie wusste genau, wie angespannt die Situation zwischen seiner Großmutter und ihm war. Früher hatten sie eine sehr enge Beziehung gehabt, Nicks Großmutter vergötterte ihren einzigen Enkel, der den Namen Young trug, und hatte ihn als einziges ihrer Enkelkinder in Tyersall Park wohnen lassen. Mittlerweile hatten sie jedoch seit über vier Jahren nicht mehr miteinander gesprochen. Und alles nur wegen ihr, Rachel.

Su Yi hatte sie und Nick während eines Wochenendtrips in den malaysischen Cameron Highlands sozusagen überfallen und von Nick verlangt, die Beziehung zu beenden. Der hatte sich daraufhin nicht nur geweigert, sondern – was überhaupt nicht zu ihm passte – seine Großmutter vor allen Anwesenden schwer beleidigt. Das hatte diese Frau, die sonst überall verehrt wurde, sicher noch nie erlebt. Nachdem die Hochzeit von Nick und Rachel dann auch noch ohne den Großteil der weit verzweigten Familie in Kalifornien stattgefunden hatte, war der Graben noch breiter geworden.

Das Mädchen stammt nicht einmal aus einer anständigen Familie!, hatte Rachel noch die aufgebrachte Su Yi im Ohr. Bis heute bekam sie jedes Mal Gänsehaut, wenn sie daran dachte. Hier in New York ließ sich das Geschehene jedoch ganz gut verdrängen, und die letzten zwei Jahre hatten sie und Nick glücklich als frisch Verheiratete verlebt, fern von jeglichem Einfluss der Familie. Hin und wieder hatte sie vorsichtig bei Nick nachgehakt, ob es nicht an der Zeit wäre, sich mit seiner Großmutter zu versöhnen. Er hatte sich strikt geweigert, auch nur darüber zu reden. Rachel wusste jedoch genau, dass er nur so reagierte, weil ihm seine Großmutter so viel bedeutete.

Sie sah ihn an. »Auch wenn es mir nicht leichtfällt, das zu sagen: Deine Mutter hat recht. Du solltest nach Hause fahren.«

»New York ist mein Zuhause«, gab Nick trotzig zurück.

»Du weißt, was ich meine. Der Zustand deiner Großmutter klingt wirklich ernst.«

Nick wich Rachels Blick aus und sah stattdessen zu den Fenstern des Rockefeller Center hinauf, hinter denen selbst um diese Uhrzeit noch Licht brannte. »Du, ich hab total

Hunger. Lust auf einen Mitternachtssnack? Buvette oder lieber die Blue Ribbon Bakery?«

Es hatte eindeutig keinen Sinn, ihn weiter zu drängen. »Buvette«, sagte Rachel. »Der Coq au Vin da ist genau das, was wir jetzt brauchen.«

Nick grinste. »Vielleicht sollten wir besser Orte meiden, an denen heiße Suppe serviert wird, aber wenn du meinst …«

4

MOUNT ELIZABETH HOSPITAL, SINGAPUR

Nachdem Astrid fünf Stunden auf der Intensivstation verbracht und abwechselnd am Bett ihrer Großmutter gesessen, die besuchenden Würdenträger empfangen, ihre aufgelöste Mutter beruhigt und die Caterer betreut hatte, die in der VIP-Besucherlounge das Büfett[1] aufbauten, brauchte sie dringend eine Verschnaufpause. Sie fuhr mit dem Aufzug in die Lobby, steuerte das Grüppchen von Palmen neben dem Seiteneingang an der Jalan Elok an und schrieb Charlie auf WhatsApp an.

ASTRID LEONG TEO: Sorry, dass ich mich jetzt erst melde. Handyverbot auf der Intensiv.

CHARLES WU: Macht nichts. Wie gehts deiner Ah Ma?

1 Min Jiangs berühmte Pekingente aus dem Holzofen – von der zunächst die knusprige Haut im Zuckermantel in hausgemachten Pfannkuchen mit süßer Soße, gehacktem Lauch und Gurke serviert wurde und später das in Streifen geschnittene Fleisch mit gebratenen Nudeln – durfte bei dem von Felicity Young spontan organisierten Intensiv-Büfett selbstverständlich nicht fehlen.

ALT: Sie ruht sich aus, aber es sieht nicht gut aus.

CW: Tut mir echt leid.

ALT: Wie gehts Isabel und den Kindern?

CW: Gut. Sie sind vor zwei Stunden gelandet. Isabels Mutter konnte sie im Flugzeug zum Glück ruhig halten. Sie ist jetzt im Hong Kong Sanatorium und wird von ihren Ärzten versorgt. Den Kindern gehts gut. Bloß ein bisschen durcheinander. Chloe hängt wie üblich am Handy, Delphine schläft neben mir im Bett.

ALT: Die beiden haben das so toll gemacht! Man konnte ihnen ansehen, wie sie sich zusammengerissen haben. Delphine hat sofort Mrs Lee Yong Chien geholfen, und Chloe hat versucht, ihre Mutter zu beruhigen, als die Sicherheitsleute sie überwältigt haben.

CW: Tut mir alles SO leid!

ALT: Ach, du kannst doch nun wirklich nichts dafür.

CW: Doch! Ich hätte es ahnen müssen. Sie sollte diese Woche die Scheidungspapiere unterzeichnen. Meine Anwälte haben sie zu sehr unter Druck gesetzt, deshalb ist sie durchgedreht. Und meine Sicherheitsleute haben es total verkackt.

ALT: Meinst du nicht eher die Schule? Die haben Isabel doch mitten in der Stunde reinspazieren und die Kinder mitnehmen lassen.

CW: Anscheinend hat sie da eine oscarreife Darbietung hingelegt. So wie sie aussah, dachten alle, es wäre ein Notfall. Das kommt davon, wenn man der Schule zu viel spendet – da kannst du dir alles erlauben.

ALT: Aber das konnte doch auch wirklich keiner ahnen.

CW: Doch, meine Sicherheitsleute! Die haben so richtig Scheiße gebaut. Die Trottel haben Isabel und die

Kinder nicht gesehen, weil sie nur den Haupteingang bewacht haben. Aber Izzie als ehemalige Diocesan-Schülerin weiß natürlich, wie man sich rausschleichen kann.

ALT: OMG, daran hab ich gar nicht gedacht!

CW: Sie ist mit ihnen durch die Waschküche raus und dann direkt in die U-Bahn zum Flughafen. Übrigens wissen wir jetzt auch, wie sie dich gefunden hat. Rosalind Fung hat dich bei FB auf einem Foto vom letzten Christian-Fellowship-Event getaggt.

ALT: Echt? Ich bin höchstens einmal im Jahr auf FB.

CW: Isabels Mum ist da mit Rosalind befreundet. Vor drei Tagen hat sie sie angeschrieben und gefragt, ob du diesen Monat auch wieder dabei bist, und Rosalind hat Ja gesagt und ihr sogar erzählt, dass du bei den Ehrengästen sitzt!

ALT: Ach, SO hat sie mich in der Menge gleich gefunden! Ich hab mich zu Tode erschreckt, als sie mich angeschrien hat.

CW: Tja, dann ist die Katze jetzt wohl aus dem Sack, was? Ich wette, alle zerreißen sich das Maul über uns.

ALT: Keine Ahnung. Wahrscheinlich schon.

CW: Was hat deine Mutter dazu gesagt? Ist sie direkt Amok gelaufen?

ALT: Mum hat sich noch gar nicht dazu geäußert. Ich glaube, so weit hat sie noch gar nicht gedacht. Sie war viel zu beschäftigt damit, Mrs Lee und die Sultana mit Servietten abzutupfen. Und dann kam auch noch Araminta angerannt und meinte: »Hast du's noch nicht gehört? Deine Großmutter hatte einen Herzinfarkt!«

CW: Was für ein Tag! Du Arme!

ALT: Nein, deine Kinder tun mir leid. Dass sie ihre Mutter in dem Zustand sehen mussten …

CW: Ach, das kennen sie schon. Nur war es bisher nie so schlimm wie heute.

ALT: Ich hätte sie am liebsten in den Arm genommen. Und ich hätte sie gern selbst zu dir gebracht, aber hier herrscht einfach das totale Chaos.

CW: Ich glaub, DU brauchst eine Umarmung.

ALT: Mhmm … das wär schön!

CW: Wie hältst du es bloß mit mir aus. Ständig passiert nur Scheiße in meinem Leben.

ALT: Nicht nur in deinem.

CW: Aber deine Scheiße ist nicht halb so verrückt wie meine.

ALT: Warts ab. Ah Ma liegt im Krankenhaus – ich mach mich schon mal auf eine Familieninvasion gefasst. Schön wird das nicht.

CW: Meinst du, ein bisschen so wie bei »Modern Family«?

ALT: Eher wie bei »Game of Thrones«. Die Rote Hochzeit.

CW: So schlimm? Apropos Hochzeit, weiß eigentlich schon jemand von unseren Plänen?

ALT: Noch nicht. Aber ich sollte die Gelegenheit ergreifen und meine Familie darauf vorbereiten, dass ich mich von Michael scheiden lasse und es einen neuen Mann in meinem Leben gibt … zumindest die nähere Verwandtschaft.

CW: Es gibt einen neuen Mann in deinem Leben?

ALT: Ja, er heißt Jon Snow.

CW: Ich sags dir ja nur ungern, aber Jon Snow ist tot.[1]

ALT: Ist er nicht. Wirst schon sehen. :-)

CW: Im Ernst, ich bin für dich da. Soll ich kommen?

ALT: Nein, schon okay. Chloe und Delphine brauchen dich.

CW: Und ich brauche dich. Ich kann dir jederzeit den Flieger schicken.

ALT: Warten wir erst mal ab, wie es mit meiner Familie läuft. Dann können wir anfangen zu planen …

CW: Ich zähl die Minuten …

ALT: Ich auch … Tausend Küsse!

1 2015 war die Welt mit der Frage beschäftigt, ob sich die Wirtschaft weiter erholen würde, ob der Ebola-Ausbruch in Afrika sich zur Pandemie entwickeln würde, wo der IS nach den schrecklichen Terroranschlägen in Paris als Nächstes zuschlagen würde, wie Nepal nach der Erdbebenkatastrophe geholfen werden konnte, wer die Spitzenkandidaten für den nächsten Präsidentschaftswahlkampf sein würden und ob Jon Snow, Lord Commander der Night's Watch und eine der Hauptfiguren der Fernsehadaption von George R. R. Martins *Game of Thrones*, im Staffelfinale wirklich gestorben ist.

5

RUE BOISSY-D'ANGLAS, PARIS

Sie stand mitten in Giambattista Vallis elegant eingerichtetem Atelier auf einem Podest mit Spiegelboden und gab sich große Mühe stillzuhalten, während zwei Schneiderinnen sorgfältig den Saum des hauchzarten Tüllkleids absteckten, das man ihr angezogen hatte. Vor dem Fenster sah sie einen kleinen Jungen mit einem roten Luftballon vorbeilaufen, und sie fragte sich, wo er wohl hinging.

Der Mann mit der Barockperlenkette um den Hals lächelte sie an. »Drehst du dich mal für mich, *bambolina*?«

Sie machte folgsam eine Pirouette, und die Frauen um sie herum stießen verzückte Laute aus.

»J'adore!«, seufzte Georgina verträumt.

»Du hattest so recht, Giamba!«, rief Wandi. »Die fünf Zentimeter weniger machen wirklich den Unterschied, jetzt kommt der Rock richtig zur Geltung. Wie eine Blume, die vor unseren Augen erblüht!«

»Wie eine Pfingstrose!«, warf Tatiana ein.

»Die Inspiration für das Kleid waren eher Butterblumen«, erwiderte der Designer.

»Sagt mir nichts. Aber du bist und bleibst ein Genie, Giamba!« Tatiana überschlug sich fast.

Georgina betrachtete das Kleid prüfend von allen Seiten. »Als Kitty erzählt hat, dass das einhundertfünfundsiebzigtausend Dollar kosten soll, war ich ja schon ein bisschen skeptisch. Aber es ist wirklich jeden Cent wert, das muss ich zugeben.«

»Finde ich auch«, sagte Kitty leise und betrachtete das wadenlange Kleid im Rokokospiegel an der Wand. »Gefällts dir denn, Gisele?«

»Ja, Mommy«, antwortete die Fünfjährige. Sie hatte keine Lust mehr, unter den heißen Lampen zu stehen, und sie wollte endlich ihre Belohnung. Mommy hatte ihr einen großen Eisbecher versprochen, wenn sie lieb war und sich bei der Anprobe nicht rührte.

»Alles klar. Dann nehmen wir drei«, sagte Kitty zu Giambattista Vallis Assistenten.

»Drei?« Der schlaksige junge Mann sah sie überrascht an.

»Natürlich, ich kaufe alle unsere Sachen in dreifacher Ausführung – für unser Haus in Singapur, das in Schanghai und das in Beverly Hills. Und das hier muss bis zu ihrer Geburtstagsfeier am ersten März fertig sein.«

»Selbstverständlich, Signora Bing«, versicherte Giambattista. »Und jetzt entschuldigt mich bitte, meine Damen. Luka wird euch die neue Kollektion zeigen, ich habe nämlich leider einen Termin mit der Direktrice von Saks.«

Die Frauen verabschiedeten sich mit Luftküsschen von dem Designer, Gisele wurde mit dem Kindermädchen auf einen Eisbecher zu Angelina geschickt, ein weiterer Assistent kam herein und verteilte Veuve-Clicquot-Champagner und Café Crème, und Kitty machte es sich auf der stylischen Chaiselongue gemütlich. Heute war erst ihr zweiter Tag hier, und sie schwebte jetzt schon im siebten Himmel. Auf ihrem Paris-Shoppingtrip wurde sie von ihren besten Freundinnen aus Singapur begleitet, Wandi Meggaharto Widjawa, Tatiana Savarin und Georgina Ting, und überhaupt fühlte sich diesmal alles ganz anders an als beim letzten Mal.

Seitdem sie aus der Trenta gestiegen war, der Boeing 747–81 VIP, deren Innenausstattung sie kürzlich hatte generalüberholen lassen, sodass es im Innern nun exakt aussah wie in einem Schanghaier Freudenhaus aus einem Film von Wong Kar-Wai[1], trug man sie hier auf Händen. Als ihre Rolls-Royce-Kolonne vor dem Peninsula Paris hielt, stand die gesamte Hotelbelegschaft bereit, um sie zu begrüßen, und der Manager höchstpersönlich führte sie hoch in die beeindruckende Suite.

Beim Abendessen im Ledoyen verbeugten sich die Kellner so häufig und tief, dass es sie nicht gewundert hätte, wenn sie auch noch einen Purzelbaum geschlagen hätten. Und als sie gestern bei Chanel in der Rue Cambon die neueste Mode anprobierte, überbrachte ihr niemand Geringerer als Karl Lagerfelds persönlicher Assistent einen handgeschriebenen Brief vom *Meister*!

Kitty wusste, dass sie diese besondere Aufmerksamkeit nur genoss, weil sie diesmal als Mrs Jack Bing in Paris eingeritten war. Sie war nicht mehr nur die Frau eines x-beliebigen Milliardärs, sie war die Frau des zweitreichsten Mannes

1 Siehe Wong Kar-Wais *Der Großmeister*. Filmtechnisch finde ich ja *In the Mood for Love* viel besser, aber Set und Requisite sind einfach der Hammer.

in ganz China[1], der zu den zehn reichsten Männern der Welt gehörte. Kaum zu glauben, dass Pong Li Li aus Qinghai, deren Eltern bei der Müllabfuhr arbeiteten, es im relativ zarten Alter von vierunddreißig (auch wenn sie allen sagte, sie sei dreißig) tatsächlich so weit gebracht hatte. Und es war nicht so, als wäre ihr auf dem Weg dahin irgendetwas geschenkt worden. Sie hatte ihr ganzes Leben lang hart dafür gearbeitet.

Ihre Mutter stammte aus einer gebildeten Mittelklassefamilie, die jedoch während Maos *Großer Sprung nach vorn*-Kampagne aufs Land verbannt worden war. Ihre Eltern hatten ihr von klein auf beigebracht, dass Bildung der einzige Weg in ein besseres Leben war. Ihre gesamte Kindheit und Jugend hindurch hatte Kitty stets alles gegeben, war erst Klassen- und Schulbeste gewesen und hatte dann auch noch die landesweite Abschlussprüfung als Beste bestanden. Am Ende ging der einzige Studienplatz ihres Bezirks trotzdem an irgendeinen Jungen, dessen Familie die besseren Beziehungen hatte. Ihre einzige Chance auf ein Studium, der Platz, den sie sich so hart erarbeitet hatte und der ihr zustand!

Kitty gab jedoch nicht auf, sie kämpfte weiter, zog zunächst nach Shenzhen, wo sie in einer Karaokebar arbeitete und unaussprechliche Dinge über sich ergehen lassen musste, und dann nach Hongkong, wo sie eine kleine Rolle in einer Vorabendserie ergatterte, die dank ihrer Affäre mit dem Regisseur bald zu einer größeren ausgebaut wurde. Sie lernte jede Menge Männer kennen, von denen sie jedoch keiner wirklich weiterbrachte – bis sie Alistair Cheng traf, diesen naiven Jungen, der viel zu nett für diese Welt war. Als sie

1 Beziehungsweise des dritt-, viert- oder siebtreichsten, je nachdem, welchem Wirtschaftsblatt man Glauben schenkt.

ihn zur Hochzeit der Khoos begleitete, wurde sie Bernard Tai vorgestellt, woraufhin sie Alistair verließ und Bernard schnellstmöglich in Las Vegas heiratete. Auf der Beerdigung seines Vaters lernte sie dann Jack Bing kennen, ließ sich von Bernard scheiden und heiratete mit Jack schließlich einen Mann, der die jahrelangen Anstrengungen wettmachte.

Und nachdem sie ihm einen Sohn geschenkt hatte (Harvard Bing, 2013 geboren), konnte sie nun tun und lassen, was sie wollte. Zum Beispiel eine Dolmetscherin anheuern, ihre beiden Kinder, drei ihrer liebsten Freundinnen (allesamt genau wie sie rank und schlank, perfekt gestylt, teuer gekleidet und mit reichen Ausländern verheiratet, die in Schanghai, Hongkong beziehungsweise Singapur arbeiteten), vier Kindermädchen, fünf Dienstmädchen und sechs Bodyguards in ihren persönlichen Jumbojet verfrachten und mit ihnen nach Paris fliegen. Sie konnte für ihre Entourage die gesamte obere Etage des Peninsula Hotels anmieten (was sie auch tat). Sie konnte die komplette Automne-Hiver-Kollektion von Chanel kaufen, und zwar jedes Stück in dreifacher Ausführung (was sie auch tat). Sie konnte eine von der Chefkuratorin geführte Privatführung durch Versailles buchen und sich danach in Marie-Antoinettes Privatdörfchen ein von Yannick Alléno im Freien zubereitetes Essen schmecken lassen (was morgen stattfinden würde – dank Oliver T'sien, der das alles organisiert hatte). Wenn jemals ein Buch über sie geschrieben würde – alle würden es für ein Märchen halten.

Kitty trank einen Schluck Champagner und ließ den Blick über die Ballkleider schweifen, die ihr vorgeführt wurden. Fast langweilte sie sich ein wenig. Ja, die Kleider waren wunderschön, aber nach dem zehnten sahen dann eben doch alle gleich aus. Konnte man sich an Schönheit eigentlich sattsehen? Sie könnte jetzt die gesamte Kollektion aufkaufen und würde wahrscheinlich bald wieder vergessen haben, dass sie sie überhaupt besaß. Sie brauchte was anderes. Sie brauchte mehr. Vielleicht sollte sie sich mal ein paar sambische Smaragde anschauen gehen.

Luka kannte den Ausdruck auf Kittys Gesicht nur zu gut, er hatte ihn schon bei vielen anderen reichen Kundinnen gesehen. Frauen, die jederzeit und sofort alles bekamen, was sie wollten, Erbinnen, Promis und Prinzessinnen, die genau hier gesessen hatten, wo Kitty nun thronte. Jetzt hieß es, schnell für eine positive Atmosphäre zu sorgen, damit die Vielkäuferin bei Laune gehalten wurde.

»Ladys, ich würde Ihnen gern etwas zeigen, woran Giamba seit Wochen arbeitet. Hier entlang bitte.« Er drückte gegen ein Paneel in der Wandvertäfelung, und Giambattistas Heiligstes öffnete sich – ein geheimes Atelier, in dem nur eine einzelne Schneiderpuppe in einem Kleid stand. »Giamba hat sich bei dem Kleid vom Gemälde ›Adele Bloch-Bauer I‹ von Gustav Klimt inspirieren lassen, kennen Sie das? Ronald Lauder hat das Bild für einhundertfünfunddreißig Millionen Dollar gekauft, es hängt in der Neuen Galerie in New York.«

Ungläubig starrten die Frauen das Kunstwerk von einem Abendkleid an – das schulterfreie Oberteil aus elfenbeinfarbenem Tüll, der Rock aus schimmerndem Gold mit der langen Schleppe und dem faszinierenden Mosaik aus Tausenden Goldplättchen, Lapislazuli und anderen Edelsteinen. Es sah wahrhaftig aus wie ein zum Leben erwachtes Klimt-Gemälde.

»Ach du meine Güte, das ist ja unglaublich!«, quietschte

Georgina und fuhr mit ihren langen Kunstnägeln über den edelsteinbesetzten Stoff.

»Ravissement!«, versuchte Tatiana die Anwesenden mit ihrem Neunte-Klasse-Französisch zu beeindrucken und scheiterte kläglich. *»Combien?«*

»Der Preis steht noch nicht fest. Es ist eine Auftragsarbeit, seit drei Monaten sind vier Mitarbeiter in Vollzeit allein mit dem Besticken beschäftigt, und es dauert bestimmt noch ein paar Wochen, bis das Kleid fertig ist. Inklusive der Goldpailletten und den Edelsteinen rechnen wir mit rund zweieinhalb Millionen Euro.«

Kitty war völlig fasziniert. Ihr schlug das Herz bis zum Hals, wie immer, wenn sie etwas sah, das ihr gefiel. »Ich will es.«

»Tut mir leid, Madame Bing, aber dieses Kleid ist bereits reserviert.« Luka lächelte entschuldigend.

»Dann machen Sie mir eben noch eins. Ich meine, drei.«

»Ich befürchte, genau dieses Kleid können wir nicht noch mal anfertigen.«

Kitty sah ihn verständnislos an. »Natürlich können Sie das.«

»Madame, Sie müssen das verstehen ... Giamba entwirft sicher gern mit Ihnen zusammen ein neues Kleid im gleichen Stil, aber genau das hier können wir nicht noch mal anfertigen. Es ist ein Unikat für eine besondere Kundin, ebenfalls aus China ...«

»Ich komme nicht aus China«, unterbrach ihn Kitty, »sondern aus Singapur.«[1]

1 Kitty lebt zwar erst seit zwei Jahren in Singapur, und das auch noch mit Unterbrechungen, bezeichnet die Stadt aber trotzdem wie so viele chinesische Immigranten vom Festland als ihre Heimat.

»Was soll denn das für eine besondere Kundin sein?«, fragte Wandi. Ihre dichte Beyoncé-Mähne wippte empört.

»Eine Freundin von Giamba«, sagte Luka. »Ich kenne nur ihren Vornamen: Colette.«

Einen Moment lang herrschte Totenstille. Schließlich traute sich Wandi zu fragen, was alle interessierte: »Ähm … doch nicht zufällig Colette Bing?«

»Da bin ich überfragt, ich schau mal nach …« Luka blätterte einen Stapel Papiere durch. »Ach, tatsächlich, Bing! *Une telle coïncidence!* Sind Sie mit ihr verwandt, Madame Bing?«

Kitty saß da wie das Kaninchen vor der Schlange. Meinte Luka das jetzt ernst? Er musste doch wissen, dass Colette die Tochter ihres Mannes aus erster Ehe war.

»Nein, die beiden sind nicht verwandt«, kam ihr Tatiana zu Hilfe. »Aber wir kennen die Dame.«

»Kann man wohl sagen.« Wandi spielte kurz mit dem Gedanken, Luka zu erzählen, dass das Video von Colettes Ausraster in ganz China bekannt und allein auf WeChat bereits sechsunddreißig Millionen Mal angesehen worden war, und wie sie dadurch zum Paradebeispiel für das schlechte Benehmen von *fuerdai*[1] geworden war, sodass sie nach London hatte fliehen müssen. Wahrscheinlich war dies aber eher kein guter Zeitpunkt, die Sprache darauf zu bringen, und so schwieg Wandi lieber.

»Das Kleid ist also für Colette?« Kitty betastete gedankenverloren einen der hauchzarten Glasbatist-Ärmel.

1 Mandarin für »reiche Sprösslinge« – genauso wie »trust fund kids« eine spöttische Bezeichnung für wohlhabende Blagen, die von Papas Treuhandfonds leben und die man heimlich beneidet.

»Ja, es ist ihr Hochzeitskleid«, antwortete Luka mit einem Lächeln.

Kitty sah ihn entgeistert an. »Colette heiratet?«

»Jawohl, Madame. Die ganze Stadt redet darüber. Sie heiratet Lucien Montagu-Scott.«

»Was ist das für eine Familie?«, fragte Wandi, die selbst aus einer unglaublich reichen indonesischen Familie kam und sich daher bei jeder neuen Bekanntschaft sofort nach deren Stammbaum erkundigen musste.

»Ich weiß leider nichts über Monsieurs *famille*, aber ich glaube, er ist Anwalt«, sagte Luka.

Tatiana googelte den Namen sofort und las laut vor: »Lucien Montagu-Scott gehört zur neuen Generation britischer Umweltjuristen. Nach seinem Studium am Magdalen-College in Oxf-«

»Das spricht man ›Modlin‹ aus«, unterbrach Georgina.

»... am Modlin-College in Oxford überquerte er gemeinsam mit seinem Freund David Mayer de Rothschild auf einem Katamaran aus zwölftausendfünfhundert gesammelten Plastikflaschen den Pazifik, um auf die Verschmutzung der Meere aufmerksam zu machen. In letzter Zeit setzt er sich besonders dafür ein, die Umweltkatastrophen in Indonesien und Borneo publik zu machen ...«

»Gähn«, sagte Tatiana verächtlich.

»Er ist wirklich ein sehr sympathischer junger Mann«, schwärmte Luka. »Er begleitet Colette zu allen Anproben!«

»Ich versteh nicht, wie ausgerechnet Colette Bing sich so einen aussuchen konnte«, sagte Georgina. »Einen Anwalt! Und dann nicht mal einen für Mergers und Acquisitions. Eins von den Kleidern hier übersteigt doch garantiert schon sein Jahreseinkommen! Wahrscheinlich will sie auf Biegen und Brechen ein Mischlingsbaby.« Sie warf unauffällig einen Blick zu Kitty hinüber, ob die das Ganze nicht etwa zu sehr mitnahm. Kitty betrachtete jedoch weiterhin mit einem Pokerface das Kleid und schwieg.

»Och, ich will auch ein süßes Mischlingsbaby!«, seufzte Wandi. »Du kennst nicht zufällig irgendwelche gut aussehenden französischen Grafen, Luka?«

»Tut mir leid, Mademoiselle, der einzige *comte*, den ich kenne, ist bereits verheiratet.«

»Pfff, bin ich auch. Für ein halb französisches Baby schicke ich meinen Langweiler-Göttergatten aber gern in die Wüste!«

»Pass lieber auf«, warf Tatiana ein. »Man weiß nie, was dabei am Ende wirklich rauskommt.«

»Doch, doch, bei einem Baby von einem Weißen stehen die Chancen sehr gut, dass es ein hübsches Kind wird. Das wird zu neunundneunzig Prozent ein Keanu Reeves. Deshalb wollen ja auch so viele Asiatinnen einen weißen Ehemann.«

»Also erstens ist Keanu nicht zur Hälfte weiß, sondern eher zu drei Vierteln. Seine Mutter ist nämlich nur Halb-Hawaiianerin und sein Vater Amerikaner[1]. Und zweitens hab ich schon ein paar echt gruselige Kinder von asiatischen Müttern und weißen Vätern gesehen«, beharrte Georgina.

»Das passiert ja nur ganz selten. Aber hast schon recht, wenn, dann ist es richtig schlimm. OMG, habt ihr das mit

1 In Wirklichkeit wurde Keanu Reeves als Sohn einer englischen Mutter und eines Vaters mit hawaiianischen, chinesischen und englischen Wurzeln in Beirut im Libanon geboren.

dem Chinesen mitbekommen, der seine Frau verklagt hat, weil die gemeinsamen Kinder alle total hässlich waren? Er hatte extra eine schöne Frau geheiratet, aber dann hat sich rausgestellt, dass sie mehrere Schönheits-OPs hinter sich hatte. Und die Kinder sahen alle aus wie sie vor der OP!« Wandi kicherte.

»Das war doch ein Fake«, sagte Tatiana. »Ich hab das damals auch gelesen, aber irgendwann kam raus, dass die Zeitung sich das ausgedacht hatte und einfach ein Foto von zwei Models mit einem Haufen hässlicher Kinder gemacht hat.«

Luka, der das Thema geschmacklos fand, versuchte die Unterhaltung in eine andere Richtung zu lenken. »Monsieur Lucien und Mademoiselle Colette werden sicher ganz wunderschöne Kinder haben. Sie ist eine äußerst hübsche Frau, und er sieht auch sehr gut aus.«

»Das klingt doch super«, sagte Kitty betont fröhlich. »Nach dem ganzen Gerede über Babys hab ich jetzt aber richtig Lust, noch ein paar Alltagsoutfits für Gisele zu kaufen. Hast du da was auf Lager, Luka? Und vielleicht auch irgendwas schickes Genderneutrales für Harvard?«

»Oui, madame.« Luka ging hinaus.

Wandi und Tatiana standen in der Tür und warteten auf Kitty, die sich anscheinend nicht von dem wertvollen Klimt-Kleid lösen konnte. Plötzlich packte sie beherzt nach dem Rock und riss ihn mittendurch.

6

NASSIM ROAD 11, SINGAPUR

Die Nassim Road im Herzen von Bukit Timah war eine der wenigen pittoresken Straßen in Singapur, die mit ihren zu Botschaften umgewandelten historischen Anwesen, modernen Bungalows auf makellos getrimmten Rasenflächen und imposanten Kolonialbauten noch immer ein exklusives Alte-Welt-Flair ausstrahlten. Das Haus mit der Nummer 11 war ein besonders eindrückliches Beispiel für die Black-and-White-Architektur, da es seit seiner Erbauung vor hundert Jahren nur ein einziges Mal den Besitzer gewechselt hatte. Von Boustead & Co. in Auftrag gegeben und im Jahre 1918 von S. K. Leong gekauft, wurde es seitdem von drei Generationen der Familie Leong mit Liebe zum Detail erhalten.

Astrid fuhr die lange, von Mittelmeerzypressen gesäumte Einfahrt hinauf und hielt vor ihrem Elternhaus. Sofort schwang die Eingangstür auf, und Chefhaushälter Liat winkte sie hinein. Astrid verzog das Gesicht. Sie war auf dem Weg zu Ah Ma ins Krankenhaus und wollte eigentlich nur schnell ihre Mutter einsammeln, damit sie nicht zu spät zu Professor Oons Visite kamen. Sie stellte den Motor ihres dunkelblauen Acuras ab und stieg aus.

Ihre Schwägerin Cathleen saß im Foyer des Hauses auf einem Palisanderhocker und schnürte ihre Wanderschuhe.

»Morgen, Cat«, grüßte Astrid sie.

Cathleen warf ihr einen sonderbaren Blick zu. »Sie sind noch beim Frühstück. Sicher, dass du dich heute blicken lassen willst?«

Cathleen spielte bestimmt auf das Isabel-Wu-Fiasko an. Astrids Eltern waren so mit ihrer Großmutter beschäftigt gewesen, dass sie den Vorfall bisher noch nicht kommentiert hatten, aber sie wusste, dass die Ruhe trügerisch war.

»Früher oder später muss ich ja wohl …« Sie holte tief Luft und ging Richtung Frühstückszimmer.

»Viel Glück«, sagte Cathleen und griff auf dem Weg zur Tür nach ihrer ramponierten Plastiktüte von Jones the Grocer.[1]

Das Frühstück in der Nassim Road wurde stets im Wintergarten eingenommen, der ans Wohnzimmer anschloss. Der runde Teaktisch mit Marmorplatte aus Niederländisch-Indien, die Korbstühle mitsamt ihrer Chintzkissen mit drolligem Affenmuster und die üppigen hängenden Farne aus den Gewächshäusern in Tyersall Park machten

1 Cathleen Kah Leong, die Frau von Harry und Felicity Leongs ältestem Sohn Henry, ist äußerst auf Sparsamkeit bedacht. Obgleich sie Gesellschafterin der angesehensten Anwaltskanzlei Singapurs und Enkelin des verstorbenen Finanzmagnaten Kah Chin Kee ist, fährt sie jeden Tag mit dem Bus zur Arbeit. Ihre Akten transportiert sie dabei in einer Plastiktüte des örtlichen Gourmetladens, obwohl sie sich locker Goyard leisten könnte (also das Unternehmen Goyard, nicht bloß eine nette Goyard-Tasche).

den Raum urgemütlich. Beim Eintreten bedachte Astrids großer Bruder Henry sie mit einem bösen Blick, erhob sich wortlos und brummte im Vorbeigehen irgendetwas Unverständliches. Astrid sah verwundert von ihrem Vater, der auf seinem angestammten Platz saß und einen Toast sorgfältig mit klebrigem Marmite bestrich, zu ihrer Mutter, die vor einer unangerührten Schale Porridge saß und sich mit einem zerknüllten Taschentuch das rot verquollene Gesicht abtupfte.

»Ist was mit Ah Ma?«, fragte Astrid erschrocken.

»Ha! Die Frage sollte wohl eher lauten: ›Schaffst du es, deiner Großmutter mit einem zweiten Herzinfarkt den Rest zu geben, wenn sie das hier liest?‹« Angewidert pfefferte Felicity ein Blatt Papier auf die Tischplatte.

Astrid griff danach und stellte bestürzt fest, dass es ein Ausdruck der beliebtesten Promiklatschkolumne Asiens war:

SCHMANKERL DES TAGES VON LEONARDO LAI

Suppen-Supergau:
Was hat Isabel Wu gegen die bezaubernde Erbin?

An alle, die den brühwarmen Skandal um Tech-Milliardär **Charlie Wus** Frau **Isabel** verfolgt haben, der Malaysia und Hongkong beinahe in eine diplomatische Krise gestürzt hätte: Schnallt euch an, denn hier kommen ein paar Schocker für euch!

Wie wir alle wissen, haben Charlie und Isabel 2013 ihre Trennung bekannt gegeben. Sicheren Quellen zufolge verhandeln sie seitdem die Modalitäten der Scheidung. Es geht um einen Teil des Wu-Vermögens, das Familienanwesen in der Peak Road und das Sorgerecht für die beiden Töchter. Eine gute Freundin von Isabel hat mir anvertraut: »Für Isabel ist das alles furchtbar schwer. Grund für ihren kürzlichen

Zusammenbruch sind der emotionale Stress durch die Scheidung und *die andere Frau*.«

Jep, ihr habt richtig gelesen. SCHOCKER NUMMER 1: Diese andere Frau ist keine Geringere als **Astrid Leong Teo**, die modelhafte Ehefrau des superheißen Singapurer Risikokapitalgebers **Michael Teo** (der ganz klar seine Berufung als Calvin-Klein-Unterwäschemodel verfehlt hat) und Mutter des siebenjährigen **Cassius**. Ja, Charlie und Astrid haben seit fünf Jahren eine ebenso heiße wie heimliche Affäre und – SCHOCKER NUMMER 2: Das unglaubliche von **Tom Kundig** entworfene Haus, das gerade in Shek O gebaut wird und das alle für **Leo Mings** neues Privatmuseum gehalten haben, soll in Wirklichkeit das Liebesnest von Charlie und Astrid werden, sobald sie offiziell zusammenziehen können! (Astrid und Michael Teo haben offensichtlich ebenfalls demnächst eine Verabredung beim Scheidungsanwalt.)

Die hinreißende Verführerin Astrid mag den meisten Hongkonger Leserinnen zwar kein Begriff sein, aber glaubt mir, ihr Familienhintergrund ist beachtlich: Laut meinem absolut vertrauenswürdigen Insider aus Singapur ist Astrid die einzige Tochter von **Harry Leong**, offiziell der Ehrenvorsitzende des Institute of ASEAN Affairs. Inoffiziell hingegen ist er einer der einflussreichsten politischen Strippenzieher in Singapur und leitet – meinen Quellen zufolge – darüber hinaus auch noch die S. K. Leong Holdings Pte Ltd, den Unternehmenskoloss, der gerüchteweise die Bank of Borneo, Selangor Mining, die *New Malaysia Post* und Palmcore Berhad, einen der weltweit größten Rohstoffhandel, besitzt. Und das ist noch längst nicht alles! Astrids Mutter **Felicity Young** stammt aus einer der altehrwürdigsten Familien Singapurs. »Die Youngs schweben in ihrer eigenen Sphäre. Sie sind verwandt mit den T'siens, den Tans und den Shangs – also praktisch allen, auf die es wirklich ankommt. Außerdem ist Felicitys Mutter **Shang Su Yi** die Besitzerin von Tyersall Park, dem größten Privatanwesen in ganz Singapur«, berichtet mein Insider.

Nach der Schulzeit in London und Paris bewegt sich Astrid heute in den erlauchtesten Kreisen und zählt diverse Angehörige der europäischen Königsfamilien, berühmte Modedesigner und Künstler zu ihren Freunden. »Wie soll Isabel dagegen ankommen? Statt um die Welt zu jetten und bei Modenschauen in der ersten Reihe zu sitzen wie diese stinkreiche Erbin, ist Izzie vollends damit beschäftigt, Hongkongs Arme und Unterdrückte vor Gericht zu vertreten und ihre beiden Töchter großzuziehen. Kein Wunder also, dass sie irgendwann zusammenbricht! Und kein Wunder, dass Charlie sich von Astrid mit ihrem superglamourösen Leben um den Finger hat wickeln lassen – das ist schließlich nicht das erste Mal!«

Das führt uns auch schon zu SCHOCKER NUMMER 3: Astrid und Charlie waren zu Collegezeiten bereits verlobt! Allerdings wurde die Verbindung auf Drängen ihrer Familie gelöst, weil die Hongkonger Wus diesen Singapurer Snobs nicht gut genug waren! Doch wie es scheint, sind die unglücklich Verliebten nie übereinander hinweggekommen – tja, jetzt müssen die beiden die Suppe auslöffeln, die sie sich eingebrockt haben! So, meine Lieben, das wars für heute, aber auch morgen gibt es garantiert wieder ein Schmankerl des Tages.

Astrid ließ sich auf einen Stuhl plumpsen und musste sich erst mal sammeln. Diese reißerische Kolumne regte sie so auf, sie wusste überhaupt nicht, wo sie anfangen sollte. »Wer hat euch die geschickt?«

»Das ist doch völlig unerheblich! Dieser Schmutz kursiert jetzt überall! Jeder weiß nun, dass deine Ehe am Ende ist, und wer ist schuld? Du!« Felicity war vollkommen außer sich.

»Aber Mum. Du weißt genau, dass das nicht meine Schuld ist. Ich war während der ganzen Scheidung äußerst diskret. Das sind doch alles Lügen, an den Haaren herbeigezogener Mist! Wann habe ich bitte je bei einer Modenschau in der ersten Reihe gesessen? Ich bin doch immer backstage und helfe mit. Nicht mal Cassians Namen haben sie richtig geschrieben.«

Ihre Mutter funkelte sie vorwurfsvoll an. »Also leugnest du es auch noch? Du hast keine Affäre mit Charlie Wu?«

Astrid stieß einen tiefen Seufzer aus. »Zumindest noch keine fünf Jahre, wie es da steht! Charlie und ich sind vor anderthalb Jahren wieder zusammengekommen, und zwar erst *nachdem* ich Michael verlassen habe und Charlie die Scheidung eingereicht hat.«

»Also ist es wahr! Deshalb ist Isabel Wu durchgedreht und auf dich losgegangen! Du hast ihre Ehe zerstört ... ihre Familie!« Felicity brach schon wieder in Tränen aus.

»Mum, die beiden haben von Anfang an keine glückliche Ehe geführt. Mit der Trennung hatte ich nichts zu tun. Wenn du es unbedingt wissen willst – *sie* war diejenige, die ihn betrogen hat, seit Jahren, und nicht nur mit einem Mann.«

»Ach, und das gibt dir das Recht, hier die Anna Karenina zu spielen?! Das macht deine Untreue auch nicht besser! Vor dem Gesetz und vor Gott seid ihr immer noch verheiratet. Grundgütiger, was wird Bischof See bloß von uns denken!«

Astrid verdrehte die Augen. War ihr doch egal, was Bischof See dachte.

»Und jetzt? Willst du nach der Scheidung mit Charlie in diesem ›Liebesnest‹ in Sünde leben?«

»Noch so eine Lüge – *Liebesnest*, wenn ich das schon höre! Mit dem Bau des Hauses hat Charlie schon lange vor unserer Beziehung begonnen. Das Grundstück hat er nach der ersten Trennung von Isabel gekauft, vor vier Jahren!« Astrid holte tief Luft und beschloss, dass der Zeitpunkt gekommen war, die Karten auf den Tisch zu legen. »Aber ich glaube, ihr solltet allmählich erfahren, dass Charlie und ich tatsächlich heiraten wollen, wenn unsere Scheidungen durch sind. Und dann werde ich bestimmt öfter in Hongkong sein.«

Felicity tauschte offenbar in Erwartung einer Reaktion kurz einen entgeisterten Blick mit ihrem Mann. »Du *glaubst*, das sollten wir erfahren? Du hast vor, dieses Jahr zu heiraten, und davon erfahren wir erst jetzt?! Nicht zu fassen, dass du Charlie nach alledem noch heiraten willst. Eine Schande … eine Schande ist das!«

»Wovon redest du, Mum? Wir lieben uns. Charlie und ich haben uns in dieser schwierigen Zeit absolut vorbildlich verhalten. Es war ein unglücklicher Zufall, dass Isabel wieder einen Nervenzusammenbruch hatte.«

»Nervenzusammenbruch! Diese Obszönitäten, die sie dir in aller Öffentlichkeit an den Kopf geworfen hat. Oh Gott, noch nie in meinem Leben habe ich mich so geschämt! Und die armen anderen Damen! Wie soll ich dem Sultan von Perawak je wieder unter die Augen treten? Um ein Haar hätten wir seine arme Mutter umgebracht!«

»Auntie Zarah geht es gut, Mum. Du hast es doch selbst gesehen, ihr Hidschab war so dicht mit Diamanten besetzt, dass die *laksa* gar nicht durchgedrungen ist. Ihre einzige Sorge war, dass sie nicht halal war.«

»Aber unser Name wird in den Dreck gezogen! Das ist alles die Schuld von diesem Charlie Wu!«

Astrid stöhnte entnervt auf. »Ich weiß, dass du Charlie und seine Familie nicht magst – deshalb hast du uns damals ja auch auseinandergebracht. Aber die Dinge haben sich verändert, Mum. Kein Mensch interessiert sich mehr für Stammbäume und den ganzen Quatsch. Die Wus gelten auch nicht mehr als neureich, sondern gehören ganz normal zur Oberschicht.«

»Oberschicht, dass ich nicht lache! Wu Hao Lians Vater hat früher mit dem Fahrrad Sojasoße verkauft!«

»Kann schon sein, aber das ist doch Jahrzehnte her! Charlie hat eine der angesehensten Firmen der Welt gegründet. Guck dir mal dein neues Handy an, ich wette, das Display, das Gehäuse, mindestens die Hälfte der Bauteile stammen von Wu Microsystems!«

»Hör mir auf mit diesem Handy, ich *hasse* das blöde Ding! Keine Ahnung, wie man das bedient! Ich wische und wische, und ständig wird mir so ein dusseliges Video von irgendeiner singenden indischen Oma gezeigt, dabei will ich bloß telefonieren. Jedes Mal muss ich Lakshmi oder Padme um Hilfe bitten!« Felicity schäumte vor Wut.

»Tut mir leid, dass du immer noch nicht in der Lage bist, dein Smartphone zu bedienen. Aber das hat nun wirklich rein gar nichts mit dem Ansehen der Wus zu tun. Überleg mal, wie viel Geld Mrs Wu der Kirche in der Barker Road spendet …«

»Diese Wus sind so was von ordinär, und ihre obszönen Spenden beweisen das nur. Als könnten sie sich mit ihrem schmutzigen Geld einen Platz im Himmel erkaufen!«

Astrid schüttelte den Kopf. »Mum, jetzt übertreib mal nicht …«

»Deine Mutter übertreibt ganz und gar nicht«, unterbrach sie ihr Vater und meldete sich damit das erste Mal an diesem Morgen zu Wort. »Mach die Augen auf! Bis zum heutigen Tag hat unsere Familie das Privileg genossen, in völliger Anonymität zu leben. Der Name Leong ist noch kein einziges Mal in einer Klatschspalte oder dergleichen gefallen, und erst recht nicht in so einem … in so einer … ich weiß nicht mal, wie man dieses alberne Internetding überhaupt nennen soll!«

»Und das soll jetzt Charlies Schuld sein?« Astrid schüttelte fassungslos den Kopf. Sie konnte ihrem Vater nicht folgen.

»Nein. Das ist *deine* Schuld. Dein Handeln, und sei es noch so unbewusst gewesen, hat das herbeigeführt. Wenn du dich nicht mit diesen Leuten eingelassen hättest, wären wir jetzt nicht ins Rampenlicht gezerrt worden.«

»Dad, jetzt machst du aber wirklich aus einer Mücke einen Elefanten!«

»Du hörst mir jetzt gefälligst zu und unterbrichst mich nicht!« Harry schlug mit der Faust auf den Tisch. Astrid und ihre Mutter zuckten zusammen. Beide konnten sich nicht erinnern, wann er zum letzten Mal so laut geworden war. »Du hast dich völlig blamiert! Und du hast deine Familie blamiert und kompromittiert! Seit über zweihundert Jahren hat niemand unsere Geschäfte genauer unter die Lupe genommen. Das wird sich jetzt schlagartig ändern. Ist dir nicht klar, was das für dich bedeutet? Hast du die geringste Ahnung, wie viel Schaden dieser Schmutzfink mit seinem Artikel angerichtet hat? Und zwar nicht nur in Bezug auf unsere Familie. Die Shangs wurden erwähnt. Tyersall Park wurde erwähnt. Und das auch noch zum denkbar ungünstigsten Zeitpunkt, wo deine Großmutter so krank ist. Wie willst du das eigentlich Onkel Alfred erklären, wenn er heute Nachmittag kommt?«

Astrid verschlug es einen Moment lang die Sprache. Über die Auswirkungen der Kolumne hatte sie noch gar nicht nachgedacht. Dann sagte sie: »Ich erkläre es Onkel Alfred gern persönlich, wenn du willst.«

»Tja, du kannst dich glücklich schätzen, dass das nicht nötig sein wird. Die Kolumne und diese ganze alberne Website sind bereits aus dem Netz genommen.«

Astrid sah ihren Vater erstaunt an. »Der Artikel ist nicht mehr online?«

»Für immer aus dem Internet verschwunden! Aber wer weiß, wie viel Schaden schon entstanden ist. Es haben sicher schon einige Leute diesen Schwachsinn gelesen, bevor er gelöscht wurde.«

»Hoffentlich waren es nicht allzu viele«, murmelte Astrid erleichtert. »Danke, Dad. Danke, dass du dich darum gekümmert hast.«

»Bedank dich lieber bei deinem Mann. Ich hatte nichts damit zu tun.«

»*Michael* hat die Seite löschen lassen?«

»Allerdings. Er hat die Firma gekauft, die diese vermaledeite Website betreibt, und diesem Unsinn ein Ende gesetzt. Das ist wahrscheinlich das Sinnvollste, was Michael je zu deinem Schutz getan hat. Im Gegensatz zu Charlie Wu!«

Astrid ließ sich auf ihrem Korbstuhl zurückfallen. Sie spürte, wie Wut in ihr aufstieg. Das war alles auf Michaels Mist gewachsen. Er hatte ihre Eltern auf diese Klatschkolumne aufmerksam gemacht, und natürlich hatte er ihnen auch seine Heldentat sofort unter die Nase gerieben. Wer weiß, vermutlich war er sogar Leonardo Lais »Insider aus Singapur«, weil er seine Chance gewittert hatte, Charlie eins auszuwischen. Und damit auch ihr.

7

WEST FOURTH STREET 19, NEW YORK

Rachel saß an ihrem Schreibtisch in der New Yorker Uni und teilte sich gerade mit ihrer Bürogenossin Sylvia Wong-Swartz ein Stück Schokoladenkuchen von Amy's Bread, als ihr Handy klingelte. Es war ihre Mutter, die sich von einer Familienkreuzfahrt durch den Panamakanal meldete.

»Hallo Mom!«, sagte Rachel auf Mandarin. »Na, wie gefällt dir Panama?«

»Keine Ahnung, ich bin ja die ganze Zeit auf dem Schiff.«

»Ihr seid seit vier Tagen unterwegs und habt noch kein einziges Mal angelegt?«

»Doch, doch, schon mehrmals, aber wir bleiben immer an Bord. Auntie Jin und Auntie Flora verbringen den ganzen Tag am All-you-can-eat-Büfett. Du kennst ja ihre Devise – ›lieber den Magen verrenken, als dem Wirt was schenken‹. Und Onkel Ray und Onkel Walt haben sich wieder mal verkracht und reden nicht miteinander. Die hocken nur im Casino, aber natürlich an verschiedenen Tischen. Walts Leidenschaft ist ja bekanntlich Blackjack, und Ray spielt sich wohl gerade beim Baccara um Kopf und Kragen.«

»Na ja, der kann sich's ja auch leisten.« Rachel musste lachen. Ein Glück, dass sie auf das Familientreffen dieses Jahr verzichtet hatte!

»Wohl wahr. Seine Frau zieht sich viermal am Tag um, das Abendkleid und den ganzen Schmuck nicht eingerechnet. Ich meine, wir sind hier auf einer Kreuzfahrt, nicht bei der Oscar-Verleihung, aber bitte schön, bitte schön …«

»Klamotten sind nun mal Auntie Belindas Ding, das weißt du doch, Mom.«

»Die will uns bloß unter die Nase reiben, wie viel Geld sie hat! Und deine Cousine Vivian fragt natürlich auch jedes Mal brav, von welchem Designer das Kleid diesmal ist, und Belinda sagt dann so was wie ›Ach, das hier hab ich von Holt Renfrew aus Toronto, und das andere ist von Liberace, sollte mal siebentausendfünfhundert Dollar kosten, aber ich habs für dreitausend bekommen!‹«

»Liberace? Der war doch kein Designer.«

»Na dieser Italiener, den sie in Miami erschossen haben, du weißt schon.«

»Ach so, Versace.«

»*Aiya*, Versace, Liberace, ist doch alles dieselbe Soße. Ich kauf eh nur im Sale bei Ross Dress for Less.«

»Dann ist es doch erst recht schön für Auntie Belinda, dass sie durch Vivian endlich mal jemanden hat, mit dem sie über Mode reden kann.« Rachel nahm einen Bissen von ihrer Kuchenhälfte.

»Du hättest mit Nick herkommen sollen, deine Cousins und Cousinen hätten sich so gefreut! Das ist der erste Urlaub für Vivian, seit Ollie auf der Welt ist!«

»Ich hätte euch auch alle gern mal wiedergesehen, aber das ging eben diesmal nicht mit meinen Arbeitszeiten.

Und ehrlich gesagt kann ich mir Nick auch nicht auf einer Kreuzfahrt vorstellen. Wir wären noch gar nicht aus dem Hafen, da wäre der schon über Bord gesprungen.«

Rachels Mutter lachte. »Ach, der feine Herr mag wohl nur Privatjachten, hm?«

»Im Gegenteil, der würde lieber auf einem Fischkutter vor Nova Scotia rumschippern als auf so einem schwimmenden Palast.«

»Einem Fischkutter! Immer diese Reichen, die als Kinder alles hatten und dann als Erwachsene wie arme Leute leben wollen. Wie gehts Nick eigentlich?«

»Ganz gut, nur … seine Großmutter hatte letzte Woche einen Herzinfarkt.«

»Ach du meine Güte! Da fliegt er wohl bald nach Singapur?«

»Mal sehen. Du weißt doch, wie kompliziert es ist mit seiner Großmutter.«

»Er sollte trotzdem auf jeden Fall zu ihr. Kannst du ihn nicht irgendwie überreden? Das ist vielleicht seine letzte Chance, die alte Dame noch mal zu sehen.«

Rachel wurde hellhörig. »Moment mal … hat seine Mom dich etwa beauftragt?«

Kerry Chu zögerte einen Augenblick zu lange. »Nein, nein, Eleanor und ich haben uns schon ewig nicht mehr gehört.«

»Erzähl mir doch nichts, Mom. Sie ist die Einzige, die Nicks Großmutter ›die alte Dame‹ nennt.«

»*Aiya*, dir macht man aber auch nichts vor. Ja, Eleanor hat ein paar Mal angerufen. Sie lässt einfach nicht locker! Sie meint, nur du kannst Nick überreden, nach Hause zu fliegen.«

»Den kriegt niemand zu irgendwas überredet, wenn er nicht will.«

»Wusstest du, dass er das Haus erben sollte?«

»Ja, wusste ich. Ich bin ja der Grund dafür, dass sie ihn aus dem Testament gestrichen hat. Genau deshalb bin ich auch die Letzte, die ihm sagen kann, er soll gefälligst nach Singapur.«

»Aber seine Großmutter hat nur noch wenige Wochen zu leben. Wenn er es richtig anstellt, kriegt er das Haus vielleicht doch noch.«

»Meine Güte, du klingst echt original wie Eleanor Young!«

»Gar nicht, ich sage das als deine Mutter! Ich denke dabei nur an dich! Überleg doch mal, wie sehr dieses Haus dein Leben verbessern würde!«

»Mom, wir leben in New York. Das Haus wäre ein putztechnischer Albtraum für uns, mehr nicht!«

»Ich sage ja nicht, dass ihr dort wohnen sollt. Verkauft es einfach. Überleg mal, was das für ein finanzielles Polster wäre.«

Rachel verdrehte die Augen. »Wir leben jetzt schon luxuriöser als die meisten anderen Menschen auf der Welt.«

»Ich weiß, aber stell es dir nur mal kurz vor … Das Haus soll mehrere Hundert Millionen wert sein, hab ich gehört. Das ist der Jackpot! Das ist unglaublich viel Geld, es würde dein ganzes Leben verändern! Dann müsste deine arme alte Mutter nicht mehr arbeiten gehen!«

»Du hättest schon vor Jahren in Rente gehen können, du willst bloß nicht. Stattdessen warst du jetzt drei Jahre in Folge Cupertinos erfolgreichste Immobilienmaklerin.«

»Ich will bloß, dass du mal darüber nachdenkst, wie das wäre, so viel Geld zu haben. Nick und du, ihr könntet so viel Gutes tun. Wie diese Chinesin, die den Facebook-Fritzen geheiratet hat. Die haben schon Milliarden gespendet. Stell dir mal vor, wie stolz ihre Eltern auf sie sind!«

Rachel warf einen Blick zu Sylvia hinüber, die gerade nach dem Kuchen angelte und sich dabei waghalsig vorbeugte, um nicht aufstehen zu müssen. »Ich muss Schluss machen, Mom, Sylvia ist gerade vom Stuhl gefallen!« Rachel legte schnell auf und sah ihrer Kollegin amüsiert zu, wie diese sich mit der Gabel voll Schoko-Kokos-Frosting triumphierend wieder auf ihrem Bürostuhl zurücklehnte.

»Echt jetzt, du benutzt mich als Vorwand, um ein Telefonat mit deiner Mutter zu beenden?«, fragte Sylvia lachend.

Rachel grinste. »Ich vergesse manchmal, dass du Mandarin kannst.«

»Ähm, ja, fließend sogar, du Banane! Was ist denn los? Klang ja ganz schön anstrengend.«

»Ja, meine Mom hat sich da was in den Kopf gesetzt und lässt sich natürlich nicht mehr davon abbringen.«

»Wenn sie auch nur im Ansatz so ist wie meine Mutter, ruft sie dich heute Abend noch mal an und kommt mit einer anderen Masche. Bestimmt versucht sie dann, dir ein schlechtes Gewissen einzureden.«

»Ganz bestimmt. Ich muss auf jeden Fall nachher in der Mittagspause mit Nick reden.«

Ein paar Stunden später saßen Rachel und Nick an ihrem Lieblingstisch am Fenster im Tea & Sympathy. Besitzerin Nicky Perry hatte ihnen wie so oft ein lustiges Video von ihrer Dogge Cuthbert gezeigt, und nun standen auch schon die dampfenden Teller vor ihnen. Es war ein verschneiter Januartag, die Fenster waren beschlagen und ließen das ohnehin schon gemütliche kleine Restaurant noch kuscheliger wirken. Rachel konnte es kaum erwarten, sich über ihre Hühnchen-Lauch-Pastete herzumachen.

»Mittag bei T&S war eine super Idee, Süße«, sagte Nick. »Ich hab schon den ganzen Tag Appetit auf das Essen hier. Als hättest du es geahnt!« Er biss fröhlich in sein übliches Bacon-Avocado-Tomaten-Sandwich.

Rachel nutzte seine gute Laune aus und kam gleich zur Sache. »Ich hab vorhin mit meiner Mom telefoniert. Deine Mutter hat wohl angerufen und …«

»Oh Gott, gings schon wieder um Nachwuchs?«

»Nein, diesmal ging es nur um dich.«

»Lass mich raten – deine Mutter soll meiner Mutter dabei helfen, mich nach Singapur zu schleifen.«

»Kannst du Gedanken lesen?«

Nick verdrehte die Augen. »Das hätten wir uns echt denken können. Ich glaube ehrlich gesagt langsam nicht mehr, dass es meiner Mutter wirklich um meine Großmutter geht. Der geht es nur um Tyersall Park.«

Rachel durchbrach mit der Gabel die goldbraune Blätterteigkruste ihrer Pastete und ließ etwas Dampf entweichen. Sie nahm einen vorsichtigen Bissen von der heißen Füllung. »Wieso gehen noch mal alle davon aus, dass du das Haus bekommst? Das hab ich nie so richtig verstanden. Was ist denn mit deinem Vater und deinen Tanten? Hätten die nicht eigentlich ein größeres Anrecht?«

Nick seufzte. »Ah Ma ist sehr altmodisch, das weißt du ja. Sie hat ihren Sohn immer schon ihren Töchtern vorgezogen. Die Mädchen sollten alle bloß unter die Haube kommen, damit die Familien ihrer Ehemänner sich ab da um sie kümmern, und mein Vater sollte Tyersall Park erben.

Ist so eine blöde Mischung aus chinesischer Tradition und britischem Erstgeburtsrecht.«

»Dabei ist das so unfair!«

»Klar, aber so ist das nun mal. Meine Tanten wussten schon immer, dass sie auf jeden Fall den Kürzeren ziehen würden, wenn's ans Erben geht. Aber natürlich bekommt jede noch einen Anteil von Ah Mas Vermögen, verhungern tut also niemand.«

»Und wie kamst du nun ins Spiel, was das Haus angeht?«

»Jacqueline Ling war doch vor zwei Jahren hier in New York und hat mich zum Essen auf ihre Jacht eingeladen, weißt du noch?«

»Stimmt, sie hatte diese beiden Schwedinnen angeheuert, die dich mitten aus der Vorlesung entführt haben!« Rachel lachte.

»Genau. Jacqueline ist Ah Mas Patenkind, die zwei hatten schon immer ein sehr enges Verhältnis. Damals auf der Jacht hat sie mir was anvertraut: Anfang der Neunziger ist mein Vater doch nach Australien gezogen und hat sich von da an so gut wie gar nicht mehr zu Hause blicken lassen. Meine Großmutter war natürlich entsprechend verärgert. Deshalb hat sie ihr Testament geändert und einfach eine Generation übersprungen – nun sollte *ich* Tyersall Park erben. Nach unserer Hochzeit hat sie es dann ja angeblich noch mal geändert.«

»Und was meinst du, wer im Moment die besten Chancen darauf hat?«

»Keine Ahnung, ganz ehrlich. Vielleicht Eddie, vielleicht einer meiner Cousins in Thailand, vielleicht vermacht sie es auch ihren geliebten Guavenbäumen. Auf jeden Fall benutzt Ah Ma ihr Vermögen, damit alle nach ihrer Pfeife tanzen. Sie ändert das Testament nach Lust und Laune, je nachdem, wer gerade am höchsten bei ihr im Kurs steht. Niemand weiß wirklich, wer am Ende was bekommt, und zumindest mir persönlich ist es auch herzlich egal.«

»Nick«, sagte Rachel ernst. »Ich weiß, dass dir das Geld deiner Großmutter egal ist, aber *sie* ist dir nicht egal. Und deshalb solltest du hinfahren.«

Nick wich ihrem Blick aus. »Ich weiß nicht … wenn ich daran denke, wie sie mit dir umgesprungen ist, werde ich immer noch sauer.«

»Ich hab ihr aber schon lange verziehen, also in meinem Namen brauchst du nicht mehr sauer zu sein.« Nick sah sie skeptisch an, worauf Rachel seine Hand nahm. »Hab ich wirklich. Mir ist einfach klar geworden, dass es nichts bringt, ihr das nachzutragen, weil sie mich ja nie wirklich kennengelernt hat. Sie hat mir gar keine Chance gegeben, für sie war ich nur irgendein Mädchen, das aus dem Nichts aufgetaucht ist und ihr den Enkel weggenommen hat. Das hat mir damals wehgetan, klar. Aber mittlerweile bin ich ihr fast dankbar dafür, im Ernst.«

»Dankbar?!«

»Wenn sie nicht so gegen unsere Beziehung gewesen wäre und deine Mutter nicht bei ihren ganzen verrückten Plänen unterstützt hätte, dann hätte ich doch nie rausgefunden, wer mein richtiger Vater ist. Und ich hätte nie Carlton kennengelernt. Ich will mir gar nicht vorstellen, wie mein Leben ohne die beiden jetzt wäre.«

Beim Gedanken an Rachels Halbbruder musste Nick lächeln. »Ich kann mir auf jeden Fall sehr gut vorstellen, wie Carltons Leben ohne dich wäre. Der hätte garantiert noch ein paar Sportwagen mehr geschrottet!«

»Hey, so was will ich nicht hören! Ich meine nur, dass du versuchen solltest, deiner Großmutter zu verzeihen. Diese Sache macht dir immer noch zu schaffen, das wissen wir beide. Das frisst dich irgendwann noch auf, wenn du nichts dagegen tust. Weißt du, was diese eine Radiomoderatorin immer sagt? ›Verzeihen ist ein Geschenk, das man sich selbst macht.‹ Wenn du meinst, du kannst mit der Sache abschließen, ohne deine Großmutter zu besuchen – bitte. Ich werde dich sicher nicht gegen deinen Willen ins nächste Flugzeug zerren. Aber ich glaube, es ist leichter, wenn du sie siehst. Und sie würde dich sicher auch wahnsinnig gern noch mal sehen. Ihr seid nur leider beide zu stolz, um das zuzugeben.«

Nick sah auf seine Teetasse hinunter. Der Anblick der Untertasse, die ein Bild der Queen schmückte, rief die Erinnerung in ihm wach, wie er im Alter von sechs Jahren mit seiner Großmutter im kunstvoll verzierten Pavillon aus dem 18. Jahrhundert mit Blick auf den Lotusteich saß und sie ihm beibrachte, wie man einer Dame Tee einschenkte. Er wusste noch genau, wie schwer ihm die Longquan-Seladonkanne vorgekommen war, als er sie vorsichtig der Tasse näherte. *Wenn der Butler nicht rechtzeitig bemerkt, dass die Tasse der Dame leer ist, musst du ihr nachschenken. Dabei nie die Tasse von der Untertasse nehmen, und immer daran denken, dass die Tülle von der Dame weg zeigt*, hatte seine Großmutter ihm erklärt.

Nick schüttelte die Erinnerung ab. »Wir können doch aber nicht beide zu Semesterbeginn an der Uni fehlen.«

»Es hat ja auch keiner gesagt, dass wir beide nach Singapur fliegen. Diese Reise solltest du allein machen. Du bist im Forschungssemester, und es ist ja auch nicht so, als wäre dein Buch gerade in der heißen Phase und du könntest nicht weg.«

Nick fuhr sich übers Gesicht und seufzte. »Im Moment läuft alles so gut bei uns beiden, soll ich da wirklich zurück nach Singapur und die Büchse der Pandora öffnen?«

»Die steht schon längst sperrangelweit offen, Nick! Guck dich doch mal um! Es wird Zeit, dass du nach Hause fliegst und sie wieder zumachst, bevor es zu spät ist!«

8

BOMBAY, INDIEN

Seine Nägel waren wie weißer Onyx. Perfekt gerundet, leicht gewölbt und glänzend. Noch nie zuvor hatte Su Yi solche makellos manikürten Nägel an einem Mann gesehen. Sie konnte den Blick kaum abwenden, als er jetzt die Rupien abzählte, um sie der Frau zu geben, die neben einem Karren voller Wachsfiguren und Kerzen in allen Farben des Regenbogens stand. Su Yi musterte die seltsamen Figuren. Manche waren wie Babys geformt, manche wie Häuser, sogar Arme und Beine aus Wachs gab es.

»Was sind denn das für Figuren?«, fragte Su Yi.

»Die werden von den Gläubigen als Opfergaben abgebrannt, damit ihre Gebete erhört werden. Die Babys bei Kinderwunsch, die Häuser sind für Leute auf der Suche nach einem neuen Heim, und Kranke wählen den Körperteil, für den sie sich Genesung erhoffen. Wenn du also einen gebrochenen Arm hast, wäre der hier das Richtige für dich.« Er hielt einen wächsernen Arm, der die Faust geballt hatte, in die Luft. »Ich habe uns eine rote und eine blaue Kerze gekauft, näher dran an der britischen Flagge ging nicht.«

»Du musst mir sagen, was ich machen soll«, sagte sie zögerlich.

»Ganz einfach. Wir stellen sie vor den Schrein, zünden sie an und sprechen ein kleines Gebet.«

Auf dem Weg den Hügel hinauf mit seiner herrlichen Aussicht auf das Arabische Meer legte Su Yi den Kopf in den Nacken und blickte an der imposanten gotischen Fassade der Mount Mary Church empor. »Meinst du, die lassen mich da überhaupt hinein? Ich bin ja gar nicht katholisch.«

»Natürlich. Ich bin auch nicht katholisch, aber in der Kirche ist jeder willkommen. Wenn uns jemand fragt, sagen wir einfach, dass wir Kerzen für Singapur anzünden. Weiß doch jeder, was dort gerade passiert.«

Am geschwungenen Portal der Kirche ließ er ihr mit ausgestrecktem Arm den Vortritt. Su Yi betrat den Altarraum. Das Klackern ihrer Absätze auf dem schwarz-weißen Marmor war ihr unangenehm. Sie war zum ersten Mal in einer katholischen Kirche und bewunderte die farbenprächtigen Fresken an den Wänden. Auf einem gewaltigen Torbogen vorm Altar prangte die Aufschrift: *All Generations Shall Call Me Blessed*. Der Altar selbst erinnerte sie an die in chinesischen Tempeln, nur dass diesen hier statt eines Buddhas eine hübsche kleine hölzerne Marienstatue in goldblauem Gewand mit einem winzigen Jesuskind im Arm zierte.[1]

1 Auf Marathi »Moti Mauli«, also »Perlenmutter«, genannt. Der Legende nach wurde die Statue im 16. Jahrhundert von Jesuiten aus Portugal nach Indien gebracht, auf dem Weg jedoch von Piraten gestohlen. Eines Tages hatte ein Fischer dann einen Traum von einer im Wasser treibenden Statue, der sich als wahr erwies.

»Ich wusste gar nicht, dass es so viele Katholiken in Indien gibt«, flüsterte Su Yi beim Anblick der Betenden in den ersten Bankreihen. Einige von ihnen knieten sogar.

»Bombay war im 16. Jahrhundert portugiesische Kolonie, und im Zuge dessen wurden viele Inder zum katholischen Glauben bekehrt. Die meisten Katholiken wohnen hier in Bandra, dem Viertel, in dem die Kirche steht.«

Su Yi war beeindruckt. »Dafür, dass du erst ein paar Monate hier bist, kennst du die Stadt aber schon ziemlich gut, hm?«

»Ich gehe einfach gern spazieren und erkunde meine Umgebung. Aus reiner Langeweile.«

»Ist dein Leben wirklich so langweilig?«

»Bevor du herkamst schon.« Er sah ihr tief in die Augen.

Su Yi wurde rot und senkte den Blick. Durch das Querschiff gelangten sie in eine Nebenkapelle, in der Hunderte von Kerzen brannten. Er reichte ihr die rote Kerze und führte sanft ihre Hand, als sie den Docht entzündete. Der ganze Vorgang kam ihr merkwürdig romantisch vor.

»So, und jetzt suchst du dir einen freien Platz. Wo du möchtest«, sagte er mit gedämpfter Stimme.

Sie stellte ihre Kerze neben eine nahezu ausgebrannte auf das unterste Brett. Su Yi schaute in die Flamme und dachte an die Insel, von der sie hatte fliehen müssen. Sie wünschte, sie hätte sich gegen ihren Vater behauptet und wäre geblieben. Aber sie wusste, dass sie ihm dankbar sein sollte, vor allem nach den neuesten Nachrichten. Gestern Morgen hatten die japanischen Truppen die Jurong-Kranji-Verteidigungslinie endgültig durchbrochen. Auf dem Weg zur Stadtmitte hatten sie inzwischen vermutlich längst auch ihr eigenes Wohnviertel Bukit Timah eingenommen. Sie fragte sich, ob Tyersall Park wohl von Bomben beschädigt oder von Soldaten geplündert worden war.

Su Yi schloss die Augen und sprach ein Gebet für alle, die in Tyersall Park geblieben waren, und für ihre Cousins und Cousinen, ihre Aunties und Onkel und für ihre Freunde – alle, die die Insel nicht rechtzeitig hatten verlassen können. Als sie die Augen wieder aufschlug, stand James vor ihr, so nah, dass sie seinen warmen Atem spüren konnte.

»Huch, hast du mich erschreckt!«

»Möchtest du beichten?«, fragte er und führte sie zu einem hölzernen Beichtstuhl.

»Ich weiß nicht … meinst du?« Su Yis Herz fing wie wild an zu klopfen. Wollte sie wirklich in diese dunkle Kabine?

»Ich glaube, es ist an der Zeit.« Er hielt ihr die Gittertür auf.

Zögerlich betrat sie den Beichtstuhl, stellte jedoch beim Hinsetzen überrascht fest, wie bequem das samtene Sitzkissen war. Auf einmal fühlte sie sich in den Hispano-Suiza zurückversetzt, den ihr Vater ihr zum sechzehnten Geburtstag geschenkt hatte. Jedes Mal, wenn sie mit dem Wagen in die Stadt fuhr, liefen ihr Scharen von Menschen nach. Die Anglos beäugten sie neugierig und fragten sich wohl, welcher Würdenträger in der noblen Karosse saß. Und jedes Mal freute sie sich diebisch, wenn die Schaulustigen verblüfft feststellten, dass eine junge Chinesin hinterm Steuer saß. Kinder versuchten, das Auto zu berühren, und Verehrer warfen Rosen durchs Fenster, um ihre Aufmerksamkeit zu erhaschen.

Das Gitterfenster wurde aufgeschoben, und sie entdeckte James auf der anderen Seite, der den Pfarrer spielte.

»Haben Sie gesündigt? Sie können mir alles sagen.«

Sie wollte nicht antworten, doch ihre Lippen bewegten sich wie von selbst. »Ja.«

»Ich kann Sie nicht hören.«

»Ja, ich habe gesündigt. Gegen dich.« Wieder sprudelten die Worte unvermittelt aus ihr heraus.

»Sie müssen lauter sprechen. Können Sie mich hören?«

»Natürlich kann ich dich hören, du sitzt doch direkt vor mir«, entgegnete Su Yi genervt. Helles Licht drang plötzlich durch das Gitter und blendete sie.

»Können Sie mich hören?« Die Stimme klang plötzlich verzerrt, nein, auf einmal sprach sie nicht mehr Englisch, sondern Hokkien.

Plötzlich war alles so hell. Sie war nicht mehr in dem Beichtstuhl der Mount Mary in Bombay, sondern in einem Krankenzimmer, und ihr Kardiologe blickte auf sie herab. »Mrs Young, können Sie mich hören?«

»Ja«, brachte sie schwach hervor.

»Sehr gut«, sagte Professor Oon. »Wissen Sie, wo Sie sind?«

»Krankenhaus.«

»Genau, im Mount Elizabeth. Sie hatten einen Herzinfarkt, aber Ihr Zustand ist stabil. Sie befinden sich auf dem Weg der Besserung. Haben Sie Schmerzen?«

»Eigentlich nicht.«

»Sehr gut. Wir verabreichen Ihnen intravenös Hydrocodon, Sie sollten also keinerlei Schmerzen haben. Ich schicke Ihnen jetzt Felicity rein. Sie möchte Sie unbedingt sehen.«

Die Tür ging auf. Felicity schlich auf Zehenspitzen unsicher ans Bett ihrer Mutter. »Endlich bist du wach, Mummy! Du warst zwei Tage im künstlichen Koma, damit dein Herz sich erholen kann. Wie gehts dir denn? Du hast uns einen ganz schönen Schrecken eingejagt!«

»Wo sind Madri und Patravadee?«

»Vor der Tür. Deine Zofen weichen dir doch nicht von der Seite, keine Angst. Aber Francis hat gesagt, wir dürfen immer nur einzeln rein.«

»Ich habe großen Durst.«

»Ja, das kann ich mir vorstellen. Das kommt von den Medikamenten und dem Sauerstoffschlauch in deiner Nase, das trocknet die Kehle aus. Warte, ich hol dir Wasser.« Felicity sah sich um und entdeckte einen Wasserkrug auf dem Nachttisch. »Hmm, ist das wohl gefiltert oder Leitungswasser? Ach Gott, es gibt auch nur Plastikbecher. Stört dich das? Ich lasse gleich mal richtige Wassergläser holen. Ich weiß ja nicht, ob du das gemerkt hast, aber du liegst natürlich in der Royal Suite der Königsfamilie von Brunei. Die haben wir extra für dich herrichten lassen. Aber meine Güte, dass die keine richtigen Gläser haben …«

»Ist mir egal«, sagte Su Yi ungeduldig.

Felicity goss etwas Wasser in einen Becher und hielt ihn ihrer Mutter an die Lippen. Mit zitternden Händen versuchte sie, ihr das Wasser einzuflößen. »Oje, ich glaube, wir brauchen einen Strohhalm. Ich Dummerchen, dass ich daran nicht gleich gedacht habe. Nicht dass wir dich bekleckern.«

Su Yi stieß einen Seufzer aus. Selbst in ihrem Dämmerzustand machte ihre hektische Tochter sie ganz kirre. Felicity wollte es immer allen recht machen, aber auf so eine anbiedernde, unterwürfige Art, die sie nur schwer ertrug. Schon als Kind war sie so gewesen. Woher hatte sie das bloß?

Felicity hatte inzwischen die Strohhalme gefunden. »So, gleich haben wir's.« Sie legte ihrer Mutter den Strohhalm an die Lippen und warf einen Blick auf den Herzmonitor. Die Zahlen kletterten stetig nach oben: 95 … 105 … 110. Sie regte ihre Mutter auf. Augenblicklich fingen ihre Hände wieder an zu zittern. Ein paar Tröpfchen spritzten Su Yi aufs Kinn.

»Halt still!«, zischte ihre Mutter.

Felicity umklammerte den Becher und fühlte sich mit einem Mal in ihre Kindheit zurückversetzt. Ihr zehnjähriges Ich saß auf dem Hocker im Schlafzimmer ihrer Mutter, während eines der thailändischen Dienstmädchen ihr das Haar zu einem komplizierten Zopf flocht. Schon die kleinste Bewegung ließ ihre Mutter entnervt aufstöhnen. »Halt still! Wenn du so zappelst, muss Siri von vorn anfangen. Willst du etwa das einzige Mädchen mit schiefer Frisur bei Countess Mountbattens Teeparty sein? Denk dran, alle Blicke werden auf dich gerichtet sein, schließlich bist du meine Tochter. Willst du mich etwa bloßstellen? Wie sieht das denn aus, so ganz zerzaust!«

Felicity musste nur daran denken, und schon begannen die Adern an ihrem Hals zu pochen. Wo waren ihre Blutdruckpillen? Sie hielt das nicht länger aus. Sie konnte Mummy kaum anschauen mit ihrem Krankenhaushemdchen und dem wirren Haar. So zerzaust durfte sie niemand sehen. Jemand musste Simon rufen, damit er ihr die Haare machte. Und jetzt, wo Mummy wieder bei Bewusstsein war, brauchte sie unbedingt ihre eigene Kleidung. Und ihren Schmuck. Wo war denn das Jadeamulett, das sie sonst immer trug? Wie gebannt starrte Felicity auf den Herzmonitor: 112 … 115 … 120. Ach du je. Sie wollte auf keinen

Fall für einen zweiten Herzinfarkt verantwortlich sein. Sie musste sofort hier raus. »Astrid ist übrigens auch da. Die kanns kaum erwarten, dich zu sehen«, sagte sie hastig, stellte den Becher ab und ergriff die Flucht.

Kurz darauf stand Astrid in der Tür, und das vom Flur hereinfallende Licht verlieh ihr einen Heiligenschein. Su Yi lächelte. Ihre Lieblingsenkelin wirkte immer so ruhig und gefasst. Heute trug sie ein blasslila Kleid mit Taillenband und raffinierten Plisseefalten. Das lange Haar war im Nacken zu einem lockeren Knoten zusammengebunden, und ein paar lose Strähnen umrahmten ihr Gesicht wie das der Venus von Botticelli.

»*Aiya*, wie schön du wieder aussiehst!«, sagte Su Yi auf Kantonesisch, dem Dialekt, auf dem sie sich mit den meisten ihrer Enkel unterhielt.

»Erkennst du das Kleid? Das ist eins von deinen Poirets aus den Zwanzigern.« Astrid setzte sich zu ihr ans Bett und nahm ihre Hand.

»Ach stimmt. Eigentlich gehörte es meiner Mutter. Ich fand es furchtbar altmodisch, als sie es mir damals geschenkt hat, aber dir steht es perfekt.«

»Ich wünschte, ich hätte Urgroßmutter noch kennengelernt.«

»Du hättest sie gemocht. Sie war genauso hübsch wie du. Sie hat es immer bedauert, dass ich nach meinem Vater komme.«

»Blödsinn, Ah Ma, du bist doch wunderschön! Ich wette, du warst damals die begehrteste Debütantin.«

»Na ja, hässlich war ich nicht, aber an meine Mutter kam ich nie heran. Mein großer Bruder sah ihr ähnlich.« Su Yi seufzte. »Schade, dass du ihn nie kennengelernt hast.«

»Großonkel Alexander?«

»Ich habe ihn immer Ah Jit genannt, das war sein chinesischer Name. So ein schöner, lieber Mann. Und viel zu früh gestorben.«

»Er hatte Cholera, oder?«

Su Yi schwieg eine Weile, dann sagte sie: »Ja, es gab eine Epidemie in Batavia. Mein Vater hatte ihn dorthin geschickt, damit er sich um unsere Geschäfte kümmert. Ach, unser aller Leben wäre so anders verlaufen, wenn er nicht gestorben wäre.«

»Wie meinst du das?«

»Nun, er hätte sich zumindest nicht so wie Alfred aufgeführt.«

Astrid wusste nicht recht, wie ihre Großmutter das meinte, aber sie bohrte lieber nicht nach. Ah Ma sollte sich nicht unnötig aufregen. »Großonkel Alfred kommt übrigens am Donnerstag. Auntie Cat und Auntie Alix sind auch unterwegs.«

»Was wollen die denn alle hier? Denken die, ich sterbe?«

»Nein, natürlich nicht! Die wollen dich nur besuchen.« Astrid lachte unbekümmert.

»Hm. Na, wenn das so ist, dann will ich sie aber zu Hause empfangen. Sag Francis bitte, dass ich sofort nach Hause will.«

»Ich glaube nicht, dass das geht. Du musst dich noch ein bisschen erholen.«

»Unsinn! Wo ist Francis?«

Astrid drückte auf den Notfallknopf neben dem Bett, und sofort kam Professor Oon mit seiner üblichen Entourage aus Pflegepersonal ins Zimmer gerauscht. »Alles in Ordnung?«, fragte er mit hochrotem Kopf. Den hatte er immer in ihrer

Gegenwart. Astrid versuchte, nicht auf den Chilisoßenfleck in seinem Mundwinkel zu starren. »Meine Großmutter wünscht, entlassen zu werden«, sagte sie auf Englisch.

Professor Oon beugte sich über seine Patientin und sprach sie auf Hokkien an: »Mrs Young, das ist zu diesem Zeitpunkt leider nicht möglich. Sie brauchen noch etwas Ruhe.«

»Es geht mir gut.«

»Nun ja, ich würde gern warten, bis es Ihnen *noch besser* geht, ehe wir Sie –«

Astrid unterbrach ihn. »Ich glaube, meine Großmutter würde sich zu Hause wesentlich wohler fühlen, Professor Oon. Können wir ihr nicht dort ein Krankenzimmer einrichten?«

»Äh, das ist nicht so leicht, wie Sie sich das vorstellen … Vielleicht gehen wir kurz vor die Tür?« Dem Arzt war eindeutig unbehaglich zumute. Astrid fand sein unsouveränes Verhalten unmöglich, folgte ihm aber nach draußen. Ihrer Großmutter war jetzt natürlich klar, dass sie über ihren Zustand sprachen!

Professor Oon musste sich zusammenreißen, Astrid nicht anzustarren. Diese Frau war so unfassbar hübsch, schon ihre bloße Gegenwart machte ihn nervös. Er fürchtete, eine unangemessene Bemerkung fallen zu lassen. »Äh, ich will ganz … ah, ehrlich sein, Astrid. Der Zustand Ihrer Großmutter ist im Augenblick äußerst … prekär. Das Herzmuskelgewebe ist stark vernarbt, und ihre Erektions… äh, ich meine ihre Ejektionsfraktion liegt jetzt bei siebenundzwanzig Prozent. Ich weiß, es hat den Anschein, als würde sich ihr Zustand bessern, aber ich muss Ihnen leider sagen, dass es uns enorme Anstrengungen kostet, sie am Leben zu halten. Diese ganzen Geräte sind absolut notwendig, genau wie die Pflege … rund um die Uhr.«

»Wie lange hat sie noch zu leben?«

»Schwer zu sagen. Wenige Wochen, vermute ich. Der Herzmuskel ist irreparabel geschädigt, und ihr Zustand verschlechtert sich täglich. Es könnte jeden Moment vorbei sein.«

Astrid stieß alle Luft aus. »Dann ist es umso wichtiger, dass sie nach Hause kann. Meine Großmutter würde ihre letzten Tage nicht hier verbringen wollen, das weiß ich genau. Können wir die Geräte nicht mitnehmen und bei ihr zu Hause wieder aufbauen? Sie und Ihr Team können sie doch genauso gut dort behandeln.«

»So etwas haben wir noch nie gemacht. Eine kardiologische Intensivstation mit der notwendigen technischen Ausrüstung in einem Privathaus einrichten, und dann noch Ärzte und Pflegepersonal dazu, das rund um die Uhr abrufbar ist … das wäre ein extrem aufwendiges und vor allem kostspieliges Unterfangen.«

Astrid legte den Kopf schief und warf ihm einen Blick zu. *Echt jetzt? Mit dem Quatsch verschwenden wir jetzt hier unsere Zeit?* »Professor Oon, ich glaube, ich spreche für meine ganze Familie, wenn ich sage: Geld spielt keine Rolle. Machen Sie es einfach möglich, ja?«

»In Ordnung, ich kümmere mich darum«, erwiderte Professor Oon mit hochrotem Gesicht.

Zurück in der Royal Suite wurde Astrid von Su Yi mit einem strahlenden Lächeln empfangen.

»Alles erledigt, Ah Ma. Du wirst schnellstmöglich nach Hause verlegt. Sie müssen nur erst ihre medizinische Ausrüstung dort aufbauen.«

»Danke. Du bist so viel effizienter als deine Mutter.«

»Ha! Lass sie das bloß nicht hören. Du solltest sowieso nicht so viel sprechen. Ruh dich aus.«

»Ach was, ich hab mich genug ausgeruht. Vorhin habe ich von deinem Großvater geträumt. Ah Yeh.«

»Träumst du öfter von ihm?«

»Selten. Dieser Traum war wirklich seltsam. Er fühlte sich echt an, vielleicht weil es eine Erinnerung an meine Zeit in Bombay war, als ich während des Krieges evakuiert worden war.«

»Aber Ah Yeh war doch gar nicht mit in Bombay, oder? Du hast ihn doch erst kennengelernt, als du wieder in Singapur warst.«

»Stimmt, als ich wieder zu Hause war.« Su Yi schloss die Augen und schwieg eine Weile. Als Astrid schon glaubte, ihre Großmutter sei wieder eingeschlafen, riss diese die Augen auf. »Du musst mir helfen.«

Astrid beugte sich zu ihr. »Natürlich, das mach ich gern. Was kann ich für dich tun?«

»Es gibt da ein paar Dinge, die du sofort für mich erledigen musst. Sehr wichtige Dinge …«

9

TYERSALL PARK, SINGAPUR

Der Deckel des Emaillekessels fing an zu klappern. Die Haushälterin Ah Ling nahm den Kessel von der Kochplatte und goss sich heißes Wasser in die Teetasse. Sie ließ sich in den Sessel zurücksinken, atmete den erdig-würzigen Duft des *ying de hong cha* ein und trank den ersten Schluck.

Seit nunmehr zwanzig Jahren schickte ihr jüngerer Bruder ihr jedes Jahr ein Paket mit diesem Tee aus China, immer in braunes Packpapier eingewickelt und mit altmodischem, gelbem Klebeband verschlossen. Der Tee wuchs in den Hügeln über ihrem Dorf, und eine Tasse davon zu trinken war mittlerweile das Letzte, was sie noch mit ihrem Geburtsort verband.

Wie so viele Mädchen ihrer Generation hatte auch Lee Ah Ling bereits im Alter von sechzehn Jahren ihr kleines Dorf am Rand von Ying Tak verlassen und war mit dem Schiff von Canton aus zu einer weit entfernten Insel draußen im Nanyang, dem Südchinesischen Meer gefahren. Die meisten der anderen Mädchen, mit denen sie in der winzigen Kabine zusammengepfercht saß, hatten bitterlich geweint. Ah Ling hingegen hatte sich damals gefragt, ob sie wohl ein schlechter Mensch sei, denn sie war nicht traurig über den Abschied gewesen, sondern gespannt auf das, was vor ihr lag. Sie hatte schon immer davon geträumt, mehr von der Welt zu sehen als nur ihr Dorf, auch wenn das hieß, dass sie ihre Familie dafür verlassen musste. Es war ja auch kein gutes Zuhause, das sie zurückließ – ihr Vater war gestorben, als sie zwölf war, und ihre Mutter schien ihr schon ihre Geburt übel genommen zu haben.

Nun konnte sie sich wenigstens doch noch als nützlich erweisen: Für eine nicht allzu große Summe, die jedoch ihrem Bruder die Schulausbildung ermöglichte, würde sie das Keuschheitsgelübde der schwarz-weiß gekleideten *amahs* ablegen und sich für den Rest ihres Lebens an eine ihr unbekannte Familie in einem ihr unbekannten Land binden.

Der Handel war mit einer Familie Tay in Singapur geschlossen worden, einem Paar Ende dreißig mit zwei Söhnen und einer Tochter, das in einer luxuriöseren und prächtigeren Villa lebte, als Ah Ling überhaupt für möglich gehalten hatte. In Wahrheit war es ein recht unspektakuläres eingeschossiges Haus in einer Nebenstraße der Serangoon Road, aber in ihren Augen hätte es genauso gut Buckingham Palace sein können. Außer ihr gab es noch drei weitere *amahs* im Haushalt, diese lebten jedoch schon seit Jahren dort. Sie war die Neue und wurde sechs Monate lang die hohe Kunst der Hauswirtschaft gelehrt, was sich in ihrem Fall auf das Polieren von Holzgegenständen und Tafelsilber beschränkte.

Eines Tages verkündete die ranghöchste Angestellte: »Mrs Tay meint, du bist jetzt so weit. Pack deine Sachen, du kommst zu den Youngs.« Erst da begriff Ah Ling, dass ihre

Zeit bei Familie Tay ihre Ausbildung gewesen war und sie anscheinend unbemerkt eine Art Prüfung bestanden hatte. Ah Lan, die bereits seit zehn Jahren dort arbeitete, meinte bissig: »Dein Glück, dass du hübsch bist und Silber polieren kannst. Nur deshalb darfst du jetzt im großen Haus arbeiten. Aber bild dir bloß nicht zu viel darauf ein!«

Ah Ling wusste nicht, wovon sie sprach. Sie konnte sich kein größeres Haus vorstellen als das, in dem sie bereits lebte. Kurz darauf saß sie auf dem Beifahrersitz des Austin-Healey, Mr Tay am Steuer und Mrs Tay auf dem Rücksitz. Diese Fahrt würde sie nie vergessen. Sie fuhren mitten durch den Dschungel. Nach einer Weile kamen sie an ein großes, hellgraues schmiedeeisernes Tor auf einer Lichtung. So plötzlich tauchte dieses seltsame verzierte Tor mitten in der Wildnis auf, dass sie im ersten Moment dachte, sie würde träumen.

Aus einem Wächterhäuschen trat ein grimmig schauender indischer *jaga*[1] in makelloser olivgrüner Uniform und leuchtend gelbem Turban, warf einen prüfenden Blick zu ihnen ins Auto und winkte sie dann würdevoll durch. Sie folgten einem langen gewundenen Kiesweg durch den dichten Wald, der schließlich zu einer von mächtigen Palmen gesäumten Allee wurde, die sie zum prächtigsten Haus führte, das sie je in ihrem Leben gesehen hatte.

Plötzlich bekam sie es mit der Angst zu tun. »Wo sind wir hier?«

1 Hindi für »Wächter«. Wird für alle möglichen Arten von Wachpersonal benutzt. Die *jagas* in Tyersall Park waren natürlich bestens ausgebildete Gurkhas, die einem Gegner mit lediglich zwei Dolchstößen den Garaus machen konnten.

»Das ist Tyersall Park, das Anwesen von Sir James Young und von nun an dein Arbeitsplatz«, erklärte Mrs Tay.

»Ist er der Gouverneur von Singapur?«, fragte Ah Ling ehrfürchtig. Sie hatte nicht gewusst, dass es überhaupt so riesige Häuser gab. Es erinnerte sie an die gewaltigen alten Schanghaier Gebäude direkt am Wasser, die sie einmal auf einer Postkarte gesehen hatte.

»Nein, die Youngs sind wesentlich wichtiger als der Gouverneur.«

»Was arbeitet Mister … Sir James denn?«

»Er ist Arzt.«

»Ich wusste nicht, dass Ärzte so reich sein können!«

»Er ist ein wohlhabender Mann, aber das Haus gehört seiner Frau Su Yi.«

»Das Haus gehört einer *Dame*?« So etwas hatte Ah Ling noch nie gehört.

»Ja, sie ist hier aufgewachsen, es ist das Haus ihres Großvaters.«

»Der übrigens auch mein Großvater war«, fügte Mr Tay lächelnd hinzu.

»Ihr Großvater? Wieso wohnen Sie denn dann nicht hier?« Ah Ling war verwirrt.

»*Aiya*, stell nicht so viele Fragen«, wies Mrs Tay sie zurecht. »Du wirst schon noch alles verstehen, die anderen Bediensteten werden sicher keine Zeit verlieren, dir alle Gerüchte zu erzählen. Und du wirst schnell begreifen, dass Su Yi hier das Zepter schwingt. Sei fleißig und tu immer, was man dir sagt, dann wird es dir hier gut gehen.«

Ah Ling sollte es mehr als gut gehen. Im Laufe der nächsten dreiundsechzig Jahre stieg sie von einem der zwölf einfachen Dienstmädchen zum Kindermädchen auf, dem

Su Yi nicht nur ihre beiden jüngsten Töchter Victoria und Alix anvertraute, sondern mit Nick auch noch die nächste Generation. Mittlerweile befehligte sie als Haushälterin eine Schar von Hausangestellten, die zu ihren besten Zeiten achtundfünfzig Mitglieder gezählt und sich in den letzten zehn Jahren bei zweiunddreißig eingependelt hatte.

Als sie nun bei einer Tasse Tee in ihrer Unterkunft saß und ein paar Jacob's Cream Crackers mit Erdnussbutter und Johannisbeermarmelade von Wilkin & Sons bestrich – eine der seltsamen westlichen Gewohnheiten, die sie von Philip Young übernommen hatte –, tauchte plötzlich ein rundes Gesicht am Fenster auf und grinste sie an.

Ah Ling zuckte zusammen. »Ah Tock! Grundgütiger, ich habe gerade an deine Großmutter gedacht, und auf einmal stehst du vor mir!«

»Ihre Königliche Hoheit hat doch nach mir verlangt«, erinnerte Ah Tock sie auf Kantonesisch.

»Ach, das hatte ich ganz vergessen. Mir gehen heute tausend Sachen durch den Kopf.«

»Na, das kann ich mir vorstellen. Und ich mach dir das Leben auch nur ungern noch schwerer, aber …« Ah Tock hielt eine große Tasche hoch. »Das sind Mamas Kleider …«

»Natürlich, kein Problem.« Ah Ling nahm ihm die Tasche ab. Ah Tock war ein Cousin der Youngs auf Su Yis Seite[1], und Ah Ling kannte seine Mutter Bernice Tay

1 Ah Tock ist ein Ur-Urenkel von Shang Zhao Hui, dem Großvater von Shang Su Yi. Er war jedoch nur ein Abkömmling der zweiten der fünf Frauen des Patriarchen, weshalb die Kinder dieses Familienzweigs nur einen verschwindend geringen Anteil des gewaltigen Shang-Vermögens erbten und als Cousins zweiter Klasse galten, als »entfernte Ver-

schon, seit sie ein kleines Mädchen war. Sie war die Tochter des Paars, bei dem Ah Ling nach ihrer Ankunft in Singapur ihre »Ausbildung« genossen hatte. Bernice schmuggelte regelmäßig ihre feineren Kleider zum Waschen nach Tyersall Park, weil dort eine ganze Gruppe Wäscherinnen angestellt war, die alles mit der Hand wuschen, die Sachen an der Sonne trocknen ließen und sie vor dem Bügeln mit Lavendelwasser einsprühten. Auf der ganzen Insel gab es keinen besseren Wäscheservice.

»Ich soll dir den *sam fu* hier zeigen, da ist der eine Verschluss kaputt.«

»Kein Problem, den nähen wir wieder an. Ich kenne diesen *sam fu*, den hat Su Yi deiner Mutter vor langer Zeit mal geschenkt.«

Ah Tock holte eine Flasche chinesischen Rum hervor. »Hier, der ist für dich, von Mama.«

»*Aiya*, das wäre doch nicht nötig gewesen, sag das deiner Mutter! Für die letzte Flasche habe ich über ein Jahr gebraucht! Wann habe ich denn mal Zeit, so was in Ruhe zu genießen?«

»Wenn ich deine Arbeit hier machen müsste, würde ich jeden Abend trinken«, erwiderte Ah Tock lachend.

»Wollen wir mal hochgehen?« Ah Ling stand auf.

»Klar. Wie ist die Laune Ihrer Königlichen Hoheit heute?«

»Sie ist gereizt, wie immer.«

»Na, das kann ich hoffentlich ändern«, gab Ah Tock fröhlich zurück. Er war oft in Tyersall Park – jedoch nicht

wandte«, obwohl in ihren Adern genauso viel Shang-Blut floss wie in den Adern der Young-Kinder.

etwa, weil er ein so gern gesehener Verwandter war, sondern weil er es bestens verstand, sich um die Bedürfnisse seiner vermögenderen Cousinen zu kümmern. Er hatte clever seine Familienbeziehungen spielen lassen und FiveStar-Lobang.com gegründet. Seit mittlerweile zwei Jahrzehnten bot seine Firma exklusive und luxuriöse Dienstleistungen für die Verwöhntesten der Singapurer Oberschicht an. So versorgte er sie beispielsweise – mehrere Monate bevor er offiziell auf den Markt kam – mit dem Bentley Bentayga in Belugaschwarz oder leitete diskret einen Brazilian Butt-Lift für eine gelangweilte Mätresse in die Wege.

Auf dem Weg durch den viereckigen Innenhof, der den Bedienstetenflügel vom Haupthaus trennte, kamen sie am Küchengarten vorbei, in dem in fein säuberlichen Reihen Kräuter und Gemüse wuchsen.

»Die Chilischoten sehen ja toll aus, die sind bestimmt wahnsinnig scharf!«, bemerkte Ah Tock.

»Ja, so scharf, dass du dir den Mund verbrennst. Denk nachher mit dran, dass wir welche für deine Mutter einpacken. Wir haben auch zu viel Basilikum, das wächst im Moment wie verrückt. Willst du ihr davon ebenfalls was mitnehmen?«

»Ich weiß nicht, ob sie was damit anfangen kann, ist das nicht so eine *ang-moo*[1]-Pflanze?«

»Wir nehmen das hier für thailändische Gerichte, Basilikum ist in der Thai-Küche sehr beliebt. Außerdem hat Ihre

1 Wörtlich »rote Haare« auf Hokkien. Ein umgangssprachlicher, abwertender Begriff für alles Westliche, da für viele der älteren Generation von Chinesen in Singapur westliche Menschen allesamt *ang moo kau sai* sind, »rothaarige Hundescheiße«.

Königliche Hoheit manchmal Lust auf ausgefallenes *ang-moo*-Essen. Sie mag zum Beispiel ›Pesto‹, so eine ekelhafte Soße. Man braucht unglaublich viel Basilikum dafür, und dann isst sie eine winzige Portion Linguine damit, und den Rest werfen wir weg.«

Ein junges Dienstmädchen lief an ihnen vorbei. »Lan Lan, pflück bitte eine große Schüssel Chilischoten für Mrs Tay«, wies Ah Ling sie auf Mandarin an.

»Ja, Ma'am«, antwortete das Mädchen gehorsam.

»Die ist ja süß. Ist die neu?«, fragte Ah Tock.

»Ist sie, aber alt wird sie hier nicht. Die verbringt viel zu viel Zeit am Handy, obwohl sie genau weiß, dass sie das nicht soll. Diese jungen Chinesinnen haben einfach nicht mehr die Arbeitseinstellung wie meine Generation früher«, sagte Ah Ling unzufrieden.

Sie führte Ah Tock durch die Küche, wo ein halbes Dutzend Köche um einen riesigen Holztisch herum saß und hochkonzentriert kleine Teigtaschen formte.

»*Shiok!*[1] Ihr macht ja Ananastörtchen!«, rief Ah Tock.

»Wenn Alfred Shang zu Besuch kommt, gibts die immer.«

»Hatte der nicht extra seinen Singapurer Privatkoch mit nach England genommen, diesen hainanesischen Überflieger?«

»Schon, aber unsere Ananastörtchen schmecken ihm trotzdem am besten. Er meint, es wäre einfach nicht dasselbe, wenn Marcus die für ihn macht. Liegt wohl am englischen Wasser und Mehl.«

1 Singlischer Slangausdruck, entspricht etwa »cool«, »fantastisch« oder »wie toll« auf Malaiisch.

Dieser verrückte, reiche Kerl, dachte Ah Tock bei sich. Obwohl er schon nach Tyersall Park kam, seit er denken konnte, beeindruckte es ihn trotzdem jedes Mal wieder. Er hatte schon so viele Häuser der Reichen und Schönen von innen gesehen, aber keins dieser Domizile reichte auch nur ansatzweise an Tyersall Park heran. Selbst die Küche war beeindruckend, sie bestand aus einer Reihe gewaltiger Räume mit hohen Decken und wunderschönen Majolika-Mosaikkacheln an den Wänden, und über den gigantischen AGA-Herden hingen glänzende Kupferpfannen und perfekt eingebrannte Woks. Die Küche hätte aus einem alten südfranzösischen Luxushotel stammen können.

Ah Tocks Vater hatte ihm einmal erzählt, wie dessen Gunggung[1] früher, vor dem Krieg, immer gefeiert hatte. Jeden Monat gab es damals eine große Party mit dreihundert Gästen. Ah Tocks Vater und die anderen niederen Kinder durften nicht dabei sein, also hatten sie sich immer im Schlafanzug auf den Balkon geschlichen und von dort die Gäste beobachtet.

Nun gingen Ah Tock und Ah Ling eine Bedienstetentreppe hinauf in den ersten Stock, folgten einem langen Flur und kamen schließlich zum Ostflügel. Ah Tocks Cousine Victoria Young saß auf dem Sofa im Arbeitszimmer, das an ihr Schlafzimmer anschloss, und ging mit einem ihrer Dienstmädchen einen Stapel alter Papiere durch. Victoria war die einzige von Su Yis Töchtern, die noch in Tyersall Park lebte, und war in vielerlei Hinsicht sogar noch herrischer als ihre Mutter – deshalb nannten Ah Tock und Ah Ling sie hinter ihrem Rücken auch »Ihre Königliche Hoheit«.

1 Kantonesisch für »Großvater«.

Ah Tock stand eine Weile im Raum, ohne dass Victoria ihn beachtete. Er hätte mittlerweile eigentlich an diese herablassende Behandlung gewöhnt sein sollen, immerhin war seine gesamte Familie diesen Cousinen schon seit drei Generationen sozusagen untergeordnet, aber es verletzte ihn dennoch.

Endlich konnte Victoria sich kurz von den blauen Luftpostbriefen losreißen, die sie gerade durchging. »Ach Lincoln, du bist schon da?« Natürlich sprach sie ihn mit seinem englischen Namen an. »Die können weg«, sagte sie zu dem Dienstmädchen und gab ihm den Stapel Briefe, woraufhin das Mädchen sie sofort in den Schredder steckte.

Ah Tock betrachtete ihren kinnlangen Bob, fusseliger und grauer denn je. Hatte sie denn noch nie was von Pflegespülung gehört? Sie trug einen weißen Arztkittel voller Farbkleckse und darunter eine Polyesterbluse mit Leopardenmuster und eine weiße Schlafanzughose aus Seide. *Wäre sie nicht als Young auf die Welt gekommen, würden alle denken, sie wäre aus Woodbridge*[1] *abgehauen.* Schließlich hatte er keine Lust mehr zu warten und versuchte sich selbst an einem Gespräch. »Sieht ja nach jeder Menge Papierkram aus!«

1 Das Institute of Mental Health, so der offizielle Name von Singapurs erster psychiatrischer Klinik, wurde 1841 in einem Gebäude in der Bras Basah Road Ecke Bencoolen Street gegründet. Zunächst hieß es Insane Hospital, wurde dann 1861 in Lunatic Asylum umgetauft und in die Nähe der alten Entbindungsklinik Kandang Kerbau verlegt. 1928 wurde ein neues Gebäude in der Yio Chu Kang Road errichtet, und nach weiteren Namensänderungen – unter anderem New Lunatic Asylum und Mental Hospital – wurde es schließlich in Woodbridge Hospital umbenannt, um das Stigma der früheren Bezeichnungen abzuschütteln. Dennoch bedeutet Woodbridge für Generationen von Singapurern bis heute nur eins: einen an der Klatsche haben.

»Das ist von Mummy. Wir sollen alles vernichten, hat sie gesagt.«

»Ähm … bist du sicher? Wären manche Briefe von Großtante Su Yi nicht von historischem Wert?«

Victoria sah genervt auf. »Genau deshalb gehe ich sie ja einzeln durch! Ein paar heben wir für das Nationalarchiv oder für Museen auf, aber alles Private möchte Mummy vor ihrem Tod vernichtet haben.«

Ah Tock fand es etwas befremdlich, wie emotionslos Victoria darüber sprach, und versuchte ein erfreulicheres Thema anzuschneiden. »Gute Nachrichten: Der Meeresfrüchtelieferant schickt morgen einen Lkw vorbei. Die haben mir die allerbesten Hummer, Riesengarnelen und kalifornischen Taschenkrebse versprochen! So eine große Privatbestellung hatten sie noch nie.«

»Schön.« Victoria nickte knapp.

Ah Tock freute sich über die Mordsprovision, die er von dem Händler bekam, konnte aber immer noch nicht ganz glauben, dass die beiden thailändischen Schwiegertöchter seiner Cousine Catherine Young Aakara, Su Yis zweitältester Tochter, sich tatsächlich ausschließlich von Meeresfrüchten ernährten.

»Ich hab auch den Mineralwasserabfüller in Adelboden ausfindig gemacht«, fuhr er fort.

»Und, kommt das Wasser rechtzeitig an?«

»Na ja, aus der Schweiz dauert das schon etwa eine Woche.«

»Cat und ihre Familie kommen aber schon Donnerstag. Kannst du es nicht einfliegen lassen?«

»Es wird ja eingeflogen.«

»Dann mach denen halt ein bisschen Feuer unterm Hintern, Lincoln. Oder lass es per Kurier bringen, was weiß ich.«

»Zweitausend Liter Mineralwasser per Expresskurier? Das kostet ein Vermögen!«

Victoria warf ihm nur einen Blick zu: *Und?*

In solchen Momenten konnte Ah Tock kaum glauben, dass er mit diesen Leuten verwandt sein sollte. Er würde nie verstehen, wieso Familie Aakara ein besonderes Mineralwasser aus irgendeiner Quelle im Berner Oberland brauchte. Galt das Singapurer Leitungswasser nicht als eines der besten der Welt? War das nicht gut genug für sie? Sollten sie doch Perrier nehmen, wenn es sein musste. Kippten die thailändischen Royals etwa aus den Latschen, wenn sie mal Perrier trinken mussten, verdammt noch mal?

»Wie siehts mit dem Zimmer aus?«, fragte Victoria.

»Das Team kommt morgen und baut alles auf. Ich habe auch zwei große Wohnwagen angemietet, die können wir hinter der Gartenmauer aufstellen. Da wohnen dann die Ärzte und das Pflegepersonal, die willst du ja nicht im Haus.«

»Es hat nichts damit zu tun, dass ich sie nicht hierhaben will, aber Alix und Malcolm kommen doch aus Hongkong, und die Aakaras bringen ihre ganzen Dienstmädchen mit, da bleibt einfach kein Platz.«

Ah Tock war empört. Tyersall Park war das größte Privathaus in ganz Singapur, er wusste nicht einmal genau, wie viele Zimmer es genau hatte. Und da fanden diese Leute angeblich keinen Platz für das Ärzteteam, das sich Tag und Nacht um ihre sterbende Mutter kümmern würde?

»Mit wie vielen Dienstmädchen reist Auntie Cat denn an?«, fragte er.

Victoria seufzte. »Normalerweise drei. Wenn Taksin dabei ist, fünf. Aber wenn auch noch alle Söhne und deren Ehefrauen mitkommen, wer weiß, wie viele es dann sind.«

»Das Team vom Mount Elizabeth war heute hier«, sagte Ah Tock. »Die haben sich alles angeschaut und meinten, für die Kardiologie-Intensivstation, die sie hier aufbauen wollen, eignet sich am besten der Wintergarten.«

Victoria schüttelte gereizt den Kopf. »Auf keinen Fall, Mummy will garantiert oben in ihrem Schlafzimmer liegen.«

Ah Ling fand, es sei an der Zeit, ebenfalls etwas zu sagen. »Victoria, der Wintergarten wäre wirklich perfekt. Dann muss sie nicht nach oben transportiert werden, von den ganzen Geräten und Generatoren mal ganz abgesehen. Er ist abgeschirmt vom Lärm aus dem Bedienstetenflügel, und sie können die Geräte nebenan im Esszimmer aufbauen und die Kabel durch die Tür in den Wintergarten legen.«

»Wir brauchen da gar nicht drüber zu diskutieren. Ich habe Mummy schon vor Jahren vorgeschlagen, ihr Schlafzimmer nach unten zu verlegen, damit sie die Treppen nicht mehr steigen muss, und da meinte sie: ›Ich werde nie unten schlafen, das macht nur das Personal. Und wenn mal ein Familienmitglied unten geschlafen hat, dann im Sarg.‹ Glaubt mir, sie will, dass alles im ersten Stock aufgebaut wird.«

Ah Tock musste sich zusammenreißen, um nicht die Augen zu verdrehen. Selbst vom Sterbebett aus musste Su Yi alles kontrollieren. Und ein bisschen Dankbarkeit von Ihrer Königlichen Hoheit wäre zur Abwechslung auch mal nett, immerhin arbeitete er gerade rund um die Uhr, um diesen ganzen Wahnsinn zu organisieren.

Ein Dienstmädchen klopfte sachte an und steckte den Kopf durch die Tür.

»Was denn?«, fauchte Victoria.

»Ich habe eine Nachricht für Ah Ling«, sagte das Mädchen schüchtern.

»Und warum stehst du dann so blöd in der Tür rum? Komm halt rein und rede mit ihr!«

»Ja, Ma'am.« Das Mädchen sah nervös zu Ah Ling. »Die Wache meldet, dass Mrs Alexandra Cheng mit Familie auf dem Weg ist.«

»Wie, auf dem Weg?«, fragte Ah Ling verblüfft.

»Sie fahren gerade die Einfahrt zum Haus hoch.«

»Jetzt schon? Wollten die nicht wie die anderen erst Donnerstag kommen?«

»Das darf doch nicht wahr sein!« Victoria kochte vor Wut. »Haben dir mir etwa das falsche Datum genannt?«

Ah Ling sah aus dem Fenster. Es waren mitnichten nur Alix und ihr Mann Malcolm. Nein, es waren sechs Autos, aus denen gerade die ganze verdammte Bagage stieg: Alistair Cheng, Cecilia Cheng Moncur mit Mann Tony und Sohn Jake, und wer war der Typ da im weißen Leinenanzug? Grundgütiger. Das durfte doch nicht wahr sein! Ah Ling sah panisch zu Victoria. »*Eddie* ist da!«

Victoria stöhnte genervt auf. »Alix hat mit keinem Wort erwähnt, dass er mitkommt! Wo bringen wir den denn jetzt unter?«

»Und nicht nur ihn ... Fiona und die Kinder sind auch dabei!«

»Na gute Nacht! Der macht doch gleich wieder ein Riesentheater wegen der Pearl Suite, aber die ist nun schon für Catherine und Taksin reserviert.«

Ah Ling schüttelte den Kopf. »Catherines Dienstmädchen hat angerufen und gesagt, dass Adam und seine Frau in der Pearl Suite schlafen sollen.«

»Adam ist ihr jüngster Sohn, wieso soll denn ausgerechnet der sie kriegen?«

»Adams Frau ist wohl die Tochter von irgendeinem Prinzen, der in der Hierarchie höher steht als Taksin.«

»Stimmt, den ganzen Quatsch mit den Titeln hatte ich ganz vergessen.« Victoria grinste schief. »Tja, Ah Ling. Dann fällt dir wohl die undankbare Aufgabe zu, das Eddie beizubringen. Viel Spaß.«

10

PORTO FINO ELITE ESTATES, SCHANGHAI

Sechs Angestellte standen in militärischer Präzision auf den Stufen vor dem monolithischen Granit-und-Beton-Gebäude Spalier. Früher, als Colette Bing dank ihres großzügigen Vaters die Hausherrin gewesen war, hatte das Personal noch schicke schwarze T-Shirts und Jeans von James Perse getragen. Doch seit Kitty Pong Tai Bing das Zepter in dem prächtigen Anwesen im Herzen der Porto Fino Elite Estates übernommen hatte, ließ sie die Männer mit eleganten Butler-Uniformen und die Frauen mit dem klassischen schwarz-weißen Dress französischer Dienstmädchen ausstaffieren.

Kitty stieg mit Tochter Gisele und Söhnchen Harvard aus dem Konvoi schwarzer Audi-SUVs. Die Hausangestellten verbeugten sich synchron und machten sich dann eifrig daran, das Gepäck aus den diversen Kofferräumen zu holen.

Kitty betrat den großen Salon. »Endlich zu Hause!« Sie warf mit einem Seufzer ihre roten fransigen Aquazzura-Sandaletten von sich. Um sie herum war Baustelle, die Möbel waren mit Plastikfolie abgedeckt, Gerüste standen an den

Wänden, und von der Decke hingen lose Kabel. Kitty hatte sich in den Kopf gesetzt, jede Spur von Colette auszumerzen, und sich zu diesem Zweck mit Thierry Catroux zusammengetan – dem gefeierten Innenarchitekten, der ausschließlich für Milliardäre arbeitete. Er sollte auch noch den hintersten Winkel des Anwesens umgestalten.

»Wo ist mein Mann?«, fragte Kitty ihren Haushälter Laurent, den sie irgendeinem Tech-Mogul in Kona abspenstig gemacht hatte, um Colettes britischen Butler Wolseley zu ersetzen, der einst bei Prinzessin Michael von Kent im Kensington Palace angestellt gewesen war.

»Mr Bing ist bei seiner täglichen Massage, Madame.«

Im Spa-Pavillon ging Kitty die Treppe zum unterirdischen Swimmingpool hinunter. Der Gedanke daran, dass die geschnitzten Marmorsäulen hier bald ebenso Geschichte wären wie die Zinnoberlackwände dieses Korridors, zauberte ihr ein Lächeln aufs Gesicht. Sie würde Colettes türkischen Hamam in ein futuristisch angehauchtes ägyptisches Fantasie-Spa verwandeln. Die Idee dazu war ihr beim Schauen von *Stargate* gekommen.

Ihr Mann Jack lag im schummrigen Licht der Duftkerzen bäuchlings auf der Massageliege. Weihrauchduft stieg Kitty in die Nase, und im Hintergrund dudelte leise Céline Dion. Eine der beiden Masseurinnen[1] bearbeitete Jacks Fußreflexzonen, während die andere wie eine Hochseilartistin über seine Wirbelsäule balancierte und sich dabei an einer ausgeklügelten Gitterstruktur an der Decke festhielt, um exakt

1 Colettes attraktive osteuropäische Masseurinnen hatte Kitty ebenfalls durch Chinesinnen mittleren Alters ersetzen lassen, die problemlos als Madame Mao durchgehen könnten.

den richtigen Druck auf seine verspannten Muskeln auszuüben.

»Aaaah! Ja! Genau da!«, ächzte Jack durch die Aussparung in der Liege, als die Frau ihre linke Ferse in den Muskel unter seinem Schulterblatt bohrte.

»Na, das sieht ja angenehm aus«, sagte Kitty zur Begrüßung.

»Jaa … aaah! Du bist wieder da!«

»Ich dachte, du erwartest mich an der Tür.«

»Na ja, als ich gehört habe, dass dein Flug sich verspätet, dachte ich, ich … oooooh … geh erst mal zur Massage.«

»Diese Scheißfranzosen haben unseren Start um ganze zwei Stunden verschoben, und alles nur wegen einer bescheuerten Bombendrohung. Die wollten mich nicht mal in unseren Flieger lassen, also war ich in diesem schrecklichen Terminal mit den ganzen *Touristen* zusammengesperrt.« Schmollend streckte sich Kitty auf der gemütlichen Chaiselongue neben Jacks Liege aus.

»Tut mir leid, dass du mit den Touristen festgesessen hast, Kittybaby. War es trotzdem schön in Paris?«

»Auf jeden Fall! Und weißt du, was für eine frohe Botschaft ich da gehört habe?«

»Auaaaa! Nicht ganz so grob, bitte! Was denn?«

»Es wird dich sicher überaus freuen, dass deine Tochter endlich zu heiraten gedenkt.« Kittys Stimme triefte vor Sarkasmus.

Jack stieß einen Grunzer aus. »Hmmm … wirklich?«

»Ja. Und rat mal wen. Einen *Engländer*! Aber das weißt du ja sicher längst.«

»Woher denn? Colette redet seit zwei Jahren nicht mehr mit mir. Seit unserer Hochzeit.«

»Ich dachte nur, weil du so gar nicht überrascht bist.«

»Wieso sollte ich auch überrascht sein? Irgendwann musste sie ja heiraten.«

»Aber doch keinen Engländer!«

»Na ja, Carlton Bao redet nicht mehr mit ihr, und Richie Yang will sie auch nicht mehr, da bleibt in China ja kaum noch wer übrig. Was ist das denn für ein Typ?«

»Irgendein dahergelaufener Klimaanwalt. Ein Weltverbesserer. Ich schätze mal, deine Exfrau muss die beiden bis in alle Ewigkeit durchfüttern. Colettes Hochzeitskleid soll angeblich zwei Millionen Dollar kosten.«

»Wie bitte? Ist das aus purem Gold, oder was?«

»Da sind tatsächlich Goldplättchen und Edelsteine eingearbeitet. Völlig übertrieben.« Kitty schnüffelte an einem Glastiegel mit Bodylotion, der auf dem Beistelltisch stand, und cremte sich die Arme damit ein.

»Na ja, sie kann mit ihrem Geld natürlich machen, was sie will.«

»Aber ich dachte, du hast ihr den Geldhahn komplett abgedreht.«

Statt einer Antwort schrie Jack plötzlich auf: »Aaaau! Warum tut das denn so weh?«

Die Masseurin knetete ungerührt weiter mit Daumen und Zeigefinger einen Punkt an seinem Fuß und sagte streng: »Das ist Ihre Gallenblase, Sir. Die ist total entzündet! Sie haben es gestern Abend bestimmt schon wieder mit Cognac und frittiertem Essen übertrieben. Das hab ich Ihnen doch verboten!«

»Au! Aua! Aufhören! Sofort!«, brüllte Jack.

»Jack, antworte! Was meinst du mit *ihrem* Geld?« Kitty ließ nicht locker.

Jack seufzte erleichtert auf, als die Masseurin endlich von seinem Fuß abließ. »Colette hat ein jährliches Einkommen aus einem Treuhandfonds. Das war Teil meiner Scheidungsvereinbarung mit Lai Di.«

»Und wieso höre ich davon gerade zum ersten Mal?«

»Ich wollte dich nicht mit den Einzelheiten meiner Scheidung langweilen.«

»Ich dachte, bloß Lai Di hätte zwei Milliarden bekommen.«

»Hat sie auch, aber ihre Bedingung für eine diskrete Abwicklung des Ganzen war, dass ich einen Treuhandfonds für Colette einrichte.«

»Ach ja? Und wie viel ist der wert?«

Jack murmelte etwas in sich hinein.

»Lauter, Schatz, ich kann dich nicht verstehen … Wie viel? In US-Dollar, bitte.«

»Knapp fünf Milliarden.«

»Du hast deiner Tochter fünf Milliarden Dollar geschenkt?!«, schrie Kitty und sprang wie von der Tarantel gestochen auf.

»Nicht *geschenkt*. Sie bezieht ein Einkommen aus einem Treuhandfonds in der Höhe von knapp fünf Milliarden. Der Fonds ist an die Aktien meiner Firmen gebunden, daher schwankt ihr jährliches Einkommen sowieso entsprechend der Dividendenrendite. Und er ist auf ihre Lebenszeit begrenzt.«

»Und was passiert danach damit?«

»Dann erben ihn ihre Kinder, wenn sie denn welche hat.«

Vor ihrem inneren Auge sah Kitty plötzlich Colette und ihre zukünftigen halb weißen Mischlingskinder. Sie lief in einem weißen Sommerkleid barfuß durch ein englisches

Kornfeld und lachte mit ihren strohblonden Kindern um die Wette. Wutschäumend fing Kitty im Kopf an zu überschlagen: Selbst wenn der Fonds nur magere ein Prozent Zinsen abwarf, hieß das bei fünf Milliarden, dass Colette jedes Jahr *mindestens fünfzig Millionen Dollar* Einkommen hatte! Dabei hatte Kitty immer gedacht, dass Colettes arme Mutter etwas von ihren mickrigen zwei Milliarden für ihre Tochter abzwacken musste. Und am Ende würden ihre geradezu unnatürlich fotogenen Kinder auch noch davon profitieren, dabei kannten die ihren chinesischen Großvater nicht einmal!

»Und was bleibt dann für uns?«, fragte Kitty mit Grabesstimme.

»Wie meinst du das?«

»Wenn du so viel Geld für dein herzallerliebstes Töchterlein beiseitegelegt hast, die übrigens kein Wort mehr mit dir spricht, und für ihre Mischlingskinder, die noch nicht mal geboren sind, was tust du dann bitte schön für deine übrigen Kinder und deine arme Frau?«

»Ich verstehe die Frage nicht. Was ich für dich tue? Ich rackere mich Tag und Nacht für dich ab. Du hast doch alles, was dein Herz begehrt. Oder hast du gerade etwa keine zehn Millionen Dollar in Paris ausgegeben?«

»Es waren bloß neun Komma fünf. Ich bin Chanel-Privé-Kundin und hab Preisnachlass bekommen. Was wäre denn, wenn dir etwas zustößt? Was dann?«

»Mir passiert schon nichts. Aber keine Sorge, du bist versorgt.«

»Versorgt, was soll das heißen?«

»Du bekommst auch einen Zwei-Milliarden-Fonds.«

Soso, ich bin dir also weniger wert als deine Tochter, dachte

Kitty bei sich und spürte die Wut in sich hochkochen. »Und wie viel kriegt Harvard?«

»Harvard ist mein Sohn. Der erbt natürlich den ganzen Rest. Und das ist wesentlich mehr als fünf Milliarden, falls du das vergessen hast.«

»Und Gisele?«

»Wieso sollte ich Gisele was vererben? Sie erbt doch eh irgendwann die Tai-Milliarden.«

Kitty erhob sich von der Chaiselongue und ging zur Tür. »Sehr interessant. Gut zu wissen, wo deine Prioritäten wirklich liegen.«

»Was soll das denn heißen?«

»Du denkst überhaupt nicht an mich … und an unsere Kinder«, sagte Kitty mit erstickter Stimme.

»Natürlich tu ich das!«

»Tust du nicht! Wir sind dir vollkommen egal.«

»Kittybaby, jetzt red doch keinen Unsinn … aaauuuu … nicht so fest!« Jack schrie die Masseurin an, die auf die Liege geklettert war und nun mit ihren nackten Füßen seinen Hintern bearbeitete.

»Sir, Sie sitzen zu viel, deshalb tut es weh. Ich setze kaum Gewicht ein.«

»Ich kann nicht fassen, dass du deiner Tochter einfach so fünf Milliarden in den Rachen wirfst! Nach allem, was sie dir angetan hat!« Kitty weinte jetzt.

»Autsch … Kitty, jetzt sei doch vernünftig! Colette ist meine einzige Tochter. Es sind doch nur fünf Milliarden, und du bekommst alles, was du willst! Au-aaaaa!«

»Treten Sie ihm kräftig in den Arsch! Und danach in seine schrumpeligen Eier!«, schrie Kitty und stürmte in Tränen aufgelöst davon.

11

HONGKONG

Nachdem Charlie ihr eine geschlagene halbe Stunde lang den Rücken gekrault hatte, war Chloe endlich eingeschlafen. Auf Zehenspitzen schlich er hinaus und ging nach oben ins Schlafzimmer.

Er setzte sich auf den Boden, den Rücken ans Fußende des Betts gelehnt und wählte Astrids Nummer in Singapur. Während es klingelte, ließ er den Blick aus den bodentiefen Fenstern über das Panorama des Victoria Harbour schweifen. Er dachte schon, er hätte zu spät angerufen, da meldete sie sich endlich mit verschlafener Stimme.

»Oh, hab ich dich geweckt?«, flüsterte Charlie.

»Nein, ich hab gelesen. Bist du jetzt erst zu Hause?«

»Nee, war den ganzen Abend hier, hatte nur zu tun.«

»Wieder Stress wegen Isabel?«

Charlie seufzte. »Mit der hats zur Abwechslung mal nichts zu tun. Chloe liegt mir seit Wochen in den Ohren, dass sie diesen Film sehen will, *Das Schicksal ist ein mieser Verräter.* Und da hab ich es ihr und Delphine gestern erlaubt.«

»Kenn ich gar nicht.«

»Ich dachte, der wäre für Kinder okay, aber ist er überhaupt nicht, glaub mir. Ist so was wie eine Neuverfilmung von *Love Story*.«

»Ach du meine Güte, junge Liebe, tragisches Ende?«

»Aber hallo! Als ich begriffen hab, was wir uns da angucken, wollte ich den Film ausmachen, aber da sind die Mädchen natürlich auf die Barrikaden gegangen. Also hab ich sie zu Ende gucken lassen. Chloe schwärmt total für den Typen in dem Film, so ein leicht trotteliger Blonder. Aber dann kam eben das Ende und … meine Fresse.«

»Da hast du dann mit zwei weinenden Mädchen dagesessen, nehm ich an.«

»Die haben geheult wie die Schlosshunde! Ich glaub, Delphine ist für immer traumatisiert.«

»Sie ist ja auch erst acht Jahre alt! Was hast du dir bloß dabei gedacht?!«

»Ich weiß, ich weiß … ich hab halt nur die ersten paar Zeilen hinten auf der DVD gelesen und mir nicht die Mühe gemacht, das mal zu googeln oder so. Ich dachte, der wär harmlos.«

»Da hättest du ihnen auch gleich *Uhrwerk Orange* anmachen können.«

»Ich bin ein schlechter Vater, und genau deshalb brauch ich dich! Und die Mädchen auch. Die brauchen deinen guten Einfluss.«

»Ha, meine Mutter würde dir da bestimmt widersprechen.«

»Ihr werdet super klarkommen, Astrid. Da bin ich mir sicher. Und Cassian werden sie garantiert auch mögen.«

»Wir werden noch die asiatische Brady-Family, sag ich dir. Mit vielleicht nicht ganz so vielen Kindern.«

»Von mir aus gern. Ich hatte übrigens gestern einen Termin mit Isabels Anwälten, das lief richtig gut. Die haben Gott sei Dank keine Einwände mehr. Weißt du, was sich Isabel da in Singapur geleistet hat, hat uns eigentlich sogar genützt. Ihre Anwälte hatten solche Angst, dass ich auf alleiniges Sorgerecht klage, dass sie die meisten Forderungen zurückgenommen haben und zu einer Einigung bereit sind.«

»Wow, das sind ja mal richtig gute Neuigkeiten«, sagte Astrid und schloss für einen Moment die Augen. Langsam, aber sicher rückte ihr gemeinsames Leben mit Charlie in greifbare Nähe. Sie stellte sich vor, wie sie sich in ihrem wunderschönen Zuhause auf Shek O, weit weg von den Massen in Singapur oder Hongkong, in ihrem neuen Bett an ihn kuschelte, wie das Mondlicht durchs Fenster fiel und draußen die Wellen rauschten. Chloe und Delphine würden sich währenddessen zusammen mit ihrem neuen Stiefbruder Cassian im Fernsehzimmer einen altersgerechten Film ansehen und sich eine große Schüssel Eiscreme teilen.

Charlies Stimme riss sie aus ihrem Tagtraum. »Ich flieg morgen nach Indien, ich schau mir unsere neuen Fabriken in Bangalore an, und dann muss ich zu einem Charity-Polomatch in Jodhpur, das wir sponsern. Komm doch einfach am Wochenende dazu.«

»Dieses Wochenende?«

»Klar! Wir können im Umaid-Bhavan-Palast übernachten, warst du da schon mal? Das ist einer der schönsten Paläste der Welt, da hat die Taj Group jetzt ein Luxushotel draus gemacht. Shivraj, der zukünftige Maharadscha, ist ein guter Freund von mir, die werden uns da empfangen wie die Royals, sag ich dir.«

»Klingt schon sehr verführerisch, aber Ah Ma ist doch krank, ich kann jetzt unmöglich aus Singapur weg.«

»Ich dachte, es geht ihr wieder ein bisschen besser? Und meintest du nicht, dass sowieso schon tausend Verwandte in Tyersall Park rumhocken? Fällt bestimmt gar nicht auf, wenn du zwei, drei Tage fehlst.«

»Gerade weil so viele Verwandte da sind, brauchen die mich ja. Ich muss mithelfen, alle bei Laune zu halten.«

»Hast recht, ich bin ganz schön egoistisch. Du bist echt ein Engel, wie du dich für deine Familie aufopferst. Ich vermiss dich nur so!«

»Ich dich auch. Ich kann nicht fassen, dass wir uns schon über einen Monat nicht mehr gesehen haben. Aber bei dem ganzen Stress mit meiner Großmutter, und dann noch die Sache mit Isabel und Michael und unseren fleißigen Anwälten … da wäre es vielleicht besser, wenn wir im Moment nicht zusammen gesehen werden, meinst du nicht?«

»Aber es würde doch niemand erfahren, dass wir in Indien sind. Ich fliege erst mal nach Bombay, du direkt nach Jodhpur, und im Hotel können wir uns komplett abschotten lassen. Um ehrlich zu sein, hatte ich sowieso nicht vor, das Zimmer zu verlassen.«

»Ach ja? Was haben Sie denn genau mit mir vor, Mr Grey?«

»Das wird natürlich noch nicht verraten, aber wir brauchen auf jeden Fall Mousse au chocolat, Pfauenfedern und eine vernünftige Stoppuhr dafür.«

»Hmmm, mit Stoppuhren kriegst du mich immer.«

»Na komm, Süße. Gib dir einen Ruck. Wird bestimmt schön.«

Astrid überlegte hin und her. »Na ja, Cassian ist dieses

Wochenende bei Michael, und ich soll am Freitag als Abgesandte meiner Familie zu dieser königlichen Hochzeit in Malaysia. Vielleicht könnte ich nach dem großen Bankett von KL aus losfliegen …«

»Ich sorg dafür, dass das Flugzeug bereitsteht.«

»Die Braut ist meine Freundin Khaleeda, die kann ich einweihen, dann geht das bestimmt klar. Und meiner Familie könnte ich sagen, dass ich das ganze Wochenende dableiben musste, weil die mich total in die Planung eingebunden haben.«

»Hmmm, Fesselspielchen, gute Idee! Aber im Ernst, wir müssen uns einfach sehen.«

»Du bist so ein Überredungskünstler. Damals in London in der Uni hast du mich auch immer zu irgendwelchem Quatsch überredet.«

»Weil ich eben schon immer wusste, dass du ganz tief drinnen ein Bad Girl bist. Gibs doch zu, du willst nichts lieber, als dass ich dich nach Indien ausfliege, mit Edelsteinen überhäufe und das ganze Wochenende lang nicht aus dem Bett lasse!«

»Da kann ich wohl schlecht Nein sagen …«

12

CHANGI AIRPORT, SINGAPUR

Nick schob seinen Gepäckwagen in die Ankunftshalle von Terminal 3 und entdeckte gleich ein vertrautes Gesicht. Den Typen im Surferlook, der ein Schild mit der Aufschrift PROFESSOR DR. NICHOLAS YOUNG in der Hand hielt, hätten die allermeisten aufgrund des verblichenen gelben ACS-Muskelshirts, der blauen Adidas-Jogginghose und der Flipflops wahrscheinlich eher für irgendeinen Ersatzfahrer gehalten als für einen der milliardenschwersten Erben Singapurs.

Nick umarmte seinen besten Freund Colin Khoo. »Was machst du denn hier?«

»Na, du warst seit 2010 nicht mehr hier. Du glaubst doch nicht, dass du da ohne richtiges Empfangskomitee davon kommst«, erwiderte Colin fröhlich.

»Gut siehst du aus! Braun gebrannt wie immer. Aber von dem Männerdutt ist dein Vater wahrscheinlich nicht gerade begeistert, oder?«

Colin grinste. »Richtig erkannt. Er meint, damit würde ich aussehen wie ein Junkie, und wenn ich in den Siebzigerjahren so in Changi angekommen wäre, hätte Lee Kuan Yew mich höchstpersönlich von der Passkontrolle zum nächsten indischen Barbier geschleift und mir einen *botak*[1] verpassen lassen.«

Sie fuhren mit dem gläsernen Fahrstuhl zur Ebene B2, wo Colin parkte.

»Ist das ein Porsche Cayenne?«, fragte Nick, als Colin und er sein Gepäck im Kofferraum des SUVs verstauten.

»Nee, das ist der neue 2016er Macan. Kommt eigentlich erst nächsten März auf den Markt, aber ich darf ihn schon mal probefahren.«

»Nicht schlecht!« Nick öffnete die Beifahrertür. Auf dem Sitz lag eine Kaschmirdecke.

»Die kannst du einfach auf den Rücksitz werfen. Minty friert immer im Auto. Schöne Grüße übrigens, sie ist gerade in Bhutan im Resort ihrer Mutter bei so einem Meditationsworkshop.«

»Klingt gut. Hattest du keine Lust?«

»Mein ADHS-Hirn und Meditation? Nee, keine Chance, kennst mich doch. Ich geh stattdessen zum Thaiboxen.«

Colin setzte mit gefühlt hundert Sachen aus der Parklücke zurück, sodass Nick sich am liebsten am Haltegriff festgeklammert hätte. »Also gehts Araminta wieder besser?«, fragte er.

»Hm … na ja, so langsam.« Colin klang zögerlich.

»War nicht leicht in letzter Zeit, hm?«

»Du weißt ja, wie das mit Depressionen ist. Mal ist es besser, mal schlechter. Die Fehlgeburt hat ihr so richtig den

1 Malaiisch für »kahlköpfig«. Aus irgendeinem Grund werden aber auch kleine Jungen mit Bürstenschnitt gern so genannt.

Boden unter den Füßen weggezogen. Sie tritt mittlerweile bei der Arbeit kürzer und versucht, sich immer wieder Auszeiten zu nehmen wie jetzt mit dem Meditationsworkshop. Sie hat sogar einen richtig guten Therapeuten gefunden, aber das sehen ihre Eltern natürlich gar nicht gern.«

»Echt?«

»Ja, leider. Mintys Dad hat den armen Mann einen Riesenstapel Geheimhaltungsvereinbarungen unterschreiben lassen, dabei ist er doch eh an seine ärztliche Schweigepflicht gebunden. Aber Peter Lee musste sich unbedingt absichern, dass der Therapeut niemals zugeben würde, dass Minty seine Patientin ist. Ist ja auch so was von schlimm, eine Therapie zu machen …«

Nick schüttelte den Kopf. »Echt krass, dass man hier mit einer psychischen Krankheit immer noch so stigmatisiert wird.«

»Stigmatisiert? Das würde ja voraussetzen, dass man die Existenz von psychischen Krankheiten überhaupt anerkennt und die Gesellschaft nur Vorurteile dagegen hat. Stattdessen werden sie einfach komplett geleugnet!«

»Ach, das erklärt, wieso du immer noch nicht weggesperrt wurdest«, witzelte Nick.

Colin boxte ihm spielerisch gegen den Arm. »Schön, dass du da bist, Mann. Tut gut, das alles mal laut aussprechen zu können.«

»Hast du denn sonst niemanden zum Reden?«

»Nee, will doch keiner hören, dass Colin Khoo und Araminta Lee Probleme haben. Wir sind zu reich für Probleme. Wir sind doch das Traumpaar!«

»Das goldene Traumpaar! Ja, ich hab die Fotos gesehen.«

Colin schnaubte bei der Erinnerung an das berüchtigte

Fotoshooting für die *Elle Singapore*, bei der er als James Bond verkleidet und Araminta von Kopf bis Fuß mit Goldfarbe angesprüht gewesen war. »Das war der größte Fehler meines Lebens! Das werd ich nie wieder los. Neulich war ich im Paragon auf dem Klo, da guckt mich der Typ am Pissoir neben mir an und meint: ›*Wah lao!* Bist du nicht dieser goldene Gott?‹«

Nick prustete los. »Und, hast du ihm deine Nummer gegeben?«

»Du Arsch!«, erwiderte Colin bloß. »Weißt du übrigens, mit wem Minty sich in letzter Zeit angefreundet hat? Kitty Pong!«

»Echt? Mit Kitty?«

»Ja, über sie ist Minty auch an ihren Psychologen gekommen. Ich glaub, sie mag an Kitty, dass sie nicht von hier ist und nichts mit unserer eingeschworenen kleinen Gemeinschaft zu tun hat. Dadurch ist sie total unvoreingenommen, und Minty kann offen mit ihr reden. Wäre sie auch auf die Raffles, MGS oder SCGS[1] gegangen, würde das ganz anders aussehen, aber sie hängt eher mit den Milliardären aus dem Ausland ab.«

»Klar, sie ist ja auch die neue Mrs Jack Bing.«

»Stimmt. Ein bisschen leid tut mir Bernard Tai ja schon. Ist zwar ein Idiot, aber soll angeblich ein ganz guter Vater geworden sein. Dem hat Kitty echt eins reingewürgt. Ich glaub, die Sache mit Jack Bing kam völlig unerwartet für ihn. Apropos, was ist eigentlich aus Bings Tochter geworden?«

1 Singapore Chinese Girls' School, nannten wir Jungs von der ACS aber auch gern Sucking Co… äh, egal.

»Colette? Puh, wenn ich das wüsste. Nachdem sie Rachel vergiften wollte, haben wir natürlich einen großen Bogen um sie gemacht. Ich hätte sie angezeigt, aber Rachel wollte nicht.«

»Hm. Ist anscheinend nicht nachtragend, deine Rachel, was?«

»Das kannst du laut sagen. Deshalb bin ich ja auch hier. Ich habe klare Anweisungen, mich mit Ah Ma zu versöhnen.«

»Willst du das überhaupt?«

Nick überlegte. »Keine Ahnung, ehrlich gesagt. Irgendwie kommt es mir vor, als wäre das alles ewig her. Unser Leben ist völlig anders als alles hier. Einerseits werde ich nie vergessen, wie Rachel behandelt wurde und wie wenig meine Großmutter mir vertraut hat, andererseits ist es jetzt irgendwie unwichtig geworden, ob sie uns unseren Segen gibt.«

»Ja, der Tod lässt alles andere in den Hintergrund rücken.« Colin bog auf den East Coast Parkway. »Soll ich dich direkt nach Hause fahren, oder wollen wir noch was essen gehen?«

»Ach, es ist schon so spät, fahr mich direkt nach Hause. Da gibts bestimmt noch was zu essen für uns. Jetzt, wo alle da sind, ist Ah Chings Küchencrew bestimmt rund um die Uhr am Rotieren.«

»Alles klar, dann ab nach Tyersall Park! Ich seh die Satéspieße schon vor mir. Ich will dich ja nicht drängen, aber eigentlich mag ich deine Großmutter. Sie war immer nett zu mir. Weißt du noch, als ich von zu Hause weggelaufen bin, weil mein Stiefmonster mich ins Internat nach Tasmanien abschieben wollte? Da hat deine Großmutter erlaubt, dass wir uns im Baumhaus von Tyersall Park verstecken!«

»Klar! Und ich weiß auch noch, dass sie uns immer einen großen Fresskorb zum Frühstück hat hochschicken lassen.«

»Genau das meinte ich! Wenn ich an deine Großmutter denke, kommt mir immer als Erstes was zu essen in den Sinn. Diese Bambustabletts voller *chee cheong fun* und *caa siu baaus* da oben im Baumhaus werde ich nie vergessen. Und frisch gebackene *roti prata*! Wie die Könige haben wir da gespeist. Als ich dann irgendwann nach Hause musste, habe ich krampfhaft nach einem Grund gesucht, wieder auszureißen. Unsere Köchin war leider nicht halb so gut wie eure!«

Nick musste lachen. »Also, in meiner Erinnerung bist du andauernd abgehauen.«

»Mein Stiefmonster hat mir ja auch das Leben zur Hölle gemacht. Du bist nur einmal weggelaufen, oder?«

»Mhm.« Nick fühlte sich augenblicklich in seine Kindheit zurückversetzt, als er acht Jahre alt war …

Sie waren gerade beim Abendessen gewesen, nur sie drei. Sein Vater, seine Mutter und er saßen im kleinen Esszimmer neben der Küche, wie immer, wenn sie keinen Besuch hatten. Er wusste noch genau, was es an dem Abend gab. Bak kut teh. *Er hatte zu viel von der duftenden Brühe über seinen Reis gegeben, so flüssig mochte er es nicht, aber seine Mutter hatte darauf bestanden, dass er seine Schale leer aß. Sie war gereizter als sonst – eigentlich wirkten sie und sein Vater schon seit Tagen irgendwie angespannt.*

Jemand schoss mit dem Auto die Einfahrt hinauf, und anstatt vorn an der Veranda zu parken wie alle anderen Gäste, fuhr er ums Haus herum und hielt vor der Garage. Nick sah aus dem Fenster und entdeckte den Honda Prelude von Auntie Audrey, einer Freundin seiner Eltern. Er mochte Auntie Audrey, sie machte die besten nyonya kuih. *Brachte sie ihnen wohl welche zum*

Nachtisch vorbei? Da kam sie auch schon zur Hintertür hereingeplatzt, und Nick stellte entsetzt fest, dass Auntie Audreys Gesicht grün und blau und geschwollen war und sie an der Lippe blutete. Der Ärmel ihrer Bluse war zerrissen, und sie wirkte benommen.

»Alamak, *Audrey! Was ist denn passiert?«, schrie seine Mutter auf, und sofort kamen ein paar Hausmädchen ins Zimmer gestürzt.*

Audrey ignorierte sie und starrte bloß seinen Vater an. »Guck dir an, was mein Mann mir angetan hat! Ich wollte, dass ihr seht, was dieses Monster mit mir gemacht hat!«

Seine Mutter lief zu ihr. »Das war Desmond? Das ist nicht dein Ernst!«

»Fass mich nicht an!«, schrie Audrey und sackte auf dem Boden in sich zusammen.

Auch sein Vater stand jetzt vom Tisch auf. »Nicky, ab nach oben!«

»Aber Dad …«

»Sofort!«, brüllte sein Vater.

Lingze führte Nick aus dem Esszimmer.

»Was ist denn los? Was ist mit Auntie Audrey?«, fragte Nick besorgt.

»Mach dir keine Sorgen. Komm, wir gehen in dein Zimmer und spielen Domino«, beruhigte ihn sein Kindermädchen auf Kantonesisch und schob ihn die Treppe hoch.

Sie saßen seit einer Viertelstunde in seinem Zimmer, Lingze hatte die Dominosteine verteilt, aber er war zu abgelenkt von den Geräuschen aus dem Erdgeschoss. Er hörte gedämpfte Schreie, eine Frau weinte. War das seine Mum oder Auntie Audrey? Er lief zur Treppe und hörte, wie Auntie Audrey schrie: »Ihr denkt auch, ihr könntet euch alles erlauben, was? Scheißyoungs!«

Er traute seinen Ohren nicht. Noch nie hatte er einen Erwachsenen fluchen hören. Was war bloß passiert?

»Nicky, komm sofort zurück!«, rief Lingze und scheuchte ihn wieder ins Kinderzimmer. Sie schloss die Tür hinter sich, ließ hektisch die Jalousien hinunter und schaltete die Klimaanlage an. Auf einmal war das vertraute tuckernde Geräusch eines alten Taxis zu hören, das sich die steile Einfahrt hinaufquälte. Nick lief zur Veranda und beugte sich über das Geländer. Onkel Desmond, Auntie Audreys Mann, stieg torkelnd aus dem Taxi. Dann kam sein Vater aus dem Haus, und er hörte, wie die beiden sich im Dunkeln stritten. Onkel Desmond sagte immer wieder: »Sie lügt! Das sind alles Lügen, das musst du mir glauben!« Sein Vater murmelte irgendwas, doch dann erhob er plötzlich die Stimme und schrie: »Nicht in meinem Haus. NICHT IN MEINEM HAUS!«

Irgendwann musste Nick eingeschlafen sein. Als er aufwachte, wusste er nicht, wie spät es war. Lingze war nicht mehr da, die Klimaanlage war aus, aber die Jalousien waren noch immer geschlossen. Es war furchtbar heiß im Zimmer. Er öffnete die Tür einen Spalt breit und sah, dass Licht unter der Schlafzimmertür seiner Eltern hervordrang. Konnte er es wagen, sein Zimmer zu verlassen? Oder würden sie sich wieder anschreien? Das wollte er nicht hören, und er sollte es auch nicht hören, das wusste er. Aber er hatte solchen Durst, also ging er zum Kühlschrank an der Treppe, in dem immer ein Krug mit Eiswasser war. Er stand gerade vor dem geöffneten Kühlschrank und genoss die kalte Luft auf seiner Haut, da hörte er ein Schluchzen aus dem Elternschlafzimmer. Er schlich zur Tür, und auf einmal schrie seine Mutter: »Fass mich ja nicht an! Sonst kannst du deinen Namen morgen auf allen Titelblättern lesen!«

»Nicht so laut!«, schrie sein Vater wütend zurück.

»Warts nur ab, ich ziehe deinen ach so tollen Namen in den

Dreck! Ich musste mir so viel von deiner Familie bieten lassen! Ich hau ab. Ich gehe mit Nicky nach Amerika, dann siehst du ihn nie wieder!«

»Wenn du mir meinen Sohn wegnimmst, bring ich dich um!«

Nickys Herz klopfte ihm bis zum Hals. So wütend hatte er seine Eltern noch nie erlebt. Er rannte ins Kinderzimmer, zog seinen Schlafanzug aus und stattdessen T-Shirt und kurze Hose an. Dann nahm er alles ang-pau-Geld aus seiner Spardose – 790 US-Dollar – und klemmte sich seine silberne Taschenlampe in den Hosenbund. Er trat hinaus auf die Veranda. Die Äste des großen Guavenbaums davor reichten bis zu ihm in den ersten Stock. Er griff nach einem dicken Ast, hangelte sich zum Stamm und glitt daran zu Boden, wie er es schon Hunderte Male gemacht hatte.

Er schnappte sich sein Fahrrad aus der Garage und raste damit die Tudor Close hinunter. Die Schäferhunde der Nachbarn schlugen an, und er trat noch fester in die Pedale. Er fuhr die lang gezogene Harlyn Road hinauf und bog schließlich in die Berrima Road. Am zweiten Haus auf der rechten Seite hielt er vor einem hohen elektrischen Metalltor und sah sich um. Die Betonmauer war mit Glasscherben gespickt, aber vielleicht konnte er sich ja am Rand festhalten und schnell drüberschwingen. Aber erst mal musste er wieder zu Atem kommen. Ein malaysischer Wachmann trat aus seinem Häuschen neben dem Tor, offensichtlich erstaunt darüber, was ein kleiner Junge um zwei Uhr nachts dort draußen suchte.

»He, was machst du da?«

Es war der Nachtwächter, deshalb erkannte er Nick nicht. »Ich muss zu Colin. Können Sie ihm sagen, dass Nicky hier ist?«

Der Wachmann musterte ihn einen Augenblick perplex, doch dann verschwand er in seinem Häuschen und telefonierte. Kurz darauf ging im Haus das Licht an, und das Metalltor schob sich mit einem leisen Klirren auf. Als Nick die Einfahrt hinaufging, *öffnete sich die Haustür. Colins britische Großmutter Winifred Khoo, die aussah wie eine pummelige Margaret Thatcher, trat in einem pfirsichfarbenen Satinmorgenmantel vor die Tür.*

»Nicholas Young! Ist alles in Ordnung?«

Er rannte zu ihr und stieß atemlos hervor: »Meine Eltern streiten sich! Sie wollen sich gegenseitig umbringen, und meine Mutter will mit mir weggehen, aber ich will nicht weg!«

»Immer mit der Ruhe, mein Kleiner. Hier bist du in Sicherheit.« Mrs Khoo nahm ihn in den Arm und sprach beruhigend auf ihn ein. Die Anspannung, die sich den ganzen Abend über in ihm aufgestaut hatte, brach jetzt aus ihm heraus, und er fing hemmungslos an zu weinen.

Eine halbe Stunde später saß er mit Colin und einem Vanilla Root Beer Float in der Bibliothek im ersten Stock, als er auf einmal die Stimmen von Philip und Eleanor Young hörte, die unten im Wohnzimmer ganz höflich und gesittet mit Winifred Khoo sprachen.

»Unser Junge hat da was falsch verstanden. Da ist wohl wieder mal seine Fantasie mit ihm durchgegangen.« Er hörte seine Mutter lachen. Sie hatte wieder den britischen Akzent aufgesetzt, den sie immer rausholte, wenn sie mit Leuten aus dem Westen sprach.

»Nun gut, ich finde trotzdem, er sollte heute hier schlafen«, erwiderte Winifred Khoo.

Just in dem Augenblick fuhr draußen ein Wagen vor. Colin schaltete den Fernseher an, auf dem flackernd das Bild einer Überwachungskamera erschien. Eine ellenlange schwarze Mercedes-600-Pullman-Stretchlimousine stand vor der Tür. Heraus sprang ein uniformierter Gurkha und öffnete die Wagentür.

»Guck mal, das ist deine Ah Ma!«, sagte Colin aufgeregt. Sofort rannten sie zur Treppe, um auch ja nichts zu verpassen.

Su Yi betrat das Haus mit ihren beiden thailändischen Zo-

fen im Schlepptau, und irgendwoher tauchte plötzlich auch Nicks Kindermädchen Lingze mit drei großen quadratischen Dosen voller Mondkuchen auf. Wahrscheinlich hatte sie seine Großmutter alarmiert. Obwohl sie inzwischen für seine Eltern arbeitete, galt ihre uneingeschränkte Loyalität noch immer Su Yi.

Su Yi mit ihrer üblichen getönten Brille und dem schicken rosaroten Hosenanzug aus Leinen mit hochgeschlossener Rüschenbluse sah aus, als hätte sie gerade eine Rede vor der UN-Generalversammlung gehalten. »Entschuldigen Sie vielmals die späte Störung«, hörte er seine Großmutter auf perfektem Englisch zu Winifred Khoo sagen. Nick wusste gar nicht, dass sie so gut Englisch konnte. Seine Eltern standen wie versteinert etwas abseits und blickten betreten drein.

Lingze überreichte Winifred den Stapel Dosen.

»Ach du liebes bisschen, sind das etwa die berühmten Mondkuchen aus Tyersall Park? Das kann ich auf keinen Fall annehmen!«

»Unsinn, natürlich können Sie das! Ich bin Ihnen sehr dankbar, dass Sie mich angerufen haben. Wo ist Nicky denn überhaupt?«, fragte seine Großmutter. Colin und er rannten zurück in die Bibliothek und taten so, als hätten sie nichts gehört, bis Colins Kindermädchen sie nach unten rief.

»Da bist du ja, Nicky!«, sagte seine Großmutter und legte ihm die Hand auf die Schulter. »So, und jetzt bedank dich bei Mrs Khoo.«

»Vielen Dank, Mrs Khoo. Gute Nacht, Colin«, sagte er mit einem Grinsen, während seine Großmutter ihn durch die Haustür und in Richtung Mercedes schob. Sie stieg hinter ihm ein, und auch Lingze quetschte sich zwischen den thailändischen Zofen auf den Klappsitz der mittleren Sitzbank. Kurz bevor sich die Wagentür schloss, kam sein Vater aus dem Haus gerannt. »Mummy, bringst du Nicky nach –«

»Wah mai tshap!«[1], zischte Su Yi auf Hokkien und kehrte ihrem Sohn den Rücken. Der Wachmann schloss die Tür.

Als sie losfuhren, fragte Nick seine Großmutter auf Kantonesisch: »Fahren wir zu dir?«

»Ja, du kommst mit nach Tyersall Park.«

»Wie lange denn?«

»So lange du willst.«

»Und können Dad und Mum auch mal zu Besuch kommen?«

»Nur, wenn sie lernen sich zu benehmen.« Seine Großmutter zog ihn fest an sich. Er wusste noch genau, wie erstaunt er von dieser Geste war und wie weich sich ihr Körper angefühlt hatte. An sie gekuschelt saß er da, während sie im sanft schaukelnden Auto durch dunkle Alleen fuhren.

Und jetzt, über zwanzig Jahre später, fuhr Nick wieder dieselbe dunkle Allee hinunter. Colin lenkte seinen Porsche die gewundene Tyersall Avenue entlang, und Nick kam es vor, als würde er noch immer jede Kurve und jede Unebenheit kennen – die Senke, die knorrigen Baumstämme am Straßenrand, das dichte Blätterdach, das selbst an den heißesten Tagen verhinderte, dass sich der Asphalt aufheizte. Als Kind war er tausendfach mit dem Fahrrad oder zu Fuß auf dieser Straße unterwegs gewesen. Auf einmal wurde ihm bewusst, dass er sich auf zu Hause freute, dass seine Gekränktheit nach Jahren plötzlich verflogen war. Ohne es zu wissen, hatte er seiner Großmutter bereits verziehen.

Sie hielten vor dem vertrauten Tor von Tyersall Park, ein Wachmann trat ans Fenster der Fahrerseite, und Colin teilte ihm fröhlich mit: »Ich liefere Nicholas Young ab.«

1 »Mir doch scheißegal!« auf Hokkien.

Der Gurkha mit dem gelben Turban spähte durchs Fenster und sagte: »Tut mir leid, wir erwarten heute Abend keine Gäste mehr.«

»Wir sind keine Gäste. Das ist Nicholas Young. Er will zu seiner Großmutter«, beharrte Colin.

Nick beugte sich über den Fahrersitz, um den Wachmann besser sehen zu können. Er erkannte ihn nicht, vermutlich hatte er erst nach seinem letzten Besuch in Tyersall Park angefangen. »Hallo, wir kennen uns noch nicht. Ich bin Nick, und ich werde erwartet.«

Der Wachmann drehte sich um und verschwand in seinem Häuschen. Dann kam er mit einem Klemmbrett zurück und blätterte durch die Seiten. Colin drehte sich ungläubig grinsend zu Nick um. »Nicht zu fassen.«

»Entschuldigen Sie, aber ich finde Ihren Namen auf keiner Liste, und im Augenblick herrscht höchste Sicherheitsstufe. Ich kann Sie leider nicht durchlassen.«

»Ist Vikram da? Könnten Sie ihn bitte holen?« Allmählich verlor Nick die Geduld. Vikram leitete seit zwanzig Jahren die Wacheinheit und würde dem Spuk ganz schnell ein Ende bereiten.

»Captain Ghale hat heute keinen Dienst. Er ist morgen früh um acht wieder da.«

»Na, dann rufen Sie ihn an. Oder Ihren Schichtleiter, mir egal.«

»Das ist heute Sergeant Gurung«, sagte der Wachmann und sprach auf Nepalesisch in sein Funkgerät. Kurz darauf tauchte aus der Dunkelheit ein zweiter Wachmann auf, der weiter vorn in der Hauptwache stationiert war.

Nick erkannte ihn sofort. »Hey, Joey, ich bins, Nick! Sag deinem Kumpel mal, er soll uns durchlassen.«

Der bullige Mann in gestärkter Tarnuniform trat mit einem breiten Grinsen an die Beifahrerseite. »Nicky Young! Lang nicht gesehen – vier, fünf Jahre?«

»Ich war zuletzt 2010 zu Hause. Deshalb kennt mich dein Compadre auch nicht.«

Sergeant Gurung beugte sich vor. »Wir haben leider strikte Anweisungen. Ich sags ja nur ungern, aber wir dürfen dich nicht durchlassen.«

13

TYERSALL PARK, SINGAPUR

Vierundzwanzig Stunden zuvor …

»… drei, vier, fünf.« Eddie stand im ersten Stock am Fenster, sah hinunter auf die Einfahrt und zählte die Autos im Konvoi von Auntie Catherine und ihrer Familie, die gerade aus Bangkok eingeflogen war. Wenn man den Minivan der Dienstmädchen am Ende nicht mitrechnete, waren es eigentlich gar nicht fünf, sondern nur vier Autos. Ganz schön wenig. An der Spitze fuhr der weiße Mercedes S-Klasse mit Diplomatenkennzeichen, natürlich von der thailändischen Botschaft bereitgestellt, der Rest hingegen war ein bunt gemischter Haufen: hinter dem Benz ein BMW X5 SUV, danach ein mindestens fünf Jahre alter Audi, und das letzte … Eddie wusste nicht mal, was das sein sollte, sah aus wie ein viertüriger Kombi, und nicht mal europäisch. Tauchte jedenfalls nicht auf seiner Liste akzeptabler Autos auf.

Seine Assistentin Stella hatte für seine gestrige Ankunft aus Hongkong eine Flotte aus sechs identischen Range Rover in Carpathian Grey organisiert, sodass *famille* Cheng standesgemäß in Tyersall Park einreiten konnte. Der Anblick von Auntie Catherine und ihrem Clan war ihm fast peinlich. Ihr Mann M.C. Taksin Aakara[1] war ein Nachkomme von König Mongkut, und Eddie erinnerte sich noch an seinen Thailandbesuch als Neunzehnjähriger, als wäre es gestern gewesen: das riesige Anwesen am Ufer des Chao Phraya mit den historischen Villen inmitten paradiesischer Gärten, seine Cousins James, Matt und Adam, die je drei Bedienstete hatten, die ihnen jeden Wunsch von den Lippen ablasen, die Flotte aus tannengrünen BMWs, die stets bereitstand, um sie zum Polo, zum Tennis oder zu einem der angesagtesten Clubs von Sukhumvit zu bringen, und natürlich Jessieanne, die sexy Cousine der drei, die ihm auf der Toilette einer Pizzeria in Hua Hin einen geblasen hatte.

Warum um alles in der Welt kamen die Aakaras jetzt also mit so einem zusammengewürfelten Haufen von Autos an? Und was ging da unten eigentlich vor sich? Butler Sanjit, sämtliche Hausangestellte und die Gurkhas in ihren makellosen Uniformen versammelten sich gerade vor der Tür und bildeten ein Spalier! Sogar Ah Ling und Auntie Victoria gehörten zum Begrüßungskomitee! Fucky fuck, wieso hatte man ihn und seine Familie gestern nicht so willkommen geheißen?

Sehr zu seinem Ärger entdeckte er auch seine Eltern unter den Wartenden. Also, er würde sich garantiert nicht mit

1 M.C. ist die Abkürzung für Mom Chao, »Ihre/Seine Durchlaucht«, dem Titel für Enkelkinder des Königs von Thailand. Da König Chulalongkorn (1853–1910) sechsunddreißig Frauen und siebenundneunzig Kinder hatte, und König Mongkut (1804–1868) neununddreißig Frauen und zweiundachtzig Kinder, gibt es bis heute mehrere Hundert Menschen, die diesen Titel tragen dürfen.

dazustellen. Gott sei Dank war Fiona mit den Kindern im Zoo, sonst hätten die sich garantiert mit zum Affen machen und den Aakaras das Gefühl geben wollen, dass sie wer weiß wie toll waren. Hastig trat er vom Fenster zurück und versteckte sich in dem Gang, den nur die Bediensteten nutzten. Gleich würden alle nach oben kommen, es war ja Tradition in Tyersall Park, Gästen nach ihrer Ankunft erst einmal Longan-Eistee im Salon zu reichen. Zwei Kellner schoben Teewagen voller Gläser und großer Silberkaraffen an Eddie vorbei und musterten ihn überrascht. Er warf ihnen einen vernichtenden Blick zu und zischte: »Ihr habt mich nicht gesehen! Ich bin nicht da!«

Als sich Stimmen näherten, schlenderte er betont lässig in den Salon hinüber, die Hände in den Taschen seiner lachsfarbenen Rubinacci-Hose. Auntie Cat kam als Erste die große Treppe herauf, sie schwatzte gerade aufgeregt in ihrem typischen Convent-Schülerinnen-Akzent[1] auf seine Mutter ein: »Ich war ja vielleicht überrascht, als ich dich und Malcolm gesehen habe! Ich dachte, ihr kommt erst heute Abend?«

»Das war ursprünglich auch der Plan, aber Eddie hat einen Privatjet organisiert und uns schon gestern ausgeflogen.«

»*Waa, gam houmeng!*«[2]

1 Catherine Young Aakara hatte wie die meisten Mädchen ihrer Generation und ihres Standes die Convent of the Holy Infant Jesus Girls' School in Singapur besucht, wo der Unterricht von Nonnen abgehalten wurde – kein Wunder also, dass die ehemaligen Schülerinnen alle klingen wie Nebendarstellerinnen in einem britischen Historiendrama.

2 Kantonesisch für »Na, ihr lassts euch ja gut gehen!«.

Ein Kellner ging mit einem Silbertablett durch den Raum und verteilte große Gläser Longan-Eistee.

Eddie betrachtete seine Tante und seine Mutter, die nebeneinander auf dem Diwan saßen. Wie unterschiedlich die beiden waren! Auntie Cat mit ihrer muskulösen Figur – bewundernswert für eine Frau Mitte siebzig und ein krasser Gegensatz zu seinen anderen Tanten, die alle knochig und aristokratisch untererernährt wirkten. Leider war ihr Kleidungsstil wiederum dem ihrer Schwestern nur zu ähnlich, »exzentrisch« wäre noch freundlich ausgedrückt. Ihr heutiges Ensemble aus einem lila Hosenanzug aus Seide (zwar maßgeschneidert, aber offensichtlich mehrere Jahrzehnte alt) und schlammfarbenen, offenen Clarks-Wandersandalen sah einfach nur scheußlich aus. Dazu die Sophia-Loren-mäßige Brille mit den getönten Gläsern, die sie schon hatte, solange er denken konnte.

In dem Moment entdeckte Catherine ihn. »Eddie, dich hab ich ja gar nicht erkannt! Meine Güte, hast du abgenommen?«

»Hab ich tatsächlich, danke! Knapp zehn Kilo im letzten Jahr.«

»Nicht schlecht! Deine Mutter hat mir gerade erzählt, dass du gestern die ganze Familie ausgeflogen hast?«

»Ja, ich war doch als Delegierter beim Weltwirtschaftsforum in Davos, und da hab ich Michail Kordoschewski getroffen, das ist ein Kunde von mir und übrigens einer der reichsten Männer Russlands. Der hatte von Ah Mas Herzinfarkt erfahren und hat dann mehr oder weniger darauf bestanden, mir seinen Boeing-Businessjet auszuleihen. Ist ein ziemlich großes Flugzeug, und da dachte ich mir, wär doch Quatsch, ganz allein zu fliegen. Deshalb bin ich nicht direkt nach Singapur gekommen, sondern hab einen Umweg über Hongkong gemacht und die Familie eingesammelt.«

Catherine drehte sich zu ihrer Schwester um. »Ich weiß wirklich nicht, worüber du dich immer beschwerst, Alix. Dein Sohn ist so fürsorglich!«

»Ja, ein richtiger Engel«, sagte Alix und versuchte die sofort aufsteigende Erinnerung daran zu verdrängen, wie Eddie sie gestern am Telefon angefahren hatte: *Wenn nicht in zwei Stunden alle am Flughafen in Hongkong sind, fliege ich ohne euch! Das ist nicht irgendein Flugzeug und dieser Mann ist auch nicht irgendwer! Der tut uns einen Riesengefallen damit, das ist dir hoffentlich klar! Und pack diesmal ja vernünftige Sachen und vernünftigen Schmuck ein. Ich will nicht, dass in Singapur alle denken, ich wäre mit irgendwelchen Festlandchinesen unterwegs! Letztes Mal haben die uns im Crystal Jade nur so schlecht bedient, weil ihr wieder total billig ausgesehen habt!*

»Wie seid ihr denn angereist?«, erkundigte sich Eddie. Was für einen Jet die Aakaras wohl heutzutage flogen?

»Ach, bei Thai Airways gabs so ein Sonderangebot, vier Economytickets zum Preis von drei. Da haben wir ein echtes Schnäppchen gemacht! Und als sie dann am Flughafen gemerkt haben, dass es sich um deinen Onkel Taksin handelt, haben wir sogar ein Upgrade in die First Class bekommen.«

Eddie traute seinen Ohren kaum. Die Aakaras waren mit einer ganz normalen Fluggesellschaft geflogen? Das machten die doch nie, zumindest nicht mehr, seitdem Onkel Taksin in den Siebzigern Attaché der thailändischen Air Force geworden war. Genau in dem Augenblick betrat der Onkel gemeinsam mit Eddies Vater den Salon. Es war Jahre her, dass Eddie ihn das letzte Mal gesehen hatte, aber er wirkte kein bisschen gealtert. Er war älter als sein Vater, sah aber zehn Jahre jünger aus. Keine einzige Falte im gebräunten Gesicht und immer noch die kerzengerade Haltung und den Stechschritt eines Mannes, der es gewohnt war, erkannt zu werden. Wenn doch sein Vater bloß nicht so gebückt gehen und sich ein bisschen mehr wie Onkel Taksin kleiden würde!

Eddie hatte den Stil seines Onkels schon immer bewundert: Bei Besuchen in Bangkok war er als Jugendlicher jedes Mal heimlich die Labels an den Anzügen in dessen Schrank durchgegangen – gar nicht so leicht angesichts der vielen Bediensteten. Heute trug Onkel Taksin ein tadellos maßgeschneidertes helloranges Hemd – Sea-Island-Baumwolle, also war es wahrscheinlich von Ede & Ravenscroft – und dazu marineblaue Chinos und auf Hochglanz polierte Monkstraps. Hm, waren die von Gaziano & Girling oder Edward Green? Musste er ihn später mal fragen. Und vor allem: Was für eine Uhr trug er heute? Patek? Vacheron? Breguet? Er warf einen unauffälligen Blick auf das Handgelenk seines Onkels, entdeckte dort zu seinem Entsetzen jedoch eine Apple Watch. Wow, der Stilgott von einst war auch nicht mehr das, was er mal war!

Hinter Taksin kam sein Sohn Adam, den Eddie jedoch kaum kannte, weil er über zehn Jahre jünger war als er selbst. Der Jüngste der Familie war schmal gebaut und hatte feine, fast katzenhafte Züge. Er sah aus wie diese Thai-Popidole, und die Skinnyjeans und das Vintage-Hawaiihemd machten es auch nicht besser. Eddie war alles andere als beeindruckt. Aber Moment mal, wer war denn die Sahneschnitte, die da hinter ihm die Treppe hochkam? Für die würde er aber sofort nach rechts wischen! Alabasterhaut und schwarze Haare bis zur Hüfte, und Style hatte sie auch: Sie trug einen ärmellosen eisblauen Jumpsuit von Emilia Wickstead, blaue Wildlederstiefeletten und über der Schulter eine dieser Handtaschen, für die es dreijährige Wartelisten gab. Das musste Prinzessin Piya sein, Adams neue Frau, von der Eddies Mutter seit der Hochzeit der beiden letztes Jahr gar nicht mehr aufhörte zu schwärmen.[1]

»Onkel Taksin, willkommen! Und Adam, wir haben uns ja ewig nicht mehr gesehen!« Eddie klopfte seinem Cousin enthusiastisch auf die Schulter.

»Das ist Auntie Alix' ältester Sohn Eddie, er lebt auch in Hongkong«, stellte Adam ihn seiner Frau vor.

»Es ist mir eine Ehre, Prinzessin Piya!« Eddie verbeugte sich und gab ihr einen Handkuss.

Adam verdrehte die Augen. *Gehts noch peinlicher? Eddie muss natürlich wieder mal übertreiben.*

Seine Frau brach dagegen in Lachen aus. »Einfach Piya, bitte. Nur die Kinder und Enkel des Königs benutzen ihre offiziellen Titel, ich bin ja bloß eine entfernte Verwandte.«

»Keine falsche Bescheidenheit, immerhin residiert ihr in der Pearl Suite!«

»In der was?«

»Eine Suite hier im Haus mit Perlmuttintarsien in den Wänden«, erklärte Adam. »Ist wirklich was ganz Besonderes.«

»Und vor allem sehr groß, bestens geeignet für Familien«, konnte Eddie sich nicht verkneifen. »Normalerweise

1 Die Hochzeit von seinem Cousin und M. R. Piyarasmi Apitchatpongse hatte im kleinen Kreis in einer Privatvilla auf den Similan-Inseln stattgefunden, und Eddie war bis heute nicht darüber hinweg, dass nur seine Eltern eingeladen gewesen waren und er nicht.

bin ich mit meiner Frau und meinen drei Kindern da untergebracht, wenn wir zu Besuch sind.«

»Und diesmal?«, fragte Adam.

»Diesmal sind wir im Gelben Zimmer. Es ist sehr … gemütlich.«

Piya sah Adam an. »Das gefällt mir irgendwie nicht. Können wir nicht mit Eddie tauschen, damit er mit seiner Familie in die große Suite kann?«

Eddie tat bestürzt. »Auf keinen Fall, du bist doch der königliche Ehrengast! Bitte keine Umstände unseretwegen. Außerdem teilen Constantine, Augustine und Kalliste sich gern ein Bett, und Fiona hat letzte Nacht mindestens drei volle Stunden Schlaf gekriegt, also alles gut.«

»Nein, ich würde mich wirklich unwohl fühlen, jetzt, wo ich das weiß. Adam, kümmerst du dich bitte gleich darum?«

»Klar, ich rede mit Ah Ling«, seufzte Adam.

Eddie lächelte bescheiden. »Ach, ihr beiden. Das ist wirklich nett. Wo sind eigentlich deine Brüder, Adam? Ich dachte, ihr kommt mit der ganzen Familie. Hier wartet schon ein ganzer Lkw mit Meeresfrüchten auf euch.«

Adam sah ihn verblüfft an. »Wieso? Außer Mum und Dad sind Piya und ich die Einzigen. Jimmy kann als Arzt ja nicht so einfach freinehmen, und Mattie ist mit seiner Familie im Skiurlaub in Verbier.«

»Oh, ich war auch gerade in der Schweiz! In Davos, ich war Delegierter beim Weltwirtschaftsforum.«

»Ach, da war ich vor zwei Jahren auch«, sagte Piya.

»Im Ernst? Was hast du da gemacht?«

»Ich habe einen Vortrag vor dem IGWEL gehalten.«

Eddie lauschte völlig perplex, während Adam stolz erklärte: »Piya ist Virologin und arbeitet für die WHO in Bangkok[1]. Ihr Spezialgebiet sind Viren, die von Moskitos übertragen werden, so was wie Malaria oder Denguefieber. Sie ist mittlerweile eine Koryphäe auf dem Gebiet der Tropenkrankheiten.«

»Adam übertreibt mal wieder«, wehrte Piya ab. »Ich bin einfach nur Teil des Teams. Aber der Mann da drüben, der sieht aus wie eine Koryphäe.«

Eddie drehte sich um. Professor Oon hatte den Salon betreten. Er trug immer noch seinen Chirurgenkittel.

Catherine sprang auf und stürzte auf ihn zu. »Francis! Da sind Sie ja. Wie geht es Mummy denn heute?«

»Im Moment ist ihr Zustand stabil.«

»Können wir zu ihr rein?«

»Sie ist nicht die ganze Zeit bei Bewusstsein. Ich würde sagen, vier Leute dürfen zu ihr, aber nur zu zweit und jeweils nur fünf Minuten.«

Alix sah ihre Schwester an. »Geh du mit Taksin, Adam und Piya. Ich war ja heute Morgen schon b-«

»Ich habe Ah Ma heute noch gar nicht gesehen«, unterbrach Eddie sie. »Auf einen mehr kommts doch sicher nicht an, oder, Dr. Oon?«

»Na gut, aber erst, wenn die anderen wieder draußen sind, und nur kurz. Wir dürfen ihr nicht zu viel zumuten.«

»Natürlich, ich bin mucksmäuschenstill.«

»Kannst du vielleicht ein kurzes Gebet für sie sprechen, wenn du bei ihr bist?«, fragte Auntie Victoria plötzlich.

»Ähm, klar, mach ich.«

1 Das Regionalamt der Weltgesundheitsbehörde für Südostasien befindet sich in Bangkok.

Die fünf gingen den Korridor hinunter zu Su Yis Gemächern. Der Raum direkt neben ihrem Schlafzimmer war in eine Kardiologiestation umgewandelt worden, die eine Seite war nun ein medizinischer Vorbereitungsbereich, die andere Hälfte füllten verschiedenste Geräte aus. Mehrere Ärztinnen und Ärzte und ein Pflegeteam standen um Computerbildschirme herum und analysierten gemeinsam jeden einzelnen Piepston der Vitalzeichen ihrer VVIP-Patientin. Su Yis thailändische Zofen standen derweil in der Tür, jederzeit bereit, auf den leisesten Wink ihrer Herrin zu reagieren. Sobald sie Prinz Taksin sahen, warfen sie sich auf den Boden und verneigten sich vor ihm. Eddie wurde vor Faszination und Neid fast ein wenig schlecht, als er sah, wie seine Tante und sein Onkel einfach an den Zofen vorbeigingen, ohne die Geste überhaupt zu bemerken. *Fucky fuck, wieso konnte er nicht in diese Familie hineingeboren worden sein?*

Catherine und Taksin gingen zu Su Yi hinein, Eddie setzte sich unterdessen zu Adam und Piya auf ein samtenes Ruhlmann-Sofa.

»Was für ein Namensschild hattest du eigentlich für den IGWEL-Vortrag?«, flüsterte er Piya zu.

»Hm?« Piya sah ihn verwirrt an. »Ach so, du meinst in Davos?«

»Ja, als du vor zwei Jahren da warst, was für ein Namensschild hattest du da? So ein weißes mit blauem Streifen unten oder dieses ganz weiße mit dem holografischen Aufkleber?«

»Puh, keine Ahnung, wie das aussah, tut mir leid.«

»Was hast du denn damit gemacht?«

»Äh … um den Hals getragen?«, antwortete Piya geduldig, fragte sich jedoch insgeheim, warum um alles in der Welt der Cousin ihres Mannes so fixiert auf dieses Namensschild war.

»Nein, ich meine nach der Konferenz.«

»Entweder weggeworfen oder im Hotelzimmer gelassen, nehme ich an.«

Eddie starrte sie fassungslos an. Sein Schildchen lag sorgfältig in einem kleinen Etui verpackt neben seiner heiß geliebten Uhr von Roger W. Smith[1] und den Platinmanschettenknöpfen mit den Saphiren. Er konnte es kaum erwarten, es zu Hause in Hongkong einrahmen zu lassen. Einen Moment lang schwieg er verdattert, dann wandte er sich an Adam. »Und, was treibst du so? Arbeitest du, oder genießt du einfach das Leben?«

Adam konnte sich gerade noch zusammenreißen, nicht genervt die Augen zu verdrehen. Wieso dachten immer alle, er müsste nicht arbeiten, nur weil er einen Titel besaß? »Ich bin im F&B-Sektor[2]. Ich habe ein Restaurant im Central Embassy, diesem neuen Einkaufszentrum in der Stadt, und dann betreibe ich noch mehrere Gourmet-Foodtrucks mit original österreichischen Würstelstandspezialitäten, also Bratwurst, Currywurst, Käsekrainer und so. Du weißt schon, diese Würstchen, die mit Käse gefüllt sind.«

»Eine Wurstbude? Kann man damit Geld verdienen?«

1 Uhren von Roger W. Smith gehören zu den gefragtesten der Welt. Sie werden individuell nach Kundenwünschen von Hand gefertigt, was etwa elf Monate dauert, und es gibt eine vierjährige Warteliste (wenn dieses Buch hier rauskommt, sind es wahrscheinlich fünf).

2 Abkürzung für *food and beverages.* Die Gastronomie ist momentan einer der angesagtesten Wirtschaftssektoren Asiens, und für CRAs ist F&B das neue M&A.

»Ziemlich gut sogar. Wir stellen uns mit den Wagen in die Nähe von Ausgeh-Hotspots. Wenn die Leute aus den Bars und Clubs kommen, sind wir die erste Anlaufstelle.«

»Die Würstchen saugen den ganzen Alkohol auf«, fügte Piya hinzu.

»Wow, Snacks für Besoffene, klingt echt lukrativ.« Eddie gab sich keine Mühe, seine Verachtung zu verbergen. Er wartete auf die Rückfrage, was er denn arbeitete, aber in dem Moment kamen seine Tante und sein Onkel aus Su Yis Zimmer.

»Sie schläft gerade, aber geht ruhig rein«, sagte Catherine zu ihrem Sohn und ließ sich neben Eddie auf das Sofa fallen. Sie wirkte völlig erschöpft.

»Wie gehts ihr denn heute?«, fragte Eddie.

»Schwer zu sagen. Francis meint, durch den Morphiumtropf hat sie keine Schmerzen. Ich hab sie bloß noch nie so … zerbrechlich gesehen.« Catherines Stimme zitterte. Taksin legte ihr tröstend die Hand auf die Schulter.

»Ich hätte im November herkommen sollen, wie ursprünglich geplant«, fuhr Catherine fort. »Und die Jungs, wieso haben wir nicht dafür gesorgt, dass sie sie öfter besuchen?«

»Willst du dich nicht ein bisschen hinlegen, Auntie Cat?«, schlug Eddie vor. Er fühlte sich immer sehr unwohl, wenn Frauen in seiner Gegenwart emotional wurden.

»Gute Idee.« Catherine erhob sich.

»Ich rufe Jimmy und Mattie an«, sagte Taksin. »Die sollen sofort kommen, wir haben keine Zeit zu verlieren.«

Keine Zeit zu verlieren, dachte Eddie bei sich. Dabei hatte Auntie Cat doch genau das getan. So viele Jahrzehnte hatte sie sich nicht gekümmert, seine Cousins kannten ihre Großmutter kaum. Und jetzt, wo Ah Ma im Sterben lag, standen sie auf einmal auf der Matte? Zu spät, fand er. Oder steckte vielleicht etwas ganz anderes dahinter? Waren die Aakaras etwa knapp bei Kasse? Hatten sie deshalb einen Linienflug genommen? Wie demütigend! Ein thailändischer Prinz in der Economy! Sie hatten diesmal auch nur fünf Dienstmädchen mitgebracht. Und dann die Sache mit diesen erbärmlichen Imbissständen. Langsam fügte sich das Bild zusammen. Wollte Onkel Taksin seine Söhne deshalb so schnell hierhaben, damit die sich Tyersall Park unter den Nagel reißen konnten? Es war ja schließlich allgemein bekannt, dass Nicky enterbt war, und den Leong-Cousins würde Ah Ma Tyersall Park ganz sicher nicht überlassen, denen gehörte ja eh schon halb Malaysia. Also waren nur noch die Aakara-Jungs, Alistair und er selbst im Rennen. Von Alistair hatte Ah Ma nie viel gehalten, erst recht nicht, seit er Kitty Pong angeschleppt hatte. Aber die Aakaras hatten immer schon einen Stein bei ihr im Brett gehabt, weil sie halb thailändisch waren. Sie liebte thailändisches Essen, thailändische Seide, ihre komischen thailändischen Zofen … einfach alles aus diesem dämlichen Land! Aber er würde den Aakaras Tyersall Park nicht kampflos überlassen. Die hatten bis jetzt ein schönes, königliches Leben geführt und sich lediglich alle drei bis vier Jahre mal zu einem Besuch herabgelassen, wohingegen er seine Großmutter mindestens einmal im Jahr besuchte. Jawohl, er war eindeutig der Einzige, der Tyersall Park wirklich verdient hatte!

Als Adam und Piya aus dem Zimmer kamen, ging Eddie sofort hinein. *Er* hatte schließlich wirklich keine Zeit zu verlieren. An der Stelle von Su Yis Jugendstilhimmelbett mit den vielen Verzierungen und Schnitzereien stand ein ultramodernes Krankenhausbett mit einer besonderen Elektronik in der Matratze, die durch regelmäßige Eigenbewegung ein Wundliegen der Patientin verhinderte. Wenn man von den Schläuchen in ihrer Nase und dem Tropf absah, wirkte Su Yi ganz friedlich, wie sie da unter der Decke mit Lotusseidenbezug lag. Neben ihr stand ein Monitor, piepste leise und zeigte auf dem Bildschirm ihren Herzschlag an.

Eddie stand einen Moment lang unschlüssig da. Sollte er jetzt wirklich beten? Es kam ihm irgendwie merkwürdig vor, weil er nicht an Gott glaubte, aber er hatte es Auntie Victoria ja versprochen. Er kniete sich hin, faltete die Hände, schloss die Augen und wollte gerade loslegen, als eine strenge Stimme sagte: *»Nei zou matje aa?«*[1]

Eddie öffnete die Augen und begegnete dem Blick seiner Großmutter. »Fucky f… Ah Ma! Endlich bist du wach! Ich wollte gerade für dich beten.«

»*Nei cisin aa!*[2] Jetzt fang du nicht auch noch an. Ich habs so satt, dass alle für mich beten wollen. Als ich im Krankenhaus war, hat mir Victoria jeden Morgen diesen Bischof See Bei Sien geschickt, damit der mir seine dämlichen Gebete vorleiert. Und ich war zu schwach, ihn wegzuscheuchen.«

Eddie lachte. »Ich kann gern dafür sorgen, dass Bischof See nie wieder zu dir darf.«

»Ja, bitte!«

»Warst du schon wach, als Adam und Piya hier waren?«

»Nein. Adam ist hier?«

»Ja, mit seiner Frau. Sie ist hübsch, eine Thailänderin halt.«

»Und seine Brüder?«

1 Kantonesisch für »Was machst du denn da?«.

2 »Bist du verrückt geworden?« auf Kantonesisch.

»Die sind nicht mitgekommen. Jimmy soll wohl zu beschäftigt sein. Na ja, als Schönheitschirurg kann man natürlich nicht mal eben weg, Facelifts dulden keinen Aufschub!«

Su Yi lächelte.

»Und weißt du, was Mattie gerade macht?«, fragte Eddie.

»Na was?«

»Der ist mit seiner Familie im Skiurlaub in der Schweiz. Stell dir das mal vor! Ich war auch gerade in der Schweiz, bei einer sehr wichtigen Konferenz, die wichtigsten Leute aus Wirtschaft und Politik waren da, sogar Pharrell! Aber als ich gehört habe, dass du krank bist, habe ich *sofort* alles stehen und liegen lassen und bin direkt hergeflogen.«

Der Monitor zeigte an, dass sich Su Yis Puls von 80 auf 95 beschleunigt hatte. Sie seufzte. »Wer ist noch da?«

»Unsere ganze Familie ist aus Hongkong angereist, sogar Cecilia und Alistair.«

»Wo sind sie jetzt?«

»Die sind gerade alle im Zoo. Ah Tock hat Fiona, Constantine, Augustine, Kalliste, Cecilia und Jake VIP-Tickets für so eine Fluss-Safari besorgt, aber nachmittags sind sie zurück. Heute Abend kommt noch Onkel Alfred und … Nicky soll wohl morgen kommen.«

»Nicky kommt extra aus New York?«

»Hab ich zumindest gehört, ja.«

Su Yi schwieg, aber Eddie sah, dass ihr Puls weiter anstieg: 100, 105, 110.

»Du willst ihn bestimmt nicht sehen, oder?«

Anstelle einer Antwort schloss Su Yi die Augen. Eine Träne rann ihr die Wange hinunter. Eddie warf einen nervösen Blick auf den Herzmonitor. 120, 130.

»Kann ich gut verstehen, Ah Ma. Nachdem er dich so

verraten hat, will er jetzt einfach hier auftauchen, als wäre nichts gewesen …«

»Nein, nein«, widersprach Su Yi schwach. Plötzlich zeigte der Monitor 145 an. Eddie sah sie erschrocken an. Als ihr Puls bei 150 war, gab das Gerät einen schrillen Pfeifton von sich, und Professor Oon kam mit einer weiteren Ärztin hereingestürzt.

»Die Herzfrequenz erhöht sich zu schnell!«, rief diese. »Defibrillieren?«

»Nein, ich setze ihr einen langsamen Bolus Digoxin«, erwiderte Professor Oon. »Eddie, raus!«

Zwei Pfleger stürmten herein. Eddie ging rückwärts aus dem Zimmer und prallte fast mit Auntie Victoria zusammen.

»Ist was passiert?«, fragte sie.

»Geh nicht rein, ich glaube, Ah Ma hatte gerade noch einen Herzinfarkt! Wir haben über Nicky gesprochen, und da ging es ihr auf einmal wieder schlecht.«

»Wieso redest du auch mit ihr über Nicky?«

»Sie wollte wissen, wer alles hier ist und wer noch kommt. Ihn will sie aber auf keinen Fall sehen, das ist mal klar. Sie meinte, er soll dieses Haus nie wieder betreten. Das war das Letzte, was sie eben noch zu mir gesagt hat.«

14

JODHPUR, INDIEN

Astrid stand auf dem Balkon des Umaid-Bhavan-Palasthotels, sog den betörenden Duft ein, der aus dem Rosengarten unter ihr emporstieg, und genoss die Aussicht über die Stadt: Im Osten stand ein romantisches Fort auf einem Berg, darunter leuchteten die dicht gedrängten blauen Häuser des mittelalterlichen Jodhpur in der Morgensonne. *Die blaue Stadt*, dachte Astrid bei sich. Sie hatte mal gehört, dass alle Häuser kobaltblau gestrichen waren, weil die Farbe böse Geister vertreiben sollte. Es erinnerte sie an das Haupthaus im Jardin Majorelle von Yves Saint Laurent und Pierre Bergé in Marrakesch, das einzige farbige Haus in der gesamten Stadt, das nur mit Sondererlaubnis des Königs in Kobaltblau hatte gestrichen werden dürfen.

Astrid streckte sich auf der Chaiselongue aus und schenkte sich aus der silbernen Art-déco-Kanne noch einen Chai ein. Der monumentale Palast, in dem sich ihr Hotel befand, war im Jahr 1929 vom Großvater des damaligen Maharadschas während einer großen Hungersnot in Auftrag gegeben worden, damit das ganze Volk Arbeit hatte.

Er war bis ins letzte Detail im Art-déco-Stil ausgestattet – von den rosa Sandsteinsäulen der Rotunde bis hin zu den blauen Mosaikkacheln des unterirdischen Schwimmbeckens der Maharani, die dort völlig ungestört hatte baden können. Der Palast erinnerte Astrid ein wenig an Tyersall Park, und für einen Augenblick überkam sie ein schlechtes Gewissen – während sie sich hier für ein heimliches Rendezvous davongestohlen hatte, lag ihre Großmutter zu Hause umringt von Ärzten schwer krank im Bett.

Doch ihre Gewissensbisse waren schnell vergessen, als Charlie mit nacktem Oberkörper und Pyjamahose schlaftrunken zu ihr auf den Balkon getappt kam. Woher hatte er eigentlich diese ganzen Muskeln? Damals zu Unizeiten in London war er groß und schlaksig gewesen, aber inzwischen hatte er breite Schultern und einen richtigen Waschbrettbauch. Er drückte ihr einen sanften Kuss auf den Hals. »Morgen, meine Schöne.«

»Guten Morgen. Na, ausgeschlafen?«

»Also viel Schlaf haben wir letzte Nacht ja wohl beide nicht gehabt, aber beschweren tu ich mich sicher nicht!«, erwiderte Charlie mit einem Grinsen und goss sich eine Tasse Kaffee aus der Thermoskanne auf dem Teewagen aus Chrom und Glas ein. Kaum hatte er den ersten Schluck genommen, seufzte er genüsslich auf. »Hmm, also Kaffee kochen können die hier.«

Astrid lächelte verschmitzt. »Das stimmt sicher, die Bohnen habe allerdings ich mitgebracht. Ich weiß doch, wie sehr du deinen Morgenkaffee liebst, deshalb habe ich sie vorhin extra frisch für dich mahlen lassen. Das ist äthiopischer Yirgacheffe von Verve Coffee in L.A.«

Charlie sah sie verblüfft an. »Unglaublich. Ich muss dich

leider entführen, du kannst nie wieder nach Singapur. Du gehst mir nicht noch mal durch die Lappen, du bleibst bei mir. Bis in alle Ewigkeit.«

»Du kannst mich gern entführen, aber mach dich auf meine Familie gefasst. Wenn ich Montagmorgen nicht zum Frühstück in der Nassim Road antanze, schickt mein Dad sofort ein Sondereinsatzkommando los, darauf kannst du wetten.«

»Keine Sorge, du bist rechtzeitig zurück. Bring ihnen doch ein großes Tablett von diesen köstlichen Parathas zum Frühstück mit.« Charlie biss in eins der buttrigen indischen Fladenbrote. Es war noch warm.

Astrid kicherte. »Nein, nein, es muss was Malaiisches sein, sonst schöpfen sie sofort Verdacht. Es fühlt sich an wie schwänzen, aber ich bin echt froh, dass du mich überredet hast. Genau das hab ich gebraucht.«

»Du hast so viel Zeit am Krankenbett deiner Großmutter verbracht und dich mit der Familie herumgeschlagen. Die Pause hast du dir verdient.« Charlie beugte sich über die Brüstung und entdeckte einen Mann mit verziertem Turban, der auf einem Kissenstapel mitten auf der weitläufigen Terrasse saß und eine leise Melodie auf der Bansuri spielte. Hinter ihm auf der Wiese spazierten ein paar Pfauen vorbei. »Astrid, das musst du dir angucken! Auf der Terrasse spielt einer Flöte, inmitten von Pfauen!«

»Toll, oder? Der ist schon den ganzen Morgen da. Das ist das reinste Paradies hier.« Astrid schloss die Augen, genoss die wärmenden Sonnenstrahlen auf ihrem Gesicht und lauschte der zauberhaften Melodie.

»Warts ab, bis du die Stadt siehst«, sagte Charlie mit einem schelmischen Grinsen.

Astrid lächelte in sich hinein und freute sich über seine fast kindliche Begeisterung. Was er wohl vorhatte? Er sah genauso aus wie Cassian, wenn er ihr etwas verheimlichen wollte.

Nach dem klassisch indischen Frühstück mit Akuri-Rührei auf Laccha Paratha, Hühnchen-Samosas und frischem Mangopudding auf dem Balkon warteten Charlie und Astrid vor dem Eingang des Palasts auf den Rolls-Royce Phantom II des Maharadschas. Die Wachmänner überschütteten Astrid mit Komplimenten. »Ich habe noch niemanden gesehen, dem Jodhpurhosen so gut standen wie Ihnen, Ma'am!« Astrid lächelte bescheiden – sie trug eine weiße Leinentunika, die sie in den Bund ihrer neuen weißen maßgeschneiderten Hose gesteckt hatte. Statt eines Gürtels hatte sie eine lange handgefertigte Perlenkette aus Türkisen von Scott Diffrient durch die Gürtelschlaufen gefädelt.

Mit dem Oldtimer-Cabrio wurden sie zum Mehrangarh-Fort chauffiert, einer imposanten Festungsanlage aus rotem Sandstein, die rund hundert Meter über der Stadt auf einem Felsen thronte. Am Fuß des Berges stiegen sie in einen kleinen Geländewagen um, der sie die steile Straße bis zum Haupteingang hinauffuhr, einem wunderschönen, von Fresken flankierten Torbogen, der Jai Pol, Siegestor, genannt wurde. Kurz darauf spazierten sie Händchen haltend durch die ineinander übergehenden Paläste und Museen der Festungsanlage und bestaunten die kunstvoll gestalteten Mauern und weitläufigen Höfe, die eindrucksvolle Ausblicke auf die Stadt gewährten.

»Einfach unglaublich«, flüsterte Astrid, als sie einen Raum betraten, dessen Wände und Decke vollständig mit Spiegelmosaik besetzt waren.

»Tja, man nennt es nicht umsonst das schönste Fort in ganz Rajasthan«, sagte Charlie.

Als sie durch einen Salon schlenderten, der vom Boden bis zur Decke mit Blumenmustern bemalt war, wurde Astrid schließlich stutzig. »Es ist so leer hier. Wo sind denn all die Touristen?«

»Eigentlich hat das Fort heute geschlossen, aber Shivraj hat es extra für uns öffnen lassen.«

»Ach, das ist aber nett! Also gehört das Fort seiner Familie?«

»Seit dem 15. Jahrhundert. Es ist eins der wenigen in Indien, das seit seiner Erbauung in der Hand derselben Familie ist.«

»Ob ich wohl Gelegenheit haben werde, mich bei Shivraj persönlich zu bedanken?«

»Ach, das hatte ich ganz vergessen. Wir sind heute Abend zum Essen mit der Familie in ihrem Privatflügel im Umaid Bhavan eingeladen.«

»Oh, toll. Ich frage mich, ob sie mit den Singhs verwandt sind. Gayatri Singh ist eine Freundin der Familie, die berühmt für ihre Partys ist, bei denen sie ihren Schmuck vorführt. Ihr Vater war Maharadscha von einem der indischen Bundesstaaten … mir fällt bloß gerade nicht ein, von welchem.«

»Kann sein. Ich glaube, viele der indischen Königsfamilien sind untereinander verheiratet.« Charlie wirkte auf einmal abgelenkt.

»Alles okay?«, fragte Astrid, die sich über seinen plötzlichen Stimmungsumschwung wunderte.

»Ja klar, alles okay. Ich bin bloß auf der Suche nach einem bestimmten Raum, den ich dir zeigen wollte. Der wird dir gefallen. Ich glaube, wir müssen hier hoch.« Charlie führte sie in ein tränenförmiges Treppenhaus. Oben angekommen betraten sie einen langen, schmalen Raum mit halbrunden Fenstern auf beiden Seiten. In der Mitte befand sich eine Sammlung goldener Babywiegen, eine prachtvoller verziert als die andere.

»Das war wohl das Kinderzimmer?«

»Nein, dieser Raum ist Teil des Zenana, wo die Frauen des Palasts gewohnt haben. Durch die Fenster haben sie immer beobachtet, was unten im Hof vor sich ging.«

»Ach, stimmt, die Königinnen und Konkubinen durften nicht in der Öffentlichkeit gesehen werden, oder?« Astrid trat an eins der Fenster mit bengalischer Traufe und spähte durch das sternförmige Gitter. Dann öffnete sie die Fensterläden und genoss die Aussicht auf den großen marmorgepflasterten Hof, den von drei Seiten Balkone des Palasts umgaben.

»Hey, willst du dir vielleicht die Hände mit Henna bemalen lassen?«, fragte Charlie.

»Oh ja, das wär toll!«

»Der Concierge im Hotel meinte, hier gäbe es eine richtig gute Hennakünstlerin. Ich glaube, sie sitzt im Museumsshop. Warte, ich hol sie her.«

»Ach Quatsch, ich komm mit.«

»Nein, nein, bleib du ruhig hier und genieß die Aussicht. Bin gleich zurück.«

»Ähm, okay.« Astrid sah Charlie verwundert hinterher. Sie setzte sich auf eine Bank. Wie das wohl früher gewesen sein musste, die Frau eines Maharadschas zu sein, als diese noch die Alleinherrscher ihrer Königreiche waren? Sicher hatten sie in unvorstellbarem Luxus geschwelgt, aber Astrid hätte den Mann, den sie liebte, nicht mit einem Harem von unzähligen Königinnen und Konkubinen teilen mögen. Und ob die Frauen je den Palast hatten verlassen oder gar den eleganten Hof unter dem Fenster betreten dürfen?

Prompt hörte Astrid Gelächter in der Ferne und entdeckte einige Frauen, die durch einen Torbogen auf den Hof traten. Wie hübsch sie aussahen in ihren rot-weißen Lehenga Cholis. Hinter ihnen folgte eine weitere Reihe von Frauen in den gleichen bauchfreien Oberteilen und weiten bestickten Röcken, inzwischen musste es ein gutes Dutzend sein. Aus den Tiefen der Festung drang nun das Geräusch von Trommeln, und die Frauen tanzten dazu im Kreis. Plötzlich stellten sie sich in einer Reihe genau unter Astrid auf. Sie warfen die Hände in die Luft, reckten die Köpfe nach ihr und stampften im Takt der Trommeln mit den Füßen.

Aus dem Säulengang unter Astrid kam jetzt eine Gruppe von Männern gelaufen und stellte sich den Frauen gegenüber am anderen Ende des Hofes auf. Ein Popsong auf Hindi ertönte, worauf alle sinnliche Tanzbewegungen machten. Kurz darauf strömte ein weiteres Dutzend Tänzerinnen in leuchtend blauen Saris durch das nördliche und südliche Tor des Hofes. Die Musik wurde immer lauter.

Plötzlich verstummte der Song abrupt, und die Fensterläden auf der gegenüberliegenden Seite des Hofes wurden aufgestoßen. Dahinter kam ein Mann in einem goldbestickten Sherwani zum Vorschein. Er streckte die Arme in Astrids Richtung aus und sang a cappella auf Hindi. Dann setzte die Musik wieder ein, und auch die Tänzerinnen und Tänzer fingen wieder an zu stampfen und herumzuwirbeln. Astrid lachte verzückt auf und beobachtete das

Bollywoodspektakel unter ihrem Fenster. *Da steckt doch garantiert Charlie dahinter! Kein Wunder, dass er sich so komisch aufgeführt hat.*

Der Mann verschwand aus dem Türmchen, tauchte jedoch kurz darauf wieder im Hof auf, mit einer Truppe von Musikern im Schlepptau. Die anderen tanzten in perfekter Formation drumherum. Plötzlich stellte Astrid verblüfft fest, dass der gut aussehende Sänger in Gold niemand Geringeres war als Shah Rukh Khan, einer der größten Stars in ganz Indien. Doch ehe sie sich's versah, erfüllte der Klang von Trompeten die Luft, gefolgt von einem seltsamen prustenden Laut. Astrid riss erstaunt die Augen auf.

Ein Elefant, den Kopf mit Edelsteinen und Mustern in leuchtendem Pink und Gelb verziert, wurde von zwei Mahuts in voller Montur des Königshofes von Jodhpur hereingeführt. Auf dem Rücken des Elefanten befand sich eine silberne Howdah, in der in einem nachtblauen Paisley-Sherwani mit passender Hose und Turban Charlie thronte. Mit offenem Mund lief Astrid auf die offene Veranda. »Charlie! Was hat das alles zu bedeuten?«

Der Elefant trottete zur Veranda, bis sie sich beinahe auf Augenhöhe mit Charlie befand. Die Mahuts führten den Elefanten direkt vor die Brüstung, und Charlie sprang von seinem Rücken zu Astrid auf die Veranda.

»Ich wollte dich überraschen. Ich habs dir noch nicht gesagt, aber Isabel hat letzte Woche die Scheidungspapiere unterschrieben.«

Astrid juchzte erstaunt auf.

»Ich bin ein freier Mann, Astrid! Frei wie ein Vogel! Und da ist mir klar geworden, dass wir im ganzen Chaos der letzten Zeit immer übers Heiraten gesprochen haben, als wäre es beschlossene Sache. Aber ich habe dir nie einen richtigen Antrag gemacht.« Charlie kniete sich hin und blickte zu ihr auf. »Astrid, du bist und warst schon immer meine große Liebe. Mein Engel, meine Retterin. Ich weiß nicht, was ich ohne dich täte. Willst du mich heiraten?«

Ehe sie ihm eine Antwort geben konnte, trompetete der Elefant wieder, streckte den Rüssel aus und nahm Charlie etwas aus der Hand. Dann schwenkte das Tier den Rüssel zu Astrid und wedelte ihr mit einem kleinen roten Lederkästchen vor der Nase herum. Astrid nahm es ihm vorsichtig ab und öffnete den Deckel. Ein fünfkarätiger gelber Diamantsolitär funkelte ihr entgegen, eingefasst in zarte florale Weißgoldschnörkel. Es war ein ungewöhnlicher Ring, nichts, was ein Juwelier heutzutage entwerfen würde.

»Moment mal … das … der sieht ja aus wie der Verlobungsring meiner Großmutter!«

»Das *ist* der Verlobungsring deiner Großmutter.«

»Aber … wie hast du das geschafft?« Astrid schlug verblüfft die Hand vor den Mund.

»Ich war letzten Monat in Singapur und hab mich heimlich mit deiner Großmutter getroffen. Ich weiß doch, wie wichtig sie dir ist, deshalb wollte ich unbedingt ihren Segen.«

Astrid schüttelte fassungslos den Kopf und betrachtete das kostbare Erbstück. Tränen kullerten ihr über die Wangen.

»Und? Willst du mich nun heiraten?« Charlie sah sie mit treuherzigem Blick an.

»Ja! Ja! Oh Gott, ja!«, rief Astrid. Charlie richtete sich auf und schloss sie fest in die Arme. Die Tänzerinnen und Musiker unter ihnen brachen in Jubelschreie aus.

Die beiden gingen die Treppe hinunter auf den Hof, und Shah Rukh Khan stürzte auf sie zu, um der Erste zu sein, der ihnen gratulierte. »Ist die Überraschung gelungen?«, fragte er.

»Aber so was von! Ich stehe wohl noch etwas unter Schock. Ich dachte eigentlich, mich würde nichts mehr überraschen, aber Charlie hat den Vogel abgeschossen.«

Vor lauter Euphorie bemerkte niemand die Blitze aus dem höchsten Turm an der südlichen Spitze des Forts. Das Teleobjektiv einer Canon EOS 7D, der bevorzugten Kamera von Paparazzi und Privatdetektiven, reflektierte das Sonnenlicht.

Und es war genau auf Astrid und Charlie gerichtet.

TEIL ZWEI

Ich habe mein Geld auf die altmodische Art verdient.
Kurz bevor ein wohlhabender Verwandter starb,
war ich sehr nett zu ihm.

Malcolm Forbes

1

LONDON

Wandi Meggaharto Widjawa war mit ihrer Mutter Adeline Salim Meggaharto nach London geflogen. Offiziell begleiteten sie Neffe Kristian zu einem Fechtwettkampf, tatsächlich waren jedoch wieder drei Jahre um, und damit war es Zeit für einen Besuch bei Dr. Ben Stork in der Harley Street. Wenn es darum ging, mit der Nadel in kleine Fältchen, fragile Wangenknochen und zarte Nasolabialfalten zu stechen, hatte der unter Schönheits-OP-Junkies als Michelangelo des Botox bekannte Arzt so geschickte Hände, dass selbst die Patientinnen mit empfindlichster Haut keine blauen Flecken bekamen. Er gab seinen Kundinnen sogar eine Garantie darauf, dass sie nach einem Besuch in seiner Klinik immer noch beide Augen vollständig schließen konnten, falls sie das denn wollten.[1]

Nun saß Wandi in ihrem bestickten Simone-Rocha-Kleid in dem eleganten Wartezimmer, wartete, dass ihre

1 Von Lächeln, Lachen, Stirnrunzeln oder Augenbrauenheben rät er jedoch entschieden ab.

Mutter mit ihrem üblichen Injektionscocktail aus Botox®, Juvéderm® Voluma, Belotero® Balance, Restylane® Lyft und Juvéderm® Volbella durch war, und blätterte durch die neueste Ausgabe des *British Tattle*. Sie fing Zeitschriften immer von hinten an, bei den Paparazzifotos von den wichtigsten Partys. Sie schaute sich zu gern diese ganzen britischen It-Girls an, die immer entweder wie ein wunderschöner Schwan aussahen oder wie ein ungemachtes Bett. Dazwischen gab es nichts.

Diesen Monat war die Rubrik aber eher enttäuschend – lediglich Fotos vom einundzwanzigsten Geburtstag eines weiteren Hugos, von der Launchparty für ein weiteres Buch von Simon Sebag Montefiore und von einer weiteren langweiligen Hochzeit auf dem Land. Sie würde nie verstehen, wieso Aristokraten so gern in verfallenen Dorfkirchen in der englischen Pampa heirateten, anstatt sich das Jawort bei einer pompösen Zeremonie in Westminster Abbey oder der St Paul's Cathedral zu geben.[1] Sie betrachtete das Brautpaar, das wie üblich für den *British Tattle* mit verkrampftem Lächeln im Reisregen unter dem steinernen, mit ein paar kränklichen Rosenzweigen geschmückten Torbogen des bescheidenen Kirchleins abgebildet war. Da fiel ihr auf, dass die Braut Asiatin war. Sofort schrillten die Alarmglocken.

1 Wandi weiß anscheinend nicht, dass in Westminster Abbey nur Mitglieder der britischen Königsfamilie, Mitglieder des Order of the Bath oder deren direkte Abkömmlinge heiraten dürfen. Oder man wohnt im Dombezirk der Kathedrale. In St Paul's dürfen wiederum nur Mitglieder des Order of Saint Michael and Saint George, des Order of the British Empire, Träger der British-Empire-Medaille sowie Mitglieder der Imperial Society of Knights Bachelor und deren Kinder heiraten, nicht jedoch deren Enkelkinder.

Wandi gehörte zu einer gewissen Sorte Chindokraten[1], die auf ganz besondere Weise erzogen worden war. Sie war die einzige Tochter eines indonesisch-chinesischen Oligarchen und ein typisches Drittkulturkind, das auf der ganzen Welt aufgewachsen war. Sie war in Honolulu geboren (für den US-amerikanischen Pass) und hatte ihre frühe Kindheit abwechselnd in einer immensen Villa in Singapur und im historischen *joglo* der Familie in Jakarta verbracht, wo sie auch an der exklusiven Jakarta International School (JIS) eingeschult worden war. In der zweiten Klasse wechselte sie an die elitäre Singapore American School (SAS), wurde jedoch in der achten Klasse nach einem Schmuggelvorfall mit imitierten Prada-Rucksäcken von der Schule geworfen und überhastet am Internat Aiglon in Chesières-Villars in der Schweiz untergebracht, der ersten Wahl bei reichen Familien mit aufsässigen Sprösslingen.

Danach studierte sie zwei Jahre lang Marketing an der University of California in Santa Barbara, brach das Studium jedoch ab und heiratete den Sohn eines anderen indonesisch-chinesischen Oligarchen, jettete von da an zwischen ihren Häusern in Singapur und Jakarta hin und her, bekam ihr Baby im Kapiolani Medical Center in Honolulu und stand schließlich eines Tages vor der unglaublich schweren Entscheidung, ihren Erstgeborenen an die JIS, SAS oder die ACS zu schicken.[2]

Wie die meisten Frauen innerhalb Asiens Jetsets war auch Wandi ein Radar für FAWS – Fremde Asiaten in westlichen

1 Chinese + Indonesier x Aristokrat = Chindokrat

2 Als Hugo gerade mal drei Jahre alt war, wusste sie bereits, dass er zu dumm war, um es an die Raffles zu schaffen.

Settings – sozusagen mit in die Wiege gelegt worden. Ob beim Mittagessen bei Tetsuya in Sydney, beim Ball des Internationalen Roten Kreuzes in Monaco oder beim Besuch im 5 Hertford Street Club in London – im Ausland bemerkte sie immer zuerst, wenn eine andere asiatische Person den Raum betrat, und ihr Gehirn jagte das jeweilige Gesicht augenblicklich durch einen inneren Zehn-Punkte-Sozialskala-Scanner:

1. **Woher genau?** Die Wichtigkeit in absteigender Reihenfolge: Chindos, Singapurer, Hongkonger, Malaysia-Chinesen, Eurasier, US-Amerikaner asiatischer Abstammung aus New York oder Los Angeles, US-Amerikaner, die für Private-Equity-Unternehmen in Connecticut arbeiteten, Kanadier mit asiatischer Abstammung aus Vancouver oder Toronto, Australier mit chinesischer Abstammung aus Sydney oder Melbourne, Thais, Filipinos aus Forbes Park, ABCs, Taiwanesen, Koreaner, Festlandchinesen, normale Indonesier.[1]
2. **Kenne ich die Person?** Genauer gesagt – ist es jemand Bekanntes aus Showbusiness, Politik oder Social Media, ein Arzt, ein Promi ohne besondere Fähigkeiten, ein Milliardär oder Zeitschriftenredakteur? 50 Pluspunkte, wenn es jemand aus einer Königsfamilie oder Joe Taslim ist. Falls es Joe Taslim ist, sofort Bodyguard anweisen, ihm unauffällig meinen Zimmerschlüssel zuzustecken.

1 Falls es sich um Japaner, Vietnamesen oder irgendeine andere Sorte Asiaten handelte, wurde der Scan sofort abgebrochen. Die waren absolut unbedeutend.

3. Kenne ich jemanden aus der Familie der Person? Bin ich mit jemandem aus dem Umfeld dieser Person zusammen zur Schule gegangen, schon mal shoppen gewesen, gemeinsam im Vorstand eines Charity-Events? Habe ich jemandem, der die Person kennt, einen geblasen oder ihm bzw. ihr gegenüber über die Person gelästert?

4. Wie viel Geld hat er oder sie oder die Familie? Nicht vergessen, dass das angebliche Vermögen nicht dem tatsächlichen entsprechen muss. 25 Pluspunkte, wenn die Person ein Familienbüro hat, 50 Punkte, wenn es eine Familienstiftung gibt, 75 Punkte, wenn bereits ein Familienmuseum existiert.

5. Gab es irgendwelche Skandale im Leben dieser Person oder ihrer Familie? 100 Pluspunkte, wenn im Zuge dessen ein Politiker zurücktreten musste, eine ganze Partei in Misskredit geraten ist oder die Person jemandem im Olivier Café in der Grand Indonesia Mall öffentlich die Freundschaft gekündigt hat.

6. Gibt es eine Hotelkette/Fluggesellschaft/Luxusmarke/Bar/Spa/Restaurant/Club im Familienbesitz, sodass ich von der Bekanntschaft direkt profitieren könnte? 25 Pluspunkte, wenn der Familie eine eigene Insel gehört, 500 Punkte für eins der großen Filmstudios.

7. Attraktivität und Stil im Vergleich zu mir? Körperscan nach folgenden Kategorien:

Bei Frauen: Gesicht, Hautfarbe (so hell wie möglich), Körperbau, Schmuck, Uhr, Handtasche, Schuhe, Outfit, Haare, Make-up. 50 Minuspunkte für Nouveau-Riche-Marken oder offensichtliche Schönheits-OPs. *Bei Männern*: Haardichte, Uhr, Schuhe, Körperbau, dann restliches Outfit. 100 Minuspunkte, wenn er eine »H«-Gürtelschnalle von Hermès trägt, so was dürfen nur Franzosen und Italiener mit Sonnenbräune und/oder Adelstitel.

8. Wie attraktiv, gut angezogen, wichtig oder berühmt sind die Weißen, mit denen er oder sie gerade unterwegs ist? 20 Minuspunkte, wenn es Amerikaner in Anzügen bei einem geschäftlichen Anlass sind, 25 Pluspunkte bei Europäern, 50 Pluspunkte bei Franzosen oder Italienern mit Sonnenbräune und/oder Adelstitel.

9. Wie viele Bodyguards sind dabei? Einschüchterungslevel entsprechend folgender Faktoren berechnen: Muskelmasse, Uniform, sichtbare Bewaffnung, Qualität der Ohrstöpsel, Sonnenbrillenmarke, Unauffälligkeitsgrad. Je mehr sie wie schießwütige Schränke aussehen, die nur auf die Gelegenheit warten, die Gäste im Nobu Malibu mit ihren Sig Sauers abzuknallen, desto besser.

10. Wann wurde das letzte Mal über diese FAWS beziehungsweise die Familie im *Tattle*, *Pinnacle* oder *Town & Country* berichtet? 100 Pluspunkte, wenn sie noch nie in irgendeiner Zeitschrift aufgetaucht sind und man sie *trotzdem* erkennt.

Mittlerweile war Wandis Test so ausgeklügelt, dass sie einem asiatischen Gesicht innerhalb von Millisekunden den entsprechenden Platz in der gesellschaftlichen Hackordnung zuordnen konnte und somit wusste, wie viel hübscher, reicher oder wichtiger als sie selbst diese FAWS war und welche Begrüßungsmethode sich daraus ergab: unauffälliger Blickkontakt, ein kurzes Nicken, ein knappes Lächeln oder eine echte Begrüßung mit Option auf tatsächlichen Körperkontakt.

Momentan hatte sie die FAWS, um die es ging, nur auf einem kleinen Foto vor sich, aber es war so ungewöhnlich für ein asiatisches Gesicht, im Kontext einer Hochzeit in England auf dem Land abgebildet zu werden, die dem *British Tattle* einen Artikel wert war, dass Wandi mehr wissen wollte. Der Textabschnitt in der Mitte der Seite lautete:

EIN TRAUM IN WEIß

Weder der überraschende Schneefall noch die vereisten Straßen konnten Englands Crème de la Crème fernhalten: Für **Lucien Montagu-Scotts** Hochzeit in der St Mary Church in Chipping Norton wurden kurzerhand die Pelze ausgebürstet und los gings. Die **Glencoras** liefen natürlich vollzählig auf, ebenso wie die **Devonshires** und die **Buccleuches**, und mehrere **Rothschilds** und **Rochambords** von beiden Seiten des Kanals waren ebenfalls mit von der Partie. Zwar sind nun Scharen von Mädchen untröstlich, dass Lucien alias das adlige Sahneschnittchen nicht mehr zu haben ist, aber wenn man es jemandem gönnt, dann Braut **Colette Bing**, die mit ihrem Porzellanteint und ihrem umwerfenden Lächeln noch die kälteste Dorfkirche erwärmt.

Wandi traute ihren Augen kaum. Die Braut auf dem Foto in dem schlichten, fast nonnenhaft hochgeschlossenen Hochzeitskleid konnte unmöglich dieselbe Colette Bing sein, die sie aus der Regenbogenpresse kannte! Wo waren ihr typischer schwarzer Eyeliner und der blutrote Lippenstift? Diese junge Frau hier trug nicht den Hauch von Make-up, und ihre Lippen waren leichenblass. Was war aus dem spektakulären goldenen Giambattista-Valli-Kleid geworden, das sie extra für die Hochzeit hatte anfertigen lassen? Sie trug nicht mal eine Tiara!

Wandi kramte das Handy aus ihrer Mark-Cross-Handtasche in White Python, machte schnell ein Foto von der Seite und schickte es per WhatsApp an Georgina Ting, die sich gerade in Singapur im American Club in der Sonne aalte und ihre Tochter unbeaufsichtigt im Schwimmerbereich des Pools planschen ließ.

WANDI MEGGAHARTO WIDJAWA: Guck dir das mal an!!!
GEORGINA TING: Was denn, schlecht angezogene Briten?
WMW: Nein, die Braut!!!!!
GT: OMFG wo hast du das her???
WMW: Aus dem British Tattle!
GT: Colettes Hochzeit war im BRITISH TATTLE?!? Wow, mit dem Typen hat sie echt den Jackpot geknackt. Hast du das schon Kitty geschickt?
WMW: Natürlich nicht!!! Keine Lust, dass die dann sauer auf mich ist, nur weil ich die schlechte Nachricht überbringe.
GT: Stimmt, lieber nicht den Zugang zum Spa in ihrem Flieger riskieren haha.
WMW: Bei mir weiß man wenigstens, woran man ist. Wenn ich eine Bitch zu dir bin, kannst du dir sicher sein, dass ich sauer bin. Aber bei Kitty weiß man nie!

Wie krass war das bitte bei Giambattista in Paris, erst macht sie einen auf seelenruhig und cool und dann geht sie plötzlich auf Colettes Kleid los!

GT: Echt mal. Wundert mich auch nicht, dass die das auf dem Foto nicht anhat, das konnten sie bestimmt nicht mehr rechtzeitig reparieren.

WMW: Ich versteh aber nicht, warum sie jetzt was komplett anderes trägt? Die sieht ja aus wie eine Nonne. Man erkennt sie gar nicht wieder! Wo, denkst du, hat sie sich das Gesicht machen lassen, in Seoul, Buenos Aires oder London?

GT: Ich glaub, so sieht sie einfach ohne Make-up aus. Das ist dieser Posh-British-Look, die sehen doch bei der Hochzeit jetzt alle aus wie gerade geschlüpfte Jungfrauen.

WMW: Der Typ, den sie heiratet, sieht jedenfalls aus wie ein Adliger.

GT: Ich dachte, das ist irgend so ein Umweltschützer-Nerd?

WMW: Nee, Anwalt.

GT: Hattest du den nicht in Paris gegoogelt?

WMW: Nee, Tatiana.

GT: Hast du ihr das Bild schon gezeigt?

WMW: Noch nicht.

GT: Moment …

Georgina leitete das Foto an Tatiana Savarin weiter und googelte dann selbst ein wenig. Kurz darauf meldete sich Tatiana auch schon aus dem Urlaub auf Mustique.

TATIANA SAVARIN: DAS ist Colettes Mann?!?!

WMW: Krass, oder?

TS: Voll der McDreamy! Sieht überhaupt nicht aus wie ein Langweiler!

GT: Tatiana, du wärst echt keine gute Detektivin, muss ich ja mal sagen. Ich hab eben noch mal gegoogelt und … ich kopier euch das einfach mal hier rein.

WWW.RANKMYPEER.CO.UK

Lord Lucien Plantagenet Montagu-Scott, Graf von Palliser, ist der älteste Sohn des Herzogs von Glencora. 2013 schaffte er es auf die *Tattle*-Top-10-Liste der gefragtesten Singlemänner Großbritanniens. Der Herzog von Glencora ist laut Rich List der *Sunday Times* der fünftgrößte Grundbesitzer Englands. Er besitzt Güter in Northamptonshire, Suffolk und Schottland, Herzstück sind jedoch die vielen Grundstücke in Central London. Neben den Herzögen von Westminster und Portland sind die Glencoras die führenden Grundstückseigentümer von London und nennen beachtliche Teile von Bloomsbury und Chelsea ihr Eigen. Außerdem stammt Luciens Mutter Liliane vom französischen Zweig der Rochambords ab. C'est formidable!

TS: Das muss neu sein! Das war nicht da, als ich nach ihm gesucht hab!

WMW: Krasse Scheiße!

GT: Colette ist die zukünftige Herzogin von Glencora! Kitty rastet aus, wenn sie das hört.

TS: Wieso »wenn«? Ich hab ihr das gerade auch geschickt.

GT: Im Ernst?!?

In dem Moment fingen die Handys der drei Frauen gleichzeitig an zu vibrieren. Eine Schanghaier Nummer hatte eine Telefonkonferenz eingerichtet.

WMW: Das ist Kitty!

TS: Sollen wir rangehen? Sie sieht ja eh in der Gruppe, dass wir alle online sind.

»Tatiana, du dämliche Kuh«, murmelte Georgina genervt und nahm den Anruf an.

»Hi, Kitty!« Wandi klang bemüht fröhlich.

»Hi, Mädels. Was habt ihr mir da denn gerade geschickt?«

»Eigentlich gehts nur um das Foto«, sagte Tatiana sofort hektisch, »der Text ist nicht so wichtig.«

»Ja und? Ich seh bloß ein paar grauhaarige Frauen mit gelben Zähnen.«

»Und die Braut?«, fragte Wandi.

»Welche Braut?«

»Ganz unten auf der Seite«, erklärte Georgina. »Scroll mal ganz runter, da ist ein Foto von einem Hochzeitspaar.«

Stille. Die Frauen hielten den Atem an.

»Na so was«, sagte Kitty schließlich beunruhigend emotionslos.

»Colette sieht schrecklich aus, oder?«, kicherte Wandi. »Ohne Make-up und Schmuck ist sie so ein Mauerblümchen. Da sieht man mal richtig, wie gewöhnlich die ist.«

»Sie sieht aus, als hätte sie kaum genug Geld, um sich was zu essen zu kaufen«, fügte Tatiana hinzu.

Kitty lachte kurz auf. »Geld hat sie genug, das könnt ihr mir glauben. Die will bloß einen auf bescheiden machen, um ihre neuen Verwandten zu beeindrucken. Die sehen alle so aus wie die Leute, denen mich Corinna Ko-Tung ständig vorstellen will. Na ja, soll Colette glücklich werden mit ihrem neuen Leben in England.«

Georgina war erleichtert, dass Kitty die Neuigkeit so gelassen aufnahm. Hoffentlich hatte sie den Artikel über den Bräutigam übersehen!

In dem Moment fragte Kitty plötzlich: »Und, kennt irgendwer die Rochambords?«

Verdammt, dachte Wandi.

»Nie gehört«, sagte Georgina verächtlich.

»Ich bin gerade bei Freunden auf Mustique, und hier ist ein Mädel, das kennt sie vielleicht«, sagte Tatiana. »Hab gehört, sie kommt aus einer französischen High-Society-Familie.«

Sie ging hinaus auf die Terrasse der Villa im balinesischen Stil, wo die Freundin des Kollegen ihres Mannes gerade saß und schwarzen Kaffee aus einer Schale trank. »Du, Lucie, ich hab hier ein paar Freundinnen am Telefon, und wir wollen was wissen. Kennst du eine französische Familie namens Rochambord?«

»Welcher Zweig genau?«, fragte Lucie.

»Puh, keine Ahnung. Eine Bekannte von uns hat einen Typen geheiratet, dessen Mutter eine Rochambord ist. Warte, ich mach mal den Lautsprecher an.«

»Die Mutter heißt Liliane Rochambord«, sagte Georgina.

Lucie machte plötzlich große Augen. »*Liliane de Rochambord*? Meint ihr etwa die Mutter von Lucien Montagu-Scott?«

»Genau! Kennst du den?«, fragte Tatiana aufgeregt.

Lucie schüttelte den Kopf. »Nicht persönlich, aber meine Güte, in den waren echt alle Mädchen in Frankreich verknallt damals. Ich meine, er ist ein zukünftiger *duc*, und seine Mutter gehört zum bretonischen Zweig der Rochambords, nicht zu denen aus Paris, das sind nämlich nur die ärmeren Cousins.«

»Aber wer sind die denn nun?«, drängte Georgina.

»Eine *ancienne famille de la noblesse* … wie heißt das noch mal … ein uraltes Adelsgeschlecht, die haben viel mit den Bourbonen untereinander geheiratet und können ihre Abstammung bis Louis XIII. zurückverfolgen. Denen aus Paris gehören bloß diese Weingüter, Château de Rochambord und so, aber den Rochambords aus der Bretagne gehört eins der größten französischen Rüstungsunternehmen. Die bauen die ganzen U-Boote und Schiffe für die französische Marine. Wer ist denn diese Freundin von euch, die Lucien geheiratet hat?«

»Colette Bing. Aber Freundin kann man die eigentlich nicht nennen«, sagte Tatiana zögerlich.

»Das ist so ein It-Girl und eine Bloggerin, kommt aus Schanghai«, führte Wandi aus. »Sie i-«

»Sie ist eine verwöhnte kleine Schlampe, mehr nicht!«, schrie Kitty plötzlich.

Georgina versuchte schnell, einen Witz daraus zu machen. »Haha, ja genau, sie hatte doch mal diesen Ausraster, wo sie sich wie ein verwöhntes Gör benommen hat, das Video war ja damals überall im Netz, nicht, Kitty?«

Stille.

»Ähm … ich glaube, Kitty hat aufgelegt.«

2

RANAKPUR, INDIEN

Su Yi fuhr mit der Fingerspitze über die weiße Marmorsäule. Jeder Schwung, jede Kurve des kunstvollen Göttinnenornaments fühlte sich kühl an auf ihrer Haut. Die Säule war vom Boden bis unter die gewaltige Kuppel des Tempels mit Figuren von tanzenden Jungfrauen verziert. Su Yi sah sich um und entdeckte Tausende dieser Säulen, so viele, dass man sie unmöglich zählen konnte.[1] Und in jede einzelne waren Gottheiten, Tiere, Liebes- und Kriegsszenen

1 Genau genommen sind es 1444 Säulen im gesamten Tempel, außerdem 24 Säulenhallen und 80 Kuppeln auf einer Gesamtfläche von rund 4500 Quadratmetern. Der Bau des Tempels wurde im Jahr 1446 von einem reichen jainistischen Geschäftsmann begonnen und dauerte über fünfzig Jahre. Jeder, der mal nach Jodhpur reist, sollte sich selbst den Gefallen tun und diesen unglaublichen Ort aufsuchen, statt Zeit und Geld auf dem Markt zu verschwenden, wo sie einem »exklusiv für Hermès« (oder Etro oder Kenzo) handgewebte Kaschmirtücher »aus einem Dorf in der Nähe, in dem 800 Frauen arbeiten« andrehen wollen. Alles Quatsch, und es stimmt auch nicht, dass Richard Gere dort letzte Woche hundert Schals gekauft hat.

hineingearbeitet – so akribisch, dass der Marmor beinahe wie feinste Spitze wirkte. Hätte sie es nicht mit eigenen Augen gesehen, hätte sie es nicht geglaubt.

Die Frau des Maharadschas hatte den Ausflug zum Adinatha-Tempel, der versteckt in einem Tal des Aravalligebirges zwischen Jodhpur und Udaipur lag, für Su Yi organisiert, und sie war der Maharani sehr dankbar dafür. Als sie nun durch den Säulengang wandelte, kam es ihr vor wie in einem Traum. Sie bog um eine Ecke und stand plötzlich mitten in einem ruhigen Innenhof vor einem wunderschönen Baum. Ein junger Mann in schlichter safrangelber Kutte, der gerade einige heruntergefallene Blätter aufsammelte, hob den Blick und lächelte sie an. Su Yi erwiderte das Lächeln schüchtern und ging weiter. An den Hof schloss sich eine weitere Säulenhalle mit atemberaubenden steinernen Ornamenten an, eines davon eine von Hunderten Schlangen umgebene Gottheit.

»Entschuldigen Sie, sprechen Sie Englisch?«, hörte Su Yi plötzlich eine Stimme hinter sich und fuhr herum. Es war der junge Mann. Jetzt von Nahem erkannte sie, dass er einen blassen goldenen Punkt auf der Stirn trug.

»Ja«, erwiderte sie.

»Kommen Sie aus China?«

»Nein, von der Insel Singapur. Sie gehört zu den Straits Settlements …«

»Ah, an der Spitze von Malaya, oder? In Singapur gibt es auch einige Jainas. Darf ich mich vorstellen? Mein Name ist Jai, ich bin Priester hier. Mein Großvater ist der Hohepriester dieses Tempels, er wird das Amt an meinen Vater weitergeben und dieser eines Tages an mich. Aber bis dahin wird noch viel Zeit ins Land gehen.«

»Da haben Sie aber großes Glück. Das ist der schönste Tempel, den ich je besucht habe.«

»Darf ich einen Segen für Sie sprechen?«

»Sehr gern! Es wäre mir eine Ehre.«

Der Priester führte sie in eine ruhige Ecke des Tempels, von der man einen schönen Ausblick auf die geschwungenen Hügel hatte. Ein laues Lüftchen wehte zu ihnen herein. Der Mönch lächelte. »Es kommen selten Besucher aus Singapur in unseren Tempel. Sie sind mir schon am Eingang aufgefallen, weil Sie so schön gekleidet sind, aber als Sie mich vorhin angelächelt haben, habe ich eine tiefe Traurigkeit in Ihnen gespürt.«

Su Yi nickte und senkte den Blick. »Ich bin ohne meine Familie hier, allein, und auf meiner Insel herrscht Krieg.«

»Ja, ich habe gehört, dass er sich in Südasien ausgebreitet hat. Ich begreife diesen Krieg nicht. Aber ich spüre, dass Ihre Traurigkeit von etwas anderem herrührt …« Er sah sie forschend an, und Su Yi fiel mit einem Mal auf, dass seine Augen einen Stich ins Blaugraue hatten. Unwillkürlich kamen ihr die Tränen.

»Mein Bruder«, sagte sie mit erstickter Stimme. »Mein großer Bruder ist seit einiger Zeit verschollen.« Das hatte sie noch niemandem erzählt, und sie wusste nicht, wieso sie es ausgerechnet diesem Priester anvertraute. Sie wollte gerade nach ihrem Taschentuch greifen, da holte der Mönch zu ihrer Überraschung selbst eines hervor. Es hatte ein blau-lila Paisleymuster und wollte so gar nicht zum Rest seiner asketischen Erscheinung passen. Su Yi tupfte sich die Tränen ab und sah wieder den Priester an, der plötzlich eine Brille mit einem Drahtgestell trug, genau wie ihr Bruder.

»Ihr Bruder Alexander will Ihnen etwas sagen. Möchten Sie seine Nachricht hören?«

Su Yi sah ihn an. Sie verstand nicht, was er meinte. Ehe sie antworten konnte, stieß der Priester auch schon einen Schwall Hokkien aus: *Sieben. Acht. Neun. Kommen an Land. Verdammt, es sind viel zu viele. Das geht nicht gut. Das geht doch nie im Leben gut.*

Es lief ihr eiskalt den Rücken hinunter. Die Stimme ihres Bruders drang aus dem Mund des Priesters, das gleiche Kauderwelsch, das er damals gemurmelt hatte, als er halluziniert hatte.

»Was klappt nicht? Ah Jit, sag es mir, was geht nicht gut?«, drängte Su Yi.

»So viele schaffe ich nicht. Zu gefährlich. Wir müssen schnell sein, und wir können uns nicht verteidigen.«

»Ruhig, Ah Jit. Wer muss sich verteidigen?« Su Yi rang verzweifelt die Hände, sie waren ganz klebrig. Als sie auf das Seidentaschentuch hinabsah, bemerkte sie, dass es mit dickflüssigem Blut überzogen war. Plötzlich sprach ihr Bruder laut und deutlich: »Du weißt, was zu tun ist, Su Yi. Hör auf deine Intuition. Nur so können wir für die Taten unserer Ahnen büßen. Erzähl es keinem, erst recht nicht Vater.«

Schlagartig wurde ihr klar, wovon ihr Bruder sprach. »Aber wie soll ich das ganz alleine schaffen?«

»Ich glaube an dich, Schwesterchen. Du bist die letzte Hoffnung … bist du wach? Mummy, bist du wach?«

Su Yi spürte eine Hand an der Schulter, plötzlich war sie nicht mehr in dem prachtvollen Tempel in Ranakpur, und auch der Priester mit den blaugrauen Augen war verschwunden. Sie erwachte in ihrem Schlafzimmer in Tyersall Park, und die grelle Morgensonne blendete sie.

»Mummy, bist du wach? Bischof See ist da«, flötete Victoria.

Su Yi stöhnte auf.

»Hat sie Schmerzen?«, fragte Bischof See.

Su Yi stöhnte noch lauter. *Diese nichtsnutzige Tochter! Unterbricht mich in einem der klarsten Momente meines Lebens. Ah Jit hat zu mir gesprochen. Ah Jit wollte mir etwas mitteilen, und jetzt ist er weg!*

»Ich rufe besser das Pflegepersonal«, sagte Victoria besorgt. »Andererseits ist sie derartig vollgepumpt mit Hydrocodon, dass sie eigentlich keine Schmerzen haben dürfte. Aber das Zeug kann wohl auch Halluzinationen hervorrufen.«

»Ich habe keine Schmerzen, du hast mich bloß aus dem Schlaf gerissen«, murmelte Su Yi frustriert.

»Na jedenfalls ist Bischof See jetzt hier, um für dich zu beten.«

»Wasser, bitte …«, sagte Su Yi. Ihre Kehle fühlte sich staubtrocken an.

»Wasser? Ja natürlich. Äh, Bischof See, könnten Sie mir einen Gefallen tun und kurz ins Ankleidezimmer meiner Mutter rübergehen? Da stehen wunderschöne mundgeblasene venezianische Gläser mit Delfinstiel aus einem reizenden Lädchen in der Nähe des Danieli Hotel. Könnten Sie uns bitte eins davon bringen?«

»*Aiya*, da steht doch ein Plastikbecher direkt vor deiner Nase.« Su Yi deutete auf den Nachttisch.

»Ach, ich Blindfisch! Den hab ich ganz übersehen. Bischof See, ist da eine Wasserkaraffe hinter Ihnen auf dem Tisch? Eine isolierte Silberkaraffe müsste es sein, mit gewundenem Jugendstil-Blumenmuster am Griff.«

»Jetzt gib mir endlich den verdammten Becher!«, zischte Su Yi.

»Herrjemine, wie redest du denn, Mummy. Denk dran, Bischof See ist hier.« Victoria hielt ihr den Becher hin.

»Siehst du nicht die ganzen Schläuche an meinen Händen? Du musst mir das Wasser mit dem Strohhalm geben!«, rief Su Yi, der Verzweiflung nahe.

»Lassen Sie mich mal.« Der Bischof nahm der verwirrten Victoria den Becher aus der Hand.

»Danke.« Su Yi trank ein paar Schlucke und seufzte erleichtert.

»Weißt du, Mummy, Bischof See und ich haben uns beim Frühstück unterhalten, und da fiel mir auf, dass du gar nicht getauft bist. Der Bischof hat gütigerweise etwas Weihwasser aus dem Jordan mitgebracht, da könnten wir doch gleich hier und jetzt eine feierliche Taufe vornehmen.«

»Ich will aber nicht getauft werden«, erwiderte Su Yi schlicht.

»Aber Mummy, ungetauft kannst du nicht ins ewige Himmelreich eingehen!«

»Wie oft muss ich es dir noch sagen, ich bin keine Christin!«

»Red keinen Unsinn, Mummy, natürlich bist du Christin. Wie willst du denn sonst in den Himmel kommen? Willst du nicht bis in alle Ewigkeit mit Daddy … und *uns allen* zusammen sein?«

Su Yi konnte sich kein schlimmeres Schicksal vorstellen, als bis in alle Ewigkeit mit ihrer *jimzim*[1] Tochter festzusit-

1 »Schwierig«, »pedantisch« auf Kantonesisch.

zen, egal wo. Sie stieß einen Seufzer aus. *Mussten sie diese Unterhaltung schon wieder führen?*

»Äh … wenn ich mich einmischen dürfte, Mrs Young«, setzte der Bischof zaghaft an. »Wenn Sie keine Christin sind, was sind Sie denn dann?«

»Ich respektiere alle Götter«, antwortete sie leise.

Victoria verdrehte höhnisch die Augen. »Die Familienmitglieder meines Großvaters Shang Loong Ma waren Buddhisten, Taoisten, Anhänger von Guanyin … ein buntes Durcheinander von Religionen, typisch *chinesisch*, wie es früher nun einmal war.«

Der Bischof rückte sein Kollar zurecht, ihm war sichtlich unbehaglich zumute. »Nun, Victoria, wir können Ihre Mutter nicht zwingen, sich taufen zu lassen, aber vielleicht können wir gemeinsam beten, dass sie ihr Herz für Jesus Christus öffnet. Jesus muss ganz langsam in sie dringen.«

»Der soll mir ja fernbleiben!«, sagte Su Yi aufgebracht. »Ich bin keine Christin. Wenn überhaupt, bin ich eine Jaina.«

»Was soll das denn sein? Wirst du jetzt tüdelig und redest wirres Zeug, Mummy?« Victoria warf einen Blick auf den Infusionsständer. Nicht dass die ihrer Mutter eine Überdosis irgendwelcher Opiate verpassten.

»Der Jainismus ist eine uralte Religion, die aus dem Hinduismus entstanden ist …«, setzte Bischof See zu einer Erklärung an.[1]

1 Da liegt Bischof See allerdings daneben. Sowohl Jainas als auch Hindus glauben an Karma und an Erlösung, Befreiung oder das Ausbrechen aus dem Kreislauf von Leben und Tod, der Jainismus und der Hinduismus sind jedoch zwei getrennte, eigenständige Religionen.

Victoria starrte ihre Mutter entgeistert an. »Hinduismus? Das kannst du unmöglich ernst meinen. Meine Güte, unsere *Waschfrauen* sind Hindus! Bitte sag mir, dass du keine Hindu bist, Mummy, das würde mir das Herz brechen!«

Su Yi schüttelte erschöpft den Kopf und drückte den Knopf in ihrer rechten Hand. Keine zehn Sekunden später standen ihre Zofen im Zimmer. »Madri, Patravadee, bitte begleitet Victoria nach draußen.«

»Kommen Sie, Victoria, wir können das Gebet auch vor der Tür sprechen.« Der Bischof schielte nervös auf Su Yis Herzfrequenzmessgerät.

»Mutter, du kannst mich doch nicht einfach aus dem Zimmer schicken. Deine Seele ist in Gefahr!«, kreischte Victoria.

Mitten in diesen Aufruhr platzte Alix. Su Yi sah sie flehentlich an: »Bitte sag Victoria, dass sie gehen soll. Sie nervt mich zu Tode!«

»Na schön«, zischte Victoria, machte auf dem Absatz kehrt und stürmte aus dem Zimmer.

Patravadee wandte sich fürsorglich an Su Yi. »Madame, wie möchten Sie Ihren Porridge heute Morgen? Wie immer?«

»Heute mit einem Ei«, ordnete Su Yi an. Kaum waren ihre Zofen aus der Tür, stieß sie einen tiefen Seufzer aus.

»Sie meint es nur gut, Mummy«, sagte Alix diplomatisch.

»Aber warum muss sie mir denn jedes Mal so furchtbar auf die Nerven gehen? Und außerdem kann ich dieses fette kleine *lan tsiau bin*[1] von Bischof nicht ausstehen! Der ist doch bloß auf Spenden für seine blöde Kathedrale aus. Vic-

1 »Sackgesicht« auf Hokkien.

toria stellt ihm jeden Monat so viele Schecks aus, dass ihr Konto immerzu im Minus ist.«

»Victoria schießt zwar manchmal übers Ziel hinaus, aber im Grunde hat sie ein gutes Herz. Sie ist der großzügigste Mensch, den ich kenne.«

Su Yi lächelte. »Und du musst immer Frieden stiften. Schon als kleines Mädchen hast du zwischen deinen Schwestern vermittelt. Glättest du bitte auch nach meinem Tod die Wogen?«

»Natürlich, Mummy. Aber keine Bange, Professor Oon sagt, dein Herz erholt sich prächtig. Sogar Malcolm hat sich positiv zu deinem Fortschritt geäußert.«

»Mag ja sein, aber ewig werde ich trotzdem nicht leben.«

Alix wusste nicht, was sie dazu sagen sollte, zupfte schweigend die Bettdecke ihrer Mutter zurecht und strich sie glatt.

»Mach dir keine Sorgen, Alix. Ich hab keine Angst vor dem Tod. Glaub mir, ich hab ihm oft genug ins Gesicht gesehen. Ich will nur keine Schmerzen haben.«

»Dafür wird Professor Oon sorgen«, sagte Alix entschlossen.

»Kannst du mir noch einen Gefallen tun? Rufst du Freddie Tan an und sagst ihm, er soll herkommen?«

»Äh … deinen Anwalt?«, fragte Alix beunruhigt.

»Ja. Er soll unverzüglich herkommen, es ist sehr wichtig. Seine Nummer steht im Adressbuch auf meiner Frisierkommode.«

»Natürlich. Ich kümmere mich sofort darum.«

Su Yi schloss die Augen und versuchte, sich zu entspannen. Sie sah noch immer Victorias verletzten Gesichtsausdruck vor sich, als sie sie angezischt hatte. *Dummes Kind!*

Die Worte echoten in ihrem Kopf und beschworen eine Erinnerung aus längst vergangenen Zeiten in ihr herauf …

»Du dummes Kind!«, fuhr ihr Vater sie wütend an, als sie den Keller des Ladens in der Telok Ayer Street betrat. »Weißt du nicht, was für ein Vermögen ich ausgegeben habe, damit du sicher aus Singapur rauskommst? Was machst du hier?«

»Meinst du, ich könnte einfach im Taj Mahal Palace rumsitzen und die ganzen furchtbaren Nachrichten ignorieren? Die Bombenangriffe, die Folter, die Morde?«

»Genau deswegen habe ich dich doch aus Singapur rausgeschafft! Mit der letzten Fregatte!«

»Ich musste einfach wissen, was mit dir ist, Pa. Von allen anderen habe ich gehört – Tan Kah Kee, Onkel SQ, Onkel Tsai Kuen, aber von dir nicht. Als Chin Tuan nach Indien kam, sagte er, er hätte auch nichts von dir gehört. Ich dachte, du wärst gefangen genommen oder getötet worden!«

»Ich hab doch gesagt, dass ich mich nicht bei dir melden werde. Und dass ich zurechtkomme!«

»Das sieht aber überhaupt nicht danach aus. Guck dich doch an, du versteckst dich in Lumpen gekleidet in einem Loch!« Su Yi schossen Tränen in die Augen, als ihr Blick auf sein schmutziges Unterhemd und die Hose voller Zigarrenasche fiel. Sie hatte ihren Vater noch nie anders als in seinem makellosen Dreiteiler gesehen. Mit dem rasierten Kopf und dem schmutzstarrenden Gesicht erkannte sie ihn kaum wieder.

»Du dummes Ding! Kapierst du denn nicht, dass ich mit Absicht so aussehe? Unsichtbar zu sein ist die einzige Chance aufs Überleben. Ich habe mich als ungebildeter Dockarbeiter verkleidet, weil mich die japanischen Soldaten dadurch keines Blickes würdigen! Wie hast du es überhaupt wieder ins Land geschafft, ohne vergewaltigt oder getötet zu werden?«

Su Yi deutete auf ihr Seidenkleid aus Thailand. »Ich bin mit dem Zug von Indien über Burma gekommen und dann mit der Entourage des thailändischen Botschafters von Bangkok aus eingereist. Ich bin als Zofe von Prinzessin Narisara Bhanubhakdi getarnt.«

Shang Loong Ma musterte seine Tochter und stieß ein rasselndes Lachen aus. Einerseits war er stocksauer, dass sie auf die kriegsgebeutelte Insel zurückgekehrt war, aber andererseits kam er nicht umhin, ihren Einfallsreichtum zu bewundern. Auch sie wusste, wie man sich unsichtbar machte, und hatte sich als mutiger erwiesen als ihre Brüder. »Was sollen wir jetzt bloß mit dir machen? Nach Tyersall Park kannst du nicht, das ist zu gefährlich.«

»Und ob ich nach Tyersall Park zurückgehe! Ich werde alles tun, um denen zu helfen, die dort in Not sind. Ob du willst oder nicht!«

Su Yis Vater spottete: »Die Japaner kontrollieren die ganze Stadt. Und du meinst, du könntest irgendwem eine Hilfe sein? Wer um alles in der Welt hat dich denn auf die *Schnapsidee gebracht?«*

»Ein Priester, Pa. Ein junger Priester aus dem schönsten Tempel der Welt.«

3

SINGAPUR

In den vielen Jahren, die Captain Vikram Ghale nun schon als Sicherheitschef für die Familie Young arbeitete, war ihm ein Fall wie dieser noch nicht untergekommen. Vor dem Tor von Tyersall Park stand Shang Su Yis einziger Sohn Philip Young. Dieser Mann hatte vor zweiunddreißig Jahren das Bewerbungsgespräch mit ihm geführt und ihn anschließend eingestellt, dieser Mann wäre auch fast sein zukünftiger Chef geworden, hätte er nicht durch sein überraschendes Auswandern nach Australien vor zwanzig Jahren den Zorn seiner Mutter auf sich gezogen und damit jeglichen Erbanspruch auf sein Elternhaus verwirkt.

Normalerweise wäre Philips jägergrüner Jaguar Vanden Plas anstandslos durchgewinkt worden. Es gab jedoch ein Problem: den Mann auf dem Beifahrersitz, Nicholas Young, den Vikram schon als kleinen Jungen gekannt hatte. Bis vor etwa fünf Jahren war Nicky der Liebling seiner Großmutter gewesen, und alle waren davon ausgegangen, dass er eines Tages Tyersall Park erben würde. Im Grunde genommen war er der neue Herr des Hauses. Doch nun hatte Vikram die strikte Anweisung, Nicky auf keinen Fall hereinzulassen.

Diese Situation musste so diplomatisch wie nur möglich gehandhabt werden. Vikram wusste, wie schnell die Hausherrin ihre Meinung ändern konnte, es bestand also durchaus die Möglichkeit, dass sie sich im letzten Moment noch einmal umentschied und das Anwesen doch Nicky oder Philip vererbte. Immerhin bildete das weitläufige Buchsbaumheckenlabyrinth Philips Initialen, und in Nickys Zimmer war in dessen Abwesenheit alles genau so beibehalten worden, wie er es hinterlassen hatte. Jeder dieser beiden Männer könnte doch noch irgendwann sein Chef werden, er durfte sie also nicht vor den Kopf stoßen.

»Es tut mir wirklich sehr leid, Mr Young«, sagte er und lächelte entschuldigend. »Bitte nehmen Sie es mir nicht übel, aber mir sind die Hände gebunden.«

»Verstehe. Wer hat die Anweisung denn erteilt, wenn ich fragen darf?« Philip bemühte sich um einen höflichen Ton, sein Ärger war jedoch nicht zu überhören.

Da wurde die Autotür aufgestoßen, und Eleanor schwang sich wütend heraus. »Was soll denn bitte schön dieser Unsinn, Vikram? Erzähl mir nicht, wir dürfen hier nicht rein.«

»Wie ich gerade Mr Young erklärt habe, sind Sie und Mr Young herzlich willkommen. In Bezug auf Nicky habe ich jedoch strenge Anweisungen, ihn nicht hereinzulassen. Nachdem er neulich schon hier war, als ich gerade keinen Dienst hatte, habe ich mich extra noch einmal erkundigt – leider immer noch ein klares Nein.«

»Ja aber von wem denn bitte schön? Hm? Wer erteilt hier solche Anweisungen? Su Yi ist doch schon fast über den Jordan, die wirds ja wohl kaum gewesen sein.«

»Bei allem Respekt, Mrs Young, aber Mrs Young ist mitnichten ›schon fast über den Jordan‹«, entgegnete Vikram empört.

Nick ließ das Fenster herunter. »Mum, Dad, geht doch einfach schon mal rein, und ich …«

»Du bist still, *lah*!«, sagte Eleanor ungehalten zu ihrem Sohn und wandte sich wieder an Vikram. »Wie viel Geld hast du dank meiner Börsentipps schon verdient, hm? Mit Sino Land, mit Keppel Corp, mit Silverlake Axis? Also wirklich! Von mir bekommst du nie wieder auch nur einen einzigen Tipp. Ich habe dich zu einem reichen Mann gemacht, und das ist der Dank dafür? *Mangkali kau sai!*[1]«

Vikram überlegte. »Ich kann gern im Haus anrufen, und Sie sprechen persönlich mit Miss Victoria.«

Philip riss nun endgültig der Geduldsfaden. »Jetzt reichts aber. Das hier ist schließlich auch mein Haus! Außerdem lasse ich mich sicher nicht von meiner kleinen Schwester herumkommandieren. Wenn meine Mutter Nicky nicht sehen will, bitte schön. Aber das kann sie mir ja wohl persönlich sagen. Wenn sie es nicht möchte, wird er ihr Zimmer nicht betreten, aber mein Sohn wird auch nicht vor dem Tor herumlungern wie ein Bettler. Ruf gern im Haus an, wir kommen jetzt rein, und zwar *alle*.«

Philip setzte sich wieder hinters Steuer und startete den Motor.

Vikram verschränkte demonstrativ die Arme vor der Brust und blieb so vor dem schmiedeeisernen Tor stehen.

1 Hokkien für »bengalischer Hundehaufen«. Streng genommen liegt Eleanor falsch, denn Vikram ist ein Gurkha und somit aus Nepal, nicht aus Bengalen. Für Eleanor gibt es jedoch nur zwei Sorten Inder: reiche (wie die befreundete Familie Singh) und arme (der ganze Rest).

Philip ließ den Wagen zentimeterweise auf ihn zurollen, bis die Stoßstange fast Vikrams Knie berührte. Die anderen Wächter standen unsicher daneben und sahen zu.

Fünf, vier, drei, zwei, eins, zählte Vikram im Kopf. Habe ich jetzt lange genug durchgehalten? Philip war ein anständiger Kerl, der würde ihm keinen Ärger machen. Und soweit er das überblicken konnte, stellte Nicky auch kein tatsächliches Sicherheitsrisiko dar. Es ging schließlich nur um einen Familienstreit, er hatte die ihm zugewiesene Rolle gut gespielt, aber irgendwann reichte es auch. Er trat zur Seite und rief seinen Männern zu: »Tor öffnen!«

Philip trat wütend aufs Gaspedal und raste den Kiesweg hinauf. Als sie um die Kurve bogen, bot sich ihnen ein ungewöhnlicher Anblick: Auf dem Rasen vor dem Haus standen mehrere Reihen Bistrostühle, jeder einzelne mit einem bunten Seidenschirm gegen die Sonne geschützt. Der Großteil der Familie, der sich gerade in Tyersall Park aufhielt – Victoria Young, die Aakaras und die Chengs – saß gemeinsam mit Bischof See Bei Sien, Rosemary T'sien und dem thailändischen Botschafter dort und sah sich ein Badmintonmatch an. Hinter den Stuhlreihen war ein beeindruckendes Büfett aufgebaut, an dem man sich mit unzähligen Eiscremesorten und Bowle aus einer riesigen Kristallglasschüssel bedienen konnte.

Eleanor schüttelte missbilligend den Kopf. »Dass die sich nicht schämen! Deine Mutter liegt im Sterben, und diese Leute feiern hier eine Gartenparty!«

»Was sollen sie denn machen? Den ganzen Tag bei ihr am Bett knien und beten?«, erwiderte Philip.

»Wenigstens der Bischof, ja. Stattdessen verleibt der sich einen Eisbecher ein.«

»Bloß nicht! Mummy kann den Mann nicht ausstehen. Der ist doch nur hier, weil Victoria immer noch heimlich für ihn schwärmt. Daran hat sich seit ihren gemeinsamen NUS[1]-Zeiten nichts geändert.«

»Ach du meine Güte, das wusste ich ja gar nicht! Das erklärt allerdings, warum sie immer so zickig wird, sobald Mrs See in der Nähe ist.«

Nicky musste lachen. »Ist dir etwa noch nicht aufgefallen, dass Auntie Victoria eigentlich zu jedem Menschen ohne Theologiestudium zickig ist?«

Beim Näherkommen sah Nick, dass es sich bei dem Badmintonspiel um ein Doppel handelte: Eddie Cheng und dessen Bruder Alistair spielten gegen Onkel Taksin und Adam Aakara. Taksin, Adam und Alistair trugen legere Shorts und Polohemden, Eddie hingegen war von Kopf bis Fuß in Weiß gekleidet: langärmeliges weißes Leinenhemd, weiße Leinenhose mit Bügelfalte, weiße Brogues. Amüsiert bemerkte Nicky, dass Eddies Frau Fiona und die drei Kinder ebenfalls in weißen Leinen-Kombos und um die Schultern geknoteten Kaschmirpullovern vor sich hin schwitzten. Das war garantiert Eddies Idee gewesen.

Als Philip, Eleanor und Nick aus dem Auto stiegen, wurde das Match sofort unterbrochen. Alle Blicke ruhten auf den Neuankömmlingen. Kurz hatte Nick Sorge, dass man ihm kühl gegenübertreten würde, wo er doch offiziell aus Tyersall Park verbannt worden war. Sein Cousin Alistair ließ jedoch sofort den Schläger fallen und umarmte ihn fest. »Schön, dich zu sehen, Mensch!« Nick atmete erleichtert aus. Auf den guten alten Alistair war eben Verlass.

1 National University of Singapore.

Als Nächstes trat Catherine zu ihnen. Aufgrund der lediglich zwei Jahre Altersunterschied und der gemeinsamen Zeit am Internat in England hatte sie von den vier Young-Schwestern schon immer das engste Verhältnis zu Philip gehabt.

»*Gogo*[1]«, begrüßte sie ihn herzlich und gab ihm einen Kuss auf die Wange. »Gerade erst angekommen?«

»Nein, ich bin schon seit heute Vormittag im Lande. Seid ihr mit der ganzen Familie hier?«

»Im Moment nur Tak, Adam, Piya und ich. Die anderen Jungs wollen nachkommen.«

»Ach, Thailand spielt gegen Hongkong. Wie stehts denn?«

»Fünf zu zwei für Thailand. Das Spiel war Eddies Idee, aber es sieht nicht gut für ihn aus. Alistair gibt sich alle Mühe, aber ich glaube, der Arme weiß nicht, dass Tak früher im thailändischen Olympiateam war.«

»Na super, das erklärt einiges«, stöhnte Alistair.

Catherine gab Eleanor einen Kuss auf die Wange, dann begrüßte sie Nick mit einer Umarmung. »Dich habe ich ja ewig nicht mehr gesehen! Ist Rachel auch hier? Ich würde sie so gern endlich kennenlernen.«

»Nein, ich bin allein gekommen.«

Catherine sah ihn ernst an und wollte offensichtlich noch etwas sagen, aber in dem Moment kam Victoria anmarschiert. Sie fächelte sich mit einem geschnitzten Holzfächer angestrengt Luft zu.

»*Gogo*«, begrüßte sie ihren Bruder kühl und sagte dann mit einem kurzen Blick zu Nick: »Du kannst leider nicht ins Haus. Nimms nicht persönlich.«

1 Kantonesisch für »Bruder«.

»Wie denn dann?«, gab Nick trocken zurück.

»Das ist doch lächerlich«, mischte Eleanor sich ein. »Wieso darf Nicky nicht ins Haus? Er möchte sich bei Mummy entschuldigen.«

Victoria zuckte zusammen. Selbst nach vierzig Jahren hatte sie sich noch nicht daran gewöhnt, dass ihre Schwägerin ihre Mutter *Mummy* nannte. »Ich kanns doch auch nicht ändern, Eleanor. Gerade du müsstest doch wissen, wie Mutter ist. Ich respektiere lediglich ihren Wunsch.«

Philip sah sie prüfend an. »Hat Mum ausdrücklich gesagt, sie will Nick nicht sehen?«

»Zu mir nicht, aber zu Eddie.«

»Eddie.« Eleanor schnaubte verächtlich. »Und du glaubst dem das? Der war doch schon immer eifersüchtig auf Nicky!«

Eddie hatte seinen Namen gehört und kam angeschlendert. »Also Onkel Philip, Auntie Elle, ich muss jetzt mal Klartext reden. Ich hab Ah Ma vor drei Tagen erzählt, dass Nicky auf dem Weg hierher ist. Ich dachte, es freut sie bestimmt zu hören, dass er sich mit ihr versöhnen will. Die Nachricht hat sie aber stattdessen so aufgeregt, dass sie einen Herzinfarkt hatte. Auntie Victoria war dabei, fragt sie ruhig. Ah Ma wäre fast gestorben!«

»Ist ja schön und gut, aber das war vor drei Tagen«, erwiderte Philip unbeeindruckt. »Ich gehe jetzt auf jeden Fall zu meiner Mutter, ich möchte es von ihr selbst hören.«

»Willst du etwa Ah Mas Leben aufs Spiel setzen?«

Philip warf seinem Neffen einen abschätzigen Blick zu. Eddie war völlig nass geschwitzt, seine weißen Sachen klebten ihm an den unglücklichsten Stellen an der Haut. Einfach lächerlich, wie er sich herausgeputzt hatte. Als wären sie hier im Lord's Cricket Ground in London. »Zerbrich du dir mal nicht meinen Kopf. Kümmer dich lieber um deine eigenen Kinder.«

»Wieso?« Eddie drehte sich um und entdeckte die drei mit ihrem Cousin Jake Moncur am Eisbüfett. Constantine, Augustine und Kalliste schleckten fröhlich an ihren Waffeln und bemerkten nicht, wie ihnen das Eis dabei die Hände hinunter und auf die weiße Kleidung tropfte.

Eddie stürzte entsetzt auf sie zu. »Fi! Fiona!«, schrie er. »Da haben wir die Bescherung! Und ich hab noch gesagt, kein Eis, solange sie ihre Brunello Cucinellis anhaben!«

Fiona Tung-Cheng, die sich gerade mit Piya Aakara und Cecilia Cheng Moncur unterhielt, sah nur kurz auf, verdrehte genervt die Augen und widmete sich wieder ihrem Gespräch.

Eddie machte sich mit den Kindern im Schlepptau auf die Suche nach Ah Ling und der Chefwäscherin. Nick sprang derweil beim Badminton für ihn ein, und seine Eltern gingen mit Victoria ins Haus.

Victoria führte Philip und Eleanor den Gang hinunter Richtung Su Yis Schlafzimmer. »Sie soll heute eigentlich keinen Besuch mehr empfangen«, murmelte sie dabei unzufrieden vor sich hin.

»Ich bin ja auch kein Besuch, ich bin ihr Sohn!«, kam es postwendend von Philip zurück.

Victoria kochte innerlich. *Ja, ja, ich weiß. Du bist ihr Sohn, ihr einziger Sohn. Das haben wir ja von Mutter oft genug zu hören bekommen. Ihr ach so perfekter Sohn bekommt seine ganze Kindheit hindurch jede Woche Vogelnestsuppe gekocht, für uns Mädchen gibts die nur zum Geburtstag. Ihr einziger Sohn bekommt ausschließlich maßgeschneiderte Savile-Row-Sachen, und wir müssen uns unsere Kleidung selbst nähen. Ihr einziger Sohn bekommt sofort nach dem Uniabschluss ein Jaguar-Cabrio geschenkt, und wir müssen uns zu viert einen mickrigen Morris Minor teilen. Ihr einziger Sohn darf heiraten, wen er will, egal wie gewöhnlich sie ist, und bei mir wird jeder Mann, den ich mit nach Hause bringe, als »ungeeignet« abgetan. Ihr einziger Sohn lässt sie sitzen, um in Australien einen auf Crocodile Dundee zu machen, und ich muss hierbleiben und sie pflegen. Ihr ach so perfekter einziger Sohn.*

Im Wohnzimmer von Su Yi knöpfte sich Victoria erst einmal die Pflegerinnen vor und fragte sie aus, Philip und Eleanor gingen währenddessen direkt ins Schlafzimmer. Dort saß Alix in einem Sessel am Bett ihrer Mutter.

»Ach *Gogo*, du bist ja schon da. Mummy ist gerade eingeschlafen. Ihr Blutdruck spielt heute irgendwie verrückt, da haben sie ihr ein Beruhigungsmittel gegeben.«

Der Anblick seiner Mutter entsetzte Philip. Er hatte sie das letzte Mal zu Weihnachten gesehen, das war gerade einmal fünf Wochen her. Da war sie noch höchstpersönlich auf der Leiter bis hoch in die Spitze ihrer Sternfruchtbäume geklettert. Jetzt wirkte sie so verletzlich und klein, wie sie da vor ihm lag, ging in dem Gewirr aus Schläuchen und den vielen Geräten um sie herum fast unter. Solange er denken konnte, war sie ihm stets stark und unbesiegbar vorgekommen. Dass sie eines Tages nicht mehr da sein könnte, wollte ihm nicht in den Kopf.

»Ich bleibe heute Nacht hier bei ihr«, sagte er leise.

»Das hat keinen Sinn«, erwiderte Alix. »Sie wird eh bis morgen früh durchschlafen, und außerdem kümmern sich ihre Zofen um sie, die wechseln sich die ganze Nacht lang ab, damit immer jemand bei ihr ist, falls sie aufwacht. Alle halbe Stunde schaut auch eine Pflegerin vorbei. Komm morgen wieder, morgens ist sie meistens ein paar Stunden bei Bewusstsein.«

»Ist mir egal, ob sie schläft, ich bleibe bei ihr.«

»Sicher? Du siehst aus, als könntest du selbst ein bisschen Schlaf vertragen.«

»Ja, *lah*, du hast auf dem Weg hierher kein Auge zugemacht, oder?«, stimmte Eleanor zu. »Du siehst auch ganz erschöpft aus, du hast richtige Augenringe. Komm, wir gehen nach Hause und kommen morgen früh wieder.«

»Na gut«, lenkte Philip ein. »Aber tu mir einen Gefallen, Alix. Falls Mummy aufwacht, sag ihr, dass ich hier war, ja?«

»Na klar.« Alix lächelte.

»Und sag ihr bitte auch, dass Nicky hier war.«

Alix zögerte kurz. Sie hatte Sorge, dass es ihre Mutter wieder zu sehr aufregen könnte. Andererseits wusste sie auch, dass die beiden sich versöhnen mussten, sonst könnte sie nicht in Frieden sterben. »Schauen wir mal. Ich versuch es auf jeden Fall, *Gogo*.«

4

SURREY, ENGLAND

Wenn man das Glück hat, in Harlinscourt zu Gast zu sein, sollte man auf jeden Fall rechtzeitig aufwachen und sich den Sonnenaufgang über dem Garten ansehen, dachte Jacqueline Ling und nippte an ihrem Orange Pekoe, der ihr soeben auf einem edlen Bambustablett auf den Nachttisch gestellt worden war. Sie kuschelte sich in ihre vier Daunenkissen und genoss den Ausblick auf die absolut symmetrischen Buchsparterren und die majestätischen Eibenhecken dahinter. Jenseits des Gartens stieg der Morgennebel über dem Hügelland von Surrey empor. Diese friedlichen Momente, bevor sich alle im Erdgeschoss zum Frühstück versammelten, genoss Jacqueline während ihrer häufigen Besuche bei den Shangs am meisten.

In den erlauchten Kreisen der standeshöchsten Familien Asiens hieß es, die Shangs hätten Singapur den Rücken gekehrt: »Die sind so abgehoben, die halten sich anscheinend selbst schon für Briten.« Doch Jacqueline wusste es besser. Obwohl Alfred Shang auf seinem Sechstausend-Hektar-Anwesen in Surrey tatsächlich einem Lebensstil frönte, der den so mancher Marquess übertraf, sollte man keineswegs annehmen, er habe all seine Loyalität auf die Queen und ihre englischen Lande übertragen. Die schnöde Wahrheit war, dass seine drei Söhne (allesamt Oxbridge-Absolventen, was sonst) sich über die Jahrzehnte einer nach dem anderen englische Frauen gesucht hatten (allesamt aus angemessenen adligen Familien, was sonst) und deshalb in England geblieben waren. Seit den frühen Achtzigerjahren sahen sich Alfred und seine Frau Mabel also gezwungen, ebenfalls den Großteil des Jahres dort zu verbringen, wenn sie ihre Kinder und Enkelkinder regelmäßig zu Gesicht bekommen wollten.

Mabel war als Tochter von T'sien Tsai Tay und Rosemary Young T'sien wesentlich chinesischer geprägt als ihr Mann, der bereits vor seiner Unizeit in Oxford in den späten Fünfzigern eine Schwäche für England gehabt hatte. In Harlinscourt schuf Mabel dann ein dekadentes neues Heim, das ihre liebsten Aspekte von Ost und West vereinte. Für die Sanierung des von Gabriel-Hippolyte Destailleur entworfene Venetian-Revival-Anwesen aus dem 19. Jahrhundert konnte Mabel den bereits pensionierten berühmten chinesischen Kunsthistoriker Huang Pao Fan überreden, sich mit dem legendären britischen Innenarchitekten David Hicks zusammenzutun.[1] Das Ergebnis war eine ebenso kühne wie überzeugende Mischung aus modernem, europäischem Mobiliar und einigen der wertvollsten Antiquitäten in Privatbesitz.

1 Mitte der Neunziger verpasste David Mlinaric der Innenausstattung eine Generalüberholung, die zufällig zeitlich mit der (wesentlich weniger gelungenen) Generalüberholung von Mabels Gesicht zusammenfiel.

Schon bald darauf gehörte Harlinscourt zu den großen Häusern, über die jeder sprach. Zunächst zerrissen sich die Genealogen bei *Burke's Peerage* das Maul darüber, wie vermessen es sei, als Singapurer eines der bedeutendsten Häuser in Großbritannien zu kaufen und es zu allem Überfluss auch noch mit einem Riesenheer von Hausangestellten und allem Pipapo »auf die gute alte Art« führen zu wollen. Trotzdem folgte der Landadel den Einladungen der Shangs und musste daraufhin zähneknirschend zugeben, dass sie es wider Erwarten doch nicht vermasselt hatten. Die Sanierung war fantastisch, das Grundstück noch viel fantastischer, und das Essen – meine Güte, das Essen war einfach göttlich. In den darauffolgenden Jahrzehnten waren Einladungen nach Harlinscourt heiß begehrt, denn es hieß, der Koch der Shangs, Marcus Sim – ein Wunderkind aus Hongkong, das bei Frédy Girardet gelernt hatte –, sei ein Meister sowohl der klassischen französischen als auch der traditionellen chinesischen Küche. Und auch heute Morgen war es wieder einmal der Gedanke ans Frühstück, der Jacqueline half, das warme Bett zu verlassen.

Als sie das Ankleidezimmer betrat, das an ihr Gästezimmer anschloss, brannte dort schon ein Feuer im Kamin, auf der Frisierkommode stand ein frischer Strauß Juliet-Rosen, und das Outfit, das sie für heute herausgelegt hatte, hing an dem beheizten Kleiderständer aus Kupfer bereit. Jacqueline schlüpfte in das eng anliegende, ärmellose, cremefarbene Kleid mit dem auffälligen Stricksaum am ausgestellten Rock. Wie angenehm warm das war! Sie erinnerte sich an unzählige Wochenenden auf anderen englischen Anwesen, in deren Schlafzimmern Eiseskälte herrschte und ihre Kleider morgens beinahe steif gefroren waren. *So gut hat es bestimmt nicht mal die Queen*, dachte sie. Bevor Alfred und Mabel eingezogen waren, hatte ihre Patentante Su Yi ein paar ihrer Hausangestellten aus Tyersall Park hergeschickt, um das britische Personal auszubilden. Hier traf die asiatische Gastfreundschaft auf die Tradition englischer Herrenhäuser, und sogar ihr Freund Victor war bei seinem letzten Besuch zutiefst beeindruckt davon gewesen. Als sie sich am Abend fürs Dinner umgezogen hatten, hatte er verdattert auf seine Anzugschuhe von Aubercy gestarrt und gerufen: »Schatz, die haben meine Schnürsenkel gebügelt! Ich fass es nicht!«

Heute Morgen war es das Rührei, das es Jacqueline besonders angetan hatte. Sie saß am Kopf der gewaltigen Tafel des denkmalgeschützten Frühstückszimmers und seufzte wohlig. »Mmmmh. Warum kriegt eigentlich nur Marcus das Rührei so perfekt hin?«, fragte sie Mabel und schob sich noch eine Gabel voll in den Mund.

»Macht dein Koch kein gutes Ei?«

»Omeletts und pochierte Eier macht Sven großartig, doch. Aber dieses Rührei hier ist einfach *himmlisch*. Fluffig, cremig, noch etwas flüssig, aber genau richtig. Darauf freue ich mich jedes Mal, wenn ich herkomme. Was ist bloß sein Geheimnis?«

»Keine Ahnung, Eier rühr ich aus Prinzip nicht an«, sagte Mabel. »Aber koste mal diesen *jyuzuk*[1]. Mit Seezunge, heute Morgen frisch gefangen.«

»Sahne«, meldete sich die zwölfjährige Lucia Shang vom anderen Ende des Tisches zu Wort. »Marcus nimmt die Sahne von unseren Guernsey-Rindern fürs Rührei.«

1 »Fisch-Porridge« auf Kantonesisch.

»Na endlich! Du kannst ja doch sprechen. Das ist der erste Mucks, den ich heute von dir gehört habe, Lucia«, sagte Jacqueline. »Was liest du denn da überhaupt? Immer noch diese *Panem*-Vampirbücher?«

»In den *Tributen von Panem* gehts nicht um Vampire. Außerdem ist es Ewigkeiten her, dass ich das gelesen habe. Jetzt lese ich *Siddhartha.*«

»Ah, Hesse. Auch nicht schlecht.«

»Klingt irgendwie indisch«, sagte Mabel mit gerümpfter Nase zu ihrer Enkelin.

»Es geht um Buddha.«

»*Aiya*, warum liest du was über Buddha? Du bist schließlich Christin, Lucia, vergiss bitte nicht, dass wir aus einer langen Tradition von Methodisten stammen.«

»Stimmt, Lucia, deine Vorfahren aufseiten deiner Urgroßmutter Rosemary, die Youngs, waren nämlich die ersten Christen Südchinas«, pflichtete Jacqueline ihr bei.

Lucia verdrehte die Augen. »Wären die englischen Missionare nach den Opiumkriegen nicht in China Amok gelaufen, wären wir jetzt übrigens alle Buddhisten.«

»Halt den Mund, *lah*! Widersprich Auntie Jacqueline nicht!«, schimpfte Mabel.

»Schon gut, Mabel. Lucia sagt doch nur, was sie denkt.«

Doch Mabel war nicht zu besänftigen. *»Nigo zaapzung syunneoi, zan hai seoi dou sei!«*[1], zischte sie Jacqueline böse zu.

»Ah Ma, ich verstehe jedes Wort!«, sagte Lucia empört.

1 Kantonesisch für »Diese Mischlingsenkelin raubt mir noch den letzten Nerv!«.

»Stimmt doch gar nicht. Und jetzt sei still und lies dein Buch!«

Mabels Tochter Cassandra Shang (in ihren Kreisen besser bekannt als »Radio One Asia«) betrat den Raum. Ihre Wangen waren noch ganz rosig von ihrem morgendlichen Ausritt. Jacqueline musste zweimal hingucken: Cassandras Haar, das sie normalerweise wie Frida Kahlo mit Mittelscheitel und strengem Knoten im Nacken trug, war heute völlig untypisch am Kopf entlanggeflochten und fiel ihr in sanften Wellen über den Rücken. »Cass, wann hab ich dich denn das letzte Mal mit offenen Haaren gesehen? Verfällst du zurück in die gute alte Slade-Zeit? Steht dir jedenfalls fantastisch!«

Mabel musterte ihre Tochter durch ihre Zweistärkenbrille. »*Cisin ah!*[1] Du bist doch keine zwölf mehr! Ist dir das nicht peinlich, sag mal?«

Cassandra war kurz versucht, ihrer Mutter unter die Nase zu reiben, dass ihre Lifting-Narben durchs allmählich dünner werdende Haar schimmerten, verkniff sich den Kommentar jedoch. Stattdessen ging sie lieber auf Jacquelines Kompliment ein. »Danke, Jac. Und du siehst wie immer geradezu unnormal perfekt aus. Neues Kleid?«

Jacqueline winkte bescheiden ab. »Nein, *lah*! Den Fetzen hab ich doch schon ewig.«

Cassandra lächelte. Ihr war sehr wohl bewusst, dass Jacqueline ein Einzelstück von Azzedine Alaïa trug. Allerdings konnte sie ohnehin anziehen, was sie wollte, und hätte noch in einem Kartoffelsack todschick ausgesehen. Cassandra trat an die Anrichte und nahm sich eine Toastecke, einen Klecks

1 »So was von verrückt!« auf Kantonesisch.

Marmite und dazu ein paar frische Pflaumen. Kaum hatte sie sich Jacqueline gegenübergesetzt, reichte ihr ein Diener ihren Morgencappuccino (aus frisch gerösteten, sortenreinen Kaffeebohnen) und ihr iPad.

»Danke, Paul.« Cassandra schaltete das Gerät an und stellte fest, dass ihr Posteingang ungewöhnlich voll war. Es war doch noch früh am Morgen! Die erste E-Mail stammte von ihrem Cousin Oliver in London:

OTSIEN@CHRISTIES.COM: Hast du die Fotos schon gesehen? Auweia! Ich kann mir bildhaft die Reaktion deiner Mutter vorstellen ...

CASSERASERA@GMAIL.COM: Welche Fotos?

Während sie auf seine Antwort wartete, öffnete sich eine Textnachricht ihrer Schwägerin India Heskeith Shang. Cassandra blickte vom iPad auf und verkündete in die Runde: »India hat mir gerade geschrieben – anscheinend hat Casimir heute Abend eine Vernissage im Central Saint Martins College. Er hat es niemandem verraten, aber sie fragt, ob wir ihn vielleicht überraschen wollen? Lucia, deine Mutter fragt, ob du Lust hättest, dir in London die neuesten Fotos von deinem Bruder anzugucken?«

»Wenn er wieder nur seine Freunde dabei fotografiert hat, wie sie ihr Curry vor irgendwelche Pubs kotzen, verzichte ich lieber.«

»*Aiya*, sag doch so was nicht. Das ist Kunst! Casimir hat letztes Jahr einen Preis für seine Fotos bekommen«, empörte sich Mabel, die wohl das Gefühl hatte, ihren Lieblingsenkel verteidigen zu müssen.

Da begriff Cassandra, dass Oliver vermutlich Casimirs Fotos meinte. »Also, ich fürchte, die Fotos sind ziemlich …

gewagt. Ich hab gerade eine Mail von Oliver bekommen, der hat sie anscheinend schon gesehen.«

»Ach, Oliver ist wieder in London? Kommt er auch zur Vernissage?«, fragte Mabel.

»Keine Ahnung, aber India schreibt jetzt, dass Leonard uns auf dem Weg von Southampton mit dem Hubschrauber abholen kann. Wir könnten doch alle zusammen zur Vernissage gehen und danach im Clarke's was essen.«

»*Alamak*, nicht schon wieder so ein geschmackloses englisches Dinner«, stöhnte Mabel.

Cassandra checkte ihre Facebookseite und schrie auf: »Oh mein Gott!« Sie schlug die Hand vor den Mund. Oliver meinte überhaupt nicht Casimirs alberne kleine Ausstellung. Er sprach von *diesen* Fotos hier.

»Liest du schon wieder irgendwelchen miesen Klatsch und Tratsch von deinen unglaubwürdigen *khang-thaus*[1]?«, fragte ihre Mutter verächtlich.

»Jacqueline, das musst du dir anschauen!«, sagte Cassandra und reichte ihr das iPad. Jacqueline warf einen Blick aufs Display. Das Foto zeigte Astrid auf einem Türmchen neben einem Elefanten.

»Kapier ich nicht. Was soll das sein?«

»Ach, du bist beim letzten Foto. Scroll mal nach oben, das ist eine ganze Serie.«

Jacqueline wischte über den Bildschirm, und ihre Augen wurden immer größer. »Sind die echt?«

»Sieht zumindest sehr danach aus.« Cassandra kicherte.

»Meine Güte …«

»Was ist denn?«, fragte Mabel.

1 Hokkien-Slang für »Kontakte« oder »Beziehungen«.

Jacqueline hielt ihr das iPad hin, und selbst von der gegenüberliegenden Seite des Tisches konnte Mabel die riesige Schlagzeile erkennen:

EXKLUSIV: FOTOS VON TECH-TITAN CHARLES WUS BOMBASTISCHEM HEIRATSANTRAG AN ASTRID LEONG – DABEI IST SIE NOCH VERHEIRATET!

»*Alamak!* Zeig her, zeig her!«, rief Mabel aufgeregt. Wortlos erschien ein Diener an Jacquelines Seite. Sie reichte ihm das iPad, und er brachte es folgsam um den Tisch herum zu Mabel. Lucia, die offensichtlich weniger vertieft in *Siddhartha* war, als sie vorgegeben hatte, beugte sich neugierig über die Schulter ihrer Großmutter und las laut vor:

»Die Tinte auf den Scheidungspapieren des Hongkonger Tech-Titanen Charles Wu ist noch nicht mal getrocknet, da hat er bereits mit einem völlig übertriebenen Antrag um die Hand seiner unglaublich attraktiven Freundin Astrid Leong angehalten. Das millionenschwere Spektakel im märchenhaften Mehrangarh-Fort in Jodhpur beinhaltete hundert Tänzerinnen und Musiker inklusive Bollywoodsuperstar Shah Rukh Khan höchstpersönlich sowie einen Elefanten, der den protzigen Verlobungsring überreichte. Den Fotos nach zu urteilen hat Astrid natürlich Ja gesagt – es gibt da nur ein kleines Problem: Soweit wir wissen, ist die hochwohlgeborene Schönheit immer noch mit Charlies Erzrivalen verheiratet, dem Tech-Genie Michael Teo aus Singapur.«

Mabel nahm das Foto unter dem Artikel in Augenschein. »*Aiya, hou sau gaa!*[1] Wann wurden die denn aufgenommen?«

1 »So eine Schande!« auf Kantonesisch.

»Letztes Wochenende, wie mir scheint«, antwortete Jacqueline.

»Letztes Wochenende? Ist Astrid nicht mit dem Rest der Familie in Singapur?«

»Sie hat sich wohl heimlich mit Charlie abgesetzt.« Cassandra schüttelte den Kopf. »Meine Güte, ich mag mir gar nicht ausmalen, wie wütend Felicity und Harry sind, wenn sie das rausfinden.«

»Das kommt ja noch dazu, aber vor allem ist es eine Katastrophe für ihre Scheidung. Damit bietet sie Michael doch eine unglaubliche Angriffsfläche. Arme Astrid!« Jacqueline seufzte.

Mabel schnaubte. »Von wegen arme Astrid! Statt in der Regenbogenpresse sollte sie lieber bei ihrer kranken Großmutter sein! Wie kann dieser Charlie Wu es wagen, ihr noch mal einen Antrag zu machen? Was der sich rausnimmt … Der will doch bloß zu unserer Familie gehören! Ich dachte, Felicity hätte sich schon vor Jahren darum gekümmert!«

»Ach, Mutter, die beiden lieben sich schon seit Ewigkeiten. Wenn Felicity sie damals in Ruhe gelassen hätte, wäre uns immerhin das Michael-Teo-Desaster erspart geblieben!«, sagte Cassandra.

»Es war goldrichtig von Felicity, diesem Unsinn ein Ende zu bereiten. Die Wus sind vollkommen inakzeptabel! Diese schreckliche Mutter – ich werde nie vergessen, was diese ordinäre Person mir angetan hat!«

»Was hat Irene Wu dir denn getan?«, fragte Jacqueline.

Cassandra verdrehte die Augen. »Fang bloß nicht wieder damit an, Mum! Das ist doch längst Schnee von gestern.«

»Diese Frau wollte mir meine Schneiderin stehlen! Ich hatte ein kleines Lädchen neben Fitzpatrick in der Dunearn

Road aufgetan, sooo praktisch, und die Besitzerin Minnie Pock konnte perfekte Kopien der Kleider von Nina Ricci, Scherrer und Féraud anfertigen.«

»Sag bloß, die Louis Férauds waren nicht echt? Ich hätte schwören können, dass du die aus seiner Boutique in Paris hattest!«, log Jacqueline.

Mabel nickte energisch. »Ja, ich habe alle geblendet. Aber dann kam Irene Wu und wollte die junge Frau Vollzeit für ihr billiges ›Anwesen‹ anheuern! Also musste ich sie selbst Vollzeit anstellen!«

»Du hast also gewonnen?«, fragte Jacqueline.

»Ja, aber so was darf doch nicht passieren! Ich musste noch mal *fast fünfzehn Prozent* auf Irene Wus Angebot drauflegen!«

»Mum, das war 1987. Jetzt komm mal langsam drüber weg«, sagte Cassandra.

»Leute wie die Wus … die wissen einfach nicht, wann es genug ist. Sieht man doch! Schon wieder ziehen die unseren Namen in den Dreck! Wer hat dir diesen Artikel überhaupt geschickt?«

»Den hat Mrs Lee Yong Chien auf ihrer Facebookseite gepostet.«

»Mrs Lee Yong Chien ist bei *Facebook?*«, stieß Mabel hervor. »Ich fasse es nicht! Die alte Schachtel kann sich doch nicht mal selbst die Augenbrauen nachziehen!«

»Das macht alles ihre Adoptivtochter Rosie für sie – wie eine Sklavin behandelt sie die! Seit Mrs Lee Facebook für sich entdeckt hat, postet sie wie eine Wahnsinnige. Ständig nervt sie die Leute mit Fotos von ihren Enkelkindern bei irgendwelchen Preisverleihungen oder von all den Beerdigungen, die sie besucht.«

»*Aiya*, wenn Mrs Lee es weiß, dann ist bald ganz Singapur im Bilde. Die erzählt doch sofort ihren Mah-Jongg-*kakis*[1] davon!«, mutmaßte Mabel.

»Ah Ma, ich glaube, du hast da was nicht verstanden«, klärte Lucia ihre Großmutter auf. »Der Artikel ist auf Facebook. Die ganze Welt kann ihn sehen.«

Mabel blickte betrübt drein. »Ach, ach, die arme Su Yi! Der Zeitpunkt ist denkbar ungünstig. Astrid war doch ihre letzte Hoffnung, nachdem ein Enkel nach dem anderen sie enttäuscht hat. Wie soll sie je ihren Frieden finden? Kein Wunder, dass sie schon wieder ihr Testament geändert hat!«

»Wie bitte?«, riefen Jacqueline und Cassandra wie aus einem Munde.

Jacqueline setzte sich kerzengerade hin. »Hatte Alfred es deswegen so eilig, nach Singapur zu kommen?«

Mabel bekam hektische Flecken. »*Aiya*, ich sollte doch nichts sagen!«

»Was denn sagen? Was hat Dad dir erzählt?«, bohrte Cassandra nach und beugte sich gespannt vor.

»Nichts, gar nichts!«

»Du bist so eine schlechte Lügnerin, Mum. Du weißt doch was. Na los, raus damit!«

Mabel starrte in ihre Porridgeschüssel und schien innerlich mit sich zu kämpfen.

»Ich seh schon …« Jacqueline seufzte und warf Mabel einen verstohlenen Seitenblick zu. »Es hat keinen Zweck.

1 Malaiischer Slang für »Kumpel«, »Kumpane«. Obwohl, kann man die schummelnden Schlangen, die einen bei jeder Mah-Jongg-Partie übers Ohr hauen, wirklich Kumpaninnen nennen?

Deine Mutter vertraut uns eben nicht. Nach all den Jahren! Irgendwie traurig …«

»*Aiya*, ihr beiden! Ich weiß doch, was für Plappermäuler ihr seid. Ihr müsst mir versprechen, nichts zu verraten, okay?«

Die beiden Frauen nickten eifrig wie brave Schulmädchen.

Mabel, die umgeben von Personal aufgewachsen war und für gewöhnlich in dessen Gegenwart ganz offen und ungezwungen redete, suchte ausnahmsweise Blickkontakt mit dem Butler George, der sofort verstand. Hastig gab er den vier Dienern ein Zeichen, und schon zogen sich alle diskret zurück.

Kaum hatte sich die Tür hinter ihnen geschlossen, sagte Mabel in gedämpftem Tonfall: »Ich weiß, dass dein Vater vorgestern ein wichtiges Treffen mit den Anwälten von Tan und Tan hatte. Alles ganz geheim. Und dann ist Freddie Tan zu Su Yi gefahren. *Allein.*«

»Hmmm.« Dieses neue Detail musste Jacqueline erst mal verdauen.

Cassandra zwinkerte ihr zu. »Keine Sorge, du stehst schon noch im Testament.«

Jacqueline lachte unbekümmert. »Ach komm, ich bin die *Letzte*, die erwarten würde, in Su Yis Testament bedacht zu werden. Sie war über die Jahre schon so großzügig zu mir.«

»Ich wüsste zu gern, was sie diesmal geändert hat«, grübelte Cassandra.

»Na ja, bis zu diesen Fotos hätte ich darauf gewettet, dass Astrid vielleicht doch noch eine Chance auf Tyersall Park hat«, sagte Jacqueline.

»Astrid? Niemals, *lah*!«, beharrte Mabel. »So altmodisch,

wie Su Yi ist, würde sie das Haus unter keinen Umständen einem *Mädchen* vererben. Dann könnte sie es ja gleich ihren Töchtern vermachen!«

»Wenn die Frauen ausscheiden, tippe ich auf Eddie«, sagte Cassandra. »Ich hab gehört, er legt sich gerade so richtig ins Zeug, Enkel Nummer eins zu werden. Angeblich weicht er ihr kaum von der Seite.«

»Da wär ich mir nicht so sicher. Su Yi hat mir selbst gesagt, dass sie Eddie nicht ernst nehmen kann«, widersprach Jacqueline.

»Dann gehen ihr aber langsam die Kandidaten aus«, warf Mabel ein. »Und sie würde doch nie zulassen, dass die Leong-Jungs das Haus in die Finger bekommen. Dann vielleicht die Aakaras?«

Cassandra schnaubte. »Das wäre ja geradezu absurd! Würde sie Tyersall Park wirklich diesen ausländischen Enkeln vererben und Philip und Nicky leer ausgehen lassen? Das sind immerhin die einzigen echten Youngs, die noch übrig sind. Kann ich mir nicht vorstellen.«

»Vielleicht hat sie sich ja umentschieden und Nicky wieder als Haupterben eingesetzt?«, meinte Jacqueline.

»Auf keinen Fall. Er darf das Haus nicht mal mehr betreten!«, sagte Cassandra. »Meinen Quellen zufolge steht er jeden Tag um Gnade winselnd vor verschlossener Tür. Wieso sollte sie ihm Tyersall Park da vererben?«

Mabel verzog das Gesicht. »So ein Dummkopf. Hat alles aufgegeben für dieses hässliche Entlein.«

»Ach komm, *lah*«, widersprach Jacqueline. »Sie ist nicht hässlich. Eigentlich ist sie sogar ziemlich hübsch. Wenn auch nicht die Art von Schönheit, die man bei Nicky erwartet hätte.«

»Ich weiß genau, was du meinst«, pflichtete ihr Cassandra bei. »Rachel ist eine durch und durch konventionelle Schönheit. Stil hat sie jedenfalls keinen.«

Jacqueline lächelte. »Ich würde ihr zu gern den Rat geben, sich die Haare zehn Zentimeter wachsen zu lassen. Diese Schulterlänge ist so was von *amerikanisch.*«

Cassandra nickte eifrig. »Und die Nase ist ein klitzekleines bisschen zu rund. Die Augen könnten auch einen Tick größer sein.«

»Und angeblich hat sie beim Sitzen eine mangelhafte Haltung. So was von gewöhnlich!« Mabel rümpfte die Nase.

»Boah, das kann ich mir echt nicht mehr anhören!«, fauchte Lucia und schob geräuschvoll ihren Stuhl zurück. »Rachel ist doch kein Pudel bei der Hundeausstellung! Was kümmert es euch, wie sie aussieht, solange sich die beiden lieben? Onkel Nicky hat alles für sie aufgegeben, das ist sooo romantisch! Ich würde sie echt gern kennenlernen. Außerdem liegt ihr alle meilenweit daneben – ich weiß, was mit Tyersall Park geschieht, und zwar garantiert nicht, was ihr denkt!«

»Halt den Mund, Lucia! Deine Fantasie geht mal wieder mit dir durch«, tadelte Mabel.

»Pfff, du und Auntie Cassie tratscht den lieben langen Tag, dabei habt ihr keine Ahnung von nichts! Hört ihr Grandpa und Daddy überhaupt zu?« Mit diesen Worten stürmte Lucia aus dem Frühstückszimmer. Die Damen starrten ihr mit offenem Mund hinterher.

Cassandra fing sich als Erste. »So ein Blödsinn!«

Mabel schüttelte entgeistert den Kopf. »Nicht zu fassen, was dieses Mädchen sich herausnimmt. Ich habs ja gesagt, die Bedales School ist nicht das Richtige für sie. Diese Lehrer ermutigen sie zu solcher Aufmüpfigkeit! Meine Güte, damals bei uns im Konvent[1] hätte es das nicht gegeben. Die Nonnen hätten mich mit dem Lineal grün und blau geschlagen, wenn ich es gewagt hätte, so zu reden. *Neh kor suey neui moh yong, gae!*[2]«

Jacqueline verzog nachdenklich das Gesicht. »Ganz im Gegenteil, Mabel. Ich glaube, sie kann uns noch sehr nützlich werden. Dieses Mädchen ist wesentlich schlauer, als ich dachte …«

1 Wie so viele andere gutsituierte Frauen aus ihrer Generation hat Mabel das altehrwürdige Convent of the Holy Infant Jesus in Singapur besucht. Heutzutage haben sich die Nonnen längst zur Ruhe gesetzt, und allem Anschein nach wird dort auch keine körperliche Züchtigung mehr ausgeübt.

2 »So was von nutzlos, dieses Mädchen!« auf Kantonesisch. (Ein Satz, den sich kantonesische Töchter seit Anbeginn der Zeit anhören müssen.)

5

PULAU CLUB, SINGAPUR

Der ehrenwerte Godfrey Loh, seines Zeichens Oberster Richter, traute seinen Ohren nicht.

»Wow, das sieht echt geil aus«, drang es aus der benachbarten Toilettenkabine. »Fucky fuck! Hast du eine Nahaufnahme? Schick mir mal eine. Bitte, bitte!«

Was in drei Teufels Namen ging da vor sich?

»Moment, das Bild lädt noch, das WLAN hier drin kann man echt vergessen. Oh mein Gott … ja, jetzt ist es angekommen. Boah! Hammer! Sieht das geil aus!«

Sieht sich da etwa jemand auf der Toilette schmutzige Fotos an? Aber wer? Klingt nach einem Hongkonger. Würde auch passen, in Hongkong laufen nur Perverse rum. Was will man von einem Land erwarten, in dem man sich schon am Flughafen Schweinkram-Zeitschriften kaufen kann!

»Ja, ist echt tropfnass, sehe ich. Ich würde da gern mal dran lecken, haha! Komm schon, mach hin, lange halte ich's nicht mehr aus!«

Hat dieser Perversling jetzt tatsächlich Telefonsex direkt neben mir? Godfrey hatte genug. Er eilte aus der Kabine zum

Waschbecken und wusch sich die Hände mit doppelt so viel Seife wie sonst. Allein vom Zuhören fühlte er sich schmutzig.

»Ich kanns kaum erwarten, das erste Mal ganz langsam den Fuß reinzuschieben.«

Bitte was?! Der Mann gehörte weggesperrt! Godfrey schlug mit der Faust gegen die Kabinentür. »Sie sind eine Schande für diesen Club, Sie Schweinigel!«, schimpfte er. »Ihre Ferkeleien können Sie zu Hause machen, aber doch nicht hier auf der Toilette!«

Auf der anderen Seite der Tür sah Eddie überrascht von seinem Handy auf. »Sorry, irgend so ein Freak hat hier gerade gegen die Tür gehämmert, keine Ahnung, was der wollte. Ist aber auch nichts Neues in Singapur. Wann ist die letzte Lackschicht denn nun trocken? Jetzt machs nicht so spannend, Carlo, ich will diese Schuhe endlich haben!«

»Dauert nicht mehr lange, noch ein paar Tage, würde ich sagen. Wenn diese Schicht trocken ist, kommt noch eine letzte drauf, und dann sind sie fertig. Wir schicken sie dir dann per Expresskurier.«

»Mein Onkel Taksin, übrigens ein thailändischer Prinz, weiß gar nicht, ob ich das mal erzählt hatte … ich kanns jedenfalls kaum erwarten, dass der mich darin sieht. Taksin trägt maßgefertigte Lobbs, seit er fünf ist. Wenn einer die zu schätzen weiß, dann er, das sag ich dir.« Eddie betrachtete verliebt das Foto seines neuen Paars Marini-Schuhe. Die spezialangefertigten lapisblauen Slipper mit den kleinen Quasten wurden in Marinis Atelier in Rom gerade glasiert. Der Vorgang dauerte insgesamt etwa vier Wochen, und Schuhmacher Carlo hatte Eddie in dieser Zeit mit Fotos über den Fortschritt auf dem Laufenden gehalten.

»Bis zum Wochenende sind sie da«, versprach Carlo.

Eddie legte auf, zog sich die Hose hoch, spülte und ging zurück ins Lookout, das gemütliche Lokal mit Blick auf das Naturschutzgebiet, in dem sich Singapurs ältester und exklusivster Country Club befand.[1]

Er setzte sich wieder zu der großen Runde aus Verwandten, die auf Einladung von Auntie Felicity zum Mittag zusammengekommen war, und fragte seine Frau: »Hast du mir die Rindfleischspieße und den Reis mit Hühnchen bestellt?«

»Ähm … es hat noch keiner was bestellt«, antwortete Fiona und sah ihn seltsam an. Erst jetzt bemerkte Eddie, dass alle schwiegen und Felicity ansahen, deren Augen ganz rot und verquollen vom Weinen waren. Seine Mutter Alix fächelte ihr mit einer Speisekarte Luft zu.

»Was ist denn passiert?«, fragte Eddie im Flüsterton. »Ist was mit Ah Ma?«

»*Aiya*, Ah Ma geht es gut, Auntie Felicity hat nur gerade etwas Schlimmes erfahren.«

»Was denn?« Eddie war genervt. Da war man mal zehn Minuten auf der Toilette, und schon hatte man den gesamten ersten Akt verpasst!

»Also ich persönlich halte das alles für viel Lärm um nichts«, sagte Auntie Cat gerade beruhigend zu Felicity. »Es war ja sonst nicht viel los diese Woche, da ist so was für die Presse ein gefundenes Fressen.«

»Genau, in ein paar Tagen kräht kein Hahn mehr danach«, stimmte Onkel Taksin zu.

1 Falls es gerade so klang, als hätte Eddie sich nicht die Hände gewaschen, so ist das vollkommen richtig.

Eddie, der in der Mitte des langen Tisches saß, räusperte sich laut. »Könnte mir bitte mal jemand erklären, worum es hier geht?«

Alistair reichte ihm sein Handy. Paparazzibilder von Astrid und Charlie Wu in Indien! Eddie scrollte aufgeregt durch die Fotos. Sein Puls beschleunigte sich. Junge, Junge! Seine ach so perfekte, unfehlbare Cousine hatte endlich mal so richtig ins Klo gegriffen! Was Ah Ma wohl sagen würde, wenn sie das hörte? Einer nach dem anderen verabschiedete sich seine Konkurrenz, bis nur noch er im Rennen um Tyersall Park war. Er überflog die Hunderte Kommentare unter den Fotos:

Wah! Wunderschön! So eine Verlobung hätte ich auch gern.
-AngMohKioPrincess

Was für eine unglaubliche Geldverschwendung! Da geben diese Crazy Rich Asians für einen einzigen Tag so viel Geld aus, und gleichzeitig haben 75 Millionen Inder kein Trinkwasser!
-clement_desylva

Astrid sieht hammermäßig aus. Charlie Wus Zeit scheint endlich gekommen!
-shoikshoik69

Eine Erinnerung blitzte in Eddie auf, etwas, dem er bis jetzt keine Beachtung geschenkt hatte. *Seine Zeit ist endlich gekommen.* Vor ein paar Tagen hatte Freddie Tan, Anwalt seiner Großmutter und Seniorpartner in Singapurs angesehenster Kanzlei Tan und Tan, Tyersall Park einen Überraschungsbesuch abgestattet. Bis auf Bischof See war er der einzige Außenstehende, der das Allerheiligste hatte betreten dürfen, das Schlafzimmer seiner Großmutter. Der tadellos gekleidete weißhaarige Mann hatte eine schicke Dunhill-Aktentasche dabeigehabt und war ziemlich lange bei Su Yi geblieben. Nach einer Weile wurden auch Professor Oon und der andere Arzt dazugebeten. Waren sie vielleicht als Zeugen der Testamentsunterzeichnung eingesprungen? Eddie lungerte natürlich die ganze Zeit vor der Tür herum wie ein Hund, der auf Essensreste hoffte. Als Freddie endlich wieder herauskam, musterte er Eddie prüfend einmal von oben bis unten, von der Krawatte bis zu den Brogues, und sagte dann: »Du bist doch Alix Youngs Ältester, oder? Als ich dich das letzte Mal gesehen habe, warst du noch ein Teenager und hattest keine Ahnung von nichts. Aber jetzt scheint deine Zeit gekommen, hm?«

Daraufhin unterhielten sie sich noch ein paar Minuten, Freddie erkundigte sich nach Eddies Frau und den Kindern. In dem Moment hatte Eddie sich noch gewundert, wieso ein Mann, der sich noch nie für ihn interessiert hatte, auf einmal eine freundliche Unterhaltung mit ihm anfing, als wäre er sein wichtigster Kunde. Aber nun ergab alles plötzlich Sinn: Hatte seine Großmutter ihn etwa zum Erben von Tyersall Park erklärt? Hatte Freddie deshalb gesagt, seine Zeit sei gekommen?

Während er diese Erkenntnis noch verarbeitete, hörte er Alistair neben sich sagen: »Also ich finde, Astrid trifft da wirklich keine Schuld. Woher sollte sie wissen, dass da Paparazzi waren? Sie hatte das garantiert als sehr privaten Moment geplant.«

Fucky fuck!, dachte Eddie böse. Was verteidigte Alistair denn jetzt hier Astrid? Kapierte der nicht, dass sie diese Gelegenheit nutzen mussten? Gerade jetzt, wo er selbst den ganzen Kladderadatsch erben sollte. Schnell unterbrach er seinen Bruder: »Es tut mir wirklich unendlich leid, dass du in so einen grässlichen Skandal verwickelt wurdest, Auntie Felicity. Eine Schande ist das!«

Alix warf ihrem Sohn einen warnenden Blick zu. *Jetzt mach es doch nicht noch schlimmer!*

Da meldete Victoria sich zu Wort. »Also ich stimme Eddie da ehrlich gesagt zu. Es ist wirklich eine Schande. Kaum zu glauben, dass Astrid so leichtsinnig war.«

Felicity zupfte ein weiteres Taschentuch aus ihrem Jim-Thompson-Seidentäschchen und trompetete hinein. »Dieser hoffnungslose Fall von einer Tochter! Unser ganzes Leben geben wir uns die größte Mühe, sie vor der Presse zu schützen, geben so viel Geld aus, um sie vor unwillkommener Aufmerksamkeit zu schützen. Und das ist nun der Dank!«

Am anderen Ende des Tisches flüsterte Piya Aakara ihrem Mann ins Ohr: »Was ist denn eigentlich das Problem? Ihre Tochter hat sich gerade verlobt, und die Bilder sehen super aus. Wieso freut sie sich denn nicht für Astrid?«

»Ich glaube, Auntie Felicity hat ein Problem mit dem Typen, der ihr den Antrag gemacht hat«, flüsterte Adam zurück. »Und meine Familie hat generell etwas dagegen, in der Zeitung zu stehen.«

»Sogar beim *Tattle*?«

»Gerade beim *Tattle*!«, quakte Victoria dazwischen, die Piyas und Adams Unterhaltung gehört hatte. »Dieses abscheuliche Blatt! Ich habe ja seinerzeit selbst ein paar Artikel dafür geschrieben, in den Siebzigern. Aber dann meinte der eine Redakteur eines Tages zu mir, meine Texte hätten zu viel Kultur. Das hat er wirklich so ausgedrückt. Und dann meinte er noch, das werde ich nie vergessen, ›wir brauchen nicht noch mehr Geschichten über die aufstrebende chinesische Kunstszene, wir dachten, du schreibst was über deine Verwandten! Deshalb haben wir dich doch eingestellt!‹ Da habe ich auf der Stelle gekündigt.«

Eddie fachte das Feuer noch weiter an. »Ich meine, es ist eine Sache, wenn *Tattle* oder *Town & Country* über einen schreiben. Über mich schreiben die zum Beispiel ständig. Nur kurz fürs Protokoll, Piya: Fiona und ich waren einmal gemeinsam auf dem Cover des *Hong Kong Tattle*, und ich insgesamt dreimal. Aber die Fotos von Astrid auf so einer billigen Klatschseite im Internet zu sehen, das ist eine ganz andere Geschichte. Als wäre sie eine Schauspielerin oder eine Pornodarstellerin. Wie diese Kitty Pong damals, mit der Alistair kurz was hatte.«

»Zum hundertsten Mal: Kitty hat keine Pornos gemacht!«, sagte Alistair empört. »Das war irgendeine andere, die ihr nur sehr ähnlich sah!«

Eddie überging seinen Bruder einfach. »Am schlimmsten an der ganzen Sache finde ich aber, dass Astrid aus Singapur abhaut, während Ah Ma so krank ist. Wir anderen sind alle hier und wollen jeden kostbaren Moment mit ihr verbringen, der uns noch bleibt.«

»Eigentlich sollte sie unsere Familie bei Prinz Ismails Hochzeit in Malaysia vertreten!«, schimpfte Felicity und schniefte verärgert. »Und sie hintergeht uns einfach so! Fliegt ausgerechnet nach Indien und verlobt sich auf einem Elefanten! Für wen hält sich Charlie Wu eigentlich? Für einen Maharadscha, oder was?«

»So was von geschmacklos«, stimmte Victoria zu. »Typisch Wu, die sind alle so.« Sie schüttelte den Kopf. »Wusstet ihr, dass seine Mutter mal versucht hat, Mabel Shang die Schneiderin abspenstig zu machen? Das muss man sich mal vorstellen! Zum Glück konnte Mabel das Mädchen wieder aus ihren Klauen befreien. Die hatte nämlich richtig Talent! Ich hab mir damals mehrere sehr hübsche Jacquardblusen aus Seide von ihr nähen lassen, die sahen wirklich genauso aus wie die von Liz Claiborne, die Lillian May Tan mir aus den USA mitgebracht hatte. Hat sie eins zu eins kopiert. Eine hab ich Mummy geschenkt, die war begeistert, und dir hatte ich doch auch eine gegeben, Cat? 1992 muss das gewesen sein.«

Catherine wurde rot, fing sich jedoch gleich wieder. »Ja, weiß ich noch, die war wunderschön!« In Wahrheit hatte sie das scheußliche Ding sofort an eins ihrer Dienstmädchen weitergegeben.

Eddie setzte eine besorgte Miene auf. »Ich habe Charlie Wu übrigens in Davos getroffen. Der hat es nicht mal für nötig gehalten, bei der wichtigsten Konferenz der Welt einen vernünftigen Anzug zu tragen! Ach Gott, vielleicht sind die beiden jetzt schon auf dem Weg nach Singapur? Was, wenn Astrid ihren Verlobten mit hierherbringt und Ah Ma vorstellen will? Oder noch schlimmer, dessen Mutter? Am Ende regt sich Ah Ma wieder auf. Wollen wir das wirklich riskieren? Wo ihr Zustand doch gerade so kritisch ist …«

»Die soll sich unterstehen, mit diesem Mann hier anzutanzen! Und erst recht nicht mit dessen diebischer Mutter!«, stieß Victoria abfällig hervor.

»Das wird sie schön bleiben lassen, dafür sorge ich schon«, verkündete Felicity entschlossen. »Das Mädchen wird einen

Teufel tun und sich auch nur in die Nähe von Tyersall Park wagen!«

Eddie drehte sich schnell zum Fenster um und schaute hinaus auf den Golfplatz, damit niemand sein zufriedenes Grinsen sah. Nicky durfte Tyersall Park nicht mehr betreten und seine größte Unterstützerin nun auch nicht mehr. Besser konnte es wirklich nicht laufen. Und dann waren da noch seine sexy Maß-Marinis, die sich auf dem Weg zu ihm befanden!

6

PORTO FINO ELITE ESTATES, SCHANGHAI

Der Bentley Mulsanne in Fountain Blue hatte kaum vor dem Eingang gehalten, als ein Bodyguard vom Beifahrersitz sprang und Araminta Lee Khoo die Hecktür öffnete. In ihrem trägerlosen Delpozo-Minikleid mit dem paillettenbesetzten rosa Rockteil und der großen Schleife in kontrastierendem Gelb bot sie den wartenden Paparazzi einen atemberaubenden Anblick.

»Araminta, Araminta! Hier!«

»Bitte, Araminta, hierhergucken! Posier für uns!«

Araminta blieb vor der Treppe stehen, die mit rotem Teppich ausgelegt war, drehte sich kokett in Richtung der Fotografen, stützte die Hand in die Hüfte und präsentierte mit der anderen nonchalant ihre exquisite Suzy-Wong-Minaudière von Neil Felipp.

Vor der frisch lackierten Tür ihres Anwesens standen Kitty und Jack. Kitty trug eine taubenblaue Federexplosion von Armani Privé und nutzte die Gelegenheit, zum ersten Mal ihre Chaumet-Ohrringe zur Schau zu stellen, eine Kombination aus antiken burmesischen Saphir-Cabochons und neuen Diamanten. Jack trat unbehaglich von einem Bein aufs andere – womöglich lag das an seiner schwarzen Skinnyjeans und der weißen Balmain-Smokingjacke mit Schalkragen, die zwar maßgeschneidert war, jedoch zwei Nummern zu klein wirkte.

»Minty! Du bist ja doch da!« Kitty beugte sich vor und küsste übertrieben die Luft, woraufhin ein weiteres Grüppchen von Fotografen neben der Eingangstür wie wild den Auslöser betätigte.

»Mein Yoga-Retreat in Moganshan ist ja quasi um die Ecke, da konnte ich mich problemlos für einen Abend abseilen«, sagte Araminta.

»Ich freu mich jedenfalls sehr. Jetzt kannst du auch endlich meinen Mann kennenlernen. Jack, das ist meine beste Freundin aus Singapur, Araminta Lee, äh, ich meine Khoo.«

»Sehr erfreut«, sagte Jack förmlich.

»Schön, dich endlich kennenzulernen! Es kommt mir vor, als würden wir uns schon ewig kennen!« Araminta wollte Jack mit Wangenküsschen begrüßen, doch der riss instinktiv den Kopf zurück, als er ihre glänzenden Lippen auf sich zukommen sah. Kitty rammte ihm den Ellbogen zwischen die Rippen, woraufhin Jack sich prompt wieder Richtung Araminta beugte und ihr den Kopf vor die Stirn knallte.

»*Aiya!*«, stöhnte Jack. Araminta wirkte einen Augenblick lang benebelt, dann fing sie sich wieder und tat das Missgeschick mit einem Lachen ab.

»Oh Gott, Entschuldigung. Mein Mann ist so aufgeregt! Das ist er immer in der Gegenwart von Supermodels.«

Araminta betrat das Haus, während Kitty ihren Mann mit Blicken tötete. »Kriegst du nicht mal einen normalen

Euro-Fashionista-Dreifach-Kuss zustande? Du kannst froh sein, dass du ihr keine Gehirnerschütterung verpasst hast!«

Jack zischte: »Sag noch mal schnell, wozu wir uns diesen ganzen Zirkus antun.«

»Schatz, die *Vogue China* hat uns persönlich dazu auserkoren, die bedeutendste Party der Shanghai Fashion Week zu veranstalten! Alle wichtigen *laowais*[1] sind unter den Gästen! Weißt du, wie viele Leute die Organe ihrer Hausangestellten verkaufen würden, um dabei zu sein? Also hör endlich auf zu jammern!«

»Was für eine riesige Zeitverschwendung …«, brummelte Jack.

»Zeitverschwendung? Weißt du überhaupt, wer das gerade war?«

»Na, irgendein dämliches Model.«

»Von wegen irgendein Model – das war die Frau von Colin Khoo.«

»Und wer soll das sein?«

»Jetzt tu nicht so, das ist der Erbe des Khoo-Vermögens aus Singapur. Und abgesehen davon ist Araminta das einzige Kind von Peter Lee. Den wirst du ja wohl kennen, immerhin war er der erste Chinese mit einer Milliarde US-Dollar.«

»Nach dem kräht doch kein Hahn mehr. Außerdem ist mein Vermögen um ein Vielfaches größer.«

»Du hast vielleicht mehr Geld, aber die Lees haben mehr Einfluss. Kapierst du nicht, dass ich dich hier den einflussreichsten Leuten der Welt vorstelle?«

1 Abwertender Ausdruck für Kaukasier auf Mandarin, bedeutet so viel wie »fremd/weiß/kaukasisch«.

»Diese Leute machen Klamotten. Was für einen Einfluss sollen die bitte schön haben?«

»Du hast echt keine Ahnung. Die ganze Welt dreht sich um diese Leute. Die High Society von Schanghai reißt sich um sie. Überleg doch mal, wer alles hier ist – Adele Deng, Stephanie Shi. Schau mal, da kommt gerade die First Lady …«

»Und Mozart hat sie auch mitgebracht.«

»Das ist doch nicht Mozart, Herrgott noch mal, das ist Karl Lagerfeld! Das ist ein wahnsinnig berühmter Mann – der König der Modewelt!«

»Was soll das denn schon wieder heißen?«

»Der ist so mächtig, der muss bloß einmal die Nase rümpfen, und schon hab ich bis in alle Ewigkeit Hausverbot bei Chanel. Das wäre mein Todesurteil, also bitte benimm dich.«

Jack schnaubte. »Okay, ich versuche, nicht in seine Richtung zu furzen.«

Nachdem Kitty alle VVIP-*laowais* begrüßt hatte, verzog sich Jack bis zum Dinner in sein Heimkino (»Solange du rechtzeitig zu meinem Toast da bist und Peng Liyuan irgendwann im Laufe des Banketts von dir ein Kompliment zu ihrem Gesang bekommt, kannst du machen, was du willst«, hatte Kittys Ansage gelautet). Kitty hingegen hatte endlich ihren großen Auftritt. Im Prinzip war die ganze Party lediglich ein Vorwand, der Welt die neue Inneneinrichtung ihres Hauses zu präsentieren. Jetzt stand sie auf den Stufen zum ehemaligen großen Salon, den sie in Salon Grande umbenannt hatte, und ließ den Blick über die Köpfe der Gäste schweifen.

Keine Spur mehr von Colettes PuLi-Hotel-Zen-Dekor.

Stattdessen hatte Thierry Catroux alles unter das Thema »Ming-Kaiser trifft Napoleon im Studio 54« gestellt – zwischen italienischen Sechziger-Mod-Möbeln aus Leder und Plexiglas auf seltenen Aubusson-Teppichen standen Vasen aus der Ming-Dynastie. Die monochromen grauen Schikumen-Ziegelsäulen waren nun mit tibetischem Yakfell verhängt, das in schimmernden Orangetönen eingefärbt war. Die fünfundzwanzig Meter lange östliche Wand war in Anlehnung an die Wolkenzerstreuende Halle im Pekinger Sommerpalast komplett mit einer purpurroten Gitterstruktur bedeckt. Colettes geliebte Sammlung schwarz-weißer kalligrafischer Rollbilder war von der neuen Hausherrin in den Museumsflügel verbannt worden, und an ihrer Stelle hingen nun riesige Gemälde von Andy Warhol, Jean-Michel Basquiat und Keith Haring in antiken Rokoko-Goldrahmen. Kittys Gäste scharten sich um sie und schwärmten von der radikalen Verwandlung.

»Einfach unglaublich, Kitty«, sagte Pan TingTing.

»Ja, alles ist so … originell!«, pflichtete Adele Deng ihr bei.

»Du hast dem Haus wirklich deinen ganz persönlichen Stempel aufgedrückt«, sagte Stephanie Shi lächelnd.

»Voll der Trip! Jetzt fehlen nur noch die Quaaludes!«, sagte Michael Kors.[1]

Irgendwann rettete Araminta sie aus dem Small-Talk-Strudel und drückte ihr ein Glas Champagner in die Hand. »Ich dachte, du könntest mal einen Drink gebrauchen. Du bist ja nonstop unterwegs.«

1 Michael, ohne dich ist *Project Runway* einfach nicht mehr dasselbe. Komm zurück! Bitte!

»Oh, danke schön. Es sind aber auch alle sooo nett. Bis auf den grässlichen Engländer da drüben, der sich gerade mit Hung Huang unterhält.«

»Philip? Aber der ist doch sonst immer so charmant!« Araminta runzelte erstaunt die Stirn.

»Charmant? Weißt du, was dieser Snob zu mir gesagt hat? Als ich ihn gefragt hab, was er beruflich macht, meinte der doch tatsächlich: ›Millionär!‹«

Araminta bog sich vor Lachen. Als sie wieder Luft bekam, stieß sie hervor: »Nein, nein, das hast du falsch verstanden!«

Aber Kitty war jetzt richtig in Fahrt. »Also hab ich zu ihm gesagt: ›Schön für Sie, ich bin Milliardärin!‹«

Araminta wischte sich die Lachtränen weg und erklärte: »Kitty, dein englischer Snob ist Philip Treacy. Er ist kein Millionär, sondern *milliner* – Hutmacher. Und zwar einer der besten überhaupt. Guck mal, Perrineum Wang trägt eins seiner Modelle.«

Kitty entdeckte die junge Schanghaier Schickeriatussi – oder eher gesagt die gigantische fleischfarbene Scheibe mit dem schimmernden Seestern aus pinken Rubinen, die gut achtzig Prozent ihres Gesichts bedeckte. »Kein Wunder, dass er mich so komisch angeguckt hat.«

»Oh Mann, Kitty, du bist echt der Knaller!« Araminta lachte immer noch, als ihr plötzlich jemand von hinten die Augen zuhielt.

»He, wer ist das?«, kicherte sie.

»Dreimal darfst du raten«, flüsterte ihr ein Mann mit übertriebenem französischem Akzent ins Ohr.

»Bernard?«

»Non.«

»Äh … Antoine?«

»Non.«

»Etwa Delphine? Nein, ich geb auf!« Araminta drehte sich um und erblickte einen eleganten Chinesen mit Dreiteiler und kleiner runder Schildpattbrille, der sie breit angrinste.

»Oliver T'sien, du Schlawiner! Du hast mich total aus dem Konzept gebracht mit diesem albernen Akzent.« Araminta kicherte. »Oliver, kennst du schon die Herrin dieses … äh … zauberhaften Anwesens, Kitty Bing?«

»Ich hatte gehofft, du würdest sie mir vorstellen«, schmeichelte Oliver.

»Kitty, das ist Oliver T'sien, ein alter Freund aus Singapur … und … sind wir nicht sogar verwandt inzwischen? Durch Colin? Oliver ist quasi mit jedem Asiaten von Rang und Namen verwandt, und er ist Berater bei Christie's.«

Kitty schüttelte ihm die Hand und sagte höflich: »Freut mich, dich kennenzulernen. Du arbeitest also bei Christie's, dem Auktionshaus?«

»Ganz genau.«

»Oliver ist einer der gefragtesten Experten für asiatische Kunst und Antiquitäten«, erklärte Araminta.

»Hmm … Ich hab da eine kleine Pferdeskulptur in der Bibliothek, die ich dir gern zeigen würde«, sagte Kitty. »Mein Mann behauptet steif und fest, die wäre aus der Tang-Dynastie, aber ich glaub eher, das ist eine Fälschung. Die ist noch von seiner Exfrau.«

»Stets zu Diensten, Madame.« Oliver streckte den Arm aus. Sie gingen zusammen in die Bibliothek, und Kitty führte ihn zu dem prachtvollen Boulle-Schrank aus Makassar- und Gabun-Ebenholz in der Ecke. Sie drückte gegen die Intarsien aus Schildpatt und Goldbronze, woraufhin die Tür nachgab und einen Geheimgang in Jack Bings private Raucherlounge offenbarte.

»Wow, welch ein Anblick!« Oliver sah sich beeindruckt in dem dekadent ausstaffierten Raum um.

Kaum hatte sie die Tür geschlossen, ließ Kitty sich in einen der Napoleon-III.-Samtsessel mit Troddeln fallen und stieß einen erleichterten Seufzer aus. »Endlich sind wir allein! Was meinst du, wie läufts?«

Was ihre Gäste, und vor allem ihre Freundin Araminta, nicht wussten: Kitty kannte Oliver sehr gut. Im Laufe der letzten Jahre hatte er sie beraten und entscheidend am Kauf des *Palasts der achtzehn Vollkommenheiten* mitgewirkt, einer Reihe von kostbaren chinesischen Rollbildern, die vor zwei Jahren bei einer Auktion alle Rekorde gebrochen hatte und seither als teuerstes chinesisches Kunstwerk aller Zeiten galt.

»Keine Sorge. Alle sind hellauf begeistert. Ist dir aufgefallen, dass Anna sogar die Sonnenbrille abgenommen hat, um deine Qianlong-Drachenvase zu begutachten?«

»Nein, das hab ich gar nicht mitbekommen!«

»War auch nur ganz kurz, aber ich habs genau gesehen. Und ich hab vorhin mit Karl gesprochen – wenn alles gut geht, sitzt du nächste Saison in Paris in der ersten Reihe.«

»Du bist echt ein Genie, Oliver! Allerdings sollte man meinen, neun Millionen Dollar im Jahr bei Chanel auszugeben würde reichen, um bei der Schau in der ersten Reihe zu sitzen.«

»Ich sags dir, nächste Saison sitzt du auf dem besten Platz! Siehst du? Du musst dir wirklich keine Gedanken machen. Aber jetzt sollten wir langsam wieder zurück, nicht dass jemand Verdacht schöpft. So lange braucht kein Mensch, um sich ein Tang-Pferd anzuschauen. Eine Fälschung ist das übrigens nicht, aber so ein Staubfänger steht in der Park Avenue auf jedem Couchtisch neben dem obligatorischen Stapel Coffeetable-Bücher. Schmeiß das Teil weg oder lass es bei Sotheby's versteigern – irgendein Kulturbanause kauft es garantiert.«

Als Oliver und Kitty gerade aus dem geheimen Zigarrensalon treten wollten, kam eine Gruppe von Frauen in die Bibliothek. Oliver spähte durch den Türspalt im Schrank und flüsterte Kitty zu: »Das sind Adele Deng, Stephanie Shi und Perrineum Wang!«

Da ertönte auch schon Stephanies Stimme. »Na, Kitty hat ja echt jede Spur von Colette ausgemerzt. Wie findet ihr den Picasso da überm Schreibtisch?«

»Ich kann Picasso echt nicht mehr sehen. Jeder frischgebackene Milliardär in Peking hat einen«, sagte Adele Deng abfällig. »In den letzten zwanzig Jahren seines Lebens hat der Typ geackert wie eine verzweifelte Hure und vier Bilder pro Tag rausgehauen. Der Markt ist überschwemmt von mittelmäßigen Picassos. Dann doch lieber Gauguin. Mein Vater hat einen in seinem Museum …«

»Colette hatte eine Vision für dieses Haus, es war einfach perfekt – und jetzt? Alles ruiniert«, jammerte Stephanie.

»Also für mich wird es trotzdem immer Colettes Haus bleiben«, sagte Perrineum.

Adele ging zum Boulle-Schrank und strich mit dem Finger über die Intarsien. »Dieses Teil ist ja zur Abwechslung ganz nett, aber warum ist es so in die Ecke gequetscht? Wenn ihr mich fragt, will Kitty um jeden Preis Eindruck schinden. Das sind doch alles Museumsstücke. Jedes einzelne Objekt in diesem Haus schreit geradezu: ›Schau mich an! Schau mich an!‹ Subtilität ist jedenfalls ein Fremdwort für diese Kitty mit ihren falschen Brüsten. Bei der muss es der Holzhammer sein. Einfach geschmacklos.«

»*Aiya*, was will man von einem Pornostar auch erwarten? An den Stil von Colette wird sie in diesem Leben nicht mehr rankommen. Damit muss man geboren werden.« Perrineum rückte nun schon gefühlt zum tausendsten Mal ihr Monstrum von Hut zurecht.

»Meint ihr, wir können uns in ihr Schlafzimmer schleichen? Ich wüsste zu gern, was sie daraus gemacht hat«, meinte Stephanie.

»Vermutlich hängen da jetzt Spiegel an der Decke«, witzelte Perrineum.

»Louis-XIV.-Spiegel, aus Versailles gestohlen!« Gackernd folgte Adele den anderen aus der Bibliothek.

Hinter der Tür des Geheimgangs konnte Kitty nicht mehr an sich halten: »Meine Brüste sind echt!«, rief sie empört.

»Hör nicht auf sie, Kitty.«

»Dabei meinte Adele Deng vorhin zu mir, sie fände das Haus ›total originell‹. Hat sie mich etwa angelogen?«

Oliver überlegte. In einer Sache musste er Adele recht geben – bei Kitty musste es der Holzhammer sein. »Die sind doch bloß neidisch. Ignorier sie einfach.«

»Das sagt sich so leicht. An Adele Deng und Stephanie Shi kommt man in der Schanghaier Szene nicht vorbei. Wenn es stimmt, was sie gerade gesagt haben, werde ich nie mit denen mithalten können.«

»Ach komm, du hast doch schon die ganze Welt erobert. Diese Frauen sind längst keine Konkurrenz mehr für dich.«

»Ja, mag sein, aber eins ist mir gerade klar geworden:

Egal, wie sehr ich mich anstrenge, dieses Haus wird immer Colettes Haus bleiben. Sogar Colettes Stadt, obwohl sie nicht mehr hier wohnt. Sie ist hier geboren – das sind ihre Leute. Ich werde immer die Außenseiterin sein. Wozu hab ich überhaupt zwei Jahre mit der Umgestaltung dieses Hauses verschwendet? Ich sollte lieber irgendwo sein, wo die Leute mich respektieren.«

»Da bin ich ganz deiner Meinung. Du hast doch Häuser überall auf der Welt, du kannst leben, wo du willst, dir dein eigenes soziales Universum aufbauen. Ganz ehrlich, ich verstehe nicht, wieso du nicht mehr in Hongkong wohnst. Das ist die beste Stadt in ganz Asien.«

»Corinna Ko-Tung sagt, es würde mindestens eine Generation dauern, in der High Society von Hongkong Fuß zu fassen. Harvard hätte vielleicht eine Chance, wenn ich ihn in den richtigen Kindergarten schicke, aber für Gisele ist es schon zu spät. Der einzige Ort, an dem ich von Chinesen gut behandelt wurde, ist Singapur. Nimm zum Beispiel Araminta Lee. Oder meine Freundinnen Wandi, Tatiana und Georgina, die wohnen auch zumindest zeitweise da.«

Oliver verkniff sich lieber, dass Araminta Festlandchinesin war und weder Wandi noch Tatiana oder Georgina gebürtig aus Singapur stammten. Doch er witterte eine gute Gelegenheit: »Na, da passt es doch, dass dir bereits eins der bedeutendsten historischen Häuser in einer der besten Straßen Singapurs gehört. Ich hab mich sowieso schon gewundert, dass du so selten da bist.«

»Das war ja auch anders geplant. Aber dann war ich mit Harvard schwanger, und Jack wollte unbedingt, dass ich ihn in den Staaten bekomme. Und danach haben wir die meiste

Zeit in Schanghai verbracht, weil ich ja mit der Arbeit an diesem Haus beschäftigt war.«

»Und dein armes Frank-Brewer-Haus ist komplett verwaist. Das halbe Mobiliar fehlt noch. Stell dir doch mal vor, was man daraus machen könnte. Und wie viel Anerkennung du erst von Denkmalschützern bekommen würdest, wenn du ihm wieder zu altem Glanz verhilfst. Hey, mein Freund Rupert würde auf jeden Fall einen Artikel in der *World of Interiors* über dich bringen, da bin ich mir sicher.«

Kittys Hirn fing an zu rattern. »Stimmt! Ich könnte das Häuschen komplett verwandeln und was viel Spektakuläreres draus machen! Und vor allem wäre es ganz und gar *meins*! Hilfst du mir dabei?«

»Na klar. Allerdings ist es meiner Meinung nach an der Zeit, dass du selbst auch noch einmal eine radikale Verwandlung durchmachst. Du brauchst einen neuen Look, mit dem du wirklich eine Chance bei der Singapurer High Society hast. Mein Gott, der *Tattle* wird dich lieben! Ich besorg dir ein Shooting und den Leitartikel. Ach Quatsch, ich wette, ich krieg dich aufs Cover!«

»Meinst du wirklich?«

»Aber klar. Ich seh es schon vor mir … Bruce Weber könnte das Shooting übernehmen. Du, Gisele und Harvard, wie ihr mit einer Schar von Golden Retrievern durch den Garten eures historischen Anwesens in Singapur tollt. Natürlich alle in Chanel. Auch die Hunde!«

»Och … können wir nicht lieber Nigel Barker fragen? Seine Fotos sind sooo märchenhaft!« Kittys Augen fingen an zu leuchten.

»Aber sicher doch, Süße. Such dir aus, wen du willst.«

7

CAIRNHILL ROAD 1, SINGAPUR

Der Koch hatte zum Frühstück die besten singapurischen Delikatessen auf dem Markt eingekauft: *chwee kueh* – Reismehlküchlein mit eingelegtem Rettich und Chilisoße –, frisch gebackenes *roti prata* – knuspriges, buttriges indisches Brot mit Currydip –, *chai tow kuay* – Rettichkuchenscheiben, die mit Eiern, Garnelen und Frühlingszwiebeln angebraten wurden –, und *caa siu baau* – Dim Sum mit süßem, gegrilltem Schweinefleisch.

Nick betrat die ganz in weißem Carrara-Marmor gehaltene Küche. Die elegante Sitzecke war durch eine Glasscheibe vom Kochbereich getrennt, damit Eleanors Gäste dem Koch bei der Arbeit zusehen konnten, ohne hinterher Bratengeruch in den teuren Sachen und perfekt gestylten Haaren beklagen zu müssen. Eleanor und Philip saßen schon da und packten gerade begeistert die in braunes Wachspapier eingeschlagenen Köstlichkeiten aus.

»Da bist du ja«, begrüßte ihn Eleanor und dippte ein Stück *roti prata* in das scharfe Kokoscurry. »Komm, setz dich, eh alles kalt wird.«

Nick blieb jedoch stehen und betrachtete die beiden nur schweigend.

Eleanor bemerkte seinen unzufriedenen Ausdruck. »Was ist denn los? Hast du Verstopfung? Hab ich's doch gewusst, wir hätten gestern nicht zu diesem Italiener gehen sollen. Völlig überbewertet, und dann schmeckts nicht mal besonders.«

»Also meine Linguine mit weißen Trüffeln fand ich schon sehr lecker«, sagte Philip.

»*Aiya*, so toll waren die nun auch wieder nicht, *lah*. Da kann ich auch eine Dose Champignoncremesuppe über einen Teller Nudeln kippen und keiner würde den Unterschied bemerken. Das Essen ist jedenfalls sein Geld nicht wert, auch wenn Colin uns eingeladen hat. Und dann der viele Käse, da muss man sich nicht wundern, wenn man danach wie zugekorkt ist.«

»Diesmal hast du dich wirklich selbst übertroffen«, entgegnete Nick nur und setzte sich an den Tisch.

»Wie meinst du das? Auf jeden Fall würde ich's mal mit einer reifen Banane versuchen an deiner Stelle. Ich habe zur Not aber auch Metamucil, wenn du willst.«

»Ich hab keine Verstopfung, Mum, ich bin sauer! Ich habe gerade mit Rachel telefoniert.«

»Ach was! Wie gehts ihr denn?«, fragte Eleanor betont fröhlich und tat sich eine große Portion *chai tow kuay* auf den Astier-de-Villatte-Teller.

»Das weißt du ja wohl am besten, du hast sie doch gestern selbst angerufen.«

»Hat sie dir davon erzählt?«

»Sie ist meine Frau, sie erzählt mir alles. Ich kann nicht fassen, dass du sie tatsächlich gefragt hast, wie wir verhüten!«

»Was ist denn daran so schlimm?«

»Bist du jetzt völlig verrückt geworden, oder was? Sie ist doch nicht irgendein Singapurer Mädchen, das du einfach über seine Körperfunktionen ausfragen kannst! Sie ist Amerikanerin, die reden nicht mit jedem über so was!«

»Ich bin ja auch nicht jeder. Ich bin ihre Schwiegermutter, da hab ich ja wohl ein Recht darauf, zu wissen, wann ihr Eisprung ist!«

»Hast du eben nicht! Ihr war das Ganze so peinlich, sie wusste überhaupt nicht, was sie sagen sollte.«

»Ach deshalb hat sie so schnell aufgelegt.« Eleanor musste lachen.

»Hör endlich auf, uns mit dem Thema Enkelkinder so zu bedrängen. Wir werden keine Kinder bekommen, nur weil du Druck machst.«

Eleanor ließ verärgert ihre Essstäbchen auf den Tisch fallen. »Wie bitte? Ich mache euch Druck? *Aiya*, du weißt doch überhaupt nicht, was Druck ist! Als dein Vater und ich aus den Flitterwochen zurückkamen, hat deine liebe Ah Ma unser Gepäck von ihren Dienstmädchen durchsuchen lassen. Als die dabei gewisse Sachen[1] gefunden haben, war vielleicht was los, sag ich dir! Sie war so wütend, dass sie meinte, wenn ich nicht innerhalb der nächsten sechs Wochen schwanger bin, wirft sie mich aus dem Haus! Wenn du wüsstest, was nötig war, damit ich schwanger wurde! Dein Vater und ich mussten sogar …«

»Mum, halt, stopp! Ich will das überhaupt nicht wissen!«

1 Eine Frau aus Eleanors Generation – besonders ein gottesfürchtiges MGS-Mädchen wie sie – würde natürlich nie das Wort Kondom einfach so in den Mund nehmen.

»Ich übe jedenfalls so gut wie keinen Druck auf euch aus, das kannst du mir glauben. Ich will bloß helfen.«

»Was für eine Hilfe soll das sein? Dass du noch mal versuchst, Rachel und mich auseinanderzubringen?«

»Bist du schwer von Begriff? Wenn gerade der richtige Zeitpunkt in Rachels Zyklus wäre, könnten wir sie herholen. Auntie Carol hat schon angeboten, uns ihre neue Gulfstream G650 zu leihen. Die ist so schnell, Rachel wäre innerhalb von achtzehn Stunden hier. Sie könnte sogar direkt dieses Wochenende kommen. Und mein *khang-thau* im Capella Resort besorgt euch eine hübsche Suite mit Meerblick, gar kein Problem.«

»Und dann?«

»*Aiya*, dann tust du eben, was zu tun ist, Rachel wird schwanger, und wir können es sofort allen verkünden. Dann ist Ah Ma am Ende vielleicht doch noch bereit mit dir zu reden!«

Nick sah fassungslos zu seinem Vater. »Ich glaubs einfach nicht.«

Philip legte ihm als Geste des Mitgefühls nur schweigend ein *caa siu baau* auf den Teller.

»Was gibts denn da bitte zu glauben?«, fuhr Eleanor fort. »Ich tue lediglich alles in meiner Macht Stehende, damit du Tyersall Park bekommst! Und die beste Möglichkeit für dich ist im Moment nun mal, Rachel zu schwängern. Wir müssen Su Yi demonstrieren, dass du sozusagen schon am nächsten Erben für dieses Haus arbeitest.«

Nick seufzte. »Das würde doch jetzt auch nichts mehr ändern, Mum.«

»Da kennst du deine Großmutter aber schlecht. So altmodisch, wie sie ist … Das würde einen Riesenunterschied für sie machen, sie würde dich in einem völlig anderen Licht sehen. Zumindest würde sie wieder mit dir sprechen.«

»Rachel und ich legen es aber ganz bestimmt nicht auf eine Schwangerschaft an, bloß damit Ah Ma wieder mit mir redet! Das ist doch Schwachsinn! Hör bitte auf, irgendwelche Pläne zu schmieden, damit ich Tyersall Park bekomme, damit machst du am Ende alles nur noch schlimmer. Ehrlich gesagt habe ich auch längst meinen Frieden mit der Sache geschlossen. Ich bin hergekommen und wollte Ah Ma besuchen – wenn sie nicht will, muss ich eben damit leben. Ich habs wenigstens versucht.«

Eleanor hörte gar nicht zu, ihr war schon ein neuer Gedanke gekommen. Sie betrachtete prüfend ihren Sohn. »Sag mal, Nicky, hast du vielleicht … wie soll ich sagen … gießt du vielleicht mit einer leeren Kanne?«

Nick sah sie verwirrt an.

»*Aiya*, du weißt schon. Wann hast du dich denn das letzte Mal richtig durchchecken lassen beim Arzt? Hast du in New York einen vertrauenswürdigen Urologen?«

Philip fing an zu lachen. »Sie meint, ob deine Kaulquappen auch alle fleißig schwimmen.«

»Ja, genau! Wurde schon mal deine Spermienqualität überprüft? Du hast ja früher nun wirklich nichts anbrennen lassen, sag ich mal, vielleicht hast du deine ganzen guten Spermien schon verbraucht?«

»Meine Güte, Mum! Bitte!« Nick sah Eleanor flehentlich an.

»Wieso denn ›meine Güte‹? Das ist doch eine ganz normale Frage.«

Nick erhob sich. »Sorry, aber ich habe keine Lust mehr auf dieses Verhör. Das geht dich alles überhaupt nichts an!

Und Rachel lässt du bitte auch in Ruhe. Lern endlich, die Privatsphäre anderer Leute zu respektieren!«

»Ist ja gut, *lah*. Jetzt sei doch nicht gleich eingeschnappt. Wir hätten dich nicht auf diese Schule in England schicken sollen. Kein Wunder, dass aus dir kein richtiger Mann geworden ist. Immer machst du um alles so ein Geheimnis, sogar bei körperlichen Sachen. Du bist mein Sohn, ich hab deinen Kindermädchen dabei zugesehen, wie sie dir die Windeln gewechselt haben! Also wirklich. Aber lassen wir das für den Moment. Willst du gar nichts essen? Das *chwee kueh* ist heute besonders gut.«

»Nein danke. Erstens ist mir der Appetit vergangen, und zweitens treffe ich mich gleich mit Astrid zum Frühstück.«

»*Aiya*, die Arme. Hast du die neuesten Gerüchte über sie mitbekommen?«

»Nein, Mum. Und so was interessiert mich auch nicht«, sagte Nick und stürmte hinaus.

8

EMERALD HILL, SINGAPUR

Astrid war nach der Trennung von Michael in eins der denkmalgeschützten Ladenhäuser in der Emerald Hill Road gezogen, das sie von ihrer Großtante Mathilda Leong geerbt hatte. Nick schlenderte die Straße entlang und blieb hin und wieder stehen, um die Schmuckfriese, hölzernen Fenster und kunstvollen Tore der wunderschön restaurierten Peranakan-Reihenhäuser zu bewundern, die diese Straße so einzigartig machten.[1] Keine Fassade glich der anderen, jede war ein Potpourri aus chinesischem Barock, spätem viktorianischen Zeitalter sowie Art-déco.

1 Auf dem Gebiet des heutigen Emerald Hill hatten sich zur Kolonialzeit Obst- und Muskatnussplantagen befunden. Im frühen 20. Jahrhundert wurde eine Wohngegend für die Familien der Peranakan daraus. Die Peranakan – damals auch Straits-Chinesen genannt – zeichneten sich durch ihre englische Schulbildung (viele von ihnen in Oxford und Cambridge) und die starke Loyalität zur britischen Kolonialregierung aus. Als Mittelsmänner zwischen den Briten und Chinesen wurden sie reich und mächtig, ein Umstand, der sich noch heute an den prächtigen Fassaden ihrer Ladenhäuser ablesen lässt.

In Nicks Kindheit waren viele der Ladenhäuser, in denen die Peranakan gelebt und gearbeitet hatten, verfallen gewesen und hatten die Eleganz vergangener Zeiten nur noch entfernt erahnen lassen. Doch seit die Immobilienpreise in absurde Höhen geschossen waren und man das ganze Viertel unter Denkmalschutz gestellt hatte, waren diese Häuser heiß begehrt und zig Millionen wert. Viele von ihnen waren in hippe Bars oder Straßencafés umgewandelt worden, deshalb bezeichneten die Hochnäsigeren unter Nicks Verwandten Emerald Hill Road auch als »die Straße, wo die ganzen *ang moo kau sai* herumsitzen und *lim tsiu*«[1], aber Nick gefiel es dort sehr. Vor einem weißen Haus mit rauchgrauen Fensterläden blieb er stehen und klingelte.

Eine blonde junge Frau Anfang zwanzig streckte den Kopf über das *pintu pagar* – das für diese Häuser typische halbhohe Tor mit den vielen Schnitzereien – und fragte mit deutlichem französischem Akzent: »Bist du Nicholas?«

Auf sein Nicken hin öffnete sie ihm. »Ich bin Ludivine, Cassians Au-pair.«

Nick lächelte. *»Salut, Ludivine. Ça va?«*

»Comme ci comme ça«, antwortete Ludivine kokett und fragte sich, warum sie Madames heißen Französisch sprechenden Cousin erst jetzt kennenlernte.

Bereits beim Betreten des Hauses stellte Nick fest, dass der Eingangsbereich detailgetreu in seinen Originalzustand zurückversetzt worden war. Den Boden aus Keramikfliesen zierte ein Blumenmuster im Stil von William Morris,

1 Obwohl dieser Satz auf Hokkien wörtlich »wo die ganzen rothaarigen Stücke Hundescheiße herumsitzen und Alkohol trinken« bedeutet, kann man ihn auch etwas freier mit »die Straße, in der sich der Eurotrash besäuft« übersetzen.

und mit üppigen Schnitzereien verzierte, vergoldete Paravents trennten den Eingang vom Rest des Hauses. Das Kernstück eines jeden Peranakan-Foyers bildete ein Schrein der Ahnen, und auch diese Tradition hatte Astrid gewahrt: Eine Wand schmückte ein kunstvoller viktorianischer Altar. Doch statt der üblichen Ahnenfotos oder Porzellanfiguren von Gottheiten hatte sie kurzerhand einen kleinen männlichen Akt von Egon Schiele darin aufgehängt.

Ludivine führte Nick durch ein abgedunkeltes Vorzimmer in den *chimchay*, den offenen Innenhof, der in den langen, schmalen Ladenhäusern für Licht und Luftzufuhr sorgte. Hier war Astrid nun vollständig von der Tradition abgewichen: Das Dach war verglast, der dadurch entstehende Raum klimatisiert und der ursprüngliche Betonboden mit Obsidianfliesen bedeckt, sodass er wie ein spiegelglatter See aus schwarzer Tinte schimmerte.

Doch die Krönung bildete die östliche Wand des Innenhofs, die der bahnbrechende französische Landschaftsarchitekt Patrick Blanc in einen drei Stockwerke emporragenden vertikalen Garten verwandelt hatte. Schlingpflanzen, Farne und exotische Palmen schienen der Schwerkraft zu trotzen. Den Kontrast zu diesem dramatischen floralen Fresko bildete ein Grüppchen schlichter bronzener Diwane mit blütenweißen Leinenpolstern. Der Raum verströmte einen reinen, beinahe klösterlichen Frieden. Mittendrin hockte Astrid im Schneidersitz auf einem der Diwane, Zen-artig gekleidet in schwarzem Tanktop und einem weiten schwarzen Rock.[1]

1 Die Schlichtheit täuscht, wie sich herausstellt, denn Astrid trägt ein perfektes Jersey-Ripptanktop von The Row und dazu einen festlichen Vintage-Stufenrock von Jasper Conran aus schwarzer Seide.

Sie stellte ihre Teetasse ab und fiel Nick um den Hals. »Mensch, was hab ich dich vermisst!«

»Gleichfalls! Hier wohnst du jetzt also?«

»Ja, gefällts dir?«

»Total! Ich weiß noch, dass ich als Kind mal hier war, bei einem der *nyonya*-Gelage deiner Großtante. Kaum zu glauben, was du aus dem Haus gemacht hast.«

»Als ich eingezogen bin, dachte ich noch, es wär nur übergangsweise, aber ich hab mich schnell in das Haus verliebt und beschlossen, doch was dran zu machen. Ich spüre die Gegenwart meiner Großtante in jedem Raum.« Astrid bedeutete Nick, sich neben sie zu setzen. Dann schenkte sie ihm eine Tasse Tee aus einer gusseisernen Kanne ein. »Ich hoffe, du magst ihn. Ist ein Nilgiri vom Dunsandle Tea Estate in Südindien.«

Nick nahm einen Schluck von dem Tee mit feinem Raucharoma. »Mmmh … richtig gut.« Er richtete bewundernd den Blick zur raffiniert verglasten Decke. »Mit dem Innenhof hast du dich echt selbst übertroffen!«

»Danke, aber das Lob muss ich an Studio KO weitergeben. Ein fantastisches Pariser Duo, die haben das alles entworfen.«

»Na, wie ich dich kenne, hast du sie garantiert wesentlich mehr inspiriert, als du zugibst. So ein Haus hab ich noch nie gesehen. Fühlt sich an wie Marrakesch in zweihundert Jahren.«

Astrid lächelte kurz, seufzte dann jedoch. »Klingt verlockend. Da wäre ich jetzt zu gern.«

»Ja? Dein Morgen war wohl nicht so toll, oder? Was sind das für Gerüchte über dich?« Nick ließ sich auf das gemütliche Sofa sinken.

»Ach, hast du es noch gar nicht gesehen?«

Nick schüttelte den Kopf.

»Tja, ich bin berühmt«, sagte Astrid und reichte ihm die Zeitung. Es war die *South China Morning Post*, und gleich auf der Titelseite prangte die Schlagzeile:

MICHAEL TEO FORDERT 5 MILLIARDEN US-DOLLAR VON ERBIN ASTRID LEONG

SINGAPUR – Der inzwischen bereits zwei Jahre andauernde Rosenkrieg zwischen dem Milliardär und Risikokapitalgeber Michael Teo, 36, und der Singapurer Erbin Astrid Leong hat rasant an Fahrt aufgenommen. Eine einvernehmliche Scheidung ist in weite Ferne gerückt, und im Lichte der neuesten Ereignisse fordern Mr Teos Anwälte nun 5 Milliarden US-Dollar.

Letzte Woche gingen auf den internationalen Klatschseiten Fotos von Ms Leong, 37, um die Welt. Die Bilder sollen einen Heiratsantrag des Hongkonger Tech-Tycoons Charles Wu, 37, an Ms Leong im Mehrangarh-Fort im indischen Jodhpur zeigen. Teil des Antrags waren angeblich hundert klassische indische Tänzer und Tänzerinnen, zwanzig Sitarspieler, zwei Elefanten sowie Bollywoodsuperstar Shah Rukh Khan, der eine Version der Ballade »I'm Yours« von Jason Mraz auf Hindi zum Besten gab.

Im neuesten Schriftsatz zur Scheidung wirft Mr Teo seiner Noch-Ehefrau Ms Leong nun »seelische Grausamkeit und Ehebruch« vor. Er besitze unwiderlegbare Beweise dafür, dass sie »bereits seit 2010« eine Affäre mit Mr Wu führe. Ein trauriges Ende für die romantische Aschenputtel-Geschichte mit vertauschten Rollen: Mr Teo, in Mittelschichtsverhältnissen in Toa Payoh aufgewachsener Lehrersohn, lernte Ms Teo, Erbin eines der größten Vermögen Asiens, bei der Geburtstagsparty eines seiner Armeekameraden kennen. Nach einer Blitzromanze heiratete das unfassbar fotogene Paar bereits kurze Zeit später im Jahr 2006.

Es war eine Verbindung, die Asiens High Society in Staunen versetzte. Ms Leong ist die einzige Tochter des Besitzers von S. K. Leong Holdings Pte Ltd, dem geheimnisvollen Mischkonzern, der Weltmarktführer in der Palmölherstellung sein soll. Vor ihrer Ehe mit Mr Teo war sie mit Charles Wu verlobt und hatte Beziehungen mit einem muslimischen Prinzen sowie mehreren Mitgliedern des europäischen Adels. Genau wie ihre Familie legt Ms Leong großen Wert auf Privatsphäre, sie gibt weder Interviews noch besitzt sie einen Social-Media-Account. Dem *Heron Wealth Report* zufolge stehen die Leongs auf Platz drei der reichsten Familien Asiens, allein das persönliche Vermögen von Ms Leong beläuft sich laut Schätzungen auf über 10 Milliarden US-Dollar.

Nun steht also die Hälfte ihres Vermögens auf dem Spiel, außerdem das Sorgerecht für Cassian, den siebenjährigen Sohn des Paars. »Mein Klient ist Selfmade-Milliardär – um Geld geht es ihm nicht«, so Mr Teos Anwalt Jackson Lee von der renommierten Kanzlei Gladwell and Malcolm. »Es geht ums Prinzip. Michael Teo, ein treu sorgender Ehemann, ist vor der ganzen Welt gedemütigt worden. Wie würden Sie sich fühlen, wenn Ihre Ehefrau einen Antrag eines anderen Mannes erhält, und dann auch noch auf eine derart geschmacklose und protzige Weise?«

Singapurer Rechtsexperten zufolge hat Mr Teo mit seiner Forderung jedoch wenig Chancen auf Erfolg, da Ms Leongs Vermögen in dem undurchdringlichen Labyrinth der S. K. Leong Trusts angelegt ist. Dennoch verfehlt diese neueste Klageerweiterung ihre Wirkung nicht. Ein Insider der Singapurer High Society kommentiert: »Die Leongs tauchen nicht gern in der Zeitung auf. Für sie ist das Ganze eine Riesenblamage.«

»Alter Schwede!« Nick warf die Zeitung angeekelt auf den Boden.

Astrid schenkte ihm ein mattes Lächeln.

»Was geht denn bitte mit der *Post*? So einen Schwachsinn hab ich ja noch nie gelesen.«

»Kann man wohl sagen. Von wegen Selfmade-Milliardär.«

»Übrigens, wenn du wirklich zehn Milliarden schwer bist – schenkst du mir die Limited-Edition-Box von David Bowie zum Geburtstag? Kostet auf Amazon nur 89,95.«

Astrid schüttelte den Kopf und lachte. »Ich habe mein ganzes Leben lang immer alles getan, um nur ja nicht in der Zeitung zu landen, aber im Augenblick kann ich wohl machen, was ich will. Meine Eltern sind natürlich ausgerastet, als sie mich schon wieder auf dem Titelblatt gesehen haben. Die Paparazzifotos waren ja schon übel, aber das hier hat ihnen den Rest gegeben. Meine Mutter liegt mit Xanax zugedröhnt im Bett, und meinen Vater hab ich noch nie so laut schreien hören wie heute Morgen, als er mit der Zeitung vorbeigekommen ist. Ich dachte, der kriegt gleich einen Herzinfarkt.«

»Kapieren die denn nicht, dass das nicht deine Schuld ist? Das Ganze ist doch offensichtlich auf Michaels Mist gewachsen!«

»Seh ich genauso, aber für die beiden bin ich bloß die ungezogene Tochter, die heimlich nach Indien geflogen ist. Ich bin siebenunddreißig und längst selbst Mutter, aber anscheinend muss ich immer noch meine Eltern um Erlaubnis bitten, wenn ich mal übers Wochenende wegwill. In ihren Augen ist das alles meine Schuld. Ich bin diejenige, die ›Schande‹ über die Familie gebracht hat, für die nächsten hundert Generationen, mindestens!«

Nick schüttelte ratlos den Kopf. »Tja, eins muss man Michael wirklich lassen: Er wusste, dass er mit der Story bei den Singapurer Zeitungen gar nicht erst ankommen musste, also hat er sie gleich an die *South China Morning Post* in Hongkong verkauft.« Er knackte mit den Knöcheln.

»Kluger Schachzug, auf jeden Fall. Immerhin wohnt Charlie in Hongkong, und ich habe auch vor hinzuziehen. Da will Michael natürlich den größtmöglichen Schaden anrichten.«

»Ich wette, er steckt auch hinter den Paparazzifotos.«

»Meint Charlie auch. Sein komplettes Securityteam versucht gerade herauszufinden, wie Michael mich überwachen konnte.«

»Ich weiß, das klingt jetzt sehr nach Jason Bourne, aber könnte er dich nicht irgendwie verwanzt haben? Dein Handy hat er doch auch schon mal gehackt.«

Astrid schüttelte den Kopf. »Ich hab Michael seit knapp einem Jahr nicht gesehen. Wir kommunizieren nur noch über unsere Anwälte – das ging von ihm aus, nicht von mir. Seit er diesen Superanwalt Jackson Lee engagiert hat, sind die Fronten total verhärtet.«

»Wie oft nimmt Michael denn Cassian?«

»Eigentlich ist die Verabredung drei Tage die Woche, aber das hält er nur selten ein. Meist geht er einmal die Woche mit ihm essen oder so, aber es kommt auch vor, dass er ihn zwei, drei Wochen gar nicht sieht. Manchmal glaube ich, er hat völlig vergessen, dass er einen Sohn hat«, sagte Astrid traurig.

Eine Hausangestellte betrat den Innenhof und stellte ein Frühstückstablett auf dem Couchtisch ab.

»Toast mit *kaya*!«, rief Nick begeistert, als er die perfekt getoasteten Dreiecke mit einer dicken Schicht Kokosmarmelade entdeckte. »Woher wusstest du, dass ich genau darauf Appetit habe?«

Astrid lächelte. »Ich kann Gedanken lesen, das weißt du doch. Es ist natürlich Ah Chings selbst gemachte *kaya* aus Tyersall Park.«

»Ein Traum!«

Ein trauriger Ausdruck huschte über Nicks Gesicht, als er in das knusprige Weißbrot biss. Astrid betrachtete ihn mitfühlend. »Echt albern, dass du aus Tyersall Park verbannt wurdest. Tut mir leid, dass ich nicht da war, um dir zu helfen. Aber jetzt überleg ich mir was, versprochen!«

»Ach Quatsch, du hast doch selbst schon genug um die Ohren. Mach dir um mich keine Sorgen. Weißt du eigentlich schon, auf was für eine hirnverbrannte Idee meine Mutter jetzt gekommen ist? Sie will, dass ich Rachel schwängere, und zwar dalli, dann kann sie nämlich Ah Ma die frohe Botschaft verkünden, die mir dann bestimmt auf der Stelle verzeiht.«

»Ist nicht wahr!«

»Doch! Sie hat Rachel angerufen und allen Ernstes gefragt, wo im Zyklus sie sich gerade befindet. Sie hatte schon Carol Tais Privatjet organisiert, um sie dieses Wochenende nach Singapur einzufliegen, damit ich sie schwängern kann. In der Honeymoon-Suite im Resort ihrer Freundin!«

Astrid prustete los. »Wie bitte? Und ich dachte schon, meine Mutter wäre bekloppt!«

»Beklopptер als Eleanor Young geht nicht.«

»Na ja, aber immerhin bist du ihr wichtig. Sie würde alles tun, um Ah Ma wieder gnädig zu stimmen.«

»Ach, meiner Mutter gehts doch bloß um das Haus. Dabei will ich einfach Ah Ma ein letztes Mal sehen. Hat eine Weile gedauert, aber mir ist klar geworden, dass ich mich bei ihr entschuldigen sollte.«

»Das ist echt selbstlos von dir, Nicky. Ich meine, sie hat dich und Rachel ziemlich mies behandelt.«

»Ich weiß, aber ich hab ihr auch ein paar verletzende Dinge an den Kopf geworfen. Das war nicht okay.«

Astrid starrte einen Augenblick lang nachdenklich in ihre Teetasse. »Trotzdem verstehe ich nicht, wieso Ah Ma dich auf einmal nicht mehr sehen will. Ich saß die ganze Woche an ihrem Bett im Mount E, da wusste sie schon, dass du auf dem Weg bist, und es war nie die Rede davon, dich abzuweisen. Irgendwas stimmt da nicht. Wahrscheinlich haben Auntie Victoria oder Eddie die Gelegenheit genutzt und ihr irgendwas eingeflüstert, als ich weg war.«

Nick sah Astrid hoffnungsvoll an. »Vielleicht kannst du das Thema ja mal ganz vorsichtig ansprechen, wenn du bei ihr bist? Du hattest schon immer den besten Draht zu ihr.«

»Ach, du weißt noch gar nicht, dass ich auch auf der schwarzen Liste stehe? Meine Eltern wollen, dass ich mich von Tyersall Park und am besten auch gleich von der Öffentlichkeit fernhalte, bis der Skandal etwas abflaut.«

Nick musste lachen. »Also sind wir beide verbannt, als wären wir die Ausgeburt des Teufels.«

»Oh ja. Wir sind die Kinder des Zorns. Aber was sollen wir machen? Mum will um jeden Preis vermeiden, dass Ah Ma sich aufregt.«

»Ich glaube, Ah Ma regt sich vor allem darüber auf, dass du nicht an ihrem Bett sitzt.«

Astrid kamen die Tränen. »Uns läuft die Zeit weg, Nicky. Mit jedem Tag mehr.«

9

TYERSALL PARK, SINGAPUR

Eddie ging den Korridor zum Schlafzimmer seiner Großmutter hinunter. Vor der Fotosammlung, die in Petersburger Hängung über dem Damastsofa angebracht war, blieb er stehen. In der Mitte prangte eine vergrößerte Fotografie seines Urgroßvaters Shang Loong Ma auf Safari in Indien, er stand mit einem Maharadscha mit edelsteinbesetztem Turban neben einem Stapel gewaltiger Elefantenstoßzähne. Daneben hing eine Aufnahme seines Großvaters Sir James Young um die dreißig, der mit seinem Hahnentrittmuster-Jackett und dem weißen Fedora aussah wie ein junger Sinatra. *Der hatte vielleicht Stil! Wo das Sakko wohl her war? Huntsman oder eher Davies & Son? Schade, dass ich ihn nicht mehr kennengelernt habe, ich bin von seinen Enkeln ja leider als Einziger mit Geschmack gesegnet.*

Ein Stück darunter hing in einem rechteckigen, länglichen Rahmen ein Bild von seiner Großmutter Su Yi in einem Tea Dress. Sie saß auf einer Picknickdecke im Jardin du Luxembourg, neben ihr zwei elegante Damen, bestimmt Französinnen, die gerade ihre Sonnenschirme aus zarter Spitze gegen einen Windstoß verteidigten. Die beiden Damen lachten, Su Yi sah jedoch mit ernstem Gesicht direkt in die Kamera. Wie schön sie früher gewesen war. Eddie versuchte die Unterschrift am unteren Bildrand zu entziffern: J. H. Lartigue. *Ach du Scheiße, hat etwa der berühmte französische Fotograf Jacques-Henri Lartigue dieses Foto von Ah Ma geschossen? Das ist bestimmt unbezahlbar, muss ich mir unbedingt für mein Arbeitszimmer sichern. Das würde sich gut neben meinem Cartier-Bresson-Druck von dem Jungen mit den Weinflaschen machen. Die Aufnahme weiß doch eh niemand so zu schätzen wie ich, wenn ich die einfach mitnehme und stattdessen was anderes hinhänge, bekommt das bestimmt keiner mit.*

Eddie sah sich verstohlen um, ob sich nicht vielleicht ein Dienstmädchen in der Nähe herumdrückte. Es gab so unglaublich viel Personal hier, dass man nicht mal in Ruhe was klauen konnte. In dem Moment hörte er ein lang gezogenes, tiefes Stöhnen. *Oaaahhh! Oaaahhh!* Es kam aus der Suite ein Stück weiter den Korridor hinunter, deren Tür einen Spalt offen stand. Sein Cousin Adam und seine Frau Piya waren dort untergebracht. Man wusste ja, dass Thais es gern krachen ließen, aber die Tür hätten sie bei ihrer morgendlichen Sexrunde ruhig zumachen können. Es konnte doch jederzeit jemand daran vorbeigehen. Andererseits – wenn er mit dieser heißen Piya verheiratet wäre, würde er sie auch ständig durchnehmen und sich kein bisschen darum scheren, ob es das gesamte Haus mitbekam oder nicht.

Auf Zehenspitzen schlich er näher. Eine Frau kicherte leise. Dann wieder ein tiefes Stöhnen, diesmal aber von jemand anderem. Och nee! Waren da etwa zwei Männer am Werk? Schon war wieder die erste Stimme zu hören: »Oh Gott ja, tiefer, tiefer!« Eddie riss erschrocken die Augen auf. Die Stimme kannte er doch! Das war sein Bruder Alistair. Fucky fuck, was ging denn bloß da drin ab? Hatte Alistair etwa einen flotten Dreier mit Adam und Piya? Hier im Haus seiner Großmutter, während die im Sterben lag? Hatten die denn überhaupt keinen Anstand? Wenn er seine Großmutter besuchte, war er wenigstens immer so taktvoll, seine jeweilige Geliebte im Shangri-La einzuquartieren. Es würde ihm nicht im Traum einfallen, im Haus seiner lieben Ah Ma mit jemand anderem als seiner angetrauten Frau zu schlafen.

Wutentbrannt stürmte er in das Zimmer. »Was geht denn hier bitte schön vor s–«, schimpfte er los, verstummte aber sofort. Piya saß in einem ärmellosen flaschengrünen Faillé-Oberteil und passender Hose von Rosie Assoulin mit einem Cappuccino in der Hand auf der Couch und verströmte kühle Eleganz. Eddie sah sich verwirrt im Zimmer um. Ihm bot sich ein höchst seltsamer Anblick: Am Fuß des silbernen Himmelbetts saß ein halb nackter Alistair, und hinter ihm kniete Onkel Taksin und bearbeitete ihn mit den Ellbogen. Neben ihm lag Adam auf dem Bauch, wie Gott ihn schuf, während seine Mutter auf seinen Beinen hockte und ihm mit Kokosöl den Hintern massierte.

Adam stöhnte gequält auf, woraufhin Piya erneut kicherte.

»Ich hab doch gesagt, dass ihr euch vor dem Badminton aufwärmen sollt«, schimpfte Catherine und traktierte Adams Kehrseite gnadenlos. »Ihr wolltet ja nicht auf mich hören!«

»Alter, Onkel Taksin verpasst mir gerade die beste Thai-Massage meines Lebens!«, schwärmte Alistair. »Das musst du dir auch mal geben!«

Eddie war fassungslos. Bekam sein Bruder da gerade wirklich eine Massage von einem thailändischen Prinzen? »Ähm … habt ihr für so was nicht Dienstmädchen, sagt mal?«

»Nein, Mummy ist die Beste«, klang Adams Stimme gedämpft durch das Kissen.

Piya lachte. »Die Aakara-Jungs wurden von ihren Eltern von klein auf mit Massagen verwöhnt, die lassen niemand anderen ran. Adam zieht seine Mutter sogar mir vor!«

Catherine sah auf. Kokosöl glänzte an ihrem Kinn. Sie bemerkte es gar nicht und knetete weiter an Adams Hinterteil herum. »Willst du danach?«, fragte sie Eddie. »Ich bin hier gleich fertig.«

»Ach du, lass mal«, wehrte Eddie sofort ab. »Also ist sehr nett, aber ich hab gar keinen Muskelkater, ich hab ja auch nur den ersten Satz gespielt.« Er konnte gar nicht mitansehen, wie seine Tante ihren eigenen Sohn *da unten* anfasste.

»Wer nicht will, der hat schon«, sagte Alistair und stöhnte wohlig. »Aber du verpasst echt was.«

»Ich muss jetzt zu Ah Ma.« Damit floh Eddie aus dem Zimmer.

Diese Aakaras waren vielleicht schräg drauf. Da massierten die ihre Kinder, obwohl sie doch eine ganze Schar Bedienstete für so was hatten! Manchmal war es kaum zu glauben, dass Auntie Cat und seine Mutter Schwestern waren. Die beiden waren wie Tag und Nacht. Seine Mutter wirkte stets so vornehm und ladylike, Cat hingegen war immer an vorderster Front mit dabei und packte beherzt zu. Ihre Arme, ihr Gesicht, ihre Sachen – alles war mit Massageöl beschmiert. Seine Mutter konnte nicht einmal das Gefühl von Handcreme ertragen. Wie hatte Cat es bloß geschafft, sich einen Prinzen zu angeln? Von allen Schwestern hatte seine Mutter wirklich den schlechtesten Fang gemacht. Abgesehen von Auntie Victoria natürlich, der alten Jungfer.

Eddie betrat das Arbeitszimmer seiner Großmutter. Sein Vater saß gerade mit Professor Oon zusammen. Malcolm Cheng war einer der angesehensten Herzchirurgen ganz Asiens. Er hatte es bis zum Leiter der Kardiologie im Hong Kong Sanatorium gebracht und war vor Kurzem in Rente gegangen. Professor Oon war einer seiner Protegés, und auch er verfolgte natürlich Su Yis Zustand aufs Genaueste.

»Wie gehts unserer Patientin denn heute?«, fragte Eddie fröhlich.

»Ich unterhalte mich gerade!«, fuhr sein Vater ihn an und wandte sich dann wieder Professor Oon zu. »Die Flüssigkeit in ihrer Lunge macht mir große Sorgen.«

»Ich weiß, Malcolm«, antwortete Professor Oon niedergeschlagen.

Eddie ging durch ins Schlafzimmer. Seine Mutter ordnete gerade die Vasen mit den vielen Blumen, die pausenlos für Su Yi ankamen. Jeden Tag wurden neue Sträuße geliefert und dazu noch palettenweise Hühnersuppe in Dosen.

»Mummy kann Hortensien nicht ausstehen, wer hat ihr die denn geschickt?« Alix öffnete die teuer wirkende Karte. »Ach du grüne Neune, die ist von den Shears. Dann müssen wir wohl warten, bis Mummy aufgewacht ist, damit sie sie wenigstens gesehen hat. Sie hat immer große Stücke auf Benjamin gehalten. Er hat mich damals auf die Welt gebracht, wusstest du das?«

»Ach guck, sie ist wach!«, rief Eddie aufgeregt, eilte zum Bett hinüber und hockte sich daneben. »Wie gehts dir, meine liebe Ah Ma?«

Su Yis Mund war so trocken, dass sie kaum sprechen konnte. »Wasser …«, flüsterte sie mühsam.

»Natürlich, bekommst du. Mutter, Ah Ma braucht sofort Wasser!«

Alix griff nach einer Kanne. »Wieso ist die denn leer?«, murmelte sie genervt und füllte sie schnell im Bad am Wasserhahn auf.

Als sie Su Yi etwas in den Becher gießen wollte, fauchte Eddie sie an: »Leitungswasser? Willst du Ah Ma etwa umbringen, oder was?«

»Das Leitungswasser in Singapur kann man doch völlig bedenkenlos trinken«, entgegnete Alix.

»Ah Ma sollte in ihrem Zustand aber nur abgekochtes Wasser trinken. Wo ist denn dieses verdammte Zeug aus der Schweiz, das die Aakaras die ganze Zeit süffeln? Davon werden wir ja wohl eine Flasche bekommen können. Und wo sind eigentlich Ah Mas Zofen, wenn man sie braucht?«

»Denen habe ich gerade aufgetragen, ihr Frühstück zu machen.«

»Dann ruf sie halt wieder zurück. Dann können sie gleich was von dem Schweizer Wasser mitbringen.«

Su Yi schüttelte seufzend den Kopf. Konnte denn keins ihrer Kinder der einfachsten Bitte nachkommen?

Alix bemerkte die Frustration ihrer Mutter. Sie würde sich doch hier nicht mit Eddie herumstreiten. »Mummy bekommt jetzt erst mal ihr Wasser«, sagte sie und goss den Becher voll.

Eddie nahm ihn ihr aus der Hand. »Ich mach schon.« Er setzte eine besorgte Miene auf und reichte seiner Großmutter das Wasser.

Nachdem sie etwas getrunken hatte, fühlte Su Yi sich

schon besser. Sie sah sich suchend im Zimmer um. »Wo ist denn Astrid?«

»Die ist gerade nicht da«, antwortete Alix ausweichend. Kein Grund, Su Yi mit dem Skandal zu behelligen. Sie warf ihrem Sohn einen warnenden Blick zu, dass auch der ja den Mund halten sollte.

Der verkündete jedoch grinsend: »Astrid ist nach Indien geflogen.«

Alix sah ihn wütend an. Wieso wollte der seine Großmutter auf Teufel komm raus beunruhigen?

»Ach, das ist schön. Dann hat sie es also getan«, erwiderte Su Yi.

Eddie konnte seine Überraschung nicht verbergen. »Du wusstest davon? Du wusstest, dass Charlie Wu ihr einen Antrag machen wollte?«

Su Yi schwieg. Sie schloss die Augen und lächelte verschmitzt. Plötzlich schlug sie die Augen wieder auf und sah Alix fragend an. »Und Nicky?«

»Was soll mit ihm sein?«, fragte Alix verunsichert zurück.

»Müsste der nicht langsam hier sein?«

»Du willst Nicky sehen?«, vergewisserte Alix sich erstaunt.

»Natürlich! Wo ist er?«

Bevor Alix etwas sagen konnte, mischte Eddie sich ein. »Dem ist im letzten Moment was dazwischengekommen, Ah Ma. Du weißt ja, wie wichtig ihm die Arbeit ist, er muss an seiner Uni leider einen Vortrag über die Intergalaktischen Kriege halten.«

»Ach was«, erwiderte Su Yi nur.

Alix konnte nicht fassen, wie unverfroren ihr Sohn Su Yi

ins Gesicht gelogen hatte. Sie wollte gerade etwas sagen, als die Zofen auf Tabletts das Frühstück hereintrugen.

»Mummy«, setzte sie noch einmal an, da packte Eddie sie grob am Arm und zog sie nach nebenan ins Ankleidezimmer. Dort schob er sie hinaus auf den Balkon und schloss mit Nachdruck die Glastür hinter sich.

»Was soll denn das, Eddie? Wieso erzählst du so einen Quatsch über Nicky? Heckst du schon wieder einen deiner Pläne aus?«

»Ich hecke gar nichts aus«, erwiderte Eddie. »Ich sorge nur dafür, dass alles seinen Gang geht.«

Alix sah ihren Sohn prüfend an. »Sei ehrlich, hat Ah Ma dir wirklich gesagt, dass sie Nicky nicht sehen will?«

»Sie … sie hatte immerhin fast wieder einen Herzinfarkt, als ich seinen Namen erwähnt habe!«

»Und wieso hat sie eben nach ihm gefragt?«

Eddie suchte den Balkon nach einem Schattenplatz ab, denn die Morgensonne brannte bereits heiß. »Es ist doch klar, dass Nicky Ah Ma nur besuchen will, um sich bei ihr zu entschuldigen.«

»Natürlich, und das finde ich auch gut. Wieso sollten die beiden sich nicht aussöhnen?«

»Sag mal, bist du so dumm, oder tust du nur so? Ich kämpfe hier gerade um das, was mir zusteht!«

Alix schüttelte fassungslos den Kopf. »In welcher Welt lebst du denn? Du glaubst doch nicht wirklich, dass meine Mutter ihr Testament ändert und dir Tyersall Park vererbt!«

»Hat sie doch schon längst! Hast du nicht mitbekommen, wie anders Freddie Tan neulich war?«

»Ich fand ihn genauso nett wie immer.«

»Zu dir war er vielleicht schon immer nett, aber zu mir

nicht. Mich hat der die letzten dreißig Jahre mit dem Arsch nicht angeguckt, und auf einmal redet er mit mir, als wär ich sein bester Klient. Er hat sich ewig mit mir über meine Uhrensammlung unterhalten! Und er meinte, meine Zeit wäre wohl gekommen! Ist doch klar, was er mir damit sagen wollte!«

»Dass du mittlerweile ein erfolgreicher Geschäftsmann geworden bist, mehr nicht. Er hat dich doch ewig nicht mehr gesehen.«

»Nein, Mutter, Freddie Tan wollte mir damit sagen, dass ich dank Ah Mas Testament endlich bekomme, was mir zusteht! Er wollte sich bei uns einschmeicheln, verstehst du? Und das willst du uns jetzt wieder kaputt machen und zugucken, wie Nicky stattdessen Ah Mas Haus abstaubt? Das Haus, in dem du aufgewachsen bist?«

Alix seufzte. »Das Haus war schon immer Nickys Haus, das wussten wir vom Tag seiner Geburt an. Er ist ein Young!«

»Eben, er ist ein Young! Mein ganzes Leben lang muss ich mir das schon anhören! Und ich bin kein Young, ich bin nur ein Cheng. Das ist alles nur deine Schuld!«

»Meine Schuld? Also jetzt verstehe ich gar nichts mehr.«

»Du musstest ja unbedingt Dad heiraten, diesen Niemand aus Hongkong! Wieso konntest du nicht jemanden von den Aakaras oder den Leongs nehmen? Einen mit einem respektablen Namen? Hast du dabei auch nur einmal an deine Kinder gedacht? War dir nicht klar, dass du uns damit das ganze Leben verbaust, verdammt noch mal?« Eddie kochte vor Wut.

Beim Anblick von Eddies bockigem Gesichtsausdruck hätte Alix ihm am liebsten eine gescheuert. Stattdessen atmete sie jedoch tief durch, setzte sich auf einen schmiedeeisernen Stuhl und zwang sich zur Ruhe. »Ich bin sehr froh, dass ich deinen Vater geheiratet habe. Nein, er ist kein Prinz und hat auch kein Vermögen geerbt, aber ich schätze ihn deshalb umso mehr. Er hat es durch harte Arbeit und Ehrgeiz zum weltberühmten Herzchirurgen gebracht. Durch seinen Fleiß konntest du die besten Schulen besuchen, und wir hatten ein schönes Zuhause.«

Eddie lachte verächtlich. »Ein schönes Zuhause? Mum, bitte! Eure Wohnung ist ein Loch!«

»Der Großteil der Hongkonger Bevölkerung würde dir da sicher widersprechen. Und vergiss nicht, wir haben dir direkt nach dem Uniabschluss sogar eine eigene Wohnung gekauft.«

»Ha! Leo Ming hat zum Abschluss eine Tech-Firma bekommen! Die war mehrere Hundert Millionen Dollar wert!«

»Und was hat ihm das gebracht? Erreicht hat er bis jetzt nichts außer mehreren Scheidungen. Wir haben dich so unterstützt, dass du aus eigener Kraft Erfolg hast. Du siehst überhaupt nicht, was dein Vater und ich dir ermöglicht haben! Wie kann man nur so undankbar sein! Cecilia und Alistair beschweren sich doch auch nicht über ihr Leben oder ihren Nachnamen!«

»Ja, weil sie beide nichts auf die Kette kriegen und auch gar nicht wollen! Cecilia hat nur ihre Pferde im Kopf, die könnten wir genauso gut in Katharina die Große umbenennen! Und Alistair mit seiner komischen Produktionsfirma, diese dämlichen Arthouse-Filme guckt sich doch eh keiner in Hongkong an. *Fallen Angels?* Wohl eher *Mir fallen gleich die Augen zu*! Ich hab von uns Geschwistern als Einziger was im Leben erreicht. Soll ich dir mal sagen, was der Name

Cheng für mich bedeutet hat? Der hat dafür gesorgt, dass ich in der zweiten Klasse nicht zu Robbie Ko-Tungs Geburtstag im Ocean Park eingeladen wurde. Dass ich es nicht in den Debattierclub an der Diocesan geschafft habe. Dass ich bei Andrew Ladoories Hochzeit bloß als ganz normaler Gast geladen war und keine Aufgabe in der Zeremonie hatte. Dass ich nie einen bequemen Job in einer Hongkonger Bank bekommen hab, wo man gar nicht erscheinen muss und trotzdem jeden Monat sein Gehalt einstreicht. Stattdessen musste ich mich mein halbes Leben lang bei denen von der Liechtenburg Group einschleimen, um es dort irgendwie nach oben zu schaffen!«

»Mir war überhaupt nicht bewusst, dass du so denkst«, sagte Alix traurig.

»Ja, weil du dir nie die Mühe gemacht hast, deine Kinder wirklich kennenzulernen! Du hattest ja nie Zeit für uns!«

Nun riss Alix der Geduldsfaden. Sie sprang auf. »Ich sitze doch nicht hier in dieser Hitze und höre mir an, wir hätten dich als Kind vernachlässigt! Du bist derjenige, der ununterbrochen um die Welt jettet und seine Kinder kaum sieht!«

»Das sagt genau die Richtige! Dad war früher ständig auf Ärztekongressen in Schweden oder Swasiland, und du hast irgendwelche Immobilien in Vancouver gekauft. Du hast mir nie richtig zugehört! Du hast mich kein einziges Mal gefragt, was ich eigentlich will. DU HAST MIR NICHT MAL DEN HINTERN MASSIERT!« Damit brach Eddie schluchzend zusammen.

Alix starrte ihn entgeistert an. War ihr Sohn jetzt völlig übergeschnappt?

Eddie wischte sich die Tränen ab und sah seine Mutter bitterböse an. »Wenn dir deine Kinder was bedeuten, wenn du uns wirklich so liebst, wie du behauptest, dann sag Ah Ma nichts von Nicky. So eine Gelegenheit bekommen wir nie wieder! Wir müssen dafür sorgen, dass er nicht mit ihr redet, und wir müssen Auntie Felicity überzeugen, dass Astrid auch nicht mehr willkommen ist. Wir sagen Onkel Philip einfach, Ah Ma wäre zu schwach für Besuch. Und ich bewache ihre Tür. Wer zu ihr will, muss erst an mir vorbei.«

»Das ist doch verrückt, Eddie. Du kannst doch nicht den Rest der Familie von Ah Ma fernhalten.«

»Das ist überhaupt nicht verrückt! *Du* bist verrückt, weil du uns diese Möglichkeit verbauen willst! Das ist vielleicht unsere einzige Chance auf Tyersall Park. Ja, *unsere*. Im Gegensatz zu dir denke ich nämlich immer an das Wohl unserer Familie. Ich mach das nicht nur für mich, sondern auch für Alistair und Cecilia und deine lieben kleinen Enkelkinder. Wenn wir die neuen Besitzer von Tyersall Park sind, kann keiner mehr sagen, die Chengs wären weniger wichtig als die Youngs oder die Shangs. Also mach uns das jetzt nicht kaputt!«

10

TYERSALL PARK, SINGAPUR

»Welche Flasche?«, fragte Jiayi auf Kantonesisch. Sie stand in der Speisekammer von Tyersall Park auf der obersten Sprosse einer hölzernen Regalleiter.

»Hmm … Auf jeden Fall älter als 1950«, sagte Ah Ling.

Das Dienstmädchen versuchte mit zusammengekniffenen Augen die Daten auf den uralten vergilbten Etiketten der großen Glasbehälter zu entziffern. Als Teenager hatte sie in einer teuren Drogerie in Shenzhen einmal eine einzelne kostbare goldene Dose *yanwo* in einer verschlossenen Vitrine hinter dem Kassentresen entdeckt. Ihre Mutter hatte ihr erklärt, dass sie essbare Vogelnester enthielt – eine der exklusivsten Delikatessen in China. Und jetzt hatte sie ein ganzes Regal davon vor sich. »Ich kann nicht fassen, dass da überall *yanwos* drin sind. Die müssen ein Vermögen wert sein!«

»Deshalb halten wir sie auch hier in der Speisekammer hinter Schloss und Riegel«, sagte Ah Ling. »Die Flaschen stammen von Mrs Youngs Vater. Mr Shang besaß eine Firma, die mit *yanwos* aus Höhlen in Borneo handelte, das sind die edelsten in ganz Asien.«

»War er deshalb so reich?«

»*Aiya*, ein Vermögen wie das der Shangs lässt sich unmöglich allein durch *yanwos* anhäufen. Es war nur eine von vielen Firmen, die Mr Shang besaß.«

Das Dienstmädchen stieg mit einem riesigen Glasballon voller kleiner weißer Halbschalen von der Leiter. Durch das stumpfe Glas betrachtete es den kostbaren Schatz im Innern. »Haben Sie sie mal gekostet?«

»Aber sicher. Mrs Young spendiert mir jedes Jahr zum Geburtstag eine Schüssel voll.«

»Und wie schmecken sie?«

»Der Geschmack ist schwer mit etwas anderem zu vergleichen. Das Besondere ist auch eher die Konsistenz … Vielleicht ein bisschen wie Silberohrpilz, aber schmeckt viel intensiver. Ah Ching macht immer eine süße Suppe daraus. Die Nester werden mit getrockneten Longanfrüchten und Kandis achtundvierzig Stunden gekocht und mit geschabtem Eis serviert. Einfach köstlich. So, und jetzt schau mal da drüben im Regal, drittes Fach von unten. Ich brauche drei Tassen getrocknete Longanfrüchte.« Ah Ling trug gewissenhaft die Menge Vogelnester, die sie aus dem Glasbehälter genommen hatte, in ein Buch ein.

»Wer hat denn diesmal Geburtstag?«, fragte Jiayi.

»Niemand. Aber Mrs Youngs Bruder Alfred Shang kommt zum Freitagabendessen, und wir wissen, wie gern er *yanwos* isst.«

»Und die bekommt er einfach so?«

»Natürlich! Das war schließlich auch mal sein Haus.«

»Das Leben ist so ungerecht …«, murmelte Jiayi, während sie mit Mühe den Deckel des Behälters mit getrockneten Longanfrüchten öffnete.

Da klopfte es an der Tür, und Vikram, der Sicherheitschef, streckte den Kopf herein. Er lächelte Ah Ling an. »Da sind Sie ja! Ah Tock meinte, Sie wären unten in der Speisekammer, hat aber nicht dazugesagt, in welcher. Ich war schon in zwei anderen, bis ich Sie hier gefunden habe!«

»Wenn überhaupt bin ich hier bei den Trockenwaren, weil nur ich den Schlüssel habe. Mit den anderen Kammern habe ich nichts am Hut. Was brauchen Sie denn?«

Mit einem Seitenblick auf das junge Dienstmädchen, das gerade die Longanfrüchte in eine Schüssel schaufelte, sagte Vikram: »Könnte ich Sie einen Augenblick unter vier Augen sprechen, wenn Sie fertig sind?«

Ah Ling wandte sich an Jiayi. »So, bitte alles hoch zu Ah Ching. Wenn du nett zu ihr bist, lässt sie dich Freitag vielleicht von den *yanwos* kosten.«

Kaum war das Mädchen aus der Tür, fragte Ah Ling in leicht genervtem Tonfall: »Was ist denn nun schon wieder los?«

»Es gibt da eine Sache, die mir nicht aus dem Kopf geht. Joey ist doch wegen der OP seiner Mutter beurlaubt, deshalb hatte ich neulich seinen Dienst übernommen. Und da habe ich vom Dach aus zufällig etwas Hochinteressantes auf Mrs Youngs Balkon mitangehört.«

Ah Ling horchte auf. »Was denn?«

»Eine Unterhaltung zwischen Eddie Cheng und seiner Mutter. Wenn ich es richtig mitbekommen habe, hat Mrs Young nie gesagt, dass sie Nicky nicht sehen will. Ich glaube, das hat sich Eddie ausgedacht.«

Ah Lings Gesicht hellte sich auf. »Den Verdacht hatte ich auch schon. Su Yi hat noch nie jemanden aus dem Haus verbannt, und erst recht nicht Nicky.«

»Mir kam das auch spanisch vor, aber wer bin ich schon? Jedenfalls verfolgt Eddie seine eigenen Ziele und ist offensichtlich derjenige, der die ganze Sache angezettelt hat. Und Victoria ist ihm auf den Leim gegangen.«

»Was hat Alix denn dazu gesagt? Es wundert mich sehr, dass sie sich da einspannen lässt, normalerweise sind sich Mutter und Sohn doch überhaupt nicht grün.«

»Viel hat sie nicht gesagt. Er hat so sehr auf sie eingeredet, dass die arme Frau kaum zu Wort kam. Anscheinend nimmt Eddie seiner Mutter krumm, dass sie ihm nie den Hintern massiert hat.«

»Wie bitte?!« Ah Ling riss die Augen auf.

Vikram konnte sich das Lachen nicht verkneifen. »Keine Ahnung. Komische Familie, aber was will man von Hongkongern anderes erwarten? Alix hat noch versucht, ihrem Sohn ins Gewissen zu reden, aber der will unbedingt verhindern, dass Nicky Mrs Young besucht. Er hat sich in den Kopf gesetzt, Tyersall Park zu erben – deshalb bewacht er auch seit Tagen wie ein Dobermann ihre Schlafzimmertür. Er lässt keinen rein, der seinen Plan gefährden könnte.«

»Siksi gau!«[1], murmelte Ah Ling wütend.

Vikram streckte den Kopf aus der Speisekammertür, um sich zu vergewissern, dass niemand in Hörweite war. Dann fuhr er mit gedämpfter Stimme fort: »Also, soweit ich es mitbekommen habe, denkt Mrs Young, dass Nicky seinen Flug wegen des Intergalaktischen Krieges nicht antreten konnte. Sie hat keine Ahnung, dass er längst hier ist. Astrid halten sie auch von ihr fern, und von ihren Töchtern sagt natürlich keine was. Wir müssen etwas unternehmen!«

1 »Miese kleine Ratte« auf Kantonesisch.

Ah Ling stieß einen tiefen Seufzer aus. »Ich weiß nicht, ob wir uns da einmischen sollten. Familienstreitigkeiten gehen uns nichts an. Und vor allem will ich nicht, dass wir deswegen Schwierigkeiten bekommen, wenn … Su Yi nicht mehr da ist.«

»Mrs Young wird uns noch … eine Weile erhalten bleiben …«, stammelte Vikram.

»Vikram, wir müssen der Wahrheit ins Auge blicken. Lange hält Su Yi nicht mehr durch. Sie baut immer mehr ab. Und wir haben keine Ahnung, wer danach in Tyersall Park das Sagen hat. Ich will den Teufel nicht an die Wand malen, aber es könnte durchaus Eddie sein. Wir müssen vorsichtig sein, jetzt mehr denn je. Sie wissen nicht, wozu diese Familie imstande ist. Dieses Drama damals, als T'sien Tsai Tay gestorben ist, meine Güte!«

»Drama wird es so oder so geben. Aber Sie haben Nicky doch praktisch großgezogen – wollen Sie nicht, dass er das Haus bekommt?«

Ah Ling bedeutete Vikram, ihr weiter nach hinten zwischen die Regale zu folgen. »Natürlich will ich das!«, flüsterte sie.

»Und wir wissen beide, dass es das Beste wäre, wenn Nicky der neue Hausherr wird«, gab Vikram zurück. »Bei ihm besteht zumindest die Hoffnung, dass alles beim Alten bleibt. Also müssen wir irgendwie dafür sorgen, dass er zu Mrs Young kommt.«

»Aber wie denn bloß? Wie sollen wir Nicky ins Haus, geschweige denn in ihr Schlafzimmer bekommen, ohne dass die ganze Familie es mitbekommt? Und ohne dabei unsere Jobs zu verlieren?«

Vikram sagte mit belegter Stimme: »Ah Ling, ich habe

einen Eid abgelegt, den Gurkha-Eid. Ich habe geschworen, Mrs Young zu dienen und sie mit meinem Leben zu beschützen. Ich kann nicht mitansehen, wie ihre Wünsche ignoriert werden, das fühlt sich an, als würde ich sie im Stich lassen. Sie haben doch selbst gesagt, dass sie Nicky empfangen will, oder?«

Ah Ling nickte. »Ich glaube, sie will ihn unbedingt noch ein letztes Mal sehen.«

»Dann ist es meine Pflicht, das zu ermöglichen. Selbst wenn es mich meinen Job kostet.«

»Sie sind ein ehrenwerter Mann.« Ah Ling setzte sich auf einen Hocker und ließ den Blick gedankenverloren über die vielen Behälter in den Regalen um sich herum schweifen: kostbare Kräuter, die dort schon vor dem Zweiten Weltkrieg gelagert hatten, und einige der exotischsten Lebensmittel der Welt – wilder Bergginseng, eingelegte Abalone, Chinesische Raupenpilze. Ihre Gedanken schweiften zurück zu einem Nachmittag Anfang der Achtzigerjahre …

Su Yi hatte ein Lederkästchen mit alten Medaillen hervorgeholt, die Ah Ling besonders vorsichtig polieren sollte. Die meisten waren über die Jahre Su Yis Ehemann verliehen worden – sein Order-of-the-British-Empire-Orden, der Bruststern der Knights of Saint John of Jerusalem, mehrere Abzeichen der malaysischen Königsfamilie, aber eine Medaille stach besonders hervor: ein achtzackiges Malteserkreuz aus Zinn, in dessen Mitte ein großer Amethyst prangte.

»Und wofür hat Mr Young diesen Orden bekommen?«, fragte Ah Ling und hielt den durchscheinenden Edelstein gegen das Licht.

»Ach den! Das ist gar nicht seiner. Den habe ich nach dem

Krieg von der Queen bekommen. Den müssen Sie nicht polieren«, sagte Su Yi.

»Ich wusste gar nicht, dass die Queen Ihnen einen Orden verliehen hat!«

Su Yi schnaubte. »Das war ja auch keine große Sache. Was kümmert mich die Königin von England? Die Briten haben uns im Zweiten Weltkrieg im Stich gelassen. Statt mehr Truppen zu schicken, um die Kolonie zu verteidigen, die ihren Reichtum begründet hat, haben sie sich feige zurückgezogen und uns nicht mal echte Waffen besorgt. So viele junge Männer sind bei dem Versuch, die Japaner aufzuhalten, gefallen – meine Cousins, meine Halbbrüder. Es war schrecklich.«

Ah Ling nickte. »Aber wofür haben Sie den Orden denn nun bekommen?«

Su Yi lächelte schief. »Irgendwann auf dem Höhepunkt der Besatzung bin ich eines Abends übermütig geworden. Ich war mit ein paar Freunden im Botanischen Garten, unerlaubt natürlich. Über die ganze Insel war eine Ausgangssperre verhängt worden, und der Park war abends geschlossen, also hätten wir erst recht nicht dort sein dürfen. Wie aus dem Nichts stand auf einmal eine Streife der Kempeitai vor uns. Diese Einheit der japanischen Militärpolizei war für ihre Grausamkeit berühmt, Angst hatten wir also alle, aber ein paar meiner Freunde durften unter keinen Umständen erwischt werden, weil sie gesucht wurden. Weil ich Papiere hatte, durch die ich geschützt war, habe ich sie fliehen und mich absichtlich erwischen lassen. Lim Boon Keng, ein Freund der Familie, hatte mir nämlich ein Abzeichen mit der Aufschrift »Auslandschinesen-Verbindungsoffizierin« besorgt, womit ich mich von Soldaten unbehelligt auf der Insel bewegen konnte. Doch leider glaubten mir diese Soldaten nicht, dass wir nur einen kleinen Ausflug unter guten Freunden gemacht hatten. Sie nahmen mich fest und brachten mich zu ihrem Befehlshaber. Als ich sah, dass sie mich in ein bestimmtes Haus in die Dalvey Estate brachten, bekam ich es mit der Angst zu tun, das weiß ich noch, denn der Colonel, der dort residierte, war besonders berüchtigt für seine Brutalität. Einmal hatte er einen Jungen auf offener Straße erschossen, weil der ihn nicht auf die korrekte Art und Weise begrüßt hat. Und dem sollte ich jetzt vorgeführt werden, nachdem ich ein schlimmes Vergehen begangen hatte. Als wir die Haustür erreichten, kamen gerade ein paar Soldaten mit einer Leiche in einem blutigen Laken heraus. Ich dachte, jetzt habe mein letztes Stündlein geschlagen, jetzt würde ich vergewaltigt oder erschossen werden, oder beides. Mein Herz hämmerte wie verrückt. Ich wurde in einen Salon gezerrt, in dem sich mir ein unerwarteter Anblick bot. Der Colonel, ein großer, eleganter Mann, saß an einem Flügel und spielte Beethoven. Ich stand wie angewurzelt da und hörte mir das ganze Stück an. Als er fertig war, richtete ich aus unerfindlichen Gründen als Erste das Wort an ihn. Das sollte man eigentlich auf gar keinen Fall tun, aber ich sagte einfach zu ihm: ›Das fünfte Klavierkonzert Opus 73 in Es-Dur ist eins meiner liebsten.‹ Der Colonel drehte sich um, sah mich eindringlich an und antwortete in perfektem Englisch: ›Sie kennen dieses Stück? Können Sie Klavier spielen? Spielen Sie etwas für mich.‹ Er stand vom Klavierhocker auf, und ich setzte mich. Ich war wie versteinert. Ich wusste: Von der Entscheidung, was ich jetzt spielte, hing mein Leben ab. Also holte ich tief Luft und dachte, das letzte Stück, was ich in meinem Leben höre, soll Debussy sein, ›Clair de Lune‹. Ich spielte voller Inbrunst, und als ich wieder aufblickte, sah ich, dass er Tränen in den Augen hatte. Wie sich herausstellte, hatte er vor dem Krieg dem Diplomatischen Korps in Paris angehört, und Debussy war sein Lieblingskomponist. Er ließ mich laufen, aber ich musste ein Jahr lang zweimal die Woche kommen und für ihn spielen.«

Ah Ling schüttelte ungläubig den Kopf. »Da hatten Sie großes Glück. Aber wie sind Sie und Ihre Freunde denn überhaupt in den Botanischen Garten gekommen?«

Su Yi schenkte ihr ein Sphinxlächeln. Einen Moment lang schien sie zu zögern, ob sie es ihr sagen sollte oder nicht. Und dann verriet sie ihr ein Geheimnis.

Als Ah Ling nun an Su Yis Geschichte zurückdachte, kam ihr eine Idee. Sie blickte zu Vikram auf und sagte: »Es gibt da etwas, das Sie über dieses Haus nicht wissen. Ein Geheimnis aus Kriegszeiten.«

Vikram sah sie erstaunt an.

Ah Ling fuhr fort: »Haben Sie nicht Verbindungen zum Personal der Khoos?«

»Ja, den Sicherheitschef kenne ich sehr gut.«

»Dann möchte ich Sie um etwas bitten …«

Nick und Colin waren bei Red Point Record Warehouse in der Playfair Road, wo sie sich als Jugendliche stundenlang irgendwelche obskuren Platten angehört hatten.

Nick stöberte in einer der akkurat sortierten Plattenkisten. »Wusstest du, dass die Cocteau Twins mal mit Faye Wong zusammengearbeitet haben?«

»Echt? Glaub ich nicht!«

»Doch, guck mal.« Er wollte Colin gerade die seltene EP der Hongkonger Diva mit dem Titel *The Amusement Park* reichen, da vibrierte dessen Handy. Es war eine Textnachricht von Aloysius Pang, dem Sicherheitschef seiner Familie: Colin solle sofort zum Haus seines Vaters kommen und ein Päckchen abholen. Eigentlich sah es Aloysius überhaupt nicht ähnlich, ihn so nach Hause zu zitieren!

»Hey Nick, ich muss kurz zu meinem Vater, schnell was holen. Willst du hierbleiben, oder kommst du mit?«

»Ich komm mit. Sonst kauf ich noch den ganzen Laden leer.«

Die beiden fuhren in die Leedon Road, wo Colins Vater ein imposantes georgianisches Herrenhaus besaß, das aussah, als wäre es geradewegs aus Bel Air hierher verpflanzt worden.

»Mann, ist ewig her, dass ich hier war«, sagte Nick, als sie durch die Haustür traten. Eine Standuhr erfüllte das kreisrunde Foyer mit ihrem Ticken, und die Vorhänge im Salon schirmten die helle Nachmittagssonne ab. »Keiner zu Hause?«

»Mein Dad ist mit meiner Stiefmutter auf Safari in Kenia.«

In dem Augenblick betrat ein philippinisches Dienstmädchen das Foyer.

»Ist Aloysius da?«

»Nein, aber ich habe ein Päckchen für Sie, Sir Colin«, erwiderte die Frau. Sie verschwand in der Küche und kehrte kurz darauf mit einem großen Polsterumschlag zurück.

Colin betrachtete ihn. Er war nicht abgestempelt. »Wer hat den denn gebracht?«

»Sir, Mr Pang, Sir.«

Er riss den Umschlag auf, in dem sich ein weiterer, kleinerer Umschlag befand. PRIVAT & VERTRAULICH war darauf zu lesen, daneben klebte ein Post-it. Colin sah Nick überrascht an. »Der ist gar nicht für mich, sondern für dich!«

»Echt?« Nick nahm den Umschlag an sich und las die Nachricht auf dem Klebezettel:

Bitte überreichen Sie diesen Brief eigenhändig Ihrem Freund Nicholas Young. Er muss ihn unbedingt bis heute Abend erhalten.

»Wie passend! Anscheinend wusste der Absender, dass ich bei dir schlafe.« Nick riss den Umschlag auf.

»Moment! Bist du sicher, dass du den aufmachen willst?«

»Wieso denn nicht?«

Colin musterte den Polsterumschlag misstrauisch. »Weiß nicht … was, wenn da Anthrax oder so drin ist?«

»Ach, so aufregend ist mein Leben nicht. Aber hier, möchtest *du* ihn vielleicht aufmachen?«

»Auf keinen Fall!«

Nick öffnete lachend den Umschlag. »Du hast echt eine blühende Fantasie!«

»Alter, *ich* bekomme keine geheimnisvollen Päckchen zu meinem besten Freund geliefert!«, sagte Colin und brachte lieber ein paar Schritte Sicherheitsabstand zwischen sich und Nick.

11

CLUNY PARK ROAD 28, SINGAPUR

Nigel Barker hatte von Iman bis Taylor Swift bereits die berühmtesten und schönsten Frauen der Welt vor der Linse gehabt, aber keine Kundin hatte ihn je in ihrer privaten Boeing 747-81 VIP um den halben Erdball geflogen, und in den Genuss einer Lymphdrainage sowie eines Algen-Körperpeelings im Privatspa eines Privatjets war er bis jetzt auch noch nie gekommen. Als er nun mit seinen vier Assistenten vor Kitty Bings elegantem denkmalgeschütztem Anwesen in der Cluny Park Road 28 ankam, erwartete ihn der nächste unglaubliche Anblick.

Vor dem Haus stand ein Chinese in einer Art moderner marokkanischer Dschellaba und brüllte: »CHUAAAN! Wo ist das scheiß Oscar de la Renta? Wenn du das vergessen hast, häng ich dich höchstpersönlich an den Eiern auf! CHUAAAN!« Er hüpfte wütend auf und ab und sah aus wie ein verrückt gewordener Jedi.

Vor dem Haupthaus war ein riesiges Zelt aufgestellt. Eine Gruppe Modeassistenten in weißen Laborkitteln eilte mit Kleidungsstücken bepackt hin und her, während im Inneren des Zelts eine weitere Gruppe mit Hunderten von Ballkleidern auf Kleiderständern hantierte, die direkt vom Catwalk aus Paris geliefert worden waren. Ein groß gewachsener Mann in einem weißen Jeansanzug kam angelaufen. »Wir dampfbügeln das Oscar noch, es ist gerade erst aus New York angekommen!«

»*Ka ni nah!* Ich brauch das Kleid aber jetzt, du dämlicher *goondu*[1]!«

Nigel näherte sich vorsichtig dem wütenden Jedi. »Ich nehme an, hier soll das Shooting für den *Tattle* stattfinden?«

»Wah laooo!« Der Mann schlug die Hand vor den Mund und richtete sich kerzengerade auf. Sein Gesichtsausdruck wechselte blitzschnell von Axtmörder zu Zen-Meister, und sein Englisch hatte urplötzlich einen britischen Akzent. »Nigel Barker, wie er leibt und lebt! *Merde!* Ist denn das die Möglichkeit, du siehst IRL ja sogar noch besser aus! Ich bin Patric, der Couture-Berater. Ich bin heute für das Styling verantwortlich.«

»Nett, dich kennenzulernen«, erwiderte Nigel mit seinem echten britischen Akzent.

Patric musterte ihn noch einmal eingehend von oben bis unten. »Es ist mir eine Ehre! Ich meine, ich hab schon mit Mert und Marcus, Ines und Vinoodh, Bruce und Nan, Alexis und Tico gearbeitet, ich hatte sie alle! Komm gleich mal mit, wir haben da nämlich gerade ein winziges Problemchen. Deine Anwesenheit wird unsere Prinzessin aber bestimmt wieder beruhigen.«

1 Ich würde meine Hand nicht dafür ins Feuer legen, aber soweit ich weiß, ist ein *goondu* der malaiische Cousin eines *goondusamy* (Indien), der wiederum ein entfernter Verwandter des *goombah* ist (Jersey Shore und gewisse Vororte von Long Island).

Im Haus wieselten weitere Assistenten herum.

»Mrs Bing hat für das Shooting weder Kosten noch Mühen gescheut: Oliver T'sien hat aus New York den besten Hairstylisten einfliegen lassen, aus London die beste Visagistin und aus Italien die besten Setdesigner. Das sind alles Spitzenleute, deshalb sind die natürlich alle auch sehr darauf bedacht, dass ihre Stellung respektiert wird. Ich persönlich bin ja ein Freund von Stellungswechseln, aber nun ja …« Patric zog vielsagend die Augenbraue hoch.

Er führte Nigel die hübsche hölzerne Wendeltreppe im Arts-and-Crafts-Stil zur Bibliothek hinauf. »Mach dich auf was gefasst«, sagte er und öffnete vorsichtig die Tür.

Drinnen saß eine Frau auf einem Friseurstuhl vor einem beleuchteten Schminkspiegel. Sie war in Tränen aufgelöst und umringt von einer Schar ratloser Stylisten.

»Kitty … Kitty … ich hab was für dich«, säuselte Patric.

Kitty warf ihm im Spiegel einen Blick zu und entdeckte, mit wem er gekommen war. »Nigel Barker! Ach du meine Güte! Du solltest mich eigentlich erst sehen, wenn ich fertig bin! Guck mal, was die mit meinen Haaren gemacht haben! Ein Albtraum!«

Ein Blick auf den Boden verriet, dass die Stylistin etwa neunzig Prozent von Kittys Haaren abgeschnitten hatte.

»Ich weiß gar nicht, was du hast. Das sieht doch fantastisch aus!«, sagte Nigel, der ehrlich fand, dass ihr der neue Pixiecut hervorragend stand.

»Hab ich dir doch gesagt!«, bekräftigte Oliver. »Der Schnitt ist so jungenhaft. Und wir wollten einen radikalen Neuanfang.«

»Du siehst aus wie Emma Watson«, sagte die Stylistin Jo. »Und warte erst mal die neue Farbe ab.«

»Als ob! Ich sehe überhaupt nicht mehr attraktiv aus, ich sehe aus wie eine *Mutter*! Nigel, sei ehrlich, würdest du so mit mir ins Bett wollen?« Kitty schwang theatralisch auf ihrem Drehstuhl herum und sah ihn herausfordernd an.

»Jetzt bring den armen Nigel nicht in Verlegenheit«, mischte sich eine blonde Frau mit britischem Akzent ein. »Er ist immerhin ein verheirateter Mann.«

»Charlotte! Wusste gar nicht, dass du auch hier bist!«, begrüßte Nigel die Visagistin und umarmte sie.

Patric redete weiter beruhigend auf Kitty ein. »Wenn Jo Blackwell-Preston erst mal mit dem Färben durch ist, macht Charlotte Tilbury dein Make-up, und dann steck ich dich in ein traumhaftes Kleid. Und wenn Nigel mit dir fertig ist, wirst du aussehen wie die Mutter aller MILFs! Die Männerwelt wird sich den *Tattle* auf den Nachttisch legen und deine Fotos vor dem Einschlafen ganz genau *studieren*.«

»Und denk dran, was wir besprochen haben«, fügte Oliver hinzu. »Wir machen dieses Shooting doch genau *weil* wir dein Image verändern wollen. Du sollst nicht mehr wie die sexy Modeikone aussehen. Dein Look ist ab jetzt ›elegante Hausherrin, die mühelos beeindruckt‹. Kulturelles Leitbild *meets* Gesellschaftsaktivistin. Charlotte, ich denke da an diese Skrebneski-Fotos von Jacqueline de Ribes in ihrer Pariser Wohnung. Oder das von C. Z. Guest, auf dem sie sich zu ihrem Pudel runterbeugt. Oder Marina Rust an ihrem Hochzeitstag. Jung, majestätisch, *comme il faut*.«

»Da mach dir mal keine Sorgen, Ollie, Kitty wird hinterher so was von *comme il faut* sein! Und jetzt hör auf zu weinen, Kitty. Du bekommst noch schnell meinen Notfall-Hyaluronsäurebooster, bevor dein Gesicht ganz verquollen ist.«

»Und dann mach ich dir super unauffällige Strähnchen!«, sagte Jo. »Da denken alle, du kommst gerade aus dem Urlaub von den Seychellen.«

Zwei Stunden später saß Kitty auf einem Regency-Sofa vor dem *Palast der achtzehn Vollkommenheiten*, den prunkvollen chinesischen Rollbildern, die sie sich vor zwei Jahren für die bescheidene Summe von einhundertfünfundneunzig Millionen Dollar gekauft hatte. Sie trug ein schulterfreies rosa Abendkleid von Oscar de la Renta mit weitem, schwingendem Rock aus Duchesse-Satin und in den Haaren einen zarten Reif mit Perlen aus dem Zeitalter Edwards VII. Den Kopf auf ihrem Schoß, lag Gisele neben ihr, in einem kornblumenblauen Mischka-Aoki-Kleid mit Federn und unzähligen Rüschen daran. Auf der anderen Seite stand Harvard, hatte die Arme um Kittys Hals geschlungen und sah in seinem weißen Bonpoint-Matrosenanzug mit der marineblauen Paspelierung und den weißen Kniestrümpfen einfach entzückend aus. Vor dem Sofa lagen zwei Irish Setter mit glänzendem Fell.

Nigel hatte für das Shooting eine Art modernes Watteau-Porträt anvisiert und dafür extra seine riesige Polaroid 20x24 aus New York mitgebracht. Diese Kameras wurden von Hand hergestellt, und es gab weltweit nur sechs Exemplare. Die Ausdrucke waren dementsprechend so wertvoll, dass ihn jedes Einzelbild fünfhundert Dollar kostete. Dafür gelangen damit aber auch hinreißende Bilder von bestechender Schärfe, die dennoch so wirkten wie nicht von dieser Welt. Passend dazu hatte er eine Mischung aus natürlicher und künstlicher Beleuchtung vorbereitet, die an das diffuse, sanfte Nachmittagslicht auf einer Fotografie aus dem 18. Jahrhundert erinnerte.

Nigel warf einen Blick durch den Sucher. »Hast du aber ein hübsches Lächeln, Gisele.« Harvard war von den Hunden abgelenkt und beugte sich immer wieder hinunter, um sie zu streicheln. »Gib deiner Mommy mal einen Kuss!«, rief Nigel ihm zu, und genau in dem Moment, als der Junge seiner Mutter einen Kuss auf die Wange drückte, fiel das Licht perfekt auf das Gemälde. »Was geht dir gerade durch den Kopf, Kitty?«, fragte Nigel sie schnell, woraufhin ihr Gesicht einen nachdenklichen Ausdruck annahm, und genau da drückte er auf den Auslöser. Er wusste sofort: Er hatte das perfekte Foto im Kasten.

Kurz darauf war das gewaltige Polaroid fertig. Nigels rechte Hand Toby stellte das Bild vorsichtig auf eine spezielle Staffelei im hinteren Teil des Zimmers, damit es sich alle ansehen konnten.

Oliver war begeistert. »Wow, genau das, was wir wollten! Wie ein lebendig gewordener Sir Joshua Reynolds, wirklich traumhaft«, sagte er zu Patric.

»Wenn Nigel mit auf dem Bild wäre, mit nacktem Oberkörper, *dann* wäre es perfekt«, flüsterte Patric zurück.

»Ich bin sprachlos.« Auch Violet Poon, Chefredakteurin des *Singapore Tattle*, war beeindruckt. »Ich gebs zu: Oliver, als du meintest, ihre Haare sollen komplett ab, dachte ich erst, jetzt wärst du völlig verrückt geworden. Aber es war eine geniale Idee! Kitty sieht so elegant aus! Wie Emma Stone! Richtig majestätisch. Ich seh schon den Titel vor mir: Prinzessin Kitty! Ich mach mal eben ein Foto für meine Freundin Yolanda, die hat uns ja netterweise ihre Hunde ausgeliehen.«

Violet fotografierte das Bild mit ihrem Handy und schickte es ab. Kurz darauf berichtete sie, Yolanda sei hellauf begeistert.

»Wir reden hier aber nicht von Yolanda Amanjiwo, oder?«, erkundigte sich Oliver.

»Doch, genau die.«

»Diese unglaublich angeberische Frau, die sich einen Picasso ins Klo gehängt hat, damit ihn auch ja jeder sieht?«

»Die ist gar nicht so. Habt ihr überhaupt schon mal miteinander geredet?«

»Sie würde sich wohl niemals dazu herablassen, ich hab ja weder einen Adelstitel noch ein eigenes Flugzeug.«

»Quatsch, die würde dich total gern mal kennenlernen, Oliver, das weißt du genau«, widersprach Violet, während sie in Lichtgeschwindigkeit auf ihr Handy eintippte. »Sie veranstaltet heute Abend auch wieder eine von ihren berühmten Dinnerpartys, komm doch einfach mit.« Sie bekam eine Nachricht. »Aha! Yolanda schreibt gerade, dass sie euch alle für heute Abend einlädt. Dich, Nigel und vor allem Kitty.«

»Die hat bestimmt bloß von Kittys drei Flugzeugen gehört«, konnte Oliver sich nicht verkneifen.

»Jetzt hör aber auf, Oliver T'sien!«, schimpfte Violet.

Kitty lag mittlerweile in einem smaragdgrün-weiß gestreiften Vintage-Ballkleid von Anouska Hempel lässig hingegossen da wie Madame Récamier, während Nigel und sein Team die Beleuchtung für einen dramatischeren Abendlook neu ausrichteten.

»Geht die Pose so?«, fragte Kitty.

»Auf jeden Fall, das sieht super aus. Weißt du übrigens, was der Titel auf der *Tattle*-Ausgabe mit deinem Cover sein wird? ›Prinzessin Kitty‹.«

Kitty riss die Augen auf. »Oh mein Gott! Das ist ja der Hammer!«

»Und rate mal, wer uns gerade für heute Abend eingeladen hat: Yolanda Amanjiwo.«

Kitty traute ihren Ohren kaum. »Die der *Tattle* ›Galagöttin‹ getauft hat?«

»Jep, genau die«, erwiderte Violet. »Ich hab ihr gerade ein Foto vom Shooting geschickt, und sie kanns kaum erwarten, dich kennenzulernen. Dein Foto ist noch nicht mal auf dem Cover, und trotzdem bist du schon in aller Munde, Prinzessin Kitty! Du kommst doch, oder?«

»Natürlich! Ich hatte eigentlich schon was anderes vor, aber das sage ich ab, kein Problem.« Ursprünglich hatte sie ein romantisches Mondlichtdinner mit Nigel auf ihrer Jacht geplant, fand das hier aber eindeutig wichtiger.

»Sehr gut. Punkt acht, White Tie.«

Oliver sah Violet überrascht an. »Wie bitte? Ein Dresscode in Singapur?«

»Aber hallo. Bei ihren Dinnerpartys macht Yolanda keine halben Sachen, wirst du noch sehen.«

Ein paar Stunden später standen Oliver, Nigel und Kitty in Yolanda Amanjiwos Wohnzimmer. Eine Hälfte des riesigen Raumes mit schwarzem Travertinboden nahm ein Reflexionsbecken ein, das in einen Außenpool mündete, in dessen Mitte ein gewaltiger goldener *Balloon Dog* von Jeff Koons stand. Alles in allem erinnerte es eher an das Foyer eines Luxusresorts als an ein Privathaus.

Yolanda und ihr Mann Joey standen am anderen Ende des Raumes vor einem lang gestreckten Marmorblock, auf dem eine Sammlung antiker apulischer Vasen aufgereiht war. Kitty reihte sich in die Schar der Gäste ein und stellte erleichtert fest, dass sie mit ihrem schwarzen schulterfreien

Vintage-Kleid von Givenchy, den weißen Satinhandschuhen und ihrem nicht allzu protzigen Diamantcollier mit einem vierzigkarätigen kanariengelben Tropfenschliff-Diamanten die richtige Wahl getroffen hatte. Von zwei charmanten Dienern in weißem Smoking wurden sie zu ihren Gastgebern geführt, und ein Butler verkündete mit hoher, nasaler Stimme: »Der Ehrenwerte Oliver T'sien, Mr Nigel Barker und Mrs Jack Bing.«

Yolanda war eine große, schlanke Frau mit einer Bouffant-Frisur, die jeglicher Schwerkraft trotzte. Sie trug ein trägerloses, eng anliegendes Kleid in Scharlachrot – Christian Dior, wie Kitty mit ihrem geschulten Auge sofort erkannte. Auch auf die Wahl ihres Schönheitschirurgen hatte Yolanda offenbar größte Sorgfalt verwendet, denn ihr Gesicht war absolut perfekt geformt, wenn auch so straff, dass sich beim Sprechen kein einziger Muskel rührte. Eigentlich schade, weil ihre Stimme mit dem indonesischen Schnellfeuerakzent wirklich warm und angenehm war. »Oliver T'sien endlich lernen wir uns kennen ich bin ein großer Fan Ihrer Familie Ihr Großvater war so ein bemerkenswerter Mann Nigel Barker wie schön Sie kennenzulernen mein Gott diese Fooooootos heute ein Traum würden Sie meine Irish Setter porträtieren?«

»Ehrlich gesagt habe ich die beiden heute bereits gesondert aufgenommen. Ich lasse das Foto entwickeln und schenke es Ihnen.«

»Oh mein Gott Joey hast du das gehört Nigel Barker hat ein Porträt von Liam und Niall gemacht und es kostet uns keinen müden Cent!« Yolanda tippte hektisch ihren Mann an, der aussah, als erwache er gerade aus einem wochenlangen Koma. Mehr als ein lang gezogenes »Äääähm« war aus dem kleinen, schmerbäuchigen Mann mit den schweren Lidern jedoch nicht herauszubekommen.

»Und Sie sind die göttliche Kitty Bing ach ich hab schon so viel von Ihnen gehört was für ein göttliches Kleid ein klassisches Givenchy oder und Ihre Party zur Shanghai Fashion Week oh là là ich wünschte ich wäre dabei gewesen Karl Lagerfeld fand Ihre neue Villa zum Niederknien und Ihr Privatjet also der große der hat ein Spa oh mein Gott was für eine grandiose Idee ich muss Sie unbedingt besuchen unbedingt!«

»Aber natürlich, jederzeit! Ich zeige Ihnen gern mein Spa – wir nennen es das Mile High Spa.«

»Hahahihi Mile High Spa Sie sind so lustig ach du meine Güte Kitty wir werden die allerbesten Freundinnen das weiß ich genau!«

Dann begrüßten die Amanjiwos die nächsten Gäste, und Kitty sah sich suchend um. Ein strahlendes Lächeln breitete sich auf ihrem Gesicht aus, als sie Wandi Meggaharto Widjawa entdeckte.

»Kitty!«, quietschte Wandi quer durch den Raum und stürzte auf sie zu. Die beiden Frauen fielen sich in die Arme, als hätten sie sich eine halbe Ewigkeit nicht gesehen.

»Was machst du denn hier?«, fragte Kitty begeistert.

»Joey ist mein Cousin. Yolanda setzt mich bei ihren Feiern immer neben ihn, damit ich ihn wach halte.« Sie kicherte. »Aber wow, deine neue Frisur! Du siehst aus wie Emma Thompson! Wie war das Shooting?«

»Großartig. Hätte nicht besser laufen können.«

»Ach, ich bin so froh, dass du da bist! Das wird so lustig! Wusstest du, dass das Menü heute von Joan Roca i Fontané kommt? Er ist Koch im besten Restaurant der Welt, El Celler de Can Roca. Ist praktisch unmöglich, da einen Tisch zu bekommen, ohne jemanden umzubringen. Wen hat Yolanda wohl noch so eingeladen? Oh, schau mal da, die First Lady von Singapur!«

Sie beobachtete, wie die First Lady gerade Oliver begrüßte, als wäre es ihnen beiden unangenehm, sich auf dieser Party zu treffen.

»Jetzt gehörst du endgültig zur Crème de la Crème von Singapur, Kitty. Diese Partys sind so exklusiv, dass Fotografieren verboten ist«, sagte Wandi. In dem Augenblick zückte ein umherstreifender Fotograf seine Kamera und schoss ein Foto von ihnen.

»Das ist Yolandas persönlicher Fotograf. Nur für dokumentarische Zwecke, nicht für die Öffentlichkeit«, beeilte sich Wandi zu erklären. »Oh, schau mal, da kommen die Diener. Das heißt, wir ziehen in den Speisesaal um.«

Eine große Flügeltür wurde geöffnet, und Kitty verschlug es die Sprache. Sie fühlte sich geradewegs ins Frankreich des 18. Jahrhunderts zurückversetzt. Die Wände des Speisesaals waren mit barocken Goldtäfelungen verziert, und vergoldete Bronzespiegel erstreckten sich vom Boden bis zur Decke. Über der gewaltigen Tafel in der Mitte des Raumes hingen Dutzende Kristalllüster, in denen Kerzen brannten. Die Tafel war für dreißig Gäste mit Meissener Porzellan und vergoldetem Tafelsilber eingedeckt, und in der Mitte thronte ein goldener Käfig mit weißen Tauben. Der Saal erstrahlte im Widerschein Tausender Kerzen, und hinter jedem mit Amiens-Tapisserie bezogenen Stuhl stand ein Diener mit gepuderter weißer Perücke und schwarz-goldener Livrée. Kitty kam sich vor wie bei einem königlichen Bankett.

»Hashtag madamedefuckingpompadour!«, murmelte Oliver.

»Yolanda hat das Inventar dieses Speisesaals aus einem verfallenen Palast in Ungarn gerettet und Stück für Stück hierhertransportieren lassen. Es hat drei Jahre gedauert, ihm wieder zu seiner ursprünglichen Pracht zu verhelfen«, berichtete Wandi stolz.

Kitty beugte sich zu Oliver und flüsterte ihm ins Ohr: »Das will ich auch! Können wir uns einen alten Palast suchen und den Speisesaal in mein Haus einbauen?«

Oliver sah Kitty missbilligend an. »Auf gar keinen Fall! Alexis de Redé, Gott hab ihn selig, würde im Strahl kotzen, wenn ihm diese Monstrosität unter die Augen käme.«

Kitty hatte keinen Schimmer, wovon er sprach, sie war ohnehin viel zu abgelenkt von diesem gut aussehenden Diener, der sie zu Tisch geleitete, wo kleine antike Goldspiegel mit eingravierten Namen als Platzkärtchen dienten. Sie wollte sich gerade setzen, als der Herr neben ihr sie am Arm packte. »Madame, warten Sie. Wir setzen uns erst, wenn die First Lady Platz genommen hat. Yolanda hält sich streng an die höfischen Sitten«, sagte er mit skandinavischem Akzent.

»Oh, Entschuldigung, das wusste ich nicht«, sagte Kitty. Wie alle anderen Gäste blieb sie hinter ihrem Stuhl stehen. Endlich verkündete der Butler an der Flügeltür: »Die Ehrenwerte First Lady der Republik Singapur!«

Die First Lady betrat den Saal und wurde zu ihrem Platz seitlich am Kopf der Tafel geführt. Aber warum setzte sie sich denn nicht hin? Und warum zum Henker blieben alle anderen auch immer noch stehen? Kittys Füße schmerzten allmählich in ihren Zwölf-Zentimeter-Heels von Gianvito Rossi.

Wieder trat der Butler an die Flügeltür und rief mit dröhnender Stimme: »Der Graf und die Gräfin von Palliser!«

Kitty riss entsetzt die Augen auf, als ein großer blonder Mann den Saal betrat, leger gekleidet mit Button-down-Hemd, khakigrüner Chino und einem zerknitterten Sakko in Marineblau. An seiner Seite stand Colette im langen weißen Baumwollkleid mit Lochstickereien, das Haar zu einem lockeren Pferdeschwanz zusammengebunden. Sie war ungeschminkt und trug lediglich ein Paar Ohrhänger aus Perlen und Korallen.

Als sie den Schock überwunden hatte, ihre Erzfeindin in Singapur anzutreffen, hätte Kitty am liebsten laut losgelacht, so dermaßen underdressed war Colette. Eine Schande, dass diese Landpomeranze ihre Stieftochter war. Wusste die überhaupt, wo sie hier war?

Doch da machte die First Lady von Singapur zu Kittys großem Entsetzen einen tiefen Knicks. Yolanda Amanjiwo und alle anderen Gäste im Saal taten es ihr hastig gleich – die Herren verbeugten sich, und die Damen knicksten, während der Graf und die Gräfin von Palliser zum Ehrenplatz am Kopf der Tafel geführt wurden.

12

BOTANISCHER GARTEN, SINGAPUR

Es war noch dunkel, als Colin und Nick den Botanischen Garten betraten.[1] Sie befolgten haargenau die Anweisungen in Nicks geheimnisvollem Brief, hatten das Auto auf dem Parkplatz des Gleneagles Hospital abgestellt, die Cluny Road überquert und den Park durch einen selten genutzten Seiteneingang betreten. Genau wie im Brief angegeben, war das Tor unverschlossen.

Sie folgten einem Pfad zwischen den Bäumen. Die plötzliche Anwesenheit von Menschen in diesem abgelegenen Teil des Gartens schreckte mehrere Affen auf, die sich

1 Der Botanische Garten in Singapur wurde 2015 zum UNESCO-Weltkulturerbe erklärt und ist den Einheimischen ebenso wichtig wie den New Yorkern der Central Park oder den Londonern der Hyde Park. In der grünen Oase mitten auf der Insel gibt es eine beeindruckende Pflanzenvielfalt, Pavillons aus der Kolonialzeit sowie eine der erlesensten Orchideensammlungen der Welt – kein Wunder also, dass so viele Singapurer sich wünschen, dass ein winziges bisschen von ihrer Asche hier verstreut wird. Heimlich natürlich, weil streng verboten. (In Singapur entkommt niemand dem Gesetz, nicht mal die Toten.)

kreischend durchs Unterholz schwangen. »Mann, ich war seit Ewigkeiten nicht mehr hier«, sagte Nick.

»Warum auch? Du hattest schließlich deinen eigenen botanischen Garten direkt nebenan.«

»Manchmal sind Dad und ich zur Abwechslung hier spazieren gegangen. Ich wollte immer nur an den See mit den beiden Inseln. Die hab ich immer ›meine Geheiminseln‹ genannt. Warte mal kurz, ich guck noch mal auf die Karte.« Nick faltete die Karte auf, die er in dem Umschlag gefunden hatte. Colin leuchtete ihm mit dem iPhone.

»Okay, die Heckentiere sind da rechts, also müssen wir hier durch das Wäldchen, glaube ich.«

»Da führt aber gar kein Pfad durch«, sagte Colin.

»Ich weiß, aber der Pfeil zeigt in die Richtung.«

Sie leuchteten sich den Weg mit ihren Handys durch das Dickicht. Colin wurde allmählich etwas mulmig zumute. »Stockfinster hier. Ich komm mir vor wie in *Blair Witch Project*.«

»Vielleicht laufen wir ja einer *pontianak*[1] über den Weg«, witzelte Nick.

1 Wer *Crazy Rich Girlfriend* gelesen hat, weiß, was eine *pontianak* ist. Falls nicht (Was ist bitte schön die Ausrede?), hier die Erklärung von der führenden Pontianakologin Dr. Sandi Tan: »Eine *pontianak* ist eine tropische Kreuzung zwischen Vampir und Waldnymphe. Sie nimmt häufig die Gestalt einer anmutigen Jungfrau im Sarong an, die sich in den hintersten Winkeln des südostasiatischen Dschungels verkriecht. Doch Obacht, wenn sie ihr wahres Äußeres offenbart: verwesendes graues Fleisch, spitze Zähne, scharfe Krallen und faulige Gerüche. Ihre liebste Beute sind menschliche Föten, die sie an Ort und Stelle verschlingt. Im Notfall müssen jedoch auch andere Menschen herhalten – nicht mal vor flatulierenden, zähen Großvätern macht eine ausgehungerte *pontianak* halt. Man kann sie beschwören, indem man eine weiße Schnur zwischen zwei Ba-

»Das ist nicht lustig! Angeblich spukt es im Botanischen Garten wirklich. Kein Wunder bei den ganzen Leuten, die von den Japanern hier auf der Insel gefoltert und getötet wurden.«

»Na, dann haben wir ja Glück, dass wir keine Japaner sind.«

Nach kurzer Zeit lichtete sich der Wald, und sie stießen auf einen Pfad, der sie zu einem kleinen Betonhäuschen unter einer gewaltigen Kasuarine führte.

»Das muss es sein. Sieht aus wie eine Art Pumpenhaus.« Nick spähte durchs dunkle Fenster.

Plötzlich schoss eine finstere Gestalt hinter dem Baum hervor.

»Pontianak!«, schrie Colin und ließ vor lauter Schreck sein iPhone fallen.

»Ich bins doch bloß«, sagte eine Frauenstimme.

Nick leuchtete die Gestalt mit seinem Handy an. Im bläulichen Schein des Displays stand Astrid in einem übergroßen Vetements-Hoodie mit superlangen Ärmeln und enger Camouflagehose.

»Meine Fresse, Astrid! Ich hab mir fast in die Hose gemacht!«, rief Colin.

»Das wollte ich nicht! Ich hab mich auch voll erschreckt, als ihr kamt, aber dann hab ich euch erkannt.«

nanenbäume spannt und einen beliebigen Spruch aufsagt, allerdings ist sie auch gern auf eigene Faust unterwegs. Nicht zu verwechseln mit ihren ebenfalls blutsaugenden, aber wenig eleganten Dorftrampeln von Cousinen, den *penanggalan* (körperlosen, fliegenden Dämoninnen mit langen, ungewaschenen Haaren und fleischigen Eingeweide-Tentakeln) und den *pelesit* (einer erbärmlichen Universalsklavin, die ihrem Beschwörer bedingungslos ergeben ist und keinerlei eigenen Antrieb besitzt).«

Nick grinste erleichtert. »Ich geh mal davon aus, dass du auch einen Brief bekommen hast und Ah Ma einen heimlichen Besuch abstatten willst?«

»Ja! Sehr mysteriös, das Ganze. Ich lag gerade bei meinen Eltern am Pool und hab auf Cassian aufgepasst. Da muss ich kurz weggenickt sein, denn plötzlich stand ein Tablett mit Eistee und Pandan-Kuchen neben mir. Der Umschlag war unter dem Kuchen, und Cassian schwört, er hätte nicht gesehen, wer ihn da hingelegt hat.«

»Merkwürdig. Wieder alles okay?«, fragte Nick.

»Ja klar. So schnell grusele ich mich nicht.« Just in dem Moment ging im Pumpenhaus das Licht an, und die drei fuhren zusammen. Die rostige Stahltür wurde von innen aufgeschlossen und öffnete sich mit einem lauten Quietschen. Durch den Spalt wurde ein Kopf mit Turban sichtbar.

»Vikram!«, rief Nick erleichtert.

»Schnell!« Vikram winkte sie ins Häuschen.

»Wo sind wir hier eigentlich?«, fragte Astrid.

»Das ist das Pumpenhaus, über das der Zulauf der beiden Teiche geregelt wird«, erklärte Vikram und führte sie ans andere Ende des Gebäudes, wo sich Maschinen und Geräte drängten. Hinter einem riesigen runden Rohr, das im Boden verschwand, ließ sich die Wandverkleidung öffnen. Dahinter klaffte ein dunkles Loch. »Hier rein, einer nach dem anderen. Tastet nach den Leitersprossen an der Wand.«

»Ist das wirklich das, was ich glaube?«, fragte Nick verblüfft.

Vikram grinste. »Na los, Nicky, rein in die gute Stube.«

Nick hangelte sich durch das schmale Loch und kletterte etwa zehn Sprossen in die Tiefe. Als er festen Boden unter den Füßen spürte, half er Astrid von der Leiter, dann folgten Colin und Vikram. Sie standen in einem kleinen Raum mit Stahlwänden. Auf einem verwitterten Schild an der Wand stand auf Englisch, Chinesisch und Malaiisch:

LEBENSGEFAHR! KEIN ABFLUSS!
KAMMER WIRD BEI VENTILÖFFNUNG GEFLUTET!

Vikram drückte gegen ein Wandpaneel, und ein beleuchteter Tunnel kam dahinter zum Vorschein. Mit offenen Mündern kletterten Nick, Astrid und Colin hinein. Das hatten sie nicht erwartet.

»Nicht zu fassen!«, rief Colin.

»Der Tunnel führt nach Tyersall Park, oder?«, fragte Nick aufgeregt.

»Unter der Adam Road hindurch aufs Grundstück des Hauses, ja«, sagte Vikram. »Und jetzt los, wir haben nicht viel Zeit.«

Auf dem Weg durch den Tunnel sah Nick sich fasziniert um. Die Betonwände waren stellenweise vermodert, und der Boden starrte vor Schmutz, aber alles in allem war der Tunnel erstaunlich gut erhalten. »Als ich klein war, hat mein Vater mir manchmal von Geheimgängen in Tyersall Park erzählt, aber ich dachte immer, er veräppelt mich. Ich hab ihn tausendmal angefleht, mir einen zu zeigen, aber keine Chance.«

»Wissen Sie schon lange von dem Tunnel?«, fragte Astrid.

»Nein, Ah Ling hat mich erst gestern eingeweiht«, sagte Vikram. »Anscheinend hat Ihr Urgroßvater Shang Loong Ma ihn während des Kriegs benutzt. So konnte er von den Japanern unbemerkt in Tyersall Park ein und aus gehen.«

»Angeblich soll es einen ähnlichen Tunnel von Onkel Kuan Yews Haus in der Oxley Road zum Istana geben«, sagte Astrid. »Aber dass Tyersall Park auch einen hat, hätte ich nie gedacht.«

»Unfassbar! So ein ausgeklügelter Plan, dabei wollt ihr bloß eure Großmutter besuchen!«, sagte Colin kopfschüttelnd.

»Ja, es ist eine ziemliche Nacht-und-Nebel-Aktion, das ist uns bewusst.« Vikram sah sie entschuldigend an. »Aber Ah Ling und ich mussten Ihnen die Nachrichten zukommen lassen, ohne unsere Jobs zu gefährden. Tyersall Park ist seit Tagen vollständig abgeriegelt, das haben Sie ja mitbekommen.«

»Ich bin Ihnen unendlich dankbar, Vikram«, erwiderte Nick mit einem Lächeln.

Am anderen Ende des Tunnels gelangten sie über weitere Leitersprossen nach oben. Nick kletterte als Erster heraus. Er blickte zurück in den Schacht und rief Astrid zu: »Rat mal, wo wir sind!«

Astrid kraxelte aus dem Schacht und stand plötzlich zwischen üppigen Orchideen. Sie waren im Gewächshaus ihrer Großmutter herausgekommen: Der große, runde Steintisch mit den Greifen in der Mitte war zur Seite geschoben und bildete den Eingang zum Tunnel.

»Wie viele Stunden habe ich hier mit Ah Ma gesessen und Tee getrunken!«, rief Astrid.

An der Tür des Gewächshauses wartete Ah Ling. »Los, los, bevor es hell wird und alle aufwachen.«

Sicher verborgen in Ah Lings Zimmer im Bedienstetenflügel weihte sie die drei schließlich in ihren Plan ein. »Colin, Sie bleiben hier und verstecken sich. Ich gehe mit

Astrid und Nicky hoch in Su Yis Schlafzimmer. Ich weiß, wie wir vom Balkon des Ankleidezimmers zu ihr kommen. Astrid, du gehst vor und bist bei ihr, wenn sie aufwacht. Dafür musst du eigentlich nur die Vorhänge aufmachen. Sie wird sich freuen, dich zu sehen, und dann sagst du ihr, dass Nicky draußen wartet. Sonst bekommt sie noch einen Schock, wenn Nicky plötzlich vor ihr steht.«

»Gute Idee«, sagte Nick.

»Madri und Patravadee wissen Bescheid und bewachen die Schlafzimmertür. Normalerweise schaut das Pflegepersonal alle fünfzehn Minuten nach ihr, aber heute werden sie es davon abhalten. Professor Oon kommt für gewöhnlich erst um sieben Uhr dreißig. Astrid, du fängst ihn vor Su Yis Tür ab. Von dir lässt er sich sofort einwickeln, das weiß ich.«

Astrid nickte. »Um den kümmere ich mich, kein Problem.«

»Der zweite Risikofaktor ist Eddie. In letzter Zeit geht er morgens als Erstes zu Su Yi. Deshalb habe ich Ah Ching darauf angesetzt, seine Lieblingscrêpes mit Lyle's Goldsirup zum Frühstück zu machen. Ich werde versuchen, ihn so lange wie möglich am Frühstückstisch festzuhalten.«

»Vielleicht kannst du ihm ein Beruhigungsmittel in den Crêpeteig mischen«, schlug Nick vor.

»Oder gleich ein Abführmittel!«, sagte Colin.

Ah Ling erhob sich lachend. »Okay, alle bereit?«

Nick und Astrid stiegen die Bedienstetentreppe in den ersten Stock hinauf und folgten Ah Ling schweigend durch die verschiedenen Korridore, die sonst nur das Personal benutzte. Auf dem Balkon von Su Yis Ankleidezimmer angekommen, öffnete Astrid so leise wie möglich die Tür und schlich auf Zehenspitzen hinein. Der kühle Raum mit den Mosaikfliesen neben Su Yis Schlafzimmer duftete nach Jasmin und Lavendelwasser. Im Türrahmen blieb sie stehen und spähte ins Schlafzimmer ihrer Großmutter. Su Yis Kammerzofen machten das Zimmer leise für den Morgen zurecht. Madri besprühte gerade eine Orchidee mit Wasser, und Patravadee räumte die Hinterlassenschaften des Pflegepersonals weg.

Kaum hatten die beiden Frauen Astrid entdeckt, nickten sie ihr zu und zogen die Vorhänge auf. Dann schlüpften sie aus dem Zimmer, schlossen die Tür hinter sich und standen pflichtschuldig Wache. Die gedämpfte Stimme einer Pflegerin war zu hören: »Ist Mrs Young schon wach? Kümmern Sie sich ums Frühstück?« Eine der Zofen antwortete: »Sie will heute etwas länger schlafen. Wir lassen das Frühstück erst um kurz nach acht kommen.«

Astrid trat an den Nachttisch, öffnete eine Flasche Adelboden-Mineralwasser und füllte einen Becher. Dann setzte sie sich damit ans Bett ihrer Großmutter.

»Guten Morgen, Ah Ma«, sagte Astrid fröhlich. »Hier, trink einen Schluck.«

Su Yi nahm den Becher dankbar entgegen und trank. Dann sah sie sich im Zimmer um. »Welcher Tag ist heute?«

»Donnerstag.«

»Bist du jetzt erst aus Indien zurück?«

»Genau«, flunkerte Astrid, denn sie wollte nicht, dass ihre Großmutter sich Sorgen machte.

»Na dann zeig mal her.«

Astrid hielt ihr die Hand mit dem Verlobungsring hin, und Su Yi betrachtete ihn eingehend. »Ich wusste, er würde dir stehen.«

»Ich weiß gar nicht, wie ich dir dafür danken soll, Ah Ma.«

»Lief alles nach Plan? Hast du wirklich nicht damit gerechnet?«

»Nein, ich war völlig baff!«

»Waren Elefanten dabei? Ich habe Charlie gesagt, er soll auf einem Elefanten reiten. Genau so hat nämlich mein Freund, der Maharadscha von Bikaner, um die Hand seiner Königin angehalten.«

»Ja, er ist auf einem Elefanten geritten.« Astrid lachte. Ihr wurde erst jetzt bewusst, wie sehr ihre Großmutter in die Planung involviert gewesen war.

»Habt ihr Fotos gemacht?«

»Nein … Ach, aber warte mal kurz.« Astrid nahm ihr Handy aus der Tasche und googelte schnell die Paparazzibilder ihres eigentlich so privaten Augenblicks. Sie hätte nie gedacht, dass sie mal zu etwas gut sein würden. Als sie ihrer Großmutter die Schnappschüsse zeigte, fiel ihr auf, welche Ironie des Schicksals es war, dass der Rest der Familie sich so furchtbar über den glücklichsten Moment ihres Lebens aufregte.

Su Yi seufzte. »Sieht traumhaft aus. Ich wäre gern dabei gewesen. Und Charlie sieht richtig schneidig aus! Ist er auch in Singapur?«

»Nein, aber er will morgen kommen. Er besucht seine Mutter jeden Monat.«

»Ach, er ist ein guter Junge. Ich wusste sofort, dass er gut auf dich aufpassen wird.« Su Yi betrachtete das unscharfe Foto von Charlie, der Astrid gerade den Ring an den Finger steckte. »Von allem Schmuck ist mir dieser Ring der liebste.«

»Ich weiß, Ah Ma.«

»Ich habe deinen Großvater nie gefragt, ob er ihn gekauft hat.«

»Wie meinst du das? Wer sollte euren Verlobungsring sonst gekauft haben?«

»Dein Großvater hatte nicht viel Geld, als wir uns kennengelernt haben. Er hatte gerade sein Medizinstudium abgeschlossen. Wie um alles in der Welt hätte er sich diesen kanariengelben Diamanten leisten können?«

»Stimmt. Zu der Zeit hat der bestimmt ein Vermögen gekostet«, sagte Astrid.

»Ich hatte ehrlich gesagt immer Onkel T'sien Tsai Tay im Verdacht, schließlich war er es, der die Ehe ausgehandelt hat. Die Qualität des Steins ist nicht makellos, aber er hat mich beim Tragen immer daran erinnert, wie viele Überraschungen das Leben bereithält. Oft stellt sich etwas scheinbar Unperfektes im Nachhinein als das Beste heraus, das einem je passieren konnte.« Su Yi schwieg eine Weile, dann sah sie ihre Enkelin eindringlich an. »Astrid, du musst mir etwas versprechen.«

»Was denn, Ah Ma?«

»Wenn ich vor eurer Hochzeit sterbe, dann lass bitte diesen ganzen Trauerunsinn sein. Ich will, dass du wie geplant im März heiratest. Versprichst du mir das?«

»So weit wird es doch gar nicht kommen. Du … du sitzt bei der Hochzeit in der ersten Reihe!«, stammelte Astrid.

»Das habe ich fest vor, aber ich wollte nur sichergehen.«

Astrid wandte den Blick ab und gab sich größte Mühe, nicht zu weinen. Eine Weile hielt sie schweigend die Hand ihrer Großmutter, dann sagte sie: »Ah Ma, weißt du eigentlich, wer nach Singapur gekommen ist, um dich zu besuchen? Nicky.«

»Nicky ist wieder zu Hause?«

»Ja. Er wartet vor der Tür. Willst du ihn sehen?«

»Natürlich, schick ihn rein. Er wollte doch schon letzte Woche kommen.«

Astrid stand auf und wollte gerade die Tür zum Ankleidezimmer öffnen, da sagte ihre Großmutter: »Warte.«

Astrid blieb wie angewurzelt stehen und drehte sich um. »Ja?«

»Ist seine Frau auch da?«

»Nein, nur er.« Astrid wartete, ob ihre Großmutter noch etwas fragen würde. Aber Su Yi tastete nur nach der Fernbedienung für ihr Krankenbett, um das Kopfteil etwas aufzustellen. Astrid trat auf den Balkon hinaus, wo Nick nachdenklich an dem schmiedeeisernen Tischchen saß.

»Ist sie wach?«, fragte er.

»Ja.«

»Wie geht es ihr?«

»Ganz gut. Besser, als ich dachte, ehrlich gesagt. Na los, du bist dran.«

»Äh … will sie mich wirklich sehen?«, fragte Nick zögerlich.

Astrid lächelte ihren Cousin an. Einen kurzen Moment lang sah er wieder aus wie damals mit sechs. »Sei nicht albern. Natürlich will sie dich sehen.«

13

FLUGHAFEN CHANGI, SINGAPUR

Oliver saß im Flieger nach London und versuchte gerade, sich ein zweites Kissen vom freien Platz hinter ihm zu angeln, als sein Handy klingelte.

»Morgen, Kitty!«, sagte er gut gelaunt und stählte sich innerlich bereits für die Tirade, die ihn nun sicherlich erwartete. »Gut geschlafen?«

»Soll das ein Witz sein? Das war der schlimmste Abend meines Lebens!«

»Gibt bestimmt ein paar Milliarden Menschen, die nur zu gern mit dir getauscht hätten. Immerhin warst du bei einer von Yolanda Amanjiwos legendären Dinnerpartys, wo uns ein weltberühmter Sternekoch ein Zwölf-Gänge-Menü gezaubert hat. Was hat dir denn nicht gefallen? Ich für meinen Teil fand den Hummer wirklich …«

»Pfff, der Typ schimpft sich Genie, dabei würde der es wahrscheinlich sogar schaffen, eine Tütensuppe zu versauen!«

»Ach komm, jetzt übertreibst du aber. Nur weil surrealistische katalonische Fusions-Cuisine nicht so deins ist, ist er noch lange kein schlechter Koch. Den schockgefrorenen gebratenen Reis mit Jamón Ibérico fand ich zum Beispiel unwiderstehlich!«

»Wie soll man denn aber bitte schön unter Folter das Essen genießen? Ich wurde in meinem ganzen Leben noch nie so gedemütigt!« Kitty war außer sich.

»Keine Ahnung, wovon du redest«, erwiderte Oliver ungerührt und stopfte den Stapel Bordmagazine aus dem Netz am Vordersitz in das seines Platznachbarn. Jeder Zentimeter Beinfreiheit zählte!

»Die haben sich alle vor Colette verbeugt, verdammt noch mal! Der dämliche schwedische Botschafter neben mir hat mich mit Blicken getötet, als ich einfach stehen geblieben bin. Aber ich knickse doch nicht vor meiner Stieftochter! So weit kommts noch!«

»Na ja, Thorsten wusste ja nicht, in welcher Beziehung du zu Colette stehst. Und dieser Verbeugungsquatsch macht eh keinen Sinn. Keine Ahnung, welche *Debrett's*-Ausgabe Yolanda Amanjiwo gelesen hat, aber das war alles völlig falsch. Ein britischer Graf ist natürlich nicht ranghöher als die First Lady eines Landes, das er lediglich besucht. Man hätte sich vor ihr verbeugen müssen. Aber Singapurer sind immer so beeindruckt von jedem *ang moo* mit Adelstitel, die würden am liebsten noch einen Kratzfuß machen. Als die Countess of Mountbatten einmal in Tyersall Park zu Besuch war, ist Su Yi nicht mal aus ihrem Zimmer gekommen, um sie zu begrüßen!«

»Darum gehts doch überhaupt nicht! Die haben Colette den ganzen Abend behandelt wie eine Königin! Sie und ihr Mann waren angezogen wie die letzten Penner, und trotzdem haben die sich gar nicht mehr eingekriegt! Der Trottel neben mir hat sich nicht mal getraut, seine Gabel in die

Hand zu nehmen, bevor Colette ihre nicht angefasst hat. Und in der Sekunde, als sie fertig mit essen war, mussten wir auch sofort alles fallen lassen! Der Flan mit dem Parfümaroma von Carolina Herrera war das Erste, das mir überhaupt geschmeckt hat, aber da war ja das liebe Königspaar schon fertig, und wir mussten alle aufstehen.«

»Ich hätte nie gedacht, dass mir ein Dessert schmecken würde, das wie Carolina Herrera riecht, aber dieser Flan war der Hammer, oder? Und sei doch wenigstens froh, dass du das Dinner ohne weitere Zwischenfälle überstanden hast. Colette hat jedenfalls nicht versucht, dich irgendwie bloßzustellen.«

»Bloßstellen? Was sie gemacht hat, war ja wohl noch viel schlimmer! Sie hat mich wie Luft behandelt, dabei bin ich die Frau ihres Vaters! Der immerhin nach wie vor ihre Rechnungen bezahlt, obwohl sie nicht mehr mit ihm redet. Kannst du dir vorstellen, wie ihn das verletzt? Diese undankbare, verwöhnte kleine Göre!«

»Kitty, ich würde das alles an deiner Stelle nicht so persönlich nehmen. Wir waren immerhin dreißig Leute in diesem scheußlichen Esszimmer, wenn man die Schar Lakaien mitzählt, sogar sechzig, und Yolanda hat Colette und Lucien doch die ganze Zeit in Beschlag genommen. Das hast du vom anderen Ende des Tischs vielleicht nicht mitbekommen, aber ich schon, ich saß ja direkt neben ihnen. Wahrscheinlich wusste Colette nicht mal, dass du da bist.«

»Oh, die hat mich garantiert gesehen, davon kannst du ausgehen. Der entgeht nichts. Was hat die überhaupt in Singapur verloren?«

»Lucien und sie wohnen den nächsten Monat hier, weil Lucien doch Umweltaktivist ist. Sie wollen sich von hier aus um die Sache mit den Orang-Utans in Sumatra kümmern.«

»Was für eine Sache?«

»Ach, das ist echt traurig, was da gerade passiert. Tausende Orang-Utans sterben, weil ihr natürlicher Lebensraum durch Rodung immer mehr zurückgeht. Und Colette setzt sich für ein Orang-Utan-Waisenhaus ein.«

»Darüber habt ihr euch unterhalten? Nicht über mich oder ihren Vater?«

»Die Einzigen, die namentlich erwähnt wurden, waren Menschenaffen, das kann ich dir versichern.«

»Also weiß sie gar nicht, dass wir uns kennen?«

»Nein. Aber ist doch auch egal. Und wieso bist du eigentlich nicht einfach rübergekommen und hast Hallo gesagt? Einfach mal die Klügere sein und nachgeben. Du hättest sie doch in Singapur willkommen heißen können.« Oliver mühte sich ab, seine kleine Lederreisetasche unter dem Sitz seines Platznachbarn zu verstauen.

»Hallo? Ich bin ihre Stiefmutter! Wenn überhaupt, sollte sie sich *mir* vorstellen!«

»Moment mal, heißt das, ihr habt noch nie miteinander geredet?« Oliver war fassungslos.

»Natürlich nicht! Ich hab dir doch erzählt, dass sie den Kontakt zu ihrem Vater abgebrochen hat, als sie von unserer Affäre erfahren hat. Zur Hochzeit ist sie ja auch nicht gekommen. Sie war schon seit zwei Jahren nicht mehr in China. Damals meinte sie zu ihm, er würde eine … eine Nutte heiraten.«

Oliver hörte, dass Kitty den Tränen nahe war, und sah das Ganze plötzlich in einem anderen Licht. Kein Wunder, dass Kitty gestern Abend so empfindlich auf Colettes großen Auftritt reagiert hatte. In China war alles in Kittys Leben von Colettes Abwesenheit überschattet gewesen, und hier in Singapur nun durch ihre Anwesenheit.

Ein Flugbegleiter bedeutete Oliver, er solle auflegen.

»Du, Kitty, mein Flug nach London geht gleich, ich muss Schluss machen.«

»Echt? Ich dachte, in der First Class hat keiner ein Problem damit, wenn man telefoniert.«

»Ich bin doch aber so ein kleiner Luftfahrtnerd, ich will die Sicherheitsanweisungen nicht verpassen.«

»Ich wusste auch gar nicht, dass du schon wieder auf dem Weg nach London bist. Hättest du was gesagt, ich hätte dir doch mein Flugzeug leihen können.«

»Das ist lieb, danke. Jetzt hab ich auf jeden Fall erst mal vierzehn Stunden Flug vor mir und lass mir was einfallen. Colette wird dich nie wieder demütigen, versprochen.«

»Ehrenwort?«

»Großes Ehrenwort. Und überleg mal, du hast gerade jede Menge, worauf du dich freuen kannst. Nächsten Monat bist du auf dem Cover vom *Tattle*! Das wird einschlagen wie eine Bombe, sag ich dir! Und du bist jetzt richtig gut mit Yolanda Amanjiwo befreundet. Und das ist bloß der Anfang, Kitty. Colette muss zurück in ihr zugiges Herrenhaus in England, und wir designen dir die spektakulärste Villa, die Singapur je gesehen hat!«

Kitty seufzte. Oliver hatte ja recht. Es lag so viel Schönes vor ihr! Sie legte auf und warf einen Blick in den kleinen goldenen Spiegel mit ihrem Namen, den sie gestern Abend hatte mitnehmen dürfen. Sie sah tatsächlich ein wenig aus wie Emma Watson. Und Oliver sah mit seiner runden Brille ein bisschen aus wie Harry Potter. Er war ja auch fast ein

Zauberer – wie der immer alles hinbekam! Und nun würde er seinen Zauberstab schwenken und für noch mehr Magie in ihrem Leben sorgen.

Oliver schaltete sein Handy aus und verstaute es. Ein Flugbegleiter beugte sich zu ihm herunter und lächelte entschuldigend. »Bitte keine Kissen von den anderen Sitzen entfernen, Sir. Dürfte ich das wiederhaben?«

»Ach, das habe ich gar nicht gesehen«, log Oliver und reichte es ihm.

»Und gehört die Ledertasche da Ihnen? Verstauen Sie die bitte unter Ihrem eigenen Platz, und achten Sie auch darauf, dass die Henkel nicht in den Gang hängen. Die Economyclass ist heute komplett ausgebucht, wie Sie sehen.«

»Klar, mach ich.« Oliver bückte sich nach seiner Tasche und fluchte leise. Das würde ein langer Flug werden.

14

TYERSALL PARK, SINGAPUR

Das Mahagoni der Art-déco-Möbel in Su Yis Schlafzimmer leuchtete im Morgenlicht wie Bernstein. Sie lag in ihrem Bett, das von Geräten umringt war wie von einem Heer feindseliger Roboter, und Nick war entsetzt, wie winzig und zerbrechlich sie wirkte. Er hatte sie fast fünf Jahre nicht gesehen, und auf einmal überkam ihn tiefe Reue. Wie hatte er so viel Zeit verstreichen lassen können? Er hatte fünf kostbare Jahre verschwendet, und das alles wegen eines Streits, aus Stolz. Er trat an ihr Bett und wollte etwas sagen, aber ihm fehlten die Worte.

Astrid, die mit ihm ins Zimmer gekommen war, trat neben ihn. »Ah Ma?«, sagte sie leise. »Nicky ist da.«

Su Yi schlug die Augen auf. *Tien, ah. Er sieht seinem Großvater immer ähnlicher.* »Du bist noch schöner geworden. Zum Glück hast du nicht zugenommen wie die meisten verheirateten Männer. Wenn man sich zum Beispiel Eddie so anguckt … der ist aufgegangen wie ein Hefekloß.«

Su Yis Kommentar lockerte die angespannte Stimmung, und Nick und Astrid lachten dankbar. »Ich lasse euch kurz allein«, sagte Astrid und verließ auf Zehenspitzen das Zimmer. Kaum hatte sie die Tür hinter sich geschlossen, betrat Professor Oon das Wohnzimmer von Su Yi.

»Guten Morgen, Professor Oon«, begrüßte Astrid ihn herzlich und versperrte ihm gleichzeitig geschickt den Weg.

Dem Arzt verschlug es kurz die Sprache. Er hatte Astrid lediglich eine Woche lang nicht gesehen, aber was sie da heute anhatte? Bei Annabel Chong, in dem Skaterpunk-Outfit sah sie heißer aus, als er es je für möglich gehalten hätte. Und dazu diese Camouflagehose! Zum Niederknien. Besser als jede Pornoseite mit japanischen Schulmädchen. Ob sie wohl einen Sport-BH unter dem Hoodie trug? Ihr Körper war wahrhaftig ein Werk Gottes! Mühsam riss sich Professor Oon zusammen und antwortete in seinem üblichen blasierten Medizinertonfall: »Astrid! Willkommen zurück. Ich bin gerade auf dem Weg zur morgendlichen Visite bei Ihrer Großmutter.«

»Ach, das kann doch bestimmt einen Augenblick warten, oder? Könnten Sie mich vielleicht erst mal kurz auf den neuesten Stand bringen? Ah Ma wirkt heute Morgen richtig gut drauf. Kann es sein, dass sich ihr Zustand verbessert?«

Professor Oon runzelte die Stirn. »Möglich. Wir haben ihr ein paar neue Beta-Blocker verschrieben, außerdem tut die Ruhe ihr sichtlich gut.«

»Ich bin Ihnen sooo dankbar für alles!«

»Äh, ja. Nachdem ich mir das neueste EKG angeschaut habe, kann ich sicher eine genauere Prognose abgeben.«

»Sagen Sie, Herr Doktor, haben Sie eigentlich schon mal von dem Spezialisten David Scott vom St. Luke's Medical Center in Houston gehört? Dr. Scott hat ein neues Verfahren bei Herzinsuffizienz entwickelt. Befindet sich aber noch in der Versuchsphase«, fuhr Astrid ungerührt fort. So schnell ließ sie sich doch nicht abwimmeln!

Wow, schön und *schlau. Wie kann man bloß derart verführerisch über Herzkrankheiten sprechen?*, dachte Professor Oon. Dieser verdammte Charlie Wu war wirklich zu beneiden. Wenn Astrid bloß aus einer anderen Familie käme und nicht so unfassbar reich wäre, könnte sie seine Geliebte sein. Dann würde sie in sein geheimes Apartment im The Marq ziehen, und er könnte ihr den ganzen Tag dabei zusehen, wie sie nackt im Pool Bahnen zog.

Nick wusste immer noch nicht, was er sagen sollte. »*Nei hou maa*[1], Ah Ma?«, bekam er schließlich heraus und bereute es noch im selben Moment. Was für eine dämliche Frage!

»Nicht so besonders, aber jetzt gerade so gut wie lange nicht mehr«, antwortete seine Großmutter jedoch freundlich.

»Das freut mich.« Nick kniete sich neben das Bett und sah Su Yi ernst an. Er wusste, dass der Moment für seine Entschuldigung gekommen war. So sehr seine Großmutter ihn auch verletzt hatte, er musste sie trotzdem um Verzeihung bitten, das wusste er. Er räusperte sich. »Ah Ma, ich habe mich furchtbar benommen, und das tut mir leid. Ich hoffe, du kannst mir irgendwie verzeihen.«

Su Yi wandte den Blick ab und stieß einen tiefen Seufzer aus. Nicky war zu Hause. Ihr pflichtbewusster Enkel war wieder an ihrer Seite, kniete vor ihr und bat sie um Ver-

1 »Wie gehts dir?« auf Kantonesisch.

gebung. Wenn sie ihm doch nur sagen könnte, was wirklich in ihr vorging! Sie schwieg einen Moment, dann sah sie ihn an: »Hast du denn alles in deinem Zimmer, was du brauchst?«

»In meinem Zimmer?«, fragte Nick verwundert.

»Ja, wurde alles schön hergerichtet?«

»Äh, ich schlafe doch gar nicht hier, sondern bei Colin.«

»In der Berrima Road?«

»Nein, das Haus hat Colins Familie schon vor ein paar Jahren verkauft. Er wohnt jetzt in der Sentosa Cove.«

»Aber warum um alles in der Welt wohnst du nicht hier?«

In diesem Augenblick wurde Nick klar, dass seine Großmutter keinen blassen Schimmer hatte, dass er schon seit über einer Woche da war. Offensichtlich hatte sie überhaupt nichts mit seiner Verbannung aus Tyersall Park zu tun! Er wusste nicht, was er sagen sollte, fing sich jedoch schnell wieder. »Ach, es sind doch so viele Leute zu Besuch, da wusste ich nicht, ob für mich auch noch Platz ist.«

»Unsinn! In deinem Zimmer darf sowieso niemand anders schlafen.« Su Yi drückte einen Knopf neben ihrem Bett, und keine zehn Sekunden später standen Madri und Patravadee auf der Matte.

»Bitte sagt Ah Ling, sie soll Nickys Zimmer herrichten«, wies Su Yi ihre Zofen an. »Ist denn das die Möglichkeit, dass mein Enkel sonst wo schlafen muss?«

»Natürlich, Ma'am.«

Und da wurde Nick noch etwas klar. Auf diese Art und Weise drückte seine Großmutter ihre stillschweigende Vergebung aus. Ihm fiel ein riesiger Stein vom Herzen.

Als Su Yis Zofen das Schlafzimmer verließen, betraten Adam und Piya gerade das Wohnzimmer. Durch die Schlafzimmertür erhaschte Adam einen kurzen Blick auf seinen Cousin Nick am Bett ihrer Großmutter.

Astrid winkte ihnen von der Sitzecke aus zu, wo sie sich noch immer mit Professor Oon unterhielt. »Adam! Schön, dich zu sehen!«

»Ach, Astrid, du bist ja auch da. Piya, das ist meine Cousine Astrid, Auntie Felicitys Tochter.«

»Hallo! Ich hab schon viel von dir gehört«, sagte Piya lächelnd.

»War das gerade Nicholas da drinnen bei Ah Ma? Wir wollten eigentlich vorm Frühstück noch kurz bei ihr reinschauen«, sagte Adam.

»Nicholas Young?«, fragte Professor Oon entsetzt. »Im Schlafzimmer? Aber wir hatten doch die strikte Anweisung, ihn nicht …«

»Wenn ich Sie kurz unterbrechen darf, Francis«, sagte Astrid und legte ihm die Hand aufs Bein, wobei ihre Finger um ein Haar die Innenseite seines Schenkels streiften. Den Doktor überlief bei der unerwarteten Berührung ein Schauer, und er verstummte augenblicklich. Astrid wandte sich an Adam und Piya und sagte: »Ah Ma freut sich bestimmt, euch später zu sehen. Es geht ihr heute schon viel besser. Aber vielleicht frühstückt ihr erst mal? Ich hab gehört, Ah Ching macht ihre berühmten Crêpes.«

»Ooh, ich liebe Crêpes!«, sagte Piya.

»Ich auch. Und Ah Ching träufelt immer noch eine besondere Soße aus belgischer Schokolade und Lyle's Goldsirup darüber. Professor Oon, hat Ihnen schon mal jemand goldenen Schokosirup über den Crêpe geträufelt?«

»Äh, nein«, sagte der Doktor, dem mittlerweile der Schweiß auf der Stirn stand.

»Das müssen Sie sofort nachholen! Wir können doch alle gemeinsam zum Frühstück runtergehen. Dann können Sie auch gleich die ganze Familie auf den neuesten Stand bringen.« Astrid stand vom Sofa auf.

Die drei blickten den Arzt erwartungsvoll an.

»Äh, einen Moment noch«, sagte Professor Oon betreten. Er konnte jetzt auf keinen Fall aufstehen.

Im Schlafzimmer hatte Su Yi ihren Enkel gerade an ihre Kommode geschickt.

»Ja, genau, da in der obersten Schublade. Siehst du das hellblaue Kästchen?«

»Ja.«

»Da drin sind mehrere Seidentäschchen. Bringst du mir das gelbe?«

Nick öffnete den Metallverschluss des geprägten blauen Lederkästchens und klappte den Deckel auf. Ein Sammelsurium kurioser Gegenstände befand sich darin. Zwischen Briefen und verblassten Fotos lagen alte Schildpattkämme und verschiedenste ausländische Münzen. Er fand einen ganzen Stapel mit einem Gummiband zusammengehaltener Fotos, die er ihr während der Internatszeit in England geschickt hatte. Ganz unten im Kästchen lagen mehrere Schmucktäschchen, gefütterte Seidenetuis, die man in jedem Nippesladen in Chinatown hinterhergeworfen bekam. Er brachte seiner Großmutter das gelbe ans Bett.

Su Yi öffnete den Reißverschluss, nahm ein Paar Ohrringe heraus und legte sie Nick in die Hand. »Nimm. Die sind für deine Frau.«

Nick bekam einen Kloß im Hals, als ihm klar wurde, welche Bedeutung dieses Geschenk hatte. Seine Großmutter hatte Rachel gerade zum ersten Mal als seine Frau anerkannt. Er betrachtete die Ohrringe in seiner Hand. Es waren einfache Perlenstecker mit altmodischer Goldfassung, aber sie schienen von innen zu leuchten. »Danke, Ah Ma. Die werden Rachel sehr gefallen.«

Su Yi sah ihrem Enkel in die Augen. »Die hat mein Vater mir geschenkt, bevor ich aus Singapur geflohen bin. Die Japaner hatten Johor erreicht, und wir wussten, dass es vorbei war. Sie sind etwas ganz Besonderes. Bitte passt gut auf sie auf.«

»Wir werden sie in Ehren halten, Ah Ma.«

»So, ich glaube, es ist Zeit für meine Morgentabletten. Rufst du Madri und Patravadee rein?«

Im Frühstücksraum hatte Ah Ching am Ende der langen Tafel eine Kochstation aufgebaut. Heute hatte sie sich gegen die Crêpepfanne entschieden, mit der sie ihr Lieblingsrezept für gewöhnlich zubereitete. Stattdessen buk sie die Crêpes in ihrem treuen Gefährten, dem großen schwarzen Wok, den sie fachkundig kippte und drehte, um sie perfekt rund und dünn hinzubekommen.

Eddie hatte Fiona und die Kinder zu diesem besonderen Anlass extra früh geweckt, und auch seine Mutter, Victoria und Taksin hatten sich um den Tisch versammelt, weil sie sich diese selbst gemachte Köstlichkeit nicht entgehen lassen wollten.

»Kann ich meinen vielleicht mit Schinken und Käse bekommen?«, fragte Taksin. »Ich mag lieber herzhafte Crêpes, vor allem morgens.«

»Da verpasst du aber was, wenn du Ah Chings leckere Soße nicht probierst, Onkel Taksin«, sagte Eddie.

»Ich will meinen mit Eis«, sagte der kleine Augustine.

»Augie, du isst deinen Crêpe genau so, wie ich es dir sage!«, schnauzte Eddie seinen Sohn an.

Catherine warf Alix einen Blick zu, die verdrehte jedoch bloß kopfschüttelnd die Augen.

In das genießerische Schweigen kurz darauf traten Astrid, Adam, Piya und Professor Oon.

»Was machst du denn hier?«, fragte Eddie wie vom Donner gerührt. Er dachte, die Eltern seiner Cousine hätten ihr nach dem Indien-Verlobungsskandal verboten zu kommen.

»Crêpes essen, genau wie du«, erwiderte Astrid leichthin.

»Also, manche Leute sind echt schamlos«, murmelte Eddie in seinen Bart.

Astrid beschloss, ihren Cousin zu ignorieren, und begrüßte stattdessen ihre Aunties mit einem Schmatzer auf die Wange. Victoria versteifte sich spürbar in ihrem Arm und fragte: »Wie gehts deiner Mutter? Ich hab gehört, sie liegt krank im Bett?« Schuld an dieser Krankheit war – ihrem missbilligenden Tonfall nach zu urteilen – natürlich Astrid.

»Da sie gestern fünf Stunden lang Bridge mit Mrs Lee Yong Chien, Diana Yu und Rosemary Yeh spielen konnte, nehme ich mal an, dass es ihr gut geht«, sagte Astrid.

Alix fragte sich, was der Doktor wohl am Frühstückstisch suchte, aber wohlerzogen, wie sie war, lächelte sie ihren ehemaligen Klassenkameraden höflich an. »Francis, wie schön, dass du dich zu uns gesellst.«

»Äh, Astrid hat darauf bestanden, dass ich Ah Chings berühmte Pfannkuchen koste.«

»Oben warst du auch schon?«, fragte Eddie seine Cousine entsetzt. Ob sie Ah Ma wohl erzählt hatte, dass Nicky in der Stadt war?

Astrid sah ihm in die Augen. »Ja, ich war kurz bei Ah Ma. Sie wollte Fotos von meiner Verlobung sehen, immerhin war sie ja an der Planung beteiligt. Was für ein Glücksfall, dass jemand den schönen Augenblick für uns eingefangen hat.«

Eddie starrte sie mit offenem Mund an.

»Glückwunsch zur Verlobung, Astrid«, sagte Fiona.

»Ja, herzlichen Glückwunsch!«, stimmten Catherine und Alix eifrig mit ein.

Victoria war die Einzige, die Astrid nicht beglückwünschte. Stattdessen wandte sie sich an Professor Oon. »Wie geht es meiner Mutter denn heute?«

»Ich hatte ehrlich gesagt noch keine Gelegenheit, sie zu untersuchen, weil Nicholas gerade bei ihr ist.«

»Waaas?«, rief Eddie panisch. »Nicky ist bei meiner Großmutter?«

»Nicht so laut, Eddie«, rügte Fiona.

Astrid schenkte ihrem Cousin ein zuckersüßes Lächeln. »Was genau hast du eigentlich dagegen, dass Nicky Ah Ma besucht? Bist du jetzt ihr Türsteher?«

»Er ist doch aus dem Haus verbannt!«, sagte Eddie.

»Und wer hat diesen Bann bitte schön ausgesprochen? Wenn du mich fragst, hat Ah Ma vorhin überglücklich gewirkt, ihn zu sehen«, sagte Astrid und goss sich seelenruhig etwas Schokoladensirup über ihren Crêpe.

»Sicher?«, fragte Victoria pikiert.

»Ja, ich war dabei, als Ah Ma ausdrücklich verlangt hat, ihn zu sehen.«

Eddie schüttelte wütend den Kopf und sprang auf. »Wenn keiner von euch was gegen diesen Wahnsinn unternehmen will, bitte! Aber ich schreite jetzt ein. Nicky bringt es noch fertig, dass sie gleich den nächsten Herzinfarkt kriegt!«

»Wer kriegt hier einen Herzinfarkt?«

Eddie fuhr herum und entdeckte seine Großmutter, die von Nick in einem Rollstuhl in den Frühstücksraum geschoben wurde. Im Schlepptau hatten sie die beiden treuen thailändischen Zofen mit Su Yis Sauerstoffflasche und allerlei medizinischem Gerät sowie ein ganzes Gefolge von Pflegepersonal und einen Kardiologen.

»Mummy, was machst du denn hier?«, quiekte Victoria überrascht.

»Was ist das denn bitte für eine Frage? Ich wollte in meinem Frühstücksraum frühstücken, wenn es genehm ist. Nicky hat mir erzählt, dass Ah Ching ihre köstlichen Crêpes macht.«

Der junge Arzt sah seinen Chef hilflos an und reichte ihm einige Ausdrucke. »Professor, sie hat darauf bestanden, runterzukommen, aber ich konnte vorher wenigstens noch ein paar Untersuchungen machen.«

Professor Oon überflog die Werte und riss die Augen auf. »Meine Güte … Bravo, Mrs Young. Ganz erstaunlich, dass es Ihnen heute Morgen so gut geht.«

Su Yi beachtete den Doktor nicht, sondern richtete stattdessen den Blick auf Eddie. »Interessanter Platz, auf dem du da sitzt«, bemerkte sie verschmitzt.

»Oh, Entschuldigung!« Eddie lief rot an und erhob sich hastig vom Kopf der Tafel. Nick schob Su Yi auf ihren Platz.

»Komm, setz dich neben mich«, sagte Su Yi zu Nick und klopfte auf den Tisch. Eins der Dienstmädchen holte schnell einen Stuhl, und als Nick neben seiner Großmutter Platz nahm, konnte er nicht anders, als von einem Ohr zum anderen zu grinsen. Zum ersten Mal, seit er wieder in Singapur war, hatte er das Gefühl, zu Hause zu sein.

Ah Ling betrat den Frühstücksraum und stellte eine Tasse mit Untertasse vor Su Yi ab. »Bitte schön, Ihr Lieblingstee – *da hong pao*[1].«

»Wunderbar. Es kommt mir vor, als hätte ich seit Ewigkeiten keinen Tee mehr getrunken. Ah Ling, hast du meine Nachricht bekommen, dass Nickys Zimmer bitte hergerichtet werden soll? Er übernachtet aus unerfindlichen Gründen in Sentosa – ausgerechnet!«

»Ja, Nickys Zimmer ist fertig«, antwortete Ah Ling und musste sich ein Kichern verkneifen, als sie sah, wie die Adern an Eddies Hals anschwollen.

»Kommt mein kleiner Bruder morgen zum Freitagsessen?«, fragte Su Yi.

»Ja. Und es gibt Mr Shangs Leibspeise, *yanwo*.«

»Sehr gut. Ach, und Astrid, lad für morgen Abend bitte auf jeden Fall auch Charlie ein.«

Astrids Herz machte einen Hüpfer. »Da freut er sich bestimmt, Ah Ma.«

»Haben schon alle Astrids Verlobungsring bewundert?«, fragte Su Yi.

Catherine, Alix und Victoria reckten den Hals, um sich den Diamanten an Astrids Finger genauer anzusehen, und stellten erstaunt fest, dass es der alte Verlobungsring ihrer Mutter war.

Alix, die sich überhaupt nichts aus Schmuck machte, widmete sich unverzüglich wieder ihrem Crêpe, aber Victoria konnte ihre Enttäuschung kaum verbergen. Sie hatte immer gedacht, dass sie den Ring eines Tages erben würde.

1 *Da hong pao*, wörtlich übersetzt »großer roter Umhang«, ist einer der seltensten Tees der Welt. Mit einem Preis von 1400 US-Dollar pro Gramm ist er dreißig Mal so viel wert wie Gold.

»Der steht dir hervorragend, Astrid«, sagte Catherine. »Plant ihr eigentlich noch eine Verlobungsfeier?«

Su Yi stieg sofort begeistert darauf ein: »Tolle Idee! Ah Ling, rufen Sie die T'siens und die Tans an, sie sollen morgen auch kommen. Wir wollen feiern!«

»Natürlich«, sagte Ah Ling.

»Mummy, ich glaube nicht, dass dir so viel Aufregung guttut, jetzt, wo es dir gerade etwas besser geht. Du solltest dich lieber ausruhen«, wandte Victoria hektisch ein.

»Unsinn. Ausruhen kann ich mich, wenn ich tot bin. Morgen wird gefeiert, und zwar mit der ganzen Familie! Astrid ist verlobt, und Nicky ist wieder zu Hause!«, verkündete Su Yi.

Fiona bemerkte, dass Eddie inzwischen beinahe lila angelaufen war. Sie lockerte ihm unauffällig seine Ascotkrawatte. »Tief einatmen, Schatz. Immer schön ein und aus.«

15

WU MANSIONS, SINGAPUR

»Ausweis, bitte«, sagte der Wachmann schroff. Astrid ließ das Fenster hinunter, wühlte in ihrer Tasche nach ihrem Portemonnaie und reichte ihm ihren Singapurer Ausweis. Er kniff die Augen zusammen und glich das pixelige Foto peinlich genau mit ihrem Gesicht ab.

»War ein Bad-Hair-Day, ich gebs ja zu«, witzelte Astrid.

Der Wachmann verzog keine Miene. Stattdessen nahm er ihren Ausweis mit in sein Häuschen und überprüfte ihre Daten in seinem Computer.

Astrid hätte am liebsten die Augen verdreht. Es war nicht so, als würde dieser Wachmann vom Festland sie nicht kennen – wie oft war sie in den letzten Monaten hier gewesen? Dafür verstand sie jetzt, wie die Wus zu ihrem besonderen Ruf beim Singapurer Establishment gekommen waren. Seit den frühen Achtzigerjahren, als Charlies Vater Wu Hao Lian sein Vermögen gemacht hatte, galt die Familie als ziemlich abgehoben. Und sie musste zugeben, dass sich dieser Eindruck tatsächlich aufdrängte.

Zu einer Zeit, in der Singapurs vermögende Schicht sich

in die eleganten Bungalows der grünen Enklaven von Distrikt 9, 10 und 11 zurückgezogen hatte, hatte Wu Hao Lian ein großes Grundstück an einer der geschäftigsten Durchgangsstraßen der Stadt gekauft und vor aller Augen sein weitläufiges Familienanwesen daraufgesetzt. Um das Grundstück herum hatte er eine hohe weiße Mauer mit einer geschwungenen Bordüre aus rot glasierten Kacheln errichtet, die das Bild von spitzen Rückenstacheln eines Drachen heraufbeschworen und am Haupttor von zwei Drachenköpfen aus Bronze ergänzt wurden. Alle zehn Meter waren Nischen in die Mauer eingelassen, in denen auf rechteckigen Goldplaketten mit Schnörkelschrift auch der letzte Zweifel bezüglich des Eigentümers ausgeräumt wurde:

WU MANSIONS

Auf gewöhnliche Singapurer – von denen damals neunzig Prozent in Sozialbauten wohnten – wirkten die Wus wie die reichste Familie des Landes. Sie fuhren in den neuesten Rolls-Royce-Modellen über die Insel, stets gefolgt von ihren Securityleuten in einem Mercedes, und gehörten zu den ersten Familien Singapurs mit eigenem Privatjet. Ihre Urlaube verbrachten sie in Europa, wo Irene Wu und ihre Töchter eine unersättliche Vorliebe für Haute Couture und teuren Schmuck entwickelten. Wenn Irene sich in der Öffentlichkeit sehen ließ, dann nur in den prachtvollsten Roben und behängt mit Unmengen von Schmuck, was dazu führte, dass sie bei den anderen Damen der High Society schon bald den Spitznamen »Weihnachtsbaum« verpasst bekam. Hinter ihrem Rücken, versteht sich.

Aber diese Zeiten waren längst vorbei, dachte Astrid, als sich die hohen Stahltore mit dem verschnörkelten W-Wappen endlich zur Seite schoben und den Blick auf das palladianische Haus mit dem weißen, mit Bougainvillea überwucherten Portikus freigaben. Nach dem Tod von Charlies Vater hatten sich die Wus zunehmend zurückgezogen. Eine neue Generation von Megalo-Milliardären mit noch protzigeren Luxuskästen war in den frühen 2000ern wie Pilze aus dem Boden geschossen und hatte die Wus aus den Klatschspalten verdrängt. Inzwischen lebte nur noch Charlies Mutter, die sich nicht von ihrem Haus trennen konnte, in Singapur.

Astrid hielt hinter einem grauen Mercedes-SUV, der unter dem Portikus parkte. Die Fahrertür ging auf, und ihr entfernter Cousin Lincoln Tay stieg aus.

»Ah Tock! Was machst du denn hier?«, rief Astrid und stieg aus ihrem Wagen.

»Tja, im Gegensatz zu dir hänge ich nicht nur mit den Reichen und Schönen ab, sondern arbeite für sie«, erwiderte er und zwinkerte ihr zu. »Aber jetzt verrat mir doch mal bitte, warum du immer noch diesen uralten Acura fährst? Kriegst du den überhaupt noch durch die Inspektion?«

»Hey, das ist das zuverlässigste Auto, das ich je hatte. Das wird erst abgeschafft, wenn es auseinanderfällt.«

»Ach komm, *lah*, du wirst dir doch wenigstens ein Upgrade auf den ILX leisten können. Oder Charlie kauft einfach die ganze Firma und lässt dir einen Acura ganz nach deinen Wünschen fertigen.«

»Haha, sehr lustig.« Astrid fiel mal wieder auf, dass ihr Cousin es einfach nicht lassen konnte, Anspielungen auf ihr Vermögen zu machen.

»Komm, ich will dir was zeigen.« Ah Tock öffnete den Kofferraum seines SUVs. Eine große Igloo-Kühlbox war mit Spanngurten an der Seitenwand befestigt. Er hob vorsichtig eine durchsichtige, mit Wasser und Sauerstoff prall gefüllte Plastiktüte heraus, in der ein ungefähr sechzig Zentimeter langer drachenartiger Fisch schwamm.

»Oh, ein Arowana!«, sagte Astrid.

»Aber nicht irgendein Arowana. Das ist Valentino, Mrs Wus preisgekrönter Super Red Arowana. Und sein Wert ist gerade beachtlich gestiegen, von einhundertfünfundsiebzigtausend Dollar auf mindestens zweihundertfünfzigtausend.«

»Wie das?«

»Ich war mit Valentino beim Schönheitschirurgen. Er hatte ein Hängeauge, da haben wir ihm ein Lifting verpasst. Und wo wir schon mal dabei waren, wurde sein Kinn gleich mit gemacht. Sieht er nicht toll aus?«

»Es gibt Schönheitschirurgen für Fische?«, fragte Astrid entgeistert.

»Klar! Und der weltbeste sitzt hier in Singapur. Hat sich auf Arowanas spezialisiert.«[1]

1 Der Asiatische Arowana ist der teuerste Aquarienfisch der Welt und besonders beliebt bei asiatischen Sammlern, welche für ein Prachtexemplar dieser Art ohne mit der Wimper zu zucken mehrere Hunderttausend Dollar hinblättern. Der lange Fisch mit seinen großen schimmernden Schuppen und den Bartfäden am Kinn erinnert an den mythologischen chinesischen Drachen und ist deshalb auch als *longyu* – Drachenfisch – bekannt. Unter Fischliebhabern ist man sich einig, er bringe Glück und Reichtum, und es kursieren sogar Geschichten über Arowanas, die todesmutig aus ihren Aquarien gehechtet sind, um ihre Besitzer vor gefährlichen Situationen oder schlechten Geschäften zu warnen. Kein Wunder, dass diese bereit sind, ihren Schätzchen im Gegenzug für horrende Summen Augenlifting, Flossenkorrektur oder eine kleine Kinn-OP zu gönnen. Botox für Arowanas scheint es bisher noch nicht zu geben, aber was nicht ist, kann ja noch werden.

Noch ehe Astrid das Gehörte verarbeiten konnte, öffnete sich die Haustür, und Irene Wu kam herausgestürzt. Sie war um die siebzig, hatte ein rundes Gesicht und trug eine marokkanisch aussehende leuchtend orange Tunika mit winzigen Spiegelchen und Pailletten daran, eine weiße Caprihose und dazu flauschige weiße Hausschuhe mit dem Four-Seasons-Hotellogo. An ihren Fingern funkelten ein Smaragdring, ein weiterer Ring aus drei ineinander verflochtenen Diamantsträngen in Weiß, Gelb und Rotgold sowie ein Diamantring, der nicht nur die Form einer Birne hatte, sondern auch fast genauso groß war.

»Wie geht es Valentino? Wie geht es meinem Baby?«, erkundigte sie sich, noch ganz außer Atem.

»Es geht ihm ausgezeichnet, Mrs Wu«, beruhigte Ah Tock sie. »Der Eingriff ist ohne Komplikationen verlaufen, Valentino ist nur noch etwas benommen von der Narkose. In seiner gewohnten Umgebung ist er bestimmt ruckzuck wieder auf den Beinen.«

»Ach ja, da haben Sie bestimmt recht! *Aiya*, Astrid, dich hab ich ja gar nicht gesehen. Komm rein, komm rein! Tut mir leid, *ah*, dass ich heute so *ganzoeng*[1] bin wegen Valentinos Operation. Aber meine Güte, wie schön du wieder aussiehst. Was trägst du denn da?«, fragte Irene mit beifälligem Blick auf Astrids kimonoartiges Wickelkleid mit Blumenmuster.

»Ach, das Kleid hat Romeo Gigli vor Jahren für mich entworfen, Auntie Irene«, sagte Astrid und gab ihr einen Kuss auf die Wange.

1 Kantonesisch für »kopflos«, »panisch«.

»Hab ich mir doch gleich gedacht. So was von hübsch! Und hör endlich auf, mich Auntie Irene zu nennen, ich bin Mama!«

»Lass Astrid in Ruhe, Mum!«, sagte Charlie, der plötzlich in der Haustür stand. Astrid strahlte, eilte die Treppe hinauf und fiel ihm in die Arme.

»*Aiya*, denkt an meine Mascara!«, seufzte Irene mit Freudentränen in den Augen. »Meine beiden Turteltäubchen!«

Im Foyer schob Charlie Astrid statt ins Wohnzimmer sofort in Richtung der *Vom Winde verweht*-mäßigen Flügeltreppe.

»Wo wollt ihr beiden denn hin?«, fragte Irene.

»Wir gehen nur kurz hoch, Mum«, sagte Charlie leicht genervt.

»Aber Gracie hat extra den ganzen Tag in der Küche gestanden und *nyonya kuih* gemacht. Ihr kommt doch gleich wieder runter und trinkt mit mir Tee, oder?«

»Machen wir«, sagte Astrid und stieg hinter Charlie die Treppe hinauf.

»Meine Mutter wird echt immer aufdringlicher«, sagte er mit gedämpfter Stimme.

»Sie vermisst dich halt. Ist bestimmt einsam jetzt, wo keiner von euch mehr in Singapur wohnt.«

»Sie hat doch den ganzen Tag zwanzig Bedienstete um sich.«

»Das ist nicht das Gleiche, das weißt du genau.«

»Wieso, sie hat sogar ein Haus in Hongkong, aber sie besteht ja darauf, hier zu wohnen«, widersprach Charlie.

»Mit diesem Haus verbinden sie eben die meisten Erinnerungen. Ist bei dir schließlich genauso.«

Charlies Schlafzimmer war schon vor Jahren in kühlen,

dezenten Farbtönen renoviert, die Wände mit Chagrinleder verkleidet und die alten Möbel durch maßangefertigte moderne Holzmöbel von BDDW in New York ersetzt worden, aber ein Erinnerungsstück an sein Jugendzimmer hatte er behalten: Die gesamte Decke nahm ein mechanisches Fresko des Sonnensystems ein, dessen Himmelskörper sich jede Nacht maßstabsgetreu auf ihren Bahnen bewegten. So war Charlie als Kind jeden Abend unter dem leuchtenden Sternenhimmel eingeschlafen.

Doch jetzt würdigte er den Himmel keines Blickes, sondern zog Astrid direkt aufs Bett und küsste sie leidenschaftlich. »Ich hab dich so vermisst!«, sagte er und küsste ihr auf die empfindliche Stelle über dem Schlüsselbein.

»Ich dich doch auch«, seufzte Astrid und strich ihm über den muskulösen Rücken.

Nachdem sie eine Weile herumgeknutscht hatten, lagen sie Arm in Arm da und schauten in den funkelnden Nachthimmel.

»Ich komm mir wieder vor wie ein Teenie.« Astrid kicherte. »Weißt du noch, wie du mich samstags nach den MYF-Treffen[1] immer hier hochgeschmuggelt hast?«

»Na klar. Fühlt sich auch jetzt noch an, als würde ich was Verbotenes tun.«

»Die Tür steht offen, Charlie. Ist doch alles total jugendfrei, was wir hier machen.« Astrid lachte.

»Schön, dass du so gute Laune hast«, sagte Charlie und strich ihr durchs Haar.

»Ja, ich glaube, die Gewitterwolken haben sich endlich verzogen. Du kannst dir gar nicht vorstellen, wie super das

1 Methodist Youth Fellowship, eine kirchliche Jugendgruppe.

gestern war, als meine Großmutter auf einmal im Frühstücksraum stand.«

»Da wär ich gern dabei gewesen.«

»Und dann mussten sich alle meinen Verlobungsring anschauen. Das war geradezu provokant.«

»Deine Großmutter ist echt cool. Ich freu mich schon auf heute Abend. Wusstest du, dass sie meine Mutter auch eingeladen hat?«

»Echt?« Astrid sah ihn erstaunt an.

»Ja, heute Morgen kam die Einladung, ganz offiziell. Meine Mutter konnte kaum glauben, dass endlich der Tag gekommen ist, an dem sie nach Tyersall Park eingeladen wird. Ich wette, sie rahmt sich die Karte ein.«

»Ich freu mich auch auf die Party. Und vor allem auf die dummen Gesichter einiger Leute, wenn ich mit deiner Mutter den Raum betrete!«

»Wen meinst du?«

»Ach, es gibt da ein, zwei Aunties, die noch hochnäsiger sind als der Rest. Aber vor allem einem meiner Cousins wird die Kinnlade runterfallen.«

»Du meinst Mr Best Dressed Man von Hongkong?«

»Nur von Hongkong? Lass ihn das ja nicht hören!« Astrid lachte. »So, und jetzt gehen wir besser mal runter, nicht dass deine Mutter denkt, wir würden hier was Unanständiges machen.«

»Genau das soll sie doch!«

Widerwillig standen sie auf, strichen sich die Sachen glatt und gingen Hand in Hand die elegant geschwungene Treppe hinunter. Durch den Torbogen darunter betraten sie den Salon, der geschmackvoll im Empire-Stil gehalten war. Einzelne museumswürdige chinesische Antiquitäten verteilten sich über den Raum, in dessen Mitte sich ein Teich befand, in dem gewaltige Koi-Karpfen schwammen und aus dem ein Tropenhain bis zur Glaskuppeldecke emporwuchs. Der Blickfang des Salons war jedoch eindeutig das Siebenhundertfünzig-Liter-Aquarium, das in die pechschwarz gestrichene gegenüberliegende Wand eingelassen war.

»Na, da ist aber einer froh, wieder zu Hause zu sein«, sagte Charlie, als die beiden auf den frisch gelifteten Valentino zuschlenderten. Irenes kostbarer Arowana zog in seinem Aquarium zufrieden seine Kreise. In dem pinkfarbenen Licht der Glasfaserlampe schillerte sein Körper sogar noch röter. Der Couchtisch davor bog sich fast unter dem Gewicht unzähliger farbenfroher *nyonya*-Küchlein auf dunkelblauen Limoges-Tellern mit Goldrand.

»Mmmh, *kuih lapis*, die mag ich am liebsten!«, sagte Charlie, steckte sich eine der buttrigen Köstlichkeiten in den Mund und ließ sich auf das edle Goldbrokatsofa plumpsen.

»Sollen wir nicht auf deine Mutter warten?«

»Ach, die kommt bestimmt gleich. Wir fangen einfach an, du weißt doch, dass meine Mum keinen Wert auf Etikette legt.«

Also nahm Astrid die silberne Teekanne und schenkte Charlie und sich Tee ein. »Genau das mochte ich schon immer an deiner Mutter. Sie ist so ungekünstelt. Eine richtig warmherzige, einfache Frau.«

»Haha, erzähl das mal den Leuten bei Bulgari«, prustete Charlie, als Ah Tock den Salon betrat. »Lincoln! Trinkst du eine Tasse Tee mit uns? Wo bleibt denn Mum?«

»Äh, die ist in ihrem Schlafzimmer. Sie hat sich hingelegt.« Lincoln spielte nervös an seinem Handy herum.

»Hingelegt? Wieso denn das?«, fragte Charlie.

Astrid stellte die Kanne wieder aufs Tablett. »Geht es ihr nicht gut?«

»Äh, nein …« Ah Tock mied ihren Blick. »Astrid, ich glaube, du solltest mal zu Hause anrufen.«

»Warum?«

»Äh … deine Großmutter ist gerade gestorben.«

TEIL DREI

Wer reich stirbt, stirbt entehrt.

Andrew Carnegie, 1889

1

TYERSALL PARK, SINGAPUR

Madri Visudharomn

Seit 1999 Zofe im Dienste Su Yis

Madame nimmt morgens für gewöhnlich eine Schale Congee zu sich, manchmal mit einem Ei hineingeschlagen, manchmal nur mit ein paar *ikan bilis*. Heute verlangte sie nach Hokkien-Nudeln, was zum Frühstück sehr ungewöhnlich war. Ah Ching bereitet die auf eine ganz bestimmte Art mit selbst gemachten flachen Gelbnudeln für sie zu. Am liebsten mag Madame sie in dickflüssiger Austernsoße, angebraten mit einem Schuss Brandy. Zum Mittag bat sie mich nur um ein paar Sternfrüchte und Guaven aus ihrem Garten. Sie wollte die Früchte ganz, nicht aufgeschnitten, und saß dann damit im Bett und betrachtete sie lange, aß sie jedoch nicht. Da wusste ich, dass etwas nicht in Ordnung war.

Philip Young

Einziger Sohn

Ich war nach dem Frühstück bei Mummy. Sie fragte nach meinem gewohnten Tagesablauf in Sydney. Das war das erste Mal, dass sie etwas darüber wissen wollte. Ich habe ihr erzählt, wie ich jeden Morgen zu meinem Lieblingscafé in Rose Bay fahre und da meinen Flat White trinke, danach dann Erledigungen, was eben so ansteht, kleine Reparaturen im Haus, oder ich esse in der Stadt in einem meiner Clubs Mittag oder spiele eine Runde Tennis mit einem Freund. Nachmittags sitze ich gern auf meinem Steg und angele ein bisschen … um die Zeit beißen die Fische am besten. Abends esse ich oft, was ich gefangen habe. Unser Koch Mickey zaubert immer die köstlichsten Sachen aus dem Fisch, mal gegrillt mit Risotto dazu, mal als Tatar, mal auf chinesische Art gedünstet zu Reis oder Nudeln. Manchmal esse ich abends auch einfach im Pub. (Da hat Mummy halb traurig, halb fassungslos den Kopf geschüttelt – die Vorstellung, wie ich alleine in einem Pub sitze und einen Burger esse wie ein gewöhnlicher Arbeiter, geht nicht in ihren Kopf.) Aber ich esse gern ganz einfach, wenn Eleanor nicht da ist. Denn kaum ist sie in der Stadt, ist Mickey nur am Rotieren, dann will sie zwölf, vierzehn Gänge zum Abendessen. Dann hat Mummy mich etwas Seltsames gefragt. Sie wollte wissen, ob ich Eleanor verziehen hätte. Im ersten Moment war ich ganz schön schockiert, die ganzen Jahre hat sie das Thema nie angesprochen. Ich hab ihr gesagt, dass ich meiner Frau schon lange verziehen habe. Da hat sie sich gefreut, glaube ich. Sie hat mich lange angesehen und meinte: »Du kommst eben doch nach deinem Vater.« Ich hab ihr dann gesagt, dass ich mit ein paar

ACS-Jungs von früher in der Men's Bar im Cricket Club verabredet bin, aber wieder zurück wäre, bevor die ersten Dinnergäste kommen. Als ich loswollte, hatte ich den Eindruck, sie hätte gern gehabt, dass ich noch bleibe. Ich habe auch einen Moment lang überlegt, den Jungs abzusagen, aber dann dachte ich mir, jetzt übertreib mal nicht, du bist ja in zwei Stunden wieder da.

Lee Ah Ling
Haushälterin
Gegen 16:30 Uhr bin ich hoch zu Su Yi gegangen, um mit ihr die letzten Details für das Dinner heute Abend zu besprechen. Als ich ins Zimmer kam, saß Catherine bei ihr am Bett. Alle Vorhänge waren zurückgezogen, die Fenster standen offen. Su Yi möchte die Vorhänge um die Uhrzeit immer geschlossen haben, um die antiken Möbel vor der Nachmittagssonne zu schützen, also bin ich zum Fenster gegangen. Da sagte Catherine nur: »Nicht.« Ich wollte sie gerade fragen, warum, da fiel mein Blick auf Su Yi, und mir war sofort klar, dass sie nicht mehr lebte. Man sah einfach, dass ihre Seele ihren Körper verlassen hatte. Im ersten Moment war ich so erschrocken, dass ich fast in Panik ausbrach. »Wo sind denn die Ärzte?«, habe ich Catherine gefragt. »Wieso wurde der Alarm nicht ausgelöst?« Catherine klang unnatürlich ruhig. »Der wurde ausgelöst. Die Ärzte waren auch hier, aber ich habe sie weggeschickt. Ich wollte noch einmal kurz mit meiner Mutter allein sein.«

Professor Francis Oon, Dr. med, MRCP (GB), Master of Medicine (International Medicine), FRCP (London), FAMS (Singapur), FRCP (Edinburgh), FACC (USA)
Persönlicher Kardiologe
Ich war zu Hause. Debra Aronson, die Verlegerin von Poseidon Books, war zu Besuch, und wir waren gerade unten im Weinkeller. Wissen Sie, ich sammele zeitgenössische chinesische Kunst, und Poseidon versucht seit Ewigkeiten, mich zu einem Coffeetable-Buch über meine Sammlung zu überreden. Als mein Kollege Dr. Chia anrief und uns die Nachricht aus Tyersall Park überbrachte, sagte ich sofort: »Keine Wiederbelebungsmaßnahmen.« Ich wusste, dass es hoffnungslos war, ihr Herz hatte mittlerweile so viel Narbengewebe, dass Wiederbelebungsmaßnahmen keinen Sinn gehabt hätten. Ihre Zeit war einfach gekommen. Ihr Tod hat mich auch nicht überrascht. Im Gegenteil, nachdem ich mir am Tag zuvor während dieses köstlichen Crêpe-Frühstücks ihre Werte zu Gemüte geführt hatte, war ich eher überrascht, dass sie überhaupt aufstehen konnte. Herzfrequenz, Blutdruck, Ejektionsfraktion – das sah alles sehr düster aus. Ich erlebe so was aber auch nicht zum ersten Mal. In den letzten ein, zwei Tagen, bevor jemand stirbt, gibt es oft einen Energieschub. Der Körper mobilisiert noch einmal alle Reserven. Als Su Yi zum Frühstück herunterkam, wusste ich schon, jetzt ist das Ende nah. Obwohl die Medizin so weit gekommen ist, stellt der menschliche Körper uns immer noch vor Rätsel. Besonders das Herz.

Alexandra »Alix« Young Cheng

Jüngste Tochter

Ich war mit Fiona und Kalliste in der Bibliothek, weil ich Kalliste meine Erstausgaben von Enid Blyton zeigen wollte. Da haben auf einmal die Hunde angeschlagen. Muss so nachmittags gegen halb drei gewesen sein. Und es waren nicht nur unsere Schäferhunde, die das Grundstück bewachen, man hatte den Eindruck, sämtliche Hunde im Umkreis von drei Kilometern jaulen auf einmal im Chor. Fiona und ich haben uns angesehen und wussten, wir denken beide das Gleiche. Sie ist sofort ohne ein Wort hoch zu Mummy. Die Hunde waren wieder still, aber es blieb so ein bedrückendes Gefühl. Mir schlug das Herz bis zum Hals. Ich habe die ganze Zeit auf die Tür gestarrt und mir gewünscht, dass Fiona nicht zurückkommt. Ich wollte keine schlechten Nachrichten hören. Also habe ich versucht, mich auf Kalliste zu konzentrieren, sie wollte wissen, ob sie die komplette *Dolly*-Reihe haben könne, das waren früher auch ihre Lieblingsbücher. Da kam Fiona zurück. Ich war wie versteinert, erst als sie gelächelt hat, konnte ich mich wieder entspannen. »Alles in Ordnung, Auntie Cat ist bei ihr«, hat sie mir zugeflüstert.

Ich war unendlich erleichtert. Wir haben dann weiter Bücherstapel durchgesehen, bis etwa eine Stunde später Ah Ling angelaufen kam und meinte, wir sollen sofort nach oben. Man hat ihr ganz klar angesehen, was passiert war. Die Hunde hatten es anscheinend doch gespürt.

Cassandra Shang

Nichte

Ich lag gerade mit dem neuen Roman von Jilly Cooper in Harlinscourt im Bett, als der Anruf kam. Ich habe die Nummer sofort erkannt, es war Deep Throat, meine Spionin in Tyersall Park. (Natürlich habe ich einen Maulwurf dort, der mir immer sofort das Neueste aus Tyersall Park zuträgt, ich wäre schön blöd, wenn nicht.) Deep Throat sagte erst nur: *»Bo liau.«*[1] Und ich so – wie, *bo liau*? Sie war total aufgeregt und hat mit Mühe und Not rausgebracht: »Su Yi ist gerade gestorben. Jetzt großer Streit. Muss auflegen.« Ich hab natürlich als Erstes meinen Vater angerufen. Ich hab ihn gefragt, ob er in Tyersall Park ist, und er meinte, nein. Wahrscheinlich hatte ich ihn gerade bei seiner Mätresse erwischt, er war nämlich ganz außer Atem. Jedenfalls meinte ich dann zu ihm, »fahr lieber sofort hin, es geht um deine Schwester«.

Lincoln »Ah Tock« Tay

Entfernter Cousin

Großonkel Alfred hat mich angerufen, er war wohl gerade auf dem Weg nach Tyersall Park. Er hat mich gebeten, allen aus meiner Familie Bescheid zu sagen, dass Su Yi vor ein paar Minuten gestorben war. Wir sollten aber nicht zum Haus kommen. »Dein Vater soll erst mal zu Hause bleiben. Ich sag euch dann Bescheid, wenn ihr kommen könnt. Heute Abend bleibt die Familie unter sich.« So ein Arschloch! Als ob wir nicht zur Familie gehören würden! Dann meinte er noch, ich sollte am besten schon mal Zelte und

1 Hokkien für »Die ist nicht mehr.«.

Klappstühle organisieren, davon würden wir jede Menge brauchen. Ich war immer noch bei Irene Wu mit ihrem dämlichen Fisch beschäftigt, der musste sich ja erst mal wieder akklimatisieren. Ich hab ihr erzählt, was passiert war, und sie ist daraufhin völlig ausgetickt. »Oh nein! *Alamak!* Wie soll ich denn jetzt Astrid gegenübertreten?«, rief sie und verschwand im Schlafzimmer. Ich ging zurück ins Wohnzimmer. Astrid saß da und schenkte sich Tee ein wie Prinzessin Diana höchstpersönlich. Da wurde mir klar, dass diese verwöhnte kleine Zicke noch gar nicht mitbekommen hatte, dass ihre Oma nun offiziell über den Jordan war. *Kan ni nia*, ich musste es ihr sagen. Sie war ganz erschüttert von der Nachricht, aber ich hatte ehrlich gesagt kein bisschen Mitleid mit ihr. Die ist jetzt immerhin auf einen Schlag etwa eine Million Mal reicher als sowieso schon.

VICTORIA YOUNG
Dritte Tochter
Als ich sie da liegen sah, war mein erster Gedanke: *Danke, Herr, danke, danke, danke, oh Herr. Sie hat es hinter sich, und ich auch. Ich bin frei. Endlich.* Eddie lag halb auf ihr drauf und heulte wie ein Schlosshund, Alix stand daneben und sah Mummy nur schweigend an. Ich dachte, ich müsste weinen, aber nein. Ich habe Alix ungeschickt den Rücken gestreichelt, ich wollte sie irgendwie trösten, aber ich selbst war wie taub. Cat saß in einem Sessel neben dem Bett, hielt Mummys Hand, weinte jedoch auch nicht. Sie blickte nur mit einem seltsamen Ausdruck aus dem Fenster. Wir sahen aber wohl alle ein wenig seltsam aus an diesem Tag. Ich betrachtete die Vorhänge, Mummys Vorhänge mit der Alençon-Spitzenkante, und malte mir aus, wie sie sich am

Fenster meines zukünftigen Londoner Reihenhauses machen würden. Ich konnte mir sehr gut vorstellen, in ein hübsches Reihenhaus in Kensington zu ziehen, vielleicht in der Egerton Crescent oder am Thurloe Square, nur einen Katzensprung vom Victoria and Albert Museum entfernt. Ich würde jeden Tag in die fantastische Bibliothek des V&A gehen und danach im Capital Hotel oder im Goring Kaffee trinken. Ich würde jeden Sonntag den Gottesdienst der All Souls Church besuchen und vielleicht sogar einen eigenen Bibelkreis gründen. Ich könnte einen Theologielehrstuhl am Trinity College in Oxford stiften. Vielleicht könnte ich sogar ein altes Pfarrhaus irgendwo in den Cotswolds ausbauen. In einer Gemeinde mit einem besonders klugen und gut aussehenden Geistlichen, so wie Sidney Chambers in *Grantchester*. Grundgütiger, wenn ich bloß an seinen kleinen steifen Priesterkragen denke, bekomme ich schon weiche Knie!

Mrs Lee Yong Chien

Emeritierte Vorsitzende der Lee Philanthropic Foundation, Su Yis Mah-Jongg-kaki

Ich saß gerade beim freitäglichen Mah-Jongg-Spiel im Istana mit der First Lady, Felicity Leong und Daisy Foo, als der Anruf kam. Felicity ging ans Telefon, lauschte, legte auf und kramte dann wortlos in ihrer Launer-Handtasche nach ihren Blutdruckpillen. Erst nachdem sie eine geschluckt hatte, sagte sie: »Meine Damen, es tut mir sehr leid, dass ich unsere Partie mittendrin unterbreche, aber ich muss leider gehen. Meine Mutter ist soeben gestorben.« Meine Güte, die First Lady war so aufgewühlt, dass ich dachte, sie fällt jeden Moment in Ohnmacht! Nachdem Felicity weg war, ging sie hoch ins Büro des Präsidenten, um ihm die Nachricht zu überbringen. Daisy sagte: »*Alamak*, ich rufe mal lieber schnell Eleanor an! Sie hat mich nicht angerufen, also weiß sie wahrscheinlich noch gar nicht Bescheid!« Als wir alle wieder beisammensaßen, stießen wir auf Su Yi an. Sie war wirklich eine Mah-Jongg-Meisterin, wie sie im Buche steht. Wenn sie mit dabei war, haben wir nie um hohe Beträge gespielt, weil wir wussten, wir konnten nur verlieren. Für mein Konto ist ihr Tod kein Verlust, für ihre Familie sicherlich schon. Ohne Su Yi wäre die schon längst auseinandergebrochen. Ihre Kinder sind eine Schande. Philip ist ein Dummkopf, Alix eine nutzlose Hongkonger *tai tai*, Victoria eine alte Jungfer, und über die, die diesen thailändischen Prinzen geheiratet hat, weiß ich kaum was, aber ich habe gehört, sie soll sehr hochnäsig sein. Eigentlich wie die meisten Thais, die ich kenne. Die halten sich doch alle für was Besseres, bloß weil noch nie jemand bei denen einmarschiert ist. Felicity ist die Einzige, die nicht auf den Kopf gefallen ist, weil sie die Älteste ist. Aber die Enkelkinder sind auch alles Nichtsnutze. Das kommt eben dabei heraus, wenn gut aussehende Menschen Geld in die Finger kriegen. Diese Astrid zum Beispiel, die ist so hübsch, aber mehr als das BIP von ganz Kambodscha für Kleider auszugeben kann sie auch nicht. Wenn man sich dagegen meine Enkel anschaut: Vier Ärzte, drei Juristen – davon einer der jüngste Richter, den es je am Berufungsgericht gab – und ein preisgekrönter Architekt. (Den Enkel, der Friseur in Toronto ist, lassen wir jetzt mal außen vor.) Jammerschade, dass Su Yi mit ihrem Nachwuchs nie angeben konnte. Die Familie geht jetzt auf jeden Fall den Bach runter, da bin ich mir sicher.

Nicholas Young

Enkel

Ich war kurz zuvor in Tyersall Park angekommen und gerade noch am Kofferauspacken, da hörte ich auf einmal Lärm vor meinem Zimmer. Dienstmädchen rannten durchs Haus, als wäre ein Feuer ausgebrochen. »Was ist denn los?«, fragte ich eines und bekam nur ein unglückliches »Ihre Ah Ma!« zur Antwort. Ich lief sofort über die Hintertreppe zu ihrem Zimmer. Darin waren so viele Leute, dass ich gar nichts sehen konnte. Irgendjemand weinte laut. Victoria, Alix, Adam und Piya standen um das Bett herum. Onkel Taksin umarmte Auntie Cat, die in einem Sessel daneben saß. Ah Ling hatte ein ganz verweintes Gesicht. Adam und Piya traten einen Schritt zurück, um mich durchzulassen. Da sah ich, dass Eddie bei Ah Ma im Bett lag, ihren Körper umklammert hielt, sich hin und her warf und dabei brüllte wie ein waidwundes Tier. Als er mich sah, sprang er blitzschnell auf. »Du hast sie umgebracht!«, schrie er. »Du hast sie auf dem Gewissen!« Bevor ich überhaupt etwas sagen konnte, stürzte er sich auf mich, und schon lagen wir am Boden.

Ihre Durchlaucht M.R. Piyarasmi Aakara

Schwiegerenkelin

Na, ich hab vielleicht in eine komische Familie eingeheiratet! Adams Aunties sind wie Figuren aus einem Merchant-Ivory-Film. Die tummeln sich hier in diesem Riesenhaus und laufen so abgerissen rum wie Mindestlohnangestellte, und gleichzeitig klingen sie wie Maggie Smith, wenn sie den Mund aufmachen. Auntie Felicity macht einen auf Glucke und mäkelt an allen herum, und Auntie Victoria hält sich für eine Expertin auf jedem Gebiet unter der Sonne, dabei hat sie noch keinen Tag in ihrem Leben gearbeitet. Sie meinte sogar, mit mir über den Ursprung von Hantaviren diskutieren zu müssen! Und dann die Cousins und Cousinen aus Hongkong – Alistair Cheng zum Beispiel, der ist ja ein lieber Kerl, aber … na ja, nicht unbedingt die hellste Kerze auf der Torte. Und seine Schwester Cecilia und Fiona Tung-Cheng – immer höflich zu mir, aber so unglaublich abgehoben! Wieso denken Hongkonger Mädchen bloß immer, ihnen scheint die Sonne aus dem Arsch? Die quatschen den lieben langen Tag miteinander auf Kantonesisch, und dann gehen sie mit ihren Kindern in irgendwelche neuen Restaurants. Sind die nur zum Essen nach Singapur gekommen, oder was? Und ich hab in ihrer Gegenwart immer den Eindruck, die würden mich von Kopf bis Fuß scannen und bewerten. Ich glaube, Cecilia mag keine Leute, die Klamotten von Balmain tragen. Und dann ist da noch Eddie. Was für ein gestörter Typ. Grandma ist gerade gestorben, ihre Töchter stehen um sie rum, und keine verzieht eine Miene. Nur die Dienstmädchen, dieser Sikh-Wachmann und Eddie weinen sich die Augen aus! OMG, ich hab echt noch nie einen erwachsenen Mann so heulen sehen. Und dann klettert der auch noch zu ihr ins Bett und legt sich neben sie! In einem Samtjackett! Und als Nick reinkommt, der einzige halbwegs Normale hier, stürzt sich Eddie sofort auf ihn. Die Aunties schreien natürlich direkt hysterisch rum, dabei war es gar kein richtiger Kampf, Eddie haut um sich wie ein Mädchen, Nick schubst ihn einfach von sich runter und setzt sich auf ihn drauf. »Jetzt beruhig dich mal wieder, verdammt noch mal!«, sagt Nick zu ihm, aber Eddie kreischt immer weiter und tritt und schlägt um sich, sodass Nick keine andere Wahl hat, als ihm eine reinzuhauen. Er versetzt ihm einen gezielten Schlag auf die Nase, und plötzlich ist ÜBERALL Blut. Besonders auf meinen nagelneuen Krokostiefeln von Rick Owens. Und jetzt habe ich gerade erfahren, dass wir noch mindestens eine Woche mit diesen Leuten verbringen. Schönen Dank auch.

Captain Vikram Ghale
Sicherheitschef von Tyersall Park
Ah Ling hatte mich völlig aufgelöst angerufen. »*Aiya*, kommen Sie schnell, es gibt eine Prügelei! Eddie versucht Nicky umzubringen!« Ich bin sofort mit zwei Gurkhas hochgelaufen, aber als wir ankamen, war der Spuk schon vorbei. Eddie saß auf dem Bett und hielt sich die Nase. Sein Gesicht war voller Blut. »Du hast mir die Nase gebrochen!«, meinte er zu Nicky. Und dass er für seine Nasen-OP bezahlen soll. Nicky stand einfach nur stumm da. Alix hat gelächelt, als wäre nichts, und hat mich ganz ruhig gefragt, wie es denn jetzt weitergeht. »Gut, dass du da bist, Vikram. Wie ist denn jetzt das Prozedere? Wen müssen wir informieren? Rufen wir die Polizei?« Ich war verwirrt. »Sie wollen die Schlägerei zur Anzeige bringen?« Sie antwortete: »Nein, nein, es geht um meine Mutter. Die ist gerade gestorben.« Bei dem ganzen Durcheinander hatte ich gar nicht mitbekommen, dass Mrs Young tot war. Ich brach sofort in Tränen aus, einfach so, vor allen Leuten. Ich konnte nichts dagegen tun.

Felicity Leong

Älteste Tochter

Egal, wie alt man ist, egal, wie gut man sich vorbereitet fühlt, der Verlust eines Elternteils zieht einem immer den Boden unter den Füßen weg. Der Tod meines Vaters ist Jahre her, und trotzdem habe ich mich noch nicht ganz davon erholt. Ich höre von allen Seiten immer nur »Wenigstens ist deine Mutter sehr alt geworden, du hattest Glück, dass du so viele Jahre mit ihr verbringen durftest«, und ich würde diesen Leuten am liebsten ins Gesicht spucken. Ich will sie anschreien: *Seid still, haltet einfach alle den Mund!* Meine Mutter ist tot. Erklärt mir jetzt nicht, wie glücklich ich mich schätzen soll, dass sie so lange gelebt hat. Sie war mein ganzes Leben lang da, und jetzt ist sie auf einmal weg. Einfach weg, und sie kommt nie wieder. Ich bin jetzt eine Waise. Und auch wenn sie keine einfache Frau war, auch wenn sie mich regelmäßig in den Wahnsinn getrieben hat und ich nie gut genug für sie war, bin ich trotzdem unendlich traurig. Ich werde sie jede Stunde und jeden Tag vermissen, bis an mein Lebensende. Ich wünschte, ich wäre in dem Moment bei ihr gewesen. Nur Cat war bei ihr im Zimmer, und ich habe sie immer wieder gefragt, was eigentlich passiert ist, aber sie ist wohl zu fertig mit den Nerven. Sie sagt kein Wort.

In der *Straits Times* wurde eine kurze, unauffällige, einspaltige Todesanzeige veröffentlicht:

SHANG SU YI, MRS JAMES YOUNG
(1919–2015)
GELIEBTE EHEFRAU UND MUTTER

Sohn – Philip Young
Töchter – Felicity Young, Catherine Young, Victoria Young, Alexandra Young
Schwiegersöhne – Tan Sri Henry Leong, M.C. Taksin Aakara, Dr. Malcolm Cheng
Schwiegertochter – Eleanor Sung
Enkel und Ehepartner – Henry Leong jr. (mit Cathleen Kah), Dr. Peter Leong (mit Dr. Gladys Tan), Alexander Leong, Astrid Leong, M.R. James Aakara (mit M.R. Lynn Chakrabongse), M.R. Matthew Aakara (mit Fabiana Ruspoli), M.R. Adam Aakara (mit M.R. Piyarasmi Apitchatpongse), Nicholas Young (mit Rachel Chu), Edison Cheng (mit Fiona Tung), Cecilia Cheng (mit Tony Moncur), Alistair Cheng
Urenkel – Henry Leong III, James Leong, Penelope Leong, Anwar Leong, Yasmine Leong, Constantine Cheng, Kalliste Cheng, Augustine Cheng, Jake Moncur, Cassian Teo
Bruder – Alfred Shang (mit Mabel T'sien)

Besuche ab heute Abend, bitte nur auf Einladung.
Beerdigung in der St. Andrew's Cathedral am Sonntag um 14 Uhr, Teilnahme nur auf Einladung.
Bitte keine Blumen. Spenden an die St. John Ambulance Association.

2

TYERSALL ROAD, SINGAPUR

Goh Peik Lin drehte sich vom Fahrersitz zu Rachel um. »Und, wie gehts dir?«

»Na ja, mal davon abgesehen, dass ich im Flugzeug kein Auge zugemacht habe und für mich gerade 7:30 Uhr New Yorker Zeit ist, sprenge ich gleich die Beerdigung einer Frau, die nicht wollte, dass ich ihren Enkel heirate, und treffe dort die ganze feindselige Verwandtschaft, die ich seit fünf Jahren nicht gesehen habe. *Super* gehts mir!«

»Quatsch, du sprengst doch nicht die Beerdigung. Du gehörst jetzt zur Familie und bist für deinen Mann da. Das ist doch völlig normal«, versuchte Peik Lin sie zu beruhigen. Peik Lin war ihre beste Freundin aus Stanford-Zeiten und ging seitdem mit ihr durch dick und dünn.

Carlton, der mit Rachel auf der Rückbank des Aston Martin Rapide saß, nahm tröstend ihre Hand. Sie legte den Kopf an seine Schulter und sagte: »Danke, dass du extra aus Schanghai gekommen bist. Aber das hättest du echt nicht machen müssen.«

Carlton runzelte die Stirn. »Jetzt sei nicht albern. Wenn

du schon mal auf unserer Halbkugel weilst, bleib ich doch nicht zu Hause.«

Rachel lächelte. »Jedenfalls bin ich froh, noch ein paar ruhige Minuten mit euch beiden zu verbringen, bevor ich in der Matrix verschwinde. Danke fürs Abholen, Peik Lin.«

»Ach was, kein Ding. Eigentlich wollte Nick dich ja abholen, aber der Arme ist total eingespannt bei der Totenwache«, sagte Peik Lin.

»Wie läuft das denn in Singapur genau ab?«, fragte Rachel.

»Sehr ähnlich, wie man das eben kennt. Eigentlich ist es dafür gedacht, dass Familie und Freunde dem verstorbenen Menschen die letzte Ehre erweisen, in Wirklichkeit ist es aber die Gelegenheit für alle *ke-pos*[1], sich in Sachen Familientratsch auf den neuesten Stand zu bringen und Intrigen zu spinnen. Auch in Tyersall Park wird garantiert gleich in jeder Ecke gemunkelt und spekuliert werden, wer das Haus erbt.«

Rachel verzog das Gesicht. »Ich fürchte, da hast du recht.«

»Natürlich hab ich recht. Als mein Großvater gestorben ist, sind plötzlich meine ganzen Onkel und Aunties aus ihren Löchern gekrochen und haben sich während der Totenwache im Haus rumgedrückt und Gemälde und antike Vasen mit Namensaufklebern markiert, um so zu tun, als hätte er sie ihnen vermachen wollen!« Peik Lin lachte.

Kurz darauf standen sie vor den Toren von Tyersall Park im Stau. Beim Anblick der Polizisten, die vor dem Wachhäuschen in jedes ankommende Auto spähten, wurde Rachel ganz mulmig zumute.

1 Hokkien-Slang für »Wichtigtuer«.

»Bei den strengen Sicherheitsmaßnahmen ist fast damit zu rechnen, dass der Staatspräsident oder der Ministerpräsident hier ist«, sagte Peik Lin. Nachdem sie alle Checkpoints passiert hatten, fuhren sie die lange Auffahrt hinauf.

»Alter Schwede!«, sagte Carlton beeindruckt, als nach der letzten Kurve endlich das gewaltige Haus in Sicht kam. Tyersall Park war hell erleuchtet, und auf dem Vorplatz drängten sich die Nobelkarossen, viele davon mit Diplomatenkennzeichen. Überall waren uniformierte Gurkhas und Polizisten stationiert, die versuchten, den Besucherstrom zu regeln.

Die drei waren gerade ausgestiegen, als plötzlich ein großer schwarzer Militärhubschrauber über dem Haus auftauchte und anmutig auf dem perfekt getrimmten Rasen landete. Die Türen glitten auf, und ein stattlicher Chinese Anfang achtzig in schwarzem Anzug mit lila Krawatte stieg aus. Ihm folgte eine Frau im schwarzen Cocktailkleid, das mit einem Art-déco-Muster aus Jettperlen bestickt war.

»Sind das der Präsident und die First Lady?«, fragte Rachel.

»Nein. Keine Ahnung, wer das ist«, sagte Peik Lin.

Da stieg ein Mann mittleren Alters in schwarzem Anzug aus, und Carlton rief: »Wow, das ist der Präsident von China!«

Peik Lin war völlig von den Socken. »Oh mein Gott, Rachel, der *Präsident von China* ist gekommen, um Shang Su Yi die letzte Ehre zu erweisen!«

Zu ihrer großen Überraschung stieg als Nächstes ein großer, schlaksiger junger Mann im Collegealter mit strubbeligen, schulterlangen Haaren, enger, schwarzer Jeans, schwarzen Stahlkappenstiefeln und einer schwarzen Smokingjacke aus dem Hubschrauber. Danach folgten ein Chinese in Nadelstreifenanzug und eine blonde Dame mittleren Alters mit einem hellgrünen Schultertuch und einem ungefähr zwölfjährigen süßen blonden Mädchen im Schlepptau.

»Das wird ja immer merkwürdiger«, sagte Peik Lin.

Eine kleine Menschentraube hatte sich vor dem Haus versammelt, um die Ehrengäste zu begrüßen. Als Rachel näher kam, winkte Nicks Cousin Alistair ihr zu. Er schloss erst Rachel fest in die Arme, dann begrüßte er auch Peik Lin und Carlton erfreut. »Peik Lin! Wir haben uns ja ewig nicht gesehen! Die roten Haare stehen dir super. Boah, ich bin so froh, dass ihr endlich da seid, ich wär fast eingepennt da drinnen … Die haben nur ein Gesprächsthema: Wer kriegt das Haus? Und jetzt wirds noch schnarchiger!« Er zeigte mit dem Daumen auf die soeben eingetroffenen VIPs.

»Weißt du, wer die Leute sind? Also mal abgesehen vom Präsidenten von China?«

Alistair sah Rachel überrascht an. »Ach, die hast du noch gar nicht kennengelernt? Das sind die Königlichen Shangs. Die beiden alten Säcke sind mein Onkel Alfred und Auntie Mabel. Die jüngeren Säcke sind mein Cousin Leonard und seine überaus vornehme Frau India, die angeblich von Maria Stuart abstammt, mit ihren Kindern Casimir und Lucia. Casi sieht echt eins zu eins aus wie Harry Styles von One Direction, oder?«

Alle lachten.

»Nee, Harry ist kleiner«, meinte Peik Lin.

»Kommen die alle aus China?« Rachel war immer noch verwirrt.

»Nein, die Shangs haben gerade mit dem Präsidenten in der chinesischen Botschaft zu Abend gegessen. Er ist bloß wegen Onkel Alfred hier. Ah Ma kannte er gar nicht.«

»Ich glaube, mein Vater kennt ihn«, sagte Rachel.

Carlton nickte. »Ja, die beiden sind gute Freunde aus Unizeiten, außerdem sitzt Dad in seinem ständigen Ausschuss.«

»Ach stimmt, ich vergesse immer, dass dein Vater Bao Gaoliang ist«, sagte Alistair.

»Eine Frage noch … Wer ist *das* Mädchen da?«, fragte Carlton.

Als Letzte war eine atemberaubende eurasische Schönheit Anfang zwanzig aus dem Hubschrauber gestiegen. Sie hatte hüftlanges, sonnengebleichtes Haar und trug goldene Sandalen von Da Costanzo zu ihrem langen, schwarzen, ärmellosen Rochas-Kleid, als käme sie geradewegs von einer Strandparty auf Mallorca.

»Ich glaube, ich habe gerade meine zukünftige Frau getroffen«, verkündete Carlton und sah wie hypnotisiert zu, wie der jungen Frau vom Wind der Rotoren die Haare sensationell um den Körper gewirbelt wurden.

»Na dann viel Glück, Kumpel! Das ist meine Cousine Scheherazade Shang. Sie arbeitet gerade an ihrer Doktorarbeit an der Sorbonne. Schön *und* schlau. Angeblich gibt es da noch so einen Typen, der seit Jahren vergeblich versucht, an ihre Nummer zu kommen. Prinz Harry heißt der.«

Rachel, Carlton und Peik Lin folgten den Shangs und dem Präsidenten von China ins Haus. Im prächtigen Foyer liefen sie Oliver T'sien in die Arme, der missbilligend die Horden von Menschen beäugte, die sich an Hunderten von Blumenkränzen – nicht wenige davon größer als Autoreifen – vorbeischoben.

»Rachel! Wie schön, dich zu sehen! Grässlich, diese Trauerkränze, oder?«, flüsterte Oliver ihr ins Ohr. »Aber die Singapurer lieben sie abgöttisch.« Rachel warf einen Blick auf die Karte an dem Kranz neben ihr: HERZLICHES BEILEID ZUM TOD VON MADAM SHANG SU YI VON DER GREAT EASTERN LEBENSVERSICHERUNG.

Sie gingen weiter ins Esszimmer, wo ein üppiges Büfett aufgebaut war. Die Gäste standen Schlange bis zur Terrassentür, um sich über die Köstlichkeiten an den verschiedenen Stationen herzumachen. Ein kleiner Junge drängelte sich an Rachel vorbei und rief: »Vorsicht, heiß und fettig! Hier kommt mehr Chili Crab für Auntie Doreeeen!«

»Hoppla!«, sagte Rachel und konnte dem Jungen, auf dessen Teller sich die Krustentiere gefährlich stapelten, gerade noch ausweichen.

»Das hast du dir wohl anders vorgestellt, was?« Peik Lin lachte.

»Allerdings. Das ist alles so … feierlich«, sagte Rachel.

»Ist schließlich die Beerdigung des Jahres!«, witzelte Oliver. »Jeder, der was auf sich hält, ist hier. Vorhin hat ein ziemlich penetrantes junges It-Girl namens Serena Tang versucht, ein Selfie mit Su Yis Sarg zu machen. Ist natürlich sofort rausgeflogen.« Er führte sie zu einer Seitentür. »Kommt, wir nehmen die Abkürzung.«

Als sie durch die Tür in den eindrucksvollen andalusischen Innenhof traten, der nach oben offen und von verzierten Säulen gesäumt war, herrschte mit einem Schlag eine völlig andere Atmosphäre. Um das Reflexionsbecken in der Mitte des Hofs waren Stühle mit weißen Hussen angeordnet, und in die gedämpften Gespräche der dort versammelten Gäste mischte sich leises Wasserplätschern. In jeder Nische des Säulengangs hingen antike Seidenlampions mit flackernden Kerzen darin und verwandelten den Innenhof in eine Oase des Friedens.

Su Yi war vor dem andalusischen Lotusbrunnen am anderen Ende des Hofs auf einem von Orchideen umgebenen Marmorpodest in einem einfachen schwarzen Sarg aus Teakholz aufgebahrt. Unter den Arkaden daneben standen Nick, seine Eltern sowie der gesamte erweiterte Young-Clan in einer Reihe und nahmen die Beileidsbekundungen der Gäste entgegen. Nick trug genau wie sein Vater, Alistair Cheng und ein paar andere Männer, die sie nicht kannte, weißes Hemd und schwarze Hose.

»Rachel, geh du zuerst zu Nick, dann stören wir nicht bei eurem Wiedersehen«, schlug Peik Lin vor. Rachel nickte und ging mit flauem Gefühl im Magen die Stufen zum Innenhof hinunter. Nick hatte gerade Lucia Shang umarmt und wollte sich nun dem Präsidenten von China zuwenden, als er sie entdeckte. Er lief sofort auf sie zu.

»Hey, Süße!«, rief er und zog sie in seine Arme.

»Sag mal, hast du da gerade den Präsidenten von China stehen lassen?«, fragte Rachel.

»Habe ich? Ach, mir doch egal. Du bist tausendmal wichtiger.« Nick lachte und führte Rachel an der Hand zu seinen Verwandten. »Alle mal herhören – meine Frau ist da!«

Augenblicklich wurden alle Blicke auf sie gerichtet. Philip und Eleanor hießen Rachel als Erste willkommen, und dann prasselten auch schon die Namen auf sie ein. Alle möglichen Onkel, Tanten, Cousins und Cousinen aus den verschiedenen Familienzweigen wurden ihr vorgestellt und begrüßten sie wesentlich herzlicher, als sie es erwartet hätte, und ehe sie sich's versah, stand sie auch schon vor dem Präsidenten von China. Nick trat vor und verkündete auf Mandarin: »Das ist meine Frau. Ich glaube, ihr Vater Bao Gaoliang gehört Ihrem ständigen Komitee an.«

Der Präsident blickte verdutzt drein, dann breitete sich ein Lächeln auf seinem Gesicht aus. »Sie sind Bao Gaoliangs Tochter? Die Wirtschaftsprofessorin aus New York? Schön, Sie endlich kennenzulernen. Mein Gott, Sie sehen wirklich genauso aus wie Carlton.«

»Der ist übrigens auch hier, da drüben«, antwortete Rachel in perfektem Mandarin und winkte ihren Bruder zu sich.

»Carlton Bao, Sie tanzen aber auch auf allen Hochzeiten! Haben wir uns nicht gerade erst vorgestern beim Geburtstag meiner Tochter gesehen? Ich hoffe, Sie sammeln Flugmeilen«, sagte der Präsident in gespieltem Ernst.

»Aber sicher, Sir.« Carlton grinste in die Runde und ließ den Blick dabei eine Winzigkeit länger auf Scheherazade ruhen als auf allen anderen.

Alfred Shang, der die ganze Szene schweigend beobachtet hatte, sah Rachel und Carlton mit plötzlichem Interesse an.

Rachel wandte sich an Nick und fragte leise: »Ich würde deiner Großmutter gern die letzte Ehre erweisen. Ist das in Ordnung?«

»Natürlich.«

Sie traten gemeinsam an den Sarg, der von prachtvollen Orchideen in zierlichen Seladonvasen umgeben war. »Meine Großmutter war immer stolz auf ihre preisgekrönten Orchideen«, sagte Nick. »Ich glaube, ich habe sie nie so glücklich gesehen wie an dem Tag, als die Nationale Orchideengesellschaft einen ihrer Hybriden nach ihr benannt hat.«

Zaghaft spähte Rachel in den offenen Sarg und war überrascht, wie frisch Su Yi aussah. Eine majestätische gelbe Seidenrobe mit raffinierter Blumenstickerei bauschte sich um ihren zierlichen Körper, und auf dem Kopf trug sie einen Peranakan-Kopfputz aus Gold und Perlen. Rachel senkte den Kopf. Als sie wieder aufblickte, hatte Nick Tränen in den Augen. Sie legte ihm den Arm um die Hüfte. »Ich bin so froh, dass du sie noch gesehen hast, bevor sie gestorben ist. Sie sieht so friedlich aus.«

»Ja, das stimmt.« Nick schniefte leise.

Rachel fiel etwas Glitzerndes zwischen Su Yis Zähnen auf. »Ähm, was hat sie denn da im Mund?«

»Eine schwarze Perle. Das ist ein uralter chinesischer Brauch. Die Perle erleichtert den Übergang ins Jenseits«, erklärte Nick. »Und siehst du das Fabergé-Etui da neben ihr?«

»Das da?« Rachel zeigte auf das edelsteinbesetzte Kästchen neben dem Kissen.

»Genau. Da ist ihre Brille drin, damit sie im nächsten Leben gut sieht.«

Ehe Rachel etwas erwidern konnte, drang ein seltsamer Klagelaut aus dem Säulengang. Sie drehte sich um und entdeckte Alistair und seinen Vater Malcolm, die einen gebückten Mann langsam auf sie zuführten. Es war Eddie, und hinter ihm kamen seine Frau Fiona und ihre drei Kinder, allesamt in den gleichen maßgeschneiderten Outfits aus schwarzer Seide und Leinen.

»Kaiser Wilhelm hält Einzug«, verkündete Oliver und verdrehte die Augen.

Eddie brach theatralisch vor dem Sarg zusammen und stieß laute, abgehackte Schluchzer aus.

»Ah Ma! Ah Ma! Was soll ich bloß ohne dich tun?«, jammerte er und warf die Arme in die Luft. Beinahe hätte er eine der Orchideen umgeworfen.

Felicity Leong flüsterte ihrer Schwester Alix zu: »An seiner Stelle würde ich aufpassen, die Vasen sind ein Vermögen wert!«

»Welch ergebener Enkel!«, bemerkte der Präsident von China.

Als er das hörte, weinte Eddie noch bitterlicher. »Wie soll ich nur ohne dich weiterleben, Ah Ma? Wie nur? Wie?« Tränen strömten ihm über das Gesicht und mischten sich mit dem Schnodder, der ihm aus der Nase lief. Eddie kauerte sich vor dem Sarg seiner Großmutter auf den Boden, und seine beiden Jüngsten, Augustine und Kalliste, knieten sich neben ihren Vater, um ihm sanft über den Rücken zu streicheln. Unauffällig stieß er ihnen den Ellbogen zwischen die Rippen, und sie fingen wie aufs Stichwort an zu weinen.

Alistair flüsterte Peik Lin zu: »Die professionellen Trauergäste hätten wir uns wohl sparen können.«[1]

1 Wer sich ein bisschen Geld dazuverdienen will, kann sich von Singapurer Familien dafür bezahlen lassen, dass er auf der Beerdigung ihrer Angehörigen weint. Je mehr Trauernde, desto besser die Trauerfeier. Professionelle Trauergäste werden meist in Grüppchen angeheuert und bieten verschiedenste Varianten an, die von dezentem Weinen über hysterisches Schluchzen bis hin zu einem filmreifen Zusammenbruch am Sarg inklusive Schaum vorm Mund reichen.

»Dein Bruder könnte sich glatt ein zweites Standbein damit aufbauen! Aber die Kinder sind auch nicht schlecht.«

»Das mussten sie garantiert hundertmal üben.«

Plötzlich drehte sich Eddie zu seinem anderen Sohn um. »Constantine, mein Erstgeborener! Komm! Gib deiner Urgroßmama einen Kuss!«

»Spinnst du, Dad? Ich küss doch keine Leiche! Da kannst du mir noch so viel zahlen …«

Eddie blähte wutschnaubend die Nasenlöcher, doch da nun alle zusahen, warf er seinem Sohn lediglich einen Blick zu, der deutlich besagte: Mach dich auf einen gehörigen Arschvoll gefasst! Dann sprang er ruckartig auf. Er klopfte seinen Leinenanzug mit Mandarinkragen ab und verkündete laut: »Alle mal herhören! Ich habe eine Überraschung zu Ehren von Ah Ma vorbereitet. Bitte folgt mir.«

Er führte seine Verwandten in den ummauerten Rosengarten, der an den Ostflügel des Hauses anschloss. »Kaspar, wir sind bereit!«, rief er. Schlagartig erleuchteten Scheinwerfer den dämmrigen Garten, und die Umstehenden schnappten unisono nach Luft. Vor ihnen stand ein dreistöckiges Gebäude aus Holz und Papier. Es war ein exaktes Modell von Tyersall Park, jede Säule, jeder Erker, jede Traufe war sorgfältig und bis ins kleinste Detail nachgebildet.

»Mein persönlicher Dekorateur Kaspar von Morgenlatte und ein ganzes Team von Künstlern hat wochenlang daran gearbeitet«, verkündete Eddie stolz und verbeugte sich vor der Menschentraube.

»Ich bin kein Dekorateur! Ich bin Innenarchitekt und Kunstberater!«, erklärte ein großer, dürrer Mann mit angeklatschten weißblonden Haaren in weißem Rollkragenpulli und weißer Highwaist-Leinenhose mit überdeutlichem deutschem Akzent. »Achtung, Achtung, Ladys und Gentlemen! Das Innere von diesem Schloss öffnet sich!«

Vier nicht minder blonde Assistenten kamen aus dem Schatten gewieselt. Sie lösten die Haken an den Seitenwänden, woraufhin die gesamte Fassade aufklappte und das Innere des Hauses offenbarte. Jedes Zimmer war liebevoll bis ins kleinste Detail eingerichtet, nur leider nicht nach dem Vorbild von Tyersall Park.

»Die Wände bestehen aus vierundzwanzigkarätigem Blattgold, alle Stoffe stammen von Pierre Frey, die Kristalllüster sind von Swarovski, und alle Möbel wurden von den Setdesignern von Wes Andersons *Grand Budapest Hotel* handgefertigt«, fuhr Kaspar fort.

»Autsch, was für eine Beleidigung für den armen Wes. Das Ding sieht eher nach einem ukrainischen Bordell aus«, sagte Oliver im Flüsterton zu Rachel. »Ein Glück, dass es gleich abgefackelt wird.«

Rachel lachte. »Ich finde es ja auch nicht gerade schön, aber wäre das nicht ein bisschen extrem?«

»Das war kein Witz«, erklärte Nick. »Das Haus ist so was wie eine Opfergabe. Bei Beerdigungen werden Papierattrappen von Dingen verbrannt, die der verstorbene Mensch im Jenseits gebrauchen könnte. Das ist ein uraltes Ritual.«

»Dieser Brauch ist vor allem in der … sagen wir mal Arbeiterklasse verbreitet«, merkte Oliver an. »Die Angehörigen kaufen alle möglichen Gegenstände aus Papier, die der Verstorbene sich nie leisten konnte. Häuser, Ferraris, iPads, Gucci-Taschen[1], alles aus Papier. Für gewöhnlich sind die

1 Im Jahr 2016 warf Gucci mehreren Nippeslädchen in Hongkong Urheberrechtsverletzung vor und forderte sie in einem offiziellen Schreiben

Papierhäuser relativ klein, eher wie Puppenhäuser. Aber der liebe Eddie muss natürlich wie immer übertreiben.« Oliver sah kopfschüttelnd zu, wie Eddie um das dreistöckige Papieranwesen herumging und eifrig auf jede Einzelheit hinwies, die er in Auftrag gegeben hatte.

»Schaut mal in den Schrank – ich habe winzige Kleider aus ihrer geliebten Lotusseide schneidern lassen. Ich habe sogar mehrere Birkin Bags von Hermès nachmachen lassen, damit Ah Ma im Himmel eine schöne Auswahl hat!«

Die ganze Familie starrte das Papierhaus völlig entgeistert an. Schließlich brach Eddies Mutter das Schweigen und sagte: »Mummy würde niemals eine Handtasche von Hermès benutzen. Sie hat überhaupt keine Handtasche gehabt, ihre Zofen haben doch immer alles für sie getragen.«

Eddie funkelte seine Mutter wütend an. »Ach, du kapierst einfach gar nichts! Ich weiß, dass sie keine Hermès-Tasche getragen hätte, ich wollte einfach, dass sie nur das Beste vom Besten hat, mehr nicht!«

»Sehr beeindruckend, Eddie. Mummy hätte sich bestimmt gefreut«, sagte Catherine diplomatisch.

Doch da hatte sie die Rechnung ohne Victoria gemacht: »Nein, nein, das geht so einfach nicht! Das ist alles unglaublich geschmacklos, und vor allem völlig unchristlich!«

»Auntie Victoria, das ist eine chinesische Tradition, das hat nichts mit Religion zu tun«, sagte Eddie.

dazu auf, den Verkauf von Gucci-Taschen als Grabbeigabe zu unterlassen. Nach einem Boykott durch chinesische Käufer und durchweg negativem Presseecho ruderte die Edelmarke zurück und entschuldigte sich öffentlich.

Victoria schüttelte wutentbrannt den Kopf. »So einen Unsinn will ich nicht mehr hören! Wir Christen brauchen nichts Weltliches im Himmelreich! Schaff dieses abscheuliche Ding sofort weg!«

»Weißt du überhaupt, wie viel ich für das Haus hingeblättert habe? Eine Viertelmillion! Wir verbrennen es sehr wohl, und zwar sofort!«, brüllte Eddie zurück und gab Kaspar ein Zeichen.

»Wolfgang! Jürgen! Helmut! Schatzi! Entfacht das Feuer!«, befahl Kaspar.

Die blonden Jünglinge übergossen das Haus mit Benzin, Eddie entzündete theatralisch ein langes Streichholz und streckte es hoch in die Luft.

»Wag es ja nicht! Keine heidnischen Bräuche auf diesem Grundstück!«, kreischte Victoria, stürmte auf Eddie zu und versuchte, ihm das brennende Streichholz aus der Hand zu reißen. Eddie warf es schnell auf das Papierhaus, das augenblicklich lichterloh in Flammen stand. Die Gäste strömten in Scharen aus dem Haus, zückten ihre Smartphones und schossen Fotos. Eddie blickte schweigend ins Feuer und genoss seinen Triumph, während Victoria sich an der Schulter des chinesischen Präsidenten ausweinte. Cassian, Jake, Augustine und Kalliste rannten jauchzend ums Feuer.

Nick legte von hinten die Arme um Rachel. Sie schauten gemeinsam in die Flammen.

»Sieht wirklich ganz hübsch aus, oder?«, sagte Rachel.

»Finde ich auch. Da muss ich Eddie ausnahmsweise recht geben – das hätte Ah Ma bestimmt gefallen. Und wer weiß, so eine Birkin Bag kann doch im Himmel eigentlich nicht schaden.«

Carlton sah anstatt auf das Feuer immer wieder unauffällig zu Scheherazade, deren Haar im Feuerschein in einer ganzen Palette von Goldtönen aufleuchtete. Schließlich richtete er seinen Kragen, holte noch einmal tief Luft und schlenderte zu ihr hinüber. *»Je m'appelle Carlton. Je suis le frère de Rachel. Ça va?«*

»Ça va bien«, antwortete Scheherazade beeindruckt von seiner perfekten französischen Aussprache.

Carlton wechselte ins Englische und sagte: »So was gibts in Paris sicher nicht, oder?«

»Allerdings nicht, nein«, antwortete sie lächelnd.

Das Papierhaus mit seinen vielen Luxusartikeln zerfiel nach und nach zu Asche, die Menge zerstreute sich wieder und ging durch den Rosengarten zurück ins Haus. Mrs Lee Yong Chien schüttelte missbilligend den Kopf und flüsterte Lillian May Tan ins Ohr: »Hab ich's nicht gesagt? Su Yis Leiche ist noch warm, da liegt die Familie schon in Schutt und Asche.«

»Das ist doch noch gar nichts. Warts mal ab, wie schlimm es wird, wenn sie rausfinden, wer das Haus bekommt«, sagte Lillian May, und ihre Augen blitzten vorfreudig.

Mrs Lee kicherte. »Die kriegen den Schock ihres Lebens.«

Die darauffolgenden fünf Tage nahm jeweils eine gewaltige farbige Todesanzeige eine ganze Seite in der *Straits Times* ein:

Der Vorstandsvorsitzende, der Aufsichtsrat
und alle Angestellten
der Liechtenburg Group, AG
wünschen ihrem
überaus fähigen und
hochgeschätzten Partner

Edison Cheng

SENIOR EXECUTIVE VICE CHAIRMAN
PRIVATE BANKING (GLOBAL)

herzliches Beileid zum Tod seiner
geliebten Großmutter

Shang Su Yi

»So süß tut Scheiden weh.«
WILLIAM SHAKESPEARE

Bei Fragen zu erstklassiger Vermögensverwaltung
besuchen Sie bitte
www.liechtenburg.com/meinoffshorekapital/edisoncheng

3

THE CLAYMORE, SINGAPUR

Oliver T'sien stand gerade im Bad seiner Wohnung und rasierte sich, als Kitty anrief. Er schaltete den Lautsprecher an.

»Weißt du was? Wir sehen uns nachher! Ich gehe heute Nachmittag zur Beerdigung von Alistair Chengs Großmutter«, erzählte Kitty freudig.

»Hast du denn eine Einladung bekommen?« Oliver gelang es mehr schlecht als recht, seine Überraschung zu überspielen.

»Och na ja, ich dachte, weil Alistair doch mein Exfreund ist und ich seine Großmutter sogar einmal getroffen habe. Da wäre es doch angebracht, der Familie mein Beileid persönlich auszusprechen. Ich freu mich schon, sie alle wiederzusehen.«

»Woher weißt du überhaupt von der Beerdigung?«, fragte Oliver und schielte mit gestrecktem Hals im Spiegel nach den paar einsamen Härchen unter seinem Kinn.

»Gestern Abend bei Wandi Meggaharto Widjawas Party war von nichts anderem die Rede. Anscheinend kennt Wandi ein paar Leute aus Jakarta, die extra dafür einfliegen. Sie meinte, es wäre die Society-Beerdigung des Jahrhunderts.«

»Da hat sie nicht übertrieben, aber ich fürchte, du brauchst eine Einladung.«

»Na, die wirst du mir ja wohl besorgen können, oder?« Sie sprach es nicht aus, aber in ihrem koketten Tonfall schwang deutlich mit: … *immerhin bezahle ich dich dafür.*

Oliver wusch sich den Rasierschaum ab. »Ich fürchte, das steht ausnahmsweise nicht in meiner Macht, Kitty.«

»Und was, wenn ich mich ganz konservativ anziehe? Schwarzes Roland-Mouret-Kleid und Hut? Ich wäre sogar bereit, den Rolls stehen zu lassen und stattdessen den Bentley zu nehmen, natürlich mit ein paar Bodyguards im Schlepptau. Da werden die mich doch wohl kaum wieder wegschicken, oder?«

»Kitty, glaub mir. Wenn es ein Begräbnis gibt, das du nicht sprengen solltest, dann dieses. Das wäre ein Fauxpas ungeahnten Ausmaßes. Es kommen wirklich nur Familie und gute Freunde. Ich versichere dir, es wird niemand da sein, den du kennst, du verpasst also rein gar nichts.«

»Schwörst du, dass Colette nicht da sein wird?«

»Ich wette, Colette hat noch nie was von meiner Familie gehört.«

»Das muss nichts heißen. Ich hab nämlich auf Honey Chais Klatschblog gelesen, dass sie seit zwei Tagen wieder in Singapur ist. ›Gräfin von Palliser im Raffles Hotel abgestiegen‹ hieß es da. Vielleicht hat sie ihre Orang-Utans ja mal kurz sich selbst überlassen, um zur Beerdigung zu gehen.«

Oliver verdrehte genervt die Augen. »Colette, oder Lady Mary oder wie sie sich inzwischen nennt, wird auf keinen Fall bei der Beerdigung oder auch nur im näheren Umkreis sein, das verspreche ich dir.«

»Hm, okay, dann verbringe ich den Tag auf der neuen

Jacht von Tatiana Saverin. Sie meint, die hätte der gleiche Typ entworfen wie das Boot von Giorgio Armani.«

»Stimmt, heute ist doch bestes Segelwetter. Zieh am besten deinen heißesten Eres-Bikini an, dazu die Segeldiamanten, und dann schlürfst du ganz entspannt ein paar Aperol Spritz auf der Jacht. Hauptsache, du verschwendest keinen Gedanken mehr an diese langweilige Beerdigung. Ich wünschte, ich könnte auch segeln gehen, aber ich komme leider wirklich nicht drumrum, hinzugehen.« (Oliver log. So sehr er seine Großtante Su Yi verehrt hatte, war der eigentliche Grund, sich die Beerdigung auf keinen Fall entgehen zu lassen, dass es tatsächlich das gesellschaftliche Highlight des Jahrhunderts werden würde.)

»Okay, okay.« Kitty lachte und legte auf.

Oliver beugte sich übers Waschbecken und verteilte Aftershave auf Hals und Wangen. Da klingelte erneut sein Handy.

»Hallo Kitty.«

»Was sind Segeldiamanten? Wo kann ich die kaufen?«

»Das hab ich mir bloß ausgedacht, Kitty.«

»Aber meinst du, ich sollte eine Diamantkette zu meinem Bikini tragen? Vielleicht die Chanel-Joaillerie-Diamanten in diesem leuchtenden Blumenmuster? Diamanten sind wasserdicht, oder?«

»Na klar. Mach doch. Ich muss Schluss machen, Kitty, sonst komm ich zu spät.« Kaum hatte er aufgelegt, betrat seine Mutter Bernadette das Bad.

»Mutter, ich bin noch nicht angezogen!«, rief Oliver und zog das Handtuch fester um seine Hüfte.

»*Aiya*, als hätte ich dich noch nie nackt gesehen! Was hältst du von diesem Outfit?«

Oliver musterte seine neunundsechzigjährige Mutter von Kopf bis Fuß. War da etwa schon wieder ein grauer Ansatz zu sehen? Ihr Friseur in Peking bekam es echt nicht hin mit dem regelmäßigen Nachfärben. Bernadette, eine geborene Ling, stammte aus einer Familie, deren Frauen für ihre Schönheit berühmt waren. Doch im Gegensatz zu ihren Schwestern und Cousinen – allen voran Jacqueline Ling, die geradezu unnatürlich jung wirkte –, sah man Bernadette ihr fortgeschrittenes Alter an. Und dieses dunkelblaue Brokatkostüm mit der Schleife am Kragen machte sie sogar noch älter. *Tja, so sieht man eben aus nach fünfundzwanzig Jahren Plackerei in China*, dachte Oliver insgeheim.

»Ein anderes dunkles Kleid hast du nicht dabei?«

»Doch, ich hatte drei Kleider mit, aber die anderen beiden hatte ich schon zur Totenwache an.«

»Dann musst du wohl dieses nehmen. Ist das von deiner Schneiderin in Peking?«

»*Aiya*, nein, das war richtig teuer! Das hat mir die kleine Schneiderin von Mabel Shang vor dreißig Jahren genäht. Ist eine Designerkopie. Pierre Cardin, glaube ich.«

Oliver prustete los. »Pierre Cardin kopiert garantiert niemand, Mutter. Wahrscheinlich war es einer von Mabels geliebten Achtzigerjahre-Designern. Scherrer, Féraud oder Lanvin, früher, als Maryll noch das Ruder in der Hand hatte. Tja, immerhin passt es dir noch. Hast du einen von deinen kleinen Glockenhüten dabei?«

»Natürlich nicht. Die sind doch viel zu warm für Singapur. Aber was sagst du hierzu?« Bernadette berührte die eindrucksvolle Schmetterlingsbrosche aus Jade und Rubinen an ihrem Revers.

»Fantastische Wahl.«

»Meinst du nicht, dass es auffällt? Stell dir vor, deine Großmutter sitzt neben mir und merkt was.«

»Ach, Grandma hat doch grünen Star, der fällt wahrscheinlich nicht mal auf, dass du überhaupt eine Brosche trägst. Glaub mir, ich hab die Kopie vom besten Juwelier in London anfertigen lassen.«

»Ich hätte mich niemals von ihr trennen dürfen.« Bernadette seufzte.

»Wir hatten keine andere Wahl. Denk einfach nicht mehr dran und freu dich an der Brosche. Die Jade sieht makellos aus, die Rubine absolut echt, und die Diamanten könnten genauso gut von Laurence Graff stammen. Wenn *ich* den Unterschied nicht erkenne, dann auch niemand anders.«

»Wenn du meinst. Sag mal, hast du vielleicht eine Krawatte für Dad? Die einzige, die er mithatte, hat er gestern mit Schokokuchen vollgekleckert. Ach, was werde ich den Schokokuchen aus Tyersall Park vermissen.«

»Klar, guck mal in meinen Schrank. Vielleicht eine von den Borrellis. Ach, wenn du kurz wartest, suche ich selbst eine raus.« Seine Mutter verließ das Bad, und Oliver dachte: *Ich hab meine Lektion gelernt. Aber so was von. Nächstes Mal stecke ich die beiden ins Hotel, keine Widerrede.*[1] *Diese Wohnung ist eindeutig zu klein für drei Leute.*

1 Ausnahmslos alle asiatischen Eltern, die ihre erwachsenen Kinder in anderen Städten besuchen, bestehen darauf, bei ihnen zu Hause zu übernachten. Dabei ist es völlig egal, ob das Kind in einer Einzimmerwohnung wohnt, das Haus vor lauter hormongesteuerten Teenagern aus allen Nähten platzt oder die Eltern sich locker eine ganze Etage des Ritz-Carlton leisten könnten. Und natürlich wird erwartet, dass man seinen Eltern sein Schlafzimmer überlässt und auf der Luftmatratze im Wohnzimmer schläft, selbst wenn man sechsundvierzig Jahre alt ist und unter Schlafapnoe und chronischen Ischiasschmerzen leidet.

4

ST. ANDREW'S CATHEDRAL, SINGAPUR

Harry Leong starrte missmutig aus dem Fenster des Mercedes, der den Trauerkonvoi von Tyersall Park zur Kathedrale anführte, und versuchte das pausenlose Geschnatter seiner Frau Felicity auszublenden, die mit ihrer Schwester Victoria über letzte Details stritt.

»Der Präsident von Singapur muss *unbedingt* als Erstes sprechen. Das verlangt die offizielle Etikette«, sagte Victoria.

»Aber damit brüskieren wir den Sultan von Borneo! Könige vor Politikern«, argumentierte Felicity.

»Unsinn, in *unserem* Land hat *unser* Präsident den Vorrang. Hättet ihr Leongs nicht so viele Plantagen auf Borneo, wäre dir der Sultan herzlich egal.«

»Es wäre mir aber alles andere als egal, wenn wir plötzlich eine Urinpfütze unter der Kanzel haben. Seine Majestät ist ein betagter Diabetiker mit schwacher Blase und sollte deshalb das erste Wort haben. Außerdem kannte er Mummy schon, da war der Präsident noch nicht mal geboren.«

»Moment, Moment. Das erste Wort hat Reverend Bo Lor Yong. Er liest schließlich den Segen.«

»Was?«, entgegnete Felicity entgeistert. »Bo Lor Yong hast du auch eingeladen? Wie viele Pastoren sollen bei dieser Beerdigung denn noch anwesend sein?«

»Sind doch nur drei. Reverend Bo liest den Segen, Bischof See hält die Predigt, und Pastor Tony Chi spricht das Schlussgebet.«

»Schade, jetzt ist es bestimmt schon zu spät, Tony zu fragen, ob er die Predigt hält, oder? Er ist ein wesentlich besserer Redner als dieser See Bei Sien«, sagte Felicity verächtlich.

Harry Leong stöhnte. »Könnt ihr bitte etwas leiser sprechen? Da kriegt man ja Kopfschmerzen. Wenn ich gewusst hätte, dass ihr euch die ganze Fahrt über streitet, wäre ich bei Astrid mitgefahren.«

»Das hätten deine Sicherheitsleute niemals zugelassen. Ihre Fenster sind nicht kugelsicher.«

Im Jaguar XJ L (ebenfalls nicht kugelsicher) hinter ihnen musterte Eleanor Young eingehend das Gesicht ihres Sohnes. »Ich glaube, ich mache nächste Woche mal einen Termin für dich bei meinem Hautarzt. Deine Augenringe sind wirklich nicht mehr feierlich. Aber die kriegt Dr. Teo mit seinem Laser weg, ganz bestimmt.«

»Ich hab gestern Nacht bloß zu wenig geschlafen, Mum«, sagte Nick.

»Er war die ganze Nacht wach und hat an seiner Rede für Ah Ma gefeilt«, erklärte Rachel.

»Die ganze Nacht?«

»Ja, so lange habe ich noch nie für einen Text gebraucht. Versuch du doch mal, Ah Mas ganzes Leben auf tausend Wörter runterzubrechen.«

Rachel nahm Nicks Hand. Sie wusste, wie schwer ihm die Rede gefallen war. Erst hatte er bis in die Morgenstunden daran gesessen, und dann war er auch noch mehrmals wieder aufgestanden, weil ihm noch eine Anekdote eingefallen war.

Eleanor ließ nicht locker. »Wieso hast du dir denn ein Wortlimit gesetzt?«

»Ich nicht, aber Auntie Victoria hat darauf bestanden, dass ich unter fünf Minuten bleibe. Das entspricht ungefähr tausend Wörtern.«

»Fünf Minuten? Wie kommt sie denn darauf? Du warst Su Yis liebster Enkel und außerdem der einzige *Young*. Da kannst du doch wohl reden, so lange du willst!«

»Offensichtlich werden mehrere Reden gehalten, also muss ich mich an die Anweisungen von oben halten«, sagte Nick. »Ist schon okay, Mum. Ich bin jetzt sehr zufrieden mit meiner Rede.«

»Meine Güte, wer ist denn die Frau da im Auto neben uns?«, fragte Rachel plötzlich. Alle drehten sich zu dem Rolls um, der sie gerade überholte. Darin saß eine Frau mit einem schwarzen Hut und einem dramatischen schwarzen Schleier vorm Gesicht.

»Sieht aus wie Marlene Dietrich«, sagte Philip, der am Steuer saß.

»*Aiya*, Philip! Guck auf die Straße!«, schrie Eleanor. »Aber stimmt, sie sieht *wirklich* aus wie Marlene Dietrich. Ich frage mich, welche Sultana das sein mag.«

Nick warf einen Blick durchs Autofenster und lachte. »Das ist doch keine Sultana. Das ist Fiona Tung, die sich da hinter dieser schwarzen Gardine versteckt.«

Auf dem Rücksitz des Rolls-Royce Phantom – dem einzigen Rolls in der imposanten Flotte von Autos – fingerte Fiona unglücklich an ihrem Hut herum.

»Ich frage mich, warum ich diesen albernen Schleier tragen muss. Ich kann überhaupt nichts sehen, geschweige denn atmen.«

Eddie schnaubte. »Stell dich nicht so an. Kalliste kann in ihrem wunderbar atmen, stimmts, Kalliste?«

Eddies Tochter, die genau den gleichen Hut und Schleier wie ihre Mutter trug, starrte stur geradeaus und antwortete ihrem Vater nicht.

»Kalliste, ob du atmen kannst, hab ich gefragt!«, schrie Eddie seine Tochter an.

»Sie hat Kopfhörer auf, Dad«, sagte Augustine. Sie hört und sieht nichts. Fast wie Helen Keller.«

»Immerhin konnte Helen Keller sprechen!«

»Äh, nein, Pa. Sie war stumm«, meldete sich Constantine vom Beifahrersitz. Eddie schob seiner Tochter den Schleier vom Gesicht. »Kopfhörer runter, aber dalli! Und wehe, ich sehe die gleich in der Kirche!«

»Unter dem Ding hier garantiert nicht. Kann ich nicht Shawn Mendes hören in der Kirche? Davon muss ich jedes Mal heulen wie ein Schlosshund, das wolltest du doch.«

»Dieser Shawn Mendes ist tabu! Und das Gleiche gilt für Mario Lopez, Rosie Perez und Lola Montez! Ihr Kinder werdet kerzengerade auf der Kirchenbank sitzen, alle Lieder mitsingen und bitterlich weinen. Weint, als hätte ich euch das Taschengeld gestrichen!«

»Ja klar, Dad! *Buhuhuuu, wie soll ich bloß ohne meine zwanzig Dollar in der Woche auskommen?*«, sagte Constantine sarkastisch.

»So, mein Lieber, damit ist das Taschengeld gestrichen bis Jahresende! Und wehe, du weinst dir gleich nicht die Augen aus, vor allem bei meinem Lied …«

»Eddie, es reicht! Was bringt es denn, die Kinder zu zwingen, wenn sie nicht weinen möchten?«, schimpfte Fiona.

»Wie oft soll ich es dir noch sagen, wir müssen die führenden Trauernden sein bei dieser Beerdigung. Alle Augen werden auf uns gerichtet sein, wir müssen zeigen, wie wichtig uns Ah Ma war! Die wissen doch alle, dass wir am meisten von ihrem Tod profitieren!«

»Woher sollten sie das bitte wissen?«

»Fiona, sag mal, kriegst du gar nichts mit? Ah Ma ist gestorben, bevor sie ihr Testament ändern konnte! Wir werden den Löwenanteil bekommen! In ein paar Tagen sind wir endlich vollwertige Mitglieder im Drei-Punkte-Club[1]! Da müssen wir in Sachen Trauer wirklich alles geben!«

Fiona schüttelte entgeistert den Kopf. Das Verhalten ihres Mannes brachte sie schon jetzt fast zum Weinen.

»Lorena, Lorena, hier drüben! Ich hab doch gesagt, ich *chope*[2] dir einen Platz!«, rief Daisy von ihrem strategisch am Mittelgang gewählten Platz und ruderte wie wild mit den Armen.

Lorena ging schnurstracks zu Daisy und nahm das Taschentuchpäckchen von der Holzbank. »Danke fürs Re-

1 Was Eddie meint? Einfach mal die Punkte zählen: 1.000.000.000$.

2 Singlischer Ausdruck für »reservieren«. Singapurer *chopen* Plätze bei Konzerten, in Garküchen und an jeglichen anderen öffentlichen Orten, indem sie ein Päckchen Taschentücher auf den Sitz legen.

servieren! Ich dachte schon, ich muss bei den Schwiegers sitzen. Ist Q. T. noch auf Parkplatzsuche?«

»*Aiya*, mein Mann hasst doch Beerdigungen. Der kriegt schon beim bloßen Anblick von Särgen Durchfall.« Just in dem Moment summte es laut in Daisys Handtasche. »Warte, *ah*, ich muss mein iPad rausholen. Nadine will während der Trauerfeier FaceTimen. Sie ist völlig außer sich, dass sie nicht eingeladen wurde.«

»Was? Ronnie und sie sind nicht eingeladen?«

»Nee, Old Man Shaw hat die Einladung bekommen und natürlich seine neue Perle mitgebracht. Da vorne, zwei Reihen vor uns.«

Lorena verrenkte sich fast den Hals auf der Suche nach Nadines Schwiegervater Sir Ronald Shaw, der mit seinen fünfundachtzig Jahren bereits einen Schlaganfall überstanden hatte, und seiner frischgebackenen neunundzwanzigjährigen Ehefrau aus Shenzhen. »Hübsch ist sie wirklich, aber ich dachte, Sir Ronald hätte eine, nun ja, *chee cheong fun*.«

»*Aiya*, mit Viagra wird auch eine *chee cheong fun* zur *youzhagui*.«[1] Daisy tippte kichernd auf das FaceTime-Icon. Nadines melodramatisch geschminktes Gesicht erschien auf dem Display. »*Alamak*, Daisy, ich warte schon seit Ewigkeiten! Wer ist alles da?«

»Zum Beispiel dein Schwiegervater mit deiner neuen … äh … Schwiegermutter.«

»Ach, das interessiert doch keine Sau! Ich will wissen, wie Eleanor aussieht! Und was hat Astrid an?«, erwiderte Nadine.

1 *Chee cheong fun*: lange, schlaffe Reisnudelrolle. *Youzhagui*: lange, steife Brotstange.

»Eleanor sieht wie immer toll aus. Ich glaube, sie trägt diesen schwarzen Akris-Hosenanzug, den sie vor zwei Jahren bei Harrods im Sale gekauft hat. Astrid ist noch nicht da, ich hab sie jedenfalls noch nicht gesehen. *Ach du grüne Neune!* Wer ist denn das? Gerade ist Frankensteins Braut reingekommen!«

»Was? Wer? Halt das iPad hoch, ich will sie auch sehen!« Nadine war ganz aus dem Häuschen.

Daisy richtete unauffällig ihr iPad Richtung Mittelgang. »*Alamak*, das ist Eddie Chengs Frau, Fiona Tung, dieses leidgeprüfte Ding. Die sieht ja aus wie Queen Victoria in voller Trauermontur. Oh, und guckt mal, die Tochter sieht genauso aus! Und die Söhne in schwarzen Nehru-Brokatwesten. Ach du liebe Zeit, als würden sie irgendeinem Selbstmordkult angehören!«

Rachel folgte Nicks Eltern durch den Mittelgang ganz nach vorn zu den sorgfältig polierten Holzbänken, die für die Familie reserviert waren, und bewunderte die beeindruckenden neogotischen Details der ältesten Kathedrale Singapurs. Nick begab sich derweil in die Kapelle hinter dem Altarraum zu seiner Auntie Victoria, die alle Redner koordinierte. Er schüttelte dem Staatspräsidenten die Hand und wartete geduldig auf Anweisungen. Endlich bemerkte Victoria ihn. »Ach, Nicky, gut, dass du da bist. Sag mal, ich hoffe, es macht dir nichts aus, aber wir mussten deine Rede streichen. Wir haben einfach nicht genug Zeit für alle Redner.«

Nick sah sie fassungslos an. »Das ist nicht dein Ernst!«

»Ich fürchte, doch. Du musst das verstehen, wir sind schon über die Zeit mit den drei Pastoren, dem Sultan von

Borneo und dem Präsidenten. Der Botschafter von Thailand hat auch noch was auf dem Herzen, und Eddies Lied muss ja auch irgendwie …«

»Eddie will was singen?!« Nick traute seinen Ohren nicht.

»Genau. Er probt schon seit einer Woche ein bestimmtes Kirchenlied und hat extra einen berühmten Musiker einfliegen lassen.«

»Verstehe ich das richtig? Sechs Leute halten Reden, aber aus der Familie darf *niemand* ein paar Worte über Ah Ma sagen?«

»Also, äh, da hat sich in letzter Minute noch eine Änderung ergeben. Henry Leong jr. hat beschlossen, eine Rede zu halten.«

»Henry junior? Aber der kennt Ah Ma doch kaum, der hat sich doch lieber sein halbes Leben in Malaysia von seinen Leong-Großeltern verhätscheln lassen.«

Victoria schenkte dem Präsidenten, der mit gespitzten Ohren lauschte, ein betretenes Lächeln. »Nicky, darf ich dich daran erinnern, dass dein Cousin Henry der älteste Enkelsohn ist? Er hat jedes Recht, eine Rede zu halten. Außerdem«, Victoria senkte die Stimme, *»kandidiert er dieses Jahr für einen Sitz im Parlament. Felicity will unbedingt, dass er die Rede hält. Und der Präsident auch!«*

Nick starrte seine Tante sprachlos an. Dann machte er auf dem Absatz kehrt und ging zurück zu Rachel und seinen Eltern.

Michael Teo, Astrids Noch-Ehemann, schlenderte in einem brandneuen Rubinacci-Anzug und blank polierten schwarzen Brogues von John Lobb den Mittelgang der

St. Andrew's Cathedral entlang. Er hielt Ausschau nach den Mitgliedern der Leong-Familie, aber kaum hatte er in der zweiten Reihe Astrid entdeckt, die gerade Cassians Windsorknoten zurechtzupfte, stellten sich ihm zwei Männer mit dunklen Anzügen und Ohrstöpseln in den Weg.

»Tut mir leid, Mr Teo. Auf dieser Seite sitzt die Familie«, sagte der eine.

Michael wollte gerade zu einer scharfen Antwort ansetzen, als ihm bewusst wurde, dass alle Augen auf ihn gerichtet waren. Also sparte er sich den Kommentar, lächelte nur höflich und setzte sich auf den erstbesten freien Platz auf der anderen Seite.

Direkt gegenüber von Michael saßen die T'siens. »Hast du das gesehen?«, flüsterte Oliver seiner Tante Nancy ins Ohr. »Das tat weh!«

»Pfff. Geschieht ihm recht. Wieso ist er überhaupt eingeladen?« Insgeheim dachte Nancy: *Der war an Astrid sowieso total verschwendet. Was ich mit einem Mann mit so einem Körper alles anstellen würde …*

Nancy wandte sich an Olivers Mutter: »Mensch, Bernadette, du siehst wirklich toll aus! Hübsches … Kleid.« *Gruselig. Ich kann die Mottenkugeln bis hier riechen.*

»Danke. Du siehst natürlich auch wieder schick aus«, erwiderte Bernadette und musterte Nancys Gaultier-Kleid. *Verprass ruhig fleißig das Geld meines Schwagers. Du bist auch mit teuren Klamotten von hinten Lyzeum, von vorne Museum!*

»Ich freu mich ja immer, wenn die T'sien-Jade mal ausgeführt wird.« Nancy beäugte Bernadettes Brosche. *Mir würde sie tausendmal besser stehen. Der blanke Hohn, sie an diesem Fetzen zu sehen, den sie Kleid nennt.*

Das Familienerbstück, das der Legende nach einmal

der Kaiserinwitwe Ci'an gehört hatte, war von T'sien Tsai Tays Mutter an ihre Lieblingsschwiegerenkelin Bernadette übergegangen. Nancy beugte sich zu ihrer Schwiegermutter hinüber und sagte: »Schau mal, Bernadettes Brosche ... findest du nicht auch, dass der Jadeschmetterling durchscheinender und leuchtender als je zuvor wirkt?«

Rosemary lächelte. »Das ist Kaiserjade. Die wirkt immer besser, je öfter sie getragen wird.« *Wie gut, dass wir sie Bernadette weitergegeben haben. Ein überaus lohnenswertes Geschenk – so neidisch, wie Nancy nach all den Jahren immer noch ist.*

Bernadette lächelte die beiden Frauen nervös an und versuchte verzweifelt, die Aufmerksamkeit von sich wegzulenken. »*Aiya*, Nancy, das ist doch gar nichts im Vergleich zu deinen schönen Perlen! Meine Güte, so viele auf einmal habe ich ja noch nie an einer Kette gesehen.« *Sie sieht aus wie eine Irre, die gerade Mikimoto ausgeraubt hat.*

Nancy tastete nach dem riesigen saphir- und diamantbesetzten Verschluss ihrer achtreihigen Perlenkette. »Ach, die? Die hab ich doch schon ewig. Ich glaub, die hat Dickie mir gekauft, als wir bei der Hochzeit von Prinz Abdullah von Jordanien und seiner wunderschönen Rania waren. Da wusste er natürlich noch nicht, dass er eines Tages König sein würde.«

Oliver, der das Gespräch mitangehört hatte, mischte sich ein. »Ich glaube, Abdullah hat überhaupt nicht damit gerechnet. Sein Onkel sollte doch der nächste König werden, und dann hat Hussein auf dem Sterbebett seinen Sohn zum Thronfolger gemacht. Das war damals echt ein Schock für alle.«

Nancy lehnte sich zurück. Welche Schocks wohl auf ihre Young-Verwandten warteten? Was würde aus Su Yis

Schmuck werden? Ihre Sammlung galt als einzigartig in ganz Asien, es würde also garantiert ein erbitterter Kampf darum ausbrechen.

Astrid, die in der Mitte ihrer Bankreihe saß, hörte ein dringliches kleines Ping. Unauffällig nahm sie ihr Handy aus der Tasche und las die Nachricht:

MICHAEL TEO: Erst streichst du mich aus der Todesanzeige in der Straits Times u jetzt darf ich nicht mal neben meinem eigenen Sohn sitzen! Das wirst du bereuen!

Astrid schrieb wütend zurück.

ASTRID LEONG: Wovon sprichst du überhaupt? Die Anzeige haben meine Mutter und mein Onkel aufgegeben. Ich wusste nicht mal, dass du kommst.
MT: Ich bin kein Monster, ok? Ich mochte deine Ah Ma.
AL: Wo bleibst du dann? Du kommst noch zu spät.
MT: Bin doch längst da. Sitze eine Reihe hinter dir auf der anderen Seite.

Astrid drehte sich um und entdeckte Michael auf der gegenüberliegenden Gangseite.

AL: Wieso sitzt du da drüben?
MT: Jetzt tu mal nicht so. Die Scheißbodyguards von deinem Vater haben mich nicht in deine Reihe gelassen.

AL: Damit hatte ich nichts zu tun, ich schwörs. Komm rüber!

Michael stand auf, aber ehe er seine Reihe verlassen konnte, blockierte eine Gruppe neu ankommender Gäste den Mittelgang. Natürlich wurden sie ausgerechnet in seine Reihe dirigiert, und eine Dame mit einem eleganten Kleid aus grauer Shantung-Seide, silbergrauem Bouclé-Mantel und schwarzen Handschuhen setzte sich neben ihn.

Astrid fiel fast die Kinnlade runter. Sie drehte sich weiter zu Oliver, der direkt hinter ihr saß: »Sag mal, halluziniere ich, oder ist das wandelnde Chanel-Model da drüben wirklich die, von der ich glaube, dass sie es ist?«

Oliver folgte ihrem Blick und murmelte: »Heilige Anita Sarawak!« Es war Colette mit ihrem Mann, dem Grafen von Palliser, und dem britischen Botschafter. Wie dumm von ihm – natürlich kam der Graf zur Beerdigung. Immerhin war sein Vater, der Herzog von Glencora, gut mit Alfred Shang befreundet.

Nancy T'sien hatte Olivers und Astrids Reaktion genau mitbekommen und flüsterte: »Wer ist denn die junge Frau da drüben?«

»Welche junge Frau?« Oliver tat unwissend.

»Na die hübsche Chinesin da neben den ganzen *ang moos.*« Noch während die beiden zu Colette schauten, strich sich diese plötzlich ihr Haar aus dem Gesicht und offenbarte eine riesige Schmetterlingsbrosche aus Jade an ihrer linken Schulter. Oliver wurde kreidebleich.

Nancy hätte fast nach Luft geschnappt, riss sich aber zusammen. Stattdessen sagte sie: »Was für eine hübsche Brosche. Schau mal, Mummy, die wunderschöne Jadebrosche von der Dame da drüben.« Sie zerrte heftig an Rosemary T'siens Arm.

»Oh. Tatsächlich.« Rosemary schwieg verblüfft. »Ein Prachtstück.«

In diesem Augenblick trat Reverend Bo Lor Yong auf die Kanzel und beugte sich viel zu nah ans Mikrofon. Seine Stimme dröhnte ihnen entgegen: »Eure Majestäten, Hoheiten, Durchlauchten, Herr Präsident, meine Damen und Herren, darf ich Ihnen Shang Su Yis geliebten Enkel Edison Cheng präsentieren, begleitet vom einzigartigen … Lang Lang!«

Ein Raunen ging durch die Menge, als der berühmte Pianist sich an den Flügel vorm Altar setzte und die ersten Töne einer seltsam vertrauten Melodie spielte. Die Türen der Kathedrale schwangen auf, und unter dem gewaltigen Torbogen erschienen die Silhouetten von acht Gurkha-Wachen aus Tyersall Park mit Su Yis Sarg auf den Schultern. Captain Vikram Ghale führte die Sargträger an, und als sie langsam durchs Mittelschiff der Kathedrale schritten, trat Eddie aus dem Schatten des Querschiffs und nahm seinen Platz vor dem Flügel ein. Ein einzelner Scheinwerfer war auf ihn gerichtet. Respektvoll erhoben sich die Trauergäste, als der Sarg durch den Mittelgang getragen wurde, und Eddie fing mit bebendem Tenor an zu singen:

»It must have been cold there in my shadowwwwww,
to never have sunlight on your faaaaaaace …«

»Das darf doch nicht wahr sein«, murmelte Nick und vergrub das Gesicht in den Händen.

»*Dafür* haben sie deine Rede gestrichen?« Rachel war

stinksauer und musste sich gleichzeitig das Lachen verkneifen.

»*Did I ever tell you you're my heeeeeero …*«, schmetterte Eddie leicht schief.

Victoria drehte sich stirnrunzelnd zu Felicity um: »Was um alles in der Welt …?«

Felicity fragte Astrid flüsternd: »Kennst du dieses Kirchenlied?«

»Das ist kein Kirchenlied, Mum. Das ist ›Wind Beneath My Wings‹ von Bette Midler.«

»Bett was?«

»Du sagst es. Eine Sängerin, von der Ah Ma garantiert noch nie was gehört hatte.«

Die Wachen schritten durch den Mittelgang, und mit einem Mal verstummten alle Trauergäste. Ein paar Schritte hinter dem Sarg gingen Su Yis treue thailändische Zofen. Sie waren in dunkelgraue Seidenkleider gehüllt, an deren Brust eine einzelne schwarze Orchidee steckte, und ihre Gesichter waren tränenüberströmt.

5

ST. ANDREW'S CATHEDRAL, SINGAPUR

Nach dem Trauergottesdienst fanden die Gäste sich in einem weißen Zelt neben der Kathedrale ein, wo ein aufwendiges Nachmittagstee-Büfett auf sie wartete. Das Zelt war im Stil von Su Yis Gewächshaus in Tyersall Park dekoriert: Von der Decke hingen Hunderte Töpfe mit Orchideen in voller Blüte, und auf den Tischen mit den Tischtüchern aus Battenberg-Spitze standen beeindruckende Tierfiguren, die aus Rosen aus ihrem Garten gebunden worden waren. Eine Schar Bediensteter schob antike Silberwägelchen mit dampfendem Darjeeling und eisgekühltem Lillet-Champagner umher, und weiß gekleidete Köche servierten Mini-Sandwiches, Scones mit Clotted Cream und *nyonya*-Küchlein.

Nick, Rachel und Astrid saßen in einer Ecke mit Alistair, Scheherazade und Lucia zusammen und tauschten Erinnerungen aus.

»Als ich klein war, hatte ich immer eine Wahnsinnsangst vor Ah Ma«, erzählte Alistair. »Vielleicht weil die Erwachsenen auch alle ein bisschen Angst vor ihr hatten. Da habe ich das unbewusst übernommen.«

»Echt? Für mich war sie immer so was wie eine gute Fee«, sagte Scheherazade. »Ich weiß noch, wie ich vor ewigen Jahren mal im Sommer allein durch den Garten von Tyersall Park gestromert bin, und an dem See mit diesen riesigen Seerosen stand ich plötzlich vor Su Yi. ›Komm mal her, Zhi Yi‹, hat sie gesagt. Sie hat mich immer mit meinem chinesischen Namen angesprochen. Dann hat sie in den Himmel geguckt und mit der Zunge geschnalzt, und wie aus dem Nichts kamen auf einmal zwei Schwäne angerauscht und sind auf dem Wasser gelandet! Su Yi hat aus der Tasche von diesem blauen Gärtnerkittel, den sie immer anhatte, eine Dose Sardinen geholt, und schon kamen die Schwäne zu ihr. Sie haben ihr ganz zahm aus der Hand gefressen. Ich war völlig hin und weg.«

»Ja, das waren die zwei, die auch auf dem See im Botanischen Garten rumgeschwommen sind«, fiel Nick ein. »Ah Ma meinte immer: ›Alle denken, die würden da leben, aber eigentlich wohnen sie hier in Tyersall Park. Die besuchen nur immer den Botanischen Garten, weil die Touristen sie kugelrund füttern!‹«

»Wie schade, ich hab das Gefühl, du hast Großtante Su Yi viel besser gekannt als ich«, sagte Lucia wehmütig zu Scheherazade.

Rachel lächelte ihr zu. In dem Moment erblickte sie Carlton, der betont lässig auf ihren Tisch zuschlenderte. »Hey, Carlton! Wie hast du es denn nach Fort Knox geschafft?«

»Vielleicht hat mir ja jemand eine Einladung zukommen lassen«, erwiderte Carlton und zwinkerte Scheherazade zu, die sofort rot wurde. »Hast du kurz einen Moment?«, wandte er sich dann an Astrid.

»Ich?«, fragte Astrid überrascht.

»Jep.«

Astrid erhob sich und entfernte sich mit Carlton ein Stück vom Tisch.

»Ich habe eine Nachricht von einem Freund für dich«, erklärte Carlton. »Geh mal in die Kapelle hinter dem nördlichen Querschiff der Kathedrale. Jetzt gleich. Vertrau mir.«

»Okay …?«, gab Astrid verunsichert zurück. Was war denn das bitte für eine rätselhafte Botschaft? Sie verließ das Zelt, ging durch eine Seitentür in die Kirche und betrat die kleine Kapelle im Inneren der Kathedrale. Es dauerte einen Moment, bis ihre Augen sich an das Dunkel gewöhnt hatten. Da trat jemand hinter einer Säule hervor.

»Charlie!« Astrid fiel ihm stürmisch um den Hals. »Oh mein Gott! Was machst du denn hier?«

»Ich konnte dich doch heute nicht allein lassen.« Charlie nahm sie fest in den Arm und drückte ihr einen Kuss auf die Stirn. »Wie gehts dir?«

»Ich komme klar.«

»Das ist jetzt vielleicht etwas unpassend, aber du siehst wieder mal umwerfend aus«, sagte Charlie mit einem Blick auf Astrids knielanges schwarzes Kleid mit einem weißen Mäandermuster an Rocksaum und Kragen.

»Das ist aus den Dreißigern, hat meiner Großmutter gehört.«

»War die Trauerfeier schön?«

»›Schön‹ ist vielleicht nicht das richtige Wort. Es war beeindruckend, aber auch seltsam. Der Sultan von Borneo hat vom Krieg erzählt, wo mein Urgroßvater an der Rettung seiner Familie beteiligt war. Er hat auf Malaiisch gesprochen und eine etwas merkwürdige Frau hat gedolmetscht. Und dann hat mein Bruder eine Rede gehalten, aber so steif und gestelzt, dass er klang wie der Manchurian Kandidat. Der traurigste Moment war für mich, als sie den Sarg meiner Großmutter reingebracht haben. Als ich Madri und Patravadee hinter dem Sarg gesehen hab, musste ich so weinen!«

»War heute ein schwerer Tag für dich, ich weiß. Deshalb hab ich was für dich. Ich hab erst noch überlegt, ob ich es dir wirklich heute geben soll, aber dann dachte ich, doch, das wird dich aufheitern.« Charlie reichte Astrid einen kleinen Umschlag. Sie zog den handgeschriebenen Brief heraus und las:

Liebe Astrid,

ich hoffe, dass ich dir damit nicht zu nahe trete, aber ich möchte dir gern mein Beileid zum Tod deiner Großmutter aussprechen. Sie war eine besondere Frau, und ich weiß, wie viel sie dir bedeutet hat. Ich hatte auch eine sehr enge Beziehung zu meiner Ah Ma und kann mir deshalb vorstellen, wie es dir gerade geht.

Ich möchte mich bei dir für mein Verhalten damals in Singapur entschuldigen. Es tut mir wirklich sehr leid, dass ich dich und deine Familie verletzt und vor den anderen bloßgestellt habe. Wie du bestimmt weißt, war ich an dem Tag nicht ich selbst. Mir geht es mittlerweile wieder sehr viel besser, und ich hoffe, dass du meine Entschuldigung annehmen kannst. Sie kommt von Herzen.

Ich habe in den vergangenen Monaten viel Zeit gehabt, mich zu erholen, aber auch, mein Leben zu überdenken. Mir ist klar geworden, dass ich auf keinen Fall mehr zwischen dir und Charlie stehen will. Ich gebe euch meinen Segen, auch wenn ihr den natürlich nicht braucht. Charlie hat sich mir gegenüber stets fair verhalten, und ich wünsche ihm nur das Beste. Wie wir alle wissen, ist das Leben kostbar und viel zu schnell vorbei, deshalb wünsche ich euch beiden für immer alles Glück dieser Welt.

Mit herzlichen Grüßen
Isabel Wu

»Das ist aber lieb von ihr!«, sagte Astrid. »Und schön zu hören, dass es ihr besser geht.«

»Ja, nicht? Den Brief hat sie mir gestern Abend gegeben, als ich die Mädchen zu ihr gebracht hab. Sie hatte Angst, dass du ihn gar nicht liest.«

»Wieso denn das? Ich freue mich total darüber. Das sind wirklich gute Nachrichten, eine Sorge weniger. Weißt du, ich musste heute immer wieder an das letzte Gespräch mit meiner Großmutter denken. Sie wollte einfach nur, dass ich glücklich bin. Sie meinte doch, wir sollen uns nicht um die üblichen Trauerregeln scheren, sondern so schnell wie möglich heiraten.«

»Das werden wir auch!«

Astrid seufzte. »Ich hätte bloß nie gedacht, dass Michael derjenige ist, der uns dabei im Weg steht.«

»Wir schaffen das trotzdem. Ich habe schon einen Plan.«

Plötzlich hallten Stimmen durch das Querschiff. Astrid spähte durch den Türspalt. »Meine Mutter!«, flüsterte sie.

Victoria, Felicity und Alix waren an Su Yis Sarg herangetreten.

»Wenn ich's euch doch sage!«, meinte Felicity. »Ihr Gebiss sitzt schief!«

»Also ich fand, das sah ganz normal aus«, entgegnete Victoria.

»Werdet ihr ja gleich sehen. Dieser Idiot von Bestatter hat das nicht ordentlich gemacht, glaubt mir.«

»Ich halte das trotzdem für keine gute Idee«, wandte Alix ein.

»Doch, wir müssen das für Mummy tun«, widersprach Felicity und machte sich an den Metallverschlüssen des Sargs zu schaffen. »Ich werde meines Lebens nicht mehr froh, wenn ich weiß, dass sie mit schiefem Gebiss verbrannt wurde. Jetzt helft mir doch mal!«

Gemeinsam hoben sie den Deckel an. Beim Anblick der Mutter in ihrem goldenen Kleid begannen die sonst so gefassten und beherrschten Schwestern zu weinen. Felicity nahm Victoria in den Arm, worauf beide noch lauter schluchzten.

»Wir müssen stark sein«, sagte Felicity und schniefte. »Wir haben ja jetzt nur noch uns.« Sie atmete tief durch und fasste sich wieder. »Sie sieht so hübsch aus. Wie sie da so liegt, hat sie weniger Falten denn je.«

»Wo wir schon mal dabei sind – soll das Fabergé-Brillenetui wirklich mitverbrannt werden? Wäre jammerschade drum«, sagte Victoria.

»So hat sie es aber laut ihren Beerdigungsanweisungen gewollt, und daran müssen wir uns halten«, entgegnete Alix.

Victoria schnaubte verächtlich. »Ich glaube kaum, dass Mummy das so gemeint hat. Sie wollte doch bestimmt, dass wir das Etui nach dem Trauergottesdienst wieder aus dem Sarg nehmen und nicht einfach mitverbrennen. Ihre Goldtiara haben wir ihr doch auch abgenommen. Mummy mochte keine Verschwendung.«

»Na gut, dann hol aber die Brille raus und leg sie neben ihr auf das Kissen«, sagte Felicity. »Und jetzt los. Kann mir mal jemand mit ihrem Mund helfen?« Sie beugte sich über den Sarg und zog vorsichtig am starren Unterkiefer ihrer Mutter. Plötzlich schrie sie leise auf.

»Was denn?«, rief Victoria erschrocken.

»Die Perle! Die Tahitiperle! Als ich Mummys Mund aufgemacht habe, ist sie ihr in den Hals gerollt!«

6

EMERALD HILL, SINGAPUR

Astrid fiel müde ins Bett. Es war Sonntagabend, und Cassian hatte bis halb zwölf gebraucht, um endlich zur Ruhe zu kommen. Durch die Beerdigung war das Wochenende lang gewesen, eigentlich schon die ganze Woche, und sie hatte gehofft, endlich etwas durchatmen zu können, wenn Cassian den Tag mit seinem Vater verbrachte. Stattdessen war ihr Sohn nach Hause gekommen und hatte den kompletten Abend einen Riesenaufstand gemacht. Angriffslustig tippte Astrid eine Nachricht an Michael:

> ASTRID LEONG: Tu mir bitte einen Gefallen – hör auf, Cassian 7 Stunden am Stück Warcraft spielen zu lassen. Wenn er nach Hause kommt, ist er der reinste Zombie und unerträglich. Dachte, wir hätten eine Vereinbarung, was das Spielen angeht.

Kurze Zeit später trudelte Michaels Antwort ein.

MICHAEL TEO: Übertreib mal nicht. Das waren keine 7h.

AL: 7 Stunden, 6 Stunden, viel zu lang jedenfalls. Morgen ist Schule, und er ist immer noch wach.

MT: Keine Ahnung, was du willst. Hier schläft er immer gut.

AL: Weil du ihn ins Bett gehen lässt, wann er will! Wenn er zurückkommt, ist sein Rhythmus immer völlig durcheinander. Du kriegst das natürlich nicht mit, aber ich muss das dann ausbaden unter der Woche.

MT: DU wolltest doch nicht, dass er nach Gordonstoun geht.

AL: Als ob ein Internat in Schottland das Problem lösen würde. Darüber müssen wir nicht schon wieder diskutieren. Ich versteh nur nicht, wieso du ihn überhaupt nimmst, wenn du doch sowieso keine Zeit mit ihm verbringen willst.

MT: Weil du so schlechten Einfluss auf ihn hast.

Astrid seufzte frustriert. Sie wusste, dass Michael sie nur provozieren wollte, und sie würde sich nicht darauf einlassen. Das war seine Rache dafür, dass er sich bei der Beerdigung ihrer Großmutter schlecht von ihr behandelt gefühlt hatte. Sie wollte gerade ihr Handy ausschalten, als die nächste Nachricht aufpoppte:

MT: Aber zum Glück nicht mehr lange. Ich bekomme das alleinige Sorgerecht.

AL: Einbildung ist auch eine Bildung.

MT: Ach ja? Und du bist eine falsche Schlampe.

Astrids Messenger fror kurz ein, dann kam eine hochaufgelöste Bilddatei durch. Auf dem Foto hatte Astrid den Kopf an Charlies Brust gekuschelt. Sie saßen zusammen auf Kissen an Deck der alten chinesischen Dschunke, mit der sie vor fünf Jahren durchs Südchinesische Meer gekreuzt waren. Charlie hatte sie aufmuntern wollte, nachdem Michael sie in Hongkong angebettelt hatte, die Ehe zu beenden. Michaels Nachricht zu dem Foto lautete:

MT: Danach gibt dir kein Richter der Welt das Sorgerecht.

AL: Das Foto beweist gar nichts. Du hast mich verlassen, Charlie hat mich bloß getröstet.

MT: »Trösten« nennt man das also heutzutage? Und du hast dich mit nem Blowjob bedankt?

AL: Musst du so vulgär werden? Du weißt genau, dass ich dich nie betrogen habe. Du warst derjenige, der eine Affäre vorgetäuscht hat, um aus unserer Ehe rauszukommen. Ich war am Boden zerstört! Charlie war mir ein guter Freund in der Zeit. Mehr nicht.

MT: Ich hab massenhaft Fotos, die das Gegenteil beweisen.

AL: Das glaub ich kaum. Ich hab nichts gemacht.

MT: Und das sollen die Richter dir glauben? Warts ab …

Astrid starrte auf seine Worte. Sie war so wütend! Sie drückte auf Kurzwahl, aber Michael ging nicht dran. *Hallo, hier ist die Mailbox von Michael Teo. Das ist meine Privatnummer, ich hoffe also, es ist wichtig. Hinterlassen Sie eine Nachricht, und ich rufe zurück. Falls es wichtig genug war. Hahaha.*

Sie sprach nach dem Piepton: »Michael, das ist echt nicht

mehr lustig. Keine Ahnung, was dein komischer Anwalt dir rät, aber damit kommst du nicht durch. Du schadest dir doch nur selbst. Bitte hör auf damit, wir finden bestimmt eine vernünftige Lösung. Zum Wohl von Cassian.«

Astrid legte das Handy auf den Nachttisch und schaltete das Licht aus. Im Dunkeln lag sie da, wütend auf Michael, aber noch wütender auf sich selbst, weil sie in seine Falle getappt war. Sie hätte ihm gar nicht erst schreiben dürfen. Michael wollte sie bloß aus der Reserve locken, das versuchte er in letzter Zeit ständig. Ihr Handy piepste, und sie wusste, es würde wieder nur eine provozierende Nachricht von Michael sein. Sie war fest entschlossen, heute Nacht alle weiteren Versuche zu ignorieren. Morgen war wieder ein großer Tag, um zehn Uhr sollte das Testament ihrer Großmutter verlesen werden, und sie brauchte dringend etwas Schlaf.

Doch schon meldete ihr Handy die nächste Nachricht. Und noch eine. Astrid drehte sich auf die andere Seite, kniff die Augen zu. Plötzlich dachte sie … *Was, wenn die gar nicht von Michael waren? Vielleicht ist Charlie ja gerade wieder in Hongkong angekommen?* Seufzend griff sie nach dem Handy.

Drei neue Nachrichten, und – Überraschung! – sie waren natürlich von Michael. Die erste lautete schlicht:

Zum Wohl von Cassian.

Die zweite war eine Datei, die noch lud, und in der dritten stand:

5 Milliarden Dollar oder du bist ihn für immer los.

Ein paar Sekunden später war der Download fertig, Astrid tippte auf das Icon und bereute es sofort. Es war ein pixeliges Dreißigsekundenvideo, im Dunkeln aufgenommen. Astrid kniff die Augen zusammen und erkannte auf dem leuchtenden Display die Silhouette einer nackten Frau, die mit dem Rücken zur Kamera rittlings auf einem Mann saß. Das Paar hatte gerade Sex, das war unverkennbar, und während die Frau sich auf und ab bewegte, drehte sie sich kurz zur Seite und gab den Blick auf den Mann im Bett frei. Es war Charlie. Und im selben Augenblick dämmerte ihr, dass *sie* die Frau in dem Video war.

Astrid schnappte nach Luft und ließ das Handy fallen, als hätte sie sich daran verbrannt. »Ohmeingottohmeingottohmeingott!«, flüsterte sie, dann griff sie nach dem Handy und versuchte, Charlies Nummer zu wählen. Doch mit ihren zitternden Fingern erwischte sie den falschen Button und startete versehentlich das Video neu. Endlich schaffte sie es ins Kontaktmenü und tippte auf CW1, seine private Handynummer.

Es klingelte ein paarmal, dann ging Charlie dran. »Baby, ich hab gerade an dich gedacht.«

»Oh Gott, Charlie …«

»Alles okay? Was ist denn los?«

»Oh Gott, ich weiß gar nicht, wie ich dir das sagen soll …«

»Ganz ruhig. Ich bin ja da«, sagte Charlie mit sanfter Stimme. Er hörte, wie verängstigt sie klang.

»Michael hat mir gerade ein Video geschickt. Von uns beiden.«

»Was für ein Video?«

»Per Messenger. In dem Video … haben wir gerade Sex.«

Charlie sprang auf. »Was? Wo?«

»Keine Ahnung. So genau hab ich es mir nicht angeschaut. Als ich dein Gesicht gesehen habe, war alles vorbei.«

»Schick es mir!«

»Ähm, per Messenger? Ist das denn sicher?«

»Scheiße, keine Ahnung. Schick es per WhatsApp. Das dürfte am sichersten sein.«

»Okay, warte.« Astrid leitete das Video an Charlie weiter. Er verstummte für ein paar Minuten, die ihr unendlich vorkamen, aber sie wusste, dass er es ganz genau unter die Lupe nahm. Endlich hörte sie seine unnatürlich gefasste Stimme.

»Und das hat Michael dir gerade geschickt?«

»Ja. Wir haben uns per Textnachricht gestritten. Wegen Cassian, wie immer. Charlie, sind wir das wirklich?«

»Ja«, sagte Charlie grimmig.

»Aber wo wurde das aufgenommen? Wie …«

»In meinem Schlafzimmer hier in Hongkong.«

»Es muss irgendwann im Laufe des letzten Jahres gewesen sein, weil ich ja erst drei Monate nach meiner offiziellen Trennung von Michael bei dir übernachtet habe.«

Charlie stöhnte auf. »Scheiße, was, wenn ich immer noch überwacht werde? Warte, ich ruf dich gleich wieder an, ich muss raus hier.«

Astrid tigerte auf und ab und wartete auf Charlies Rückruf. Sie spürte, wie Panik in ihr aufstieg. Michael war ein hochrangiger Sicherheitsexperte im Verteidigungsministerium gewesen. Hatte er in ihrem Schlafzimmer etwa auch Kameras versteckt? Sie flüchtete mit ihrem Handy hinunter in ihr Wohnzimmer im Innenhof. Vielleicht würde die ruhige Atmosphäre dort helfen. Doch als sie sich auf das schlichte weiße Sofa sinken ließ, fiel ihr auf, dass womöglich das gesamte Haus verwanzt war. Sie fühlte sich nicht mehr sicher. Rasch schlüpfte sie in ihre Sandalen und verließ das Haus. Es war nach Mitternacht, aber noch immer saßen Leute lachend und trinkend vor den Cafés in der Emerald Hill Road. Sie lief ziellos umher, bis Charlie endlich zurückrief.

»Charlie! Alles in Ordnung?«

»Mir gehts gut. Ich hab mich zum Telefonieren ins Auto gesetzt. Tut mir leid, dass es so lange gedauert hat, aber ich habe direkt mein Securityteam auf die Sache angesetzt. Sie durchsuchen jetzt die Wohnung.«

»Und Chloe und Delphine?«

»Die übernachten heute bei Freundinnen.«

»Ein Glück!«

»Was zum Henker hat Michael überhaupt vor? Ist ihm klar, dass das illegal ist?« Charlie schäumte vor Wut.

»Er ist schon das ganze Wochenende mies drauf. Seit ihn die Bodyguards meines Vaters bei der Beerdigung nicht bei der Familie haben sitzen lassen. Er verlangt fünf Milliarden Dollar, sonst will er das Video veröffentlichen. Er ist sich sicher, dass ich dann das Sorgerecht für Cassian verliere.«

»Ich fasse es nicht, dass dieses Arschloch seinen eigenen Sohn als Druckmittel benutzt.«

»Was machen wir denn jetzt bloß, Charlie? Bestimmt hat er mein Haus auch verwanzt.«

»Ich lasse mein Team morgen nach Singapur fliegen, dann kümmern sie sich drum. Wir kommen ihm schon auf die Schliche. Geh nach Hause. Dir wird nichts passieren. Selbst wenn dein Haus verwanzt ist, wissen wir immerhin, wer da zuschaut. Wenigstens ist es keine Diebesbande, die dich ausrauben will.«

»Ja, bloß ein einzelnes Arschloch, das mich um fünf Milliarden erleichtern will.« Astrid seufzte.

»Weißt du was? Ich finde, du solltest dir Bodyguards zulegen. Ich engagiere dir die besten der Welt.«

»Jetzt klingst du eins zu eins wie mein Vater. Er versucht schon seit Ewigkeiten, mich dazu zu überreden. Ich will kein Leben im Käfig, Charlie. Du weißt, wie sehr ich meine Anonymität genieße. Wenn ich mich in meinem eigenen Haus, in meiner Heimatstadt, nicht mehr sicher fühle, dann kann ich hier nicht mehr leben.«

»Ja, stimmt schon. Ich bin wohl einfach paranoid.«

»Immerhin laufe ich gerade mit nichts als einem Leinenhemdchen bekleidet durch die Straßen von Singapur, und kein Mensch beachtet mich.«

»Wohl kaum. Ich wette, alle Typen fragen sich, wer dieses halb nackte Babe ist.«

Astrid lachte. »Ach Charlie, ich liebe dich. Du bist echt der Einzige, der mich in so einer Situation noch zum Lachen bringen kann.«

»Lachen ist wichtig. Wir dürfen den Mistkerl nicht gewinnen lassen.«

Astrid hatte inzwischen ihr Reihenhaus erreicht und setzte sich auf die kleine Stufe vorm Tor. »Gewinnen, verlieren, ist das jetzt ein Krieg? Ich wollte doch bloß, dass wir endlich alle glücklich sein können.«

Charlie seufzte. »Tja, auf Glück ist Michael eindeutig nicht aus. Anscheinend will er bis in alle Ewigkeit Krieg mit dir führen. Deshalb verfolgt er uns auf Schritt und Tritt und zieht die Scheidung mit seinen absurden Forderungen in die Länge.«

»Du hast recht. Er hat mir das Video geschickt, weil er

uns Angst machen und aus unseren eigenen Häusern vertreiben will.«

»Und das wäre ihm auch beinahe gelungen. Aber weißt du was? So leicht lassen wir uns nicht einschüchtern. Wir gehen jetzt wieder nach Hause. Wir verschließen unsere Türen und lassen ihn nie wieder rein!«

7

ANWALTSKANZLEI TAN UND TAN, SINGAPUR

Das OCBC Centre in der Chulia Street 65 wurde wegen seiner flachen Form und den an Ziffernblöcke erinnernden Fensterfronten auch »Taschenrechner« genannt. Der riesige graue Turm beherbergte das Hauptquartier der Oversea-Chinese Banking Corporation, der ältesten Bank der Insel, und war vom Architekten I. M. Pei als Sinnbild für Macht und Beständigkeit gedacht.

Nur die wenigsten wussten jedoch, dass sich im achtunddreißigsten Stock die kleine, aber feine Kanzlei Tan und Tan befand, die äußerst diskret agierte, aber zu den unbestrittenen juristischen Machtzentren des Landes gehörte. Die Kanzlei vertrat nahezu alle Familien des Singapurer Establishments exklusiv und nahm keine Neukunden an – es sei denn, sie konnten eine Empfehlung eines langjährigen Klienten vorweisen.

Heute war der Empfangstresen aus Mahagoni und Glas auf Hochglanz poliert worden, taufrische Rosensträuße schmückten die Gästetoiletten, und alle Angestellten trugen ihren feinsten Zwirn. Um Viertel vor zehn trafen allmählich Shang Su Yis Abkömmlinge ein, und die Aufzugtüren standen nicht mehr still. Die Leongs waren als Erste da, zu Harry, Felicity, Henry jr., Peter und Astrid[1] stießen kurz darauf Victoria Young und die Aakaras. Um 9:55 Uhr gesellten sich Philip, Eleanor und Nick zu den anderen und nahmen auf den Le-Corbusier-Ledercouch-Imitaten im diskreten Empfangsbereich Platz.

Nick setzte sich neben Astrid. »Alles okay?« Er spürte immer genau, wenn es seiner Cousine nicht gut ging.

Astrid versuchte seine Sorge mit einem Lächeln abzutun. »Ja, klar. Hab bloß zu wenig Schlaf bekommen letzte Nacht.«

»Ich hab auch kein Auge zugetan. Rachel meint, dass mein Körper die Trauer jetzt richtig realisiert, aber ich weiß nicht, irgendwie fühlt sich immer noch alles an wie ein Albtraum.«

In dem Augenblick schlug die Standuhr im Foyer zehn Mal, und Alix Young Cheng betrat mit ihrem Mann Malcolm und ihren Kindern Eddie, Cecilia und Alistair die Kanzlei. Eddie räusperte sich, als wolle er eine Rede halten, wurde jedoch von Cathleen Kah[2] unterbrochen, die in den Empfangsbereich kam, um die Familie zu begrüßen.

Cathleen scheuchte sie den Korridor hinunter in den großen Konferenzraum mit der Flügeltür. Vor der Fenster-

1 Der dritte Sohn der Leongs, Alexander, lebt seit der Hochzeit mit einer malaysischen Frau und der Geburt ihrer drei Kinder in Brentwood, Kalifornien. Er war seit elf Jahren nicht mehr in Singapur und hat ebenso lange nicht mehr mit seinem Vater gesprochen.

2 Keiner der Ehepartner der Enkel war zur Testamentseröffnung geladen, mit Ausnahme von Henry Leongs Frau Cathleen Kah. Was womöglich daran liegen mochte, dass sie Seniorpartnerin bei Tan und Tan war und aus der angesehenen Familie stammte, die der Kanzlei vierzig Prozent ihres Umsatzes bescherte.

front mit Blick auf die Bucht stand ein massiver Tisch aus dunklem Eichenholz. Am einen Ende saß Freddie Tan, Su Yis langjähriger Anwalt, und trank Kaffee mit Alfred Shang, Leonard Shang und Oliver T'sien.

Dass Onkel Alfred dabei sein würde, dachte ich mir ja schon, aber was zum Geier machen Leonard und Oliver hier?, fragte sich Eddie.

»Guten Morgen zusammen«, begrüßte sie Freddie freundlich. »Bitte machen Sie es sich bequem.«

Alle setzten sich grob nach Familie sortiert um den Tisch, bis auf Eddie, der an der Kopfseite Platz nahm.

»Ein prächtiges Spektakel war das gestern, was? Wusste gar nicht, dass Sie so gut singen können, Eddie«, sagte Freddie im Plauderton.

»Danke, danke. Sollen wir dann mal anfangen?« Eddie konnte es kaum erwarten.

»Immer mit der Ruhe, junger Mann. Wir erwarten noch jemanden«, sagte Freddie.

»Wer kommt denn noch?«, fragte Eddie nervös.

Just in dem Moment drang aus dem Korridor das leise Klacken teurer Designerabsätze auf Marmor. Die Empfangsdame öffnete die Türen zum Konferenzraum und sagte: »Hier entlang, Ma'am.«

Jacqueline Ling rauschte in einem tiefvioletten Wickelkleid, einer Res-Rei-Sonnenbrille auf der Nase und einem Mitford-blauen Mantel von Yves Saint Laurent über der Schulter in den Raum. »Entschuldigt die Verspätung! Mein Chauffeur hat mich doch tatsächlich an den falschen Ort gebracht! Er war aus irgendeinem Grund der Meinung, wir müssten zum Singapore Land Tower.«

»Sie müssen sich nicht entschuldigen. Es ist schließlich

erst ein paar Minuten nach zehn. Außerdem ist es doch schwer in Mode, sich zu verspäten, haha!« Freddie lachte über seinen eigenen Witz.

Jacqueline setzte sich neben Nick, der sie mit einem Kuss auf die Wange begrüßte. Freddie warf einen Blick in die angespannte Runde und beschloss, sie endlich zu erlösen. »Nun, wir wissen alle, warum wir hier sind, fangen wir also direkt an.«

Eleanor lächelte gedankenversunken, und Philip lehnte sich zurück. Alfred untersuchte die Maserung des Tisches und fragte sich, ob er wohl von David Linley stammte. Nick zwinkerte Astrid zu, die ihm gegenübersaß, und sie antwortete mit einem Lächeln.

Freddie drückte einen Knopf auf dem Telefon neben sich. »Tuan, Sie können es jetzt reinbringen.« Ein geschniegelter Assistent in rotem Pullunder und gestreifter Krawatte betrat den Konferenzraum und legte feierlich einen großen Umschlag aus Pergamentpapier vor Freddie ab. Dann reichte er ihm einen Brieföffner mit Horngriff. Alle richteten den Blick gespannt auf Su Yis persönliches Wachssiegel auf der Klappe. Freddie nahm den Brieföffner und schob die Klinge langsam unter das blutrote Siegel. Eddie sog hörbar die Luft ein.

Freddie zog vorsichtig ein Dokument aus dem Umschlag und hielt es kurz für alle hoch, dann las er vor:

TESTAMENT VON SHANG SU YI

Ich, Shang Su Yi, wohnhaft in Tyersall Park, Tyersall Avenue, Singapur, widerrufe mit diesem Testament alle bisher errichteten Verfügungen von Todes wegen.

1. Testamentsvollstrecker. Ich ernenne meinen Neffen Sir Leonard SHANG und meinen Großneffen Oliver T'SIEN zu meinen Testamentsvollstreckern.

(Eddie warf seinen Cousins einen missbilligenden Seitenblick zu. *Warum um alles in der Welt sollte Ah Ma die beiden als Testamentsvollstrecker einsetzen? Mit Oliver komme ich klar, aber jetzt muss ich mich auch noch bei diesem arroganten Leonard einschleimen, igitt!*)

2. Ausdrückliches Vermächtnis von Geldbeträgen. Aus meinem Nachlass sollen folgende Geldbeträge ausgezahlt werden:

a. 3000000$ an meine Haushälterin LEE Ah Ling, die meiner Familie von Jugendalter an erstklassige Dienste erwiesen hat.

(Victoria lächelte. *Sehr gut, das hat sie wirklich verdient.*)

b. 2000000$ an meine treue Leibköchin LIM Ah Ching, die meine Familie mit ihrem außerordentlichen kulinarischen Talent seit 1965 versorgt.

(Jetzt schüttelte Victoria den Kopf: *Ah Ching wird ausflippen, wenn sie erfährt, dass sie weniger bekommt als Ah Ling. Heute Abend lassen wir besser die Finger von der Suppe!*)

c. 1000000$ an meinen Gärtner Jacob THESEIRA, der dem Garten von Tyersall Park stets liebevolle Pflege hat angedeihen lassen. Des Weiteren vermache ich ihm alle Rechte und zukünftigen Tantiemen aus den Orchideenhybriden, die wir im Laufe von fünf Jahrzehnten gemeinsam gezüchtet haben.
d. Je 1000000$ an meine lieben Kammerzofen Madri VISUDHAROMN und Patravadee VAROPRAKORN, sowie die mit ihren Namen markierten antiken Peranakan-Armreife aus Gold und Diamanten im Tresor von Tyersall Park.
e. 500000$ an meinen Sicherheitschef Captain Vikram GHALE, der mich seit 1983 gewissenhaft beschützt hat. Des Weiteren vermache ich ihm die Nambu-Pistole Modell 14, die Graf Hisaichi Terauchi mir vor seinem Aufbruch aus Singapur im Jahr 1944 geschenkt hat.

(Eleanor: Wah, *ganz schön großzügig! Ob die alte Dame wusste, dass Vikram mit seinem Daytrading bereits ein Vermögen gemacht hat?*)

f. 250000$ an meinen Chauffeur Ahmad BIN YOUSSEF. Des Weiteren vermache ich ihm das 1935er Hispano-Suiza Typ 68 J12 Cabriolet[1], das mein Vater mir zu meinem sechzehnten Geburtstag geschenkt hat.

(Alfred: *Verdammt, den Hispano wollte ich doch! Na ja, vielleicht kann ich ihn Ahmad abkaufen.*)

g. Ich vermache allen übrigen, hier nicht explizit genannten Angestellten von Tyersall Park je 50000$.

1 Zum Vergleich: Ein 1936er Hispano-Suiza Typ 68 J12 Cabriolet wurde 2010 bei einer Auktion in Scottsdale, Arizona, für 1400000$ verkauft.

3. Ausdrückliches Vermächtnis von Gegenständen.

a. Ich ordne an, dass meine Schmucksammlung gemäß der detaillierten Liste in Anhang A dieses Testaments sowie der Namensaufkleber im Tresor von Tyersall Park verteilt wird.

(Cecilia Cheng Moncur: *Wozu sie sich die Mühe wohl noch gemacht hat? Astrid hat doch eh alles abgeräumt, was sich gelohnt hätte.*)

b. Ich ordne an, dass alle nicht explizit in meinem Testament genannten Kunstwerke, Antiquitäten und Haushaltsgegenstände von meinen Testamentsvollstreckern so gleichmäßig und gerecht wie möglich unter meinen Kindern aufgeteilt werden, mit Ausnahme folgender Stücke:
i. Meiner Tochter Felicity YOUNG LEONG vermache ich meine Seladonporzellansammlung, die sie bis in alle Ewigkeit wie ihren Augapfel hüten und makellos rein halten wird, das weiß ich genau.

(Alix: *Hahaha! Da hat Mummy unserer zwanghaften Felicity aber schön eins reingewürgt!*)

ii. Meiner Tochter Victoria YOUNG vermache ich das kleine Gemälde einer Frau am Schlafzimmerfenster von Édouard Vuillard. Da ich weiß, wie scheußlich sie das Bild findet, vertraue ich darauf, dass sie es auf der Stelle verkauft und sich von dem Erlös endlich das Traumhaus in England kauft, von dem sie schon ihr Leben lang redet.

(Victoria: *Ja, ja, noch aus dem Grab an mir herumkritteln, das sieht dir ähnlich, aber ob du es glaubst oder nicht, ich war längst zum Stadthausshopping auf Sothebysrealty.com.*)

iii. Meinem Sohn Philip YOUNG vermache ich alle Gegenstände in Tyersall Park, die seinem Vater Sir James Young gehört haben.

(Philip: *Hab ich den Festplattenrekorder programmiert? Heute läuft doch die neue Staffel von* Arrow *an. Was für eine Zeitverschwendung, ich wünschte, ich wäre endlich wieder in Sydney.*)

iv. Meiner Tochter Alexandra YOUNG CHENG vermache ich meine Sammlung handgeschnitzter Namensstempel aus Elfenbein und Jade, da sie die Einzige ist, die Mandarin kann.

v. Meiner Schwiegertochter Eleanor SUNG vermache ich eine Schachtel Mandelseife von Santa Maria Novella.

(Alle anwesenden Frauen schnappten unisono nach Luft, Eleanor jedoch lachte nur. Als Nick seiner Mutter einen verwirrten Blick zuwarf, klärte Jacqueline ihn auf: »Damit will sie uns durch die Blume mitteilen, dass deine Mutter eine schmutzige Frau ist.«)

vi. Meiner geliebten Enkelin Astrid LEONG, die in Sachen Stil ganz nach meiner Mutter kommt, vermache ich meine Sammlung von Cheongsams und Festtagskleidern sowie alle Textilien, Hüte und Accessoires meiner Mutter.

vii. Meiner lieben Enkelin Cecilia CHENG MONCUR, der leidenschaftlichen Reiterin, vermache ich das chinesische Rollbild einer Herde galoppierender Pferde von Li Gonglin aus der Nördlichen Song-Dynastie.

viii. Meinem loyalen und stets vergnüglichen Großneffen Oliver T'SIEN vermache ich die beiden Tischleuchten von Jacques-Émile Ruhlmann aus meinem Ankleidezimmer sowie meine signierte Erstausgabe von W. Somerset Maughams *Far Eastern Tales*.

(Oliver: *Niiiiice.*)

ix. Meinem treuen Enkel Edison CHENG vermache ich ein Paar Platinmanschettenknöpfe mit Saphiren von Asprey, ein Geschenk des Sultans von Perawak an meinen Mann Sir James Young zu unserer goldenen Hochzeit. James war viel zu bescheiden, sie zu tragen, bei Edison besteht diese Gefahr jedoch nicht, das weiß ich genau.

(Eddie: *Alter! Aber sind wir jetzt langsam durch mit dem Kleinscheiß? Das Beste kommt ja erst noch.*)

x. Meinen Enkeln Henry LEONG jr. und Peter LEONG, die mir sehr am Herzen liegen, vermache ich nichts, da sie bereits im Testament meines verstorbenen Mannes Sir James Young großzügig bedacht worden sind und durch den Leong-Familienfonds umfassend versorgt werden.

(Henry Leong jr.: *Großzügig bedacht? Gunggung hat mir eine schlappe Million vererbt, außerdem ist das ewig her!*)

4. Vermächtnis von historischen Archiven, Fotografien, Dokumenten, persönlichen Briefen und Erinnerungsstücken. Ich vermache meinem liebsten Enkel Nicholas YOUNG, dem Historiker der Familie, mein persönliches Archiv in Tyersall Park einschließlich aller Familienfotos, Briefe, Tagebücher und Dokumente sowie die alleinigen Urheber- und Nutzungsrechte daran.

5. Vermächtnis von Aktien. Meine 1 000 000 Vorzugsaktien der Ling Holdings Pte Ltd – die Ling Yin Chao im Jahr 1954 bei einem legendären Mah-Jongg-Duell an mich verloren hat – vermache ich meiner geliebten Patentochter Jacqueline LING. Sollte sie vor mir versterben, vermache ich die Aktien ihrer Tochter Amanda LING. Ich hoffe, damit die Schieflage der Machtverhältnisse innerhalb des Ling-Clans ausgleichen zu können.

(Jacquelines gefasste Miene verbarg den Gefühlsaufruhr in ihrem Inneren: *Meine liebe, liebe Su Yi, du hast mich befreit! Oh, ich wünschte, ich könnte dich jetzt umarmen!* Felicity und ihre Schwestern sahen sie stirnrunzelnd an, weil sie nicht einschätzen konnten, welche Dimensionen dieses Vermächtnis hatte, aber Eleanor, die in Börsendingen bestens informiert war, fing sofort an, im Kopf zu überschlagen: *Eine Million Aktien, und Ling Holdings steht heute bei knapp 145$ pro Aktie. Mein Gott, das wird vielleicht ein warmer Geldregen für Jacqueline!*)

6. Restnachlass. Mein Restnachlass besteht aus: Bargeld und anderen Finanzinstrumenten, die von meinen Banken verwaltet werden (OCBC in Singapur, HSBC in Hongkong, Bangkok Bank in Thailand, C. Hoare & Co. in London, Landolt & Cie in der Schweiz). Ich verfüge, dass aus diesen Geldern die Vermächtnisse unter Punkt 2 ausgezahlt werden. Etwaige Restsummen nach Erfüllung der ausdrücklichen Vermächtnisse sollen in eine neu zu gründende wohltätige Stiftung fließen, die in Erinnerung an meinen Mann Sir James Young den Namen THE YOUNG FOUNDATION tragen soll. Ich ernenne Astrid Leong und Nicholas Young zu den Verwaltern der Stiftung.

7. Vermächtnis von Immobilien.

a. Ich vermache mein Anwesen in CAMERON HIGHLANDS, Malaysia, sowie alles, was sich auf dem 32 Hektar großen Grundstück befindet, meinem lieben Enkel Alexander LEONG. Sollte er vor mir versterben, vermache ich das Anwesen zu gleichen Teilen seiner Frau Salimah LEONG und meinen Urenkeln James, Anwar und Yasmine LEONG, die ich leider nie kennenlernen durfte.

(Harry Leong war wie vom Donner gerührt. Was für ein Schlag ins Gesicht! Felicity wagte es nicht, ihm in die Augen zu schauen, Astrid jedoch konnte sich das Grinsen nicht verkneifen. *Ich muss sofort mit Alex skypen. Der wird Augen machen, wenn er erfährt, dass Ah Ma ihm den Familiensitz in Malaysia vermacht hat. Ihm, der von seinem Vater enterbt wurde, weil er eine Frau aus Malaysia geheiratet hat.*)

b. Mein Anwesen in CHIANG MAI, Thailand, sowie alles, was sich auf dem 120 Hektar großen Grundstück befindet, vermache ich meiner geliebten Tochter Catherine YOUNG AAKARA. Sollte sie vor mir versterben, vermache ich das Anwesen zu gleichen Teilen ihren Kindern James, Matthew und Adam AAKARA.

(Catherine brach in Tränen aus, Felicity, Victoria und Alix sprangen auf und sahen sie entgeistert an. *Welches Anwesen in Chiang Mai?*)

Freddie Tan hielt einen Moment inne, dann verlas er mit fester Stimme den letzten Punkt des Testaments.

c. Mein Haus in SINGAPUR vermache ich folgenden Familienmitgliedern zu den unten aufgeführten Teilen:
Meinem einzigen Sohn, Philip YOUNG: 30 Prozent
Meiner ältesten Tochter, Felicity YOUNG LEONG: 12,5 Prozent
Meiner zweiten Tochter, Catherine YOUNG AAKARA: 12,5 Prozent
Meiner dritten Tochter, Victoria YOUNG: 12,5 Prozent
Meiner jüngsten Tochter, Alexandra YOUNG CHENG: 12,5 Prozent
Meinem Enkel, Nicholas YOUNG: 10 Prozent
Meinem Enkel, Alistair CHENG: 10 Prozent

GEZEICHNET SHANG SU YI

Freddie ließ das Dokument sinken und blickte in die Runde. Felicity, Victoria und Alix hatten noch immer nicht verdaut, dass ihre Mutter ein geheimes Anwesen in Thailand besessen hatte.

»Weiter!«, sagte Eddie ungeduldig.

»Das war alles«, antwortete Freddie.

»Wie, das war alles? Und was ist mit Tyersall Park?«

»Den Punkt habe ich doch gerade verlesen.«

»Wie meinen Sie das? Sie haben Tyersall Park doch überhaupt nicht erwähnt!«, beharrte Eddie.

Freddie seufzte und las noch einmal den letzten Punkt vor. Als er fertig war, herrschte einen Augenblick lang Totenstille im Raum, dann plapperten alle durcheinander.

»Wir erben *alle* einen Teil von Tyersall Park?«, fragte Felicity völlig verwirrt.

»Genau, Sie persönlich besitzen jetzt einen Anteil von 12,5 Prozent des Anwesens«, erklärte Freddie geduldig.

»Zwölf Komma fünf Prozent … Was soll das überhaupt heißen?«, grummelte Victoria.

Eleanor warf Nick einen triumphierenden Blick zu, dann flüsterte sie Philip ins Ohr: »Deine Mutter kann mich so viel beleidigen, wie sie will, am Ende zählt, dass du und Nicky den größten Anteil am Haus habt!«

Nick sah seinen Cousin Alistair an, der ungläubig den Kopf schüttelte. »Ich kann nicht fassen, dass Ah Ma mir was vererbt hat.«

»Und zwar nicht irgendwas!«, sagte Nick grinsend.

Dieser kurze Wortwechsel brachte Leben in Eddie. Er sprang auf und brüllte: »DAS IST DOCH SCHWACHSINN! Wo ist mein Anteil an Tyersall Park? Zeigen Sie mir das Testament! Ist das wirklich die aktuelle Version?«

Freddie sah ihn ruhig an. »Ich kann Ihnen versichern, dass dies das rechtmäßige Testament Ihrer Großmutter ist. Ich war anwesend, als sie es unterzeichnet hat.«

Eddie riss ihm das Dokument aus der Hand und blätterte zur letzten Seite. Dort, ganz unten, prangte die notarielle Beglaubigung, und daneben die Worte:

Unterzeichnet in Gegenwart von Fiona TUNG CHENG
und Alfred SHANG
am 9. Juni 2009

Eddie quollen fast die Augen aus dem Kopf. »Fucky fuck, *meine Frau* war als Zeugin anwesend?«

»Das ist richtig«, erwiderte Freddie.

»Warum hat die Schlampe mir das nicht erzählt! Und wieso ist das Testament von *2009*? Wie ist das möglich?« Eddies Stimme überschlug sich.

»Was ist das denn für eine dämliche Frage, du *goblok*[1]? Sie hat einen Stift genommen und unterschrieben!«, schimpfte Alfred. Er hatte allmählich genug von diesem Unfug.

Eddie hörte nicht auf seinen Großonkel. »Heißt das etwa, sie hat ihr Testament nie geändert? Nicht mal nach Nickys Hochzeit mit Rachel?«

Nick sah ihn überrascht an. Sein Cousin hatte recht. Nach all den Spekulationen darüber, ob seine Großmutter ihn enterbt hatte oder nicht, stellte sich jetzt heraus, dass sie nie von ihrem ursprünglichen Plan abgewichen war. Sie hatte den größten Anteil an Tyersall Park wie gehabt ihrem

1 Indonesischer Slang für jemanden, der dumm oder geistig zurückgeblieben ist.

einzigen Sohn, seinem Vater, vermacht. Schlagartig packte ihn das schlechte Gewissen. All die Jahre war er wütend auf Ah Ma gewesen. Verschwendete Zeit.

Eddie war jedoch noch längst nicht fertig. Er stürmte auf Freddie zu und sah ihn vorwurfsvoll an. »Aber neulich, als Sie bei meiner Großmutter waren, haben Sie mir doch gesagt, ich wäre der Haupterbe!«

Freddie sah ihn verdattert an. »Wovon reden Sie? Das habe ich nie gesagt!«

»Doch, Sie meinten, meine Zeit wäre gekommen!«

Freddie hätte am liebsten laut losgelacht, doch Eddies verzweifeltes Gesicht bremste ihn. »Das sollte nur lustig sein, weil Sie Ihre Patek am Arm hatten, Eddie. Referenz 3969 mit springender Stunde, Sondermodell zum hundertfünfzigsten Jubiläum, eine meiner Lieblingsuhren.«

Eddie starrte ihn fassungslos an und sackte auf seinem Stuhl in sich zusammen. Er wäre am liebsten vor Scham im Boden versunken. Alix sah ihren Sohn mitleidig an und wandte sich an den Anwalt: »Freddie, mir ist noch nicht ganz klar, wie die anderen Aktien meiner Mutter aufgeteilt werden. Was ist zum Beispiel mit ihren Anteilen an Shang Enterprises?«

Freddie blickte plötzlich äußerst betreten drein und drehte sich mit seinem Stuhl zu Alfred.

»Abgesehen von den Anteilen an Ling Holdings hatte eure Mutter keine Aktien«, sagte dieser.

»Aber Mummy hatte doch ein umfangreiches Aktienpaket! Sie hat mir immer erzählt, alle Blue Chips wären dabei! Ich dachte, sie wäre die größte private Anteilseignerin von Keppel Land, Robinson's und Singapore Press Holdings!«, widersprach Felicity entschieden.

Alfred schüttelte den Kopf. »Nein, das bin ich.«

»Aber dann müsste sie doch wenigstens fünfzig Prozent davon besitzen? Als Mitinhaberin von Shang Enterprises?«

Alfred lehnte sich zurück. »Weißt du, Felicity, Shang Enterprises – die Spedition, die Handelsfirma sowie alle Anteile an Unternehmen rund um den Globus – laufen unter dem Dach des Shang Loong Ma Trust. Eure Mutter war Begünstigte dieses Treuhandfonds, aber nie Mitinhaberin.«

»Aber wer ist dann der Eigentümer von Shang Enterprises?«, fragte Alix.

»Wie gesagt, der Treuhandfonds ist der Eigentümer von Shang Enterprises, und ich bin der Verwalter des Fonds. Euer Großvater hat in seinem Testament festgelegt, dass der Fonds nur an männliche Shang-Nachkommen vererbt wird. Ihr wisst, wie altmodisch er war.«

»Aber wie kam Mummy an ihr ganzes Einkommen?« Alix verstand immer noch nur Bahnhof.

»Sie hatte kein Einkommen. Der Fonds ist für ihre kompletten Ausgaben aufgekommen. Die Klausel im Testament meines Vaters war unmissverständlich und lautete: ›Meiner Tochter Su Yi soll mit den Mitteln des Fonds ihr Leben lang jeder Wunsch, jedes Bedürfnis, jede Laune von den Augen abgelesen werden.‹ Daran haben wir uns immer gehalten.«

»Also hat der Fonds für alles bezahlt?« Felicity traute ihren Ohren nicht.

Alfred seufzte. »Alles. Wie ihr wisst, konnte eure Mutter absolut nicht mit Geld umgehen. Von ihrer Geburt an hat sie wie eine Prinzessin gelebt, und das neun Jahrzehnte lang. Hat euch alle finanziell unterstützt und ihr Leben in Tyersall Park, in Cameron Highlands und auf Reisen genossen. Was meint ihr, was allein ihre siebzig Angestellten über all die Jahre gekostet haben? Die Dinnerpartys jeden Freitag? Glaubt mir, eure Mutter hat eine Riesensumme verprasst.«

»Und wofür zahlt der Fonds ab sofort?«, fragte Victoria.

Alfred lehnte sich wieder zurück. »Wofür? Für nichts. Der Fonds hat alle Treuepflichten eurer Mutter gegenüber erfüllt.«

Victoria sah ihren Onkel an und traute sich kaum, die Frage zu stellen, die ihr auf der Seele brannte. »Willst du damit sagen, dass wir *gar nichts* aus dem Shang-Fonds erben?«

Alfred nickte. Schweigen legte sich über den Raum, während alle versuchten, diesen Schock zu verdauen.

Nur sehr langsam begriff Felicity die Tragweite der Worte ihres Onkels. Die ganze Zeit über hatte sie ihre Mutter, die große Erbin, für die Mitinhaberin eines Imperiums gehalten, das Hunderte von Milliarden schwer war, und jetzt stellte sich heraus, dass sie nie auch nur einen müden Cent davon geerbt hatte. Was wiederum bedeutete, dass auch Felicity nichts von Shang Enterprises erben würde. Sie war gar keine große Erbin. Sie hatte gerade einmal 12,5 Prozent des Hauses geerbt, genau wie ihre Schwestern. Das war doch ungerecht. Sie war schließlich die Älteste. Wie konnte Mummy ihr das antun? Felicity nahm allen Mut zusammen und sah Alfred in die Augen. »Wie viel hat Mummy noch auf ihren Konten?«

»Nicht viel. Die meisten Konten sind uralt. Auf dem bei der Hoare liegen gerade mal drei Millionen Pfund – sie hat es von unserer Mutter geerbt, das war Mums Shoppingkonto, wenn sie was bei Harrods bestellen wollte. Bei Landolt & Cie in der Schweiz liegen ihre Goldbarren, aber das war nur die absolute Notreserve für den Weltuntergang. Ich würde sagen, insgesamt sind es vielleicht fünfundvierzig bis fünfzig Millionen.«

An dieser Stelle mischte sich Freddie ein. »Dieses Geld wird allerdings für die Beträge verwendet, die sie Ah Ching, Ah Ling und so weiter vermacht hat.«

Victoria funkelte Freddie vorwurfsvoll an. »Ich fasse es nicht! Es kann doch nicht sein, dass Mummy die ganze Zeit so wenig Geld hatte!«

Freddie seufzte. »Nun ja, mit den Ling-Holdings-Vorzugsaktien hatte sie ja zumindest eine äußerst ertragreiche Anlage. Die eine Million Aktien haben eine erkleckliche Dividende abgeworfen, die sie allerdings in Gänze in Aktien reinvestiert hat. Der Gesamtwert ihrer Aktien liegt heute bei knapp einer halben Milliarde Dollar, aber wie Sie wissen, sind sie bereits vergeben.«

Die Schwestern starrten Jacqueline entsetzt an. Su Yis wunderschöne Patentochter hatte mehr Geld aus dem Vermögen ihrer Mutter geerbt als sie alle zusammen.

»Wollen Sie damit sagen, dass der einzige einkommensgenerierende Wert, den wir erben, Tyersall Park ist?« Felicity konnte nicht fassen, dass das wirklich wahr sein sollte.

»Nun, aber das ist doch auch kein Pappenstiel. Tyersall Park ist rund eine Milliarde Dollar wert, wenn Sie es heute verkaufen würden«, sagte Freddie.

»Zwei Milliarden«, widersprach Alfred.

Victoria schüttelte entschlossen den Kopf. »Wir können Tyersall Park unmöglich verkaufen! Das Haus muss in der Familie bleiben. Aber was wird dann aus uns? Wir bekommen nichts? Soll ich etwa von dem Erlös eines mickrigen Vuillards leben?«

Felicity wandte sich mit Tränen in den Augen an ihren

Mann und sagte mit zitternder Stimme: »Wenn wir gezwungen sind, Tyersall Park zu verkaufen, bekomme ich gerade mal ein paar Hundert Millionen. Ich bin ein *Niemand*!«

Harry drückte tröstend ihre Hand. »Schatz, du bist doch kein Niemand. Du bist meine Frau. Du bist *Puan Sri* Harry Leong, und wir haben unser eigenes Geld.«

Philip stand unvermittelt auf und meldete sich zum ersten Mal zu Wort. »Das war anscheinend von Anfang an Mums Plan. Wenn sie gewollt hätte, dass einer von uns Tyersall Park bekommt, hätte sie es dieser Person doch direkt vererben können. Aber dadurch, dass sie es aufgeteilt hat, wusste sie, dass es nur eine vernünftige Lösung gibt. Sie wollte, dass wir den verflixten Kasten verkaufen!«

8

DEMPSEY HILL, SINGAPUR

Das PS.Café lag inmitten der Parkanlage um die ehemalige Kaserne in Dempsey Hill. Kaum hatte Nick diese ruhige Oase mit Astrid betreten, hatte er das Gefühl, endlich durchatmen zu können.

Als hätte sie seine Gedanken gelesen, sagte Astrid: »Ich bin so froh, dass wir fliehen konnten.«

»Geschlagene zwei Stunden mit der Familie in der Kanzlei … Ich glaub, ich brauch mindestens ein Jahr, um mich davon zu erholen!« Nick lachte und sah sich auf der Suche nach Rachel und Carlton im Lokal um. »Ah, da drüben in der Ecke haben sie sich versteckt.«

Die Sonne schien durch das große Fenster auf den Tisch, an dem Rachel mit ihrem Bruder saß. Sie neckte ihn gerade: »Also hast du morgen Abend ein heißes Date?«

»Das will ich hoffen! Manchmal versaut man es ja erst recht, wenn man es offiziell als Date bezeichnet«, sagte Carlton und nahm einen Schluck Litschi-Limetten-Limonade.

»Ach komm, Scheherazade und du, ihr wart doch die ganze Woche unzertrennlich. Ich glaub, da kannst du nichts mehr versauen.« Rachel entdeckte Nick und Astrid, die sich einen Weg durch den voll besetzten Gastraum bahnten. »Guck mal, da sind sie. Wir können ja gleich mal Astrid fragen …«

»Nein, bitte nicht!«, sagte Carlton verschämt.

»Was wollt ihr mich fragen?« Astrid gab Rachel zur Begrüßung einen Kuss auf die Wange.

»Wir brauchen deine Expertinnenmeinung. Ist es eine gute oder schlechte Idee, dass Carlton deine Cousine nach einem Date fragen will?«

»Ein Date? Ich dachte, die beiden wären schon auf dem halben Weg nach Las Vegas, um zu heiraten!«, witzelte Astrid.

»Hör auf, wer weiß, ob sie wirklich auf mich steht.«

»Carlton, wenn sie nicht auf dich stehen würde, wärst du gar nicht erst an sie rangekommen.«

»Echt?« Carlton war immer noch skeptisch.

Astrid setzte sich neben ihn. »Also, erstens hat sie extreme Helikoptereltern. Du hast ihre Bodyguards doch gesehen, oder? Angeblich folgen ihr in Paris auf Schritt und Tritt irgendwelche Undercoveragenten, und nicht mal sie weiß, wie die aussehen. Abgesehen davon hat Scheherazade seit Teeniezeiten eine Spur der Verwüstung hinterlassen. Sie hat den liebeskranken Würstchen reihenweise die Herzen gebrochen. Aber du mit deinen Grübchen hast die Leibgarde überwunden.«

»Wo soll euer Date denn stattfinden?«, bohrte Nick.

»Ich dachte, ich übertreibs lieber nicht am Anfang … vielleicht ein Spaziergang und danach was trinken im LeVeL33?«

Astrid verzog das Gesicht. »Hm, überleg noch mal, ob dir was Besseres einfällt.«

»Da musst du noch eine Schippe drauflegen, Carlton. So leicht ist Scheherazade Shang nicht zu beeindrucken«, warnte ihn Nick.

»Okay, verstanden.« Carlton lachte.

Rachel rutschte inzwischen schon ganz nervös auf ihrem Stuhl herum, weil sie unbedingt wissen wollte, wie es bei der Testamentseröffnung gelaufen war. »So, genug von Carltons Liebesleben. Wie gehts euch? Lief alles … äh … gut?«

Nick schaute aus dem Fenster. Von ihrem Tisch aus wirkte das Café wie ein gläsernes Baumhaus, am liebsten wäre er durchs Fenster direkt ins Blättermeer eingetaucht. »Keine Ahnung, mein Hirn ist totaler Matsch. Was meinst du, Astrid?«

Astrid lehnte sich zurück und seufzte. »Also die Spannung in der Kanzlei hätte man mit Händen greifen können. Es gab auf jeden Fall einige Überraschungen, ich glaube, gerade stehen wir alle etwas unter Schock. Vor allem Eddie.«

»Wieso Eddie?«, fragte Rachel.

Nick lachte auf. »Der Arme dachte, er würde Tyersall Park erben.« Weil er wusste, dass Rachel darauf brannte, mehr zu erfahren, fuhr er fort: »Mir hat sie es aber auch nicht vermacht. Ich habe einen kleinen Anteil geerbt, aber Tyersall Park wird wie ein großer Käselaib zwischen meinem Vater, seinen Schwestern, mir und, wie sich herausstellte, Alistair aufgeteilt.«

Rachel fiel die Kinnlade runter. »Alistair? Puh, kein Wunder, dass Eddie unter Schock steht!«

»Der steht ganz knapp vorm Brudermord«, prognostizierte Astrid.

»Und du, Astrid? Überrascht es dich, dass du keinen Anteil vom Haus geerbt hast?«, fragte Rachel.

»Nein, das habe ich nie erwartet. Ich freue mich, dass Ah Ma mir ein paar Dinge vermacht hat, von denen sie genau wusste, wie sehr ich sie in Ehren halten werde.« Astrids Handy klingelte. Es war Charlie. Astrid entschuldigte sich: »Bin gleich wieder da. Bestellt ihr mir eine Pfirsich-Litschi-Limo, wenn die Kellnerin kommt?

Nachdem sie weg war, fragte Rachel weiter: »Aber wie soll das denn funktionieren, das Haus unter so vielen Leuten aufzuteilen?«

Nick zuckte mit den Schultern. »Genau das ist vermutlich gerade das Thema beim großen Familienkriegsrat.«

Rachel nahm seine Hand. Sie konnte sich vorstellen, wie schwer es für ihn gewesen sein musste, in der Kanzlei zu sitzen und zu wissen, dass das ganze Leben seiner Großmutter gleich auseinandergepflückt und zerstreut werden würde. Sie beschloss, das Thema zu wechseln. »Los, wir bestellen, ich bin am Verhungern. Die Fish 'n' Chips in Tiger-Bierteig sollen fantastisch sein.«

Auf der Terrasse des Cafés lauschte Astrid besorgt Charlies Worten. »Mein Securityteam hat das ganze Apartment durchkämmt. Sie haben jeden Zentimeter abgesucht und nichts gefunden. Keine versteckten Kameras, keine Abhörvorrichtungen, nichts. Und vom Team in Singapur hab ich vorhin das Gleiche gehört. Dein Haus ist auch sauber.«

Astrid runzelte die Stirn. »Aber wie kann das sein?«

»Ich weiß nicht. Ziemlich beunruhigend, dass es Videomaterial von uns beim Sex gibt, aber keiner weiß, wie es aufgenommen wurde.«

»Vielleicht mit einer Drohne?«, überlegte Astrid.

»Nee, der Winkel stimmt nicht. Wir haben das Video

Frame für Frame untersucht, und es muss vom Fußende des Bettes aus aufgenommen worden sein, nicht vom Fenster aus. Aber welche Vorrichtung auch immer da war, jetzt ist sie weg.«

»Wie beruhigend«, sagte Astrid sarkastisch. »Also war derjenige, der sie installiert hat, noch mal da, um sie wieder mitzunehmen.«

»Scheint so. Ich lasse noch ein weiteres Spezialteam aus Israel einfliegen. Die sollen alles noch mal genau unter die Lupe nehmen. Und dann schicke ich sie zu dir nach Singapur. Bis dahin solltest du dich lieber nicht zu Hause aufhalten.«

Astrid lehnte sich gegen eine Säule und stöhnte frustriert. »Ich kann nicht fassen, dass das wirklich passiert. Ich fühle mich so schmutzig, als wäre ich nirgendwo mehr sicher. Als hätte Michael überall in der Stadt Augen.«

»Dann komm doch nach Hongkong. Ich hab mich in der Peninsula Suite eingemietet. Da steigen immer die Staatsoberhäupter ab, das ist also der denkbar sicherste Ort.«

»Ich hab das Gefühl, wenn ich jetzt abhaue, dann gebe ich mich geschlagen. Dann weiß Michael, dass er uns erfolgreich eingeschüchtert hat.«

»Hör zu, Astrid. Was haben wir gestern Abend beschlossen? Wir lassen Michael nicht gewinnen«, beschwor Charlie sie. »Wir lassen nicht zu, dass er die Regeln diktiert. Du flüchtest nicht, du besuchst mich in Hongkong, wir amüsieren uns und planen unsere Hochzeit. Deine Großmutter ist beerdigt, und wir leben unser Leben weiter.«

9

TYERSALL PARK, SINGAPUR

Eddie war bis in den Bedienstetenflügel zu hören. Ah Ling, Ah Ching und ein gutes Dutzend Dienstmädchen standen in der Küche am Fenster und lauschten auf das Geschrei, das aus dem Zimmer von Eddie und Fiona drang.

»Fucky fuck, du wusstest die ganze Zeit, was im Testament steht!«, brüllte Eddie. »Und du hast kein Wort darüber verloren!«

»Wie oft soll ich dir das noch sagen: Ich war nur als Zeugin dabei, als Su Yi unterschrieben hat! Ich hab mir doch nicht vorher das gesamte Testament durchgelesen!«

»Aber warum denn nicht, verdammt noch mal?«

»Nicht so laut, Eddie, das ganze Haus hört mit!«

»Es ist mir scheißegal, wer uns hört! Können ruhig alle wissen, wie blöd du bist! Du hattest die Gelegenheit, das Testament meiner Großmutter zu lesen, und hast sie nicht genutzt!«

»Ja, weil ich ihre Privatsphäre respektiere!«

»Jetzt komm mir nicht so! Wie siehts denn mit dem Respekt für mich aus, hm?«

»Also, ich höre mir das nicht länger an. Ich lass mich hier nicht von dir anschreien! Nimm eine Venlafaxin und beruhig dich erst mal.«

Fiona wollte vom Sofa aufstehen, aber Eddie packte sie grob und drückte sie wieder hinunter.

»Kapierst du das nicht? Du hast mir und unseren Kindern das Leben kaputt gemacht!«, schrie er und schüttelte sie wütend.

»Lass mich gefälligst los!«, rief Fiona.

»*Aiya*, dieser Eddie ist doch unglaublich«, sagte Ah Ching kopfschüttelnd. »Klingt, als hätte er das Haus nicht bekommen, oder? Na ein Glück.«

»Wenn er sich wirklich Hoffnungen darauf gemacht hatte, ist er selbst schuld«, erwiderte Ah Ling. »Schön dumm von ihm.«

In dem Moment war gedämpft zu hören, wie etwas Schweres auf das Intarsienparkett fiel. Jiayi, das junge chinesische Küchenmädchen, zuckte zusammen. »Oh nein! Hat er sie etwa geschlagen? Das klang doch gerade, als ob jemand hingefallen ist! Wir müssen etwas tun! Ah Ling, was machen wir denn jetzt?«

Ah Ling seufzte nur. »Wir halten uns da schön raus. Denk dran, Jiayi, wir sehen und hören nichts, so ist das nun mal mit Personal. Und jetzt lasst uns schnell die ersten fünf Gänge servieren, die Meute hat Hunger!«

Die Dienstmädchen wuselten sofort geschäftig durcheinander, Jiayi flitzte jedoch stattdessen hoch zu Eddies und Fionas Zimmer. Fiona war immer so freundlich zu ihr gewesen, sie konnte doch nicht zulassen, dass jemand sie schlug. Sie schlich den Korridor entlang. Vor der Tür blieb sie stehen und lauschte. Von drinnen war ein gequältes

Stöhnen zu hören. Vorsichtig öffnete Jiayi die Tür einen Spalt. »Alles in Ordnung, Ma'am?«, flüsterte sie.

Sie warf einen Blick ins Zimmer und sah Eddie zusammengekrümmt auf dem Boden liegen. Sein Kopf lag in Fionas Schoß, die ihm seelenruhig und unbeeindruckt den Kopf streichelte, während er schluchzte wie ein kleines Kind. Sie sah auf. Jiayi bemerkte ihren Blick und zog sich hastig wieder zurück.

Alle anderen hatten sich im Familienspeisesaal von Tyersall Park eingefunden und saßen um den massiven runden Mahagonitisch des großen Schanghaier Künstlers Huang Pao Fan herum. Ah Ling und Ah Ching rechneten mit einer hitzigen Debatte und hatten deshalb in weiser Voraussicht die Gerichte zubereiten lassen, die die Young-Geschwister als Kinder am liebsten gegessen hatten: Kürbis-Garnelen-Nudelsuppe (Catherines Lieblingsessen), gebratenen Reis mit *lap cheong*[1] und extra Eiern dazu (Philips Lieblingsessen), gedünstete Makrele in Ingwersoße (Felicitys Lieblingsessen), *lor mai kai*[2] (Alix' Lieblingsessen) und Yorkshire Pudding (Victorias Lieblingsessen). Dadurch war es zwar ein etwas durcheinander gewürfeltes Menü, aber außer den angeheirateten Partnern fiel das niemandem auf.

Victoria eröffnete die Spiele gleich mit der ersten Gabel Yorkshire Pudding. »Dass wir Tyersall Park verkaufen sollen, war sicher nicht dein Ernst, oder, Philip?«

»Ich sehe ehrlich gesagt keine andere Möglichkeit«, antwortete ihr Bruder.

1 Chinesische Würste

2 Lotuswickel mit Klebreis und Hühnchen, mein Lieblings-Dim-Sum.

»Zahl uns doch aus. Du hast eh den größten Anteil geerbt, und wir verkaufen dir unsere Anteile zum Freundschaftspreis. Dann können wir alle unsere Zimmer hier behalten und Tyersall Park als unser persönliches Familienhotel benutzen.«

Alix sah von ihrem herrlich duftenden Reis mit Hühnchen auf. Freundschaftspreis? Sollte Victoria tun, was sie nicht lassen konnte, aber *sie* wollte bitte schön, was ihr zustand.

Philip schluckte seinen gebratenen Reis hinunter und schüttelte den Kopf. »Ich kann mir gar nicht leisten, euch eure Anteile abzukaufen, aber das ist eh nebensächlich. Was soll ich denn mit dem Haus? Ich lebe doch die meiste Zeit in Sydney, da wäre das für mich nur ein Klotz am Bein.«

»Willst du es nicht haben, Cat?«, wandte Victoria sich hoffnungsvoll an ihre Schwester. »Du könntest es dir doch leisten, oder?«

»Hier erinnert mich alles zu sehr an Mummy, das würde mich viel zu traurig machen«, antwortete Catherine, die ihre Nudeln appetitlos auf dem Teller hin- und herschob.

»Cat hat recht«, meldete sich nun Alix wieder zu Wort. »Ohne Mummy ist das Haus einfach nicht mehr dasselbe. Außerdem wollte sie offensichtlich, dass wir es verkaufen. Sie wusste doch ganz bestimmt, dass es niemand von uns wirklich behalten will.«

Victoria stand plötzlich die Panik im Blick. »Und was wird dann aus mir? Soll ich etwa in eine *Wohnung* ziehen? Grundgütiger, bin ich jetzt eine ›Neuarme‹?«

»Das interessiert doch heutzutage niemanden mehr«, erwiderte Alix. »Guck dir unsere Freunde und Familie an, die T'siens, die Tans, die Shangs – die wohnen alle nicht mehr in den Häusern von früher. Buitenzorg, Eu Villa, Newton Road 38, House of Jade … die großen Anwesen gibts doch alle gar nicht mehr. Selbst das Command House gehört mittlerweile der verdammten UBS. Ich wohne seit dreißig Jahren in einer Eigentumswohnung mit drei Schlafzimmern und fühle mich absolut wohl da.«

Harry nickte. »Ich wünschte, ich könnte mir den Luxus leisten, mich räumlich zu verkleinern! Ich hab gehört, die meisten Wohnungen aus dem öffentlichen Wohnungsbau haben mittlerweile sogar standardmäßig Aufzüge!«[1]

Alix sah ihre Geschwister ernst an. »So ein großes Grundstück gab es seit fast hundert Jahren nicht mehr auf dem Markt. Das ist, als würde der New Yorker Central Park auf einmal zum Verkauf stehen. In der Gegend hier kostet der Quadratmeter um die zehntausend Dollar. Wir haben über zweihundertachtzigtausend Quadratmeter, das heißt, wir kämen auf mindestens zwei Komma acht Milliarden Dollar! Investoren würden wahrscheinlich sogar noch mehr zahlen, die werden sich alle gegenseitig überbieten. Ich weiß, wovon ich rede, ich kenne die Hongkonger Immobilienbranche in- und auswendig. Wir müssen jetzt jeden Schritt sorgfältig planen, wir haben hier nämlich die einmalige Chance, uns eine goldene Nase zu verdienen.«

Victoria seufzte theatralisch, malte sich insgeheim jedoch schon die hübschen Heckenfiguren vor ihrem Londoner Häuschen aus. »Na gut, dann lasst uns das Haus verkaufen. Aber nicht zu schnell, das wäre unschicklich.«

1 Harry Leong hat natürlich in seinem ganzen Leben noch nie einen Fuß in ein Apartment des öffentlichen Wohnungsbaus gesetzt, träumt aber wie so viele Ein-Prozenter von einem, weil es »ihm ja schließlich zusteht«.

»Ich finde auch, wir sollten mindestens ein halbes Jahr warten«, stimmte Felicity zu und leckte eine Fischgräte ab. »Wir wollen ja nicht ungeduldig wirken.«

Philip trank einen Schluck Kaffee und verzog angewidert das Gesicht. »Also, ich fliege heute noch nach Sydney zurück, ich halte es keinen Tag länger ohne einen vernünftigen Flat White aus. In einem halben Jahr komme ich wieder, und dann stellen wir das Haus offiziell zum Verkauf.«

In dem Moment betrat Ah Ling den Raum. »Es ist gerade eine Lieferung angekommen, die Sie sich ansehen sollten.«

Zwei Gurkhas schoben einen großen Rollwagen herein, auf dem sich ein Berg bunt verpackter Kistchen türmte. Es waren unzählige Schachteln mit Pralinen, Trüffeln, Macarons und Kuchen, eine unglaubliche Auswahl verschiedenster Köstlichkeiten der berühmten Confiserie Ladurée in Paris. Obenauf thronte ein Croquembouche mit einem großen goldenen Umschlag daran. Ah Ling löste den Umschlag und reichte ihn Philip. Dieser riss ihn auf und fing an zu lachen.

»Was steht auf der Karte?«, fragte Eleanor neugierig.

Philip las laut vor: »Bright Star Properties wünscht der Familie Young für das kommende Jahr der Ziege Glück und Wohlstand. Hiermit möchten wir Ihnen höflichst ein Angebot von 1,88 Milliarden Dollar für Tyersall Park unterbreiten, zahlbar in bar.«

Felicity schlug die Hand vor den Mund, Alix jedoch drehte sich nur zu Victoria um und sagte trocken: »Ich glaube, wir müssen uns keine Sorgen machen, ungeduldig zu wirken.«

10

CLUNY PARK ROAD 28, SINGAPUR

Kitty ließ sich gerade in ihrem verführerischen asymmetrischen Araks-Badeanzug auf einem aufblasbaren Sessel im Pool treiben, als sie das Auto hörte. Seit einer Stunde wartete sie schon ungeduldig darauf, dass ihre Hausangestellte aus der Buchhandlung zurückkehrte, wo sie so viele Ausgaben wie möglich des heute Morgen erschienenen *Tattle* hatte kaufen sollen.

Kitty paddelte auf ihrem Sessel an den Beckenrand, da kam auch schon ihre Angestellte mit einem Stapel Zeitschriften im Arm die Stufen zum Pool heruntergeeilt, gefolgt vom Chauffeur, der einen weiteren dicken Stapel trug. »Wieso habt ihr so lange gebraucht?«, fragte Kitty.

»Entschuldigung, Ma'am. Wir waren vor Ladenöffnung da, aber sie mussten die Zeitschriften erst auspacken und ins System buchen. Schauen Sie, wir haben alle vierzig Exemplare gekauft«, sagte sie und reichte Kitty das oberste.

Es war in Folie eingeschweißt, und ein großer goldener Aufkleber mit der Aufschrift DIE WILDESTE AUSGABE ALLER ZEITEN! verdeckte das Cover. Kittys Herz fing an zu hämmern, und sie zerrte ungeduldig an der Folie. »Prinzessin Kitty« würde in großen Lettern über ihrem Bild auf dem Cover prangen. Der Sessel wippte, und ihre nassen Finger rutschten immer wieder an der Folie ab.

»Warten Sie, ich helfen Ihnen!«, sagte die Angestellte, die ihre Aufregung spürte. Sie riss die Folie auf, zog das Hochglanzmagazin aus seiner Hülle und reichte es Kitty.

Kitty starrte das Cover an, und ihre Vorfreude wandelte sich schlagartig in blankes Entsetzen. Vom Cover des *Tattle* glotzten ihr Colette und deren Mann Lucien entgegen, am Frühstückstisch mit einem riesigen Orang-Utan.

»Aaaah! Was ist das? Das ist die falsche Ausgabe!«, kreischte Kitty auf ihrem Sessel liegend.

»Aber Ma'am, das ist die aktuelle Ausgabe. Brandneu. Ich habe genau gesehen, wie die Hefte aus den Kartons genommen wurden.«

Kitty betrachtete das Cover genauer. Die Schlagzeile lautete: WELCOME TO THE JUNGLE, GRAF UND GRÄFIN VON PALLISER!

»Nein, nein, nein! Das ist jetzt nicht wahr!« Kitty setzte sich auf und blätterte mit nassen Händen hektisch die Zeitschrift durch. Was war denn aus ihrem wunderbaren Fotoshooting mit Nigel Barker geworden? Wo waren die Fotos von Harvard, der ihr einen Kuss gab? Nirgends zu finden! Stattdessen widmete sich der zehnseitige, reich bebilderte Leitartikel Colettes und Luciens Besuch in einem Naturschutzgebiet in Indonesien. Fotos von Colette, die mit einer Orang-Utan-Familie an einem schmiedeeisernen Tisch am Flussufer Tee trank. Colette, die mit einer Gruppe von Primatenforschern durch den Regenwald wanderte, und Colette mit einem Baby-Orang-Utan auf dem Arm.

Inzwischen war Kittys Sessel in die Poolmitte abgetrieben, und sie paddelte hektisch zurück zum Rand. »Hol mir sofort mein Handy!«, schrie sie ihrer Angestellten zu.

Wütend hackte sie auf das Display ein. Es klingelte ein paarmal, dann nahm Oliver T'sien ab.

»Ollies Psycho-Hotline?«, meldete er sich scherzhaft.

»Hast du den neuen *Tattle* schon gesehen?«, fragte Kitty. Ihre Stimme zitterte vor Wut.

»Nein. Ist der heute rausgekommen? Ich bin diese Woche in Hongkong, deshalb hab ich ihn noch gar nicht gesehen. Glückwunsch jedenfalls! Wie ist das Cover geworden?«

»Glückwunsch? Guck dir das Scheißding an, und dann sag du mir bitte, wie ich auf dem Cover aussehe!«, kreischte Kitty und legte auf.

Oh Gott, was ist denn jetzt schon wieder los? Hatten sie am Ende ein unschmeichelhaftes Foto von Kittys schönheitsoperierter Nase ausgewählt? In Hongkong würde er nirgendwo ein Exemplar auftreiben können, aber vielleicht war die Ausgabe ja schon online. Er öffnete seinen Browser und rief Tattle.com.sg auf. Innerhalb von Sekunden war die Seite fertig geladen, und das Cover des *Tattle* erschien.

»Ach du Scheiße!«, fluchte nun auch Oliver. Er scrollte durch den Artikel.

AKTIVE UMWELTPRINZESSIN: EXKLUSIVES INTERVIEW MIT COLETTE, GRÄFIN VON PALLISER

Die Gräfin von Palliser betritt den Garten der britischen Botschaft in Singapur ohne Glanz und Gloria, weit und breit keine persönliche Assistentin oder PR-Beraterin. Kaum hat sie mir die Hand geschüttelt, sorgt sie sich auch schon um mein Wohl. Ob ich lieber im Schatten sitzen will? Ist mir zu heiß? Sollen wir lieber Plätze tauschen? Hat mir denn noch niemand etwas zu trinken gebracht?

Zugegeben, das ist nicht die Frau, die ich erwartet hatte. Die frühere Colette Bing, Chinas einflussreichste Modebloggerin mit über 55 Millionen Followern, sitzt heute völlig ungeschminkt in einem schlichten und dennoch hübschen Blümchenkleid vor mir, der einzige Schmuck ist ihr schmaler Ehering aus walisischem Gold. Als ich sie nach dem Designer ihres Kleids frage, lacht sie. »Das ist ein Laura-Ashley-Kleid aus der Wühlkiste bei Oxfam in unserem Dorf.«

Das ist der erste Hinweis darauf, dass ihr Leben vielleicht doch nicht so gewöhnlich ist, wie es scheint. Denn Barchester, jenes Dorf in Barsetshire, von dem sie spricht, ist womöglich das reizendste Örtchen in ganz England. Dort leben die Gräfin und ihr Mann Lucien Montagu-Scott, der Graf von Palliser, in einem pittoresken alten Pfarrhaus mit zehn Schlafzimmern auf dem 14000-Hektar-Anwesen von Gatherum Castle, dem Schloss ihres Schwiegervaters Herzog von Glencora.

Gerüchten zufolge arbeitet die Innenarchitektin Henrietta Spencer-Churchill (von den Blenheim-Palace-Spencer-Churchills) mit Hochdruck daran, das Cottage in ein elysisches Paradies zu verwandeln. Die Gräfin bezeichnet den Vorgang bescheiden als Renovierung und lenkt das Gespräch auf das eigentliche Thema. »Mein Leben ist doch uninteressant. Sprechen wir lieber über Indonesien«, fordert sie mich mit einem strahlenden Lächeln auf.

Indonesien ist nämlich der Grund, warum der Graf, ein bekannter Umweltaktivist, und sie in letzter Zeit überhaupt so oft in unseren Gefilden weilen. Die beiden haben sich sogar hier kennengelernt. »Ein paar Monate lang bin ich ziellos allein von Spa zu Spa gereist«, räumt die Gräfin ein. »Dann habe ich auf Bali zufällig Lucien kennengelernt, und er erzählte mir, er sei auf dem Weg in ein abgelegenes Gebiet im Norden Sumatras. Da habe ich mich ihm spontan angeschlossen.«

Eine Entscheidung, die ihr Leben für immer verändert hat. »Lucien hat mich in eine Auffangstation für Orang-Utans mitgenommen, da habe ich zum ersten Mal von der furchtbaren Umweltkatastrophe gehört, die sich dort seit geraumer Zeit abspielt. Die sumatrischen Orang-Utans sind als kritisch gefährdet eingestuft. Aufgrund von Brandrodung und Wilderei geht ihre Population wie die vieler anderer Spezies kontinuierlich zurück. Orang-Utan-Babys werden als Haustiere verkauft, die Mütter werden dafür einfach getötet. Auf jedes verkaufte Orang-Utan-Baby kommen schätzungsweise sechs bis acht ausgewachsene Tiere, die auf der Jagd nach dem Baby getötet werden. Unvorstellbar, oder?« Die noble Blässe der Gräfin ist einem Wutrot gewichen.

Die Erlebnisse in diesen ersten Wochen in Sumatra haben der Gräfin eine neue Lebensaufgabe gegeben: auf diese Umwelttragödie aufmerksam zu machen und zum Umdenken aufzurufen. »Alle reden immer vom Amazonas, dabei ist genauso furchtbar, was hier in diesem Teil von Südostasien geschieht. Der Hauptverantwortliche ist natürlich die Palmölindustrie. Niemand sollte mehr Produkte mit Palmöl kaufen! Um immer mehr Land für immer mehr Palmölplantagen zu gewinnen, werden uralte Wälder niedergebrannt und komplett zerstört. Unzählige Spezies gehen dabei für immer verloren. Die Orang-Utans, eine der schützenswertesten Tierarten der Welt, könnten innerhalb von fünfundzwanzig Jahren ausgestorben sein.« Die Gräfin hat Tränen in den Augen. »Aber auch darüber hinaus richten die massiven Buschbrände und die Abholzung der Wälder unermesslichen ökologischen Schaden an – man nehme nur einmal die Luftqualität hier in Singapur. Holen Sie mal tief Luft, man spürt die Auswirkungen der Waldbrände bis hier!«

In diesem Augenblick gesellt sich der Ehemann der Gräfin zu uns auf die Terrasse. Er ist groß, blond, unheimlich attraktiv und erinnert mich sofort an Westley aus *Die Braut des Prinzen*. Ich bin überrascht, wie nahbar der Graf ist, und als er über seine frischgebackene Ehefrau spricht, geht ein Strahlen über sein Gesicht wie bei einem verknallten Teenie. »Ich war echt baff von Colettes selbstlosem Einsatz für die Orang-Utan-Babys. Wie sie mit ihnen umgegangen ist, sich ohne mit der Wimper zu zucken die Hände schmutzig gemacht und alles gegeben hat, wow. Spätestens da habe ich mich bis über beide Ohren in sie verliebt. Da wusste ich, dass ich meine Umweltprinzessin gefunden hatte, und nach unserer gemeinsamen Zeit im Auffanglager habe ich sie einfach nicht mehr gehen lassen.«

»Unsere Mission steht gerade erst am Anfang. Es ist noch so viel zu tun, und deshalb haben wir beschlossen, nach Singapur zu ziehen«, eröffnet mir die Gräfin. »Genau«, pflichtet der Graf ihr bei. »Von hier aus können wir uns die nächsten Jahre verstärkt in der Region einsetzen.«

Haben der Graf und die Gräfin es etwa auf eins der nobelsten Anwesen in ganz Singapur abgesehen? »Ich weiß gar nicht, wie viel Zeit wir am Ende wirklich hier verbringen werden, deshalb mieten wir uns wahrscheinlich nur eine kleine Wohnung im Zentrum«, sagt die Gräfin. Doch wer jetzt schon glaubt, die Pallisers hätten Hermelinmantel und Diadem gegen Cargohose und Teva-Sandalen eingetauscht, sei hiermit beruhigt: Colette ist auf Hochtouren damit beschäftigt, einen Ball zu organisieren, für den die Leserinnen dieses Artikels schleunigst ihre edelsten Klunker aus dem Tresor holen sollten.

»Ich habe vor, eine Spendengala zur Rettung der Orang-Utans auf die Beine zu stellen, gemeinsam mit meinen lieben Freundinnen, der Herzogin von Oxbridge und Cornelia Guest. Die beiden sind Umweltschützerinnen mit Leib und Seele und setzen sich unermüdlich für die Rettung von Tieren ein – Alice für die vom Aussterben bedrohten Meeresschildkröten und Cornelia für Miniaturpferde. Inspiration für unseren Ball ist Marie-Hélène de Rothschilds legendärer Proust-Ball im Château Ferrières, und ich hoffe, dafür setzen sich Freunde aus aller Welt in den Flieger.«

Sollte sich die Geschichte wiederholen, verspricht diese zauberhafte Gala das begehrteste Charity-Event des Frühlings zu werden. Und das ist höchstwahrscheinlich erst der Anfang von vielen, vielen guten Taten, die wir von diesem gut aussehenden, aristokratischen, umweltbewussten Paar erwarten dürfen.

Kaum hatte Oliver den Artikel gelesen, rief er Violet Poon vom *Tattle* an. »Kannst du mir bitte erklären, wieso auf eurem aktuellen Cover ein verdammter Affe statt Kitty Bing zu sehen ist?«

»Ach, Oliver, dich wollte ich sowieso noch anrufen! Anordnung vom Chef, in letzter Minute. Die Coverstory erscheint diesen Monat zeitgleich in allen *Tattles* weltweit. Ist ja auch ein superwichtiges Thema!«

»Und was ist mit Kittys superwichtiger Story?«

»Na ja, weil Colette diesen Monat auf dem Cover ist, wollten wir, äh, etwas diplomatisch sein. Wir konnten Kittys Geschichte ja wohl kaum in der gleichen Ausgabe bringen. Ich meine, sie ist schließlich ihre Stiefmutter, und wir wollten keiner von beiden zu nahe treten. Aber du weißt hoffentlich, wie sehr ich Kittys Cover liebe! Die Fotos von Nigel sind einfach der Hammer! Wir heben sie uns einfach für später auf. Herbst würde sowieso viel besser passen, findest du nicht? Wär doch ein tolles Septembercover, oder?«

Oliver schwieg. Wie sollte er Kitty das bloß schonend beibringen?

»Ich hoffe, Kitty ist nicht sauer deswegen? Sie bekommt schon noch unseren Starbonus, versprochen. Wir schmeißen eine Cover-Releaseparty in irgendeiner Boutique.«

»Sauer? Violet, ich glaube, du hast keinen blassen Schimmer, was ihr da angerichtet habt. Der Dritte Weltkrieg ist soeben ausgebrochen.«

»Oje …«

»Ich muss auflegen. Mal sehen, ob ich die Atombombe noch stoppen kann.«

Oliver legte auf, holte tief Luft und rief Kitty an. Sie wirkte seltsam gefasst, als er ihr die ganze Misere erklärte. »Ich glaube, das wird sich noch als richtiger Glücksfall für dich herausstellen, Kitty. Die Herbstcover sind wesentlich prestigeträchtiger. Denk mal ans Septembercover der *Vogue*. Das ist immer die auflagenstärkste Ausgabe des Jahres und bedeutet gleichzeitig wesentlich mehr Reichweite. Die Märzausgabe des *Tattle* wird viel weniger beachtet, und jetzt mal unter uns, das Cover ist ja wohl scheußlich. Guck dir mal bitte die Hängetitten von dem Orang-Utan-Weibchen an.«

»Hast du den Artikel gelesen?«, fragte Kitty tonlos.

»Ja.«

»Dann weißt du also, dass Colette und ihr Mann nach Singapur ziehen. Das königliche Paar!«

»Königlich? Jetzt red keinen Quatsch, Kitty.«

»Ach ja? Und wieso wurden sie bei der Beerdigung deiner Großtante dann behandelt wie Könige? Versuch gar nicht erst, es zu leugnen, ich hab die Fotos von Colette mit der Sultanswitwe von Perawak auf dem königlichen Instagram-Account gesehen! Du hast mich angelogen! Du hast *geschworen*, dass sie nicht da ist!«

»Kitty, woher sollte ich denn wissen, dass die Familie ihres Mannes die Familie meines Großonkels Alfred kennt. Da musst du doch nicht gleich eine Verschwörung wittern.«

»Nicht? Und wieso beschleicht mich allmählich das Gefühl, als würde sie es mit Absicht darauf anlegen, mich zu übertrumpfen? Sie wird zur Beerdigung des Jahrhunderts eingeladen, sie klaut mir mein *Tattle*-Cover, und jetzt stellt sie auch noch einen Riesenball in Singapur auf die Beine, um Geld für ihre Scheißaffen zu sammeln!«

»Die Orang-Utans können nun wirklich jede erdenkliche Hilfe gebrauchen, Kitty.«

»Darum geht es doch überhaupt nicht! Colette veranstaltet diesen Ball nur, damit alle Singapurer von Rang und Namen vor ihr knicksen müssen, als wäre sie die Scheißkönigin von Saba! Das ist ihre Rache, kapierst du das denn nicht? Sie will mich demütigen, sonst nichts.«

Oliver stöhnte entnervt auf. »Kitty, meinst du nicht, dass du *etwas* übertreibst? Du kennst Colette doch nicht mal. Du weißt überhaupt nicht, was in ihrem Kopf vorgeht! Ich glaube wirklich nicht, dass sie dich demütigen will.«

»Aber das hat sie doch längst, und meinen Mann auch. Ist dir nicht aufgefallen, dass sie Jack mit keiner Silbe erwähnt hat? Was meinst du, wer dieses Affentheater finanziert?«

»Kitty, du steigerst dich da in was rein. Jetzt bleib mal auf dem Teppich.«

»Ich will aber nicht auf dem Teppich bleiben. Ich will, dass du mir einen Titel verschaffst. Einen richtigen Adelstitel, und zwar einen ranghöheren als Colette.«

Oliver seufzte. »Das geht aber nicht von heute auf morgen. Jetzt, wo du in Singapur wohnst, könntest du auf einen Ehrentitel von einer der malaysischen Königsfamilien spekulieren. Denen musst du aber extrem in den Arsch kriechen. Best-Case-Szenario wäre, dass du in ein paar Jahren einen Titel bekommst.«

»So lange kann ich auf keinen Fall warten. Mir egal, wie

du es anstellst, aber ich will einen Titel, und zwar noch vor Colettes affigem Ball.«

»Das ist total unrealistisch, Kitty. Ich kenne zwar ein paar italienische Prinzen, die mit dem geeigneten finanziellen Anreiz vielleicht willens wären, dich zu heiraten, aber dafür müsstest du dich natürlich von Jack scheiden lassen.«

Kitty schnaubte. »Machst du Witze? Ich lasse mich auf keinen Fall scheiden!«

»Tja, ich fürchte, dann ist es wirklich unmöglich, dir innerhalb von einem Monat einen Adelstitel zu verschaffen.«

»Tja, und ich fürchte, dann hast du keinen Job mehr! Deine Pauschale kannst du vergessen. Ach, und weißt du was? Ich glaube, ich lasse dich einfach auf allen Kosten sitzen. Den Honoraren für das Nigel-Barker-Shooting, dem ganzen Geld, das du für die Renovierung ausgegeben hast, auf *allem*.«

»Das ist jetzt nicht dein Ernst, Kitty. Das sind an die hundert Millionen Dollar! Wenn du nicht zahlst, bin ich dran, das weißt du genau!«, stieß Oliver entsetzt hervor.

»Du sagst es. Also besorg mir den Titel! Was wäre ranghöher als eine Gräfin? Eine Herzogin? Eine Prinzessin? Eine Kaiserin? Ist mir scheißegal, ob du Prinz Bibimbap von Korea bestechen musst, Hauptsache, Colette muss vor mir knicksen, wenn ich sie das nächste Mal treffe. Ich will mit ihrem Gesicht den Fußboden wischen!«, keifte Kitty.

»Kitty, beruhige dich bitte. Kitty?« Sie hatte aufgelegt. Eine Welle der Panik überrollte ihn. Kitty war die eine Kundin, die er unter keinen Umständen verlieren durfte. Ohne die monatliche Honorarpauschale, die sie ihm zahlte, würde er sich die Kredithaie nicht mehr länger vom Hals halten können.

Ohne dass die Youngs, die Shangs oder der Rest der Welt es mitbekommen hätten, war Olivers Familie in finanzielle Schwierigkeiten geraten, als Barings im Jahr 1995 pleitegegangen war. Der Großteil des T'sien-Aktienportfolios war bei der geschichtsträchtigen Londoner Investmentbank angelegt, zu deren Kunden die meisten englischen Adelsfamilien einschließlich der Königin zählten. Doch als Barings bankrottging – ironischerweise wegen eines verbrecherischen Spekulanten aus Singapur –, riss die Firma die T'siens sowie alle anderen Investoren mit in den Ruin.

Was noch auf den anderen Konten der T'siens lag, war kaum der Rede wert, rund zehn Millionen – Geld, das in erster Linie dazu diente, den Lebensstandard seiner Großmutter Rosemary aufrechtzuerhalten. Das Geld stand ihr zu, und sie hatte es verdient, ihren Lebensabend komfortabel zu verbringen, was aber auch bedeutete, dass für ihre fünf Kinder kaum etwas übrig sein würde. Die T'siens hatten im 20. Jahrhundert zu den größten Grundbesitzern Singapurs gehört, doch nun war nur noch eine einzige Immobilie übrig – der großzügige Bungalow seiner Großmutter in der Dalvey Road, der ungefähr fünfunddreißig Millionen wert war, vielleicht vierzig, falls der Immobilienmarkt sich je erholte. Aufgeteilt auf fünf Kinder würde sein Vater also sechs, allerhöchstens sieben Millionen erben, sollte das Haus je verkauft werden. Leider überstiegen die Schulden seiner Eltern diese Summe schon jetzt bei Weitem, denn über die Jahre hatten sie einen Kredit nach dem anderen aufnehmen müssen.

Oliver hatte seine Jugend als Spross reicher Leute verlebt, der von Le Rosey bis Oxford auf die besten Schulen der Welt geschickt worden war. Doch nach dem Barings-Bankrott war das Undenkbare geschehen – plötzlich musste er für sein Geld arbeiten! Oliver hatte immer zu den oberen Null-Komma-Eins Prozent der Welt gehört, und nur wenige Menschen konnten sich die unermesslichen Qualen vorstellen, sich in einer Welt der Stinkreichen zu bewegen, ohne selbst reich zu sein.

Niemand konnte sich vorstellen, welches Ausmaß von List und Täuschung es erforderte, der Familie und der Karriere halber den Schein zu wahren. Da waren die gepfefferten Zinszahlungen auf ihre Bankschulden. Da waren zehn Kreditkarten, mit denen er Monat für Monat russisches Roulette spielen musste. Da waren die Hypotheken auf den *hutong* seiner Eltern in Peking, sein Apartment in London und seine Eigentumswohnung in Singapur. Das letzte Jahr war das schlimmste gewesen. Wegen eines unerwarteten medizinischen Notfalls war seine Mutter gezwungen gewesen, die sagenumwobene T'sien-Jadebrosche und andere Familienerbstücke zu versetzen. Eine endlose Flut von Rechnungen ergoss sich über die Familie. Und jetzt drohte Kitty auch noch, ihn auf den horrenden Renovierungskosten sitzen zu lassen – alles Rechnungen, die *er* unterzeichnet hatte. Er wusste, wenn er jetzt kein Wunder bewirkte und Kitty ihren Adelstitel verschaffte, würden sein Ruf, seine Familie, sein ganzes Leben wie ein Kartenhaus in sich zusammenfallen.

11

TYERSALL PARK, SINGAPUR

Als Nick und Rachel am nächsten Tag zum Mittagessen gingen, mussten sie feststellen, dass das Esszimmer in einen provisorischen Kontrollraum verwandelt worden war. Überall standen Whiteboards auf Rollen, und um den Tisch, auf dem stapelweise Papiere und verstreute Broschüren lagen, saßen sieben oder acht junge Angestellte an ihren Laptops und jonglierten mit Zahlen und Tabellen.

Ah Ling betrat den Raum mit einem Umschlag, der gerade geliefert worden war, und blickte in die ratlosen Gesichter des Paars. »Ach, Nicky, das Essen wird heute auf der Terrasse serviert.«

»Was sind denn das für Leute?«, flüsterte Nick.

»Die kommen aus Onkel Harrys Büro und helfen mit den Kaufangeboten«, antwortete Ah Ling und warf Nick einen Blick zu, der aus ihrer Missbilligung keinen Hehl machte.

Nick und Rachel traten auf die Terrasse. Die Zahl der anwesenden Verwandtschaft hatte sich merklich dezimiert. Die Aakaras waren am Morgen nach Bangkok aufgebrochen und die Chengs bereits am Vortag abgereist. Die einzigen verbleibenden Nicht-Singapurer waren Alix und Alistair, da sie beide einen Anteil am Haus geerbt hatten.

Als Nick und Rachel zum Büfetttisch gingen, blickte Victoria von ihrem Prospekt auf. »Das Angebot von diesen Far-East-Leuten ist eine bodenlose Frechheit! Die wollen zwei Komma fünf Milliarden über fünf Jahre abstottern. Die halten uns wohl für dumm!«

»Darauf müssen wir gar nicht reagieren«, sagte Alix. Nick und Rachel setzten sich mit ihren Tellern zu ihr an den schmiedeeisernen Bistrotisch. »Nicky, weißt du, wann dein Vater kommt? Wir haben noch jede Menge mit ihm zu besprechen.«

»Dad ist doch schon wieder in Sydney.«

»Was? Seit wann?«

»Seit gestern Abend. Hat er euch nicht gesagt, dass er nach Hause will?«

»Doch, aber wir dachten, er entscheidet sich noch mal um, jetzt, wo die ganzen Angebote eintrudeln«, stöhnte Felicity. »Der denkt auch nur an sich! Die Gebote stapeln sich hier, und er weiß doch genau, dass wir ohne ihn nichts entscheiden können.«

»Dad ist eben ein Gewohnheitstier und vermisst seinen Morgenkaffee im Café in Rose Bay«, versuchte Nick seinen Vater zu verteidigen.

»Hier geht es um Milliardensummen, und er beschwert sich über den Kaffee?«, schimpfte Victoria. »Unser Folgers-Instantkaffee ist dem feinen Herrn wohl nicht gut genug?«

Jetzt mischte Rachel sich ein. »Manche Leute bekommen ohne ihren Kaffee einfach nichts zustande. In New York hole ich mir auf dem Weg zur Arbeit auch immer einen Kaffee von Joe Coffee, sonst muss ich gar nicht erst anfangen.«

»Also, euch Kaffeeliebhaber werde ich nie verstehen.« Victoria rührte vorsichtig in ihrem Tee aus orthodoxen GFBOP[1]-Blättern, die sie jeden Monat von einer ganz besonderen Teefarm in Tansania einfliegen ließ.

»Ruf deinen Vater an. Sag ihm, wir können uns vor lauter Angeboten kaum retten, der Verkauf könnte bis Ende der Woche unter Dach und Fach sein«, sagte Felicity bestimmt.

Nick sah seine Tanten erstaunt an. »Wollt ihr Tyersall Park wirklich so schnell verkaufen?«

»Wir müssen zuschlagen, solange der Wok noch heiß ist!« Alix war ganz aufgeregt. »Das chinesische Neujahr naht, da sitzt den Leuten das Geld besonders locker. Wusstest du, dass wir schon bei über drei Milliarden sind?«

Nick sah sie skeptisch an. »Von wem stammt denn das Angebot? Und woher wissen wir, dass er oder sie vorhat, das Haus zu erhalten?«

Felicity lachte. »Ach komm, Nicky, als ob irgendwer vorhätte, das Haus zu erhalten. Die Investoren sind einzig und allein an dem Grundstück interessiert – natürlich reißen die sofort alles ab.«

Nick sah Felicity entsetzt an. »Moment mal, das Haus abreißen? Aber das ist doch garantiert denkmalgeschützt!«

Victoria schüttelte den Kopf. »Wenn es ein Peranakan-Haus oder eins der Black-and-Whites aus der Kolonialzeit wäre, vielleicht ja, aber dieses Haus ist doch der reinste Stil-

1 Jeder Teekenner weiß natürlich, dass GFBOP für Golden Flowery Broken Orange Pekoe steht, wofür denn sonst?

mix. Es stammt von irgendeinem niederländischen Architekten, den der Sultan, der es gebaut hat, irgendwo in Malaysia angeheuert hat. Architektonisch gesehen ist es nichts Halbes und nichts Ganzes.«

»Und gerade das macht es so wertvoll. Ein frei stehendes Gebäude ohne Denkmalschutz oder bauliche Beschränkungen. Der Traum eines jeden Investoren! Hier, schau dir mal das Konzept der Höchstbietenden an«, sagte Alix und reichte Nick eine Hochglanzbroschüre.

ZION ESTATES
DIE CHRISTLICHE LUXUSSIEDLUNG

Stellen Sie sich eine exklusive bewachte Wohnanlage für hochvermögende Familien vor – erbaut im Geiste unseres Herrn.

Inspiriert von den Hängenden Gärten von Babylon werden neunundneunzig Luxusreihenhäuser von 500 bis 1500 Quadratmeter Fläche auf 2000-Quadratmeter-Parzellen errichtet – rund um den See Genezareth herum, eine herrliche künstliche Lagune mit dem weltweit höchsten von Menschen geschaffenen Wasserfall, der ausschließlich durch importiertes Flusswasser aus dem Jordan gespeist wird. Im Herzen der Anlage befinden sich die Zwölf Apostel, eine einzigartige, eigens von unserem Glaubensbruder Tiger Woods für uns entworfene 12-Loch-Golfanlage einschließlich des exklusiven Clubhauses – dem König David –, dessen Dreifaltigkeit von Restaurants auf Michelinniveau keinen Wunsch offenlässt, sowie dem Jericho, das sich schon bald zu Singapurs dekadentestem Spa-und-Health-Club aufschwingen wird.

Willkommen in Zion – lassen Sie Ihre Seele baumeln im Himmel auf Erden.

Nick blickte entgeistert von der Broschüre auf. »Ist das euer Ernst? Das ist der Favorit? *Die christliche Luxussiedlung?*«

»Inspirierend, oder?«, fragte Victoria begeistert. »Das ist die Firma von Rosalind Fung, deine Mutter geht regelmäßig zu ihren Christian-Fellowship-Banketten im Fullerton. Sie bieten 3,3 Milliarden Dollar und legen noch ein Reihenhaus für jeden von uns drauf!«

Nick versuchte gar nicht erst, seinen Widerwillen zu kaschieren. »Auntie Victoria, nur falls du es vergessen hast, Jesus hat den Armen gedient.«

»Aber natürlich hat er das. Was willst du mir damit sagen?«

Jetzt musste Felicity ihren Senf dazugeben: »Jesus hat doch gesagt ›Reich werden ist ruhmvoll‹.«

»Das hat Deng Xiaoping gesagt, der Vorsitzende der Kommunistischen Partei in China!«, konterte Nick. Er sprang vom Tisch auf und sagte zu Rachel: »Komm, ich muss hier raus.«

Sie stiegen in das alte Jaguar-XKE-Cabrio von Nicks Vater und fuhren mit durchdrehenden Reifen die Auffahrt hinunter. »Tut mir leid, aber ich hätte meinen Tanten keine Minute länger zuhören können.«

»Geht mir genauso. Wo fahren wir denn hin?«

»Ich dachte, wir fahren zu Sun Yik Noodles, ich will richtig mittagessen. Das ist eins meiner Lieblingsrestaurants. Na ja, eigentlich ist es eher ein kleines Café, das es schon seit den Dreißigerjahren gibt.«

»Super Idee! Mir knurrt sowieso der Magen.«

Keine Viertelstunde später parkten sie in Chinatown und schlenderten durch die Club Street mit ihren pittoresken alten Ladenhäusern in Richtung Ann Siang Road. Nick erzählte Rachel, was sie gleich erwartete.

»Im Prinzip ist das eine winzige Kaschemme. Ich wette, die Resopaltische stammen noch aus den Fünfzigern, aber sie machen die besten Nudeln in ganz Singapur, und das wissen auch alle. Der frühere Oberste Richter des Supreme Court hat jeden Tag hier gegessen. Die Nudeln machen echt süchtig. Das sind handgemachte Eiernudeln mit dem perfekten Biss. Dazu servieren sie stundenlang in Knoblauchsoße geschmortes Hühnchen. Mhmm, das ist unfassbar lecker! Bin gespannt, ob du die nachkochen kannst. Der Ansturm um die Mittagszeit müsste sich zum Glück auch schon wieder gelegt haben, da müssen wir bestimmt nicht lange wa-«

Nick blieb wie angewurzelt stehen und starrte auf den Bauzaun, der die Fassade auf der gegenüberliegenden Straßenseite verdeckte.

»Was ist denn los?«

»Das Sun Yik Noodles! Es ist weg!«

Sie überquerten die Straße und entdeckten ein kleines Schild am Zaun. Darauf stand:

TORY BURCH

NEUERÖFFNUNG IM SOMMER 2015

Nick rannte ins Nachbargeschäft, und Rachel sah durchs Schaufenster, wie er wild gestikulierend auf den verdatterten Verkäufer einredete. Kurz darauf trat er mit entsetztem Gesichtsausdruck wieder auf die Straße.

»Es ist wirklich weg. Sun Yik ist weg. Die Gegend ist so trendy geworden, dass der Sohn des ursprünglichen Besitzers den Laden für eine absolut utopische Summe verkauft und sich zur Ruhe gesetzt hat. Und jetzt kommt da der hundertste Scheißschuhladen rein!«

»Tut mir leid, Nick. Das ist echt schade.«

»Scheiße, Mann!«, schrie Nick und trat wütend gegen den Bauzaun. Dann sank er erschöpft auf den Bordstein und vergrub das Gesicht in den Händen. Rachel hatte ihn noch nie so aufgebracht gesehen. Sie setzte sich neben ihn und legte ihm den Arm um die Schultern. Eine Weile starrte Nick bloß ins Leere. Dann sagte er: »Alles, was ich an Singapur geliebt habe, verschwindet. Jedes Mal, wenn ich hier bin, ist wieder einer meiner Lieblingsorte weg. Restaurants, Läden, Gebäude, Friedhöfe, nichts ist mehr heilig. Die Insel, auf der ich aufgewachsen bin, hat sich vollkommen verändert.«

Rachel nickte.

»Sun Yik war eine Institution. Ich hätte nie gedacht, dass es die eines Tages auch trifft. Das waren doch die besten Nudeln der Welt! Das fanden alle! Und jetzt? Alles aus und vorbei, für immer.«

»Man merkt so was eben meist erst, wenn es zu spät ist«, sagte Rachel.

Nick sah sie plötzlich eindringlich an. »Ich muss Tyersall Park retten, Rachel. Ich kann nicht zulassen, dass es abgerissen und in irgendeine absurde Wohnanlage für christliche Millionäre verwandelt wird.«

»Da gebe ich dir völlig recht.«

»Ich dachte die ganze Zeit, ich könnte mich damit abfinden. Ich dachte, es würde mir nichts ausmachen, wenn ich das Haus nicht erbe, denn Hauptsache, es bleibt in der Familie und wird erhalten. Aber jetzt merke ich, wie sehr ich wirklich dran hänge.«

»Ehrlich gesagt hab ich mich schon die ganze Zeit gefragt, ob du es wirklich ertragen könntest, das Haus zu verlieren.«

Nick dachte eine Weile über Rachels Worte nach. »Ein Teil von mir hat Tyersall Park immer gehasst, glaube ich, unbewusst, weil ich als Kind nur darauf reduziert wurde. Deshalb sind Colin und ich wahrscheinlich auch Freunde geworden. Ich war der Junge aus Tyersall Park und er der Junge von Khoo Enterprises. Dabei waren wir ganz normale Kinder!«

»Das hat schon gewissermaßen wie ein Fluch auf euch gelastet, hm? Umso schöner, dass ihr euch beide nicht davon habt kleinkriegen lassen.«

»Tja, irgendwann hab ich es einfach akzeptiert, und als ich dann weggezogen bin, habe ich das Haus endlich zu schätzen gelernt. Mir wurde klar, wie sehr ich von meiner Kindheit in Tyersall Park profitiert habe. Meine abenteuerlustige Seite habe ich beim Klettern und Höhlenbauen im Park entdeckt, und in der Bibliothek wurde mein Interesse an Geschichte geweckt. Ich weiß nicht mehr, wie viele Stunden ich mich dort vergraben und die alten Bücher meines Großvaters gelesen habe – von Winston Churchills Memoiren bis hin zu Sun Yat-sens Briefen. Und jetzt fühlt es sich an, als würde meine ganze Kindheit an den Höchstbietenden verscherbelt.«

»Ich weiß, Nick. Schon mir als Außenstehender tut es in der Seele weh, das mitanzusehen. Ich kann nicht fassen, wie schnell das alles geht. Deine Tanten sind doch auch in dem Haus aufgewachsen, aber denen scheint das überhaupt nichts auszumachen.«

»Ich verstehs auch nicht. Das Testament meiner Großmutter war eindeutig, aber trotzdem glaube ich nicht, dass sie gewollt hätte, dass Tyersall Park dem Erdboden gleichgemacht wird und in Vergessenheit gerät. Irgendwas stimmt da nicht, das passt doch hinten und vorne nicht zusammen.«

Rachel runzelte die Stirn. »Den Eindruck hatte ich auch schon die ganze Zeit, aber ich dachte, es steht mir nicht zu, das zu sagen.«

»Ich wünschte, ich hätte mehr Zeit, nachzuforschen und herauszufinden, wieso meine Großmutter wollte, dass das Haus verkauft wird. Wenn meine Tanten es bloß nicht so eilig hätten!«

»Moment mal. Ist ja schön und gut, dass deine Tanten es eilig haben, aber du hast es selbst gehört: Ohne deinen Vater sind ihnen die Hände gebunden. Und soweit ich weiß, sitzt der irgendwo in Sydney und schlürft einen erstklassigen Cappuccino. Und was ist mit Alistair? Der hat doch auch noch ein Wörtchen mitzureden.«

»Hmm … jetzt, wo du es sagst, fällt mir auf, dass Alistair sich in den letzten Tagen überhaupt nicht im Haus hat blicken lassen, oder?«

»Wenn du dich mit deinem Vater und Alistair zusammentust, könnt ihr den Verkauf auf jeden Fall verhindern.«

Nick küsste Rachel stürmisch und sprang auf. »Du bist ein Genie, weißt du das?«

»Na ja, so genial war das auch wieder nicht.«

»Doch, du bist ein Genie, und du hast mich auf eine Idee gebracht! Komm, wir rufen gleich meinen Dad an!«

12

PRIVATCLUB HELENA MAY, HONGKONG

Astrid betrat den Speisesaal des Helena May, eines traditionsreichen Hongkonger Privatclubs für Damen, und sah sich um. Isabel Wu hatte sie schon entdeckt und winkte ihr von einem Tisch am Fenster zu. Etwas zögerlich ging Astrid auf Charlies Exfrau zu. Sie hatte sie bisher erst zweimal gesehen, und ihr letztes Aufeinandertreffen in Singapur war alles andere als angenehm verlaufen.

»Vielen Dank, dass du gekommen bist.« Isabel stand auf und gab Astrid einen Kuss auf die Wange. »Ich weiß, es ist dein letzter Tag in Hongkong, und du hast bestimmt viel um die Ohren.«

»Danke für die Essenseinladung. Ich bin immer gern hier.«

»Ja, das Helena May ist was Besonderes, oder? Solche Orte sind selten geworden.«

Astrid ließ den Blick über die anderen elegant gekleideten Damen schweifen, die zusammen mittagaßen. Im Speisesaal mit den Queen-Anne-Möbeln und den botanischen Kunstdrucken an den Wänden fühlte man sich in ein anderes Zeitalter zurückversetzt, als Hongkong noch britische Kronkolonie und dies eine exklusive Bastion für die Ehefrauen hochrangiger Beamter aus dem In- und Ausland war. Alles schrecklich kultiviert.

Astrid war erleichtert, dass Charlies Exfrau sie so herzlich begrüßte und so gut aussah. Mit ihrer schicken weißen Jeans, dem rosa Kaschmirpullover und der Steppweste darüber sah sie aus wie der Inbegriff des Hongkonger Geldadels.

»Und, was habt ihr alles Schönes unternommen?«

Astrid zögerte. Vermutlich wäre es keine gute Idee, Isabel auf die Nase zu binden, dass sie den Großteil der Woche mit der Planung ihrer kurz bevorstehenden Hochzeit in Hongkong verbracht hatten und Charlie ihr gestern das atemberaubende neue Haus in Shek O gezeigt hatte, das er für sie gebaut hatte.

»Nicht viel. Eigentlich hab ich mich bloß erholt. Tut gut, mal aus Singapur rauszukommen.«

»Ja, die letzten Wochen waren sicher schwer für dich. Mein Beileid übrigens. Deine Großmutter war bestimmt eine tolle Frau.«

»Danke.«

»Ich hatte ja schon in meinem Brief erwähnt, dass meine Ah Ma und ich uns sehr nahestanden. Einmal im Monat hat sie mich zum Tee hierher ausgeführt. Es hängen viele alte Erinnerungen an diesem Club.«

»Meine Großmutter hat mich auch oft zum Nachmittagstee mitgenommen. Es gehört sogar zu meinen ersten Erinnerungen, wie ich mit ihr im Raffles in Singapur Tee trinke. Bald darauf hat sie aber aufgehört, auszugehen.«

»Ist sie zur Einsiedlerin geworden?«

»Jein. Sie ist kaum noch ausgegangen, aber das lag nur

daran, dass die Standards ihrer Meinung nach zu sehr abgenommen hatten. Sie hatte ganz genaue Vorstellungen, und das Essen in Restaurants war ihr nie gut genug. Also besuchte sie höchstens noch Freunde – und auch nur die mit guten Köchen – oder lud zu sich nach Hause ein. Sie hatte immer gern Menschen um sich, daran hat sich bis zuletzt nichts geändert.«

»Klingt nach einer starken Persönlichkeit. Aber das waren eigentlich alle Frauen aus der Generation unserer Großmütter, oder? Meine war als Dame mit Hut bekannt. Sie hatte eine riesige Hutsammlung und verließ das Haus niemals ohne.«

Eine Kellnerin trat an ihren Tisch, um die Bestellung aufzunehmen, und Astrid wählte eine Spargelcremesuppe, Isabel Salat. Als sie wieder allein waren, sah Isabel sie betreten an. »Ich muss gestehen, dass ich den ganzen Vormittag schrecklich nervös war, dich zu treffen. Die Sache in Singapur ist mir immer noch furchtbar peinlich.«

»Schon gut, wirklich. Ich freu mich einfach, dass es dir wieder so gut geht.«

»Diese eine Frau, die ich verbrüht habe – war das eigentlich eine Nonne? Geht es ihr gut? Es war ganz komisch, ich habe alles glasklar vor mir gesehen, aber ich hatte überhaupt keine Kontrolle über meinen Körper.«

»Eine Nonne?« Astrid war ratlos.

»Ja, sie trug einen Habit. Ich erinnere mich noch ganz genau an ihren Gesichtsausdruck, als ich mit der Suppenschale geworfen habe. Sie hat mich aus aufgerissenen Augen angestarrt, das weiß ich noch. Und sie war anscheinend genauso ein Fan von Mascara wie Tammy Faye.«

»Ach so, du meinst die Witwe des Sultans von Perawak!

Das war ein Hidschab, den sie da anhatte. Keine Sorge, ihr gehts gut, sie hat fast nichts von der Suppe abbekommen. Das war vermutlich das aufregendste Erlebnis seit Jahrzehnten für sie.«

»Danke, dass du es mir nicht nachträgst. Und ich muss mich auch dafür bedanken, dass du dich in dieser schwierigen Zeit so toll um meine Töchter gekümmert hast.«

»Ach, das war doch selbstverständlich. Chloe und Delphine sind liebe Mädchen.«

Isabel richtete den Blick aus dem Fenster auf den Park. Ihr war deutlich anzusehen, dass sie mit ihren Gefühlen kämpfte. »Bald bist du ihre Stiefmutter. Du wirst viel mehr Zeit mit ihnen verbringen, und … und ich bin wirklich froh darüber, dass sie dich haben. Und nicht nur ihre verrückte Mutter.«

Astrid griff nach Isabels Hand. »Sag doch so was nicht. Du hast sie zu tollen Kindern erzogen. Du bist ihre Mutter, und das wirst du auch immer bleiben. Ich werde nie versuchen, dich zu ersetzen. Ich hoffe nur, sie sehen mich irgendwann als eine Art gute Freundin.«

Isabel lächelte. »Ich bin so froh über dieses Treffen, Astrid. Ich hab das Gefühl, dich endlich ein bisschen besser kennenzulernen.«

Nach dem Essen verabschiedeten sich die beiden vor dem Eingang des Clubs in der Garden Road voneinander. »Was hast du jetzt vor?«, fragte Isabel. »Shopping im Zentrum? Mein Chauffeur kann dich gern unterwegs irgendwo absetzen.«

»Ich fliege in ein paar Stunden zurück nach Singapur, aber vorher treffe ich mich noch mal mit Charlie. Ich schätze mal, er ist im Haus und wartet darauf, dass ich ihn in den letzten Einrichtungsfragen unterstütze.«

»Im neuen Haus in Shek O? Das würd ich mir gern irgendwann mal anschauen. Immerhin werden Chloe und Delphine die Hälfte ihrer Zeit dort verbringen.«

»Na klar. Hast du Zeit? Dann könntest du direkt mitkommen.«

»Äh … also … ich will mich nicht aufdrängen …«, stammelte Isabel.

»Ach Quatsch, ist doch kein Problem. Ich sag schnell Charlie Bescheid.«

Astrid schrieb ihm eine Nachricht:

ASTRID LEONG: Hey! Komme gerade vom Essen mit Isabel. Lief SUPER!

CHARLIE WU: Ein Glück!

AL: Isabel würde sich gerne das Haus anschauen. Kann ich sie mitbringen?

CW: Klar, wenn's dir nichts ausmacht.

AL: Überhaupt nicht. Bis gleich.

»Na dann, los gehts!«, sagte Astrid und steckte ihr Handy ein. Die beiden setzten sich auf die Rückbank von Isabels Range Rover, und der Chauffeur brachte sie in den Süden von Hong Kong Island. Je weiter südlich sie kamen, desto stärker veränderte sich die Landschaft. Das dichte Gewirr von Wolkenkratzern an den Hängen wich malerischen Buchten mit Meeresblick. Die gewundene Autobahn führte erst durch Repulse Bay mit seinen halbmondförmigen Stränden, dann dicht an der Küste entlang durch Deep Water Bay und Stanley. Schließlich erreichten sie Shek O, ein altes Fischerdorf am südöstlichen Zipfel von Hong Kong Island und inzwischen eine der exklusivsten Wohngegenden der Welt.

»Charlie hat schon immer davon geträumt, hier zu wohnen, aber ich wollte nicht«, sagte Isabel. »Ich wohne lieber näher am Zentrum. Ich bin ein Stadtkind, hier draußen mitten im Nirgendwo könnte ich niemals leben.« Sie hielten vor einem imposanten Metalltor mit Wachhäuschen daneben.

»Niemand da«, sagte der Chauffeur.

»Ja, wir haben noch kein Wachpersonal eingestellt. Tippen Sie einfach 110011 ein«, gab Astrid die Information weiter, die Charlie ihr vorhin geschrieben hatte. Das Tor öffnete sich lautlos, und sie fuhren die lange Auffahrt zum Haus entlang. Sie fuhren um die Kurve, und die Villa, die frei auf einer felsigen Klippe direkt über dem Meer zu schweben schien, kam in Sicht.

»Typisch Charlie«, lachte Isabel, als sie auf das gewaltige von Tom Kundig entworfene Gebäude zufuhren, das ganz modern in Stahl, Kalkstein und Glas gehalten war.

»Das Haus am Peak ist traditioneller, oder?«, fragte Astrid.

»Keine Ahnung, woher du das weißt, aber ja, klassisch palladianisch, aus den Zwanzigern. Innen habe ich alles nach dem Vorbild eines französischen Landhauses in der Provence gestalten lassen. Komm doch mal vorbei, wenn du das nächste Mal da bist.«

»Soll eins der elegantesten Häuser in ganz Hongkong sein, habe ich gehört«, sagte Astrid.

Sie stiegen aus dem Auto und betraten den weitläufigen Hof mit dem Reflexionsbecken in der Mitte. Die Wände des Haupthauses waren komplett aus Glas, sodass

Außen und Innen nahtlos ineinander übergingen. Als sie das Haus betraten, war Astrid wieder einmal hin und weg von dem spektakulären Meerespanorama. Im großen Salon umrahmte ein gewaltiges Fenster eine winzige Insel vor der Küste wie ein Gemälde, und hinter der Glasfront im Wohnzimmer lag die Terrasse mit Infinitypool, der sich über die gesamte Breite des Hauses erstreckte und am Horizont mit dem Südchinesischen Meer verschmolz.

Als Charlie auf sie zukam, sagte Isabel freundlich: »Du hast dich echt selbst übertroffen, Charlie. Endlich hast du dein Traumhaus am Meer.«

»Freut mich, dass es dir auch gefällt, Izzie. Es ist noch längst nicht fertig, die ersten großen Möbelstücke trudeln gerade erst nach und nach ein, aber ich würde dir gern schon mal Chloe und Delphines Flügel zeigen.«

Nachdem sie Isabel die Zimmer ihrer Töchter gezeigt hatten, gingen sie ins Esszimmer. Ein riesiger antiker Esstisch von George Nakashima war soeben geliefert worden. Sie bestaunten das frei stehende Stück, das an ein gewaltiges Stück Treibholz erinnerte. »Was meinst du, erinnert der zu sehr an den Pazifischen Nordwesten?«, fragte Charlie.

Astrid ließ den Anblick einen Moment auf sich wirken. »Nein, Quatsch. Der wird sich toll unter dem Lindsey-Adelman-Kronleuchter machen.«

»Puh, da bin ich aber erleichtert.« Charlie lachte leise.

Isabel blickte schweigend zu der filigranen bronzenen Struktur empor. Glaskugeln schienen wie Knospen aus einem Zweig zu sprießen. In ihrem früheren Leben als Mrs Charles Wu hätte sie all das strikt abgelehnt, aber nun, da die drei Richtung Haustür gingen, sagte sie schlicht: »Chloe und Delphine wird es hier sehr gefallen.«

»Du bist ebenfalls jederzeit willkommen«, sagte Astrid. Sie konnte kaum fassen, wie leicht Isabel es ihr machte. Es war ein unerwartet schöner Tag gewesen. Als sie auf den Hof traten, pingte Astrids Handy, und vier neue Textnachrichten erschienen auf dem Sperrbildschirm:

LUDIVINE DOLAN: Ich wollte Cassian von der Schule abholen, aber die meinten, sein Vater hätte ihn mitgenommen.

FELICITY LEONG: WO BIST DU? WANN KOMMST DU HEUTE ABEND ZURÜCK? KOMM DIREKT NACH TYERSALL PK! HIER IST VIELLEICHT WAS LOS! WIR BRAUCHEN DICH!

OLIVER T'SIEN: Sag mal, bist du nicht mit Prinz Alois von Liechtenstein befreundet? Und mit diesem Dichterprinzen Fazza aus Dubai? Kannst du mir mal seine Nummer geben? Erklär ich dir später.

LUDIVINE DOLAN: Hab gerade mit Mr Teo gesprochen und ihn gefragt, ob er Hilfe mit Cassian braucht. Er meint, ich soll mir den Rest des Tages freinehmen. Keine Ahnung, was da los ist.

Astrid steckte das Handy wieder ein. Ihr war auf einmal ganz flau im Magen. Am liebsten wäre sie gleich hiergeblieben.

13

TYERSALL PARK, SINGAPUR

»Na, sitzt du wieder mal am Steg und angelst?«, fragte Nick, als sein Vater ans Telefon ging. Er hörte im Hintergrund, wie sich die Wellen an der Küste brachen.

»Nein, ich mache gerade einen Spaziergang an den Felsen entlang, von Bondi nach Coogee.«

»Ach, der Küstenweg. Der ist wirklich schön.«

»Ja, und der Tag ist wie dafür gemacht. Deine Mutter hat nämlich Daisy, Nadine, Lorena und Carol nach Sydney eingeladen. Ich hatte Angst, wenn ich noch einmal die Klobrille oben lasse, steigt mir die komplette Gin-Gang aufs Dach. Deshalb bin ich einfach abgehauen. Die Damen hecken auch irgendetwas aus, glaube ich … geht wohl um Tyersall Park.«

»Genau deswegen rufe ich an, Dad. Ich hab den Eindruck, das geht alles viel zu schnell. Deine Schwestern sind ganz scharf darauf, es an den Höchstbietenden zu verkaufen, und du willst gar nicht wissen, was diese Investoren damit vorhaben.«

»Ist das denn so wichtig? Sobald wir es verkauft haben,

können die neuen Besitzer doch damit machen, was sie wollen.«

»Aber denkt denn niemand daran, worum es hier eigentlich geht? Tyersall Park ist kein normales Haus. Wir müssen dafür sorgen, dass es erhalten bleibt! Ich stehe hier am Fenster und schaue auf die Rambutanbäume, die gerade Früchte tragen … die sind feuerrot, es sieht so wunderschön aus! Dieses Anwesen ist einfach was ganz Besonderes.«

»Ich glaube, jetzt wirst du ein bisschen zu sentimental«, sagte Philip.

»Kann sein. Aber es ist doch auch irgendwie komisch, dass das Haus niemandem so wichtig zu sein scheint wie mir. Während ich da was Besonderes sehe, das bewahrt werden sollte, haben alle anderen bloß Dollarzeichen in den Augen.«

Philip seufzte. »Nicky, ich weiß, das Haus war für dich so eine Art Nimmerland, aber für uns Kinder war dieser Palast eher ein Gefängnis. Es gab viele Regeln, viele Zimmer, in die ich nicht reindurfte, viele Sessel, auf denen ich nicht sitzen durfte, weil sie zu wertvoll waren. Du kannst dir das wahrscheinlich nicht vorstellen, denn als du dort gewohnt hast, war meine Mutter schon ein ganz anderer Mensch.«

»Die Geschichten kenne ich natürlich. Aber du musst doch auch ein paar schöne Erinnerungen haben, oder?«

»Nein, wenn ich ehrlich bin, bereitet mir das Ganze nur Kopfschmerzen. Vergiss nicht, dass ich quasi aufs Internat geschickt wurde, sobald ich laufen konnte. Darum war es nie ein richtiges Zuhause für mich. Und jetzt graut mir davor, nach Singapur zurückzukommen und mich mit den ganzen Immobilienfritzen herumschlagen zu müssen. Weißt du, wie viele ehemalige Mitschüler von der ACS sich plötzlich aus heiterem Himmel melden und mit mir essen gehen wollen, mich zum Golf einladen und so weiter? Ich hab die alle ewig nicht gesehen, die tun aber, als wären wir schon immer beste Freunde gewesen. Manche Menschen können Geld riechen und kommen bei so was sofort aus ihren Löchern gekrochen.«

»Ich kann gut verstehen, dass du das Thema gerade sehr leid bist. Ich würde dich gern trotzdem noch etwas fragen.« Nick holte tief Luft. »Wenn ich irgendwie das Geld auftreiben kann, würdest du dann deine dreißig Prozent mit mir und Alistair zusammenwerfen und die anderen ausbezahlen? Wenn du mir ein bisschen Zeit gibst, finde ich bestimmt eine Möglichkeit für uns, das Anwesen rentabel zu nutzen.«

Am anderen Ende der Leitung wurde es kurz still. Nick war nicht sicher, ob sein Vater zu empört war, um etwas zu erwidern, oder ob er sich nur gerade auf einem besonders beschwerlichen Teil der Strecke befand.

Plötzlich sprach er wieder: »Wenn dir Tyersall Park so wichtig ist, dann kümmere *du* dich von mir aus um den Verkauf. Tu, was du für richtig hältst. Ich gebe dir Befugnis, als mein Stellvertreter zu handeln, eine Handlungsvollmacht, oder wie das heißt. Oder weißt du was? Ich übertrage dir am besten gleich meine dreißig Prozent.«

Nick traute seinen Ohren nicht. »Ernsthaft?«

»Na klar. Das gehört dir doch sowieso alles eines Tages.«

»Ich weiß gar nicht, was ich sagen soll, Dad.«

»Mach mit dem Haus, was du willst. Halt mich nur bitte da raus.« Philip war am Rande eines wunderschön auf den Klippen gelegenen Friedhofs mit Blick auf den Südpazifik angekommen. »Nicky, ich bin gerade hier oben am Friedhof in Bronte. Sorgst du dafür …«

»Na klar, das hast du mir doch schon oft genug gesagt. Ich weiß, dass du da begraben werden willst, damit du bis in alle Ewigkeit die springenden Buckelwale sehen kannst.«

»Und wenn es keine Parzellen mehr gibt, suchst du mir einen anderen Friedhof an der Küste, ja? Neuseeland, Tasmanien, egal. Hauptsache nicht Singapur.«

»Mach ich«, sagte Nick lachend und legte auf.

Rachel sah ihn neugierig an. »Das klang aber anders als sonst«, sagte sie.

»Das war auch eins der seltsamsten Telefonate meines Lebens. Ich glaube, mein Vater hat mir gerade seinen Anteil an Tyersall Park geschenkt.«

»Wie bitte?« Rachel starrte ihn verblüfft an.

»Er meinte, er würde mir seinen Anteil übertragen, und ich kann damit machen, was ich will, solange ich ihn aus allem raushalte.«

»Und wo ist der Haken?«

»Es gibt keinen. Mein Dad hat sich noch nie wirklich für finanzielle Dinge interessiert. Er möchte lieber nichts damit zu tun haben.«

»Na ja, wenn man so aufgewachsen ist …« Rachel zuckte mit den Schultern.

»Stimmt schon. Aber ich kann trotzdem nicht fassen, wie leicht es war, ihn zu überzeugen. Ich dachte schon, ich müsste nach Sydney runterfliegen und ihn auf Knien anbetteln.«

»Mit den dreißig Prozent deines Vaters bist du jetzt der größte Anteilseigner, oder?«

»Nicht ich, Süße, sondern wir beide. Und das gibt uns genug Einfluss, um das Wettbieten für eine Weile auf Eis zu legen.«

»Wollen wir es den Aunties jetzt gleich sagen?«

Nick grinste. »Auf jeden Fall! Was du heute kannst besorgen …«

Sie gingen ins Wohnzimmer. Felicity, Victoria und Alix saßen zusammen, waren aber ungewohnt still.

»Ich habe Neuigkeiten«, sagte Nick.

Felicity sah auf. »Nicky, wir haben gerade einen Anruf bekommen. Es gibt anscheinend ein neues Angebot.«

»Ich möchte euch ebenfalls ein Angebot machen.«

»Das hier ist aber ein … ein äußerst ungewöhnliches Angebot. Der Bieter will das alte Haus vollständig erhalten und kein einziges neues Gebäude auf dem Grundstück errichten«, sagte Alix.

Nick und Rachel sahen einander überrascht an. »Und der bietet mehr als diese Zion-Leute?«, fragte Rachel misstrauisch.

»Sogar einiges mehr. Er bietet zehn Milliarden Dollar.«

Nick war fassungslos. »Zehn *Milliarden*? Wer um alles in der Welt würde denn so viel dafür ausgeben und dann das Grundstück genauso lassen, wie es ist?«

»Irgendein Typ aus China. Er will morgen herkommen und sich das Haus ansehen.«

»Aus China? Wie heißt er denn?«, fragte Rachel.

Felicity runzelte die Stirn. »Wenn ich mich recht entsinne, hat Oliver gesagt, sein Name wäre Jack irgendwas. Jack Ting? Jack Ping?«

Nick schlug bestürzt die Hand vor den Mund. »Oh mein Gott. Jack Bing!«

KUALA LUMPUR, MALAYSIA

Vierundzwanzig Stunden zuvor …

»Und sie ist also die Königin?«, fragte Kitty.

»Nein, sie ist die Mutter des aktuellen Sultans von Perawak, also ist sie die Königinmutter, aber man nennt sie die Sultanswitwe«, erklärte Oliver über sein Headset-Mikrofon über den Lärm des Helikopters hinweg.

»Ach so. Das heißt aber, ich muss einen Knicks machen?«

»Allerdings. Königlicher gehts nicht. Und auf jeden Fall nur reden, wenn sie dich anspricht.«

»Wie jetzt?«

»Du darfst sie nicht von dir aus ansprechen. Die Sultana eröffnet das Gespräch und übernimmt auch die meiste Zeit das Reden. Du hältst einfach hübsch den Mund, bis sie dich etwas fragt. Und falls du aus irgendeinem Grund den Raum verlassen musst, was du eigentlich nicht tun solltest, bevor sie es tut, aber falls es aus irgendeinem Grund einfach sein muss, weil du dich übergeben musst oder so, dann wende ihr auf jeden Fall das Gesicht zu, wenn du rausgehst. Du darfst ihr unter keinen Umständen deinen Hintern zuwenden, verstanden?«

Kitty nickte eifrig. »Ich verstehe. Kein Reden, kein Übergeben, mit dem Hintern zuerst raus.«

»Aber wie gesagt, mach dir bitte keine zu großen Hoffnungen. Erwarte nicht zu viel von heute. Ihre Majestät soll dich ja erst mal nur ein bisschen kennenlernen.«

»Du meinst, sie wird mich heute nicht sofort zur Ritterin schlagen?«

»Kitty, in Malaysia werden keine Frauen zum Ritter geschlagen. Das System der Würdenträger ist hier ganz anders.

Die Sultana kann schon Titel verleihen, wenn sie will, aber rechne bitte nicht damit, dass es gleich heute passiert.«

»Du klingst irgendwie genervt, bist du sauer auf mich?« Kitty zog eine Schnute.

»Nein, ich muss bloß den Heli übertönen.«

Genau genommen stand Oliver kurz vorm Nervenzusammenbruch, seit Kitty ihm das Ultimatum gestellt hatte. Heute musste einfach alles glattgehen, es stand zu viel auf dem Spiel. Um sie etwas zu besänftigen, erklärte er weiter: »Guck mal, das ist so. Diese Titel, die der Adel verleiht, zum Beispiel die Sultana, das sind richtige Auszeichnungen. Sie ehren damit Leute, die es verdient haben, weil sie im Lauf ihres Lebens wahnsinnig viel Gutes für Malaysia getan haben. Leute, die Krankenhäuser und Schulen bauen, Unternehmen gründen, die ganze Städte versorgen und Tausenden von Bürgern Arbeit geben. Solche Auszeichnungen bedeuten viel mehr als Colettes Titel. Sie musste für ihren ja auch bloß bei irgendeinem debilen Snob die Beine breit machen.«

Der Helikopter ging in den Landeanflug und sank über Kuala Lumpurs Skyline mit den berühmten Petronas-Türmen ab.

»Und hier wohnt die Sultana?«, fragte Kitty beim Anblick des grünen Nobelviertels Bukit Tunku.

»Das ist nur ihre kleine Hauptstadtbleibe. Sie hat Häuser überall auf der Welt – eins in Kensington Palace Gardens, eine Villa mit Blick auf den Genfer See und natürlich ihren gigantischen Palast in Perawak«, klärte Oliver sie auf, während der Helikopter auf der großen Grünfläche landete.

Die beiden sprangen hinaus auf den Rasen, wo sie schon von einem uniformierten Offizier erwartet wurden.

»Willkommen am Istana al Noor«, sagte er und führte sie

auf einen imposanten weißen Palast zu, der einer Hochzeitstorte ähnelte. Sie betraten die riesige Empfangshalle, in der neun pyramidenförmige Kronleuchter von der vergoldeten Kassettendecke herabhingen wie umgedrehte Miniaturausgaben des Weihnachtsbaums am Rockefeller Center.

»Das ist ihre ›kleine Hauptstadtbleibe?‹«, fragte Kitty.

»Du machst dir ja keine Vorstellung. Ihr Haus in Perawak ist doppelt so groß wie der Buckingham Palace.«

Sie wurden in einen Salon mit einem dramatischen schwarzen Marmorboden und karmesinroten Wänden geführt. Der Raum war voller kostbarer Peranakan-Antiquitäten aus vergoldetem Holz und fantastisch anmutender Claude-Lalanne-Bronzemöbel. Am einen Ende des Salons hing ein leuchtend buntes Triptychon aus Andy-Warhol-Gemälden, die die Sultanswitwe in jüngeren Tagen zeigten.

»Wow. Mit so was habe ich nicht gerechnet«, sagte Kitty ehrfürchtig.

»Ja, damals in den Siebzigern war die Sultanswitwe ganz schön wild drauf«, bemerkte Oliver.

Sie setzten sich auf eine samtbezogene Bank. Neben ihnen stand ein runder Lalanne-Tisch voller Fotos in Goldrahmen, die die Sultana jeweils mit verschiedenen berühmten Persönlichkeiten zeigten. Kitty erkannte die Queen, Papst Johannes Paul II., Barack und Michelle Obama, Indira Gandhi und eine Frau mit einer imposant aufgetürmten blonden Mähne.

»Wer ist denn die blonde Frau da? Die kommt mir irgendwie bekannt vor. Ist das auch eine Königin?«, fragte Kitty.

Oliver musterte das Bild und lachte laut auf. »Die Königin des Country, ja. Das ist Dolly Parton!«

»Ach so.«

Plötzlich öffnete sich die Flügeltür, und zwei Wächter in Paradeuniform traten ein. Sie positionierten sich rechts und links der Tür, schlugen die Hacken zusammen und klopften zweimal exakt synchron mit den Griffen ihrer langen Bajonette auf den Marmorboden.

»Wir müssen aufstehen«, flüsterte Oliver.

Kitty erhob sich hastig, strich ihren knöchellangen Roksanda-Rock glatt und stellte sich aufrecht hin.

Der Wächter auf der rechten Seite rief streng: »*Sama-sama, maju kehadapan! Pandai cari pelajaran!*« Beide klopften erneut mit den Bajonetten auf den Boden, und dann schwebte auch schon die Sultana in einer leuchtend purpurnen Seidenkebaya in den Raum, dicht gefolgt von vier Dienern. Sie trug ein farblich passendes violett-blau-weißes Kopftuch und war von der Taille aufwärts ganz mit kostbaren Juwelen bedeckt, sodass sie aussah wie Queen Mary. Direkt über der Stirn an ihrem Hidschab trug sie eine riesige, sonnenförmige Brosche mit einem fünfundvierzigkarätigen rosa Diamanten, an den Ohren mit Perlen und Diamanten besetzte Girandolen-Ohrringe und um den Hals bestimmt zehn oder zwölf dicke Ketten aus Diamanten, Diamanten und noch mehr Diamanten.

Kitty klappte die Kinnlade herunter beim Anblick dieser Königinmutter, die vor lauter Diamantenbehang so glitzerte und blitzte, dass es fast in den Augen wehtat, und sie knickste so tief, als wollte sie Limbo tanzen. Oliver verbeugte sich elegant.

»Oliver T'sien, ich freue mich, Sie zu sehen!«

»Die Freude ist ganz meinerseits, Ma'am. Darf ich Ihnen höflichst Mrs Kitty Bing aus Schanghai, Los Angeles und Singapur vorstellen?«

»Es ist mir eine Ehre, in Eurem schönen Land zu sein, Majestät«, platzte Kitty nervös heraus, bevor ihr einfiel, dass sie ja nicht als Erste sprechen sollte.

Die Sultanswitwe schürzte die Lippen und musterte sie einen Moment. Dann ließ sie sich ohne ein weiteres Wort in einem thronartigen Bergère-Sessel nieder, und Oliver und Kitty nahmen ebenfalls wieder Platz.

Eine Armee Dienstmädchen trug malaysische Desserts und dampfende Teekannen auf goldenen Tabletts herein und schenkte allen ein.

Die Sultanswitwe lächelte Oliver an. »Nur zu, nicht so schüchtern! Ich weiß doch, wie gerne Sie *ondeh ondeh* mögen.«

»Sie kennen mich zu gut«, sagte Oliver und nahm sich eine der leuchtend grünen Kugeln aus Reiskuchen, die mit Palmzucker gefüllt und in Kokosraspeln gewälzt waren.

»Was führt Sie denn eigentlich in diese Gegend?«

»Kitty hat sich unlängst von Malaysia verzaubern lassen, und da wir gerade in der Stadt waren, hielt ich es für angemessen, dass sie die größte lebende Legende dieses Landes trifft.«

Die Sultanswitwe strahlte. »Oliver, Sie Charmeur! Das klingt ja aber, als wäre ich steinalt. Sagen Sie, mein Kind, was gefällt Ihnen denn am besten an meinem Land?«

Kitty sah die Sultana verdutzt an. Sie hatte heute das erste Mal einen Fuß auf malaysischen Boden gesetzt und keinerlei Ahnung von dem Land. »Ähm … also … am meisten schätze ich die Menschen, Eure Majestät. Sie sind so herzlich und … so fleißig«, antwortete sie schließlich, nachdem ihr die paar malaysischen Dienstmädchen eingefallen waren, die in der Cluny Park Road arbeiteten.

Die Sultanswitwe schürzte wieder die Lippen. »Tatsächlich? Das hätte ich nun nicht erwartet. Ich höre meistens nur, wie schön unsere Strände und wie schmackhaft unser Saté ist. Haben Sie denn vor, sich hier niederzulassen?«

»Wenn ich einen so schönen Palast wie Ihren finden könnte, dann wäre ich sehr in Versuchung.«

»Aber nicht doch, das hier ist doch gar kein Palast, das ist ein bescheidenes Haus.«

»Kittys Mann Jack Bing ist einer von Chinas führenden Industriellen«, erklärte Oliver. »Da gibt es großes Interesse, in Malaysia zu investieren.«

»Wir haben in der Tat eine fabelhafte Beziehung zu China. Und ich finde Ihre First Lady ganz wunderbar«, sagte die Sultanswitwe und begann elegant an einem *ondeh ondeh* zu knabbern.

»Ach, Sie haben sie mal getroffen?«, fragte Kitty beeindruckt. Sie hatte die Anspracheregeln schon wieder vergessen.

»Aber ja doch. Ich habe sie in meinem Palast in Perawak empfangen. Was für eine Frau, und was für eine herrliche Stimme! Sagen Sie, Oliver, wie ist es denn Ihrer lieben Frau Großmutter ergangen, seit ich sie das letzte Mal gesehen habe?«

»Sie erfreut sich ganz ausgezeichneter Gesundheit, Ma'am. Doch ich muss gestehen, dass ihre Laune in letzter Zeit recht getrübt ist. Wie Sie wissen, hat der Verlust meiner Großtante Su Yi sie schwer getroffen.«

Kitty begann sich zu langweilen und versank in Betrachtung des Fotos der Sultana mit Michelle Obama. Sie versuchte den Designer von Michelles rotem Kleid zu identifizieren. Isabel Toledo oder Jason Wu? Die First Lady konnte einem echt leidtun. Die Arme durfte ja nur US-amerikanische Designer tragen!

Die Sultana fuhr fort: »Ach ja, das war eine schöne Trauerfeier. Hat Ihnen die Rede meines Sohnes über Su Yis Leben gefallen?«

»Sehr sogar! Ich wusste gar nicht, dass der Sultan ein Jahr lang in Tyersall Park residiert hat.«

»Oh doch, er hatte damals einen Sonderkurs an der Universität von Singapur belegt, und Su Yi hat ihn großzügigerweise bei sich aufgenommen. Ich fürchte, ihm missfielen die Unterkünfte der malaysischen Botschaft, und er fühlte sich in Tyersall Park viel heimischer. Sie wissen, dass sein Urgroßvater der Sultan war, der ihn damals erbauen ließ?«

»Verzeihen Sie, Ma'am, das war mir entfallen. Dann ist es auch nicht weiter verwunderlich, dass er sich mit diesem Ort verbunden fühlte. Gestatten Sie, dass ich so frei bin zu fragen: Wurde Su Yi eigentlich jemals ein Titel verliehen?«

Kitty spitzte augenblicklich die Ohren.

»Soweit ich weiß, kam es nie dazu. Ich glaube, in den 1970ern versuchte der Agong[1] – wer auch immer das damals war, ich habe da den Überblick verloren – sie dieserart zu würdigen, doch sie lehnte dankend ab. Sie war damals bereits Lady Young, und nicht einmal diesen Titel führte sie. *Alamak*, was hätte Su Yi auch mit einem Adelstitel anfangen sollen? An ihrer gesellschaftlichen Stellung gab es ohnehin nie Zweifel, sie besaß schließlich Tyersall Park. Was will man mehr?«

1 Der Yang di-Pertuan Agong, oder kurz Agong, ist der jeweils aktuelle König von Malaysia. Die neun malaysischen Staaten haben eigene Erbherrscher und königliche Familien, und der Agong wird alle fünf Jahre aus dem Kreis dieser Herrschenden gewählt.

»Völlig richtig.« Oliver nickte und rührte in seinem Tee.

»Was soll nun eigentlich mit diesem prächtigen Palast geschehen?«, fragte die Sultana mit einem Stirnrunzeln.

»Das steht leider noch in den Sternen. Meine Großcousinen werden derzeit mit einer Lawine von Angeboten überhäuft. Jeden Tag höre ich, dass ein noch höheres Gebot abgegeben wurde. Wir bewegen uns inzwischen schon im Milliardenbereich.«

»Das überrascht mich ganz und gar nicht. Wenn ich jünger wäre, hätte ich es selbst als Wohnsitz für Singapur in Erwägung gezogen. Natürlich wird es ohne Su Yi nie mehr dasselbe sein, doch wer auch immer am Ende dort wohnen wird, darf sich wahrhaft glücklich schätzen.«

Oliver seufzte theatralisch. »Bedauerlicherweise wird es wohl nicht dazu kommen. Ich gehe davon aus, dass das Haus abgerissen wird.«

»Du liebe Güte, wie ist denn das möglich?« Die Sultana legte bestürzt die Hand auf die Brust und präsentierte dabei ihren achtundfünfzigkarätigen blauen Diamantring.

Kitty verfolgte den Solitär mit dem Blick wie eine Katze einen Laserpointer.

»Das Grundstück ist viel zu wertvoll, um es nicht neu zu bebauen. Die Investoren, die darauf geboten haben, haben alle sehr ehrgeizige Pläne für Tyersall Park, und ich glaube nicht, dass das alte Haus noch lange stehen bleibt.«

»Aber das wäre doch ein Unding! Tyersall Park ist eines der vornehmsten Anwesen in ganz Südostasien. Dieser Rosengarten, und der große Salon – welch eine Vollendung! Man muss es unbedingt vor diesen gierigen Investoren bewahren!«

»Da bin ich ganz Ihrer Meinung«, sagte Oliver.

Kitty lauschte den beiden fasziniert. Es war das erste Mal, dass sie von diesem alten Haus hörte.

»Ach Oliver, sicherlich kennen Sie irgendwen, der das Anwesen kaufen und es mit denselben Ansprüchen erhalten wird, die auch Su Yi hatte. Was ist denn zum Beispiel mit dieser neuen chinesischen Herzogin, wie heißt sie noch gleich? Die die Schimpansen retten will? Ich habe sie bei der Beerdigung getroffen.«

Kitty blickte erschrocken von ihrer Teetasse auf.

»Hmmm … meinen Sie die Gräfin von Palliser?«, fragte Oliver und warf Kitty einen nervösen Blick zu.

»Genau die! Kennen Sie sie zufällig? Sie sollte das Haus meiner Meinung nach kaufen. Das würde sie jedenfalls zur unangefochtenen Königin von Singapur machen!«, verkündete die Sultanswitwe und schob sich noch eine süße Kokoskugel in den Mund.

Auf dem Rückflug nach der Audienz bei der Sultana war Kitty auffallend schweigsam. Erst beim Aussteigen aus dem Helikopter fragte sie Oliver: »Dieses Haus, von dem die Sultana erzählt hat, von was für einem Betrag reden wir da?«

»Kitty, ich weiß, was du gehört hast, aber da macht sich die Sultanswitwe was vor. Colette wird Tyersall Park nie im Leben kaufen.«

»Warum denn nicht?«

»Ich kenne meine Großcousinen – die würden ihr das Haus niemals verkaufen.«

»Ach ja? Meintest du nicht auch, dass Colette nicht zur Trauerfeier eingeladen würde? Und dann ist sie doch aufgetaucht. Du meintest auch, Colette wäre keine Konkurrenz für mich, und dann hat sie mir den Platz auf dem Cover des *Tattle* geklaut. Was sie angeht, vertraue ich deiner Meinung nicht mehr wirklich.«

»Ja, gut, da habe ich mich vielleicht geirrt. Ich bin nun mal nicht das Orakel von Delphi! Aber es gibt trotzdem Dinge, die schafft nicht mal Colette. Sie könnte sich das Haus zum Beispiel gar nicht leisten.«

»Wieso? Wie viel wollen die denn dafür haben?«

»Ich habe gehört, das Höchstgebot liegt aktuell bei vier Milliarden. Und ich weiß, dass Colette allein nicht so viel Geld zur Verfügung hat.«

»Aber sie hat einen Treuhandfonds, der fünf Milliarden wert ist. Wenn sie das Haus wirklich will, kann sie mit dem Fonds als Sicherheit einen Kredit aufnehmen. Und irgendwas sagt mir, dass sie es will. Die lechzt doch danach, die Königin von Singapur zu werden, am besten gleich die Königin des ganzen verdammten Universums!«

»Also, wenn es dir hilft, diese lächerliche Rivalität ein für alle Mal zu beenden, dann versuch du doch, Tyersall Park zu kaufen, Kitty. Ich geb dein Angebot gern an meine Großcousinen weiter. Aber wenn du willst, dass die Youngs dich ernst nehmen, musst du schon mit einem Gebot kommen, das alle anderen alt aussehen lässt. Das muss dir klar sein.«

»Dann bieten wir fünf Milliarden.«

»Das wird nicht reichen. Du musst verstehen: Du bist vom Festland und verheiratet mit einem Mogul, der sehr reich ist, aber eben neureich. Du hast noch nicht den Grad an Prestige erreicht, auf den diese Leute Wert legen. Wenn du Singapurs versnobtester Familie ihr kostbarstes Grundstück aus den Rippen leiern willst, dann musst du das ganz groß aufziehen. Du musst sie mit deinem Geld in Ehrfurcht versetzen.«

»Und wie viel ist dafür nötig?«

»Zehn Milliarden.«

Kitty holte tief Luft. »Also gut, dann biete denen eben zehn Milliarden.«

Oliver war baff. So schnell ließ sie sich darauf ein? »Meinst du das ernst? Willst du nicht erst mit Jack darüber reden?«

»Lass meinen Mann mal meine Sorge sein. Besorg du mir lieber dieses Haus, bevor die kleine Schlange Colette ihre Chance wittert. Wenn sie es mir vor der Nase wegschnappt, werde ich dir das nie verzeihen. Und du weißt, was das bedeutet.«

Mit diesen Worten stieg Kitty in das Auto, das bereits auf sie wartete. Oliver holte das Handy aus der Tasche und drückte eine Schnellwahltaste.

»Hallooooo?«, fragte eine Stimme.

»Es hat funktioniert, es hat echt funktioniert!«, rief Oliver überglücklich und erleichtert.

»Diese Kitty will das Haus kaufen?«

»Und wie! Ich könnte dir die Füße küssen, Auntie Zarah.«

»Das war ja fast zu einfach«, sagte die Sultanswitwe von Perawak.

»Sobald du angefangen hast, von Tyersall Park zu reden, hatte sie den dämlichen Titel komplett vergessen. Du warst absolut überzeugend!«

»Wirklich?«

»Total! Ich hatte keine Ahnung, dass du so eine gute Schauspielerin bist!«

Die Sultanswitwe kicherte wie ein Schulmädchen. »Du liebes bisschen, so viel Spaß hatte ich schon lange nicht mehr! Dieser absurde förmliche Ton, mit dem du gesprochen hast – ›Gestatten Sie, dass ich so frei bin zu fragen‹ – haha, du hast dich angehört wie aus einem Jane-Austen-Roman! Ich musste mir auf die Zunge beißen, um nicht laut loszulachen. Ich hab nur leider schreckliche Nackenschmerzen von den vielen Halsketten! Ich dachte schon, ich werde von Diamanten erwürgt, hehe!«

»Wenn du nicht so angezogen gewesen wärst, wäre Kitty nicht so ehrfürchtig gewesen. Sie hat selbst so viele Diamanten, da muss man schon große Geschütze auffahren, um sie noch zu beeindrucken.«

»Ha, ehrfürchtig war sie wirklich! Wie fandest du denn das Liedchen, das meine Wachen vor meinem großen Auftritt gesungen haben?«

»Auntie Zarah, ich hätte mir fast in die Hose gemacht! Ich dachte, ich höre nicht recht, das Lied vom Singapurer Kindertag?!«

»Hehehe! Weißt du noch, wie deine Mutter dich das mal hat vorsingen lassen, als ihr zu Besuch wart? Du warst so stolz, dass du ein Lied auf Malaiisch kennst. Und hat es dir gefallen, wie ich Chinas First Lady erwähnt habe?«

»Allerdings! Sehr passend.«

»Ich hab sie natürlich noch nie im Leben getroffen.«

»Das war eine oscarreife Leistung. Du hast echt was gut bei mir.«

»Ach, schick mir nur ein paar von diesen Ananastörtchen, die eure Köchin immer macht, dann sind wir quitt.«

»Du bekommst eine ganze Kiste voll!«

»*Alamak*, nein! Bitte nicht, ich bin gerade auf Diät.

Meine Darbietung vorhin hat mich so nervös gemacht, dass ich viel zu viele Kokosbällchen gegessen hab. Ich befürchte, ich muss nun mit meiner Enkelin zum Zumba-Kurs im Ballsaal.«

14

MACRITCHIE RESERVOIR, SINGAPUR

Die Wanderung war lang und heiß gewesen, sie wurden die ganze Zeit von Mückenschwärmen geplagt, und als Carlton den zigsten Hügel hochstapfte, fragte er sich, was zum Henker ihn geritten hatte, als er Scheherazade diesen Ausflug vorgeschlagen hatte. Sein Hemd war so durchgeschwitzt, dass auch ein ganzer Flakon Serge Lutens seinen Körpergeruch nicht mehr hätte überdecken können. Er drehte sich nach Scheherazade um, die gerade auf dem Boden hockte und sich irgendetwas anschaute. Drei ihrer Bodyguards in Joggingkleidung folgten ihr in unauffälligem Abstand.

»Schau mal! Ein Waran!« Sie zeigte vor sich ins Gebüsch.

»Wow, ist das ein Prachtkerl!«, sagte Carlton beim Anblick des knapp einen Meter langen Reptils.

»Ich glaube, das ist ein Weibchen«, korrigierte ihn Scheherazade. »Als ich ein Kind war, hatten wir einen halben Zoo zu Hause. Die Reptilien mochte ich immer am liebsten.«

»In Surrey?«

»Nein, auf Bali. Da haben wir drei Jahre gelebt, als ich

klein war. Damals war ich ein richtiger Wildfang, bin barfuß kreuz und quer über die Insel gestromert.«

»Das erklärt auch, wieso du überhaupt nicht zu schwitzen scheinst.« Carlton musste sich mühsam davon abhalten, zu lange ihren göttlichen Körper zu mustern, der in ihrer Leggings mit Netzeinsatz und dem stretchigen Sport-BH perfekt zur Geltung kam.

»Ach so, ich schwitze nie. Es gibt solche Menschen, ich glaube, Queen Elizabeth gehört auch dazu.«

Carlton lachte. »Na, da bist du ja in guter Gesellschaft.«

Endlich hatten sie den TreeTop Walk erreicht, eine zweihundertfünfzig Meter lange Hängebrücke, die sich zwischen den beiden höchsten Punkten des Naturschutzgebiets erstreckte, Bukit Peirce und Bukit Kalang. Die schmale Brücke schwankte beim Betreten leicht, doch sie wurden sofort belohnt von dem atemberaubenden Ausblick über die Baumwipfel. Es war, als würden sie fliegen.

In der Mitte der Brücke blieben sie einen Augenblick schweigend stehen. So weit das Auge reichte, erstreckte sich das Blätterdach des tropischen Regenwalds. Vogelgezwitscher drang durch die feuchte Luft.

»Unglaublich! Das war wirklich eine tolle Idee für einen Ausflug«, sagte Scheherazade.

»Kommt einem gar nicht mehr vor wie Singapur, oder?«

»Aber echt. Dieser Ort erinnert mich an meine Kindheit. Das ist mir ewig nicht passiert. Gut zu wissen, dass es hier noch so viel unberührte Natur gibt.« Scheherazade richtete den Blick auf das spiegelglatte Wasser in der Ferne, das in der Abendsonne glänzte.

»Hat die Insel sich so sehr verändert? Ich komme erst seit fünf Jahren regelmäßig her.«

»Und wie! Das kannst du dir nicht vorstellen. Jedes Mal, wenn ich hier bin, erkenne ich sie weniger. Von der ursprünglichen Atmosphäre ist kaum noch etwas übrig.«

»Deshalb lebst du wahrscheinlich in Paris, oder?«

»Nicht nur deshalb. Ich mag an Paris, dass jede Straße, die man hinuntergeht, sich anfühlt, als würde man in einen Roman hineinlaufen. Überall ist man von Geschichte umgeben, aber das Gute daran ist, dass es nicht meine Geschichte ist. Klingt das nachvollziehbar?«

»Klar. Schanghai ist zwar meine Heimatstadt, aber sie fühlt sich nicht mehr so an. Dort habe ich an jeder Ecke das Gefühl, als würde mich meine Vergangenheit verfolgen. Jeder weiß alles über jeden, deine Familiengeschichte, deine Fehler und so weiter«, sagte Carlton, und einen Augenblick lang verfinsterte sich seine Miene, doch dann fing er sich wieder. »Aber so meintest du das nicht, oder?«

»Nicht ganz, nein. Für mich ist Paris einfach neutrales Terrain, weil es weder Singapur noch England ist. Ich bin zwar in Singapur geboren und habe dort gelebt, bis ich zehn war, aber richtig zugehörig gefühlt habe ich mich nie. Vielleicht lag das an meinem Äußeren, damals war ich fast blond. Jedenfalls gingen die meisten einfach davon aus, dass ich *ang moo* war. Und das hat meine Mutter unbewusst auch noch verstärkt, indem sie mich erzogen hat, als wären wir Briten. Mit Ausnahme meiner chinesischen Cousins waren wir nur von Briten umgeben. Ich kann es ihr nicht verdenken – sie hatte furchtbares Heimweh und hatte wohl das Gefühl, der Familie meines Vaters etwas entgegensetzen zu müssen. Also haben wir uns quasi nur in der englischen Expat-Blase bewegt, sodass ich mich die ersten zehn Jahren meines Lebens vollständig britisch gefühlt habe.«

Mit einem wissenden Lächeln sagte Carlton: »War ein ziemlicher Schock, als du dann nach England kamst, oder?«

»Allerdings. Als wir schließlich nach Surrey gezogen sind, musste ich feststellen, dass die Engländer mich überhaupt nicht so gesehen haben wie ich mich selbst. Für sie war ich die exotische Halbchinesin. Ich kam mir auf einmal vor wie nichts Halbes und nichts Ganzes, ich war weder singapurisch noch englisch genug.«

Carlton nickte mitfühlend. »Ich habe die meiste Zeit meines Lebens in englischen Internaten verbracht, und jetzt fühle ich mich einfach nicht mehr heimisch in China. Den Schanghaiern bin ich zu verwestlicht, hier in Singapur bin ich der unkultivierte Festländer, aber in London, wo ich tatsächlich der Außenseiter bin, habe ich das Gefühl, ich selbst sein zu können, ohne ständig von allen Seiten beobachtet zu werden. So ist es für dich wahrscheinlich in Paris. Da fühlst du dich frei.«

»Genau!«, sagte Scheherazade und schenkte Carlton ein so anziehendes Lächeln, dass er sich zwingen musste, den Blick abzuwenden.

Vom anderen Ende der Brücke näherten sich einige Männer, die allesamt makellose weiße Jacketts und Fliegen trugen und damit sehr italienisch wirkten.

»Wir bekommen wohl Gesellschaft von ein paar Komparsen aus einem Fellini-Film«, witzelte Scheherazade.

»Genau, *La dolce vita.* Genau rechtzeitig«, sagte Carlton. Da bauten die Männer plötzlich vor ihren Augen eine Bar mit verschiedenen Spirituosen, Cocktailzutaten, Gläsern und allem Drum und Dran auf.

»Hast du die etwa engagiert?«, fragte Scheherazade verblüfft.

»Na, ich konnte dich doch schlecht auf eine schweißtreibende Sonnenuntergangswanderung entführen, ohne für die passenden Sonnenuntergangsdrinks zu sorgen.«

Drei der Männer zauberten einen Kontrabass, ein Saxofon und ein kleines Schlagzeug hervor und stimmten ein Lied von Miles Davis an.

»Dürfte ich Ihnen einen Negroni anbieten, Signora?«, fragte der Barkeeper und reichte Scheherazade ein Longdrinkglas mit Campari, Gin und rotem Wermut auf Eis. Über den Rand des Glases kräuselte sich raffiniert eine Orangenschale.

»Grazie mille«, sagte Scheherazade.

»Salute!« Carlton stieß mit ihr an.

»Woher wusstest du bloß, dass das mein Lieblingsdrink ist?« Scheherazade nippte an ihrem Aperitif.

»Äh … womöglich habe ich etwas Instagram-Stalking betrieben«, gestand Carlton.

»Aber mein Account ist doch gar nicht öffentlich.«

»Äh … womöglich habe ich mich über Nick eingeloggt.« Scheherazade lachte geschmeichelt.

Carlton sah ihr tief in die Augen, dann warf er einen Blick über die Schulter auf ihre Securityleute, die diskret am Ende der Brücke herumlungerten. »Wäre es verrückt, dich zu küssen? Ich meine, ringen deine Bodyguards mich dann innerhalb von zwei Sekunden zu Boden?«

»Es wäre verrückt, wenn du mich nicht küsst«, sagte Scheherazade und näherte sich seinem Gesicht.

Nach einem langen, sanften Kuss standen die beiden Arm in Arm in der Mitte der Brücke und sahen zu, wie die Sonne im Blättermeer versank und den Horizont bernsteinfarben erglühen ließ.

Es war schon fast halb acht, als Carlton in die Einfahrt zu Scheherazades Haus bog. Am liebsten hätte er sie noch zum Abendessen entführt und den ganzen Abend mit ihr verbracht. Aber sein Anstand gewann, außerdem sollte sie das Tempo vorgeben.

Scheherazade lächelte ihn an, und es war offensichtlich, dass sie das Ende des Dates ebenfalls hinauszögern wollte. »Komm doch noch mit hoch. Um diese Uhrzeit nehmen meine Eltern normalerweise einen kleinen Aperitif.«

»Sicher? Ich will mich nicht aufdrängen.«

»Ach Quatsch. Die freuen sich bestimmt, dich kennenzulernen. Sie sind schon ganz neugierig auf dich.«

»Aber meinst du, ich kann mich in meinem verschwitzten Wanderoutfit bei ihnen blicken lassen?«

»Na klar. Das ist alles ganz leger.«

Carlton gab dem Parkservice den Schlüssel seines 1975er Toyota Land Cruiser, und sie betraten die elegante Lobby des schlichten Glasturms. Für eine Familie, deren Geschäfte vermutlich die Hälfte des Bruttoinlandsprodukts des Landes ausmachten, lebten die Shangs geradezu bescheiden, wenn sie in Singapur weilten. Alfred hatte schon vor langer Zeit alle Immobilien auf der Insel abgestoßen, stattdessen diesen überaus diskreten privaten Apartmentturm in der Grange Road gebaut und jedem seiner Kinder mehrere Stockwerke überlassen.

»Guten Abend, Miss Shang«, begrüßten die Rezeptionisten am Empfang Scheherazade wie aus einem Munde. Einer von ihnen führte sie zum Aufzug und gab einen Sicherheitscode in das Tastenfeld ein. Schon sausten sie hoch Richtung Penthouse. Als die Türen aufglitten, drang Stimmengewirr aus dem Foyer zu ihnen in die Fahrstuhlkabine.

Die beiden betraten ein kreisrundes, atriumartiges Wohnzimmer, und auf einmal erstarrte Carlton. Mitten im Raum stand in einem schimmernden pfauenblauen Cocktailkleid seine Exfreundin Colette. Seit dem Giftanschlag auf Rachel vor zwei Jahren hatte er sie weder gesehen noch gesprochen.

»Oh, anscheinend haben wir doch Gäste«, sagte Scheherazade.

Ihr Vater drehte sich um und begrüßte sie fröhlich: »Na endlich, meine geniale Tochter beehrt uns doch noch! Scheherazade, ich möchte dir Lucien und Colette vorstellen, Graf und Gräfin von Palliser.«

Scheherazade ging auf sie zu und stellte Carlton der Runde vor. Noch immer in Schockstarre schüttelte Carlton wie auf Autopilot Leonard und India Shang die Hand. Beide waren picobello gekleidet und musterten Carlton in seinem Wanderdress abschätzig von Kopf bis Fuß. Dann kam das Unvermeidliche: Er stand vor Lucien und Colette. Sie sah völlig verändert aus. Ihr Haar hatte sie im Nacken zu einem Ballerinadutt gebunden, und sie trug wesentlich weniger Make-up als früher. Er war überrascht, dass seine Wut sofort wieder aufflackerte. Beim letzten Mal hatte er ihr vorgeworfen, seine Schwester vergiftet zu haben.

»Hallo Carlton«, sagte Colette vollkommen gefasst.

»Colette«, murmelte Carlton und versuchte krampfhaft, ruhig zu bleiben.

»Ach, Sie kennen sich?«, fragte India Shang überrascht. »Stimmt, Sie haben ja beide eine Zeit lang in Schanghai gewohnt.«

»Eine Zeit lang, ja«, sagte Colette.

»Dann müssen Sie unbedingt zum Essen bleiben«, sagte India zu Carlton.

»Ja, bitte bleib doch«, flötete Colette.

Carlton setzte ein gequältes Lächeln auf. »Es wäre mir eine Ehre, Mrs Shang.«

Kurz darauf saßen sie am Tisch im Esszimmer und ließen sich das Zwölf-Gänge-Menü schmecken, das Marcus Sim, der Leibkoch der Shangs, für sie gezaubert hatte. Mit Blick auf die minimalistischen Gemälde an den Wänden sagte Carlton: »Sind die von Agnes Martin?«

»Sind sie tatsächlich. Nicht schlecht!«, antwortete Leonard Shang, offensichtlich beeindruckt, dass Carlton die Künstlerin erkannt hatte.

»Sammeln Sie Kunst?«, fragte India.

»Eigentlich nicht, nein.«

»Carlton sammelt Autos«, sagte Colette, und ihre Augen blitzten streitlustig.

»Ach wirklich? Was denn für Autos? Ich bin gerade dabei, einen MG Midget zu restaurieren«, sagte Lucien.

»Ich liebe MGs, aber mit meinem Importunternehmen in China habe ich mich auf exotischere Wagen wie McLaren, Bugatti und Koenigsegg spezialisiert.«

»Ach du meine Güte, das sind doch diese furchtbar schnellen, oder?«, fragte India.

»Diese Automarken stehen für höchste Handwerkskunst, und ja, sie sind auf Geschwindigkeit ausgelegt«, erklärte Carlton gelassen.

»Carlton liebt die Geschwindigkeit. Er ist früher Rennen gefahren.« Colette schob sich eine Gabel voll gegrillten Oktopus in den Mund und sah ihn mit Unschuldsmiene an.

Scheherazade warf ihm einen Seitenblick zu. Sie spürte, wie angespannt er war.

»Oje. Waren Sie je in einen Autounfall verwickelt?«,

fragte India und beschloss, dass Scheherazade unter keinen Umständen noch einmal bei diesem jungen Mann ins Auto steigen würde.

»Ja, leider«, erwiderte Carlton.

»Was ist passiert? Ich hoffe, dabei ist keiner dieser superteuren Sportwagen zu Schaden gekommen?« Lucien lachte.

»Nun, ich hatte Glück im Unglück. Jedenfalls hat mich der Unfall gelehrt, extrem vorsichtig zu sein. Ich fahre keine Rennen mehr.«

»Da bin ich aber froh«, sagte Scheherazade lächelnd.

»Tja«, sagte Colette mit einem Funkeln in den Augen, »wenn bei dem Rennen ein Mädchen stirbt und eins im Rollstuhl landet, ist das wohl auch besser so, nicht wahr?«

Leonard Shang verschluckte sich an seinem Chardonnay, und seine Frau erstarrte zur Salzsäule, Colette lächelte Carlton jedoch zuckersüß an. Dieses Lächeln kannte er nur zu gut. Colette Bing mochte sich jetzt Gräfin von Palliser nennen, aber sie hatte sich kein Stück verändert.

15

THE PEAK, HONGKONG

Chloe rief Charlie aus dem Badezimmer an, die Dusche voll aufgedreht. »Dad, du hast doch gesagt, wir sollen anrufen, wenn … na ja, wenn … Mama wieder so komisch ist.«

Charlies Magen zog sich zusammen. »Was ist passiert? Geht es Delphine und dir gut?«

»Äh, uns gehts gut. Aber ich glaube, du musst herkommen.«

Charlie warf einen Blick auf die Uhr. Es war kurz nach dreiundzwanzig Uhr. »Ich fahr sofort aus dem Büro los. Bin in einer Viertelstunde da! Und tu mir einen Gefallen, Schatz, bleibt bei eurer Mutter, ja?«

»Äh, okay.«

Charlie hörte die Angst in ihrer Stimme. Er raste sofort los zu ihrem ehemaligen gemeinsamen Haus, sein Porsche 911 legte sich auf dem steilen Weg hinauf zum Peak gefährlich in die Kurven. Übers Autotelefon versuchte er Isabels Sicherheitschef Jonny Fung zu erreichen, aber es ging nur die Mailbox dran. Sein Herz hämmerte, und er fragte sich ängstlich, was ihn wohl im Haus erwartete. Es war Isabel doch so gut gegangen in letzter Zeit. Hatte sie wieder einen Zusammenbruch? Hatte sie ihre Medikamente abgesetzt?

Ein paar Blocks vom Haus entfernt geriet Charlie in einen Stau. Er drückte auf die Hupe und beschloss dann, die Gegenfahrbahn zu nehmen. Er raste an der Autoschlange vorbei und musste feststellen, dass alle das gleiche Ziel hatten wie er – Isabels Haus. Vor dem Tor hatte sich eine Menschentraube versammelt. Charlie hielt an, sprang aus dem Auto und fragte die Sicherheitsmänner vorm Haus: »Was ist denn hier los?«

»Privatparty«, sagte einer der sehr jung aussehenden Securitys auf Kantonesisch.

»Eine Party? Heute Abend? Ich gehe rein.«

»Moment mal, stehen Sie überhaupt auf der Liste? Wie ist Ihr Name?«, fragte der Mann und zückte ein iPad mit der Gästeliste.

»Mein Name? Gehen Sie sofort aus dem Weg!« Charlie schob sich an ihm vorbei und rannte die Einfahrt hinauf. Doch bevor er den Eingang erreicht hatte, stürmten drei Schränke auf ihn zu und warfen ihn zu Boden. »Hab ihn!«, sprach einer von ihnen in sein Headset und drückte Charlies Gesicht in den Kies.

»Runter von mir! Das ist mein Haus!«, stieß Charlie hervor und stöhnte, als der Sicherheitsmann ihm das Knie in den Rücken rammte.

»Ja klar.« Der Typ lachte hämisch.

»Holen Sie sofort Mr Fung! Ich bin Charlie Wu, und das ist mein Haus! Ich zahle Ihr Scheißgehalt!«

Als er den Namen seines Chefs hörte, sprach der eine in sein Headset. Kurz darauf trat der Sicherheitschef aus dem

Haus und schrie: »Das ist Mr Wu! Runter von ihm, ihr Volltrottel!«

Charlie stand auf und wischte sich den Staub vom Gesicht. »Jonny, was ist hier los? Wieso gehst du nicht ans Handy?«

»Tut mir leid, ich war drinnen, da ist es so laut«, entschuldigte sich Jonny. »Mrs Wu hat spontan entschieden, eine Party zu geben. Zum Wohle der Erdbebenopfer in der Provinz Yunnan.«

»Das darf doch nicht wahr sein«, murmelte Charlie und betrat das Haus. Im Foyer drängten sich mindestens fünfzig Leute. Plötzlich umarmte ihn jemand von hinten und presste ihm fast die Luft aus dem Leib. »Charlie! Du hier?« Es war Pascal Pang, der sich aus unerfindlichen Gründen das Gesicht weiß gepudert und rote Bäckchen gemalt hatte. »Ich hab gerade zu Tilda gesagt, dass ich noch nie so eine einvernehmliche Trennung erlebt habe wie eure. Du kommst sogar zu ihren Partys! Meine Exfrauen gehen nicht mal ans Telefon, wenn ich anrufe, hahaha!«

Charlie blickte verwundert zu der blassen, dünnen Frau mit extrem androgynen Zügen im silbernen Jumpsuit, die ihn freundlich anlächelte. »Du bist also Charlie! Astrid hat mir schon so viel von dir erzählt«, sagte sie mit starkem britischem Akzent.

»Ach ja? Entschuldigung, aber ich bin auf der Suche nach jemandem.« Charlie quetschte sich durch das Partyvolk in den großen Salon, der in einen dunklen, gruftartigen Raum verwandelt worden war. Isabels französische Möbel waren mit schwarzem Stoff abgedeckt, und sogar die Wände waren schwarz verhängt. Die Gäste saßen an kleinen schwarzen, von roten Grablichtern beleuchteten Bistrotischen, und vor ihnen auf dem Flügel rekelte sich eine Frau in langer roter Samtrobe und sang in ein Mikrofon. Der Pianist klimperte, und sie sang dazu mit tiefer Stimme:

»Faaaaaaaalling in love again, never wanted to,
what am I to do, I can't help it …«

Charlie entdeckte Isabel an einem der Tische ganz vorn auf dem Schoß eines Männermodels, das keinen Tag älter als fünfundzwanzig sein konnte. Sie trug einen schwarzen Smoking und hatte sich die Haare zurückgegelt. Hinter ihr standen Chloe und Delphine, im Partnerlook gekleidet mit schwarzer Weste, schwarzen Shorts, Strapsgürtel und schwarzem Bowler auf dem Kopf. Chloes unglückliche Miene hellte sich auf, als sie ihren Vater entdeckte.

Charlie ging schnurstracks zu Isabels Tisch. »Wir müssen reden.«

»Psst! Ute Lemper singt doch gerade!« Isabel versuchte ihn mit einer Handbewegung wegzuscheuchen.

»Wir müssen aber reden. *Sofort!*«, sagte Charlie so ruhig wie möglich, fasste sie am Arm und zog sie in eine Ecke des Raumes.

»Was ist dein Problem? Ich höre gerade einer der größten Chanteusen der Welt zu!« Isabels Atem roch nach Wodka, und Charlie versuchte in ihren Augen zu erkennen, ob sie nur betrunken oder mitten in einer manischen Phase war.

»Isabel, es ist Donnerstagabend! Wieso feierst du eine Party mit zweihundert Leuten, und was um Himmels willen haben unsere Mädchen da an?«

»Kapierst du das nicht? Wir sind in der Weimarer Republik, es ist 1933, und das hier ist der Kit Kat Club in Berlin. Chloe und Delphine sind als Sally Bowles verkleidet!«

Charlie seufzte tief. »Ich nehme die beiden jetzt mit nach

Hause. Es ist nach Mitternacht, und morgen ist Schule. Sie können ja kaum noch die Augen offen halten.«

»Was redest du denn da? Die Mädchen amüsieren sich prächtig! Ich habe extra Hao Yun Xiang eingeladen, weil Chloe so für ihn schwärmt!« Isabel zeigte auf das schlaksige Männermodel, auf dessen Schoß sie gesessen hatte. »Du bist doch bloß eifersüchtig. Aber keine Sorge, ich glaube, dein Schwanz ist größer.«

In dem Augenblick war Charlie klar, dass es wieder so weit war. Isabel tat öfter mal verrückte Dinge, aber vulgär wurde sie nie. »Ich bin nicht eifersüchtig …«, fing er ruhig an.

»Na dann hör endlich auf, allen anderen den Spaß zu verderben!«, unterbrach ihn Isabel und marschierte zurück zu ihrem Stuhl. Sie setzte sich rittlings auf den Schoß des Models und wiegte sich im Takt der Musik.

Charlie wusste nur allzu gut, dass Isabels manische Hochstimmung jeden Moment kippen konnte, und dann war sie unberechenbar. In diesem Zustand war es sinnlos, mit ihr zu diskutieren. Er nahm Chloe und Delphine an die Hand und ging mit ihnen Richtung Ausgang. An der Tür flüsterte er Jonny Fung ins Ohr: »Lassen Sie Isabel ja nicht aus den Augen, verstanden? Sie darf auf keinen Fall das Haus verlassen, ich komme morgen mit ihrem Arzt wieder.«

»Verstanden.« Der Sicherheitschef nickte.

Um drei Uhr nachts wurde Charlie von einem Anruf geweckt. Als er sah, dass es Isabel war, drehte er sich mit einem Stoßseufzer auf den Rücken und ging dran.

»Wo sind meine Mädchen?«, fragte Isabel unnatürlich ruhig.

»Hier bei mir. Sie schlafen.«

»Warum hast du sie denn weggezerrt?«

»Ich hab sie nicht weggezerrt. Sie waren froh, als sie diese Freakshow endlich verlassen durften.«

»Du hast sie um den Genuss von Ute Lempers Auftritt gebracht. Dabei hat sie drei Zugaben gegeben. Sie hat sogar ›Non, je ne regrette rien‹ gesungen. Und ich wollte doch, dass Chloe Tilda Swinton kennenlernt. Das war die einmalige Gelegenheit!«

»Tut mir leid, Isabel. Tut mir leid, dass Chloe Tilda nicht kennenlernen konnte. Aber offensichtlich ist sie mit Astrid befreundet, vielleicht …«

»Astrid, Astrid, hör mir auf mit deiner Astrid! Kapierst du nicht, dass Menschen sterben? Wir haben heute Abend zwei Millionen Dollar für die Erdbebenopfer gesammelt. Denk doch mal an die ganzen Kinder, denen wir damit helfen können!«

Charlie stieß einen verzweifelten Lacher aus. Er wusste, dass jede Diskussion sinnlos war, wenn sie in einer manischen Phase steckte, aber er konnte nicht anders.

»Wie wärs, wenn du bei deinen eigenen Kindern anfängst?«

»Du hältst mich also für eine schlechte Mutter.« Isabel klang plötzlich sehr traurig.

»Nein, das tue ich nicht. Ich halte dich für eine tolle Mutter, du hast bloß einen schlechten Tag.«

»Ich habe keinen schlechten Tag! Ich habe einen *fantastischen* Tag! Ich bin eine großartige Spendensammlerin, und ich helfe den Kindern. Unseren und allen anderen!« Sie fing inbrünstig an zu singen: *»I believe the children are our future. Teach them well und let them lead the way …«*

»Izzie, es ist drei Uhr morgens. Ich hab jetzt echt keine Lust auf Whitney Houston«, sagte Charlie erschöpft.

»Aber ich! Diese Mistkerle haben Whitney kleingekriegt, aber mich kriegt keiner klein, hast du das gehört?«

»Ich will jetzt schlafen, Izzie. Wir sehen uns morgen früh, ich bringe die Mädels vor der Schule nach Hause, damit sie sich noch umziehen können.«

»Wag es ja nicht aufzulegen, Charlie Wu!«, schrie Isabel. Aber es war zu spät. Charlie hatte aufgelegt. Einfach aufgelegt. Das hatte er noch nie getan. Isabel sah aus dem Fenster auf die wogenden Wellen, und ihre Gefühlsachterbahn raste gen Abgrund. Charlie wusste ja nicht, dass sie während des ganzen Telefonats im Schlafzimmer seines neuen Hauses in Shek O gesessen hatte. Um ihr Sicherheitsteam auszutricksen, hatte sie nach der zweiten Zugabe mit Ute Lemper die Kleider getauscht und in dem tiefroten Samtkleid unbemerkt ihre eigene Party verlassen. Sie war in das erstbeste Auto gestiegen und rasend vor Wut zu Charlies Haus gefahren. Dort angekommen hatte sie den Code von neulich eingetippt: 110011. Und jetzt strich sie durch das leere Tom-Kundig-Haus und steigerte sich immer weiter in ihre Wut hinein.

So fühlt sich das also an. So wird es sich anfühlen, jetzt, wo du dein neues Leben in diesem perfekten Glashaus am Meer führst. Diese langweilige bürgerliche, geradewegs aus dem Architectural Digest *entsprungene Fantasie mit diesen ganzen langweiligen Mid-Century-Möbeln und diesem langweiligen kleinen Deko-Objekt an deiner Seite. Mehr ist sie doch nicht. Diese Astrid Leong und ihr vorgetäuschter Stil. Bloß weil sie Alexis Mabille zum Lunch trägt, ist sie noch lange nicht originell. Sie ist ein seelenloses Püppchen ohne Substanz und ohne Biss. Alle halten sie für soooo elegant und soooo exklusiv, aber ich habe sie durchschaut. Ich weiß, was für eine Frau sie wirklich ist.*

Isabel lehnte sich an den Esstisch, nahm das Handy aus der Tasche und wischte wutentbrannt über das Display, bis sie gefunden hatte, was sie suchte. Es war ein Video in einem passwortgeschützten Ordner. Sie tippte es an, und das Stöhnen von Charlie und Astrid beim Sex hallte durch das weitläufige, leere Haus. *Diese Nutte. Wie die ihn reitet und auf seinem Schwanz rumhopst, als wäre er einer ihrer Vollblüter. Diese Frau wird sich nicht damit zufriedengeben, eine »Freundin« für Chloe und Delphine zu sein. Diese Frau will alles. Und sie meint, bloß weil sie reich ist, kann sie sich alles kaufen. Sie hat sich Charlie erkauft, und jetzt will sie sich meine Kinder und ihre Liebe erkaufen und sie in kleine Astrid-Kopien verwandeln, mit langen Schwanenhälsen und makellosen Couture-Outfits. Sie will mit meinen Töchtern in ihrem perfekten Haus sitzen und den perfekten Ausblick genießen und ihnen im goldenen Sonnenlicht übers Haar streicheln und sie im Garten herumwirbeln, als wären sie Figuren in einem scheiß Terrence-Malick-Film. Sie will sie davon überzeugen, dass das Leben mit ihr das einzig Wahre ist. »Du bist hier jederzeit willkommen«, hat sie gesagt. Als ob! Sobald die beiden verheiratet sind, wird sie mich für immer aus ihrem Leben ausschließen. Das weiß ich genau. Sie meint, sie könnte mich auslöschen, aber das lasse ich nicht zu. Niemals!* Mit zitternden Fingern hackte Isabel ein Posting für die WeChat-Pinnwand der Klatschkolumnistin Honey Chai in ihr Handy:

Astrid Leong hat mir mein Leben gestohlen. Sie ist eine falsche Schlange und eine männermordende Hure. Dieses Video ist der beste Beweis! Sie ist ein nichtssagendes reiches Mädchen, die Erbin eines teuflischen Vermögens, mit dem unsere Welt zerstört wird. Ich verfluche sie! Ich verfluche Charlie Wu! Ich verfluche dieses Haus und sein Fundament aus Lug und Trug! Auf dass sie niemals Frieden darin finden, bis in alle Ewigkeit!

Isabel hängte das Video an, tippte auf »Posten«, und schon war es unterwegs zu Millionen von WeChat-Usern auf der ganzen Welt. Dann stieg sie auf den hölzernen Nakashima-Esstisch, zog ihr langes Samtkleid aus, rollte es zu einem festen Seil und warf ein Ende über den Lindsey-Adelman-Kronleuchter. Das andere Ende schlang sie sich um den weißen weichen Hals, trat an die Tischkante, langsam, Schritt für Schritt, und schaute aus dem Fenster auf das Meer, das im Mondlicht dalag. Und dann sprang sie.

16

TYERSALL PARK, SINGAPUR

»Der totale Reinfall. Eine Vollkatastrophe.« Carlton seufzte ins Telefon. Er erzählte seiner Schwester gerade vom Date mit Scheherazade.

»Oh nein, das tut mir leid, Carlton. Klingt echt nach einem traumatischen Abend«, sagte Rachel. »Und was ist passiert, nachdem Colette die Bombe hat platzen lassen?«

»Na ja, das Dinner war dann natürlich gelaufen, für alle. Scheherazade hat keinen Bissen mehr angerührt, und ich bin sofort nach dem Nachtisch abgehauen. Ich wette, wenn ich auch nur eine Minute länger geblieben wäre, hätten ihre Eltern eine einstweilige Verfügung beantragt.«

»Ach, so schlimm war es bestimmt nicht.«

»Als ich weg war, wurde es garantiert noch schlimmer. Nach dem Essen sind sie für Drinks und Kaffee ins Wohnzimmer umgezogen, und Colette hat bestimmt darauf gebrannt, allen haarklein zu erzählen, was in London passiert ist. Ich wette, sie hat den Shangs mit Freuden verklickert, was für ein Monster ich bin. Scheherazade hat mich noch zum Auto gebracht, und ich hab versucht, ihr alles zu erzählen, aber irgendwie kam es falsch rüber. Ich war so hektisch und nervös und sie zu schockiert, um überhaupt irgendwas davon aufzunehmen.«

»Ist auch eine heftige Geschichte fürs erste Date. Gib ihr ein bisschen Zeit, es zu verdauen.«

»Tja, sie hat alle Zeit der Welt – ich hab gehört, dass sie direkt heute Morgen zurück nach Paris geflogen ist. Game over.«

»Unsinn. Du weißt doch gar nicht, ob ihre Abreise mit gestern Abend zu tun hatte.«

»Sieht aber stark danach aus. Sie hat in den letzten vierundzwanzig Stunden auf keine meiner Nachrichten reagiert.«

Rachel verdrehte die Augen. »Boah, ihr Millennials immer! Wenn du sie wirklich zurückwillst, dann flieg nach Paris, schick ihr tausend Rosen, führ sie zum Essen auf irgendeiner romantischen Dachterrasse im Marais aus, egal was, Hauptsache, du schickst ihr keine *Nachricht*!«

»So einfach ist das nicht. Sie wird rund um die Uhr von Bodyguards abgeschirmt. Wenn sie nicht auf meine Nachrichten reagiert, dann will sie wohl einfach nicht, da werde ich sicher nicht wie irgend so ein perverser Stalker plötzlich bei ihr auf der Matte stehen.«

»Du könntest nicht mal wie ein perverser Stalker wirken, wenn du wolltest, Carlton. Scheherazade weiß bloß gerade nicht, was sie von dem ganzen Schwachsinn halten soll, den Colette ihr erzählt hat. Also zeig ihr, wer du wirklich bist. Sie wartet darauf, kapierst du das nicht?«

»Ich glaube, sie lebt einfach weiter ihr Leben in Paris. Wahrscheinlich datet sie längst irgendeinen französischen Grafen mit sexy Stoppelbart.«

Rachel seufzte. »Weißt du, was dein Problem ist, Carlton? Du bist verwöhnt. Du hast das Glück, oder vielleicht auch das Pech, gut auszusehen, und musstest nie was dafür tun, dass die Mädchen alle auf dich fliegen. Du musstest dein Leben lang nie einen Finger dafür rühren. Scheherazade ist die Erste, bei der du dich anstrengen musst. Aber wenn sie die Richtige für dich ist, dann lohnt es sich. Tu was für dein Glück!«

Carlton schwieg einen Moment. »Und was soll ich jetzt machen?«

»Überleg dir was, ich werd dir bestimmt keine Anleitung liefern. Versuch sie mit irgendeiner superromantischen Aktion zurückzuerobern. Und jetzt muss ich auflegen. Heute kommt ein Kaufinteressent nach Tyersall Park, und du willst *nicht* wissen, wer das ist.«

»Wieso, wer denn?«, fragte Carlton.

»Jack Bing.«

»Quatsch! Jetzt verarschst du mich!«

»Schön wärs. Er bietet eine völlig überzogene Summe für das Haus.«

»Erst taucht Colette in Singapur auf und dann auch noch ihr Vater? Jetzt wollen die Bings es aber wirklich wissen. Verkauft es ihm bloß nicht.«

Rachel seufzte. »Ist leider nicht meine Entscheidung. Nick und ich wollen ihm auch eigentlich aus dem Weg gehen. Oh, ich glaube, da kommen sie.«

»Okay, kannst ja später noch mal anrufen.«

Jack Bing stand Zigarre rauchend auf dem andalusischen Innenhof und bewunderte die raffinierten Schnitzereien an den Säulen. »Unglaublich. So ein Haus habe ich mein Lebtag noch nicht gesehen«, sagte er auf Mandarin.

»Der Innenhof ist wirklich toll. Wir könnten das Reflexionsbecken rausreißen und einen *richtigen* Pool draus machen«, schlug Kitty auf Englisch vor.

Felicity, Victoria und Alix zuckten zusammen, schwiegen jedoch.

Oliver sprang ihnen bei und sagte diplomatisch: »Das Reflexionsbecken wurde Kachel für Kachel aus Córdoba in Spanien hergebracht. Siehst du diese blau-korallfarbenen da im Becken? Das sind extrem seltene maurische Kacheln aus dem 13. Jahrhundert.«

»Ach wirklich? Na, dann müssen wir sie natürlich erhalten«, sagte Kitty.

Jack betrachtete den lotusförmigen Rosenquarz in der Mitte des Beckens, aus dem langsam und hypnotisch Wasser tröpfelte. »Wir dürfen auf keinen Fall etwas verändern. Das Haus ist zwar kleiner als unseres in Schanghai, aber das Feng-Shui ist großartig. Ich spüre das Chi überall ungehindert fließen. Kein Wunder, dass Ihre Familie es hier zu Reichtum gebracht hat«, sagte er an die Damen des Hauses gerichtet.

Die Young-Schwestern nickten höflich. Keine von ihnen sprach Mandarin, und sie verstanden höchstens ein Drittel von dem, was er sagte. Jack musterte die drei altbacken gekleideten Schwestern und dachte: *Mit solchen Klamotten kommen auch nur Leute davon, die in so einem Haus aufgewachsen sind. Und dann sprechen sie auch noch kein Wort Mandarin. Die sind wie Dodos, eine völlig überflüssige Spezies. Kein Wunder, dass sie ihr Haus verkaufen müssen.*

Sie gingen durch den Säulengang in die Bibliothek.

Jack ließ den Blick über die unzähligen alten Bücher in den übergroßen Regalen und den glänzenden Schreibtisch aus indischem Palisanderholz schweifen. »Tolle Möbel. Art-déco, oder?«

»Die Bibliothek gehörte Sir James, er hat alle Möbel in den späten Vierzigerjahren von Pierre Jeanneret maßanfertigen lassen«, klärte Oliver ihn auf.

»Erinnert mich ein bisschen an die alten Clubs in Schanghai, in denen mein Großvater früher immer gespielt hat«, sagte Jack. Er wandte sich an die Damen und erzählte: »Mein Großvater hat in einer Heizkesselfabrik gearbeitet, aber er spielte auch gut Trompete. Abends hat er mit einer Jazzband in den Clubs für die ganzen Leute aus dem Westen gespielt, um sich was dazuzuverdienen. Als ich klein war, musste ich jeden Abend seine Trompete polieren. Ich hab immer draufgespuckt, damit die Politur länger hielt.«

Felicity trat hastig einen Schritt zurück, als fürchte sie, er würde ihnen seine Spuckkünste demonstrieren.

»Wie viel wollen Sie für die Möbel?«, fragte Jack.

»Äh … an welche Stücke denken Sie denn? Einige sind … Dinge … von denen wir uns nicht trennen können.« Ihr rudimentäres Mandarin musste sonst nur für die Bediensteten herhalten. »Oliver, was heißt ›Familienerbstück‹ auf Mandarin?«

»Äh, *›chuanjiabao‹*«, sagte Oliver.

»Die Tische und Stühle zum Beispiel, und vor allem diesen Teppich hier.« Jack deutete zu Boden. Beim Anblick des blauvioletten Teppichs musste Felicity an eine Geschichte denken, die ihre Tante Rosemary T'sien ihr einmal erzählt hatte …

Wusstest du, dass deine Mutter mal einem japanischen General in die Augen geschaut und ihn aufgefordert hat, sie zu erschießen? Hier in der Bibliothek war das, Su Yi hatte die hochrangigen Of-

fiziere zum Kartenspielen eingeladen. Zu so was wurde sie während der Besatzung ständig gezwungen, ständig musste sie diese furchtbaren ausschweifenden Partys für die Japaner schmeißen. Mein Mann, dein Onkel Tsai Tay, war gerade unter irgendeinem fadenscheinigen Grund verhaftet worden, und als der General eine Partie Gin Rummy gegen deine Mutter verloren hat, forderte sie ihn auf, als Einsatz Tsai Tay freizulassen. Der General war natürlich entrüstet von ihrer Dreistigkeit, zog sofort die Pistole und hielt sie ihr an die Schläfe. Ich saß direkt daneben und dachte, jetzt ist es aus und vorbei mit ihr.

Doch Su Yi blieb ganz ruhig und sagte in ihrer unnachahmlich gebieterischen Art: »Aber Herr General, Sie ruinieren doch Rosemarys schönen Cheongsam, wenn Sie mich jetzt erschießen. Mein ganzes Gehirn wird sich darüber verteilen, ganz zu schweigen von diesem wunderschönen Art-déco-Teppich aus Paris. Wissen Sie eigentlich, wie viel der wert ist? Der stammt von dem berühmten französischen Künstler Christian Bérard und würde ein fabelhaftes Geschenk für Ihre Frau abgeben. Natürlich nur ohne Blutflecken. Sie wollen doch Ihre Frau nicht enttäuschen, oder?« Der General schwieg einen Augenblick, dann brach er in Gelächter aus. Und dann nahm er die Waffe runter, packte den Teppich ein, und am nächsten Tag wurde mein Mann aus dem Gefängnis freigelassen. Das hat Tsai Tay deiner Mutter nie vergessen.

Aiya, *was könnte ich für Geschichten über die Kriegsjahre erzählen, aber das wäre Su Yi nicht recht. Jedenfalls hat sie unzähligen Menschen das Leben gerettet, und die meisten wussten nicht einmal, dass sie dafür gesorgt hatte. Aber so wollte sie es. Als der Krieg vorbei war, haben wir gehört, dass der General während des Kriegstribunals in Manila für seine Kriegsverbrechen hingerichtet wurde. Eines Tages rief deine Mutter mich an und sagte: »Rat mal, was gerade in einer langen Kiste angekommen ist. Der vio-*

lette Art-déco-Teppich, den der General mit nach Japan genommen hat! Hat seiner Frau wohl doch nicht gefallen.«

Felicity erwachte aus ihrem Tagtraum und sagte entschlossen: »Mr Bing, dieser Teppich ist unverkäuflich. Aber es gibt sicher einige Stücke, die wir Ihnen mit dem Haus zusammen verkaufen können.«

»Na gut. Oliver, könnten Sie den Wert der Sachen schätzen? Ich nehme alle *chuanjiabao*, die mir die netten Damen überlassen«, sagte Jack mit einem Lächeln an die Schwestern gewandt.

»Natürlich«, sagte Oliver.

»Ladys, das Haus gefällt mir, und ich glaube, meine Familie und ich würden uns bei unseren Besuchen in Singapur sehr wohl hier fühlen. Danke, dass Sie uns herumgeführt haben. Mein Angebot steht, nehmen Sie sich also ruhig Zeit, darüber nachzudenken. Das ist sicher keine leichte Entscheidung für Sie.« Jack stolzierte durch die Haustür nach draußen, schnippte seine Zigarre in den Kies und stieg in den schwarzen Audi-SUV. Kitty stieg hinter ihm ein, die Bodyguards nahmen ihre eigenen SUVs, und schon war der Konvoi von der Auffahrt geprescht.

»Das war ja entsetzlich!«, stöhnte Victoria und ließ sich auf eins der Sofas im Salon sinken.

»Oliver, wo hast du bloß diese Leute aufgetrieben?«, fragte Felicity verächtlich.

»Ob ihr's glaubt oder nicht, aber das waren noch längst nicht die Schlimmsten. Jack hat sich als Kunstsammler einen Namen gemacht – sie haben eins der besten Privatmuseen in Schanghai. Und Kittys Geschmack wird auch immer besser. Sie lernt ständig dazu. Keine Sorge, ohne meinen

Segen würden sie es nicht wagen, irgendetwas am Haus zu verändern.«

Victoria sah überrascht auf, als Nick und Rachel den Salon betraten. »Ach, ihr seid ja doch zu Hause! Warum habt ihr euch nicht die Kaufinteressenten angesehen? Wir hätten dich als Dolmetscherin gebrauchen können, Rachel!«

Nick ließ sich auf einen der Art-déco-Clubsessel fallen. »Ich kenne diese Leute. Jack habe ich vor zwei Jahren in Schanghai getroffen und gehofft, ihn nie wiedersehen zu müssen, und seine Frau kennen wir doch alle von Colins Hochzeit.«

»Moment mal … die Frau war bei Colin Khoos Hochzeit?« Felicity sah ihn wie vom Donner gerührt an.

»Auntie Felicity, bei dir war sie sogar zu Hause! Sie war doch mit Alistair zusammen«, sagte Nick genervt.

»Ach du meine Güte, *die* war das? Bei der sich die ganze Zeit die Nippel abgezeichnet haben? Pussy Ping oder wie die hieß?«, platzte Alix heraus.

»Kitty Pong«, verbesserte Rachel.

»Mein Gott, die hätte ich niemals wiedererkannt. Die hat ja ein völlig neues Gesicht! Kein Wunder, dass Alistair heute Morgen zurück nach Hongkong geflogen ist«, sagte Alix. »Aber ich dachte, die wäre mit Carols nichtsnutzigem Sohn zusammen? Der mit dem entstellten Gesicht?«

»Das ist doch Ewigkeiten her, Auntie Alix. Kitty hat sich mittlerweile hochgeheiratet.«

»Das kann man wohl sagen. Ihr Blümchenkleid heute fand ich eigentlich ganz schön. Sah gar nicht so ordinär aus«, stellte Victoria fest.

»In einem Kleid von Dries Van Noten kann man gar nicht ordinär aussehen«, sagte Oliver.

»Und an diese Leute wollt ihr wirklich das Haus verkaufen?«, fragte Nick grimmig.

»Nicky, die bieten zehn Milliarden Dollar! Dreimal so viel wie das höchste Angebot. Es wäre Irrsinn, das abzulehnen!«, sagte Felicity.

Oliver nickte. »Einem geschenkten Gaul schaut man nicht ins Maul.«

Nick warf Oliver einen vernichtenden Blick zu. »Du hast leicht reden, du bist schließlich nicht in diesem Haus aufgewachsen. Für einige von uns geht es nicht nur ums Geld.«

Oliver seufzte. »Ich weiß, dass du sauer auf mich bist, Nicky. Aber glaub mir, ich will dir nicht wehtun. Ich habe deine Großmutter geliebt, und du kannst dir gar nicht vorstellen, wie viel mir dieses Haus bedeutet. Aber ich dachte, du willst nicht, dass Tyersall Park abgerissen wird, und als ich gehört habe, dass die Bings sich nach einem Haus in Singapur umsehen, habe ich einfach eins und eins zusammengezählt … Die beiden sind begeistert und wollen es unbedingt erhalten. Außerdem haben sie genug Geld, um es zu restaurieren und auch für die nächsten Generationen noch top in Schuss zu halten.«

Da meldete sich Rachel zu Wort. »Meinst du mit den nächsten Generationen vielleicht Colette Bing?«

Oliver lief rot an, und Felicity fragte: »Wer ist denn jetzt schon wieder Colette Bing?«

»Colette Bing ist Jacks Tochter. Vor zwei Jahren hat ihre persönliche Assistentin Roxanne versucht, Rachel zu vergiften. Auf Colettes Veranlassung«, erwiderte Nick scharf.

»Waaas?«, schrien Felicity und Victoria wie aus einem Munde.

»Ach du meine Güte, das war *die* Familie? Das hatte ich ja völlig vergessen.« Alix schlug die Hände vors Gesicht.

»Das war wirklich ein unglücklicher Vorfall, Rachel. Aber ich versichere dir, Jack und Kitty haben absolut nichts mehr mit Colette zu tun«, sagte Oliver.

Nick platzte endgültig der Kragen. »Das war kein unglücklicher Vorfall, ja? Meine Frau wäre fast gestorben! Wie viel ist für dich drin bei diesem Deal, Oliver? Abgesehen von der Provision für den Kauf, die sich ja locker im Millionenbereich bewegen wird. Wie viel machen dein Auktionshaus und du mit diesen kaufwütigen Bings?«

Oliver stand vom Sofa auf und lächelte bedauernd. »Ich glaube, ich gehe besser, ich merke ja, wie sehr eure Nerven blank liegen. Das Angebot steht jedenfalls, ruft mich einfach an.«

Kaum hatte Oliver den Raum verlassen, meldete sich Victoria zu Wort. »Also wisst ihr, wenn ich darüber nachdenke … das ist alles so unfassbar, das ist doch kein Zufall! Das muss ein Zeichen sein. Nicky, ich glaube, mit diesem unglaublichen Angebot wollen die Bings unbewusst wiedergutmachen, was Rachel zugestoßen ist. Ich glaube, das ist alles Mummys Werk. Sie sitzt da oben im Himmel und passt auf uns auf.«

Nick verdrehte entnervt die Augen.

»Ist wirklich schwer zu glauben, dass jemand ein Vielfaches des Marktwerts für Tyersall Park …«, setzte Alix an.

»Ich sags euch, das hat Mummy von Anfang an so geplant. Sie wusste, dass wir keinen Cent aus dem Shang-Fonds erben, also wollte sie, dass wir so viel Geld wie möglich aus dem Verkauf von Tyersall Park erhalten. Deshalb hat sie das Haus auf diese Weise aufgeteilt. Und jetzt bewirkt sie ein Wunder für uns!«, erklärte Victoria im Brustton der Überzeugung.

Nicky sprang auf und sah seine Aunties an. »Redet euch das ruhig schön, wenn ihr dann nachts besser schlafen könnt. Ich für meinen Teil könnte es nicht ertragen, wenn dieses Haus an die Familie geht, die beinahe meine Frau auf dem Gewissen gehabt hätte! Ich glaube auch nicht, dass wir ihrem Wort trauen können, dass sie das Haus erhalten. Ich wette, Kitty kann es kaum erwarten, es rundum zu erneuern. Aber wenn ich euch das Gleiche biete wie Jack, verkauft ihr mir das Haus dann?«

Rachel sah ihn erstaunt an, und Alix sagte: »Nicky, das ist doch absurd! Wir würden niemals zulassen, dass du das Haus zu so einem überzogenen Preis kaufst!«

»Das ist keine Antwort auf meine Frage. Bekomme ich das Haus, wenn ich zehn Milliarden auftreiben kann?«

Die Aunties blickten von einer zur anderen. Schließlich sagte Felicity: »Okay, wir geben dir einen Monat.«

17

SENTOSA ISLAND, SINGAPUR

Zweimal im Jahr kam die Ankaufskommission des Singapore Museum of Modern Art zusammen, um über mögliche Neuanschaffungen für die ständige Sammlung zu sprechen. Die Kommission wurde von der jungen Elite von Sammlern der Stadt gebildet, die meisten davon stammten aus den mächtigsten Familien der Welt. Natürlich ließen sich diese reichen Sprösslinge nicht dazu herab, ihren Pflichten in den angenehmen, aber zugegebenermaßen gewöhnlichen Büros des Museums nachzukommen, nein, für jedes Meeting musste eine neue atemberaubende Location her, samt Sternekoch.

Heute hatte man sich zum Frühstück im Capella auf Sentosa verabredet, dem Abenteuerspielplatz in Inselform vor Singapurs Südküste. Als Felipe Hsu, der Kurator des Museums, den eleganten Gastraum mit Blick auf den stufenartig angelegten Infinitypool betrat, schwatzte die Runde der bereits eingetroffenen Mitglieder aufgeregt durcheinander.

»Ich konnte es nicht fassen! Ich konnte es einfach nicht fassen!«, sagte Lauren Lee Liang (Ehefrau von Roderick Liang von den Liang-Finance-Group-Liangs und Enkelin von Mrs Lee Yong Chien) zu Sarita Singh (ehemalige Bollywood-schauspielerin und Schwiegertochter von Gayatri Singh).

»Wie soll man sich von so was je wieder erholen?« Sarita befingerte kopfschüttelnd die Perlmuttmedaillons ihrer Kette von Van Cleef & Arpels, als wäre sie ein Rosenkranz.

»Na immerhin sahen ihre Titten super aus. Ob die wohl gemacht sind?«, raunte Lauren hinter vorgehaltener VBH-Clutch.

Felipe schlenderte zum Büfett, um sich zwei weichgekochte Eier und ein paar Toastdreiecke zu nehmen. Patricia Lim (von den Lim-Gummi-Lims), die neben ihm stand und sich nicht zwischen Eggs Benedict und Eggs Norwegian entscheiden konnte, warf ihm einen Blick von der Seite zu. »Was für ein Morgen!«

»Ja, wie es scheint, haben alle genug Koffein intus und sind bereit loszulegen! Gut, gut, heute steht einiges auf der Tagesordnung.«

»Wirst du die Sache ansprechen oder dich lieber in Schweigen hüllen?«

»Ich bin mir nicht sicher, worauf du hinauswillst, Pat.« Der Kurator runzelte die Stirn.

»Ach komm, jetzt stell dich nicht dumm, Felipe! Oh Gott … sie ist hier! Die hat vielleicht Nerven.«

Totenstille legte sich über den Raum, als Astrid durch die Tür kam. Sie begrüßte ihre Cousine Sophie Khoo (von den Khoo-Enterprise-Khoos)[1], nahm sich ein Pain au Cho-

1 Sophie ist die Schwester von Colin Khoo, beide sind durch ihre verstorbene Mutter, Harry Leongs Schwester, mit Astrid verwandt. Ja, Singapur ist ein Dorf, und das gilt erst recht für die Ultrareichen.

colat vom Büfett und setzte sich an den Kopf der langen Marmortafel. Dann stand sie abrupt auf. »Guten Morgen zusammen. Bevor wir uns der Tagesordnung widmen, muss ich euch etwas gestehen.«

Die Mitglieder der Kommission rund um den Tisch schnappten unisono nach Luft und starrten sie mit aufgerissenen Augen an.

»Was Anish Kapoor angeht, bin ich eindeutig parteiisch. Ich bin seit Jahren großer Fan seiner Arbeiten, und wie ihr vermutlich wisst, besitze ich einige seiner Werke. Und ja, ich war die anonyme Spenderin, die bei der Finanzierung seiner neuen Ausstellung in Antwerpen geholfen hat. Da wir heute zwei seiner Werke prüfen, werde ich mich meiner Stimme enthalten.« Mit einem Lächeln in die Runde setzte sich Astrid wieder.

»Nicht ihr Ernst …«, murmelte Lauren Lee.

Sarita Singh tippte mit dem Löffel an ihre Kaffeetasse, bis alle Blicke auf sie gerichtet waren, und sagte dann in selbstgerechtem Tonfall: »Ich hätte erwartet, dass unsere Vorsitzende ihren Rücktritt anbietet. Da sie jedoch keinerlei Anstalten macht, fordere ich Astrid Leongs sofortigen Ausschluss aus der Kommission.«

Astrid warf Sarita einen entsetzten Blick zu.

»Ich auch«, sprang Lauren Lee ihr zur Seite.

»Wie bitte?«, nuschelte Felipe, den Mund voller Ei. Aufgeregtes Geschnatter brach los.

»Sarita, darf ich fragen, wie du plötzlich zu dieser Forderung kommst?«, fragte Astrid.

»Ich will ganz ehrlich sein, Astrid. Wir werden aufgrund deines Handelns unsere Fördergelder verlieren. Der Ruf des Museums steht deinetwegen auf dem Spiel. Ich kann nicht glauben, dass du heute Morgen überhaupt hier aufgetaucht bist.«

»Ich kann dir nicht ganz folgen … Beziehst du dich auf meine Scheidung?«, fragte Astrid, die ihre liebe Mühe hatte, ruhig zu bleiben.

Sophie Khoo, die am anderen Ende des Tisches saß, stand auf und trat an ihre Seite. »Komm mal mit«, flüsterte sie ihr ins Ohr und nahm sie am Arm.

Astrid stand auf und folgte ihr aus dem Raum. »Was geht hier vor?«, fragte sie völlig verwirrt.

»Mir ist gerade klar geworden, dass du es noch gar nicht weißt.«

»Was denn?«

Sophie schloss die Augen und holte tief Luft. »Gestern Nacht wurde ein Video von dir gepostet. Es ist sofort viral gegangen.«

»Was für ein Video?« Astrid stand immer noch auf der Leitung.

»Von dir … und Charlie Wu.«

Alle Farbe wich aus Astrids Gesicht. »Oh Gott.«

»Tut mir echt leid …«

Astrid stand einen Augenblick lang wie versteinert da, dann schaltete sie in den Krisenmodus. »Ich muss los. Ich muss Cassian aus der Schule abholen. Sag ihnen bitte, dass ich losmusste«, sagte sie und rannte zu ihrem Auto.

Als Astrid über den Sentosa Gateway zurück nach Singapur raste, war sie zu ihrer eigenen Überraschung merkwürdig gefasst. Sie versuchte immer wieder, Charlie zu erreichen, erwischte aber nur die Mailbox. »Charlie, da du nicht drangehst, vermute ich, dass du schon von dem geleakten Video gehört hast. Ich hab es gerade erst erfahren. Keine

Sorge, mir gehts gut. Ich bin jetzt auf dem Weg zur ACS, Cassian abholen. Ich würde vorschlagen, dass du Chloe und Delphine auch holst. Falls sie es noch nicht wissen, ist es besser, wenn sie es von uns erfahren und nicht von ihren Mitschülern. Du weißt, wie grausam Kinder sein können. Ich ruf dich später noch mal an.«

Kaum hatte Astrid aufgelegt, fing ihr Handy an zu klingeln. »Charlie?«

Am anderen Ende der Leitung herrschte kurz Stille, dann erfüllte eine kreischende Stimme ihr Auto. »Oh mein Gott, ich kann nicht fassen, dass du immer noch mit diesem Perversen sprichst! Du bist einfach unverbesserlich!« Es war ihre Mutter.

»Bitte beruhige dich, Mum.«

»Ein Sexvideo! Von einem meiner Kinder! Oh Gott, das hätte ich mir nicht mal in meinen schlimmsten Albträumen ausgemalt! Da komme ich nach Hause, nachdem wir Tyersall Park einem furchtbaren chinesischen Paar gezeigt haben, und was muss ich mir da von Cassandra Shang anhören? Dein Vater ist fuchsteufelswild. Deinetwegen kriegt er noch einen Herzinfarkt!« Felicity brach in Tränen aus.

Astrid musste ihre Mutter einfach bewundern. Irgendwie gelang es ihr immer wieder, hysterisch zu schluchzen, sie auszuschimpfen und ihr ein schlechtes Gewissen einzureden – gleichzeitig. Das musste man erst mal schaffen.

»Mutter, wir haben nichts falsch gemacht! Michael hat uns heimlich in Charlies Schlafzimmer gefilmt, und jetzt hat er das Video überall verbreitet. Das ist ein Verbrechen!«

»Das Verbrechen hast du begangen, indem du überhaupt mit Charlie geschlafen hast!«

»Ein Verbrechen? Wie das?«

»Du bist eine Hure! Dein Ruf ist ruiniert, du bist für immer befleckt!«

»Hast du das Video überhaupt gesehen? Das sind zehn pixelige Sekunden!«

»Oh mein Gott, ich würde sofort erblinden, wenn ich mir das anschauen müsste! Wie konntest du bloß mit diesem Mann schlafen? Ihr seid doch nicht mal verheiratet! Das ist Gottes Strafe!«

»Tut mir sehr leid, dass ich Sex vor der Ehe hatte, Mum. Übrigens hatte ich zum ersten Mal Sex mit Charlie, als er mein Verlobter war, vor über zehn Jahren!«

»Ihr beiden habt nichts als Schande über uns gebracht. Du hast deinen Vater und mich bis auf die Knochen blamiert! Davon wird sich die Familie über Generationen nicht erholen! Du hast Cassians Leben ruiniert! Wie soll er sich je wieder in der ACS blicken lassen?«

»Ich hole ihn jetzt ab.«

»Er ist längst bei uns. Ludivine hat ihn von der Schule abgeholt und hergebracht.«

»Sehr gut. Bin in zehn Minuten da.«

»Bist du von allen guten Geistern verlassen? Wag es ja nicht, unser Haus zu betreten.«

»Sei nicht albern, Mum …«

»Albern? Ich weiß nicht, wie wir uns je von dieser Angelegenheit erholen sollen! Du wirst Singapur verlassen und erst wiederkommen, wenn Gras über die Sache gewachsen ist! Ist dir eigentlich klar, welchen Schaden der Ruf deines Vaters durch diesen Skandal genommen hat? Meine Güte, was das für Auswirkungen auf die nächste Wahl haben könnte! Und auf den Verkauf von Tyersall Park! Was, wenn der Preis jetzt in den Keller geht? Mein Blutdruck! Ich brauche meine Pillen! Sunali! Wo sind meine Pillen?« Felicity schrie nach einem ihrer Dienstmädchen.

»Beruhige dich, Mum. Mir ist nicht klar, was Tyersall Park damit zu tun haben soll.«

»Das ist dir nicht klar? Du hast das Ansehen der Familie beschmutzt! Komm ja nicht in die Nassim Road, verstanden? Dein Vater kann deinen Anblick nicht mehr ertragen. Du bist für ihn gestorben!«

Astrid war sprachlos. Diese verbale Attacke musste sie erst mal verdauen. Zum Glück piepste ihr Handy, und Charlies Nummer erschien auf dem Display.

»Okay, Mum, keine Sorge, ich erspare euch die Schande. Zu euch komme ich garantiert nicht mehr«, sagte sie, legte auf und nahm Charlies Anruf an.

Die Leitung war kurz tot, dann fragte Charlie: »Astrid? Alles in Ordnung?«

»Oh Gott, tut das gut, deine Stimme zu hören. Ja, alles okay.«

»Sitzt du im Auto?«

»Ja, ich wollte gerade Cassian von der Schule abholen, aber …«

»Kannst du irgendwo rechts ranfahren?« Charlie klang irgendwie seltsam.

»Klar, bin gerade in die Tanglin Road abgebogen. Warte, ich fahr kurz auf die Esso-Tankstelle.«

Astrid parkte den Wagen und lehnte sich zurück. »So, ich hab geparkt.«

»Okay, und gehts dir wirklich gut?«

»Na ja, meine Mutter hat mich gerade angeschrien wie noch nie in meinem Leben und verlangt, dass ich das Land verlasse. Abgesehen davon ist alles tipptopp. Wie war dein Tag bisher?«

»Ich weiß nicht, wie ich dir das sagen soll.« Charlies Stimme zitterte.

»Lass mich raten, du hast rausgefunden, warum Michael das Video ins Internet gestellt hat?«

»Es war gar nicht Michael.«

»Nicht? Wer denn dann?«

»Nein. Es war Isabel.«

»Isabel?«, fragte Astrid erstaunt. »Woher hatte die denn das Video?«

»Wissen wir nicht … Wir versuchen immer noch, das Ganze zu rekonstruieren, aber das Video kam definitiv von ihrem Handy. Sie hat es auf dem Klatschblog gepostet.«

»Aber warum sollte sie das tun?«

»Sie hat wieder eine Psychose, Astrid. Und diesmal hat sie versucht, sich zu erhängen.«

»Was?!« Astrid gefror das Blut in den Adern.

»Sie hat versucht, sich in unserem Haus zu erhängen. Am Kronleuchter im Esszimmer. Sie wollte das Haus und unsere Ehe für immer verfluchen.«

»Und dann? Was ist dann passiert?« Astrid bekam die Worte kaum heraus.

»Der Kronleuchter ist aus der Decke gerissen, das hat ihr das Leben gerettet. Aber jetzt liegt sie im Koma, und die Ärzte wissen nicht, ob sie je wieder aufwacht«, sagte Charlie mit erstickter Stimme.

»Nein! Nein, nein, nein, nein, nein«, wimmerte Astrid und brach schluchzend zusammen.

TEIL VIER

Ich denke häufig, wie ungerecht das Lebensglück doch manchmal verteilt ist.
Lew Tolstoi, *Krieg und Frieden*

Was ist denn eine Suppenküche?
Paris Hilton

Vier Tage nach Isabels Suizidversuch erschien eine exklusive Story in *The Daily Post*:

SELBSTMORDVERSUCH: ERBIN TREIBT RIVALIN NACH SEXVIDEO-LEAK ZU VERZWEIFLUNGSTAT!

Die sensationelle 5-Milliarden-Scheidung der wunderschönen Singapurer Erbin **Astrid Leong** von Risikokapitalgeber **Michael Teo** zieht weitere Kollateralschäden nach sich. Das neueste Opfer ist **Isabel Wu**, Exfrau von Astrids jetzigem Partner, dem Tech-Milliardär **Charles Wu**.

Offensichtlich hat ein pikantes Sexvideo ihres Exmannes mit Ms Leong die arme Mrs Wu völlig aus der Bahn geworfen. Sie leitete das Video an einen beliebten chinesischen Promiblog weiter und versuchte anschließend, sich in dem spektakulären neuen Tom-Kundig-Haus ihres Exmannes auf Shek O zu erhängen.

Seitdem ist über eine Woche vergangen, und Isabel liegt noch immer im Koma. Insiderquellen im Hong Kong Sanatorium zufolge soll Mr Wu mit allen Mitteln versucht haben, die Tragödie unter den Teppich zu kehren. Isabels Mutter, **The Hon. Madam Justice Deirdre Lai**, fordert jedoch weitere Ermittlungen zu den genauen Umständen des Selbstmordversuchs ihrer Tochter. »Ich mache Charlie und Astrid persönlich dafür verantwortlich. Die ganze Welt soll erfahren, was sie meiner Tochter angetan haben!«, schluchzte die Richterin des Hong Kong High Court.

Ganz Asien spricht inzwischen von diesem Skandal, der die High Society in zwei Lager spaltet. Ein Insider aus Team Charlie lässt verlauten: »Isabel leidet seit über zwanzig Jahren immer wieder unter psychischen Problemen. Als das fragliche Video aufgenommen wurde, war Isabels und Charlies Ehe schon lange in die Brüche gegangen. Isabel hat es auf dem Höhepunkt einer manischen Phase veröffentlicht. Die eigentlichen Opfer sind Charlie und Astrid.«

»Unsinn!«, kontert ein Insider aus Team Isabel. »Izzie war am Boden zerstört, als sie das Video gesehen hat. Es stammt aus einer Zeit, als sie und Charlie noch glücklich verheiratet waren. Zu sehen, wie lange die Affäre tatsächlich schon währte, hat ihr den Rest gegeben.«

Deirdre Lai sagt: »Meine armen Enkelinnen Chloe und Delphine! Einen Pornostar zum Vater haben und dann auch noch um ein Haar die Mutter verlieren! Unfassbar, dass diese vulgäre Frau auch noch die Dreistigkeit besaß, im Krankenhaus aufzutauchen, in dem meine arme Tochter im Koma liegt!«

The Daily Post hat vergeblich versucht, Kontakt mit Ms Leong aufzunehmen, die seit ihrem Auftritt im Hong Kong Sanatorium abgetaucht zu sein scheint. Auch in der Firma ihrer Familie war man zu keiner Stellungnahme bereit. **Zoe Quan**, Unternehmenssprecherin von Leong Holdings: »Kein Kommentar. Astrid Leong hat keine Funktion in unserem Unternehmen inne.« Auf die Frage nach Astrids aktuellem Aufenthaltsort kam von der Sprecherin lediglich barsch: »Keine Ahnung, *lah*. Sie hat auf unbestimmte Zeit das Land verlassen.«

1

PLACE DE FURSTENBERG, PARIS

Scheherazade stand in der glänzenden, modernen Küche ihres Apartments in Saint-Germain am Herd. Sie hob den Pfannendeckel und drückte mit dem Finger auf den Teigrand. Noch nicht fertig. Sie machte die Pfanne wieder zu, ging zurück ins Ankleidezimmer und zog ihre durchsichtige Rüschenbluse von Delpozo aus. Sie war gerade von einer Party im Loft eines Modefotografenpärchens zurück, wo der ehemalige Konditor von Noma das raffinierteste Festmahl aller Zeiten gezaubert hatte, aber das ganze Essen über hatte Scheherazade sich zurück in ihre Wohnung gesehnt, wo sie sich ein zwei Tage altes Stück Pizza in der Bratpfanne[1] aufwärmen, eine Flasche Rotwein öffnen und *The Walking Dead* schauen wollte.

Sie zog ihren Schlafanzug an, nahm die Pizza auf einem Teller mit ins Wohnzimmer und machte es sich auf ih-

1 Die allerbeste Variante, zwei Tage alte Pizza aufzuwärmen. Der Rand wird wieder knusprig, und der Käse schmilzt, wenn man gegen Ende kurz den Deckel auf die Pfanne legt.

rem grauen Wildledersofa bequem. Dann schaltete sie den Fernseher an und wählte die neueste Folge aus. Doch kaum hatte ihre Lieblingsserie angefangen, wurde der Dialog plötzlich von gedämpfter Musik vor dem Fenster übertönt. Scheherazade schaltete den Fernseher lauter, aber es half nicht, die Musik wurde auch lauter. Autos fingen an zu hupen, und sie hörte, wie ein Nachbar etwas aus dem Fenster brüllte.

Genervt drückte Scheherazade auf Pause und ging hinaus auf den Balkon. Die Musik dröhnte ihr nun entgegen. Als sie sich über das Geländer beugte, bot sich ihr ein seltsamer Anblick: Carlton Bao stand auf dem Dach eines Range Rover und hielt einen Ghettoblaster in die Luft, aus dem auf voller Lautstärke Peter Gabriels »In Your Eyes« plärrte.

»Carlton! Was soll der Quatsch?«, schrie Scheherazade zu ihm hinunter. Wie peinlich war das denn?

»Ich versuche deine Aufmerksamkeit zu bekommen!«, brüllte Carlton zurück.

»*Was* willst du?«

»Dass du mir zuhörst. Ich bin kein rücksichtsloser Mörder! Man kann mir höchstens vorwerfen, dass ich mich in dich v–«

»Was? Mach die Musik leiser, ich versteh dich nicht!«

Doch statt leiser zu schalten, brüllte Carlton noch lauter. »Ich hab gesagt, man kann mir höchstens vorwerfen, dass ich mich in dich verlie–«

In diesem Augenblick zogen ihm vier in Zivil gekleidete Bodyguards die Beine weg, zerrten ihn vom Autodach herunter und rangen ihn zu Boden.

»Shit!« Scheherazade musste lachen. Sie rannte aus der Wohnung die vier Stockwerke hinunter und auf die Straße.

»Lasst ihn los!«, rief sie den Securityleuten zu, die Carlton noch immer am Boden festhielten.

»Sind Sie sicher, Miss Shang?«

»Ja! Er ist harmlos. Er gehört zu mir.«

Der Muskelmann, der Carlton fixiert hatte, nahm sein Knie von dessen Rücken, und Carlton stand auf.

»Wie siehst du denn aus? Komm, wir gehen nach oben, das muss desinfiziert werden«, sagte Scheherazade. Carltons linke Wange war vom Asphalt ganz zerschrammt. Gemeinsam fuhren sie mit dem verschnörkelten schmiedeeisernen Aufzug nach oben.

»Was war denn das gerade?«, fragte Scheherazade.

»Das war meine superromantische Aktion!«

Scheherazade runzelte die Stirn. »Ach, das sollte romantisch sein?«

»Sah ich etwa nicht eins zu eins aus wie John Cusack?«

»Wer?«

»Na, *Teen Lover*, du weißt schon.«

»Ich hab keine Ahnung, wovon du redest.«

»Du kennst den Film gar nicht?«, fragte Carlton geknickt.

»Nein, aber ein bisschen süß war das schon, wie du da auf dem Auto standst«, sagte Scheherazade und küsste ihn.

Am anderen Ende von Paris ging Charlie gerade nach einem frustrierenden Abendessen mit Astrids altem Freund Grégoire L'Herme-Pierre zu Fuß zurück ins Hotel George V. Grégoire hatte noch mehr Charme versprüht als sonst, was verdächtig war. Charlie hätte wetten können, dass er wesentlich mehr über Astrids Verbleib wusste, als er zugab. Sie war vielleicht drei Tage in Paris gewesen, schätzte Grégoire, dann war sie auch schon wieder weg. *Nein, aufgebracht wirkte sie eigentlich nicht. Ich dachte, sie wäre für ihren alljährlichen Shoppingtrip in der Stadt.*

Die letzten zwei Wochen war Charlie auf der verzweifelten Suche nach Astrid kreuz und quer über den Globus gejettet. Halb verrückt vor Sorge hatte er in Singapur begonnen und war dann nach Paris und London geflogen, hatte dort sämtliche ihrer Lieblingsorte abgeklappert und mit allen Freunden gesprochen. Dann war er in Venedig gewesen, für den Fall, dass sie sich im Palazzo ihrer Freundin Domiella Finzi-Contini versteckte, aber auch Domi hüllte sich in Schweigen. *Von Astrid hab ich ewig nichts gehört, aber ich war ja auch den ganzen letzten Monat in Ferrara. Da sind wir jeden Winter. Skandal? Nein, von einem Skandal weiß ich nichts.*

Jetzt war er wieder in Paris, um sich auf ihre Spuren zu begeben und zu verstehen, warum sie ihr ganzes Leben einfach hinter sich gelassen hatte, und wieso es ihre Familie überhaupt nicht zu interessieren schien, dass sie schon über einen Monat verschwunden war. Im Hotel fragte er an der Rezeption. *Nein, Monsieur, keine Nachricht für Sie.*

Charlie fuhr hoch in seine Suite und riss die Balkontür auf, um frische Luft hereinzulassen. Die kalte Luft hielt ihn auf Trab, half ihm, klar zu denken. Paris hatte sich als Reinfall erwiesen. Ja, sie war hier gewesen, aber nur auf der Durchreise. Als Nächstes wollte er es in Los Angeles versuchen. Ihr Bruder Alex hatte ihm zwar versichert, sie sei nicht dort, aber er hatte so einen Verdacht. Unmittelbar nach ihrem Verschwinden hatte er sein Sicherheitsteam auf sie angesetzt, aber Astrid war gründlich. Sie hatte keine Spuren hinterlassen, keine Überweisungen, keine Kreditkartenabrechnungen, und das seit über fünf Wochen. Sie hatte offensichtlich Hilfe von jemandem, der ihr nahestand.

Er trat auf den Balkon und lehnte sich ans Geländer. Abends schien immer ein goldener Schimmer über Paris zu liegen. Aber so atemberaubend schön die Stadt auch war, auf einmal kam sie ihm furchtbar einsam vor. Er hätte Astrid nicht nach Hongkong kommen lassen dürfen. Sie hatte darauf bestanden, weil sie ihm in dieser schweren Zeit beistehen wollte, aber als sie Isabel auf der Intensivstation gesehen hatte, umgeben von Kabeln und Schläuchen … Er hatte gewusst, dass sie für ihn und die Mädchen die Starke spielte, aber er sah genau, wie sehr der Anblick sie traf. Und dann drehte auch noch Isabels Mutter durch, als sie Astrid im Krankenhaus entdeckte, und sorgte mit diesem unsäglichen Artikel in der *Daily Post* dafür, dass der Skandal an die Öffentlichkeit kam. Und es war alles nur seine Schuld. Er war so dumm gewesen.

Charlie ging zurück in die Suite, setzte sich aufs Bett und nahm einen kleinen braunen Luftpolsterumschlag aus der Nachttischschublade. Der Brief war ihm vor ein paar Wochen aus ebendiesem Hotel zugeschickt worden. Darin befanden sich eine Schachtel mit Astrids Verlobungsring und ein handgeschriebener Brief, den er inzwischen an die hundert Mal gelesen haben musste.

Lieber Charlie,

ich habe in den letzten Tagen viel nachgedacht. Seit ich vor fünf Jahren wieder in dein Leben getreten bin, habe ich dir nichts als Kummer bereitet. Ich habe dich in meine Eheprobleme mit Michael und den Scheidungskrieg hineingezogen, und jetzt bin ich auch noch ganz allein schuld an dieser unfassbaren Tragödie. Chloe und Delphine hätten beinahe ihre Mutter verloren. Alles, was ich tue, geht schief, deshalb ist es wohl das Beste, wenn ich einfach fortgehe, damit ich nicht noch mehr Schaden anrichten kann. Ich kann mir nicht vorstellen, dir je eine würdige Ehefrau zu sein, daher hoffe und bete ich, dass du und deine Familie irgendwann wieder Glück und Frieden findet.

Deine Astrid

PS: Bitte gib meinem Cousin Nicky den Ring. Rachel soll ihn haben.

Charlie ließ sich aufs Bett fallen und starrte an die Decke. Genau hier hatte Astrid gelegen. Seit er ihr die Suite bei ihrem ersten gemeinsamen Parisbesuch zu Unizeiten gezeigt hatte, stieg sie immer hier ab. Das war Ewigkeiten her, und er wünschte, er könnte in die Vergangenheit zurückreisen und alles ungeschehen machen. Er drehte sich um und vergrub das Gesicht im Kissen, sog gierig die Luft ein. Wenn er nur tief genug Luft holte, würde er vielleicht eine Spur ihres Dufts erhaschen.

2

TYERSALL PARK, SINGAPUR

Rachel ging gerade im Rosengarten spazieren, bewunderte die frischen Blüten und sog ihren betörenden Duft ein, als Nick zurückkehrte. Er hatte sich Geld von Alfred Shang leihen wollen, um seinen Tanten Tyersall Park abzukaufen.

Rachel sah ihm deutlich an, wie es gelaufen war, fragte aber hoffnungsvoll: »Und, wie wars?«

»Ich hab ihm meine komplette Idee vorgestellt, weil ich wirklich gehofft hatte, er würde mir in irgendeiner Form unter die Arme greifen. Immerhin hat Tyersall Park seinem Vater gehört. Aber weißt du, was er gesagt hat? Er meint, wir wären gerade wieder mitten in einer Finanzblase, und dass der gesamte asiatische Immobilienmarkt zusammenbricht, wenn sie platzt. Er meinte: ›Wenn dieser Idiot wirklich zehn Milliarden für Tyersall Park ausgeben will, dann wäre es noch idiotischer, das Angebot nicht anzunehmen.‹ Wir sollen Jack Bings Geld nehmen und uns Gold davon kaufen, das sei langfristig die einzig sinnvolle Anlageform.«

Nick schnupperte an einem Rosenbusch. »Ich glaube, das mache ich gerade zum dritten Mal in meinem Leben.

Komisch, für wie selbstverständlich man Dinge hält, wenn sie immer da sind.«

»Wir pflanzen einfach unsere eigenen Rosen«, sagte Rachel aufmunternd. »Vielleicht können wir uns ja ein kleines Landhaus leisten, in Vermont, oder sogar in Maine? North Haven soll toll sein.«

»Ich weiß nicht, Rachel. Ob vier Milliarden Dollar da ausreichen?«, witzelte Nick.

Rachel lächelte. Sie konnte sich immer noch nicht vorstellen, wie es sein würde, so reich zu sein. Vor allem, weil Nick den letzten Monat fieberhaft versucht hatte, Geld aufzutreiben, und das vergebens. Jetzt war die Frist vorbei, und auch Großonkel Alfred, seine letzte Hoffnung, hatte ihm eine Abfuhr erteilt, sodass Nick keine andere Wahl hatte, als dem Wunsch seiner Tanten nachzugeben.

Rachel pflückte eine Rosenblüte von einem abgeknickten Zweig. »Na los, gehen wir rein.«

»Ja, bringen wir es hinter uns.«

Hand in Hand stiegen sie die Steintreppe hinauf ins Haus, wo Nicks Tanten nachdenklich um den Tisch in der Bibliothek herumsaßen.

Alix sah Nick forschend an. »Bereit? Sollen wir anrufen?«

Als er nickte, griff Felicity nach dem Hörer und wählte Olivers Nummer. »*Aiya*, das ist seine internationale Handynummer, das kostet uns doch ein Vermögen.«

Es klingelte ein paarmal, dann ging Oliver dran.

»Oliver, hörst du uns? Du bist auf Lautsprecher«, rief Alix in den Hörer.

»Ja, schrei nicht so, ich kann dich gut verstehen.«

»Wo treibst du dich denn im Augenblick herum?«

»In London.«

»Ach, wie schön. Wie ist das Wetter bei euch?«

Victoria schimpfte dazwischen: »*Aiya, gam coenghei!*[1] Komm zur Sache, Alix.«

»Äh, okay … ähm, ich geb dir mal Nicky, er ist ja jetzt offiziell der Hauptanteilseigner«, sagte Alix.

Nick nahm den Hörer. »Hi Oliver. Ja, genau, ich wollte dir bloß mitteilen, dass wir uns geeinigt haben.« Er zögerte kurz, dann sprach er es aus. »Wir nehmen Jack Bings Angebot an und verkaufen ihm Tyersall Park für zehn Milliarden Dollar.«

»Okay. Dann sage ich jetzt in seinem Auftrag: Der Deal steht!«

Felicity beugte sich vor. »Ach, und Oliver, könntest du bitte das Inventar für uns schätzen? Wir wollen ihm bis auf ein paar Ausnahmen alle Möbel und Objekte im Haus verkaufen.«

»Aber Mummys Battenberg-Spitzendeckchen bekommt er nicht, damit das klar ist«, murmelte Victoria.

»Super, die Bings werden begeistert sein«, erwiderte Oliver. »Die Entscheidung ist euch bestimmt nicht leichtgefallen, aber ich kann euch versichern, dass ihr einen erstklassigen Deal gemacht habt. Das ist eine Rekordsumme für eine Immobilie, die ihr garantiert von niemand anderem auf diesem Planeten bekommen hättet. Großtante Su Yi hätte sich sicher gefreut.«

Nick verdrehte die Augen, aber Victoria und Alix nickten eifrig.

»Sagst du ihnen Bescheid, Oliver?«, fragte Felicity.

1 Kantonesisch für »Bla, bla, bla!«.

»Natürlich. Ich rufe Jack nach dem Telefonat hier direkt an, und dann schicke ich Freddie Tan eine Mail. Er soll den Kaufvertrag gleich aufsetzen.«

»Alles klar. Machs gut.« Nick legte auf.

Die Damenrunde stieß einen kollektiven Seufzer aus. »Geschafft«, murmelte Felicity, als hätten sie gerade einen Wurf Welpen im Fluss versenken müssen.

»Es war die richtige Entscheidung. Zehn Milliarden Dollar! Mummy wäre stolz auf uns.« Alix tupfte sich mit einem zerknüllten Taschentuch die Tränen ab. Felicity sah ihre Schwester nachdenklich an. Ob das stimmte? Würde ihre Mutter je stolz auf sie sein?

Nick stand auf und ging durch die Terrassentür hinaus in den Garten. Rachel wollte ihm hinterhergehen, aber Alix hielt sie sanft zurück. »Er wird schon drüber hinwegkommen.«

»Ich weiß«, sagte Rachel leise.

Da verschaff ich ihm vier Milliarden Dollar, und das Arschloch kriegt nicht mal ein Danke über die Lippen, dachte Oliver, nachdem Nick so abrupt aufgelegt hatte. Er nahm das Handy und rief Kitty an.

»Kitty? Es hat geklappt, die Youngs haben das Angebot angenommen … Ja, echt … Nein, nein, ihr könnt nicht sofort einziehen, es wird sicher ein paar Monate dauern, bis der Deal über die Bühne ist … Ja, die Möbel bekommt ihr auch … Ach, natürlich sage ich euch, welche Stücke sich zu kaufen lohnen, keine Sorge … Nein, auch wenn wir ihnen mehr zahlen, werden sie nicht sofort ausziehen. Das war über hundert Jahre ihr Familiensitz, Kitty, die müssen natürlich erst mal alles sichten und untereinander aufteilen.

Aber siehs doch mal positiv, so hast du mehr Zeit, dir über die Inneneinrichtung Gedanken zu machen … Henrietta Spencer-Churchill? Ja klar kenne ich die, aber du willst doch nicht im Ernst die gleiche Innenarchitektin wie Colette … Ja, ich weiß, dass sie mit Prinzessin Diana verwandt ist, aber … Nein, ich hab eine viel bessere Idee. Ich kenne nur einen Menschen auf der ganzen Welt, dem ich die Renovierung von Tyersall Park anvertrauen würde. Kannst du nächste Woche zu mir nach Europa kommen? … Nein, nicht nach Paris. Wir treffen uns in Antwerpen … Nein, Kitty, das liegt nicht in Österreich. Antwerpen ist eine Stadt in Belgien … Ach, du holst mich in London ab? Danke, das wär ja super … Alles klar. Ich freu mich.«

Oliver legte auf und starrte einen Augenblick geistesabwesend aufs Display. Dann tippte er iTunes an und scrollte durch seine Alben, bis er das Lied fand, das er gesucht hatte. Er drückte auf Play, und »Nessun Dorma« von Puccini ertönte aus den Lautsprechern.[1] Beim Crescendo sprang Oliver auf und tanzte wie wild durch seine Wohnung, rauschhaft, kathartisch, bis er auf dem Boden zusammenbrach und anfing zu weinen.

Er hatte es geschafft. Der Verkauf von Tyersall Park würde dem Albtraum der letzten zwanzig Jahre endlich ein Ende setzen. Bei einer Provision von anderthalb Prozent würde er einhundertfünfzig Millionen Dollar aus dem Verkauf herausbekommen, genug, um seinen Studienkredit und alle Schulden seiner Eltern abzubezahlen. Reich würden sie nicht werden, aber immerhin würde es zum Leben reichen. Das Ansehen seiner Familie wäre wiederhergestellt.

1 In der Pavarotti-Version natürlich.

Nie, nie wieder würde er Economy fliegen. Oliver lag auf dem Teppich seiner Londoner Wohnung, blickte zur rissigen Stuckdecke auf und stimmte jubelnd in Pavarottis Gesang ein: *»All'alba vincerò! Vincerò, vinceròòòòòòò!«*

3

PENINSULA HOTEL, LOS ANGELES

»Ich verstehe es doch auch nicht.« Alex Leong rührte mit dem Finger die Eiswürfel in seinem Scotchglas um. Die untergehende Sonne spiegelte sich in seiner Persol-Sonnenbrille. »Astrid hat Cassian noch nie so lange allein gelassen. Keine Ahnung, was in ihrem Kopf vorgeht.«

Charlie saß in einem gemütlichen Sessel der Dachterrassenbar und ließ den Blick über die Palmen schweifen, die in Beverly Hills jede Straße zu säumen schienen. Er konnte nicht einschätzen, ob Astrids Bruder die Wahrheit sagte oder ihm etwas vorspielte. Immerhin standen Alex und Astrid sich besonders nahe. Er versuchte es mit einer anderen Taktik: »Weißt du, ich mache mir bloß Sorgen. Nicht dass sie einen Zusammenbruch erlitten hat und keine Hilfe holen konnte. Fünf Wochen ist sie jetzt schon verschollen. Da würde man doch denken, dass eure Eltern sich allmählich Sorgen machen.«

Alex hob abwehrend die Hände. »Tja, dazu kann ich wirklich nichts sagen. Ich habe seit Jahren nicht mehr mit meinem Vater gesprochen.«

Charlie ließ nicht locker. »Aber du kennst sie doch trotzdem gut genug, um zu wissen, wie sie reagieren würden, oder?«

»Ich war schon immer das schwarze Schaf der Familie, ich wusste daher, wie es sich anfühlt, wenn meine Eltern die Krallen ausfahren. Aber Astrid war von klein auf das Prinzesschen, bei ihr war immer alles perfekt, sie hat sich nie einen Fehltritt geleistet. So wurde sie erzogen. Als es dann auf einmal aus dem Ruder lief, muss das hart für sie gewesen sein. Und dann gleich ein Skandal dieser Größenordnung. Gemessen daran muss ich ja aussehen wie der reinste Heilige. Ich möchte mir gar nicht vorstellen, wie unsere Eltern reagiert haben und was sie ihr alles an den Kopf geworfen haben.«

»Sie meinte, eure Eltern hätten von ihr verlangt, abzutauchen. Aber wenn sie Astrid doch vergöttern, wie können sie dann so kaltherzig sein? Das will mir nicht in den Kopf. Ich meine, sie hat doch nichts falsch gemacht! Nichts davon war ihre Schuld«, sagte Charlie.

Alex nahm eine Handvoll Wasabinüsse aus dem Schälchen auf ihrem Tisch und lehnte sich zurück. »Für meine Eltern zählt nur ihr Ruf. Ihre Außenwirkung ist ihnen wichtiger als alles andere. Mein Vater hat sein Leben lang an seinem Image als verdienter Staatsmann gearbeitet, und meine Mum will unbedingt Königin der High Society sein, diese ganze oberflächliche Scheiße eben. Also muss sich alles und jeder in ihrem Umfeld nach ihren Ansprüchen richten. Mich haben sie verstoßen, weil ich mich über ihre Wünsche hinweggesetzt und eine Frau geheiratet habe, deren Hautfarbe ihnen einen Tick zu dunkel war.«

»Ich kann immer noch nicht fassen, dass sie dich wegen der Hochzeit mit Salimah enterbt haben. Einer Kinderärztin mit Cambridge-Abschluss, Herrgott noch mal«, rief Charlie.

»Ihr Abschluss ist ihnen nichts wert. Ich werde nie vergessen, was mein Vater damals gesagt hat: ›Deine eigene Zukunft ist dir vielleicht egal, aber denk doch bitte mal an die Kinder, die du mit dieser Frau in die Welt setzt. Ihr Blut wird sieben Generationen lang unrein sein.‹ Das war die letzte Unterhaltung, die ich mit meinem Vater geführt habe.«

»Unfassbar!« Charlie schüttelte den Kopf. »Hat dich das damals überrascht?«

»Kein bisschen. Meine Eltern waren schon immer rassistisch und elitär bis zum Gehtnichtmehr, wie so viele in diesen illustren Kreisen. Wenn man da mal einen Blick hinter die Fassade aus Reichtum und Kultiviertheit wirft, kommt meist absolute Engstirnigkeit zum Vorschein. Nur haben sie leider viel zu einfach viel zu viel Geld angehäuft und meinen deshalb, die Sonne würde ihnen aus dem Arsch scheinen und sie hätten die Wahrheit gepachtet.«

Charlie lachte und nahm einen Schluck Bier. »Na, da kann ich mich wohl glücklich schätzen. Mein Vater hat mir immer gesagt, ich wäre ein Idiot, der nichts auf die Reihe kriegt.«

»Mein Vater hatte einfach ein Heidenglück, dass er zur richtigen Zeit am richtigen Ort geboren wurde – als die ganze Region florierte wie nie zuvor. Ach, und dann hat er natürlich auch noch ein Imperium geerbt, das vier Generationen vor ihm aufgebaut hatten. Ich glaube, in Wirklichkeit blickt er auf Leute wie deinen Vater, die es aus eigenem Antrieb geschafft haben, herab, weil er ganz tief drinnen ein total unsicherer Mensch ist. Er weiß, dass er sein Vermögen im Grunde gar nicht verdient, weil er keinen Finger dafür gerührt hat. Deshalb muss er jeden runtermachen, der die Frechheit besitzt, sein eigenes Geld zu verdienen. Seine Freunde sind genauso, die haben alle Angst vor den ganzen Neureichen, nur deshalb rotten sie sich in ihren exklusiven Clubs zusammen. Ich bin heilfroh, dass ich nichts mehr mit diesen Leuten zu tun haben muss.«

»Falls Astrid zu mir zurückkommt, muss sie auch nie wieder mit ihren Eltern zu tun haben, wenn sie das nicht möchte. Ich will uns ein völlig neues Leben aufbauen, egal wo. Sie soll aussuchen, wo sie leben möchte«, sagte Charlie mit belegter Stimme.

Alex hob sein Glas. »Ich fand es übrigens immer schade, dass ihr nicht schon damals geheiratet habt. Ihr habt euch von unseren Eltern zu leicht entmutigen lassen. Ganz ehrlich, wenn ich wüsste, wo Astrid ist, dann wärst du der Erste, der es erfährt. Aber meine Schwester ist schlau. Sie weiß, wie man verschwindet, und sie weiß auch, wo man als Erstes nach ihr suchen würde, nämlich an ihren Lieblingsorten und bei Freunden. An deiner Stelle würde ich also irgendwo ganz anders suchen.«

Nachdem sie sich verabschiedet hatten, kehrte Charlie in seine Suite zurück und stellte fest, dass der Butler schon alles für die Nacht vorbereitet hatte. Die Vorhänge waren zugezogen, und auf dem Flachbildfernseher lief ein Sender mit leiser New-Age-Musik. Er zog die Schuhe aus, knöpfte sich das Hemd auf und ließ sich aufs Bett fallen. Dann griff er nach dem Telefon und bestellte einen Burger beim Zimmerservice. Zu guter Letzt zog er Astrids Brief aus der Tasche und las ihn noch einmal.

Im Schein des Fernsehers am Fuß des Bettes fiel ihm plötzlich ein Detail auf dem schweren Briefpapier auf, das er bisher übersehen hatte. Ganz unten rechts in der Ecke war ein unauffälliges Wasserzeichen mit verschnörkelten Initialen zu erkennen:

DSA

Da wurde Charlie schlagartig klar, dass nur der Umschlag aus dem Hotel George V in Paris stammte, der Brief selbst aber auf dem teuren persönlichen Briefpapier von jemand anderem geschrieben wurde. Bloß wer um alles in der Welt war DSA? Spontan beschloss er, seine Freundin Janice in Hongkong anzurufen. Wenn jemand wusste, wer dieser geheimnisvolle Unbekannte war, dann sie.

»Charlie, von dir hab ich ja ewig nichts gehört!«, rief sie fröhlich.

»Ja, tut mir leid, dass ich mich so lange nicht gemeldet habe. Du, ich rufe an, weil ich hier vor einem Rätsel stehe …«

»Ach, ich liebe Rätsel!«

»Weiß ich doch. Ich hab hier ein Briefpapier mit Monogramm und versuche herauszufinden, wem es gehört. Meinst du, du kannst mir helfen?«

»Schick mir mal ein Foto. Dann frage ich alle, die ich kenne.«

»Äh, etwas diskreter wäre gut, wenn es geht.«

»Na schön, dann eben nicht alle, sondern nur die, auf die es ankommt.« Janice lachte.

»Okay, kriegst das Foto gleich«, sagte Charlie. Er beendete das Gespräch, stand vom Bett auf und öffnete die Vorhänge. Abendsonne durchflutete den Raum. Er hielt den Brief gegen die Fensterscheibe, schoss ein paar Fotos und schickte das schärfste an Janice.

In dem Augenblick klingelte es an der Tür. Charlie schaute durch den Spion und sah, dass es der Zimmerservice mit seinem Burger war. Als er ihn mit dem Essenswägelchen hereinließ, klingelte Charlies Handy. Es war Janice, also ging er sofort dran.

»Charlie? Heute ist dein Glückstag. Ich musste dein Foto gar nicht rumschicken! Das Monogramm kenne ich.«

»Echt? Und, wer ist es?«

»Es gibt nur einen DSA auf der Welt, den man kennen muss, und das ist Diego San Antonio.«

»Nie gehört.«

»Das ist *der* Salonlöwe auf den Philippinen. In Manila kennt den jeder.«

Charlie wandte sich an den Zimmerservice, der gerade die Silberhaube von seinem saftigen Burger nahm. »Kann ich den Burger bitte to go haben?«

4

TYERSALL PARK, SINGAPUR

Rachel und Peik Lin sahen von der Veranda aus zu, wie Nick im bewaldeten Teil des Gartens verschwand.

»Das geht jetzt schon seit einer Woche so«, sagte Rachel. »Jeden Nachmittag spaziert er stundenlang über das Grundstück. Ist wahrscheinlich seine Art, Abschied zu nehmen.«

»Und man kann da wirklich nichts mehr machen?«, fragte Peik Lin.

Rachel schüttelte betrübt den Kopf. »Nein, wir haben uns gestern entschieden zu verkaufen. Ich weiß, es ist total widersinnig, weil das einen warmen Geldregen bringt, aber es tut mir in der Seele weh. Wenn Nick unglücklich ist, fühle ich das immer genauso wie er.«

»Ich hätte auch gern endlich mal jemanden, mit dem ich mich so verbunden fühle.« Peik Lin seufzte.

»Aber da war doch neulich dieser mysteriöse Mr Perfect, von dem du mir erzählen wolltest, ›wenn der richtige Zeitpunkt gekommen ist‹.«

»Jaaa, ich dachte, ich hätte endlich einen Typen getroffen, der sich nicht von mir eingeschüchtert fühlt, aber am

Ende war es doch wieder wie immer. Der Loser hat sich ohne ein Wort abgesetzt.«

»Schade.«

Peik Lin lehnte sich an die Brüstung und blinzelte in die Sonne. »Manchmal glaube ich, ich sollte den Typen lieber verschweigen, dass ich in Stanford war, eine große Baufirma leite und auch noch Spaß daran habe.«

»Das wäre Schwachsinn, Peik Lin, und das weißt du auch! Wenn ein Mann damit nicht klarkommt, dann hat er dich nicht verdient.« Rachel zog eine grimmige Miene.

»Recht hast du! Komm, darauf trinken wir einen. Wo haben die denn hier den Wodka versteckt?«

Rachel nahm Peik Lin mit in Nicks Zimmer und zeigte auf einen Knopf an der Wand. »Das werde ich auf jeden Fall vermissen, wenn Tyersall Park verkauft wurde. Guck mal, wenn du hier draufdrückst, klingelt es unten. So. Und bevor du bis zehn gez-«

Da klopfte es leise an der Tür, und ein junges Dienstmädchen betrat den Raum mit einem Knicks. »Ja, Mrs Young?«

»Hallo Jiayi. Wir hätten gern zwei Wodka Martini on the rocks, ginge das?«

»Mit extra Oliven, bitte«, sagte Peik Lin.

Nick ging am Seerosenteich vorbei in den dichten Wald am nordwestlichen Ende des Grundstücks. Als kleiner Junge hatte er sich nie hierher getraut, weil einer der alten malaysischen Diener ihm weisgemacht hatte, dass im Wald die Baumgeister hausten und man sie unter keinen Umständen stören sollte.

Hoch oben aus den Wipfeln ertönte ein seltsamer, schriller Vogelschrei, den Nick noch nie gehört hatte. Er suchte das dichte Blätterdach mit den Augen ab, konnte jedoch nichts entdecken. Er ging weiter und erschrak plötzlich, als vor ihm in all dem Grün etwas Weißes aufblitzte. Doch, da war etwas Weißes, Leuchtendes hinter den Bäumen. Langsam tastete er sich voran, und als sich das Gestrüpp lichtete, entdeckte er Ah Ling, die mit dem Rücken zu ihm vor einem riesigen Tembusubaum stand. Sie betete mit Räucherstäbchen in der Hand. Immer wieder verbeugte sie sich, der Rauch der Stäbchen wallte um sie herum, und ihre weiße Bluse leuchtete auf, wenn vereinzelte Sonnenstrahlen durchs Laub der tief hängenden Äste fielen.

Als Ah Ling mit ihrem Gebet fertig war, steckte sie die Räucherstäbchen in eine alte Kakaodose in einem Hohlraum im Stamm. Sie drehte sich um und lächelte, als sie Nick entdeckte.

»Ich wusste gar nicht, dass du zum Beten hierherkommst«, sagte Nick. »Ich dachte immer, du betest im Garten hinter dem Bedienstetenflügel.«

»Ich bete an unterschiedlichen Orten. Zu diesem Baum hier gehe ich, wenn meine Gebete unbedingt erhört werden sollen«, erwiderte Ah Ling auf Kantonesisch.

»Darf ich fragen, zu wem du hier betest?«

»Manchmal zu meinen Ahnen, manchmal zum Affengott, und manchmal auch zu meiner Mutter.«

Auf einmal wurde Nick bewusst, dass Ah Ling ihre Mutter keine zehnmal gesehen hatte, seit sie als Jugendliche nach Singapur gekommen war. Ihm fiel ein, wie er einmal als Kind in Ah Lings Zimmer gekommen war und dort einen Koffer voller seltsamer Dinge gesehen hatte – McVitie's-Kekse, Süßigkeiten von Rowntree's, mehrere Päckchen Lux-Seife, ein paar billige Plastikspielsachen. Als er Ah Ling danach fragte, erzählte sie ihm, das seien Geschenke für ihre Familie in China. Sie hätte einen Monat frei und wolle sie besuchen. Da hatte sich Nick in einem Trotzanfall zu Boden geworfen, weil er wollte, dass sie bei ihm blieb.

Das war Jahrzehnte her, und doch stand Nick nun mit seinem Kindermädchen mitten im Wald, und seine Ohren brannten vor Scham. Diese Frau hatte ihr ganzes Leben in den Dienst seiner Familie gestellt und dafür ihre eigenen Eltern und Geschwister verlassen, die sie nur alle paar Jahre in China besuchte, wenn sie genug Geld für die Reise gespart hatte. Ah Ling, die Chefköchin Ah Ching, Jacob, der Gärtner und der Chauffeur Ahmad, alle diese Leute hatten seiner Familie den Großteil ihres Lebens gedient. Tyersall Park war auch ihr Zuhause, und das würden sie nun verlieren. Er ließ sie alle im Stich.

Als könne sie seine Gedanken lesen, nahm Ah Ling sein Gesicht liebevoll in die Hände. »Guck doch nicht so traurig, Nicky. Das Leben geht weiter.«

Da konnte er nicht mehr an sich halten. Tränen schossen ihm in die Augen. Ah Ling nahm ihn in den Arm wie so oft, wenn er als Kind geweint hatte, und strich ihm über den Kopf. Er weinte sich an ihrer Schulter aus. Seit der Beerdigung seiner Großmutter vor einer Woche hatte er keine einzige Träne vergossen, doch jetzt brach sich alles Bahn.

Nachdem er sich wieder gefasst hatte, gingen die beiden schweigend den Pfad zurück Richtung Haus. Am Seerosenteich setzten sie sich auf eine Steinbank am Ufer und beobachteten einen einsamen Fischreiher, der auf der Jagd nach kleinen Fischen durchs seichte Wasser stakste.

Nick fragte: »Wirst du in Singapur bleiben?«

»Nein, ich glaube, ich gehe zurück nach China, zumindest für ein Jahr. Ich möchte mir in meinem Heimatdorf ein Haus bauen und Zeit mit meiner Familie verbringen. Meine Brüder werden immer älter, und ich habe so viele Großneffen und Großnichten, die ich noch nie gesehen habe. Jetzt kann ich endlich mal die reiche Tante spielen, die alle verhätschelt.«

Nick musste lachen. »Ich bin so froh, dass Ah Ma dich in ihrem Testament bedacht hat.«

»Deine Ah Ma war eine großzügige Frau, schon immer, und dafür werde ich ihr ewig dankbar sein. Die ersten Jahre, ach was, Jahrzehnte, hatte ich furchtbare Angst vor ihr. Sie war weiß Gott nicht leicht zufriedenzustellen, aber ich glaube, irgendwann in den letzten zwanzig Jahren hat sie angefangen, mich auch als Freundin zu sehen, nicht mehr nur als Bedienstete. Habe ich dir je erzählt, dass sie mir vor ein paar Jahren ein Zimmer im Haupthaus angeboten hat? Sie fand, ich wäre allmählich zu alt, um ständig zwischen Bedienstetenflügel und Haus hin- und herzulaufen. Aber das konnte ich nicht annehmen. Ich hätte mich nicht wohlgefühlt in so einem großen Zimmer.«

Nick lächelte.

»Weißt du, Nicky, ich glaube, deine Großmutter hat gar nicht gewollt, dass dieses Haus nach ihrem Tod weitergeführt wird. Das erklärt doch auch, warum sie Ah Ching, mich und die anderen so gut versorgt hat. Sie hat einfach an alles gedacht.«

»Sie hat vielleicht an alles gedacht, aber trotzdem bleiben noch tausend Fragen offen. Ich mache mir ständig Vorwürfe, weil ich so stur war und erst ganz am Ende Frieden mit ihr geschlossen habe. Ich habe so viel Zeit verschwendet.«

»Wir wissen doch nie, wie viel Zeit uns bleibt. Deine Ah Ma hätte genauso gut noch viele Monate weiterleben können, vielleicht sogar Jahre, wer weiß das schon. Sei nicht so hart mit dir. Sei einfach froh, dass du dich noch verabschieden konntest«, tröstete ihn Ah Ling.

»Bin ich ja auch. Ich wünschte bloß, ich könnte noch mal mit ihr reden und verstehen, was sie wirklich wollte.«

Ah Ling richtete sich plötzlich kerzengerade auf. »*Alamak!* Beinahe hätte ich vergessen, dass deine Ah Ma mir noch etwas für dich gegeben hat. Komm mit, ich zeigs dir.«

Nick folgte Ah Ling in ihr Zimmer, wo sie einen alten Samsonite-Koffer aus dem Schrank holte. Das war genau der Koffer, an den er sich vorhin erinnert hatte! Ah Ling legte ihn auf den Boden und klappte ihn auf. Stapelweise bunter Stoffstücke kamen zum Vorschein. Aus diesen Seidenquadraten hatte sie die vielen Patchworkdecken genäht, die am Fußende eines jeden Gästebetts hingen. Ganz unten im Koffer lag ein in dunkelblaue Atlasseide gewickeltes, verschnürtes Päckchen.

»Als deine Ah Ma im Krankenhaus lag, hat sie Astrid gebeten, ein paar Dinge aus dem Tresor und ihren diversen Geheimverstecken zu holen. Das hier hat Astrid mir gebracht, damit ich es für dich aufhebe. Ich glaube, deine Ah Ma wollte verhindern, dass deine Aunties es in die Finger kriegen.«

Ah Ling reichte Nick das Päckchen. Er knotete die Schleife auf und schlug den Seidenstoff zurück. Darin befand sich ein kleines rechteckiges Lederkästchen. Er klappte den Deckel auf und fand eine alte Taschenuhr mit der Gravur Patek, Philippe & Cie an einem Goldkettchen, ein kleines Münztäschchen voller Goldsovereigns und einen schmalen Stapel alter Briefe, die mit dünner Schnur zusammengebunden waren. Am Boden des Kästchens lag ein neuerer Umschlag mit der Aufschrift »Nicky« in der eleganten Handschrift seiner Großmutter. Nick riss den Brief auf und begann gespannt zu lesen:

Lieber Nicky,

ich habe das Gefühl, meine Zeit neigt sich dem Ende zu, und ich weiß nicht, ob ich dich noch einmal wiedersehe. Es gibt noch so viele Dinge, die ich dir sagen wollte, aber mir fehlte immer die Zeit oder der Mut. Jedenfalls möchte ich dir diese Dinge anvertrauen. Sie gehören nicht mir, sondern einem Herrn namens Jirasit Sirisindhu. Bitte gib sie ihm zurück. Er lebt in Thailand, deine Auntie Cat wird dir helfen, ihn zu finden. Ich übertrage dir diese Aufgabe, weil ich möchte, dass du Jirasit kennenlernst. Er wird dich mit den nötigen Mitteln versorgen, wenn ich eines Tages nicht mehr bin. Er wird dir eine große Hilfe sein, da bin ich mir sicher.

In Liebe
Deine Ah Ma

»Danke, dass du die Sachen für mich aufgehoben hast!« Nick gab Ah Ling zum Abschied einen Kuss auf die Wange. Er ging über den Innenhof ins Haupthaus und dann die Treppe hoch in sein Zimmer.

Rachel saß am Laptop und arbeitete. Als Nick durch die Tür kam, sah sie auf. »Schönen Spaziergang gehabt?«

»Du wirst nicht glauben, was gerade passiert ist!« Nick

wedelte aufgeregt mit dem Brief, setzte sich auf die Bettkante und las ihn laut vor.

Rachel lauschte nachdenklich. »Was hat das bloß zu bedeuten? Kennst du den Mann, diesen Jirasit?«

»Nein, den Namen habe ich noch nie gehört.«

»Los, wir googeln ihn mal.« Rachel tippte den Namen ein und las den ersten Treffer laut vor.

»M. C. Jirasit Sirisindhu ist ein Enkel von König Chulalongkorn von Thailand. Der äußerst zurückgezogen lebende Mann soll einer der reichsten Menschen der Welt sein, dessen Vermögen aus Finanz- und Immobiliengeschäften, Landwirtschaft, Fischerei und …«

Nicks Augen fingen an zu leuchten. »Oh mein Gott, jetzt verstehe ich es! ›Er wird dich mit den nötigen Mitteln versorgen.‹ Ja klar, er ist einer der reichsten Männer der Welt. Ich glaube, dieser Mann könnte die Schlüsselrolle beim Kauf von Tyersall Park spielen!«

»Ich weiß nicht, ob du so viel in diesen Brief hineininterpretieren solltest, Nick.«

»Doch, auf jeden Fall! Ich kenne meine Großmutter. Sie hat immer alles genau durchdacht. Sie wollte, dass ich nach Thailand fliege und diesen Mann treffe – hier steht doch, dass Auntie Cat weiß, wie man ihn findet. Rachel, ich sags dir, das hat sie von Anfang an so geplant!«

»Aber was wird aus dem Deal mit den Bings?«

»Das ist doch erst einen Tag her, außerdem wurde der Vertrag noch nicht unterschrieben. Noch können wir den Verkauf verhindern, vor allem, wenn dieser Mann uns hilft! Los, wir setzen uns in den nächsten Flieger nach Thailand!«

»Mach das, setz du dich in den nächsten Flieger, aber ich sollte lieber hierbleiben und aufpassen, dass mit dem

Hausverkauf nichts überstürzt wird. Nicht dass deine Aunties irgendwas unterzeichnen, bevor du wieder da bist«, gab Rachel zu bedenken.

»Du hast vollkommen recht, du bist echt ein Engel! Was würde ich bloß ohne dich machen?« Nick umarmte Rachel stürmisch und holte sofort seine Reisetasche aus dem Schrank.

5

CHIANG MAI, THAILAND

Nach seiner Landung in der uralten thailändischen Stadt Chiang Mai, die auch als »Rose des Nordens« bekannt war, wurde Nick mit einem Jeep zu einem Anwesen in den Ausläufern des Doi Inthanon gebracht. Wie so viele der großen Häuser in dieser Gegend lag auch dieses am Ende einer langen, steilen Straße und war durch die Mauer, die das ganze Grundstück umgab, von außen praktisch unsichtbar. Doch kaum hatte er das hohe, festungsartige Tor passiert, fand sich Nick in einem Paradies wieder, das jeder Beschreibung spottete.

Das Anwesen bestand aus acht Pavillons im traditionellen königlichen Lanna-Stil aus Holz und Stein, die um einen künstlich angelegten See herum angeordnet und durch Brücken und Stege miteinander verbunden waren. Nick wurde durch den üppigen Garten geführt, und als er über einen hölzernen Ponton auf dem See ging, verstärkten die Nebelschwaden, die um ihn herum über das spiegelglatte Wasser waberten, die unwirkliche Atmosphäre nur noch. Es kam ihm vor wie eine Reise in die Vergangenheit.

Vor einem offenen Pavillon mit Blick über den See saß ein adrett gekleideter älterer Herr in Tweedhose, rotbrauner Strickjacke und Schirmmütze und säuberte mit einem winzigen Pinsel das Innenleben einer alten Leica-Kamera. Auf dem Tisch vor ihm lagen noch weitere in ihre Einzelteile zerlegte Exemplare.

Als Nick näher kam, blickte der Mann auf und grinste breit. Schneeweißes Haar lugte unter seiner Kappe hervor, und obwohl er Anfang neunzig sein musste, strahlte sein Gesicht einen geradezu jungenhaften Charme aus. Er stand mit einer Wendigkeit auf, die Nick überraschte.

»Nicholas Young, wie schön, dich zu sehen! Hattest du eine angenehme Reise?«, begrüßte ihn der Mann auf Englisch, das ganz leicht britisch eingefärbt war.

»Ja, Eure Hoheit, danke schön.«

»Nenn mich doch bitte Jirasit. Hoffentlich musstest du nicht allzu früh aufstehen?«

»Ach, das macht mir nichts aus. Außerdem ist dein Flugzeug dadurch im Sonnenaufgang gelandet.«

»Ja, ich habe deine Tante Catherine gebeten, das genau so zu organisieren. Morgens sind die Berge am allerschönsten, und ich bin Frühaufsteher, das muss ich zugeben. In meinem Alter wacht man um fünf auf und ist bereits am Nachmittag zu nichts mehr zu gebrauchen.«

Nick lächelte. Jirasit umfasste mit beiden Händen seine Hand. »Ich bin froh, dass wir uns endlich kennenlernen. Ich habe über die Jahre so viel von dir gehört!«

»Wirklich?«

»Aber ja, deine Großmutter war außerordentlich stolz auf dich. Sie hat ständig von dir erzählt. Bitte, setz dich doch. Tee oder Kaffee?«

Eine ganze Schar Bediensteter war mit Tabletts voller Speisen und Getränke aus dem Haus getreten.

»Kaffee wäre nett, danke.«

Jirasit sagte etwas auf Thai zu den Bediensteten, die mittlerweile auf dem breiten Steinsims des Pavillons ein üppiges Frühstück aufbauten. »Entschuldige die Unordnung, ich bin gerade meiner Lieblingsbeschäftigung nachgegangen«, sagte Jirasit und schob seine Kameras vorsichtig beiseite, um Platz für das Kaffeeservice zu machen.

»Tolle Sammlung hast du da.«

»Das stimmt, aber sie ist hoffnungslos veraltet. Heutzutage fotografiere ich nur noch mit meiner digitalen Canon EOS. Das Säubern der alten Geräte erledige ich allerdings immer noch gern. Das ist für mich wie Meditation.«

»Also hattest du regelmäßig Kontakt mit meiner Großmutter?«, fragte Nick.

»Mal mehr, mal weniger. Du weißt ja, wie das bei alten Freunden so ist … es herrschte immer mal wieder ein Jahr lang Funkstille, aber wir haben versucht, in Kontakt zu bleiben.« Jirasit hielt inne und blickte unverwandt die alte zweiäugige Rolleiflex auf dem Tisch an. »Die gute alte Su Yi … Ach, ich werde sie vermissen.«

Nick nahm einen Schluck Kaffee. »Wo habt ihr euch überhaupt kennengelernt?«

»In Bombay, 1941, als wir beide fürs britische India Office gearbeitet haben.«

Nick beugte sich erstaunt vor. »Moment mal, im indischen Ableger des War Office? Da hat meine Großmutter gearbeitet?«

»Aber ja. Hat sie dir das nie erzählt? Angefangen hat sie in der Kryptoanalyse. Ich war in der kartografischen Abteilung und habe bei der Anfertigung einer detaillierten Karte von Thailand mitgeholfen. Die Kartografen kannten das Land nicht gut genug, vor allem nicht die abgelegenen Gebiete nahe der nördlichen Grenze, aber wir brauchten verlässliches Kartenmaterial für den Fall einer Invasion.«

»Verrückt. Und ich dachte immer, sie hätte es sich während der japanischen Besatzung in irgendeinem Maharadschapalast gut gehen lassen.«

»Hat sie ja auch, aber sobald die Briten gemerkt haben, was in ihr steckt, wurden ihr einige … nun, sagen wir mal sensible diplomatische Aufgaben übertragen.«

»Ich höre das alles zum ersten Mal …«

»Deine Großmutter hatte eine gewisse Anziehungskraft, die schwer zu beschreiben ist. Sie war nie eine klassische Schönheit, aber trotzdem lagen ihr die Männer zu Füßen. Während des Krieges war das sehr nützlich. Sie konnte die Radschas gewissermaßen nach ihrer Pfeife tanzen lassen.«

Nick holte das Lederkästchen, das Su Yi ihm anvertraut hatte, aus der Tasche und stellte es auf den Tisch. »Also, der Grund, weshalb ich hier bin, ist dieses Kästchen. Meine Großmutter wollte, dass ich es dir zurückgebe.«

»Ach, mein Dunhill-Kästchen! Ich hätte nicht gedacht, dass ich das auf meine alten Tage noch mal wiedersehe.« Jirasit freute sich wie ein Kind. »Weißt du, deine Großmutter war eine äußerst eigensinnige Frau. Als sie es sich in den Kopf gesetzt hatte, mitten im Krieg nach Singapur zurückzukehren – übrigens war das völliger Wahnsinn, wenn du mich fragst –, habe ich ihr einige meiner kostbarsten Besitztümer mitgegeben. Die Patek meines Vaters, diese Goldsovereigns und was noch, weiß ich gar nicht mehr. Ich dachte, sie würde auf dem Weg nach Singapur sicherlich einige Leute bestechen müssen. Aber wie ich sehe, hat sie nichts davon gebraucht.« Jirasit zog die Taschenuhr auf und hielt sie sich ans Ohr. »Hörst du? Tickt immer noch genauso wie früher, nach so vielen Jahren! Das muss ich meinem Freund Philippe Stern erzählen!« Dann nahm Jirasit das verschnürte Bündel alter Umschläge heraus und betrachtete es verwundert. »Was ist das denn?«

»Keine Ahnung. Ich dachte, das wären deine, deshalb habe ich sie nicht aufgemacht.«

Jirasit löste die Schnur und blätterte durch die Briefe. »Meine Güte! Die habe ich ihr nach dem Krieg geschrieben. Und sie hat sie alle aufgehoben.« Tränen stiegen ihm in die blassgrauen Augen, doch er blinzelte sie hastig weg.

Nick wollte gerade den Rückkaufplan für Tyersall Park vorstellen, als Jirasit abrupt aufstand und sagte: »Na los, widmen wir uns Wichtigerem.«

Nick hatte keine Ahnung, wovon er sprach, folgte Jirasit jedoch, der zügig auf einen Pavillon am gegenüberliegenden Ufer zusteuerte. Sein Tempo erstaunte Nick. »Hoffentlich bin ich in deinem Alter auch noch so fit wie du!«

»Das hoffe ich auch, du kommst mir recht langsam vor. Hopphopp! Während meiner Zeit in Indien habe ich Yoga für mich entdeckt, seitdem mache ich täglich meine Übungen. Aber genauso wichtig ist es, seinen Körper basisch zu halten, junger Mann. Isst du Hühnchen?«

»Ja, sehr gern sogar.«

»Dann gewöhn dir das mal fix wieder ab. Hühner resorbieren nämlich ihren eigenen Urin, das macht ihr Fleisch extrem säurehaltig.« Der Mann beschleunigte seine Schritte. Sie kamen an einen Pavillon mit großen Fensterfronten, vor dessen Eingang zwei Wachmänner standen.

»Das ist mein Büro«, erklärte Jirasit. Sie betraten den Raum, der bis auf eine antike goldene Buddhastatue in einer Wandnische und einen edlen schwarz-goldenen Schreibtisch am Fenster zum See vollständig leer war. Jirasit ging zur gegenüberliegenden Wand und legte die Hand auf einen Scanner neben der Tür, worauf sich das Bolzenschloss automatisch öffnete. Er bedeutete Nick mit einer Geste, ihm zu folgen.

Das Innere des Raumes wirkte wie ein begehbarer Tresor mit Einbauschränken an den Wänden. In einer Ecke stand ein antiker, fest mit dem Boden verschraubter Wells-Fargo-Safe. Jirasit drehte sich zu Nick um. »Da wären wir. Die Kombination bitte?«

»Äh, habe ich das richtig verstanden, *ich* soll dir die Kombination geben?«

»Natürlich. Das ist der Safe deiner Großmutter aus Singapur.«

»Aber woher soll ich die denn kennen?« Nick war über diese plötzliche Wendung seines Besuchs völlig verblüfft.

»Also, falls du nicht zufällig Panzerknacker bist, brauchen wir wohl oder übel die Kombination. Hmm, vielleicht versuchen wir es mal bei Catherine in Bangkok.« Jirasit zog sein Handy aus der Tasche und hatte Sekunden später Catherine an der Strippe. Die beiden sprachen eine Weile auf Thai, dann sah Jirasit Nick an und fragte: »Hast du die Ohrringe mitgebracht?«

»Welche Ohrringe?«

»Die Perlenohrringe deiner Großmutter. Auf denen steht die Kombination.«

»Oh mein Gott! Die Ohrringe? Warte, ich rufe meine Frau an.« Damit hatte Nick nun wirklich nicht gerechnet. Er rief Rachel an, die kurz darauf schläfrig ans Handy ging.

»Tut mir leid, dass ich dich geweckt habe, Süße. Ja, ich bin schon in Chiang Mai. Sag mal, erinnerst du dich an die Ohrringe, die ich dir geschenkt habe? Die Perlenohrringe von meiner Großmutter? Die musst du dir bitte mal ganz genau ansehen.«

Rachel kroch aus dem Bett und öffnete die Schublade der Frisierkommode, in der ihr Schmuck lag.

»Was soll denn darauf zu sehen sein?«, fragte sie, immer noch im Halbschlaf.

»Sind da irgendwelche Zahlen in die Perlen graviert?«

Rachel hielt einen der Ohrstecker ins Licht. »Nein. Da ist nichts zu sehen. Die sind makellos glatt.«

»Echt? Guck noch mal genauer hin, bitte.«

Rachel kniff ein Auge zu und untersuchte beide Stecker ganz genau. »Tut mir leid, Nick, aber da ist wirklich nichts. Bist du sicher, dass diese Ohrringe gemeint sind? Die sind so winzig, ich kann mir wirklich nicht vorstellen, wo an denen was versteckt sein soll, außer vielleicht *in* der Perle.«

Nick fielen Ah Mas Worte ein, als sie ihm damals die Ohrringe gegeben hatte. *Die hat mein Vater mir geschenkt, bevor ich aus Singapur geflohen bin. Die Japaner hatten Johor erreicht, und wir wussten, dass es vorbei war. Sie sind etwas ganz Besonderes. Bitte passt gut auf sie auf.* Auf einmal hatte das eine völlig neue Bedeutung. Er starrte auf die Tür des Safes und fragte sich, was sich wohl darin verbergen mochte. Goldbarren? Stapelweise alter Wertpapiere oder andere Unterlagen, die ihm finanziell aus der Patsche helfen konnten? Auf jeden Fall musste es etwas sehr Wertvolles sein, sonst hätte seine Großmutter keinen so großen Aufwand betrieben, um es zu beschützen.

»Rachel, ich bin mir ganz sicher. Das sind die Ohrringe.

Vielleicht müssen wir sie aufbrechen? Oder die Zahlen erscheinen, wenn man sie in Wasser legt? Ach, ich hab doch auch keine Ahnung!« Nick stöhnte frustriert auf.

»Also, bevor ich diese wunderschönen Perlen zerstöre, versuche ich mal den Trick mit dem Wasser.« Rachel ging ins Bad und machte den Wasserhahn an. Während sie darauf wartete, dass sich das Waschbecken füllte, sah sie sich die Ohrringe noch einmal genauer an. Es waren schlichte Perlenstecker, die man mit einer kleinen Goldscheibe am Ohr befestigen konnte. Ehe sie die Ohrringe ins Wasser legte, löste sie probehalber die Goldscheibe an einem der Stecker. Sie schnappte nach Luft. Da, auf der Unterseite des Goldverschlusses waren winzige chinesische Schriftzeichen eingraviert. »Nick! Oh Gott, ich hätte nie gedacht, dass ich das mal sage, aber … HEUREKA, ich habs gefunden! Am Verschluss der Stecker sind chinesische Zeichen eingraviert!« Sie entzifferte die Zahlen und diktierte: »9, 32, 11, 17, 8.«

Mit klopfendem Herzen drehte Nick die Nummernscheibe, und tatsächlich schien sich bei jeder Zahl klickend ein Schloss zu öffnen. Er hielt den Atem an und griff nach dem Türhebel. Was ihn wohl erwartete?

Quietschend ging die Tür auf, Nick warf einen Blick hinein, doch im Inneren befanden sich lediglich mehrere ordentliche Stapel roter Lederbüchlein. Er nahm eines heraus und blätterte es durch. Die Seiten waren eng mit chinesischen Schriftzeichen beschrieben, und Nick wurde klar, dass er eines der Tagebücher seiner Großmutter in der Hand hielt. Die Aufzeichnungen reichten von ihrer Jugend bis ins Erwachsenenalter.

»Was machen die denn hier?« Nick war völlig verdattert.

Jirasit schenkte Nick ein wissendes Lächeln. »Deiner

Großmutter war ihre Privatsphäre heilig. Ich glaube, dies war der einzige Ort, an dem sie nicht fürchten musste, dass irgendjemand die Bücher findet oder nach ihrem Tod zensiert. Aber wie ich höre, bist du der Historiker der Familie, und sie wollte, dass du Zugang zu den Büchern bekommst. Sie hat mir angekündigt, dass du eines Tages kommen würdest.«

»Und das ist alles? Nur die Tagebücher?« Nick beugte sich vor und spähte in den dunklen Tresor.

»Ich glaube schon. Wieso? Hattest du etwas anderes erwartet?«

»Ich weiß nicht. Ich hatte wahrscheinlich gehofft, dass sie hier noch ein paar kostbare Schätze versteckt hat.« Nick konnte seine Enttäuschung nicht verbergen.

Jirasit runzelte die Stirn. »Nun, Nicholas, lies die Bücher doch erst einmal. Womöglich stößt du auf ihren Seiten auf den einen oder anderen unerwarteten Schatz. Ich lasse dich jetzt für eine Weile allein, und wenn du magst, treffen wir uns zum Mittagessen wieder, in Ordnung?«

Nick setzte sich mit den Büchern an den Schreibtisch. Vermutlich war es am sinnvollsten, sie chronologisch zu lesen, dachte er und griff nach dem untersten im Stapel. Als er es behutsam aufklappte, knackte der jahrzehntelang unangetastete Ledereinband, und Nick begann die Handschrift seiner Großmutter zu entziffern. Sofort hatte er ihre jugendliche Stimme im Ohr:

1. März 1943
Es kommt mir vor, als wären wir schon seit einer Woche unterwegs, aber Keng meint, wir sind erst vor drei Tagen losgeritten. Bei jedem Außenposten, den wir erreichen, frage ich

ihn, ob wir jetzt die Grenzen des Anwesens erreicht haben, und jedes Mal seufzt er und sagt: Nein, noch nicht. Anscheinend gehört die Familie meiner Mutter zu den größten Landbesitzern in ganz West-Sumatra, und es dauert eine Woche, von einem Ende des Anwesens zum anderen zu reiten. Aber die Berglandschaft ist wunderschön – schroff und merkwürdig unberührt. Unter anderen Umständen wäre der Ausritt richtig romantisch. Ach, wenn ich gewusst hätte, dass es Tage bis zum Haus meines Bruders dauern würde, hätte ich meinen eigenen Sattel mitgebracht!

2. März 1943
Endlich sind wir da. Sie haben mich nach oben zu Ah Jit gebracht, und zuerst habe ich gar nicht begriffen, was los ist. Mein Bruder war bewusstlos, sein hübsches Gesicht grün und blau und so geschwollen, dass ich ihn fast nicht erkannt hätte. Er hatte eine tiefe Wunde am Kiefer, die entzündet aussah. Ich fragte, ob die Cholera doch nicht überstanden sei. »Wir wollten es dir persönlich sagen. Er leidet nicht an der Cholera, er hat innere Blutungen. Er wurde von japanischen Agenten gefoltert. Sie wollten den Aufenthaltsort einiger wichtiger Personen aus ihm herauspressen. Seinen Körper haben sie gebrochen, aber nicht seine Seele.«

5. März 1943
Ah Jit ist gestern gestorben. Er war kurz wach und hat sich gefreut, mich zu sehen. Er wollte etwas sagen, aber ich habe ihn davon abgehalten. Ich habe ihn im Arm gehalten und ihm ins Ohr geflüstert: »Ich weiß, ich weiß. Keine Angst. Alles wird gut.« Aber nichts ist gut. Mein geliebter Bruder ist tot, und ich habe keine Ahnung, was ich tun soll. Als ich

heute Morgen in den Garten kam, waren seine Rhododendren über Nacht aufgeblüht. Das ganze Grundstück steht in voller Farbenpracht, ich hätte nie gedacht, dass es so viele verschiedene Rosatöne gibt. Während ich weinend durch den Garten lief, streiften die üppigen Blüten mein Gesicht. Ah Jit wusste, wie sehr ich diese Blüten liebe. Er hat sie für mich angepflanzt, das weiß ich.

Verwirrt blickte Nick auf die Seiten des Tagebuchs. Konnte das stimmen? Sein Großonkel Ah Jit war von den Japanern gefoltert worden, und seine Großmutter war bei ihm gewesen? Hatte sie die Kriegsjahre denn nicht in Indien verbracht? Er blätterte ein paar Seiten weiter, da fiel ein Brief aus dem Buch. Nick traute seinen Augen nicht, als er die Zeilen auf dem vergilbten Papier überflog. Er bekam eine Gänsehaut.

6

STAR TREK HOUSE, SINGAPUR

Eleanor tigerte ungeduldig auf und ab. »Wieso ist sie denn noch nicht da? Nicht dass sie es sich anders überlegt hat.«

»*Aiya*, Eleanor, es ist doch gerade mal zwei Minuten nach eins«, beruhigte sie Lorena, die es sich auf der weißen Sofalandschaft in Carols riesigem Schlafzimmer mit Poolzugang gemütlich gemacht hatte. »Jetzt sei mal nicht so *ganzoeng*. Sie taucht schon noch auf, keine Sorge.«

Da platzte Nadine zur Tür herein. »Diese Staus treiben mich noch in den Wahnsinn! Mein Chauffeur musste zwei Umwege fahren, stellt euch das mal vor! Überall ERPs[1], und trotzdem wird es immer schlimmer mit dem Verkehr. Ronnie muss sich dringend bei unserem Abgeordneten beschweren, so geht das nicht weiter!«

Wie eine Heerführerin rief Daisy noch mal allen den Plan ins Gedächtnis: »Alle wissen, was sie zu tun haben, oder?

1 Singapurs beeindruckendes Mautsystem (Electronic Road Pricing, kurz ERP) soll eigentlich Stau vermeiden, hat aber auch zu einem erstaunlichen Maß an Unzufriedenheit seitens der Bevölkerung geführt.

Wir servieren Champagner, dann lese ich einen Bibelvers, was ganz Kurzes, irgendwas aus dem Buch der Sprüche. Dann werden wir unterbrochen, weil es Mittagessen gibt. Ich habe meiner Köchin gesagt, sie soll heute extra viel Fett an den Reis tun. Nach Champagner, Hühnchenreis und den ganzen *nyonya kuihs* zum Nachtisch ist sie hoffentlich pappsatt, beschwipst und müde. Die perfekte Kombi! Und beim Essen hat Nadine dann ihren großen Auftritt!«

Nadine grinste verschwörerisch. »Ich habe dem Kindermädchen schon genaueste Anweisungen gegeben.«

»Also Ladys, ich weiß ja nicht. Ich hab wirklich kein gutes Gefühl bei der Sache.« Carol wirkte nervös.

»Quatsch, *lah*!«, gab Eleanor zurück und rieb sich voller Vorfreude die Hände. »Ausgerechnet diese Woche ist doch meine Nichte Jackie aus Brisbane zu Besuch! Das ist Schicksal! So eine Gelegenheit kommt nie wieder!« In dem Moment betrat Jackie das Zimmer. »Und?«, wollte Eleanor sofort wissen. »Alles in Ordnung? Mir wurde versprochen, dass alles dem neuesten Stand der Technik entspricht.«

»Keine Bange, Auntie Elle, es kann jederzeit losgehen«, erwiderte Jackie.

»Und das verstößt auch wirklich nicht gegen den Hyperkritischen Schwur?«, erkundigte sich Lorena zaghaft.

»Du meinst wohl den Hippokratischen Eid? Nein, natürlich nicht. Solange die betreffende Person einverstanden ist, ist alles in Ordnung«, sagte Jackie.

Nadine blätterte derweil im neuesten *Tattle*. »Sagt mal, gehen wir eigentlich zu diesem Kostümball von Gräfin Colette? Wie es aussieht, kommt da alles, was Rang und Namen hat.«

»Wer denn zum Beispiel?«

»Na eben alles, die gesamte Schickeria von Europa und Amerika! Die ganzen Hollywoodstars und natürlich die Umweltschützer und so. Hier steht, dass die Topdesigner gar nicht mehr hinterherkommen mit den ganzen Bestellungen. Anscheinend soll man sich wie Proust verkleiden.«

»Hahahaha! Wie dieser käsebleiche Hänfling? Na, das bezweifle ich aber«, mischte sich Lorena ein. »Nein, die verkleiden sich wie Figuren aus seinen Büchern.«

»Hm, hab noch nie was von dem gelesen. War das der mit dem *Sakrileg*? Da war mir schon der Film zu hoch!«, sagte Nadine. »Ist ja auch egal. Jedenfalls geht das Gerücht um, dass irgendeine englische Prinzessin als Überraschungsgast kommt! Yolanda Amanjiwo hat angeblich schon fünf Tische gebucht. Eine halbe Million soll sie dafür hingeblättert haben.«

Daisy schnaubte. »Soll diese Amanjiwo mit ihrem Geld doch machen, was sie will, von mir aus kann sie sich mit Hundert-Dollar-Scheinen den Hintern abwischen. Aber ich zahle sicher keinen Cent für irgendeinen albernen Kostümball.«

Nadine sah Daisy mit aufgerissenen Augen an. »Aber denk doch mal an die Orang-Utans! Die armen Äffchen!«

»Jetzt tu mal nicht so, Nadine. Hast du etwa geweint, als Ah Meng gestorben ist?«[1]

»Äh, nein?«

»Ich auch nicht!«, sagte Daisy. »Wieso um alles in der Welt sollte ich also zehntausend Dollar bezahlen, um mit

1 Ah Meng war ein unverwüstliches Orang-Utan-Weibchen im Singapurer Zoo und von den Achtzigerjahren bis zu ihrem Tod im Jahr 2008 der Liebling aller Besucher.

lauter *ang moos* zusammenzusitzen und *ang moo*-Fraß zu essen? Sicher nicht, um eine Schar Ah Mengs zu retten!«

»Also wirklich, Daisy, du hast einfach kein Herz für Tiere! Du kannst dir gar nicht vorstellen, wie glücklich mich Beyoncé und Rihanna machen«, sagte Nadine betroffen.

»Ach, du und deine Schoßhündchen!«

In diesem Augenblick führte ein Dienstmädchen Rachel in Carol Tais Schlafzimmer.

»Rachel! Wie schön, dass du da bist!« Die Damen begrüßten sie begeistert.

»Danke für die Einladung, Mrs Tai! Nick hat mir so viel von Ihrem Bibelkreis erzählt, das konnte ich mir unmöglich entgehen lassen.«

»Ach bitte, wir duzen uns hier alle! Ich bin Carol.«

»Tut mir jedenfalls sehr leid, dass ich zu spät bin. Ich hab mich auf dem Weg hierher verfahren. Google Maps war mal wieder keine Hilfe.«

»*Alamak*, wieso hast du dich nicht von Ahmad fahren lassen?«, fragte Eleanor. »Seit die alte Dame tot ist, liegt der sowieso nur noch auf der faulen Haut.«

»Ach, stimmt. Daran habe ich gar nicht gedacht!«

Eleanor nahm sie am Arm. »Komm, ich stell dir meine Nichte Jackie vor. Sie ist Ärztin und lebt in Brisbane.«

»Hallo! Schön, dich kennenzulernen.« Rachel schüttelte der hübschen Frau Mitte dreißig die Hand und setzte sich neben sie auf die Chaiselongue. Sofort bekam sie eine überdimensionierte Sektflöte in die Hand gedrückt. »Oh, ich wusste gar nicht, dass bei der Bibelstunde getrunken wird!«, sagte sie überrascht.

»Warum sollten wir das nicht tun? Schließlich hat Jesus Wasser in Wein verwandelt!«, erwiderte Eleanor. »Trink aus!

Das ist der teuerste Champagner aus dem Weinkeller des Dato', der wird nicht verschwendet.«

»Das lass ich mir nicht zweimal sagen«, antwortete Rachel fröhlich und nahm die Bibel, die Carol ihr reichte.

»Heute wird uns Schwester Daisy aus der Heiligen Schrift vorlesen. Bitte schlagt alle das Buch der Sprüche auf«, sagte Carol. Die Damen gehorchten und blätterten eifrig in ihren Bibeln.

»Okay. Sprüche 31:10: ›Wer kann schon eine tüchtige Frau finden? Sie ist wertvoller als die kostbarsten Edelsteine.‹ Was sagt uns das?«, fragte Daisy in die Runde.

»Also, meine kostbarsten Edelsteine sind bolivianische Smaragde«, sagte Lorena.

Nadine widersprach: »Was? Meine neuen Rubinohrringe von Carnet sind wesentlich mehr wert als alle meine Smaragde.«

»Kaufst du dir immer noch neuen Schmuck, Nadine? In deinem Alter? Man sollte meinen, dass du allmählich genug hast«, tadelte Daisy.

Nadine warf ihr einen strengen Blick zu. »Genug? Was soll das denn heißen?«

In dem Augenblick rauschte eine Schar von Dienstmädchen mit Tabletts ins Zimmer und überreichte jeder eine Bentobox mit hainanesischem Hühnchenreis. »*Aiya*, das Mittagessen kommt heute aber früh. Dabei habe ich meinem Butler gesagt, dass wir allerfrühestens um halb zwei essen wollen!«, protestierte Carol halbherzig.

Lorena nahm ihren Reis energisch entgegen. »Na, aber wir wollen auch nicht, dass es kalt wird!«

»Wo du recht hast, hast du recht!« Die Damen legten die Bibeln beiseite und ließen es sich schmecken.

»Moment, das wars schon?« Rachel hatte im Bibelkreis dieser Damen keine tiefschürfenden theologischen Debatten erwartet, aber dass es so schnell vorbei sein würde, überraschte sie doch.

»Du bist wirklich ein Glückspilz, Rachel«, sagte Eleanor und schob sich noch ein Stück von dem butterzarten Huhn in den Mund. »Als Auntie Daisy gehört hat, dass du heute zum Bibelkreis kommst, hat sie *persönlich* dafür gesorgt, dass ihre Köchin Swee Kee ihren berühmten hainanesischen Hühnchenreis macht.«

»Danke, das ist aber lieb, Auntie Daisy. Ich bin echt süchtig danach, seit ich ihn zum ersten Mal mit Nick gegessen habe. Schade, dass man ihn nirgendwo in New York so bekommt.«

In dem Augenblick fing Nadines iPad an, geräuschvoll in ihrer Handtasche zu vibrieren. »*Alamak!* Jetzt hätte ich beinahe meinen täglichen Gute-Nacht-Anruf bei meinem Enkel in London vergessen.« Sie zog das Gerät aus ihrer Bottega Veneta Hobo und startete FaceTime. »Joshie, Schätzchen, bist du das?« Eine mondgesichtige junge Frau erschien auf dem Display. »Mrs Shaw, ich habe Ihre dringende E-Mail jetzt erst gesehen, tut mir leid. Sie wollten, dass ich Joshua …«

Nadine unterbrach sie hastig. »Ja, ja, Svetlana, Sie müssen nicht alles wiederholen, was in der Mail stand! Geben Sie mir einfach Joshua.«

»Aber er badet gerade.«

»Ist doch egal, jetzt machen Sie schon, *lah*!«

Das Kindermädchen drehte sein Handy, und auf dem Display erschien ein nacktes Kleinkind in einer gewaltigen Marmorbadewanne.

»*Alamak*, ist der niedlich!«, quietschten die Freundinnen wie aus einem Munde.

»Da ist mein kleiner Joshie ja!«, flötete Nadine.

»Klein ist gut … Findest du nicht auch, dass sein Piepmatz *riesig* ist? Also, für sein Alter? Das war bei meinen Jungs ganz anders«, sagte Daisy im Flüsterton zu Lorena.

»Der Vater ist doch Araber, oder? Die haben doch angeblich Gehänge wie die Kamele«, flüsterte Lorena zurück.

»Der Vater ist doch kein Araber, der ist syrischer Jude. Und das sind nun wirklich nicht die richtigen Themen für einen Bibelkreis!« Carol warf den beiden einen entrüsteten Blick zu.

»*Aiya*, was ist denn schon dabei? In der Bibel wimmelt es nur so von Penissen! Da ist alle paar Seiten von Beschneidung und solchem Kram die Rede!«, verteidigte sich Daisy.

»Also, in Australien werden Jungs schon längst nicht mehr standardmäßig beschnitten«, steuerte Jackie jetzt bei. »Das gilt als überholt und ethisch fragwürdig. Jungs sollten selbst über ihre Vorhaut entscheiden können.«

Rachel hatte mit Genuss gegessen, doch bei dem ganzen Vorhaut-Gerede war ihr der Appetit auf die glänzenden Stückchen Hühnchenhaut in ihrer Box schlagartig vergangen. Nachdem die Frauen das iPad mit dem kleinen Wonneproppen herumgereicht und der Reihe nach entzückt aufgejauchzt hatten, packte Nadine das Gerät wieder ein, denn prompt rückte die nächste Heerschar Bediensteter mit bergeweise sündhaft leckerer *nyonya kuihs* an.

Daisy biss in einen *kuih dadar*[1] und schwärmte mit vollem Mund: »Einfach zuckersüß, dein Enkel. Dem will man sofort in die runden Bäckchen kneifen!«

1 Süßer, mit Kokosblütenzucker gefüllter Pfannkuchen, der aufgrund der Art, wie er gerollt und an den Enden gefaltet ist, zufälligerweise einem beschnittenen Penis ähnelt.

»Ja, neben Beyoncé und Rihanna ist er das größte Glück in meinem Leben«, sagte Nadine.

Rachel sah Nadine erstaunt an. Hatte sie da gerade richtig gehört?

»Also wirklich, Nadine, ich verstehe einfach nicht, was dich hier hält. Ich wäre längst in London. Das ist doch das niedlichste Alter!«, sagte Carol.

»Das stimmt!«, pflichtete Daisy ihr bei. »Wenn sie schon sauber sind, aber noch keine schmutzigen Wörter kennen.« Sie lachte über ihren eigenen Witz.

»Und du, Rachel? Wann macht ihr unsere Eleanor denn endlich zur stolzen Großmutter?«, fragte Lorena ohne Umschweife.

Alle Blicke waren jetzt auf Rachel gerichtet. »Früher oder später wollen Nick und ich auf jeden Fall Kinder.«

»Eher früher oder eher später?«, hakte Lorena nach.

Rachel bemerkte, dass Eleanor sie gespannt ansah, jedoch nichts sagte, daher wählte sie ihre Worte mit Bedacht. »Na ja … die letzten paar Jahre waren so … ereignisreich … dass der richtige Zeitpunkt einfach noch nicht gekommen ist.«

»Glaub mir, den richtigen Zeitpunkt gibt es nicht.« Daisy winkte ab. »Man muss sich einfach trauen! Ich habe drei Jungs in drei aufeinanderfolgenden Jahren bekommen. Alles in einem Aufwasch erledigt, *lah*!«

»Heutzutage ist es aber längst nicht mehr so einfach, Kinder zu haben, Auntie Daisy. Vor allem in New York muss man –«

»Dann zieht halt nach Singapur«, sagte Lorena. »Nehmt euch ein Kindermädchen, ihr habt die freie Auswahl – von den Philippinen, aus Indonesien oder Sri Lanka, oder ihr gönnt euch eine Osteuropäerin.«

Nadine nickte eifrig. »Und wir passen auch alle gern auf euer Baby auf!«

Rachel verkniff sich einen Kommentar. Nadine konnte nicht mal auf ihre Einkaufstaschen aufpassen. Sie setzte ein Lächeln auf und sagte diplomatisch: »Vielen Dank für euren Rat, Aunties. Ich werde es mir zu Herzen nehmen und mit meinem Mann besprechen.«

»Liegt es an Nicky?«, fragte Daisy.

»Äh, nein, eigentlich nicht …«, sagte Rachel unangenehm berührt.

Daisy ließ nicht locker. »Also hast du auf einmal kalte Füße gekriegt? Hast du Angst, dass du schon zu alt bist?«

»Nein, überhaupt nicht.« Rachel holte tief Luft. Konnten sie jetzt bitte mal das Thema wechseln?

»*Aiya*, Aunties, setzt die arme Rachel doch nicht so unter Druck!« Jetzt meldete sich Jackie zu Wort. »Das ist keine Entscheidung, die man nebenbei fällt.«

»Okay, okay, *lah*, wir wollen Eleanor doch bloß endlich in unserem Großmutter-Club willkommen heißen!« Mit ihrem Lachen löste Daisy die Anspannung, die sich über den Raum gelegt hatte.

Rachel warf Jackie einen dankbaren Blick zu.

Die stand auf und sagte zu Rachel: »Lust, ein bisschen frische Luft zu schnappen?«

Rachel stellte ihr Tablett ab und folgte Jackie aus dem Zimmer. Doch schon nach ein paar Schritten bog Jackie ab und öffnete die Tür zu Carols privatem Gebetsraum. »Komm, wir gehen hier rein.«

Das Erste, was Rachel ins Auge stach, war der gynäkologische Behandlungsstuhl mit den erhöhten Beinstützen mitten im Raum.

»Ich arbeite ja in Brisbane als Gynäkologin in der Geburtshilfe, weißt du. Also falls du denkst, dass mit deinen Fortpflanzungsorganen vielleicht irgendwas nicht in Ordnung ist, könnten wir dir die Sorge gern hier und jetzt nehmen.« Jackie drückte auf den Lichtschalter, und kaltes Neonlicht flutete den Raum.

Rachel starrte sie entgeistert an. Ihr fehlten die Worte.

Jackie reichte ihr lächelnd ein lindgrünes Krankenhaushemdchen. »Wenn du magst, untersuche ich dich kurz vaginal.«

»Äh, nein danke, geht schon«, stammelte Rachel und machte einen Schritt zurück.

Jackie zog sich ein Paar Gummihandschuhe über. »Geht auch ganz schnell. Auntie Elle möchte doch bloß wissen, wie es um deine Eierstöcke bestellt ist.«

»Finger weg!« Rachel ergriff die Flucht. Sie stürmte in Carol Tais Schlafzimmer und schnappte sich wortlos ihre Tasche.

»*Aiya*, wohin des Weges?«, fragte Nadine.

»Alles in Ordnung?«, säuselte Carol.

Mit wutrotem Gesicht wandte sich Rachel an Eleanor. »Da denke ich wirklich kurz, du könntest dich doch noch als halbwegs normale Schwiegermutter entpuppen, und dann kommt so was!«

Eleanor tat erstaunt. »Was meinst du denn?«

»Du hast im Ernst eine Frauenarztpraxis im Nebenraum aufbauen lassen! Dieser ganze Scheißüberfall war doch von Anfang an geplant, oder? Nur weil Nick und ich noch keine Kinder haben, unterstellst du mir, ich hätte irgendwelche medizinischen Probleme?«

Lorena sprang für ihre Freundin in die Bresche. »Na, das

kannst du ihr nun wirklich nicht verübeln! Wir wissen doch alle, dass es an Nicky nicht liegen kann – bei den Genen!«

»Was stimmt denn bloß nicht mit euch? Ihr seid doch alle krank!«, zischte Rachel.

Da erhob sich Eleanor zornig und schrie: »Was nicht stimmt, willst du wissen? Schau dir meine Arme an. Die sind leer!« Sie streckte ihr demonstrativ die Arme entgegen. »Wieso darf ich immer noch kein Baby im Arm halten? Zwei Jahre sind vergangen, ganze fünf, wenn man bedenkt, wie lange du schon mit meinem Sohn schläfst! Wo bleibt bitte mein Enkel? Wie lange sollen diese Arme noch kalt und leer sein?«

»Eleanor, hier geht es ausnahmsweise mal nicht um *dich*! Nick und ich werden ein Kind bekommen, sobald *wir* dazu bereit sind!«, schrie Rachel zurück.

Nun ergriff Daisy das Wort. »Jetzt sei doch nicht so egoistisch, Rachel! Nicky und du, ihr hattet lange genug euren Spaß! Es wäre schon allmählich an der Zeit, eure Pflicht zu erfüllen und Eleanor einen Enkel zu schenken! Wer weiß, wie viele Jahre ihr und Philip noch mit ihren Enkeln bleiben? Nächstes Mal, wenn du in Singapur bist, hast du gefälligst ein pummeliges Baby auf dem Arm!«

Rachel war stocksauer. »Und du meinst, das geht so einfach? Soll ich mit den Fingern schnipsen, und zack, ist das Baby da?«

»Aber sicher! Heutzutage ist das doch wirklich einfach!«, rief Nadine. »Meine Francesca musste nicht mal selbst schwanger werden! Sie hatte solche Angst vor Schwangerschaftsstreifen, dass sie ein hübsches Mädchen aus Tibet angeheuert hat, das den Kleinen für sie austrägt. Am Tag nach Joshies Geburt war sie schon wieder auf einer Party in Rio!«

Carol versuchte, die Wogen zu glätten. »Ladys, bitte beruhigt euch doch. Lasst uns gemeinsam ein Gebet sprechen …«

»Ihr wollt ein Gebet? Könnt ihr haben: Lieber Gott, danke, dass ich dieses Irrenhaus nie wieder betreten muss. Amen!« Mit diesen Worten knallte Rachel die Tür hinter sich zu.

7

MANILA, PHILIPPINEN

Aus Tommy Yips täglicher Klatschkolumne:

War das ein Tumult unter den Titas gestern Abend! Der Grund? Ein spektakulärer Zwischenfall auf der superglamourösen Party in **China Cruz**' Traumvilla in Dasmariñas. Während **Chris-Emmanuelle Yam** (chic chic in einer Robe von Chloé) mit Orchesterbegleitung »Love Will Keep Us Together« zum Besten gab, war auf einmal ein ohrenbetäubendes Krachen zu hören. Die feinstens gewandeten Gäste strömten aus dem Ballsaal ins Foyer und wurden Zeuge eines ungewöhnlichen Schauspiels: **Diego San Antonio** rangelte auf dem Marmorfußboden mit einem nicht geladenen Herrn.

»Ein Chinese war das«, so Partyqueen **Doris Hoh** (in einem sinnlichen smaragdgrünen Elie Saab), »sah ziemlich gut aus, stand aber offensichtlich völlig neben sich. Er hatte Diego am Schlafittchen, schüttelte ihn durch und schrie in einer Tour: ›Wo ist sie? Sag mir sofort, wo sie ist!‹ Es war absolut surreal. Da prügeln sich zwei erwachsene Männer, überall lila Glasscherben auf dem Boden, und direkt daneben auch noch dieses riesige Schwein!«

Der Streit begann wohl im Obergeschoss, wo Diego den Eindringling in Chinas Bibliothek überraschte. Das führte zu Handgreiflichkeiten, woraufhin die beiden die Treppe hinunterkugelten, auf dem Büfett landeten, wo ein gigantisches *lechon*[1] gerade darauf wartete, angeschnitten zu werden, und schließlich in eine Glasskulptur von **Ramon Orlina** krachten.

»Die Skulptur war meinen Brüsten nachempfunden, ein absolutes Meisterwerk, für immer zerstört!«, so die unglückliche China (engelsgleich in einem eng anliegenden Kleid von Saint Laurent).

»Was für eine furchtbare Verschwendung! Ich hatte mich so auf das *lechon* gefreut. Angeblich war es ein ganz besonderes Schwein, das sein Leben lang nur Trüffeln gefressen hat und extra aus Spanien eingeflogen wurde«, sagte **Josie Natori** (natürlich im Natori-Kleid) mit einem Seufzer. Bevor jedoch noch Diegos fantastisches Brioni-Sakko Schaden nehmen konnte, stürzte sich auch schon Chinas 115-Kilo-Tibetdogge namens **Brunomars** auf den Eindringling und biss ihn nach Aussage mehrerer Umstehender »in den Allerwertesten«.

So eine schöne Story wäre das gewesen, nur leider habe ich die Rechnung ohne die knallharte Journalistin **Karen Davila** gemacht (mal ganz ausgefallen in Armani). »Das war aber nicht sauber recherchiert, Tommy! Brunomars hat ihn *nicht* in den Allerwertesten gebissen! Er ist doch noch ein Welpe und hat sich nur mit ins Gemenge gestürzt, weil er an das *lechon* wollte. *Dem* hat er in den Hintern gebissen!« Wessen Hinterteil auch immer er erwischt hat – Brunomars war der Retter des Abends, da sein beherztes Intervenieren und der Anblick der Menschentraube, die sich um die beiden Streithähne versammelt hatte wie bei einem Boxkampf von **Manny Pacquiao**, den ungeladenen Herren wieder zur Besinnung brachten. (Manny war übrigens tatsächlich selbst vor Ort, aber zu dem Zeitpunkt im Keller in eine Par-

1 Spanferkel, beliebter Bestandteil der traditionellen philippinischen Küche.

tie Schach mit Chinas Sohn vertieft.) Wortlos türmte der Unbekannte und raste in einem schwarzen Toyota Alphard davon, bevor Chinas Securityteam ihn aufhalten konnte.

Charlie stand in seiner Suite im Raffles Makati vor dem Waschbecken und drückte sich ein Handtuch mit Eiswürfeln auf die Schwellungen im Gesicht. Wie hatte er es bloß so weit kommen lassen? Er hatte es unbemerkt in China Cruz' Villa geschafft und während der Musikeinlage Diego auf sich aufmerksam machen können. Dieser hatte dann vorgeschlagen, sich in Ruhe in der Bibliothek zu unterhalten, aber als er partout nicht mit Astrids Aufenthaltsort herausrücken wollte, war die Situation schließlich eskaliert.

»Durchkämmen Sie gern Manila und alle siebentausend philippinischen Inseln, Mr Wu, Sie finden sie nicht. Wenn Astrid gefunden werden wollte, hätte sie Ihnen gesagt, wo sie ist«, war Diegos süffisanter Kommentar.

»Aber Sie verstehen das nicht! Wenn sie wüsste, was hier gerade passiert, würde sie sofort zurückkommen! Die Situation hat sich geändert, es gibt sehr wichtige Informationen für sie!«

Diego blieb unbeeindruckt. »Wem hat sie es denn zu verdanken, dass sie diesen drastischen Schritt überhaupt gehen musste? Soweit ich das überschauen kann, sind doch Sie an allem schuld, was Astrid in den letzten Monaten durchmachen musste – die Paparazzifotos, das Video, das an die Öffentlichkeit gelangt ist, Ihre Exfrau … Tut mir leid, aber ich sehe es als meine Aufgabe, Astrid vor Ihnen zu beschützen.«

Das war zu viel für Charlie gewesen. Er wusste, er hätte Diego nicht angreifen dürfen, aber in diesem Augenblick hatte eine fremde Macht die Kontrolle über seinen Körper übernommen. Damit hatte er natürlich direkt für den nächsten Skandal gesorgt, diesmal in der High Society von Manila, und die Leute hier tratschten gern. Es würde sich in Windeseile in der Stadt und schließlich in ganz Asien herumsprechen. Früher oder später würde auch Astrid davon hören und wahrscheinlich gar nicht mehr aus ihrem Versteck kommen wollen. Verdammt noch mal, mit dieser dämlichen Aktion hatte er alles nur noch schlimmer gemacht!

Er schüttete die Eiswürfel ins Waschbecken und spritzte sich etwas kaltes Wasser ins Gesicht. Als er den Hahn zudrehte, hörte er ein leises Klopfen an der Tür. Er spähte durch den Spion. Auf dem Flur stand ein zierliches philippinisches Mädchen in einem goldenen Lamé-Cocktailkleid.

»Wer ist da?«, fragte Charlie.

»Ich heiße Angel. Ich habe eine Nachricht für Sie.«

Charlie öffnete die Tür. Das Mädchen war etwa Anfang zwanzig, hatte schulterlange Haare und ein freundliches Gesicht. »Sir Charlie, mein Boss hat folgende Anweisungen für Sie: Nehmen Sie morgen früh den Flug um sieben Uhr dreißig vom ITI-Privatterminal in der Andrews Avenue in Pasay City. Ihr Name steht auf der Passagierliste.«

»Moment mal, woher wissen Sie, wer ich bin?«

»Ich war bei Chinas Party. Ich habe Sie sofort erkannt.«

»Wer ist denn Ihr Boss? Und woher weiß er, dass ich in diesem Hotel wohne?«

»Mein Boss weiß alles«, antwortete die junge Frau nur mit geheimnisvollem Lächeln, drehte sich um und ging.

Am nächsten Morgen befolgte Charlie die Anweisungen des mysteriösen Mädchens und fuhr zu dem Privatterminal in Pasay City. Das Flugzeug stellte sich als Propellermaschine heraus, die verschiedene Resorts an der philippinischen Südwestküste anflog. Als Charlie einstieg, war sie bereits fast voll besetzt mit Touristen, die sich auf ihren Strandurlaub freuten. Das Flugzeug hob ab, schwebte tief über die Küste hinweg und landete eine Dreiviertelstunde später auf einer kurzen, schlichten Landebahn direkt am Wasser.

Bei der Ankunft war es grau und regnerisch. Die Passagiere wurden zu einem bunten Bus geführt, der sie über eine schlammige Piste zu einer Reihe offener Holzhütten brachte. Auf einem hübsch bemalten Holzschild war »El Nido Airport« zu lesen. Mehrere philippinische Frauen standen im Regen neben der ersten Hütte und sangen ein Begrüßungsständchen. Charlie stieg aus dem Bus und wollte sich gerade der Touristengruppe anschließen, da trat ein sportlicher junger Filipino in weißem Poloshirt und akkurat gebügelten marineblauen Cargoshorts auf ihn zu. Er bot ihm Schutz unter einem großen, weißen Regenschirm an.

»Sir Charlie? Ich bin Marco. Folgen Sie mir bitte«, sagte er mit amerikanischem Akzent. Sie gingen zu einem Privatsteg, wo ein elegantes Riva-Schnellboot auf sie wartete. Sie sprangen hinein, und Marco startete den Motor.

»Es regnet schon den ganzen Morgen«, sagte er. »Da unter dem Sitz ist eine Regenjacke, wenn Sie wollen.« Er wendete das Boot gekonnt und steuerte es hinaus aufs offene Meer.

»Ich mag Regen«, entgegnete Charlie und musste dabei gegen den brausenden Wind und die Wellen anschreien. »Wo gehts denn eigentlich hin?«

»Etwa fünfundzwanzig Seemeilen in südwestliche Richtung.«

»Wie haben Sie mich erkannt?«

»Mein Boss hat mir ein Foto gezeigt. In einer Gruppe amerikanischer Touristen sind Sie leicht auszumachen.«

»Sie klingen, als hätten Sie selbst einige Zeit dort verbracht.«

»Ja, ich hab an der UC Santa Cruz studiert.«

»Aber wer Ihr Boss ist, darf ich wohl nicht erfahren, hm?«

»Das erfahren Sie noch früh genug«, erwiderte Marco.

Etwa eine halbe Stunde später riss der Himmel auf, und vereinzelte weiße Schäfchenwolken ersetzten das undurchdringliche Grau. Das Schnellboot flitzte weiter über das saphirblaue Wasser der Sulusee. Fasziniert betrachtete Charlie die Felsformationen, die wie Geister am Horizont auftauchten. Plötzlich befanden sie sich inmitten Hunderter winziger Inseln, die auf dem glitzernden Wasser zu schwimmen schienen wie kunstvoll geformte Felsen, jede mit üppiger tropischer Vegetation und weißem Zuckersandstrand.

»Willkommen in Palawan«, sagte Marco.

Charlie war hin und weg. »Das kommt mir alles so unwirklich vor hier. Die Inseln sehen aus, als wären sie nicht von dieser Welt. Als wäre Atlantis wieder aus dem Meer aufgetaucht.«

»Sie sind über vierzehn Millionen Jahre alt«, erklärte Marco, während sie an einer Felsformation vorbeifuhren, die aus dem Wasser herausragte und in der vormittäglichen Sonne blitzte. »Das ist hier alles Wasserschutzgebiet.«

»Sind die alle unbewohnt?«

»Teilweise. Auf der da drüben gibts zum Beispiel eine ganz tolle kleine Strandbar, die erst nach Sonnenuntergang aufmacht. Die haben die besten Margaritas der Welt.« Marco grinste.

Sie näherten sich einer größeren Insel. »Haben Sie eine Badehose dabei?«, fragte Marco.

Charlie schüttelte den Kopf. »Ich wusste doch gar nicht, wo es hingeht.«

»In dem Schränkchen unter Ihrem Sitz ist eine, die Ihnen passen müsste. Ziehen Sie sie an, Sie werden sie gleich brauchen.«

Charlie zog sich schnell um. Die blau-weiß gestreifte Badehose von Parke & Ronen passte seltsamerweise wie angegossen. Marco warf den Anker aus und reichte Charlie Taucherbrille und Schnorchel.

»Wir haben gerade Flut, also müssen wir kurz tauchen. Sie haben doch nichts gegen ein bisschen Schwimmen?«

Charlie schüttelte den Kopf. »Wohin, darf ich wohl immer noch nicht erfahren?«

Marco grinste wieder. »Sie müssen sich leider noch ein bisschen gedulden, bis Sie den Boss kennenlernen.«

Er zog sich ebenfalls bis auf eine rote Badehose aus und sprang ins Wasser. Charlie sprang hinterher.

»Die Felsen hier können bei starkem Wellengang ganz schön gefährlich sein«, sagte Marco, während sie neben dem Boot im Wasser trieben. »Wir tauchen gleich ab, da sehen Sie dann eine Öffnung im Felsen, da müssen wir durch. Sie müssen aber höchstens fünfzehn, zwanzig Sekunden die Luft anhalten.«

»Jetzt gleich?«

»Ich gebe Ihnen ein Zeichen. Wir warten noch die nächste große Welle ab, sonst werden wir gegen die Felsen geworfen. Alles klar?«

Charlie nickte, setzte die Maske auf und nahm den Schnorchel in den Mund.

»Okay, los!« Marco tauchte unter, Charlie hinterher. Sie schwammen an zerklüfteten Felsen entlang, in denen sich plötzlich eine große Höhle auftat. Marco, der weder Maske noch Schnorchel benutzte, führte Charlie durch die Unterwasserpassage.

Wenige Augenblicke später waren sie wieder an der Oberfläche. Charlie nahm die Taucherbrille ab und holte tief Luft. Doch was er sah, hätte ihm fast wieder den Atem geraubt: Sie befanden sich mitten in einer friedlichen, von Kalksteinklippen umrahmten Lagune. Im glasklaren türkisen Wasser tummelten sich bunte Fische und Seeanemonen, und direkt neben der Lagune lag ein weißer Sandstrand wie aus dem Bilderbuch.

Charlie war von der Schönheit wie betäubt, er ließ sich im Wasser treiben und fühlte sich wie ein neugeborenes Kind, das sich staunend auf der Erde umsieht.

Marco deutete in Richtung Strand. »Das da ist übrigens mein Boss.«

Charlie sah sich um. Und aus dem Schatten einer Palme trat Astrid.

8

TYERSALL PARK, SINGAPUR

Noch ehe Rachel die Augen geöffnet hatte, stieg ihr Kaffeeduft in die Nase. Das vertraute Aroma ihrer geliebten Homacho-Waeno-Bohnen, frisch gemahlen und mit heißem Wasser in der French Press übergossen. Aber Moment mal – sie war doch immer noch in Singapur, und das absolut Einzige, was in Tyersall Park zu wünschen übrig ließ, war leider der Kaffee. Rachel schlug die Augen auf, und ihr Blick wanderte über das übliche Frühstückstablett auf dem Hocker neben dem karierten Sessel, folgte dem hübschen Schwung der silbernen Teekanne von Mappin & Webb, die in der Morgensonne funkelte, und blieb schließlich an ihrem Nick hängen, der im Sessel saß und sie anlächelte.

Rachel setzte sich abrupt im Bett auf. »Was machst du denn hier?«

»Äh, ist das nicht unser Zimmer?« Nick stand lachend auf und gab ihr einen Kuss.

»Aber seit wann bist du aus Thailand zurück?«

»Bin vor einer Stunde mit Jirasits Flieger gekommen. Und rate mal, was für Kaffee es an Bord gab.«

»Oh mein Gott. Und ich dachte schon, ich hätte den Duft nur geträumt!«, rief Rachel. Nick reichte ihr eine Tasse und setzte sich im Schneidersitz zu ihr aufs Bett.

»Mmmh!« Rachel nahm einen Schluck und seufzte genüsslich.

»Ist toll, dich so glücklich und zufrieden zu sehen.« Nick strahlte.

»Aber ich dachte, du bleibst noch die ganze Woche in Chiang Mai.«

»Na, ich dachte ja auch, ich treffe dort einen Typen, der mir ein paar Milliarden Dollar leiht. Ich hätte mir nicht im Traum ausmalen können, dass ich dort Schätze finde, die nicht mit Gold aufzuwiegen sind. Ich habe Ah Mas Tagebücher gelesen und darin was gefunden, was ich unbedingt mit dir teilen wollte!«

Rachel lehnte sich ans Kopfende des Bettes und sah Nick gespannt an. So aufgeregt hatte sie ihren Mann schon lange nicht mehr erlebt. »Was hast du denn gefunden?«

»Puh, ich weiß gar nicht, wo ich anfangen soll. Ich glaube, die erste Riesenüberraschung war, dass Prinz Jirasit die erste große Liebe meiner Großmutter war. Sie haben sich im Zweiten Weltkrieg in Indien kennengelernt, sie ist ja dahin geflohen, kurz bevor die Japaner in Singapur einmarschiert sind. Die beiden hatten eine leidenschaftliche Affäre und sind gemeinsam durch Indien gereist. Da war sie zweiundzwanzig.«

»Das überrascht mich nicht so sehr. Ich meine, immerhin hat sie ihm ihre Tagebücher anvertraut.«

»Ja, aber jetzt kommts: Auf dem Höhepunkt der japanischen Besatzung ist es meiner Großmutter mit Jirasits Hilfe gelungen, heimlich nach Singapur zurückzukehren. Das war der blanke Irrsinn, weil die Japaner dort wirklich grausam geherrscht haben, aber das hat sie nicht gekümmert. Als sie wieder bei ihrem Vater war, musste sie allerdings feststellen, dass der eine Heirat mit einem Mann für sie arrangiert hatte, den sie überhaupt nicht kannte!«

Rachel nickte. Das hatte Su Yi ihr erzählt. »Als ich vor fünf Jahren mit deiner Ah Ma Tee getrunken habe, hat sie mir erzählt, dass ihr Vater James als Ehemann für sie ausgesucht hat und wie dankbar sie ihm dafür war.«

»In Wirklichkeit hat ihr Vater sie gegen ihren Willen zum Altar geschleift, und die ersten Jahre hat sie meinen Großvater gehasst und ihm das Leben schwer gemacht. Nach dem Krieg hat sie Jirasit in Bangkok wiedergetroffen, und obwohl sie inzwischen beide verheiratet waren, konnten sie einander nicht widerstehen.«

Rachel machte große Augen. »Echt?«

»Ja, aber das ist noch nicht alles. Kurz darauf war sie nämlich schwanger!«

»Waaaas?« Rachel hätte fast ihren Kaffee verschüttet. »Weiß man, was aus dem Baby geworden ist?«

»Jep, das ist Auntie Catherine.«

»Oh mein Gott. Das erklärt alles! Deswegen kennt sie Prinz Jirasit, und deswegen hat sie auch das Anwesen in Chiang Mai geerbt! Bist du der Einzige, der das weiß?«

»Ja. Ich war gestern Abend noch in Bangkok. Wir haben bei ihr im Garten mit Blick auf den Chao Phraya gesessen und haben uns lange unterhalten. Sie hat mir die ganze Geschichte erzählt. Meine Großmutter war damals natürlich in einer schrecklichen Zwickmühle, als sie gemerkt hat, dass sie schwanger ist. Jirasit konnte seine Frau schlecht verlassen, das war undenkbar als Prinz, außerdem hatte er auch schon zwei kleine Kinder, also gab es für meine Großmutter nur zwei Möglichkeiten: Entweder lässt sie sich von meinem Großvater scheiden und zieht das uneheliche Kind von der Gesellschaft geächtet allein auf, oder aber sie beichtet ihm, was passiert ist, und hofft, dass er ihr verzeiht.«

»Das muss schlimm für sie gewesen sein. Gerade als Frau in ihren Kreisen, und zu der damaligen Zeit«, überlegte Rachel. Die arme Su Yi.

»Also, ich wusste ja schon immer, dass mein Großvater ein Heiliger war, aber *das* hätte ich dann doch nicht erwartet. Er hat Ah Ma nicht nur vergeben, sondern ihr die Affäre offensichtlich nicht mal nachgetragen. Er wusste, dass sie ihn zu Anfang ihrer Ehe nicht geliebt hat, war aber fest entschlossen, sie für sich zu gewinnen. Und das ist ihm gelungen. Er hat ihr vergeben, Auntie Cat angenommen und sie nie spüren lassen, dass sie nicht sein leibliches Kind war. Im Gegenteil, ich hatte sogar immer das Gefühl, sie wäre sein Liebling. Er war eben mit Leib und Seele Christ.«

»Und glaubst du, deine Großmutter hat ihn doch noch lieben gelernt?«

»Auntie Cat sagt, dass meine Großmutter sich in ihn verliebt hat, als sie gemerkt hat, was für ein toller Mann er wirklich war. Kurz bevor ich gestern Abend gegangen bin, hat Auntie Cat mir noch etwas erzählt, was sonst niemand weiß – nämlich was an dem Tag passiert ist, als Ah Ma gestorben ist. Sie war ja bei ihr, als sie starb.« Nicks Stimme war ganz belegt, als er erzählte, was seine Tante gesagt hatte:

Kurz nach meiner Ankunft in Singapur hat deine Großmutter mir erzählt, dass die Geister sie besucht hätten. Sie meinte, ihr großer Bruder Ah Jit wäre im Raum gewesen, und ihr Vater auch. Erst habe ich das natürlich als Halluzinationen abgetan und aufs

Morphium geschoben. Aber dann, an dem Tag, an dem sie gestorben ist, saß ich bei ihr am Bett, und auf einmal atmet sie ganz schwer. Ich schaue auf den Monitor, aber da sieht alles normal aus, deshalb habe ich nicht den Alarm ausgelöst. Plötzlich schlägt Mummy die Augen auf und greift nach meiner Hand. »Sei so gut und biete ihm deinen Stuhl an«, sagt sie. »Wem?«, frage ich. Da sehe ich auf einmal ihren Gesichtsausdruck, so voller Liebe! »James«, hat sie noch voller Freude gesagt, und dann tat sie ihren letzten Atemzug. Ich schwöre dir, Nicky, ich habe seine Anwesenheit gespürt. Ich habe gespürt, dass mein Vater da war, neben mir auf dem Stuhl, und dann habe ich gespürt, wie sie gemeinsam den Raum verlassen haben.

Rachel saß auf der Bettkante und wischte sich eine Träne weg. »Wow. Ich hab Gänsehaut. Ich glaube, jetzt verstehe ich, wieso deine Großmutter dagegen war, dass wir heiraten.«

»Ja, nicht? Sie war eben zu der Ansicht gekommen, dass ihr Vater recht hatte, als er meinen Großvater für sie ausgesucht hat. Dass sie von Anfang an auf ihn hätte hören sollen. *Deshalb* hat sie auch so hartnäckig darauf bestanden, dass ich auf sie höre.«

Rachel nickte. »Genau. Und überleg mal, wie das für sie gewesen sein muss, als sie auch noch erfahren hat, dass meine Mutter eine Affäre hatte und ich das uneheliche Kind aus dieser Beziehung war. Da sind bestimmt ihre Ängste und Schuldgefühle von damals wieder hochgekommen.«

»Sie wollte mich nur beschützen, auch wenn das natürlich überhaupt nicht nötig war.« Nick seufzte. »Und hier, guck mal, das ist aus ihrem Tagebuch gefallen.« Nick reichte Rachel einen kleinen, gefalteten Brief. Darauf prangte in roten Lettern unter einem prächtigen Wappen:

WINDSOR CASTLE

Meine liebe Su Yi,

ich kann gar nicht sagen, wie dankbar ich bin für all das, was du und dein Bruder Alexander in den dunkelsten Stunden des Krieges getan habt. Die Öffnung Tyersall Parks als Zufluchtsort für einige der bedeutendsten britischen und australischen Offiziere hat erheblich zur Rettung zahlloser Leben beigetragen. Wir werden euch eure unzähligen Heldentaten nie vergessen.

Hochachtungsvoll
George R.I.

»George R.I. …« Rachel sah Nick ungläubig an.

»Jep. Der Vater von Queen Elizabeth. Der war ja während des Kriegs König. Rachel, du kannst dir nicht vorstellen, was für Geschichten ich in Ah Mas Tagebüchern gefunden habe. Als ich klein war, habe ich so oft gehört, was für ein Held mein Großvater war und wie viele Leben er während des Kriegs als Arzt gerettet hat. Aber meine Großmutter und ihr Bruder haben anscheinend genauso viele Leben gerettet. Zu Beginn der Besatzung war Alexander in Indonesien, offiziell um die Geschäfte meines Urgroßvaters dort zu überwachen, aber in Wirklichkeit hat er wichtige Köpfe aus dem Land geschmuggelt. Oder in Sumatra versteckt. Einige von Singapurs bedeutendsten Aktivisten gegen die Japaner waren darunter, Leute wie Tan Kah Kee und Ng Aik Huan. Die Japaner haben ihn schließlich zu Tode gefoltert, um an seine Geheimnisse zu kommen.«

»Oh Gott!« Rachel schlug die Hand vor den Mund.

»Ja, aber wie sich herausstellte, ist meine Großmutter auf dem Höhepunkt der Besatzung heimlich nach Singapur zurückgekehrt und hat eine riskante Reise nach Indonesien unternommen, um Alexander kurz vor seinem Tod noch einmal zu sehen. Er war ihr Lieblingsbruder, und sie wollte seinen Kampf weiterführen. Tyersall Park wurde zu einer Art Underground Railroad für Agenten auf dem Weg von Malaysia über Singapur nach Indonesien oder Australien, wo sie in Sicherheit waren. Im Haus wurden streng geheime Treffen abgehalten und wichtige Leute vor den Japanern versteckt.«

»Unglaublich! War Tyersall Park dafür nicht viel zu auffällig?«

»Könnte man meinen, aber Graf Hisaichi Terauchi, das war der Anführer der japanischen Besatzer, hatte Tyersall Park übernommen und das Haupthaus für sich beansprucht. Meine Großmutter und alle Bediensteten waren in den hinteren Flügel verbannt worden, und da hat sie die ganzen Menschen versteckt. Direkt vor der Nase des Generals. Sie hat sie als Bedienstete verkleidet, und weil es davon so viele gab, haben es die japanischen Truppen nicht bemerkt. Rein- und rausgeschmuggelt hat sie sie durch den Geheimgang, der vom Gewächshaus in den Botanischen Garten führt.«

»Der, durch den du auch ins Haus gekommen bist?«

»Genau.« Nick hielt den Brief hoch. »Aber hier geht es nicht mehr nur um mich und das Haus meiner Kindheit. Dieses Haus sollte unter Denkmalschutz gestellt und zum Kulturerbe aller Singapurer erklärt werden! Es ist viel zu bedeutend, als dass irgendetwas daran verändert werden dürfte. Da wird mir jeder Historiker und Denkmalpfleger recht geben.«

»Heißt das, wir können den Verkauf an die Bings verhindern?«

»Das versuche ich gerade herauszufinden. Wie ich Jack Bing kenne, wird er nicht kampflos aufgeben.«

»Und deine Aunties auch nicht. Die rechnen fest mit dem Geld aus dem Verkauf und werden sich sicher nicht um ihr wohlverdientes Erbe bringen lassen.«

»Vielleicht finden wir ja einen Weg, der alle Seiten zufriedenstellt? Ich überlege schon die ganzen letzten Tage, wie man das Haus als Denkmal erhalten *und* zu einer rentablen Einnahmequelle für die Zukunft machen kann. Und ich hab auch schon eine Idee.«

»Ja?«

»Wir müssen bloß noch ein paar Leute mit dem nötigen Kleingeld für diesen Plan begeistern.«

Rachel ging plötzlich ein Licht auf. »Weißt du was? Ich glaube, ich weiß, wen wir da fragen können.«

9

MATINLOC, PALAWAN

Charlie und Astrid standen am Strand der Lagune und hielten einander umschlungen.

»Ich lass dich nie wieder los«, sagte Charlie mit einem glücklichen Seufzer. Astrid strahlte ihn nur an.

Sie setzten sich in den Sand, hielten die Füße ins Wasser und genossen die traumhafte Aussicht.

Astrid brach das Schweigen. »Tut mir leid, dass du dir solche Sorgen um mich gemacht hast. Das wollte ich nicht. Mir war nicht klar, was du dir für einen Kopf machst, bis mir Diego von der Prügelei bei Chinas Party erzählt hat. Apropos, was macht dein Kiefer? Sieht ein bisschen lila aus.«

»Ach, nicht der Rede wert.« Charlie rieb sich unwillkürlich die schmerzende Stelle. »Aber wie konntest du glauben, ich würde mir keine Sorgen machen? Du warst ganze sechs Wochen lang verschollen!«

»Ich war doch nicht verschollen. Ich habe jeden zweiten Tag mit Cassian gefacetimet, und meine Familie wusste auch, dass es mir gut geht. Aber das hat meine Mutter dir gegenüber wohl nicht erwähnt, hm?«

»Natürlich nicht. Bei unserem letzten Telefonat meinte sie, sie weiß nicht, wo du steckst, und es wäre ihr auch egal. Dann hat sie aufgelegt.«

»Typisch.« Astrid schüttelte den Kopf. Dann lächelte sie wieder. »Mir gings wirklich gut, Charlie. Sehr gut sogar. Ich hab diese Auszeit gebraucht. Mir ist aufgefallen, dass ich so was noch nie gemacht habe, ich bin noch nie einfach alleine weggefahren. Immer war die Familie mit dabei, es war für die Arbeit, eine Hochzeit oder irgendeine andere soziale Verpflichtung … Ich hab das noch nie nur für mich gemacht.«

»Verstehe ich gut, ich weiß auch, dass du ein bisschen Abstand bitter nötig hattest. Aber ich hab mir solche Sorgen gemacht, dass du zu irgendwelchen falschen Schlüssen kommst, wenn du nicht mitkriegst, was bei uns zu Hause los ist!«

»Ich wollte es ja gar nicht mitbekommen, Charlie. Ich bin mir nicht mal sicher, ob ich es jetzt unbedingt wissen will. Genau darum gings mir doch. Ich bin hier, weil ich mal komplett abschalten und in Ruhe überlegen musste, was ich eigentlich will.«

Charlie sah auf das ruhige Meer hinaus, dessen Blau immer intensiver zu werden schien, je höher die Sonne stieg. »Wie bist du überhaupt auf dieses herrliche Fleckchen Erde gekommen?«

»Mir gehört schon lange eine Insel hier. Nicht diese, die heißt Matinloc und gehört dem Land. Aber ein Stück weiter habe ich eine. Meine Großtante Mathilda Leong hat sie mir heimlich vererbt. Sie war ziemlich exzentrisch und hat mit Verschwörungstheorien nur so um sich geworfen. Sie dachte ernsthaft, dass die Erde eines Tages durch einen Atomkrieg ausgelöscht wird. Deshalb hat sie sich eine kleine Insel in Palawan gekauft und ein Haus drauf gebaut. Ihre ›letzte Zuflucht‹ hat sie es immer genannt, und dann hat sie es mir als Rückzugsort vermacht. Ich bin jetzt zum ersten Mal hier und ärgere mich, dass ich so lange gewartet habe.«

»Ich komm mir vor wie im Paradies. Ich warte bloß darauf, dass Brooke Shields nackt aus dem Wasser steigt!«

»Das hättest du wohl gern!«

»Nicht wirklich, ich hab ja was viel Besseres direkt vor der Nase«, entgegnete Charlie mit einem bewundernden Blick auf Astrids wunderschönen gebräunten Körper unter ihrem fast transparenten weißen Pareo.

Als könnte sie seine Gedanken lesen, stand Astrid auf. »Schon mal nackt in einer Lagune geschwommen?«, fragte sie und ließ den Pareo in den Sand fallen.

»Ähm … kommt Marco nicht jeden Moment zurück?«, fragte Charlie mit einem Anflug von Panik.

»Ach was, der bleibt noch mindestens zwei Stunden weg«, erwiderte Astrid, zog sich den weißen String-Bikini aus und sprang ins Wasser. Charlie sah sich noch einmal um, ob auch wirklich niemand in der Nähe war, entledigte sich seiner Badehose und sprang hinterher.

Sie glitten durch das glasklare Wasser und sahen begeistert den vielen bunten Fischen zu, die durch das Korallenriff flitzten, den Seeanemonen, deren lange Finger sanft im Wasser schwebten, und den Riesenmuscheln im Sand, die sich für den Bruchteil einer Sekunde öffneten, Wasser einsogen und dann sofort wieder zuklappten. Charlie und Astrid ließen sich eine Weile auf dem Rücken treiben und sahen den Wolken am Himmel nach. Später liebten sie sich im feinen, glitzernden Sand, ihr leidenschaftliches Stöhnen hallte von den Felsen wider, und sie wurden eins mit der Natur, eins mit dem Himmel und dem Meer.

Danach lagen sie nebeneinander am Strand in der Sonne. Charlie schaute zu den Palmwedeln auf, die sich sanft im Wind wiegten, und war kurz davor wegzunicken. Plötzlich waren Stimmen zu hören.

»Wer ist das denn jetzt?«, fragte er schläfrig.

»Wahrscheinlich Touristen«, erwiderte Astrid.

»Wie bitte?« Charlie sprang auf und sah sich panisch um. Eine Gruppe Leute in grellgelben T-Shirts kam durch den Höhleneingang der Lagune, der durch die Ebbe nun leicht zu passieren war.

»Scheiße! Wo ist denn meine Badehose?« Charlie suchte hektisch danach. »Und wieso hast du mir nicht gesagt, dass es hier Touristen gibt?«

»Ist doch klar, die Insel ist eine der beliebtesten in Palawan!« Astrid sah lachend zu, wie der nackte Charlie am Strand auf und ab lief, um seine Badehose zu suchen.

»Hey Bro! Suchst zu zufällig die hier?«, rief ein australischer Surfer vom anderen Ende der Lagune und hielt die blaue-weiße Shorts hoch.

»Jep, genau die. Danke!«, rief Astrid zurück. Charlie hatte sich unterdessen hinter einer Palme versteckt. Astrid musste wieder lachen. »Ach komm, jetzt hab dich nicht so! Ein Körper wie deiner muss einem nun wirklich nicht peinlich sein.«

»Du hast dich wirklich verändert«, sagte Charlie später beim Essen auf der Terrasse von Astrids spektakulärer weißer Villa auf einem Hügel ihrer Privatinsel. »Die Astrid, die ich kenne, hätte nicht einfach spontan Lust auf Sex in einer Lagune gehabt oder wäre splitternackt vor australischen Touristen herumspaziert.«

»Ich weiß, das hört sich nach einem Klischee an, aber für eine Weile alles hinter mir zu lassen hat tatsächlich etwas in mir verändert. Mir ist klar geworden, dass die meisten meiner Ängste überhaupt nicht meine eigenen waren, sondern die meiner Eltern und Großeltern. Ich hab die nur alle übernommen. Und das hat sich unglaublich auf mein Leben ausgewirkt. Jetzt haben mich halt ein paar Leute an einem abgelegenen Strand nackt gesehen. Na und? Wen störts? Ich mag meinen Körper, ich muss mich nicht verstecken. Aber natürlich hatte ich im ersten Moment gleich wieder diese Stimme im Kopf, die meint, ich soll mir sofort was anziehen, das gehört sich nicht, ich bin schließlich eine Leong und darf der Familie keine Schande machen. Mir ist aufgegangen, dass es meistens die Stimme meiner Mutter ist, die ich in solchen Momenten höre. Die immer alles missbilligt.«

»Deine Mutter kritisiert ja auch schon dein ganzes Leben lang an dir rum«, sagte Charlie und häufte sich noch eine Portion *guinataang sugpo*[1] zu dem Knoblauchreis auf seinem Teller.

»Ich weiß, aber es ist auch nicht nur ihre Schuld. Ja, sie hat mir ein paar schlimme Sachen an den Kopf geworfen, aber das habe ich ihr längst wieder verziehen. Sie hat es nicht leicht gehabt im Leben. Ich meine, die Frau wurde im Zweiten Weltkrieg geboren, die Situation damals in Singapur mag

1 Frische Riesengarnelen in Kokosmilch, ein typisch palawanisches Gericht.

man sich gar nicht vorstellen. Es muss so schlimm gewesen sein! Wie hätte sie da nicht die Erfahrungen und Ansichten meiner Großeltern übernehmen sollen? Mein Großvater war in japanischer Gefangenschaft und ist nur knapp dem Erschießungskommando entkommen, und meine Großmutter war heimlich im Widerstand aktiv, hatte gerade ein Kind bekommen und musste auch die ganze Zeit dem Tod ins Auge sehen.«

Charlie nickte. »Meine Mutter hat ihre gesamte Kindheit im Endau-Konzentrationslager in Malaysia verbracht. Ihre Familie musste ihr Essen selbst anbauen und ist mehrmals fast verhungert. So was wird man natürlich nie wieder richtig los. Deshalb muss ihr Haushälter immer das heruntergesetzte Brot vom Vortag im Supermarkt kaufen, aber andererseits legt sie ohne mit der Wimper zu zucken dreißigtausend Dollar für eine Schönheits-OP für einen Fisch hin. Das ist schon ganz schön verrückt alles.«

Astrid ließ den Blick über die Bucht unterhalb der Terrasse schweifen. »Man hört immer, dass einem die Eltern bestimmte Gesundheitsrisiken vererben, aber man erbt eben auch das Leid und die Angst, die sie in ihrem Leben erfahren haben, sogar noch von früheren Generationen. Ich erkenne mittlerweile, wenn diese Angst hinter einem Kommentar von meiner Mutter steckt. Aber ich habe endlich verstanden, dass ich nicht verantwortlich für ihr Glück oder Unglück bin. Ich mache mir ihre Ängste nicht mehr zu eigen, und ich will sie auch auf keinen Fall an meinen Sohn weitergeben.«

Charlie blickte sie nachdenklich an. »Ich seh das ja alles genauso, aber ich muss trotzdem fragen: *Wer bist du eigentlich?* Du kommst mir vor wie ein völlig anderer Mensch.«

»Ich muss zugeben, ich hab diese fünf Wochen hier nicht allein verbracht«, sagte Astrid mit einem Lächeln. »Von Singapur aus bin ich anfangs erst mal nach Paris zu Grégoire geflogen. Der hat mir dann von einer Freundin von sich in Palawan erzählt, nur deshalb bin ich überhaupt hier. Ursprünglich wollte ich so weit weg von Asien wie möglich, zum Beispiel nach Marokko. Ich kenne da so einen kleinen Ort im Atlasgebirge. Aber Grégoire meinte, ich soll unbedingt seine Freundin besuchen.«

»Und wer ist das?«

»Sie heißt Simone-Christine de Ayala.«

»Nicht zufällig mit Pedro Paulo und Evangeline aus Hongkong verwandt?«

»Doch, genau, das ist seine Cousine. Ist echt eine große Familie. Sie ist jedenfalls was ganz Besonderes. Ich weiß gar nicht richtig, wie ich sie beschreiben soll. Manche bezeichnen sie als energetische Heilerin. Ich persönlich halte sie einfach für einen sehr weisen Menschen. Sie wohnt in einem wunderschönen Haus auf einer Nachbarinsel. Wir haben uns fast jeden Tag getroffen und lange geredet. Und sie hat mir Meditation beigebracht, dabei sind mir sehr viele Dinge klar geworden.«

»Zum Beispiel?« Charlie hatte plötzlich Sorge, Astrid könnte einer Quacksalberin aufgesessen sein.

»Die wichtigste Erkenntnis war für mich, dass ich mein ganzes Leben versucht habe, die Bedenken meiner Eltern vorherzusehen und sie ihnen zu nehmen. Ich wollte um jeden Preis eine perfekte Tochter sein, nie etwas falsch machen, nie mit der Presse reden. Und wozu hat das geführt? Am Ende hat es mir nur geschadet, ständig diese Fassade aufrechterhalten zu wollen und dafür zu sorgen, dass nur ja niemand Einblick in mein Privatleben hat. Stattdessen hätte ich einfach von Anfang an so leben sollen, wie ich wollte!«

Charlie nickte erleichtert. »Da bin ich ganz deiner Meinung. Ich hatte immer den Eindruck, dass du nie richtig aus dir rausgekommen bist. Du hast so viel auf dem Kasten und bist so unglaublich kreativ, aber das hat dir einfach nie jemand zugetraut. Dabei warst du eigentlich in der perfekten Position, alles auszuprobieren.«

»Hast du eine Ahnung, was ich schon alles auf die Beine stellen wollte, was mir meine Eltern aber sofort verboten haben! Als ich nach der Uni dieses tolle Jobangebot bei Yves Saint Laurent in Paris bekommen habe, meinten sie, nein, ich soll zurück nach Hause kommen. Ich wollte ein eigenes Modelabel gründen – fanden sie zu gewöhnlich. Dann wollte ich mich für gute Zwecke engagieren, zum Beispiel Initiativen gegen Menschenhandel und Kinderprostitution in Südostasien gründen, aber davon wollten sie natürlich auch nichts wissen, mit solchen Themen setzt man sich ja ungern auseinander. Eine Astrid Leong durfte höchstens mal im Vorstand von handverlesenen Einrichtungen sitzen, und selbst das waren immer nur irgendwelche superprivaten Komitees, nie etwas Öffentliches. Ich hab den Eindruck, meine Familie lebt seit Generationen in Angst vor dem eigenen Vermögen. Immer diese Sorge, man könnte uns Prahlerei vorwerfen. Meiner Meinung nach sollten wir unser Geld nutzen, um Gutes zu tun, anstatt uns zu verstecken!«

Charlie klatschte begeistert in die Hände. »Dann komm zurück, Astrid! Komm mit nach Hause, wir packen das gemeinsam an. Ich wusste, dass du nicht ganz du selbst warst, als du mir diesen Brief geschrieben hast. Lass uns den einfach vergessen, okay? Ich will so gern mit dir zusammen sein. Lass uns heiraten, und du lebst trotzdem dein Leben genauso, wie du es für richtig hältst, du kannst genau die Frau sein, die du sein willst.«

Astrid wandte den Blick ab. »So einfach ist das nicht. Ich weiß nicht, ob ich dazu schon bereit bin. Ich glaube, ich brauche noch ein bisschen Zeit, bevor ich mich der Welt stellen kann, aus der ich geflohen bin.«

»Aber diese Welt hat sich völlig verändert! Darf ich dir nicht doch erzählen, was in der Zwischenzeit passiert ist? Bitte! Ich glaube wirklich, das würde helfen.«

Astrid holte tief Luft. »Na gut, leg los.«

»Okay, also erstens ist Isabel aus dem Koma aufgewacht, und es sieht so aus, als würde sie sich wieder vollständig erholen. Sie hat ein paar Gedächtnislücken und weiß nicht, was an dem Abend passiert ist, aber sie wird wieder gesund.«

»Gott sei Dank«, flüsterte Astrid und schloss erleichtert die Augen.

»Und die andere große Neuigkeit ist, dass Michael die Scheidungspapiere anstandslos unterschrieben hat!«

»Wie bitte?« Astrid setzte sich auf. »Wie das denn?«

»Das ist eine verrückte Geschichte … also erst mal zu dem Video von uns beiden. Isabel hatte das Video nämlich zuerst, nicht Michael. Sie hat uns die ganze Zeit schon überwacht. Die Paparazzi in Indien, das Sexvideo, das war alles sie.«

Astrid schüttelte fassungslos den Kopf. »Wie hat sie das denn angestellt?«

Charlie grinste. »Darauf kommst du nie. Erinnerst du dich an dieses eine Kuscheltier von Delphine, diese Giraffe?«

»Ohne die sie nicht schlafen kann?«

»Genau. Das war ja ein Geschenk von Isabel, und wie sich herausgestellt hat, steckten da eine Hochleistungskamera und ein Aufnahmegerät drin.«

»Wie bitte?«

»Delphine hat die Giraffe ja immer mitgenommen, wenn sie bei mir übernachtet hat, deshalb war Isabel bestens informiert. Und das Video im Schlafzimmer ist aus Versehen entstanden, weil Delphine an dem Abend ihr Kuscheltier bei mir im Zimmer vergessen hat. Sie hat die Giraffe auf der kleinen Bank am Fußende liegen lassen.«

»Deshalb war das Video aus so einem komischen Winkel gefilmt!« Jetzt musste auch Astrid lachen. »Aber woher hat sie bloß diese ausgefeilte Technik?«

»Michael hat ihr geholfen. Die haben die ganze Zeit unter einer Decke gesteckt, das hat sich im Zuge der polizeilichen Ermittlungen nach Isabels Suizidversuch herausgestellt.«

Astrid schüttelte traurig den Kopf. »Da haben sich die beiden verbitterten Verlassenen also zusammengetan.«

»Sieht ganz so aus. Aber genau das war am Ende Glück im Unglück für uns. Vor ein paar Wochen bin ich nach Singapur geflogen und hatte ein sehr erbauliches Gespräch mit Michael. Ich hab ihm erklärt, dass er genau zwei Möglichkeiten hat. Er kann die Klage zurückziehen, die Scheidungspapiere unterschreiben und danach weiter in Ruhe sein nettes Leben als Single-Milliardär genießen. Oder er wandert in den Knast. Und zwar entweder für Billigung und Beihilfe, was Isabels illegale Überwachung angeht, wegen Erpressung, weil er so dumm war und nach dem Video gleich noch per SMS fünf Milliarden Dollar verlangt hat, oder wegen Beihilfe, das Video in böser Absicht an die Öffentlichkeit zu bringen. Wenn Singapurs Richter mit ihm fertig wären, könnte ihm gut und gern lebenslang im Changi-Gefängnis bevorstehen. Oder noch schlimmer, er könnte an Hongkong ausgeliefert und in ein Lager an der chinesisch-russischen Grenze gesteckt werden. Ich hab gehört, die Jungs da verstehen so gar keinen Spaß.«

Astrid lehnte sich zurück. Sie konnte das alles immer noch nicht fassen.

Charlie grinste. »Michael hat versprochen, dass er weder dir noch Cassian jemals wieder Ärger macht. Jetzt fehlt also nur noch *deine* Unterschrift auf den Scheidungspapieren, und du bist wieder ein freier Mensch.«

»Ein freier Mensch«, wiederholte Astrid leise. »Ich liebe dich, Charlie, und ich bin dir unendlich dankbar für alles, was du in letzter Zeit für mich getan hast. Aber wenn ich ehrlich bin, wenn ich ganz genau in mich reinhorche, dann weiß ich gar nicht, ob ich überhaupt schon wieder heiraten will. Und ich bin auch noch nicht bereit, nach Singapur zurückzukommen. Ich gehe ständig auf Entdeckungstour auf den Inseln hier, lerne Land und Leute kennen, und ich fühle mich immer mehr zu Hause. Es gibt auch jede Menge zu tun hier, ich würde der indigenen Bevölkerung unheimlich gern helfen. Dafür brauche ich aber Zeit. Sowieso würde ich am liebsten Cassian herholen. Die Kinder hier sind alle so glücklich, so naturverbunden, die sind frei und entdecken jeden Tag was Neues. Du solltest sie mal sehen, wie sie auf den Booten rumflitzen und auf Bäume klettern wie kleine Akrobaten und die reifen Kokosnüsse runterholen. Die lachen den ganzen Tag! Das erinnert mich alles so an meine Kindheit in Tyersall Park. Im Moment besteht Cassians Leben nur aus Hausaufgaben und Prüfungen und Chinesischstunden und Tennisunterricht und Klaviervorspielen, und in seiner Freizeit hängt er dann die ganze Zeit vorm Computer. Ich weiß gar nicht mehr, wann ich ihn das letzte Mal richtig hab lachen sehen. Wenn ich ein neues Leben anfange, wo ich frei und ich selbst bin, dann soll er das auch dürfen.«

Charlie sah Astrid ernst an. »Das wünsche ich dir alles von Herzen, ehrlich. Du sollst genau das Leben führen, das du dir immer erträumt hast, und Cassian auch. Ich hab nur eine Frage: Ist in diesem Leben noch Platz für mich?«

Astrid wusste nicht, was sie dazu sagen sollte.

10

ANTWERPEN, BELGIEN

Kitty ließ ehrfürchtig die exquisite Atmosphäre auf sich wirken. Möbel, *objets*, Pflanzen und Licht, alles so stimmig! Mit der zeitlos eleganten minimalistischen Einrichtung verströmte der Raum ebenso Ruhe wie eine gelassene Energie.

Kitty drehte sich zu Oliver um. »Genau so was will ich!«, erklärte sie entschlossen. »So soll Tyersall Park aussehen.«

Sie machten gerade einen Spaziergang durch Kanaal, den Komplex industrieller Bauten aus dem 19. Jahrhundert am Albert-Kanal, der für den weltberühmten Innenarchitekten Axel Vervoordt zum Atelier mit angeschlossenem, privatem Showroom umgewandelt worden war.

»Struktur und Bausubstanz von Tyersall Park verfügen einfach über diese perfekte Patina, die man nicht künstlich erzeugen kann. Das ist Voraussetzung für die richtige Atmosphäre«, erwiderte Oliver. »Wir müssen keine neuen Fußböden verlegen und auch keine Wände einziehen und die dann aussehen lassen wie aus dem 17. Jahrhundert. Aber guck dir mal die jungsteinzeitliche Bronzeaxt da drüben an.

Wie die das komplette Raum-Flair verwandelt! Und der welkende Farn auf dem Refektoriumstisch hier ... Bei solchen Details kann Axel wirklich niemand das Wasser reichen.«

»Wann lerne ich ihn endlich kennen?«, fragte Kitty.

»Er kommt bald, keine Sorge. Hast doch gehört, was sein Assistent meinte: *Er isst gerade Mittag mit Königin Mathilde von Belgien*«, flüsterte Oliver.

»Ach so! Sein Akzent war so stark. Ich hab verstanden, er liest gerade *Matilda*, und hab mich schon gefragt, warum er lieber ein Kinderbuch liest, als mich zu treffen.«

Sie betraten ein schummrig beleuchtetes Zimmer voller antiker Buddhaköpfe aus Stein. »Alex ist einfach der Beste in diesem Business, der hat schon oft für königliche Familien aus allen möglichen Ländern gearbeitet«, erzählte Oliver.

»Können wir so was bei uns im Garten aufstellen? Wäre doch cool, wenn man durch den Wald spaziert und plötzlich stehen da solche Köpfe rum«, überlegte Kitty.

Beim Gedanken, was Victoria Young wohl von mehreren Dutzend Buddhastatuen halten würde, musste Oliver lachen. Aber die Idee war gar nicht mal so schlecht. Vielleicht würde es Kitty als die Peggy Guggenheim von Singapur endlich in ungeahnte gesellschaftliche Höhen katapultieren? Auf dem Grundstück von Tyersall Park könnte man zeitgenössische Kunst ausstellen wie Storm King in New York oder die Chinati Foundation in Marfa. Man könnte die internationale Crème de la Crème der Kunstszene für Arbeitsaufenthalte einladen, und die würden dann auf Tyersall Park zugeschnittene Maß-Installationen anfertigen. Christo könnte das komplette Anwesen silbern verpacken,

James Turrell könnte das Gewächshaus für eine Lichtinstallation nutzen, Ai Weiwei könnte irgendwas Revolutionäres mit dem Seerosenteich anstellen.

Plötzlich wurde Oliver von emsiger Geschäftigkeit aus seinem Tagtraum gerissen. Umgeben von einer Assistenten-Entourage schwebte Axel Vervoordt in grauem Anzug und schwarzem Rollkragenpulli ins Zimmer. »Oliver T'sien! Schön, Sie wiederzusehen!«, begrüßte der legendäre Antiquitätenhändler seinen Gast.

»Die Freude ist ganz meinerseits. Darf ich Ihnen Mrs Jack Bing vorstellen?«

»Herzlich willkommen in Kanaal.« Axel verbeugte sich höflich vor Kitty.

Diese überschlug sich fast vor Begeisterung. »Danke! Ich finde Ihr Werk wirklich unglaublich! So was habe ich noch nie gesehen, ich würde am liebsten sofort hier einziehen!«

»Das hört man gern. Wenn Ihnen mein Stil gefällt, besuchen Sie mich doch auch in meiner Privatresidenz Kasteel van 's-Gravenwezel, wenn Sie schon mal in Antwerpen sind.«

»Das sollte man sich wirklich nicht entgehen lassen«, pflichtete Oliver ihm bei. »Kasteel van 's-Gravenwezel ist eins der schönsten Schlösser der Welt.«

Kitty strahlte Axel an. »Sehr gern!«

»Wenn ich gewusst hätte, dass Sie beide heute kommen, hätte ich Sie zum Mittag dazugeladen. Ihre Majestät die Königin hat uns heute gemeinsam mit einem befreundeten Paar beehrt. Ganz famose Leute, die beiden.«

»Klingt nach einem angenehmen Treffen.«

»Durchaus, durchaus. Das junge Paar hat übrigens gerade ein ganz herrliches Anwesen in Singapur erstanden, soll wohl das größte private auf der ganzen Insel sein.«

Kitty wich alle Farbe aus dem Gesicht.

»Ach, Moment mal …« Axel dachte kurz nach. »Sie sind doch aus Singapur, oder, Oliver?«

»Jep«, presste Oliver mit gezwungenem Lächeln hervor.

»Dann kennen Sie es ja vielleicht sogar. Angeblich ist es architektonisch betrachtet ein einziger Mischmasch aus Stilen und Epochen, aber das Grundstück ist immerhin zweihundertachtzigtausend Quadratmeter groß. Tivoli Park heißt es, wenn ich mich recht entsinne.«

Kitty ging ohne ein weiteres Wort hinaus auf den Balkon des Showrooms und begann dort auf ihr iPhone einzuhacken.

»Tyersall Park«, korrigierte Oliver.

»Ach ja, richtig. Der Vater der jungen Dame hat es ihr wohl zur Hochzeit geschenkt, und nun will sie mich für die Inneneinrichtung anheuern. Das wird ein Mammutprojekt, sage ich Ihnen!«

Oliver sah zum Balkon, wo Kitty gerade auf Mandarin in ihr Handy schrie und dabei wild gestikulierte.

»Diskretion wird bei Ihnen großgeschrieben, ich weiß, aber dieses Paar waren nicht zufällig ein englischer Adliger und seine chinesische Frau?«

Axel lächelte. »Sie haben Ihre Ohren aber auch überall. In der Größenordnung habe ich in Asien auf jeden Fall noch nichts gemacht, ich wollte sowieso auf Sie zukommen. Sie wären mir bei der einen oder anderen Angelegenheit sicher eine große Hilfe.«

»Glückwunsch zu dem Auftrag«, quälte Oliver sich heraus. »Und ich helfe natürlich gern.« Er hatte das Gefühl, sich jeden Moment übergeben zu müssen.

»Was führt Sie und Mrs Bing denn nun aber zu mir?«

Oliver sah zu, wie Kitty ihr Handy im hohen Bogen über die Balkonbrüstung in den Kanal warf. »Och, wir waren bloß gerade in der Gegend … Ich wollte mit Kitty zu Dries ins Het Modepaleis und dachte, schauen wir doch kurz auch bei Axel vorbei. Das war alles.«

»Er meinte, Colette wäre jetzt ein völlig neuer Mensch!«, schrie Kitty. »Sie ist angeblich wie verwandelt, und er ist ja so stolz auf sie, weil sie Gutes tun will. Deshalb braucht sie natürlich ein vernünftiges Haus in Singapur. Der hat sich komplett von ihr einwickeln lassen, der kauft ihr den ganzen Quatsch ab!«

»Genau, alles schön rauslassen«, ermutigte sie eine sanfte Stimme von oben. »Alles Negative loslassen.«

»Er meinte, Colette hat ihn heimlich in Schanghai besucht und auf Knien um Verzeihung angefleht. Das ist ja wohl die größte Scheiße, die ich je gehört hab!«

Kitty drückte das Gesicht wieder in das Kopfloch der Liege, und Masseurin Elenya ordnete eine Reihe heißer Steine auf ihrem Rücken an.

»Sehr gut. Und jetzt bitte mal der Hitze nachspüren, die von den Steinen am unteren Rücken zu Ihrem zweiten Chakra vordringt. Richtig reinfühlen in die ganze Wut. Und dann loslassen!«

»Er meinte, ich soll ihn nicht zwingen, sich zwischen mir und seiner Tochter zu entscheiden, weil ich dabei nur verlieren könnte. ›Ich kann noch tausendmal heiraten, aber ich habe nur eine Tochter‹, das hat er echt gesagt! Ich hasse ihn! Ich hasse ihn, ich hasse ihn, ich hasse ihn!«, schrie Kitty und weinte, dass die Tränen auf die Tatamimatten am Boden tropften.

Plötzlich bebte der gesamte Raum, und mehrere Steine rollten von Kittys Rücken auf den Tisch. Oliver, der in einem Sessel neben der Massageliege saß, zog seinen Sicherheitsgurt fester.

»Das waren keine Turbulenzen, das war Ihre Wut, die Sie ins Universum geschickt haben«, erklärte Elenya und fing an, Kittys nackte Füße mit einem heißen Tuch abzureiben. »Wie fühlt es sich denn jetzt an?«

»Na wie wohl, fantastisch fühlt es sich an! Ich sag dem Piloten gleich, dass er das Flugzeug bitte in Jacks Scheißfresse steuern soll!«, schrie Kitty und wurde erneut von Schluchzern geschüttelt.

Oliver seufzte und schaute aus dem Fenster von Kittys Privat-Spa im Obergeschoss ihrer Boeing 747–81 VIP. Sie flogen gerade über den Ärmelkanal, bald wären sie in London. »Irgendeine impulsive Racheaktion bringt jetzt aber nichts, Kitty. Wir müssen das viel geschickter angehen. Und halt dir noch mal vor Augen, was du dank Jack für ein Leben führen kannst: Dir stehen drei Flugzeuge zur Verfügung, die liebe Elenya hier verpasst dir Hot-Stone-Massagen, du hast auf der ganzen Welt wunderschöne Häuser. Und vergiss Harvard nicht. Du hast Jack einen Sohn geboren, und je älter der wird, umso mehr wird er Colette verdrängen. Kennst du die Geschichte von der Kaiserwitwe Cixi?«

»War das nicht die alte Frau, die am Anfang von *Der letzte Kaiser* stirbt?«

»Genau. Sie war eine Konkubine von Kaiser Xianfeng, hat nach seinem Tod einen Staatsstreich angezettelt und ist dadurch zur wahren Herrscherin von China geworden. Ihr Einfluss auf das Land war nachhaltiger als der aller Kaiser vor ihr, und China entwickelte sich vom mittelalterlichen Reich zur modernen Nation. Sie hat das Land dem Westen gegenüber geöffnet und das Füßebinden bei Mädchen abgeschafft. Und das hat sie alles erreicht, obwohl sie auf dem Papier keinerlei Macht hatte, weil sie eine Frau war. Überleg dir das mal, Kitty!«

»Und wie hat sie das angestellt?«

»Sie hat indirekt durch ihren fünfjährigen Sohn regiert, der hat ja nach dem Tod seines Vaters den Thron bestiegen. Als er dann als Teenager gestorben ist, hat sie einfach einen anderen Jungen adoptiert, damit sie weiterregieren konnte. Als Kaiserwitwe durfte sie laut der höfischen Regeln von Männern nicht einmal gesehen werden, deshalb saß sie bei Sitzungen mit den Ministern immer hinter einem Seidenschirm. Von der könntest du dir mal eine Scheibe abschneiden. Hab Geduld und sei eine so gute Mutter für Harvard, wie du nur kannst. Du musst dafür sorgen, dass du von allen den größten Einfluss auf ihn hast, dass er dir am meisten vertraut. Und wenn er dann irgendwann das Bing-Imperium regiert, bist du die tatsächliche Macht hinter dem Thron. Manchmal sind es die Menschen im Hintergrund, die eigentlich das Zepter in der Hand haben. Kaiserwitwe Cixi, Kardinal Richelieu, Cosimo de' Medici – alles Leute, die zu Lebzeiten kaum beachtet wurden, aber durch Geduld, Cleverness und List zu jeder Menge Macht und Einfluss kamen.«

»Geduld, Cleverness und List«, wiederholte Kitty nachdenklich und setzte sich dann so plötzlich auf, dass die heißen Steine auf den Boden kullerten und Elenya hinterherlaufen und sie einsammeln musste. »Ist der Kaufvertrag für Tyersall Park schon in Sack und Tüten?«

»Die Anwälte feilen noch am Entwurf, glaube ich.«

»Also ist der Deal noch nicht in Stein gemeißelt?«

»Nein. Man hat sich wohl mit Handschlag geeinigt, aber offiziell wird es erst mit Vertragsunterzeichnung«, sagte Oliver. Worauf wollte sie denn jetzt schon wieder hinaus?

»Du meintest doch, dass es noch andere Interessenten gab, oder?«

»Mein Cousin Nick wollte Tyersall Park kaufen, ja, aber er hat nicht genug Geld zusammenbekommen, um Jack zu überbieten.«

»Wie viel hat ihm denn gefehlt?«

»Um die vier Milliarden, glaube ich.«

Kittys Augen leuchteten. »Und was, wenn ich Nick mit dem Geld aushelfe? Könnte ich Jack das Haus nicht einfach vor der Nase wegschnappen?«

Oliver sah sie überrascht an. »Hast du denn überhaupt so viel Geld zur Verfügung, einfach so?«

»Ich hab nach der Scheidung von Bernard zwei Milliarden gekriegt und in Amazon-Aktien investiert, und die sind in den letzten Jahren durch die Decke gegangen. Ich hab mittlerweile um die fünf Milliarden, die einfach auf einem Konto der Liechtenburg Group rumliegen«, erklärte Kitty stolz.

Oliver beugte sich ein Stück vor. »Und das würdest du wirklich alles in einen Deal mit meinem Cousin stecken wollen?«

»Du bekommst deine Provision doch in jedem Fall, oder?«

»Darum gehts nicht, ich überlege nur, ob du wirklich so viel Geld auf ein einzelnes Pferd setzen solltest.«

Kitty schwieg einen Moment lang gerührt. Oliver sah sie

anscheinend doch nicht nur als Kundin! »Es ist mir definitiv jeden Cent wert, wenn ich dadurch verhindere, dass Colette das Haus in die Pfoten kriegt!«

»Okay, dann rufe ich mal kurz ein paar Leute an.« Oliver erhob sich aus seinem Sessel und ging hinaus. Fünf Minuten später kehrte er mit einem breiten Grinsen auf dem Gesicht zurück. »Es geschehen noch Zeichen und Wunder! Ich habe gerade mit meinem Cousin telefoniert, und der hat erzählt, dass Tyersall Park unter Denkmalschutz gestellt und zum Kulturerbe erklärt werden soll. Deshalb hat er gerade gemeinsam mit ein paar anderen ein radikales neues Konzept entwickelt, um Jack Bing zu überbieten.«

»Heißt das, Colette kriegt das Haus nicht?«

»Höchstwahrscheinlich nicht, nein! Sie sind aber händeringend auf der Suche nach einem letzten Investor, es fehlen ihnen nämlich noch drei Milliarden.«

»Drei bloß? Na dann ist es beschlossene Sache!«

»Soll ich dem Piloten Bescheid sagen, dass er umdreht?«

»Mach das.«

Oliver griff nach dem Hörer in der Konsole an der Wand. »Planänderung. Wir müssen zurück nach Singapur, und zwar schnell.«

»Aber auch nicht zu schnell«, warf Kitty ein und streckte sich wieder genüsslich auf der Liege aus. »Meine Hot-Stone-Massage war ja noch nicht zu Ende.«

EPILOG

TYERSALL PARK, SINGAPUR

Ein Jahr später …
Es war eine Hochzeit im kleinsten Kreis. Die etwa zweihundert geladenen Freunde und Verwandten des glücklichen Paars standen in Grüppchen im Innenhof und bewunderten bei Cocktails und Kanapees die faszinierende Lichtinstallation von James Turrell im Säulengang.

»Ich bin so gespannt auf die Braut!«, sagte Jacqueline, die neben Oliver T'sien stand. »Was meinst du, von welchem Designer ihr Kleid ist?«

Oliver grinste. »Wir können gern darum wetten.«

»So wie du im Augenblick in Geld schwimmst? Lieber nicht, da kann ich ja nur verlieren. Glückwunsch übrigens zu deinem neuen Auftrag in Abu Dhabi.«

»Danke. Es geht erst mal nur um den einen Palast. Das Honorar ist so hoch, dass es mir fast peinlich ist, aber die Prinzessin war einfach so begeistert davon, was wir aus Tyersall Park gemacht haben. Also gut, wir wetten um ein Mittagessen bei Daphne's, wenn wir das nächste Mal gleichzeitig in London sind. Ich sage: Giambattista Valli.«

»Okay, Lunch bei Daphne's klingt gut. Ich wette, das Brautkleid ist von Alexis Mabille. Den liebt sie nämlich, das weiß ich.«

Das Streicherquartett verstummte. Auf der gegenüberliegenden Seite des Hofes öffnete sich eine Tür, und ein attraktiver junger Mann im Smoking kam mit einer Violine in der Hand herein.

»Ach, Charlie Siem, den sieht man im Augenblick aber auch überall«, sagte Oliver.

Der Virtuose begann Elgars »Salut d'amour« zu spielen, während er durch den Säulengang schlenderte. Dann schwang die Flügeltür auf, Charlie Siem schritt hindurch, drehte sich zu den Gästen um und bat sie, ihm zu folgen, ohne dabei mit dem Spiel aufzuhören. Draußen führte ein mit Tausenden Kerzen beleuchteter Pfad vom Rosengarten vorbei am neuen Salzwasserpool mit den maurischen Kacheln aus dem 13. Jahrhundert und in den bewaldeten Teil des Anwesens.

Die Gästeschar folgte ihrem fiedelnden Anführer unter großem Ooh und Aah zum Seerosenteich, um den im Halbkreis schwarze Holzstühle angeordnet waren. Hunderte blassrosa Lampions erleuchteten die mit Weinranken, weißen Orchideen, Pfingstrosen und weißem Jasmin geschmückten Bäume. Eine eigens für die Hochzeit errichtete Brücke erstreckte sich in elegantem Schwung von einem Ufer des Teichs zum anderen. Sie war über und über mit Rosen in verschiedenen Farbtönen bedeckt, sodass sie wirkte wie eine von Monets Giverny-Brücken, mit impressionistischen Pinselstrichen in die Landschaft getupft.

Kaum hatte die Hochzeitsgesellschaft Platz genommen, ertönte auch schon Bachs Suite für Violoncello Nr. 1 in

G-Dur, gespielt von vier Cellisten, die rings um den Teich standen. Ein entzückendes kleines Blumenmädchen in einem hauchzarten weißen Marie-Chantal-Kleid verstreute Rosenblätter auf dem mit Kerzen geschmückten Pfad, und hinter ihr kam barfuß im weißen Leinenanzug Cassian Teo und trug hochkonzentriert das Samtkissen mit den Eheringen.

Als Nächstes schritten Nick und Rachel über den Pfad. Eleanor betrachtete mit stolzgeschwellter Brust ihren Sohn, der im dunkelblauen Smoking von Henry Poole seine Frau am Arm führte, die, das musste Eleanor zugeben, in ihrem schlichten auberginefarbenen Crêpe-de-Chine-Kleid von Narciso Rodriguez atemberaubend aussah.

»*Aiya*, ich fühle mich glatt in der Zeit zurückversetzt«, sagte Eleanor zu ihrem Mann und tupfte sich eine Träne aus dem Augenwinkel.

»Fehlt nur deine verrückte Hubschrauberinvasion«, kommentierte Philip trocken.

»Die war nicht verrückt! Damit habe ich ihre Ehe gerettet! Diese undankbaren Kinder.«

Am Ende des Pfads trennten sich Nick und Rachel und nahmen ihre Plätze als Trauzeuge und Brautjungfer auf beiden Seiten der Brücke ein. Plötzlich wurde ein Scheinwerfer auf einen Flügel hinter der Brücke gerichtet, der über der Wasseroberfläche zu schweben schien. Ein junger Mann mit strubbeligem, rotem Haar saß daran.

Irene Wu schnappte nach Luft. »*Alamak*, das ist doch Fred Sheeran! Ich bin sein größter Fan!«

Ed Sheeran stimmte seinen Riesenhit »Thinking Out Loud« an, und der Bräutigam schritt im maßgeschneiderten Smoking von Gieves & Hawkes gemeinsam mit dem Pastor der Hongkonger Stratosphere Church über die Brücke. In der Mitte blieben sie stehen. Und während sich eine Band am gegenüberliegenden Ufer des Teichs versammelte, um Ed zu begleiten, hielt die Braut Einzug über den kerzenbeschienenen Pfad.

Die Gäste erhoben sich, als der stolze Brautvater Goh Wye Mun seine Tochter Peik Lin nervös den Pfad entlangführte. Die Braut trug ein trägerloses Kleid mit eng anliegendem Oberteil und Rüschenrock mit langer Schleppe voller hellrosa Seidenrosen. Ihr Haar war zu einem komplizierten Knoten geflochten, und sie trug eine perlen- und diamantbesetzte Vintage-Tiara von G. Collins & Sons.

Jacqueline und Oliver sahen sich an und riefen wie aus einem Munde: »McQueen!«

Peik Lin schwebte an ihnen vorbei, und Jacqueline nickte anerkennend. »Himmlisch. Sarah Burton hats eben einfach drauf.«

»Wir haben zwar beide verloren, aber bei Daphne's essen wir trotzdem, finde ich. Und du zahlst, du kannst noch wesentlich mehr Geld als ich auf den Kopf hauen, Jac.« Oliver zwinkerte ihr zu.

Peik Lin blieb in der Mitte der Brücke stehen, bei dem Pastor, der verstörenderweise wie ein Doppelgänger von Chris Hemsworth aussah, und dem Mann, den sie gleich heiraten würde – Alistair Cheng.

Nick und Rachel lauschten freudig den selbst verfassten Ehegelübden des Paars, während Neena Goh, in einer goldenen, paillettenbesetzten Robe von Guo Pei mit tiefem Ausschnitt, lautstark weinte. Die Young-Schwestern funkelten die Brautmutter empört an und schnieften weiter diskret in ihre Taschentücher.

»Ich kann nicht glauben, dass mein kleiner Alistair heiratet.« Alix tupfte sich die Tränen ab. »Es kommt mir vor wie gestern, dass er Angst vorm Dunkeln hatte und jede Nacht in mein Bett gekrochen ist. Und jetzt seht ihn euch an.«

»War schlau von ihm, sich eine so fähige Frau wie Peik Lin auszusuchen! Beeindruckend, was sie und Alistair aus Tyersall Park gemacht haben, das muss ich schon sagen«, gab Felicity unumwunden zu.

»Nicht nur die beiden, sie *alle*!«, warf Catherine ein. Schließlich war sie es gewesen, die vor einem Jahr das Zünglein an der Waage unter den vier Schwestern gespielt hatte, als Nick mit seinem radikalen neuen Konzept für das Haus angekommen war und damit in letzter Sekunde den Verkauf an Jack Bing verhindert hatte.

Inzwischen war Nicks Vision vom Tyersall Park Hotel & Museum zum Leben erweckt worden. Das unter Denkmalschutz gestellte Haupthaus fungierte als historisches Zentrum der Anlage, gleichzeitig verströmte das elegante neue Boutique-Hotel unter der Leitung von Colin Khoo und Araminta Lee frischen Wind. In unmittelbarer Nähe zum Haupthaus waren auf acht Hektar des wunderbar grünen Grundstücks vierzig exklusive Gästebungalows entstanden, die Oliver T'sien in enger Zusammenarbeit mit Axel Vervoordt entworfen hatte. Jenseits dieser Anlage befand sich Tyersall Village, ein achtzehn Hektar großes Gelände mit Wohnhäusern für Künstler und Mittelschichtsfamilien – nachhaltig gebaut von Peik Lins Baufirma Goh Developments.

»Vater wäre bestimmt stolz auf Nicky«, sagte Alix zufrieden. »Ich glaube, ihm war nie ganz wohl dabei, abends in diesen dekadenten Palast zurückzukehren, nachdem er den ganzen Tag den Ärmsten der Insel geholfen hat.«

Cassandra Shang, die in der Reihe hinter den Schwestern saß, beugte sich vor und flüsterte: »Ich hab gehört, dass alle Häuser in Tyersall Village am ersten Tag verkauft wurden, so lange ist es her, dass man sich in Singapur für unter zehn Millionen ein Haus mit Garten leisten konnte. Allerdings regen sich jetzt die Leute an der Gallop Road furchtbar darüber auf, dass auf einmal der ganze Pöbel hier in der Gegend wohnt!«

»Tyersall Village ist mir egal, aber diese ganzen Buddhaköpfe im Garten müssen unbedingt weg!« Victoria rümpfte die Nase. »Ich frage mich, ob Peik Lin da die Finger im Spiel hatte. Guckt euch die Eltern doch mal an, die sehen mir verdächtig nach Buddhisten aus.«

Felicity schüttelte den Kopf. »Peik Lin hat nichts damit zu tun. Ich glaube, die Buddhaköpfe stammen von dem geheimen Investor, der Nick mit drei Milliarden unterstützt hat. Ich wüsste wirklich zu gern, wer das ist!«

Nach der Zeremonie fanden sich die Gäste zum Hochzeitsbankett im Alexander's ein, dem erstklassigen neuen Restaurant im ehemaligen Gewächshaus, das von Araminta Lees Sublime Hospitality Group betrieben wurde. Su Yis preisgekrönte Orchideenhybriden, die früher hier gezüchtet wurden, hingen nun in zarten mundgeblasenen Gefäßen von der Decke. Im Schein der Kerzen wirkte es, als würden die unzähligen Orchideen über den langen Holztafeln aus dem 17. Jahrhundert in der Luft schweben wie himmlische Wesen.

Eddie schlug mit einem Löffel an sein Weinglas, um sich Gehör zu verschaffen. »Ich würde gern einen Toast auf die Frischvermählten ausbringen. Peik Lin, ich möchte dich ganz offiziell in der Familie Cheng willkommen heißen, auch wenn du schon längst einen festen Platz in unserem Herzen hast. Und Alistair, mein kleiner Bruder, ich war noch nie so stolz auf dich. Ich hoffe, du weißt, wie sehr ich dich schätze. Hab dich lieb, Brüderchen!«, sagte Eddie und drückte Alistair unter lautem Schluchzen fest an seine Brust.

Am Familientisch wandte sich Astrid besorgt an Fiona: »Alles in Ordnung mit Eddie?«

Fiona lächelte. »Ja, keine Sorge, sehr sogar. Nach Ah Mas Tod habe ich ihn dazu gezwungen, eine Therapie zu machen. Ich hab ihm ein Ultimatum gesetzt – entweder Therapie oder Scheidung. Erst hat er sich natürlich sehr dagegen gesperrt, aber inzwischen hat es sein Leben komplett umgekrempelt. Eigentlich das der ganzen Familie. Er hat seinen Affären den Laufpass gegeben und kümmert sich rührend um mich und die Kinder. Er hat einfach endlich gelernt, gesünder mit seinen Gefühlen umzugehen.«

»Er wirkt auf jeden Fall wie ausgewechselt. Aber ich habe ihn ja auch seit einem Jahr nicht gesehen.« Astrid betrachtete Eddie nachdenklich, der immer noch seinen Bruder umarmt hielt.

»Du kennst doch meinen Eddie. Der macht keine halben Sachen. Aber wie gehts dir eigentlich? Das Inselleben scheint dir gut zu bekommen, du siehst fantastisch aus!«, sagte Fiona mit einem bewundernden Blick auf Astrids goldenen Teint, das sonnenhelle Haar und ihren neuen Stil – eine perfekte Mischung aus lässigem Strandchic und majestätischer Eleganz. Astrid trug ein schlichtes sarongartiges Wickelkleid in Indigo und dazu ein ausgefallenes Collier mit unterschiedlich langen Perlensträngen, die ihr bis über die Brust fielen.

»Danke schön!«

»Dieses Collier ist unglaublich! Ist das eins von Ah Mas Stücken?«

»Nein, von Chantecler Capri, das war ein Geburtstagsgeschenk von Charlie.«

»Und das Kleid? Sieht toll aus, irgendwie so elegant und lässig zugleich!«

Astrid lächelte bescheiden. »Ehrlich gesagt habe ich das selbst entworfen.«

»Im Ernst? Ich dachte jetzt, du sagst, das wäre aus irgendeiner obskuren Achtzigerjahre-Strandkollektion von Yves Saint Laurent.«

»Nein, das ist Astrid Leong Resort Wear 2016. Ich habe nähen gelernt und stelle sogar meine Stoffe selbst her. Das hier ist aus Bambusfasern, handgefärbt in Meerwasser.«

»Wow, Astrid, das ist ja großartig! Kann ich ein Kleid bei dir in Auftrag geben?«

Astrid lachte. »Na klar. Ich mache dir gern eins.«

»Also ist dir in deinem Inselparadies noch nicht langweilig geworden?«

»Kein bisschen! Ich liebe mein Leben in Palawan. Jeder Tag ist ein Abenteuer. Charlie und ich haben eine Schule gegründet, in Partnerschaft mit einer tollen Schule in Brooklyn, Saint Ann's heißt die, und deren Schwerpunkt liegt auf Kunsterziehung. Charlie hat sich als der geborene Lehrer herausgestellt! Er unterrichtet Mathe und Naturwissenschaften, und Cassian ist einer seiner Schüler. Mein Sohn war noch nie glücklicher. Schule unter freiem Himmel mit Meeresrauschen im Hintergrund ist einfach perfekt für ihn. Aber für wen auch nicht? Komm doch mal mit deinen Kindern vorbei!«

Charlie, der den beiden neuen Champagner geholt hatte, gesellte sich wieder dazu.

»Danke, Charlie. Und, lasst ihr euch vom Hochzeitsfieber anstecken?«, stichelte Fiona.

Astrid lachte. »Vielleicht. Nein, im Moment genieße ich es einfach, in wilder Ehe mit meinem superheißen Liebhaber zu leben. So kann ich meine Eltern auch viel besser ärgern …« Prompt sah ihre Mutter zu ihnen herüber, und Astrid gab Charlie einen langen, zärtlichen Kuss.

Nach dem Bankett stellte sich die Braut mit dem Rücken zu der Schar wartender, aufgekratzter Frauen auf die oberste Stufe zum Rosengarten, um den Brautstrauß zu werfen. In hohem Bogen flog der Maiglöckchenstrauß direkt in die Arme von Scheherazade Shang. Die Menge jubelte, und Scheherazade lief knallrot an.

Nick sah den erstaunten Gesichtsausdruck von Carlton und kommentierte trocken: »Dann weißt du ja, was du zu tun hast.«

»Ich lass mich doch nicht unter Druck setzen!«, entgegnete Carlton grimmig, doch dann konnte er sich das Grinsen nicht länger verkneifen.

Die große Rasenfläche war in einen prächtigen Open-Air-Ballsaal verwandelt worden, einschließlich Parkett und gewaltigen barocken Spiegeln, die geschickt um die Tanzfläche herum angeordnet waren – die Gäste sollten sich im Schloss Peterhof wähnen. Kaum hatte die Band losgelegt, stürmte die Hochzeitsgesellschaft die Tanzfläche. Nur Nick, Rachel und Kitty standen mit Colin und Araminta ein Stück abseits und bestaunten deren zwei Monate alten Sohn Auberon.

»Ist der niedlich!«, quietschte Kitty und zeigte auf das zappelnde Baby. »Guck mal, Harvard, ist noch gar nicht lange her, da warst du auch so klein.«

»So klein?«, fragte der Dreijährige skeptisch.

»Na klar! Und was für ein süßer Fratz du warst!«

»Ich glaube, Auberon muss nach Hause. Er wird langsam unruhig, und bei der lauten Musik schläft er eh nicht wieder ein«, sagte Araminta mit besorgter Miene.

»Okay, okay. Leute, ich wär ja gern noch geblieben, aber jetzt hat Mummy das Sagen.« Colin warf einen entschuldigenden Blick in die Runde. »Aber hey, dieser Abend war doch ein vielversprechender Start für unser neues Unternehmen, oder? Zwei unserer Partner haben mit allem Pipapo geheiratet, und alles lief reibungslos! Das Tyersall Park Hotel & Museum wird die erste Adresse in Singapur für solche Events, das sag ich euch!«

Kitty schnaubte. »Nur in Singapur? In ganz Asien!«

»Ach, das hätte ich fast vergessen! Ich habe gerade eine Anfrage von einem europäischen Prinzen bekommen, er will eine Woche lang das komplette Hotel mieten und hier eine Riesengeburtstagsparty feiern!«, sagte Araminta.

»Wow, wir ziehen also schon Royals an!«, sagte Rachel und fügte mit leicht sarkastischem Unterton hinzu: »Vielleicht veranstaltet die Gräfin von Palliser ja ihre nächste große Gala bei uns.«

»Apropos – wie es der wohl geht?«, fragte Araminta an Kitty gerichtet. Colettes schrecklicher Unfall bei ihrem Proust-Ball für die Orang-Utans im altehrwürdigen Goodwood Park Hotel letztes Jahr war allgemein bekannt. Sie hatte darauf bestanden, das Hotel bis ins letzte Detail dem französischen Château nachzuempfinden, wo 1971 der ursprüngliche Proust-Ball stattgefunden hatte, und das schloss auch die original Siebzigerjahre-Beleuchtung von damals ein. Mitten in ihrer Begrüßungsrede hatte es einen Kurzschluss am Kabel der Lampe auf dem Podium gegeben, was nicht weiter schlimm gewesen wäre, hätte Colette nicht ausgerechnet an diesem Abend ihre millionenschwere Giambattista-Valli-Robe mit achthundert achtzehnkarätigen Goldplättchen getragen.

»Ihr Vater sagt, es geht ihr von Tag zu Tag besser. Sie ist immer noch in dieser erstklassigen Klinik in England, und anscheinend kann sie inzwischen wieder sprechen, ohne zu sabbern. Aber bis sie wieder nach Sumatra reisen kann, wird wohl noch einige Zeit vergehen«, erzählte Kitty zuckersüß.

Harvard zupfte an ihrem Ärmel. »Mama, ich hab Hunger!«

»Okay, Schatz«, sagte Kitty. Sie ging mit ihm zu einem ruhigen Fleckchen im Wald, öffnete das spezialangefertigte Oberteil ihres trägerlosen Jumpsuits von Raf Simons und holte die linke Brust raus. Kitty war zur überzeugten Verfechterin von Attachment Parenting geworden, und während ihr Sohn selig an ihrer Brust nuckelte, bewunderte sie die schummrig beleuchteten antiken Buddhaköpfe. Sie war äußerst zufrieden, dass man ihrem Vorschlag nachgekommen war. Die Buddhas würden bestimmt für super Karma sorgen.

Nick und Rachel spazierten inzwischen durch den Garten, um sich anzuschauen, wie die Umgestaltung des Anwesens voranschritt. »Unglaublich, wie schnell sie das alles hochgezogen haben.« Nick spähte in einen der Bungalows.

»Stimmt, letztes Jahr Weihnachten war hier alles noch Baustelle, und jetzt sind auf einmal diese süßen Häuschen wie Pilze aus dem Boden geschossen und sehen aus, als stünden sie schon ewig hier.« Rachel zupfte an dem Efeu, der an der Wand aus wiederverwerteten Steinen emporrankte.

»Ohne dich wäre das alles nicht möglich gewesen. War ja schließlich deine Idee, Peik Lin, Alistair, Colin und Araminta ins Boot zu holen. Und jetzt schau dir an, was dieses Dreamteam auf die Beine gestellt hat. Innerhalb von einem Jahr haben sie ein komplettes Ökodorf aus dem Boden gestampft, und das, obwohl Araminta auch noch ein Baby bekommen hat! Auberon ist aber auch echt süß, oder?«

»Supersüß.« Rachel hielt einen Augenblick inne. »Ich freu mich so, dass die beiden jetzt ein Baby haben … Dann gibts gleich jemanden zum Spielen für unseres.«

Nick starrte seine Frau mit aufgerissenen Augen an. »Hab ich das gerade richtig verstanden?«

Rachel nickte strahlend.

Nick fiel ihr um den Hals. »Seit wann weißt du es denn? Warum hast du nicht gleich was gesagt?«

»Ich wollte den richtigen Moment abwarten. Den Test habe ich schon vor ein paar Tagen gemacht. Ich bin jetzt in der sechsten Woche.«

»Oh Mann!« Nick ließ sich auf die steinerne Bank vor dem Bungalow plumpsen. »Mir ist ganz schwindlig.«

»Alles okay?«, fragte Rachel besorgt.

»Ja! Ich freu mich bloß so!« Plötzlich sprang er wie von der Tarantel gestochen auf. »Aber wir dürfen es auf keinen Fall meiner Mutter sagen!«

»Oh Gott, bloß nicht!«

Hand in Hand schlenderten sie den Pfad zurück Richtung Hochzeitsfeier. »Wenn Mum sich benimmt, darf sie unser Kind an seinem achtzehnten Geburtstag kennenlernen.«

Rachel überlegte. »Sollen wir nicht lieber warten, bis es einundzwanzig ist?«

Nick führte sie lachend auf die Tanzfläche. In diesem Augenblick stimmte die Band eine Ballade an. Nick zog seine Rachel fest an sich und schloss die Augen. Fast kam es ihm vor, als spüre er den Herzschlag seines Kindes. Er öffnete die Augen, und sein Blick wanderte von seiner wunderschönen Frau über Astrid und Charlie, die eng umschlungen in der Nähe tanzten, und schließlich zu dem hell erleuchteten Haus, dem sie gemeinsam zu neuem Leben verholfen hatten.

DANKSAGUNG

Ich danke von Herzen einer Reihe von Menschen, die mit ihrem Wissen, ihrem Talent, ihrem Rat und ihrer Inspiration zu Schutzengeln dieses Buches wurden:

Nigel Barker
Ryan Chan
John Chia
Cleo Davis-Urman
Todd Doughty
David Elliott
Richard Eu
Grant Gers
Simone Gers
Cornelia Guest
Doris Magsaysay Ho
George Hu
Jenny Jackson
Judy Jacoby
Wah Guan Lim
Lydia Look
Alicia Lubowski
Alexandra Machinist
Julia Nickson
Anton San Diego
David Sangalli
Alexander Sanger
Jeannette Watson Sanger
Shane Suvikapakornkul
Nellie Svasti
Sandi Tan
Jami Tarris
Lynn Visudharomn
Eric Wind
Jackie Zirkman

Die Übersetzerinnen danken Yves Trachsel für seine Hilfe bei der Transkription der asiatischen Begriffe.